王旭烽 著

浙江文艺出版社

茶人三部曲 第三部

图书在版编目(CIP)数据

筑草为城 / 王旭烽著. —杭州:浙江文艺出版社,2020.1(2025.8重印)

ISBN 978-7-5339-5835-0

Ⅰ.①筑… Ⅱ.①王… Ⅲ.①长篇小说—中国—当代 Ⅳ.①I247.5

中国版本图书馆CIP数据核字(2019)第204443号

责任编辑 谢园园 张恩惠 詹雯婷
装帧设计 观止堂_未氓
责任校对 唐 娇 牟杨茜
责任印制 张丽敏

筑草为城

王旭烽 著

出版 浙江文艺出版社
地址 杭州市环城北路177号
邮编 310003
网址 www.zjwycbs.cn
经销 浙江省新华书店集团有限公司
制版 杭州天一图文制作有限公司
印刷 杭州富春印务有限公司
开本 880毫米×1230毫米 1/32
印张 19
字数 426千
插页 5
版次 2020年1月第1版
印次 2025年8月第10次印刷
书号 ISBN 978-7-5339-5835-0
定价 76.00元

目录

引　子

1964年，凭借坚定的政治立场和过硬的外语能力，和着全国人民《学习雷锋好榜样》的歌曲节奏点，中国杭州的茶叶高级技师杭汉前往非洲马里共和国。

在此之前，他耳闻目睹过日本和苏联的茶。作为有一半日本血统的华人，他不可能不知道，日本早在10世纪前就从中国引茶种植。母亲叶子曾牵着他的小手去过千利休的“待庵”，那是一座只有两张半榻榻米大小的草庵茶所。幼小的他曾经问过母亲，茶室为何如此狭小？母亲告诉他，因为小，几乎促膝而坐，故主客只能推心置腹，坦诚相见，举止完美，不得轻疏，与其说喝茶，毋宁说修行。

而当他成年后，作为中国农业代表团成员，参观位于莫斯科米亚斯尼茨卡亚街19号的中国茶庄时，他被这具有中国古典建筑风格的壮美建筑深深震撼。19世纪末，李鸿章作为清朝特使来到俄罗斯，出席沙皇尼古拉二世的加冕大典。为此，富甲一方的“别尔洛夫及其子孙们”——茶叶商行的创始人谢尔盖·瓦西里耶维奇·别尔洛夫，邀请建筑师卡尔·吉皮乌斯设计了这座茶楼，内部重要装饰请来来自中国的工匠制作：茶庄大厅里有1.5米高的瓷花瓶；有手工刺绣的中国男女画像的壁挂；茶庄建筑外部铺设中国烧制的瓷砖;塔楼式顶端的层层风铃叮当响,很轻盈;装饰窗户和阳台的是锌合金栏杆;大楼外的浮雕刻着“茶”“咖啡”“可可”“水果”字样。茶庄1896年前就已建成,李鸿章却没有下榻于此,不过中国茶庄照样轰动莫斯科,从此家喻户晓。

正是在了解了俄罗斯茶饮历史之后,杭汉开始关注华茶对欧美的影响。

1606年至1610年,是中国与欧洲茶叶贸易的开始。荷兰是最早将茶转贩欧洲的国家,荷兰人利用帆船,构成中国—巴达维亚(今雅加达)—荷兰的间接贸易关系。1683年,清政府解除海禁,荷兰人开始大量购买中国茶叶,主要品种有武夷茶、松萝茶和珠茶等。1727年,中荷开始直接贸易。荷兰人将茶放在药店里高价销售,作为药物的中国茶,在荷兰一度成为万灵之水,一位人称“庞德尔博士”的荷兰医生,建议人们每天喝茶:“我建议我们国家的所有人都饮茶!每个男人、每个女人每天都喝茶,如果有条件最好每小时喝,最初可以喝十杯,然后逐渐增加,以胃的承受力为限。有人病了,建议喝五十杯到二百杯。”据说,奶茶品饮法的发明与荷兰人有关。1655年,中国清廷官吏在广州宴请荷兰使节,宴席间开始了茶与牛奶的混饮,从此风靡欧美世界。

17世纪上半叶,英国人在厦门设立商务机构,开始贩茶,瑞典、丹麦、法国、西班牙、德国等国的商人也相继效仿。很长一段时间,荷兰在欧洲引领了饮茶风尚,17世纪30年代,茶叶从荷兰传入法国。1650年,又由荷兰人贩运到北美。

杭汉以往并未把瑞典纳入他的茶叶地图视野,但偶然一次翻阅民国时期的杂志，使他记住了一场惊心动魄的茶贸易海难。1731年到1806年的七十五年间，瑞典东印度公司进行了130个航次的航行，其中127个航次都是驶达中国广州，购买的主要商品是茶叶。“东印度人-哥德堡号”是东印度公司船队中最大的船，1738年下水，1745年1月11日，“哥德堡号”装载700吨货物（茶叶约370吨，瓷器约100吨）返程，当年9月12日，在距离哥德堡不到一公里的地方触礁沉没。之后的数百年间，人们在此处打捞起大量的茶叶和饮茶用的精美瓷器，其中70%是茶叶。

葡萄牙与茶的关系，则有赖于天主教的传播。1556年，葡萄牙神父克罗兹来华传教，四年后回国，将中国茶和品饮方式传入本国：“凡上等人家习惯于献茶敬茶。此物味略苦，呈红色，可以治病，作为一种药草煎成液汁。”另一位神父伯特在谈到中国饮茶习俗时也说：“主客见面，即敬献一种沸水冲泡之草汁，名之曰茶，颇为名贵。”1610年，葡萄牙人在印尼及日本设有基地，直接和东方进行贸易。1637年，基地公司总裁写信给当时驻印尼的总督时说：“由于已经有一些人开始使用茶叶，所以我们期待每一艘船上都能载运一些中国的茶罐以及日本的茶叶。”几年之后，中国茶已经成为当时葡萄牙上流社会颇为流行的时髦饮品。

英国作为全球头号饮茶大国，深刻影响了世界文明的进程，而英国人喝茶，是和1600年成立的英国东印度公司分不开的。17世纪，中国茶作为对文明有影响力的“奢侈品”开始全面登上国际舞台，成功地征服了世界。追溯那远去的快剪船，我们发现，1637年英国东印度公司的四艘帆船，首次抵达广州珠江，运载112磅中国茶回国,此为两国直接茶叶贸易之始。1662年则是英国饮茶史上具有划时代意义的一年:英王查理二世与葡萄牙公主凯瑟琳结婚,正是这位茶叶王后把饮茶习俗成功带到了英国。

凯瑟琳结婚时,嫁妆中有221磅红茶及各种精美的中国茶具。这位未能得到国王垂青的王后,常在王室宴会上饮一种琥珀色的叫"茶"的饮品。很快,饮茶之风在英国王室中传播开来。为满足王后的嗜好,宫廷中增设了气派豪华的茶室,王后常常邀请一些公爵夫人到宫中饮茶。贵族妇女群起效仿,纷纷在家中特辟茶室,中国茶叶成为贵族们高雅、阔绰、时髦的象征。因此,凯瑟琳也就被称为英国历史上的"饮茶王后"。

1664年,英国东印度公司献给英王查理二世中国茶叶约2磅,此举颇得英王及王后欢心。1669年,英国正式规定英国东印度公司专营茶叶,在福建收购武夷山茶,称为武夷茶。

茶到达英国,改变了英国所有人的生活。胡同里的乞丐在喝茶,修路工人在喝茶,赶灰渣车的工人在喝茶,晒干草的工人在喝茶……众多工人集中在厂房里工作,咖啡、啤酒显然无法解渴,白开水又不能起到提神的作用,唯有茶水最适合大规模的工人品饮。因此,茶被称为工业革命的饮料。整个18世纪,英国人的血液与茶相融,他们的殖民地扩展到哪里,饮茶习俗也就随之被带到哪里,茶的贸易也就跟到哪里。

17世纪末,英国人几乎不喝茶,到了18世纪末,几乎人人喝茶。1699年,英国进口茶叶6吨,一个世纪后,升至11000吨,单价则降到一百年前的1/20。英国作家悉尼·史密斯甚至写诗这样赞美茶:"感谢上帝,没有茶,世界将暗淡无光,毫无生气。"至1834年,中国茶叶已成英国主要输入品。1840年,中英鸦片战争爆发之时,英国下午茶习俗已完全形成。

英国东印度公司在相当长的时间里垄断着中国茶叶的生意。他们使用一种极为结实、粗短、笨重,被形容为“中世纪古堡与库房的杂交物”的船来运送中国茶叶。船只在1月离开英国,绕过非洲好望角,乘着东南季风航行,9月才能到达中国。12月,他们满载着茶叶起程回国。顺利的情况下,他们就能在次年9月到达,以后的快剪船使行程缩短了许多。

那么美洲呢?虽然有记载说,是1650年荷兰人最早将茶叶贩运进入北美市场,而这种来自东方的饮料很快也得到了美洲人的喜欢。但杭汉私以为,美洲人的饮茶习俗发端,就是来自英国。来到新大陆的大多是欧洲的英国人,他们已经对茶产生深深的依赖,因此茶叶基本上都是英国从中国进口,再转销美洲的。

1773年,英国国会通过《茶叶税法》,同意英国东印度公司直接将中国茶叶销往北美殖民地,每磅茶叶只需征收轻微的3便士茶税。东印度公司因此垄断了北美殖民地的茶叶运销,并切断了当时已极为普遍的从荷兰走私茶叶的渠道。此举引起北美殖民地人民的极大愤怒。在波士顿,以汉考克和塞缪尔·亚当斯为首的一批青年,组成了波士顿茶党。1773年12月16日,波士顿八千群众集会,要求停泊在当地港口的东印度公司茶船离开,遭拒。当晚,抗议者化装成印第安人闯入船舶,将东印度公司三艘船上的342箱茶叶(价值约18000英镑)全部倒入大海。英国政府与北美殖民地的公开冲突日益扩大,波士顿倾茶事件最终成为美国独立战争的导火索。

美国独立之后，开始了与中国直接的茶叶贸易。1784年2月，美国参议员罗伯特等人出资购置的“中国皇后号”装载了大约40吨人参和其他货物从纽约出发，8月28日到达广州，在购进88万磅的茶叶和其他中国货品后，于1785年5月回到纽约，纯利润为37727美元，占投资金额的25%左右。1883年，美国议会通过首部茶叶法。

然而，对1964年的杭汉而言，波士顿茶党的政治意义，是远远超过“中国皇后号”的历史意义的。而当下，杭汉对英国的重视，又远远超过对美国的重视。以专家角度审视，他更清楚，非洲并非没有成功种植茶树的国家，作为曾经的英国殖民地，它们是英国人进行开发的。肯尼亚、马拉维、乌干达、津巴布韦，在19世纪末开始兴起茶叶生产。而阿尔及利亚、摩洛哥、突尼斯、利比亚、苏丹、埃及、毛里塔尼亚、索马里等国，虽基本不种植茶叶，但普遍都有饮茶的传统。

马里人不种茶，但因气候炎热，喜欢喝茶，茶叶用量大得吓人。茶和蔗糖便成为马里依靠进口的两大消费品。

那么，马里种茶的难度究竟在哪里呢？同样作为喜爱喝茶的非洲国家，马里为什么没有在19世纪末就开始种茶呢？

位于非洲西部撒哈拉沙漠南端的马里，1960年成为非洲第一批独立的国家之一。和其他许多种茶国家最大的不同在于，它曾经是热衷咖啡的法国人的殖民地。马里终年气候炎热，平均气温在32℃，旱、雨季分明，降雨大部分集中在5月至10月，占年降雨量的95%以上,其余半年时间则几乎不下雨。

以往中国每年会向马里出口数千吨茶叶,新成立的马里共和国政府为减少外汇支出,决定自己种茶。有人说:“在马里根本不能种茶。”的确,没有人为干预,在马里的自然条件下,茶树是难以生存的。

1960年,中国向马里派去了第一批富有种茶经验的援外专家,进行茶树试种和茶叶生产的规划指导工作。两年后,马里破天荒地开辟了植茶历史的新纪元,仅花了一年时间,通过严酷高温干旱季节的锻炼和考验,巴兰科尼和番戈洛两大片试种茶树已经成园,郁郁葱葱,生机盎然,第一批茶叶得以收获。

杭汉作为一个意志坚定、逻辑缜密、思想集中、专业全面的专家,到了马里,总结出了几个要点——

一是对种植环境的科学认识。马里有大片干旱完全不适合种茶的区域,但在农业生产区域内,有大片肥沃的土地,贮水量十分丰富,年头到年尾阳光明媚。马里种茶的有利条件是主要方面,不利因素是次要方面。充分利用有利条件,采取相应的措施,克服或改造不利于茶树生长的自然因素,茶树的正常发育就完全可以指望了。

二是克服高温气候对茶树栽培的影响。杭汉第一次进茶园,脚着凉鞋,想试试温度高低,结果脚板烫出了泡,他真切体验了什么是走在“赤道”上。杭汉特别佩服他的前辈们。气温太高,他们清晨6点开始在园间劳作半天,搭棚遮阴以降低温度,改良土壤以保持水分。他们在茶园里栽遮阴树,比如杧果树、中国台湾的香樟树等,不知道的人远远望去以为就是一片森林,进去才知里面是茶园。等到了五六月份雨季,不需要遮阴了再砍掉,这就叫改善茶园小气候。这些活,杭汉手到擒来,他的论文一向就是写在大地上的。

三是解决旱涝不均。水是茶树的命根子,马里六个月旱死,六个月涝死,所以栽茶树要改密集浇灌为开行灌溉,让茶树有效地充分吸收水分。另外,要做好西法拉果河流域的森林保护工作,也不能把杂草都挖掉。没有树和草,水留不住,太阳一晒,茶就蔫了,还怎么活呢。

四是解决施肥问题——这事其实还是和旱涝无度有关。5月份,瓢泼大雨来了。杭汉发现,好不容易施的肥,暴雨一来全冲走了。所以在马里茶园,万万不可浅施肥,必须全部改成深施肥法,还需施尿素、复合肥等,分别在每次修剪后茶芽开始萌发时施下,因为此时正值雨季,茶园土壤湿润,施肥后对促进芽叶生长、增加产量起到相当显著的效果。

五是茶叶采剪问题。马里高温潮热,茶树长得快,一年就抽出一米多高,还未老先衰。采茶得扛个梯子,否则够不着。杭汉负责的那片茶园就碰上了这个难题,他雷厉风行地决定把这片茶园从巨无霸砍成侏儒,树干锯到腰部,上面什么枝杈都没有了。他大刀阔斧地台刈、重剪,吓得众人目瞪口呆。正是旱季,茶树杆们摆出一副宁死不屈的架势,看这中国江南杭氏家族的混血儿能把它们这些撒哈拉大沙漠的"中国移民挺进师"怎么着。两个多月过去,雨季将到未到,同事们已经快要崩溃了。夜里终于下起了雨,三天后,来了一个女同志,站在茶园前一看,二话不说,掉头就回了大使馆。第二天,小车开来了,大使来了,他们看到了绿晶晶的一大片绿蝴蝶花盛开的茶园，像毛茸茸的绿毯子，一直铺向天边，这可是伸手就可以摘的茶园。让梯子见鬼去吧！有个领导一高兴，建议让杭汉同志火速入党，杭汉笑笑没吭声，人家入党都20多年了。

老党员杭汉倒是提了个建议，此地茶树新陈代谢旺盛，无明显休止状态，只有旺、淡季之分，可集中在5月至11月采摘，这时期的产量占年总产量的90%以上。另外，他建议将树高长年控制在50厘米至60厘米。在保持茶园水肥充足的条件下，每年至少深修剪两次，时间分别在4月中下旬和8月上中旬，可提高发芽密度，增加茶叶产量，提高芽叶嫩度和鲜叶品质。

六是用茶枝条扦插法繁殖育苗。这是他快要从马里回国前的一个紧急任务，要采用茶枝条扦插繁殖办法，育苗300余万株。这事儿一个人干不成，需要当地人一起参与。因此，他带领当地员工从事茶苗繁育工作，手把手传授技术和要领，不仅如期完成任务，还为当地培养出了一批茶树栽培种植技术人员和储备人才，这让他心中暗暗得意。

1965年3月27日，马里政府在东南部城市锡卡索隆重举行了庆典。劳作两年多，此地生产出了上百公斤清香可口的马里茶叶，马里共和国农村发展部部长库亚特将其命名为“49—60号”，象征着1949年中华人民共和国的成立和1960年马里共和国的成立。这次庆典标志着马里茶树试种已取得完全成功，马里人永远结束了不能生产茶叶的历史。不少非洲国家，纷纷转而从马里这个小国进口“马里国牌茶叶”。杭汉和他的同事们受邀参加此次盛典，受到总统接见。

即便是这样的时刻,杭汉依然没有完全沉浸在激动的情感中。星空灿烂,火星飞扬,他坐在人们欢庆的篝火旁,陷入沉思。不时地有半裸的黑人妇女围着篝火,在他们身边唱着跳着,擦身而过,不习惯此种民俗的中国同行免不了低下头去,杭汉则显得熟视无睹,口含鲜茶枝,眺望星空。

真正震撼了杭汉的,还是那些牧民。他们成群结队地从边远的莫普提、加阿来到锡卡索,只是为了目睹一下茶树的样子,看看茶叶到底是如何生产出来的。他们为今后能喝上自己祖国的马里茶而欢歌劲舞。

杭汉鼓掌,凝视着火星,闻着茶汤冒出的香味,他被朝夕相处的茶震撼了,想:真伟大啊——茶叶的种植面积和跨度为什么会这么辽阔深远呢?具有品饮茶习俗的国家与人怎么会那么多呢?作为东西方共有的人类文化传统,茶为什么会对世界产生这么大的影响力呢……

第一章

那一年，小布朗要在赛歌会上单挑八姑娘的事传遍茶山。南糯山和布朗山都在西双版纳勐海，两山看似相连，其实中间隔着一座帕沙老寨，来赛歌的正是寨子中的哈尼族姑娘。

小布朗跟着老邦崴，亦步亦趋，沉浸在彩云之南。这回他不只带上了传统乐器小三弦，还亮出了他的新式武器“赖笼”，那是他新近从“莽人”处学来的一种可视为定情物的竹管乐器，一根手指粗、一米长的竹子做管身，筷子粗、三厘米长的竹片做舌，插入管身一端。赖笼可以单吹和对吹，可以用来伴奏“甩调”。当一对青年男女接受对吹时，恋情或婚姻就此开始了。

莽人不足一千，隐居在大森林中，前些年划入布朗族，小布朗和他们混得相当不错。此刻，他就靠在南糯山八百岁的大茶树下，用这种刚学会的乐器，与姑娘们对赛情歌。

挑战当从小布朗开始，可他根本不挑战，只是挑头。但与其说是挑头，不妨说他是从拍马屁开始的吧。

布朗：

远望小妹像枝花，年轻小伙都爱她，

将军看见拉住马,和尚看见悔出家。
姑娘:
大路不平起灰尘,妹我做事要稳成。
石板搭桥千年在,烂树搭桥伤失人。
布朗:
远望小妹白又嫩,想死多少青年人,
多少活人想死掉,多少死人想还魂。
姑娘:
千万莫提要死人,提起死人心会疼,
宁肯死些无情意,莫死唱调心上人。
布朗:
小妹死了不用埋,留在花山等哥来,
打开棺材亲个嘴,咪笑咪笑活转来。
姑娘:
桂花叶子片片楂,小妹短裤有点花。
如果小哥看上了,送给你去擦嘴巴。

顿时,姑娘们就大笑起来,没想到男人还没开始唱酸调,女人们先唱起来了。此地民族多,山歌也串着相互借鉴,推陈出新,小布朗已经成年,知晓山歌中的那些调侃、揶揄和象征。从小就在火塘边听着邦崴老爹唱山歌长大的,他什么没见识过。

别看这两座山挨着,两个民族交往着,他们的祖先可不是一个部落的。布朗族源于古代濮人,先秦时期分布在长江上游地区,即今云南、贵州、四川、重庆地区,算是云南的土著民族了吧,曾参加过三千多年前的武王伐纣，还给武王献过贡品茶呢。竹和茶便是他们的原始图腾。

哈尼族则源于古羌人，是居住在西部的游牧部落的泛称，以牧羊为主，因为大规模远距离迁徙，八百年前的南迁羌人和西山诸羌，有的就成了现在的羌族。他们的图腾以白鹇鸟为首。

都说强龙压不过地头蛇，布朗族虽认为自己是强龙，但也不以哈尼族为地头蛇，他们你来我往，还常常交换茶叶和玉米。不过赛起歌来，嘴仗是一定要打的，其中，小布朗属于布朗山的主力。刚才哈尼姑娘那么一闹，他就决定主动出击了。

布朗：
远望小妹不多高，就像山中甜葡萄。
哥想摘颗葡萄吃，还没上树就摔跤。
姑娘：
山中老虎美在背，林中百灵美在嘴。
绣花枕头美在外，背茶人美不在吹。
布朗：
妹是路边一株梅，无人管来无人围。
让哥拿回园里种，免在路边受风吹。
姑娘：
不可能呀不可能，小妹不是这种人。
三两棉花四两线，纺纺周围团转人。

小布朗这下真有点急了，这七八张嘴的，如何唱得过她们，干

脆学邦崴老爹吧:

布朗:
高山翠竹青又青,小妹生得赛观音。
观音好比一张画,走进庙堂佛起身。
姑娘:
唱调小哥莫乱讲,缝垫缝鞋配缝双,
青布鞋子白布帮,自有金鸡陪凤凰。
布朗:
一个胸脯两个包,走路无风衣自飘。
情投意合跟哥后,只会肿来不会消。
姑娘:
话痨太多要穿帮,底细十里传八乡,
十七十八外面浪,浪到上海回浙江。

小布朗听到这里,山歌也不唱了,举起那赖笼,开始佯追着姑娘们,边追边喊:

"谁嚼舌头,谁说我要去上海浙江,怎么不说我回杭州呢?"

姑娘们就站住了七嘴八舌:"正要说呢,就你不知道啊,这回真要回杭州了! 你问问邦崴老爹去!"

小布朗恍然大悟了,怪不得姑娘们没一个主动来和他对吹赖笼的,原来还当他是远方的浪荡子啊。虽然如此,心里到底还是又沮丧又期待的。他对从未见面的父母只有好奇,但他对西湖很是向往。那些山歌里可都是有梁山伯、祝英台的——远远见妹上街来,模样赛过祝英台;远远见哥街上过,模样就像梁山伯——传说此二人当年就在西湖边的万松书院读书,小布朗真的很想去看看。回家问问老爹吧,突然想到,邦崴老爹被县里叫去三天了。这么想着,小布朗背着三弦、拖着那赖笼无精打采地回了家,却喜出望外地发现,邦崴老爹从县里回来了,就坐在家中火塘边呢。

邦崴老爹摊上大事了。原来布朗山在边境,有一段与缅甸接壤,老邦崴脚痒,一把年纪,跑到缅甸边境那边的马帮锅子家去喝了次喜酒。从前茶马古道上来来回回,叫"走夷方",这次老帮崴运气不好,摊上边防军巡逻,给逮住了。

查来查去的确就是喝喜酒,放是放了,但拖泥带水,没完没了,三天两头被叫到县里。时间一长,老邦崴终于开悟,今年不比往年,是1966年了,要继续革命,永远革命,因为他长期养着个汉人"特务"的儿子,所以他有可能被认为是里通外国的特务了。

恰在这时,寄草来信了,也是催小布朗回去,说她一直给丈夫和儿子留着一间房,近日被一个破脚骨看中,三天两头来打主意,小布朗再不回来,以后只能在西湖边打赤膊喝西北风了。多亏当年大哥嘉和叮嘱寄草,说罗力在抗美援朝,办小布朗的事会顺些。人回不来,户口弄回来也好的。寄草听进去了,杨真又顺手帮了一把,小布朗户口当时就进了杭州,登记在册,姓罗,罗布朗。

寄草知晓老邦崴舍不得放手布朗,便保证说,等小布朗安顿好,就接他来一起住,他们全家给他养老。老邦崴到底还是同意了,这是上面放他回来的主要原因。怪自己吧,都牵连到人家亲生父母身上了,老邦崴这才真正动了放小布朗回江南的心思。否则判个里通外国，他去坐牢，这孩子怎么办呢？

父子俩就在火塘边谈心。回杭州长住，在大森林里野惯的小布朗自然是不愿意的，老邦崴跟他讲，你和人家不一样，人家一个阿爹，你两个阿爹，你再不回去，罗力阿爹回来连张床铺都没有了。你姓罗啊，罗力阿爹你要管的嘛。

小布朗甩头甩脑地烤着火塘上的老鸦罐说："罗力阿爹不是特务了吗？"

别看生活在深山老林，"特务"这点常识他还是晓得的。老邦崴扯着他的耳朵叫道："你再说一遍！再说一遍！他要是特务，那我还能是谁！你想有俩特务阿爹吗？！"

原来小布朗戳着老邦崴的心肝肺了。小布朗在山寨子里长大，在茶马古道上成人，貌似没心没肺，其实很能察言观色，见老爹不开心，赶紧转移话题叫起来："焦了焦了，茶烤焦了！"老邦崴手忙脚乱，用一勺水去浇，来不及了，烤茶罐啪的一声，裂成两半。炭灰扑了小布朗一脸。

天黑了，一老一小烤着火塘，不免寂寥。老邦崴在茶马古道上跑了大半辈子，最后还是带着小布朗定居布朗山。他并不知道一千七百多年前，布朗族先民就在西双版纳定居生活，在南糯山栽培茶树；他也不知道一千三百多年前，澜沧芒景的布朗族就开始栽种茶树；他更不知道一千年前，布朗族辗转到达今天的布朗山，种植起旱稻、甘蔗和茶叶；他只知道，祖先是从天上飘下的茶叶变的，茶是布朗人的祖先。

布朗人所居之舍总是充满一种特殊味道，那是烟熏后的牛皮、茶饼和竹编绳凑合成的香味，有时还略带焦味和霉味。这种独一无二的味道是老邦崴最引以为亲切的，他认为他和江南杭州的缘分，完全建立在这片叶子散发的香味上。

此刻，老邦崴摇着身子，吸着旱烟筒，小声地唱起了马锅调：

六月放羊雨水多，自背罗锅上山坡。
好吃不过罗锅饭，柴又湿来烟又多……

小布朗弹着小三弦伴了起来，这回弹的不是白天那欢快的“甩调”，而是一首忧伤、深情、叹息一般的弥渡山歌：

月亮出来亮呃亮汪汪，小河淌水呀清汪汪，
男人出门呀走夷方，不知何时能回乡……

天黑了，窗外的茅草唰唰唰地响着，山上的竹海呼啸着，天边的月牙斜挂着，小布朗若有所思地拨奏着，老邦崴迷迷糊糊地回忆着：

“你识字，记住《奔闷》里写的吧……很久以前，我们的祖先首领叭岩冷，带着部落在芒景住下，闭眼前他对族民说，他死后，留下金银，终会用完，留下牲畜，终会死亡，他就留下竹子和茶叶，可保布朗人有吃有穿……”

说着说着，这一老一少就唱起布朗族人人会唱的《祖先歌》来了：

叭岩冷是我们的英雄，

叭岩冷是我们的先祖，
是他给我们留下了竹棚和茶树，
是他给我们留下了生活的杖柱……

说好了老邦崴要送小布朗去杭州的，上面不让，怕老邦崴跑了。最后，小布朗只好带着他的小三弦和赖笼，独自回到了杭州。

或许是从小就跟着马帮天南地北地走，小布朗感觉杭州和昆明差不多，有山有水，还有个大湖。他想去见见梁山伯和祝英台，刚开口就被那个老得像个核桃壳般的婉罗姆妈拦住了："不好讲的不好讲的，要闯祸的！"一口杭州方言，他虽一句不懂，但那紧张的神情他看懂了，明白这是让他闭嘴。

为了熟悉环境，杭家大人们让他住在杭府老台门里。但江南城里的亲戚到底和大茶树家乡的人们不同，杭家所有的人都有自己的生活，他们喜欢他，但没有扎堆的习惯，而小布朗是要扎堆的，他不习惯孤独，更不喜欢沉默。

大舅沉默寡言，二舅的高谈阔论他一句也听不懂。爸爸说是在很远的农场，一时半会儿见不着，妈妈倒是每天都见到好几次，每次都抓着儿子的胳膊，好像不抓着儿子就会消失似的。妈妈真的很美，身材苗条，脊梁笔挺，尤其那双水汪汪的大眼睛，和杭家其他人的眼睛都不一样。她总是无比深情又惊喜地盯着小布朗，仿佛每一次都是首次相见。但每次相见都说不上几句话，还一惊一乍的跟连珠炮一样，一口气讲完，然后母子便陷入了沉默，彼此尴尬，仿佛一瓶水倒满后就一时堵住倒不出来了。所以，母亲总是谈不了几句话就去上班了，她现在是一家街道福利小厂的业务副厂长，非常忙，要对付许多城里人的事情，就像一张绷紧了的弓。她晚上也不住在杭家门头，她住在刀茅巷一个小院子里，说是为了安全，不让小布朗去住。

家里那些弟妹，倒是挺可爱的，就是小的太小。得放他们住在嘉平爷爷家，自顾自玩的多，迎霜陪着叶子奶奶住在这里，但她毕竟太小了一点。倒是得荼和他很亲近，两人有说不完的话，还一起逛过西湖，这个年龄和他一般大的外甥带他去过岳王庙、灵隐寺，还去了龙井茶村。看到这么细小成片的灌木茶园，小布朗真心感觉好笑极了。倒是得荼听说他们南糯山的茶树八百岁了，却并不吃惊，他见过照片，相信科学。

可惜得荼没时间多陪他，他是大学助教，还在读研究生。他一走，小布朗就落单了。

家中还有个缺了牙齿、说话漏风的婆婆，正是婉罗姆妈，因为在杭家德高望重，看上去便有点颐指气使。见小布朗没人搭理，婉罗姆妈便让他跟着她在厨房打下手，彼此交流完全是鸡同鸭讲。小布朗日日在灶间烧火，两只鼻孔黑乎乎的，婉罗姆妈夜里睡觉前给他发两根棉签儿掏鼻孔，这种面对灶王爷的阴梭梭的生活让小布朗实在憋气。

但小布朗是绝对不会得忧郁症的，他是喝什么长大的人？沱茶、熟茶、红茶、烤茶、竹筒茶，他还天天吃凉拌苦茶。回到江南，可以说，他就像返祖的越族先民，具有披发跣足、手执石斧、呼啸山林、渔猎原野的基因密码。如今虽然石斧没有了，但赖笼带来了。所以小布朗便倚在杭府门前，开始竖吹赖笼。没过两天，十字街口的巷弄墙门就传开了一个消息:有个年纪轻轻不晓得哪里杀出来的孬坯,日夜在杭府家门口发飙。顿时,一群失意、失业的男女青年闻风而来,向晚时分捧着饭碗,立在小布朗家门前的台基上,看他出西洋景。

发什么飙啊,原来就是唱歌嘛!谁不会?但布朗是有他自己的唱法的,而且是情歌——《小河淌水》,这首歌杭州的不少红男绿女也会唱的。可他们那叫什么唱啊,白开水!小布朗一放声,那才叫龙井茶呢——

……
月亮出来亮汪汪亮汪汪
想起我的阿哥在深山
哥像月亮天上走
哥啊……哥啊……哥啊……
山下小河淌水清悠悠
……

这才是正宗改良版的《小河淌水》,和邦崴老爹的风格不一样,是被文化打磨过的——杭州弄堂里穿进穿出的那些个小家碧玉,有几个听到过这样近乎叹息的"哥啊……哥啊……哥啊……",那三个"哥啊"真正是惊心动魄,要了那些杭州姑娘的命。谁还有心思去弄堂里跟缠过小脚的老太婆啰里啰唆读报纸发老鼠药啊,她们每天就盼着傍晚,好到杭家门口去听——"哥啊……"。

这一来,小家碧玉的妈妈们不答应了,她们纷纷跑到居民区去告布朗这个聊荡坯的状，还耸人听闻地说："我们的伢儿，虽不都是生在新社会，却也可说是长在红旗下的了。如今每日到那国民党劳改犯的家门口去混，哥啊妹啊的，他是谁的哥？他这样出身的人配当哥吗？"

小布朗听不懂杭州话，他也不读书、不看报，无知又无畏，迅速结交了一班新朋友。婉罗姆妈悄悄养的几只母鸡统统被他偷出去杀光了，一群人躲在一条断头巷里，不年不节吃喝三天。婉罗姆妈受不了，对小布朗的第一印象搞坏了，便到寄草面前吹耳边风："寄草，你嫂子反正东洋哑巴一个，一句话也舍不得说小布朗的，嘉和、嘉平两兄弟更加不肯开口，只怕金口一开你多心。好，他们不说我来说，小布朗这样下去不来事的，要闯大祸的。这根独苗在山里头长疯了，今日偷鸡摸狗，明天杀什么还难说呢，要不然你带回刀茅巷家养去吧。"

寄草连忙压低声音嘘的一声，对她耳语说："不来事、不来事的，你且再忍几天，我那里油墩儿西施不闹，轮到她老公阿松来闹了。"

"啊，他还在看相你那间厢房啊。快快让小布朗回去占住，你本来就是为他才守着这房子的嘛。"

寄草本是住在清河坊杭府的，因是赵寄客义女，寄客遗嘱中就写明寄草是刀茅巷这套私家小院的继承人。抗战胜利寄草回杭后就一直留着那院子，按照大哥嘉和的主意，悄悄把罗力和小布朗的户口都落在了那里。这些年房产七改八改，都被杭家人兵来将挡、水来土掩地推了，谁也没想到，阿松如今也赤膊上阵了。

这两口子真是“轮流转”。先是油墩儿西施董笑花花头透，1960年吃过轧头后，做人突然开窍了，安分了许多。谁知轮到阿松起翘头了。羊坝头的杭府搬不进去，他就看中了离杭府不远的寄草家的小院子，哭哭啼啼地来求了嘉和好几次，寄草差点动了圣母心，心想：阿松和她在一个厂子里工作，当车队长也有好几年了，要不然借一借就借一借吧，小布朗来后再搬就是。

亏得那油墩儿听说此事，连夜跑到寄草处，一句话未说便一屁股坐下，拍着地板哭诉阿松狗屁倒灶的隐私。原来阿松和她早就分到房管所的房子了，他之所以想要寄草的房子，就是轧姘头用的。寄草大惊失色，看不出他和谁有一腿啊！阿松这种人怎么也轧得上姘头？油墩儿继续哭诉说：“他不但轧姘头，还要和我离婚呢。”

“告他去啊！”寄草也生气了。油墩儿却托着湿手绢儿连连摇手：“我跟他离了婚，他再和姘头结婚，我怎么办？”

“他坐牢管制啊！”

“他坐牢管制，我怎么办呢？我又没工作，油墩儿现在也不让我们做了，我倒是想给你们家当保姆的，婉罗姆妈晓得还不要掐死我。杭老师，你千万不可把房子借给他做了老鼠窝，到时候请神容易送神难。”

寄草让油墩儿放一千一万个心，这种事情是绝不可能发生在她这里的。这也是寄草火赤郎当急着要把小布朗招回来的原因之一。她没想到的是，阿松竟然截住了刚下中班回来的寄草，开门见山地说道：“都道你市里头有大干部认识，你老公在牢里，人家也为你作保。你要领人民政府的情才是。新社会里做人，前半夜想想自己,后半夜想想别人。”

寄草上下打量了他一番,说:“我新社会里做人这样做,旧社会里做人也这样做的。”

阿松义正词严地回答:“你瞌眈懵懂啊,当心无产阶级革命派抓了你去,谁也保不了。”

寄草没想到这个人会那么腻心,一时火起,呵斥道:“活臭倒脓的短命鬼,滚!”

这下可真正把阿松给得罪了。阿松最近参加了不少造反组织的会议,他戴着头套,派头十足,他那个姘头也是在会议上轧来的。寄草平日里对他冷冷的客气,他早就不舒服了。一种叫作阶级仇恨的强烈情绪如潮水劈头盖脸地扑来,他挥起拳头就想打过去。半路里杀出程咬金,董笑花冲将出来,一个杀头巴掌劈来,就吼了起来:“你是哪路瘟神,也到这里来放屁!人民政府相信你这种癞痢头,倒是活见鬼了。”

阿松的头套被打了下来,显出原形的他还是怕老婆的,带着哭腔说:“董笑花啊董笑花,你的阶级觉悟甩到哪里去了?她是国民党特务的老婆啊,你怎么那么搞不清啊!”

董笑花说:“旧社会嫁给国民党的要多要少,要嫁也嫁个明媒正娶,做个正房夫人!哪里像你,第几茬姘头了,掰着手指还数不清呢。当我不晓得!再敢对杭老师吃相难看,我把你一个个姘头拎出来游街!”

这番斥骂也是痛快,立时便把阿松骂得连滚带爬,瞬间消失得连洋枪都打不着了。

人影儿不见,鬼影儿幢幢,寄草明白,现在山雨欲来风满楼,不能再火上加油了。她对婉罗说的都是心里话："就因为小布朗这野人脾气嘛，我不敢让小布朗搬过去住。万一对头碰上了，阿松和我独生儿子打起来，小布朗三拳打死老师傅也不好说。就算没打死，打了工人阶级也要坐牢，我做娘的，总不能眼看父子俩一个牢门里关到死啊。"

婉罗姆妈连连点头，原地打圈："怎么办呢？怎么办呢？怎么办呢？"寄草却说："他爸爸明日就回来了，让男人们定局吧。"

这次杭家大聚会，是嘉和一手操持的，除了忘忧和方越，能来的都来了。在杭家"生有居"那又旧又挤但又干净的客厅里，小布朗终于和亲生父亲罗力团圆了。一群人中，小布朗一眼就把父亲认了出来。父亲挺拔地站着，比他还要高，衣裳洗得发白，干干净净，打着补丁，风纪扣系得紧紧的，络腮胡子刮了，满脸铁青。父亲看到儿子，不拥抱，也不陌生，他热情地伸出一双手，和他亲密紧握，大手坚强有力，像把钳子，一下子抟住布朗，好像父子俩是打了胜仗光荣会师的部队。罗力阿爹比老邦崴看上去精神多了，布朗想着，他便脱口而出："罗力阿爹，坐牢没那么可怕吧？"

婉罗姆妈翻了他一个白眼："拎不清爽，坐牢舒服啊，你去坐坐看。"这话却把寄草妈妈说笑了，她告诉儿子，爸爸在金华十里坪劳改农场工作，一个月可以回来探亲一次，不算坐牢的。

小布朗听不懂婉罗的城里人反讽腔调，他很诚恳地摇晃着罗力的手，肯定地说："好的，罗力阿爹可以带我去那里看看的。"

"小布朗，要叫爸爸，叫长辈名字，不礼貌的。"嘉和说。

小布朗立刻大声而亲热地叫道："爸爸。"

罗力听了此话,使劲拍着儿子的肩,好像政委拍战士的肩,说:“好啊,不过我在农场图书馆当管理员,你要去,就得看书啊!”

一听要看书,小布朗顿时眉头紧锁,他学习就没好过,他不喜欢读书,一读书就睡着。好在嘉平舅舅把话题扯开了:“我也难得回来一趟,大哥你还有好茶吗?”

好茶倒是有的,却都被小布朗分给新交的朋友了。原来这快乐的原始共产主义者小布朗,这在西双版纳大茶树下连短裤都会脱了送给人家的无产阶级分子,哪里有那么些自己的、别人的概念!大舅杭嘉和特地从嘴里抠下来的龙井,交代小布朗,让他尽管喝,谁知小布朗不懂什么是“尽管喝”,他原本就是个要朋友不要命的人,满满一筒龙井茶几把便抓了个精光。他的新朋友都是社会青年、无业游民,吃吃荡荡,正等着被发送到农村和边疆去,心里烦着呢,也没个可宣泄之处。天上掉下来一个小布朗,他们唱啊跳啊,没几天就把绝品龙井喝得一片不剩。

小布朗摊摊手,一点也不难为情,他眉开眼笑地对亲戚们介绍说:“我这里有云南带来的竹筒茶呢,我们拿来烤了喝!”

得茶、得放他们从来没有见过竹筒茶,听听都新鲜,急忙说:“拿出来,拿出来。”

“要喝烤茶,可是要先点火塘的啊。”

“哎哟妈,那不就是夏令营吗?”迎霜激动得连“妈”都叫了出来。

婉罗急了,说:“猢狲精你要干什么,放火啊?”

说话间就见小布朗已经出去了。大舅杭嘉和这才趁机告诉他们几个大人,他已经通过关系,介绍小布朗暂时到一家煤球店里铲煤灰去,算是消耗掉一点精力,以后再想办法调工作好了。他问罗力和寄草有没有意见,两人相视一笑,罗力便感慨道:“毕竟长兄如父啊!”

嘉平对此言表示异议:“伯仲之间各有千秋。我也有个思路供你们参考。”

二哥杭嘉平又从北京外放回杭州了,待遇不变,但岗位调整为省文史馆馆员。他清醒务实地贡献了自己的建议:当初把布朗放在西双版纳,实属权宜之计,小布朗连个正经名字都没有,这次回来,重报户口,就姓母家姓吧。

“这是一个实际问题。”嘉平说,“他姓罗,就会有许多人问他,姓罗的父亲在哪里。所以不如让他姓杭。新社会,男女平等,姓母亲的姓,也是很正常的。”

“这个你有点越俎代庖了吧,他们小家的事情他们自己定吧。”嘉和当场表态,他有不同意见。

大家都把目光射向罗力,罗力胸膛一挺:“我没意见,是寄草不肯啊。哪一天我的事情搞清楚了,再改回来就是。”听者不知晓,嘉平的建议正是罗力再三拜托的。

寄草抢白道:“这可排不定日子的,改过来改回去,于事无补。”

“听听孩子的吧。”叶子轻声说。她永远站队嘉和,明白嘉和是怎么想的。不年不节的,嘉和为什么发了一个这么大的兴,把家人能叫的都叫来了,连守在胡公庙的盼儿夫妻都叫了回来。前些年嘉平使了些统战政策的劲,把曹家远打造成一个迷途知返、投奔光明的特殊人物,到龙井小学教算术去了。胡公庙东倒西塌的,老和尚还住在那里,家远夫妻二人,把那里收拾整理完善,便又住了进去。盼儿画画,家远教书,这日子倒比在清河坊杭府里还清净。

盼儿推推曹家远,家远清清口说了一句话:"听爸爸的。"

这头话音还没落下,那边婉罗姆妈跑了过来,张口就叫:"哎哟不得了了,小布朗要放火烧房子了!"

"哪里?"众人惊叫。

"二进院子天井里!"婉罗指着寄草就喊,"你还不快去看看,这个乱头阿爹小祖宗,不要一把火烧起来,把我们都烧进去了呢。"

嘉和连忙挡住:"吓人倒怪,小布朗要煮烤茶给我们喝,云南茶。"

叶子探头看后,轻声建议说:"难得天气好,外头天井里喝茶也好的。"

罗力第一个赞成:"我跟你们说,烤茶的味道,没尝过的可是一定要试一口的。"

寄草也赞成:"没错,那年我和罗力结婚,喝的就是竹筒茶。"

此时天色开始渐暗了。江南好天气时的黄昏,有一种通透的亮,天空也显得特别白,倒是衬得火烧云一挂挂的,乌黑又鲜红。

于是嘉和拍了板:"那就尝一尝嘛,云南茶、西湖茶,都是杭家茶。"

一伙人就分头去找柴火了,只有杭家兄弟还坐在客堂间里,嘉平打量着大哥,说:"一家人这种时候集起来点火煮茶,什么意思?最后的晚餐?"

嘉和也打量着嘉平:"你这句话说得贴切……山雨欲来风满楼……"

“没那么严重吧?”嘉平不确定地问。这些天,真的乱糟糟的,每日都感觉剑拔弩张,大哥却发起这样的大兴,是很不符合他的天性的。

嘉和平静地说:“不是已经开始了吗?”

嘉平同意大哥的判断:“应该是已经开始了。”嘉平敲了一下自己的额头:“亏大哥你想得出,这种时候全家人喝茶。”

“小布朗户口弄好,工作也找好了,我们大人再出把力,给他找个对象,过日子就靠得住了。盼儿夫妻俩躲在茶山里,家远还当了小学老师,虽说是临时的,总比前几年拉黄包车捡破烂好。罗力嘛,我看眼下他还不如在农场里安耽。汉儿一家最不要担心了……”

“看来这次杭家门第一个被开刀的人是我了。”嘉平倒是豪爽,一句话就把嘉和藏着的心事说了出来,“总不能回回我都擦边球打过去,大哥你说是不是?”

“今日夜里你只管放开来喝茶,你要喝个够!喝个痛快!”

“有道理,以后什么时候喝还不好说。豁出去了!”嘉平也奔出去了。

现在只剩下嘉和一人,坐在昏暗的生有居中,石雕般的轮廓,像是要涅槃了,想了想却又站起来,要去锁大门,却见小撮着从大门外进来。他见着嘉和可是喜出望外,迫不及待地就站在门背后,贴着嘉和耳根说了一番话。嘉和拍了拍小撮着肩膀,松了一大口气,把大门关上,推着他走到二进院子花木深房的天井中。小撮着就当仁不让地坐在了火堆旁边,一边指着正抱着一堆木柴走来的小布朗,问嘉和:“老东家,就是他呀?”一边点着头,一边赞叹:“登样，登样，耳听为虚，眼见为实，杭家人，个个走得出去！”

转眼间木柴捧来了一大堆，院子里当下点着，小布朗就取了竹筒，当中劈开，紧压成形的竹筒茶就掉了出来，细细长长黑黑的一条。婉罗姆妈不免惊问：“这个东西怎么吃啊？”

小布朗就说：“看我的！”说着，变戏法般地拿出了一套茶具，边民称之为“老鸦罐”。这老鸦罐已经被火熏得活像一只黑老鸦了，它还有四个“儿女”呢，不过是四只如乒乓球般大小的杯子罢了。

小布朗就先把那竹筒茶用手捻碎了，放在一个盘里，然后就拿着那老鸦罐到火上去烤。早有得茶自告奋勇地从灶房中捧出一只瓦茶壶，小布朗见了拍拍他的肩说：“这东西好！”灌了水就上了篝火，这边老鸦罐也烤得冒了烟，小布朗一把抓起竹筒茶就往罐里扔，一阵焦香一阵烟，只听得噼噼啪啪一阵响，竹筒茶就浑身颤抖地唱起歌来了。

茶都开始唱歌了，人能不唱吗？星星都开始唱歌了，火苗儿能不唱吗？小布朗激动地看看他的亲人们，环视着这个人工的村寨家园——唉，有总比没有好啊！夜晚降临了，多么想念你啊，我的父亲，我的老邦崴爹爹。都说茶的故乡就在大茶树下，都说那株大茶树，就是茶的祖宗，那么我小布朗呢？为什么我就不可以是大茶树下的人的子孙呢？为什么我会来到这里呢？小布朗喉咙哽咽，不唱是绝对不快了。他拎起了已经沸腾的瓦罐之水，黄河之水天上来一般地直冲那老鸦罐，刺啦一声，白烟弥漫，仿佛老妖出山，又是火又是水又是云又是烟，还没等一家人缓过神来，一个声音像是从遥远的大森林里传来了：

熬茶就如做锦缎衫,美丽的茶团绣上面,
无花的锦缎不好看。
水只倒三勺不能多,茶只下三勺不能少,
盐只放三把味道巧。
红茶改色要乳牛,挤出的白奶要巧手,
牛奶熬茶胜美酒。
……

一家人静静地听着,而老鸦罐里的竹筒茶浮起来了,翻滚着,咕噜咕噜,那是一种多么豪放的香气啊,那是大森林的气息,那是远古的声音呢。小布朗端起老鸦罐,把那沸腾的浓郁的茶汁往小杯子里倒,然后一只只地送到亲人们的手里。

杭嘉平突然激情迸发,他跳起来,说:“听我的,我要朗诵一首革命之诗,一首茶诗,一首马雅可夫斯基的阶梯诗。”说完便开口:

白熊
　　驯鹿
　　　　爱斯基摩——
茶管局的茶
　　　　　谁都爱喝。
哪怕喝到北极
也觉浑身暖和。

“这是什么诗啊!”得茶和得放都哈哈大笑,被嘉和挡住了:“你们没见识过的东西多着呢。”此时天色已黑,火星在院子里缭绕飞舞,嘉和与嘉平两兄弟一坐一站,和声念诵:

我敢向全世界
　　　　　　起誓:
私营公司的茶叶
　　　　　　太次。
茶管局
有信誉。
茶叶成色
　　　　请沏出来一试,
整个房间,
　　　　会香得如花喷放,
　　　　　　　千红万紫。

婉罗坐在寄草旁边,总算被她一句一句地解释清楚了,原来是在“落蒂毛子”——很久很久以前苏联成立的一个茶管局,想买茶尽管上那儿去。坐在旁边微笑着的蕉风,其实早已睡眼惺忪,耳朵也“打八折”了,她听成了这个茶管局就在杭州,心想:这几年国家控制买茶,凭票一个人只能买半斤,怎么一下子有一个茶管局了?

她凑上去问女儿:“茶管局在哪里?茶管局在哪里?”

迎霜有点蒙:“茶管局?茶管局,大概在那个苏联吧!”

儿子杭得放听了有点疑心,因为苏联他是知道的,就是中国的苹果鸡蛋都要拿大的赔给他们的那个苏联。茶管局在人家“苏修”的地盘上，那不是成心拿修正主义压着我们社会主义吗？他这少年的心思就开始嘀咕开了。

倒是罗力豪气上来，也站起身，大声喝道：“有牛奶吗？”

牛奶！多么奢侈的词儿，但盼儿立刻应道：“有！”

她常年体弱，医生说营养不良，得喝点牛奶。全家人不知走了多少门路，才换来那么一丁点儿的牛奶，还不知道哪一天会停。曹家远二话不说就取了过来，小布朗三下两下就倒入老鸦罐。这就是牛奶熬茶啊！一家人惊叹地看着，他们怎么能够不尝一尝呢？

这味道无法言说，又苦，又香，又醇，又麻，但谁都不敢说不好喝。女主人杭寄草站起，就势拉上了丈夫，看着家人，个个被篝火映得满脸通红，满院子的香气。住了多年的家，一下子竟然不像是自己的家了。

罗力端起茶碗，望一眼苍穹，寄草则说：“来听你爸爸的歌，还是你邦崴爸爸教的，我们在婚礼上唱的……”

“一起唱，一起唱，一起唱……”杭家的小儿女们，除了得放，其余人都拍着手鼓掌。寄草豪爽地说：“一起唱就一起唱，罗力你能唱全吗？”

罗力拍拍胸脯，表示胸有成竹，反问：“你呢？”

寄草就一口浓茶喝下去，然后放声高歌：

……

山那边的赶马茶哥啊，你为什么还没有来到？

快把你的马儿赶来吧，快来驮运姑娘的新茶！

罗力顿时就全部想起来了，他和着寄草的声音，两人共歌：

驮去我心头的歌呀，
再细品姑娘心里的话，
茶哥哥啊……

这最后一声“茶哥哥啊”，是小布朗加进去的，他竟然会用和声！一曲高歌，杭家的老小们热血沸腾了。原来在那么多年的艰辛生活中，还可以点着篝火、数着星星、蒙着茶烟、唱着情歌吗？原来这不是童话也不是梦，只要夜晚一降临，山那边的阿哥就出现了……

第二章

燕子衔将春色去，纱窗儿阵黄梅雨。小撮着的孙女翁采茶坐在窗口打呆鼓儿，等啊等，山这边和山那边的阿哥都见不着踪影。

昨夜一场春雨，今日阳光明媚，天光从窗外射入，打在不抹油也发光的刘海上。她的眼睛经过三代进化，已经不再那么鼓暴，凝视时虽然残留着曾祖父撮着眼神中的些许呆滞，但嘴角一咧，稍大的白牙粒粒暴露，她的灵儿就从祖先的外壳中溅出，像窗外簇新的团团茶蓬，憨厚丰满，弹力四射，不是刚爆出的米粒般的社前新芽，也不是绿枝成荫的谷雨茗叶，她就是那种清明前后的骑火茶，一芽一叶，状如雀舌，闻一闻，喷喷香。

翁家山老革命小撮着，从杭家门一回来，就开始在堂前一角门背后贮茶，捧着石灰袋，一边怨道："大青娘，发什么呆？就不晓得搭把手！"

采茶双手衬在方方的面颊下，一副厌烦口气："阿爷，跟你讲过多少遍了，不要叫我'大青娘'，不要叫我'大青娘'，戳不戳气啦！"

"看你这副帐子面孔才叫戳气呢。叫你什么？王母娘娘？！"

"叫'姑娘儿'，亏你在杭州城里蹲这些年……"

其实"大青娘"与"姑娘儿"同义，无非杭州城里人叫"姑娘儿"，郊区茶乡村人叫"大青娘"罢了。但翁采茶嫌弃自己是乡下人，凡是露出乡下人马脚的东西她都严厉禁止。小撮着很讨厌她这种心比天高的心气,此时便把瓦制的龙井茶坛一推,生气地盯着孙女,这时,祖孙两个的表情便因为血缘而出奇地相像。

说起来,采茶还是他一手拉扯大的,前段时间托了老东家嘉和,嘉和又托了嘉平,不知走了点什么门路,才到城里湖滨路招待所当临时服务员,户口还在乡下呢,她就开始人五人六了。

前几日,他到杭家台门和杭家大人们商量,要把小布朗和采茶凑成一对,几个大人都没吭声,寄草突然添了这么一句:"真要成了,也不晓得谁是板儿,谁是巧姐儿呢。"

寄草说的是《红楼梦》中的段子,凤姐的女儿巧姐儿嫁了刘姥姥的孙子。但这话婉罗哪里听得懂呢?连小撮着、小布朗也是听不懂的。倒是嘉平打着哈哈:"若真有个刘姥姥,杭家人也算八辈子烧高香了。"

嘉和上下打量了嘉平几眼,很不相信似的怼道:"你也上心刘姥姥啊!"

嘉平认真地回答:"我要不上心刘姥姥,那个倒茶的工作怎么来的?"

小撮着连忙附和:"是啊是啊,城里人倒杯淡茶,乡下人头颈候煞!"

"小撮着伯话过了,"嘉平有点官腔,"都是为人民服务嘛!"

罗力咳了两声,表示他也可以说些什么,嘉和就给孙子使了个眼色,得茶多有默契啊,连忙就说:"罗力姑公,您是布朗的父亲嘛,您说您说……"

罗力"这个那个"地犹豫了很久,最后才讲了一句:"这个嘛,还是要听听本人的意见。”

寄草跟在丈夫后面急忙表态:“小撮着伯,我们一家人嘛,我直说啊,我是巴不得的,就是要听听儿子怎么说,过日脚还是要靠他们自己过的嘛!”

这下大家都明白话里的意思了,除了小布朗。因为大人们一直用方言沟通,他是摸不着头脑的,着急地摇着得茶,得茶咬着他的耳朵,用普通话告诉他大人们在讨论什么。他想,小布朗或者会不开心,起码也会不好意思吧,传着话就低头笑了,像个小姑娘。

没想到布朗咧开嘴,满面红光,眼睛发亮,连连点头,用普通话环视众人,回答说:“好啊好啊,我没意见啊。”

但见盼儿扑哧一声就笑开了。自从和家远结婚之后,她就成了一个不怎么说话但很爱笑的女子。曹家远回大陆以后,一直说话很少,如今见妻子笑了,便也跟着咧咧嘴。反倒是叶子小心翼翼地问了一句:“小布朗,你见过这位姑娘吗?”

小布朗摇摇头,叶子又问:“你见过她照片吗?”

“为什么呀?”小布朗说,“就是见一见嘛,见一见嘛,上回云南赛歌,我一个人还见了八个姑娘呢!”

“篓里挑花,越挑越花,是不是都没看上?”婉罗问。

“是啊,她们都没看上我啊!”他的这句话引得哄堂大笑。小布朗可不管亲人的笑,一本正经地说:“真的真的,她们说我十七十八外面浪,浪到上海回浙江,我这不是浪到浙江了吗?”

“老罗,孩子他爹,你看我们的傻儿子小布朗,是不是太可爱了!”寄草有点哭笑不得,就把罗力与小布朗都一把搂到怀里了,搞得这俩男人都有点难为情。

“少数民族的气质,极其纯朴!”嘉平夸了一句,算是冲淡这种过激的热情。嘉和又补了一句:“也是我们这个大家族的习性吧,该屏蔽的,天生就屏蔽了。”

得茶一向就特别注重长辈的评点,尤其是嘉和的这句话。为什么爷爷要说“天生就屏蔽了”呢?此刻他只晓得这句话很耐琢磨,很久以后,他才明白真正的含义。

小撮着对这门亲事是相当满意的,他认为孙女采茶也应该和他一样,对杭家的青睐感恩戴德。可采茶却完全不买他的账,从她的做派上就可以看出她的那副别扭劲儿。小撮着很不满,威严地咳了一声,说:“人都要到了,心思还没有收回来。”

“哦哟,也不看看现在几点钟!”孙女回过头来,瞄了一眼八仙桌上的台钟——土改后杭家送给小撮着的,嘀嗒嘀嗒,家里就这件东西还算体面。时钟已经快到中午12点,杭家人说好10点就到的。小撮着懊恼地看着一桌凉菜,又看着孙女,他越来越说不过她了,虽然他也知道,今日是相亲,杭家人真是不该迟到。

“不管三七二十一,来塞灰袋!”小撮着想不出用什么话来解释杭家的这一重大失误,只好转移话题,采茶也总算懒洋洋地走到爷爷身边,叹一口大气,干活吧。

活儿并不多,一只龙井茶坛,高不过半米,胖着肚子,贮十三斤的茶,还得夹四斤生石灰。小撮着一家多年都没有那么些茶了,自留地里能采几两?今年捋捋刮刮收了五六斤,还不敢让队里发现。国家规定得严,邮寄不得超过一斤,送人不得超过两斤,每人只能留下私茶半斤到一斤。小撮着虽是老革命,却是脱了党的;虽是老贫农,却又是和城里资本家牵丝攀藤的。所以他躲在门背后,不想让队里发现他的能装十三斤茶的龙井瓦坛——他千方百计做贼般收来的这些龙井茶,也只能装半坛。可是左邻右舍连这半坛都装不满呢,有些干脆把茶坛都扔到屋外院角里去了。茶都没有,还要什么茶坛?

小撮着的这只茶坛,就是从后园毛竹林里捡回来的,故而必得要细细地烘�。这活儿小撮着在忘忧茶庄做了几十年。“解甲归田”后,给队里干活,大锅饭,手艺粗了,今日技痒,下了一番决心,要把这一手给重新捡回来。

他让采茶往纸袋里装生石灰,再用布袋套上。茶叶事先已用两层的牛皮纸包了,一斤一包,放在旁边矮桌面上。现在,他要开始第三遍烘坛了。

烘坛,先得有两样东西,一只铅丝吊篮,一盆烧得幽红的白炭,将吊篮用挂钩挂在梁上,悬在炭盆上头,再把灰缸置入吊篮,烘个十来分钟,取出,然后冷却,再来一次,凡三遍。小撮着为了这五六斤茶,忙上忙下一上午。他是成心想把这最后一次的烘坛机会留给杭家的,他晓得今日杭嘉和必带着侄甥孙辈来,就想创造一个热烈怀旧的氛围,在七手八脚和七嘴八舌中,把儿孙们的事情给定了。

茶坛已冷过两遍,鬼影儿未见,眼见茶坛火气已尽,再不烘坛,就要前功尽弃了。他只得重新拨亮炭火,心里纳闷,东家杭嘉和一向就是个守时之人,他常用茶圣陆羽的人品来做例证,说:与人言,虽冰雪千里,虎狼当道,不愆也。这个“愆”字,东家专门做了解释,就是“耽误”的意思。今日却“愆”了,这算是个什么事呢?那日夜里点着篝火,他们可是亲自把这件事情定下来的。

其实杭嘉和为这次行动是做了精细的物质准备的:吴山酥油饼、颐香斋香糕、知味观幸福双、叶子昨夜煮的茶叶蛋,他还专门到杭州酒家订了一只叫花鸡。寄草到十里坪探监去了,从中可以看出她对此事的态度。本想交代小布朗几句,但看他总有些吊儿郎当的样子,也不知是真不懂事呢,还是愚钝尚未开化。人是生得有模有样,说出话来却可爱到有几分弱智。罢了,此事一万年不成,还莫如眼不见为净,大人就不掺和了。

但大哥却掺和进去了,寄草到底还是有些不解,嘉和便回了一句:“人家好心,面子总要给的嘛。”寄草突然就明白了,点头赞成:“还是大哥想得周到。”

寄草行前匆匆忙忙,什么也没有准备,要从口袋里掏钱,被大哥两只薄手一把按住了,生气地说:“你做什么?我有,我有,不要背时了!”

忘忧茶庄公私合营后,嘉和就谢绝了拿定息,只拿他的那份工资用于一大家子开销。忘忧茶楼也归了公家,嘉和不让叶子出去工作,叶子就当了名副其实的家庭妇女。寄草则因为不肯和罗力离婚,被发配到街道小厂去了。虽然住在赵寄客留给她的刀茅巷小院子里,但这些年已经把大哥家的钱袋当作自己家的钱袋了。倒是蕉风、得放、迎霜母子三人,住在马坡巷的嘉平处,加上杭汉的工资,日子还算过得去。

按说得茶是烈士子弟,国家养到十八岁,上大学后也可以接着替他交学费的,但得茶坚决不愿意。他对爷爷说,真不是他思想觉悟高,是他不想欠人家任何东西,哪怕一分钱。嘉平为此跟他专门谈过一次话，认为他这样做有点过了，是不想介入任何社会形态的一种态度，是表面高尚其实自私的两面派作风。得荼承认是的，从小学到高中毕业，他都在别人画好的圈中站立作态。现在他上大学了，他希望自己的学业由自己来做主。嘉平认为他这个做派很危险，没有组织的约束，人是很容易豁边的。但嘉和却不那么想。"你就让他自己做一回主吧。"嘉和对大弟嘉平说。

嘉平这才说出心头打算，他觉得自己儿子杭汉已经彻底攻研茶学专业，他这个侄孙就该学一学政治经济学，以此起步，毕业后从政，做一番大事业。得荼却选择了历史，这也就罢了，还专门研究食货，这么冷门的东西，格局太小，路径太窄，意义不大。

嘉和听了弟弟的金玉良言，点头说："是啊，满嘴跑火车，满脑袋赛马场，宰相肚里可撑船，放眼望去，全是大风大浪大革命……你啊，一辈子不知道小有小的好处——"

"——大有大的难处……"嘉平接上口，"《红楼梦》我也没少读。孩子们的视野，为什么就不可以大一些呢？你看这些年，一茬茬的运动，每次来，我都学不透、跟不上、看不清，我都快成井底之蛙了！"

"先生成蛙，就指望晚生替你跳出去看天哪！"嘉和笑着点嘉平，"怎么不想想，他们也许是潜龙在渊呢。"

嘉和这话竟然一下子点透了嘉平，他一拍大腿赞道："大哥啊，还是你飞龙在天——不不不，你是亢龙有悔！"

嘉和显然不吃他那一套，边作揖边退着出去："行了行了，我是井底之蛙，沟渠蝌蚪，我是夏虫不可语冰……"

小布朗全无母亲那番拳拳心意,一大早起来,滑进厨房里,先吞了四只茶叶蛋。见外甥杭得荼还没有从学校回来,又靠在他的床上,美美地睡了一个回笼觉。醒来时正不知身在何处呢,恰好杭州酒家送来了叫花鸡,他立刻就扒拉开包着鸡的荷叶,闻着香就用手钳了一块。迎霜看看大爷爷,见这种反常行动并没有遭到谴责,也学着要去拈一块,就被叶子奶奶轻轻地一拦。布朗没看见,吃着舔着,又扯一块塞到迎霜嘴里,手指头油乎乎的,要往干净衬衣上蹭,吓得叶子赶快递过来一块毛巾。布朗也不难为情,叫道:“杭州也有烤鸡啊!”

嘉和告诉他,这就是叫花鸡,叫花子发明的,皇帝看中了,吃了叫好,却不叫皇帝鸡。

布朗一拍胸膛:“今日我们吃了,我们就是皇帝!”

迎霜吃惊地指着他:“你,封建主义!”

杭嘉和却问:“叶子,九芝斋的椒桃片买了吗?”

叶子慌慌张张地回答:“还没有。刚要走,居民区把我叫去,查特务呢。”

嘉和不以为然地摇摇头,不知道从什么时候开始,叶子就成了这么一个胆小琐碎的女人。

倒是布朗摇着手说:“大舅,不劳心,不劳心,送什么都一样的。”

嘉和郑重其事地摇摇手,说:“可是不一样的。九芝斋的椒桃片,是先把糕蒸熟了,再裹山核桃肉,入模子,压成长方条,再切成极薄的片,烘干,白里透黄,用梅红纸包好。这个好东西,是要就着茶,才能吃出品位来的,布朗你倒是不妨一试。吃一口糕,呷一口茶,喷香!那才叫如入太古呢。"

"如入太古?"迎霜听傻了,她也不是没吃过那椒桃片,但吃出如入太古的感觉来,这的确是不曾有过的事情。倒还是布朗心有灵犀,一抬头看到大舅的目光——那不就是如入太古嘛,他想起遥远的大茶树了,便应道:"我在大茶树下吹箫的时候,就如入太古哩。"

舅甥两个会意,淡淡一笑,嘉和拍拍小布朗的肩,说:"把你那赖笼带上!"

小布朗立刻转过身去,拍拍自己的后背,原来赖笼就插在腰间呢,这一次,杭家老小就都笑起来了。嘉和看着布朗年轻快乐的脸,想,这个头开得不错。现在,就差孙子得茶没有到了。得茶是个守时的人,怕不是被什么事情耽误了吧。

真是说曹操曹操就到,弄堂口电话来了,正是得茶,说他被同寝室吴坤的事情耽搁了。嘉和心里一咯噔,脱口就问:"他怎么还没有搬走?"

电话那头的孙子得茶沉默了一下,才说:"快了,他去车站接未婚妻,我在帮着收拾下房子,他们要登记了。"

嘉和不追问了,只说:"别忘了买九芝斋的椒桃片。"

吴坤,这个对门老邻居吴家留下的独苗,比得茶早几届,在杭州读完本科,便去了北京名牌大学,拿下硕士学位。杭家人都以为从此和吴家这个百年对头不再有什么瓜葛。不承想因为他那个女朋友大学毕业分配到了浙江湖州,他也想往浙江方向分配。只因他在杭州已经没有熟人,只好与久无交往的杭得茶联系。信纸是宣纸,印着红色竖排的格子,字是毛笔小楷,透着才气和功夫,这样的行书拿出去，哪个老先生看着都舒服。杭得荼接到来信，开心地一拍桌子大叫："终于冒出来了，你这家伙，还以为赖在北京不想理睬我了呢。"

去北京前，他们曾经把酒临风，彻夜长谈，相约来日在北京重逢。可吴坤一上火车，就泥牛入海无消息了，得荼写过几封信，吴坤都没有搭理，倒是人也在北京的杨白夜给他写过信，但她也没有提到过吴坤，这家伙就那么无缘无故地消失了。

好在没过多久，先去北京的嘉平爷爷和后去北京的杨真局长都从京城给贬回来了。爷爷没什么理由，只是说他与香港、台湾方面的关系过于密切，这颗革命的螺丝钉放回老地方待着再说，故嘉平享受着老革命的待遇，却只能在文史馆当个馆员。

杨真就不一样。他本是分在有关部门专门搞政策研究的，但好像在一些关键问题的立场上，他和上面没有保持一致。而且还和几个延安时期研究经济的不同政见者搞到一块儿去了。这种小团队式的操作非常危险，所以杨真被发配回杭后，直接去了得荼所在大学的经济系研究所，也不用上课，只做马克思主义经济学的研究。还不到一年，下放的指令又来了，这回，杨真要到湖州长兴去了。得荼陪着寄草姑婆专门去送别杨真，当时嘉和就谨慎地说："我想见见杨先生，好久没见着了。"寄草答应了。

寄草总是那么乐呵呵的，用她的伶牙俐齿来严防死守着她咽进肚里的那摊苦水，嘻嘻哈哈地说着底层的各种好玩事儿。见着杨真后，一杯茶下肚，寄草就给他们讲了个故事。说的是她那个单位里有个盲人叫果儿，上回让他上台背诵"老三篇"。他翻着没有瞳仁的白眼，手里一根探路的马杆，甩搭甩搭，恰恰就在台子前立定，手伸开，一声叫喊穿云裂帛："茶来！"立刻有人给他端上一个大茶缸，他接过，咕噜咕噜半缸茶下去，抹了抹嘴，咳嗽了几声。寄草学着果儿的那一口绍兴腔，终于开始了：

> 我们的共产党和共产党所领导的八路军、新四军，是革命的队伍。我们这个队伍完全是为着解放人民的，是彻底地为人民的利益工作的……

开门见山，此一段非背也，乃唱也。唱腔用的是风靡吴山越水的越剧调子，果儿一开口，老太婆们就击掌道："真正徐派！跟徐玉兰的贾宝玉一式一样！"又有老太婆反驳："我听听是范瑞娟的梁山伯。""你耳朵聋了，明明是徐玉兰的贾宝玉！""不要好的坯子，连范瑞娟的梁山伯都听不出来！""贾宝玉！""梁山伯！""贾宝玉！""梁山伯！""不要吵了，已经到张思德背炭了。"有人气呼呼给她们一掌，这才停息，屏气静心，侧耳倾听。

寄草学到这里，得荼笑得肚子痛，杨真也开怀大笑，只有嘉和在微笑。寄草一本正经地扫他们一眼说："唉，我说你们不要笑啊，笑个什么呀。那果儿难得一口绍兴方言，铿锵有力、跌宕起伏、抑扬顿挫，跟杭州小锣书一样。果儿的张思德一出场，听得人恨不得立刻就到山里去背炭；说到白求恩，不远万里来到中国，毫不利己专门利人，恨不得一路冲到火车站，买一张票夹脚屁股就赶到日本去和鬼子决一雌雄；至于那老愚公，太行山啦王屋山啦，果儿说得兴起，单腿飞扬，一根马杆踢出丈把远，顺手捞起根鸡毛掸帚高举在上，那老愚公就成了打虎英雄武松，豪气冲天。一时台上台下，都听得目瞪口呆。”

寄草叉腰站在一边，不由得想起她小时候随爸爸读古文，念到张岱的《陶庵梦忆·柳敬亭说书》，爸爸每每就朗读：“其描写刻画，微入毫发，然又找截干净，并不唠叨。哱夬声如巨钟，说至筋节处，叱咤叫喊，汹汹崩屋。武松到店沽酒，店内无人，謈地一吼，店中空缸空甓皆瓮瓮有声……”念到此，爸爸就忍不住击节赞叹，不知是柳敬亭的书说得好呢，还是张岱的文写得好。想到这里，却听嘉和一声感叹：“别看果儿是个瞎子，若是活在张岱手里，说不定也是一个柳敬亭呢。”原来兄妹俩想到一起去了。

只有杨真先生始终笑个不停，点着寄草：“没想到啊，没想到啊，几年不见，杭寄草成了喜剧演员。”

“你可记住我这些段子，笑一笑十年少，我们家罗力还在等你回来呢。”笑着说这句话时，寄草都要哭出来了。嘉和连忙找个借口要走，临别时，送杨真一把王星记扇子，这是罗力专门买的，请嘉和写了一幅楷体字：“月到天心，清之至也；风来水面，和之至也。”署名是“嘉和临元虞集《天心水面亭记》”。得茶竟不知虞集何人，倒是杨真击掌说：“元人虞集啊，唐代大书法家大政治家虞世南的后人，南宋丞相虞允文的五代孙，大文人哪。”

寄草送了个扇套给他，都锦生丝织厂的缎子做的，寄草的女红活一向厉害，有一种低调的奢华感，紫色，如长长的一枝笋，正好放进一把扇子。得茶竖起大拇指，因为这个意思他是知道的，《茶经》第一章就专门说了“紫者上，绿者次；笋者上，芽者次；叶卷上，叶舒次”。此番杨真要去的地方，不正是产顾渚紫笋的地方吗？

杨真转来转去，也没什么东西好送给他们。得茶注意到墙上书架上都没有杨真女儿杨白夜的照片,只有杨真牺牲在抗美援朝战场上的妻子和他穿军装的合影。他刚想张嘴,寄草轻扯他一下,耳语说:“不该问的别问。”得茶便立刻噤声。那天晚上,他们说了很多,但关于杨真为什么会被发配下来,白夜又到哪里去了,这些问题,所有在场者都只字未提。

投桃报李,杨真最后还是找出了一样最好的回礼:“我送一本书吧,就替你们直接转给得茶了,你们同意吗?”

哪还有不同意的?杨真果然就从书架上抽出一本厚厚的旧书,正是那年杨真和寄草同路一段时,随身带的这本《资本论》。

寄草默默地拿过这部白封面的书,摸着封面,她说了一句:“能保存到今天,真是一根筋的人。”

“殉道者吧。”嘉和说,“罗力也是这样的人。”嘉和想了想,又补充说:“其实我也是,我殉了茶。”他这么直白地坦露心迹,得茶从来没有看到过。

杨真走后差不多半年,吴坤终于在得茶的引荐下成为他的同事,直到这时,得茶才在吴坤的最后一封信中恍然大悟。信用了办公信纸,倒是用蓝墨水钢笔横写的,这位久未见面的年轻人的钢笔字一开始也很漂亮、潇洒,是那种专门经过书法训练的人才具有的笔力。但这种笔力行文到三分之一时就开始潦草,出现了年轻人火热的倾吐,很快就转化为一种天马行空的充满激情的喷涌。急不可耐的倾吐,毫不设防的渴望,简捷而十分有力,子弹一般地击中了得茶的心。得茶看信时,激动得信纸都发出了窸窸窣窣的声音,像饥饿的蚕正在吞吃桑叶。果然世界既大又小,生命处处设置机缘,原来吴坤的行动里有这么强大的内在逻辑;原来他的那位女朋友就是他们共同的发小白夜啊;那位北京某德高望重的老干部的女儿,实际上正是杨真先生的女儿啊;原来她自愿从北方分配到这江南小镇,只有一个目的,就是离她的父亲近一点啊——杨真先生不是正在湖州长兴的顾渚山下劳动改造吗?

吴坤热烈地对得荼倾吐,像酒后梦呓。他说她是他的全部生命,是他永恒的女神,是他的命运,总之没有她,他是无法再活下去了,所以他放弃北京更广阔的学业天地,宁愿到这东南一隅来重新开始两个人的新生命。他说这件事情只有求靠他们杭家,尤其是他杭得荼了。因为他不能让更多的人知道他和杨真之间的关系,杨真出事了,很大的事,所以就从北京发配到浙北山中了,别人晓得这层关系,一定会影响他顺利地分配到这里,所以一个人也不能说,否则他就真是走投无路了!

得荼只把这信看了一遍,就急匆匆地骑着自行车往家跑。他看上去不急不忙,但头发乱了,一路总忍不住回头看,老觉得他夹在后车座上的书包丢了,每次回头看又都在,视野一移开,心就缺了一块。

孙子得荼那种强打精神的失魂落魄,瞒得了府上所有的人,却岂能瞒过爷爷。夜里睡觉前,杭嘉和让得荼过来陪他洗脚,一人一只洗脚盆,叶子给他俩一会儿续一次热水。爷孙俩搓着脚背,得荼终于把吴坤给他的信递给嘉和看。嘉和还没抬头,老花镜已经送到他面前,叶子递的。他微微动动手指头,叶子已经把信纸递到他眼前。嘉和把信纸摊在床上,一会儿看看这张,一会儿看看那张,上上下下地反复比较。叶子凑过身去瞟了一眼,说:“这种事情告诉人家做什么?”嘉和就回了这么一句:“总有他的道理嘛。”

得荼眼睛一眨不眨地盯着这对老人。他看上去有气无力,叶子便捋着他的头发问:“荼儿,有心事了?”爷爷注视着孙子,目光又回到那些纸上。叶子就又说:“你看,荼儿这副样子,像煞你小辰光。”

嘉和这才收起信纸,交还得荼,端详着孙子,边轻轻摇头边说:“我小时候可是比他藏得住。”又问:“你还记得白夜那个姑娘儿?从苏联回来的,那日下大雪,盼儿和家远成亲。”

“姑娘生得洋人一样,鼻梁笔挺,像她妈。”叶子明白嘉和的意思,接过话头。

“她和我通过信的,”得荼的心受伤了,“为什么不告诉我她和吴坤的事情? 他们都不告诉我,成心的!”他赤着脚穿着拖鞋来回在房间里走,有些失落,自己也说不清,“冷起来几年不理我,热起来一股脑儿倒给我,啥意思嘛。”

叶子把他按在小竹椅上,边替他擦脚边说:“你小伢儿一个,大人的事情跟你讲不来的。”

得荼躲闪着叶子反驳道:“都大学里当助教了,小什么!”

杭嘉和看着孙子,突然想起什么,用断手指点着得荼,笑得眼泪都出来了,谁也不晓得他笑什么。好一会儿他才平静下来,问:“杭得荼,你说你是不是个男人?”

得荼就憨憨地点头,墙上摇晃着一个瘦瘦的麻秆身影。

嘉和一边擦脚一边说:“是个男人,就得受得起。”

叶子一边让得荼去倒洗脚水,一边说:“他们吴家门里的人就是这样的,有事有人,无事无人,你当风吹过好了。”

得荼知道这不是风吹过,但他还是不明白爷爷为什么要这样大笑。他决定不再和大人们倾吐这些小秘密了,向爷爷奶奶告了个别便走。只听得爷爷打着招呼:“话只说一遍哪,星期六陪小布朗上一趟山!”

得茶和爷爷一样,是个说话做事很靠谱的人,这回出洋相了。他被吴坤的事情拖住了。那另一头的祖孙两个,也在各想各的。已经在城里招待所当临时工的姑娘儿翁采茶,对爷爷的劳作一万个不耐烦——烘坛三遍,如今茶农还有几个做这种背时活儿,空佬佬,犯得着?

翁采茶有她的苦恼:一是想有城市户口而不能;二是招待所的小姐妹给介绍了一个对象,爷爷不但不同意,还要把城里寄草姑婆的儿子杭布朗配给她。这个杭布朗,又不像得茶、得放他们,从小就熟的。她从来就没有见过他,只晓得这个人一直在云南少数民族干爹那里的大森林里生活,二十出头,刚回杭州,正经工作也没有的,暂时在煤球店里当铲煤灰的临时工,和她在招待所里冲开水有什么区别?爷爷把他说得千好万好,又有城市户口,又是世交,人又登样。总之,一个铲煤,一个打水,天仙配。

翁采茶很委屈,赶到梅家坞找父母:“凭什么让人家配工人农民,让我给劳改犯做儿媳妇?”

父母说:“1960年饥荒,你们兄妹要饿死了,爷爷一塌刮子把你们都背到羊坝头,杭家救过我们的命,你忘记掉了?”

“姐妹好几个,做啥硬要挑我?要去大家一起去!”

父母说:“采茶你弄清楚了,不是我们要挑你去,是你阿爷要挑你去的。你是阿爷一手养大的,这次能到城里去做工,还不是靠阿爷的牌头？你阿爷靠谁？还不是杭家嘉和、嘉平爷叔的牌头？这里面的花样精，你自己想去。”

翁采茶闷声不响地回来了。家里女儿生得太多，那年要把她送给浙南山里人家，爷爷把她抱回翁家山，三日两头去城里杭家讨从国外寄来的奶粉炼乳，把她这条小命养大，现在要回报了。她愁肠百结地答应了爷爷，但肚里不平，心里有事，手脚就乱，小撮着小心翼翼把六包茶叶贴着坛壁放好，伸手就去取那灰袋，谁知还没接到手上，灰袋就散了。

小撮着跟了嘉和几十年，也是近朱者赤近墨者黑，最见不得人做事情马虎。他护住茶坛，盯着孙女就叫：“绍兴佬有什么好？要你这副吃相放不下！”

孙女的眼泪一下子涌了出来，说：“人家是解放军！”

原来小姐妹给采茶介绍的对象是个绍兴人，在清波门省军区当着干事呢。

小撮着又呵斥：“脱了军装，还不是老百姓！”

“人家会越升越大的！”翁采茶简直是气势汹汹地喊了起来。

“嘁！”爷爷惊奇又鄙夷地问，“你怎么晓得，你是他顶头上司？”

“一眼就看出来了！”

“歪了头由自己说，莫非你跟他去‘楼台会’了？”爷爷放下茶坛，乌珠突出，活像一只生气的大青蛙。

“照片上看到过的。”采茶到底还是怕爷爷的，连忙解释。

小撮着立时伸出巴掌：“给我瞄过。”

翁采茶本能地护住了贴身小背心的口袋，说：“不给！”

爷爷见状便泼凉水：“牛皮哄哄，我看就是好不到哪里去。”

这话才是触到了采茶姑娘的心肝肺上。当初一下子看到这张穿军装的面孔，她心头哐当一声巨响，日头当顶从天上落下，一头砸进她心里。所以她决不允许爷爷贬低他，便厉声叫道："我告诉你，他就是登样，生得像——"她一时想不出她的意中人应该像谁，突然眼睛一亮，说："他生得像周总理。"

爷爷小撮着先是目瞪口呆，清醒过来，压低喉咙小声急促地说："收回，收回，你给我收回！周总理什么人，啊，周总理什么人？我在梅家坞见过两回，周总理一站，光都罩住了，你晓得什么，人家是天人，你脸皮贼厚，也敢出口。"

"他就是生得像周总理嘛。"她招架着，口气却软了很多。

"谁像周总理啊？谁像周总理啊？"一个小姑娘跳了进来，边跳边说，"小撮着爷爷，快点给我们吃饭，饿煞了！"

话音刚落，两个小伙子陪着一位老者进屋。老者抱拳说："来迟了，来迟了……"

左边那一位戴眼镜的小伙子就说："怪我，怪我，学校里有点事，耽误了。"采茶定睛一看，吔，他不正是嘉和爷爷的孙子杭得荼吗？那么右边的这一位，就是"他"了。翁采茶有些失措，有些无奈，有些紧张，还有些害羞，牙齿一咬，抬起头来。那人笑了起来，指着她说："就是你啊！"

翁采茶只听得耳边又是一声哐当，另一个日头就掉了下来，一瞬间，就把前一个砸得无影无踪。

第三章

得荼那天迟到，真是被吴坤绊住了，他说要去车站接白夜，让得荼代课。这两个助教面上看来学术互补、相处甚好。成熟的吴坤生得十分精神，下巴方方，每天刮得雪青，头发浓黑粗硬，把前额压了下来。他的面部表情生动，脖子略粗，但极为灵活，头部摆动时犹如一只灵敏年轻的豹子。大而略显肥厚的手掌，动作有力，不容置疑。他豪爽、随意，长于表述，很有冲劲，三句两句就与人拉近了距离。吴坤一到学校，就发表了好几篇在学术上很有锐气的文章，其中不少见解其实来自得荼的思考。有人对自己的东西被他人用了很在意，得荼却因能为他人所用而高兴。得荼在吴坤的衬托下，显示出了另一种风貌，他爱喝茶，吴坤爱酒，看上去得荼仿佛比吴坤稚嫩得多。他羞涩，有时还不免口吃，这也是家族的印记，杭家的男人，几乎都有些口吃。他治学的方向是食货、艺文类，纯属冷门。对这些领域，许多人闻所未闻。吴坤开玩笑说，他以为像得荼这样出身的人，应该去修国际共运史呢。得荼回答："从逻辑上推理，我去修食货也和出身有关哪。我们家可不是光出烈士的，主要出产的还是茶商，所以我最近正准备研究陆羽，他那部《茶经》，不是在湖州写的吗？"这么一说，吴坤也乐了，回答说："照你那么说，我正准备研究秦桧，也和祖上有关喽？我们家祖上有汉奸，可没有当奸臣的啊!”

吴坤表示一定要回清河坊拜见老人,得荼明知老人们不待见吴坤,但还是和他们说了。全家人都极有礼貌地和吴坤打了招呼,叶子特意买了绍兴老酒。但谁也没和他们一起吃饭,端上菜后都忙自己的事情去了。倒还是嘉和顾体面,倒了一盅酒,碰杯后干了,方才告辞。

只剩二人,吴坤三杯酒下肚,一声感叹:“你们杭家,最靠得住的,还是你爷爷。”

“此话怎讲啊?”得荼不会喝酒,一口下去,五脏就麻得僵住了。

“你看,嘉平爷爷算是资格老了吧,弄来弄去变成个统战对象,还被统回了老家,聪明反被聪明误啊。”

“不同意。我嘉平爷爷,是赤子之心,日月可鉴。”

“这话可轮不到你二爷爷,我看杨真先生才是。可他没有你嘉平爷爷的豁达机智,他呀,书读得太多,迂腐了。”

“他读的也都是马克思主义的原典哪,我回回和他聊天,都感觉他这人真是学问渊博,德文、英文、日文都精通,老干部里有他这样才学的,还真是不多。”

“老干部要懂那么多语言干什么,把中文学好,把文件看懂,把派系捋清,就行了。”

“被你说得好像封建社会一样,那你还回来干什么?”

“兄弟你太嫩了,爱情你懂吗?我想把她捞上来,心痛啊……命运的泥石流,正在吞噬着时代,你没在风暴的旋涡,你不懂啊……不谈了不谈了,走,看看你的小书房去……”

得荼边扶着脚步踉跄的吴坤,边思忖着他刚才那番话,他为什么总觉得苍茫大地只有他吴坤洞察一切呢？一种带着施舍式的慈悲、殉道式的掌控、井底之蛙式的大气……真费琢磨啊。

这里是得荼的小书房兼卧室，门楣上刻着的那几个字让吴坤停住了脚步。“曲径通幽处，禅房花木深……”他指着门框上写着的“禅房花木深”那几个字，感慨万千。其实这里花木尽无，再无通幽之感了。

得荼回说：“你还记得啊，那可是曾祖父手里的事情，算是文物，才让它留着的呢。”

吴坤在那间禅房里看到了一些别样的东西，这里的每一样东西，都是可以体现杭得荼个性的，学校里看到的那些只是杭得荼的一小部分。只有在这里，杭得荼瘦削的面容上才会露出些许的得意。他让吴坤看挂在墙上的《琴泉图》，他曾祖父用过的卧龙肝石，他的日本亲戚在60年前送给他们杭家的砸成两爿后又重新锔好的天目盏，那尊放在案头的年代悠久、来历不明的青白瓷器人儿陆鸿渐，还有那把有神奇传说的曼生壶。这些东西放在那里，并不让吴坤觉得有多起眼，但一经得荼解释就不一般了。吴坤更感兴趣的还是挂在墙上的两张大图，一张写着“唐陆羽茶器”，另一张写着“南宋审安老人《茶具图》”，两张画的都是古代茶器。他的视野被画上一只风炉吸引住了。

风炉画得蛮大，三足两耳，风炉旁竖写着四行字：“伊公羹，陆氏茶；坎上巽下离于中；体均五行去百疾；圣唐灭胡明年铸。”吴坤指着那最后一行问：“圣唐灭胡明年，764年？”

“正是。陆羽是安史之乱时从湖北天门流落到江南的，这只茶风炉就是为纪念平叛胜利所铸的。”

“可见陆羽号称处士，也是一个政治意识很强的人。”

他见得茶很认真地看着他，就又指着那第一行字说：“我不懂茶学，瞎讲，关公面前耍大刀。不过拿伊公羹和陆氏茶来相提并论，说明陆羽其实是有伊尹之志的。”

得茶明白，吴坤从小跟着他爷爷吴升习茶，千万不可相信他真不懂茶。伊尹是史籍中记载的商朝初年的著名贤相，有“伊尹……负鼎操俎调五味而立为相”的记载，这也是鼎作为烹饪器具的最早记录。“伊尹相汤”和“周公辅成王”一样，都被后人祀之以圣贤之礼。吴坤这样评价陆羽，也是顺理成章。

但得茶却不同意这种简单的立论，他说：“在我看来，倒不一定要把陆羽摆到政治立场上去。至少有句话我敢说，他是8世纪少有的具备自我价值体系建构的逸人。比如他敢拿自己的茶与伊尹的羹比，这里自然有鼎的因素。鼎最早是传国重器，鼎上刻字，歌功颂德，用于祭祀。后来方用到炼丹、焚香、煎药等上面。伊尹用来煮羹，陆羽用来煮茶，都是首创。陆羽事茶和伊尹相汤一样，都是千秋伟业，虽一在野一在朝，一论茶事一论政事，但无高低贵贱，可相提并论，所以后来朝廷两次召陆羽进宫当太子太保，都被陆羽拒绝了。这就和日本的茶祖千利休很不一样嘛。千利休都当了丰臣秀吉的茶道老师，结果怎么样？活到七十岁，还让秀吉逼着自杀了。”

得茶突然滔滔不绝地说了那么多，倒让吴坤新鲜，好在他从来就不是一个在争辩中甘拜下风的人，当下反驳：“你那些可是个例，任何一部历史都是政治史。”

“还有另外一条日常生活的历史长河，没有被史官正眼相看，倒是被老百姓代代传承,不要文献,只要心口,比如它们。”他指了指墙上的那两幅画。

吴坤第一次吃着了得荼的分量,他的内功,就在这花木深房中。他微微地有些不安,真是士别三日当刮目相看。吴坤有相当敏捷的微调能力,他指着中间的那两句话,笑着说:“快把这两句没有被专家们正眼相看的话解释给我听。”

得荼警觉到朋友的调侃:“你算了吧,坎、巽、离这些你还要我来讲?”

吴坤也笑了,说:“就让我当一回听众吧,最懒得记这些东西,真是要用了才会去查资料,快说快说,也让我长点见识。”

得荼这才解释说:“一说就明白。这四行字都是刻在这只陆羽亲自设计的茶风炉上的。其中第一行分成‘伊公’‘羹陆’和‘氏茶’,分刻在炉壁的三个小洞口上方;其余三行字分刻在三只炉脚上。坎主水,巽主风,离主火,‘坎上巽下离于中’,不就是煮茶的水在上,风从下面吹入,那火则在中间燃烧吗?至于那‘体均五行去百疾’七个字,就更好理解了。我们都知道,古代中国的中医学是根据金木水火土五行的属性,来联系人体脏腑器官,再通过五脏为中心,运用生克乘侮的理论,来说明脏腑之间的生理和病理现象,从而指导临床治疗的。这句话的根本意思,也就是说茶是一种好喝的药罢了。不过陆羽把卦义都渗透到茶事的各个方面,这种文化对日常生活的介入,却是不简单的。你看这幅风炉图,是我根据陆羽的描述画的,那个支架的三个格上,也分别铸上了巽、离、坎的符号,还有象征风兽的‘彪’,象征火禽的‘翟’,象征水虫的‘鱼’,这些,都是根据《周易》上的卦义设计的。如此文饰,人们还会以为在使用一只普通的风炉吗?”

“一只烧茶的炉子都文化成这样,从这只炉子里煮出来的茶,还不知道文化成什么样呢!几千年中国,怕不就是从这样的鼎炉里烧出来的吧。”吴坤再一次调侃着说,心下却暗惊:能把冷门研究得这么热火朝天,这也是本事。

得茶这一次倒没有听出朋友的调侃,反倒认真地说:“一个民族、一个国家采取什么样的生活方式,对这个国家的历史不会起作用吗?喝茶与不喝茶,肯定是不一样的。唐代的甘露之变是怎么引起的,那个导火索,不就是因为国家的茶事政策做了重大调整引发的吗?鲁迅先生在古书中横横竖竖地看,都是‘吃人’;我在古书中横横竖竖地看,都是帝王将相。难道历史不可以有另外一种叙述方式吗?难道以庶民生活变迁为标志的历史不可以是历史吗?所以我才特别看重唐煮宋点明冲泡,你不会觉得我谈得太远吧?我的茶史里有历史观呢。”

吴坤笑着说:“什么唐煮宋点明冲泡,我真是不知道,包括甘露之变,那是你的领域。不过宋代王小波的起义倒真是名副其实的茶农起义,他倒也真是影响了宋王朝的历史发展。包括波士顿倾茶事件,那还是美国独立战争的导火索呢,比甘露之变有说服力多了。”

虽把对方压了一下,但那天晚上,还是得茶讲得多,吴坤认真听,不再随便插嘴。他到底还是被这片小小叶子承载的故事和人物吸引住了,当得茶讲到很想收集各种茶事方面的实物,有一天可以建一个有关茶的博物馆时,吴坤心血热了起来。他当即表示他祖籍徽州,老家还保留着不少这方面的实物,他一定帮得茶征集回来。此时，他已经没有丝毫调侃，作为在京城大学受过名家正规训练的才子，他发现了足以和京城文化相提并论的另一种外省力量。

饭后，这对年轻人回了学校。嘉和来到厨房，看着叶子在昏暗的灯光下收拾碗盏。他突然问：“吴坤这些年没见了，你觉得他现在怎么样了？”

叶子说：“没看清啊，眼睛不行了。”

嘉和怔了怔，想：我的眼睛还很好啊，怎么我看这个年轻人，也是模模糊糊的啊。

梅雨季节，得荼终于和白夜重逢——她让他想起陀思妥耶夫斯基同名小说的版画插图：黑白分明的俄罗斯姑娘侧面头像，激情飞扬的大裙子和有着美丽花边的女帽。因为吴坤对他几乎无话不说，他开始了解到有关白夜以后的种种，她总是在经历一场场悲剧式的恋情，这使他非常好奇甚至着迷。杨真在他眼里是一个正正经经的革命知识分子，但吴坤描述的这个姑娘完全和杨真先生对不上号。吴坤和杨真没有一点来往，他解释说，是白夜不愿意他们接触。昨天下午，吴坤把他从图书馆里拉出来，告诉他白夜明天要来了，这一次他们下决心结婚，一来就去登记，只是得麻烦得荼代他上两节课。

杭得荼兴奋地握着他的手，热烈祝贺，内心再一次火烧火燎，一颗心跌出脚后跟，他感觉自己成了个空心人。按理说，吴坤和杨白夜这一久拖不决的好事经过反复锤炼，终将修成正果，大家都应该松一口气。但吴坤一脸灿烂的同时，露出谨慎的担忧，他说他只认历史结果，不认历史动机。现在还只有动机，结婚证书拿到手了，史实方能确立。得荼勉强笑着说："这正是我和你在治史上的一大分歧嘛，我可是从来都把动机和结果看作史实的。"这一次，吴坤笑了笑，没有和以往那样与得荼舌剑唇枪："好吧，为了支持你的史学观，明天晚上你能否把房间全部让给我？"

尽管吴坤用开玩笑的口气把这话说了出来，得荼还是愣住了，他的脸，突然没来由地红了起来。吴坤误解了，连忙说："不方便就算了，不方便就算了。"看得出来，他也被得荼的表情弄尴尬了。得荼一把拉住了吴坤的手，他用力过猛，甚至把吴坤手里的一卷杂志报纸也夺了过来，然后说："你们一定要结婚啊。"

吴坤真的有点急了，说："你又不是不知道是谁拖着，都一年了，是谁拖着。"得荼回头就走，边走边说："明天一早我来看你们，我来做你最后的说客。"一直走回图书馆，他才发现他手里拿着的杂志是上一年12月的《红旗》，翻开的那一页正是戚本禹的文章《为革命而研究历史》；报纸则是《人民日报》，尹达发表的《必须把史学革命进行到底》。这两篇文章中的不少段落，吴坤都认真地画了红线呢。

二十多岁的杭得荼没有谈过一次恋爱，暗恋算不算他不知道。关于白夜的印象，是从少年时代开始的，他们也曾有过书信来往，然后突然就断了联系，直到吴坤搬进他的单人宿舍，带来白夜的照片。

从相片上看，她已然是一个风格独特的女子，刘海卷曲，面颊上有两个深深的酒窝。因为头往上侧仰，看上去她的脖子很长。衬衣的领子摊得很开，她的神态像一个电影明星。她长得真是不怎么像她的父亲，除了那双略显凹陷的大眼睛。得荼几乎不认识这样的白夜了，她变成那么遥不可及的陌生女子。

吴坤一到单位报到，就张罗着去湖州接白夜。得荼以为吴坤一定会带她回来，很快从他的宿舍搬出，另筑爱巢。谁知三天后吴坤一个人回来了，面色苍白，拉着得荼在宿舍里喝酒。他醉了，又哭又笑，杭得荼震惊地听着吴坤的倾诉，简直就是一场惊心动魄的感情大战。得荼知道少女时期的白夜曾在苏联留学，小小年纪就和一位油画导师有过要死要活的恋情。中苏关系破裂后，她回国深造，在北京读的外语专业，是外交部点名培养的高才生，等着毕业就出任外交官呢。但她却在学校里掀起一股爱情旋风。“是的是的，像她那样的姑娘，被一群青春少年包围，那有什么关系呢？那是她的光荣，而他们追不上她则是活该。对，我说的活该也包括我。没关系，我认了。然而一个不配爱她的人—— 一个正在图书馆里劳动改造的中文系右派分子竟敢纠缠她，竟然用俄语和她讨论苏联文学，还一起翻译陀思妥耶夫斯基。他配吗？一个无产阶级专政的敌人，连老婆都离他而去，配和她一起翻译陀思妥耶夫斯基吗？我们眼睁睁地看着她日复一日成为被污辱与被损害的人，被那人拉入堕落的泥坑。所有的办法都用尽了，家庭、学校、朋友、同学，没有人能够拆散他们。她父亲杨真，德高望重的老革命，你想他怎么能够允许有这样的家庭关系存在呢？她年轻的继母拉着我的手，请求我拯救她的女儿，也拯救这个新建的家庭。我那时血气上来，还和几个朋友联合揍过那家伙几次，但我们后来不敢再那么做了，因为我们越揍他，她就陷得越深。令我们百思不解的是，她竟然越来越迷人了，让我们大家都不可自拔，当时我就发誓一定要把她弄到手。对不起,我说把她弄到手,这个词很霸道、粗鲁、不文明,但我那时候就是那么想的。我的机会终于来了。组织终于出面,决定把那家伙送到劳改农场去。这真是个一了百了的好主意。让时间和空间出场,在这场较量中担任重要的角色。时空是站在我们这一边的,看来那堕落的家伙也意识到了时空的力量,他走入绝境,只能撒手悬崖——自绝于人民,自绝于党。”

他在台灯下沉默下来,一只飞蛾停在灯罩上。好一会儿,得荼才问:“你是说他死了?”

“他不存在了,纵身一跃,就那么简单。他以另一种方式与我们较量。他在那个世界勾引她,诱惑她,她是无罪的,是他诱惑她跟他一起下地狱。她服毒自杀,但我救了她。毕业后,她不可能再分往外交部了,她将永远与那些辉煌的挂着国徽的大门无缘。这时轮到她父亲杨真倒霉了,在北京他显然已经成为不受欢迎的人了。他那个新婚的妻子果断与他离婚,这是一个契机,父女和好了。好吧,按照她自己的意愿,她被发配到湖州南浔这个千里之外的小镇。直到这时候,簇拥在她周围的我的其他几个对手才死了心。”

“杨真先生从来不在我面前提及她……”得荼的心思有点走远了。

“这并不影响她爱她父亲。她不止一次地用赞许的口吻评价她的父亲。她身上有一些相互矛盾的激烈感情,它们常常处在尖锐的火并状态。我应该找一个什么样的说法来形容呢?我可以说那是一条绝路,一个陷阱,一碗迷魂汤,总之不是什么好东西。”

“可是你被这些东西吸引了。”

“你用了个好词。如果用诱惑，或者蛊惑，也许更准确吧。”

“她现在开始忘却……从前了吗？”

吴坤摇摇头：“这是一场长期的较量，她要求在南浔中学里当一名图书管理员，因为那人就是南浔中学毕业的。你看，她就以这样一种方式，与那个自取灭亡的家伙同在。”

“那么说，她没同意和你结婚？”得茶困惑地问。

“不，不，她同意和我结婚，她非常乐意和我结婚，但她不爱我。”

杭得茶盯着醉意十足的吴坤，他现在开始明白什么叫相互矛盾的激烈感情了。眼睁睁看着坐在他面前的这位长吁短叹、痛哭流涕，他无能为力。关于爱情，他可真是没有什么忠告。但他结结巴巴，反倒说了很多，全是大路货，书上看来的。

吴坤终于停止了哭泣，暧昧地笑了起来，说：“杭得茶，我们俩从小就认识她，你更小。但我知道，你以为你爱她，或者我以为你爱她。其实这种柏拉图式的幻觉根本不是爱情。爱情是一种相互的占有。你应该去尝试占有，品尝书本以外的灵与肉的占有。”他向得茶挤了挤眼睛，他的眼睛是混浊的，而这个挤眉弄眼的动作在杭得茶看来，也是低级趣味的，他立刻就明白书本以外的占有指的是什么。

尽管吴坤很痛苦，并且已经喝醉，但得茶依旧本能地拒绝接受他下意识流露出来的品味。他盯着吴坤看的时候，吴坤正看着白夜的相片，用手摸着相片上她的脸，甚至把他酒气冲天的嘴印到了相片中她的脖子上。这一刹那，得茶产生了厌恶感，他想推开吴坤，结果却站起来推开了窗，说：“你醉了……”

那一夜,他和往常一样,就着台灯看书,他听到了吴坤的鼾声,酒气混浊,使得茶窒息。吴坤梦里不设防的睡相有些丑陋,和他白天的样子看上去大相径庭。得茶睡不着,便看到了桌上相片夹里的姑娘。台灯的余光下,她有着朦朦胧胧的面容,脖子长仰着,如受难后垂死的天鹅。他就这样凝视了很久,突然发现自己也是非常低级趣味的,一种不可告人的陌生心情向他袭来,他背过脸去,不敢再看了。

得茶没有和白夜直接见面。那对新人准备进入围城的当夜,助教杭得茶在系资料室里度过。今夜他带足了浓茶,准备通宵读书,但心不在焉,只好把新到的《文物》杂志放到一边,顺手乱翻白天放到包里的杂志和报纸。其中有一篇是吴坤署名的文章:《鼓吹历史主义的真相是什么》。这是一篇反对历史主义、主张阶级观点的讨伐檄文,有许多问号和感叹号。文章认为,历史主义是反历史上的农民战争的,而谁否定历史上的农民和农民战争,谁就是反动派。得茶看着看着,眉头就皱了起来,他认为吴坤过线了,怎么可以用政治批判来代替学术争论呢?

他们相处不到一年,但彼此的史学观点已经从一开始的契合发展到现在的越来越有分歧了。吴坤对强势方采取不加分析的认可,仿佛谁声音大、口气横,谁就占了真理。对此,得茶绝不能够苟同。因为照此推理,真理就不是什么客观规律,戈培尔说了千遍的谎言,也就真的成为真理了?

没想到吴坤对此也不否认,他眯起眼睛说:“这正是我多日来思考的一个问题。告诉你一个秘密,真实和真理是两回事,而我们应该服从真理,哪怕它只不过是重复了千遍的谎言。”

这是一个根本问题上的重大分歧,大得甚至使得茶不得不怀疑,那些在灯下大醉后的独白是真实的吗?如果爱情属于真理而不是真实,那么他的爱情是不是也属于重复了千遍的谎言呢?得茶准备立刻赶回宿舍,与他辩论一场。走到门口正要熄灯,突然想起今夜吴坤要做的事情。眼前白光一闪,一段优美的脖子和敞开的胸襟瞬息即逝,他回到桌边,掩了书卷,闭上眼睛。

今夜,狂风暴雨做了最后的冲刺,大雨如注,噼里啪啦,砸在地上,声如擂鼓。得茶躺在资料室凳子拼成的临时床板上,难以入眠,竟想起明人罗廪所言:“梅雨如膏,万物赖以滋养,其味独甘。”但那应是杜甫的春雨啊——“随风潜入夜,润物细无声”才是,如此狂轰滥炸,何以如膏?应该查一查……烦躁的年轻人起身开灯,冲向书架,翻开胡山源的《古今茶事》。没错,罗廪的《茶解》就是这样说的:“烹茶须甘泉,次梅水。梅雨如膏……梅后便不堪饮……”

现在是凌晨2时,窗外大雨滂沱,得茶能够清晰地感觉到,他的体内也正在下着大雨,他听到了雨在骨肉筋血里疯狂敲击的声音。他站在黑暗中,不明白这个天人合一的夜晚,季节和他都在疯长着什么。

次日清晨,大雨偃旗息鼓,晨光明亮,万物清新,像广播体操一样朝气蓬勃。得茶晨练跑出校门外,回来时到开水房提水。他看到了吴坤。他看到吴坤满足的神情,如愿以偿,胜券在握,一个男人幸福的神情。

吴坤高兴地叫了起来:“得茶你快回去,白夜正等着,她有信要转交给你,快去。”

他走了过去,在吴坤的胸口重重地拍了一下,吴坤会意地大笑起来,周围的人都吓了一跳,谁都不知道,这突如其来的笑声源于何事。

杭得茶几乎没有和白夜寒暄,甚至连通常的握手也没有,他慌慌张张地半斜着脸问:"信呢?谁给我的信?"

一只女人的手就从桌上推了过来,手指下按着一封信,得茶看到了粉红色贝壳一般光滑的手指甲和手指甲下面信封上杨真的字迹。信很长很厚,里面还夹着一沓照片。信上说:

> 前些天接到了你的信,说有志于收集有关茶事的实物,以便聚沙成塔,积少成多,将来或许可以自成一家。我了解你,知道你没有考虑成熟的想法是不会轻易提出来的。你问我有什么意见,我当然是举双手赞成。我们的一生,就是为人民服务的一生,为人类永久的幸福生活奋斗的一生。我现在的处境,用范仲淹的说法,是"处江湖之远,则忧其君",但这个君,不是君王,而是人民。你选择的治学方向,也是为人民的,从某种意义上说,是更加直接地为人民。我们的目标既然如此一致,我怎么会不举双手赞同你呢?
>
> 而且,说到茶事,我目前的处境,反倒对你会有些直接的帮助。
>
> 关于我下放劳动的茶区顾渚山,尽管你已经知道地名,《茶经·八之出》中专门点到了它,但是因为直到现在你还没有亲临现场看一看,所以,我手头的资料,仅供你参考。写到这

里我想扯开去再说几句,我在这里除了茶园劳动,没有别的精神活动,所以能干点什么就干点什么。听说沙文汉活着的时候,也在专门从事奴隶制社会的研究。我年轻的时候从事革命活动,以后又搞了很长一段时间的武装斗争,革命工作的岗位又屡屡更换,现在又来从事世界观的改造劳动,因此,就我目前的情况而言,已经无法判断我有没有机会完成自己想干的事情。如果不能,做一架人梯,让你们这样的有为青年从我的肩上踏过去,便是我最大的心愿了。我相信,真理会在历史进程中显现它的真理性,但这显现的过程,是要靠我们大家的努力,尤其是你们这些青年的努力的。

好吧,现在让我们回过头来看顾渚山。陆羽在《茶经》中曾说,浙西的茶,以湖州的为上品,而湖州的诸茶中,他首推的就是生在长兴县顾渚山的茶。我记得陆羽好像是写过《顾渚山记》的。《嘉泰吴兴志》里提到顾渚山时曾说"今崖谷之中,多生茶茗,以充岁贡"。《嘉泰吴兴志》里提到的顾渚山明月峡,还有一段很漂亮的文字,我现在全部抄下来给你:

"明月峡,在长兴县顾渚侧,二山相对,壁立峻峭,大涧中流,巨石飞走,断崖乱石之间,茶茗丛生,最为绝品。张文规诗曰:明月峡中茶已生。"

关于明月峡,明代钱塘布衣许次纾在他的《茶疏》中也有记载,说:"姚伯道云,明月之峡,厥有佳茗,是名上乘。"这个姚伯道为何许人也,我这个半瓶子醋就不知道了,请你查出后再写信告诉我。

又,明月峡所产的茶,明代有人把它叫作岕茶。长兴这个地方叫岕的不少，比如罗岕、悬臼岕。“岕”应该是一个方言词吧，老乡说这个字发“卡”音，也就是小山谷的意思。手头没有工具书，方便的话也请你帮我一并查阅。

至于这个地方何以茶事如此之盛，大约总是与山形及太湖水有关的，我所知仅为皮毛，此事你可访你爷爷，他才是这方面的真正专家。长兴是陆羽久居之地，你家世代事茶，想必知道。陆羽为湖北天门人氏，安史之乱后来浙江，他对浙江的经济也是有贡献的。因为陆羽在长兴，故而有了推荐顾渚紫笋茶给皇家的可能。又因唐大历五年紫笋茶被定为贡茶，才有许多官员包括杨汉公、杜牧等人有关茶事的摩崖石刻。这些珍贵的石刻此次被我发现，高兴的心情，不知道用什么才可以传递。我觉得，无论搞经济研究还是治史，都离不开实事求是，而实事求是的精神之一就是说话立论要有证据。这批摩崖石刻与唐代贡茶关系密切，是研究古代浙江经济的重要史料。我不知道在我之前有没有别人发现和利用过这批石刻的史料，但就我个人而言，这次摩崖石刻的发现，无疑为我提供了一个为党、为人民继续工作的机会。

你应该已经知道白夜来南浔工作了，这次她专门带着照相机过来，利用星期天到此山中帮我拍摄一批图片资料，照片已冲洗印好，还算清楚。我让白夜与信一并送来。当然，你若有可能来顾渚实地考察，那是再好不过的事情。

顾渚紫笋如今已经没有了一千多年前的盛况，我想给你寄点来，请你们全家一尝。但是茶事的情况你知道的应该比我少，真正好茶，都作为出口物资换取外汇了。白夜只带了半信封茶,说是让你们尝一尝。我们已经好几年没见面了,我目前的状态,过多地与她接触是不利的,她不是还年轻吗?她应该有更通畅的生活。这次我们在明月峡间谈了很久,我还是有点为她担心。她虽然比你大一些,但在我看来还是一代人,在可能的情况下,帮助她,与她共同进步吧。

这封信写得长了,就此打住,问你爷爷和姑婆好。听说小布朗已经从云南回来了,也向他问好。我不知道今年有没有可能回到学校重新工作,想念杭州的一切。

即颂

夏祺

杨真

1966年5月28日

又:你读《资本论》了吗?对马克思剩余价值的发现你有什么高见?这问题很重大,涉及阶级与阶级斗争的经济基础,若有时间,可以做些思考。

这是一封多么好的信,一定要好好地从头再读几遍。然而,即便如此,得茶还是没有心思,他手忙脚乱,不敢抬头,只好抓起那沓照片来看。

每一张照片的背面都有解说,一看就是白夜的字迹。得茶喜出望外的神情显然带动了站在一旁的白夜,她指着照片告诉得茶,八张照片分三组,其中金山外岗村白羊山那一组,就有唐代诗人杜牧的题字:“……刺史樊川杜牧,奉贡(茶)事　春。”

“我查了一下史料,这一组石刻时间跨度有七十多年,正是顾渚紫笋茶做贡品的盛期,最高年贡额是18400斤。”白夜说。

熟悉的感觉扑面而来,那是烟熏过似的有着磁性的嗓音,他想起穿蝴蝶结背带裙的小姑娘……想讲点什么,开口却是这么一句:“这里讲的唐兴元甲子年——”

“784年——”得荼还没有点完头,白夜便继续解释,“唐兴元甲子年是袁高的题词……你看——大唐州刺史臣袁高,奉诏修贡茶……赋茶山诗……岁在三春十日。接下去这一张是贞元八年于頔的题字——贞元八年就是792年——肯定不会错,这些年代,我都已经查过了。”

另外两组石刻,一组在悬臼岕霸王潭,另一组在斫射岕老鸦窝。白夜指着那些落款,说:“这个杨汉公,做过湖州刺史,为了推迟贡茶时间,还给皇帝上过奏折,皇帝也还真的批了,算是得到诏从。那是为老百姓说话,不容易。还有这个张文规,写过著名的茶诗,你记得吗?”

白夜并不让他回忆一下,旋即背诵道:“牡丹花笑金钿动,传奏吴兴紫笋来。”

得荼看着白夜,这才算是他们重逢后第一次正面看她,他说:“没想到你对茶也有兴趣。”

她站了起来,两只手撑住了桌面,上身朝得荼倾斜,她的脸离得荼的脸很近,缓慢地闭了一下眼睛,摇着头,仿佛因为什么而陶醉了,又仿佛对什么都不在乎了,一股从昨夜裹挟而来的男欢女爱的强烈气息就扑面而来,得荼便看到了她着碎花衣裙的胸部——松开两粒衣扣而不是一粒的胸部。她的略黄的浓发盘在头上,被阳光照出了一圈光环。

她用一种似乎有些做作的声气回答:“我对什么都有兴趣……”

这些话和动作,可都是当着吴坤面的。得荼看到了她的眼睛,他被她目光中的神色吓出了冷汗,手指甲叩在桌上,发出了轻微的嗒嗒嗒的响声。他发窘得说不出一句话来,突然想起了那个“岕”字,立刻就去翻书,一边翻字典一边说:“那个‘岕’字,你父亲还等着要呢。”

他听到了她的笑声,略带沙哑,很响亮。她说:“不用翻,《新华字典》里没有这个字。”

得荼困惑地看着她,她又说:“‘两峰相阻,介就夷旷者,人呼为岕’,你要出处吗?”

得荼怔着,看看吴坤,吴坤一边翻抽屉,一边得意地朝他笑。白夜也笑了,说:“吴坤,你看,得荼这小家伙脸红了!”

吴坤关上抽屉,有些发窘地说:“白夜,你别吓唬得荼,他还没有女朋友呢。”说完这句话,拿着手里的一沓证明,朝得荼挤挤眼睛:“得荼,你别怕她,她这是外强中干。你们谈,我去系里跑一趟,开结婚证明,得盖章,很快就回来。”

杭得荼见吴坤走了,呼吸都紧张起来。他想了想站起来也要走,找了个借口说:“还有那个姚伯道……你爸爸也要他的资料,我去找找,你坐一会儿,失陪。”他走到门口,想想有点不礼貌,才又加了一句:“祝你们幸福。”

对方没有一点声音。他鼓起勇气,再看了一眼,怔住了,一个准备结婚的女子是不应该有这样的神情的,她让他走不成了。

“请你帮助我一件事情，”她严肃地说，“请你陪我等他回来。”

他只好摊摊手说：“这太容易了。”

她就露出欣慰的神情，缓慢地闭了一下眼睛，头往后微微仰去，仿佛因为感激而陶醉。她的这个神情，往往在她想要特别强调什么的时候重复出现，就像电影中那些重复播放的经典镜头。

她用纯正的普通话，用她那略带沙哑的女中音说：“我知道你会陪我的，我从小就知道。”

她单刀直入般的洞见实在让得茶吃惊，但白夜懂得用什么样的方式为他压惊。她说：“看见了吗？我有茶，顾渚紫笋茶。”

“你有顾渚紫笋茶！”杭得茶终于可以为茶而欢呼，但他的脸更红了，他觉得自己的欢呼很做作。而她也没有呼应他的欢呼，却从身边那只漂亮的小包里取出一只信封，两只手指如兰初绽，轻轻一弹，撑开信封，把手臂伸向得茶，她说：“请看，请闻。”

但实际上，得茶根本没来得及看和闻，他只看到了她的手，他看到她取过来一只茶盏，她说：“只有一只，你的青瓷盏。”

顾渚茶是长炒青，细弯如眉，略呈紫色，冲泡后浮在水面，看上去没有龙井茶那么漂亮。

“你喜欢吗？”

“是山中野茶。很难再遇到这种茶了。”得茶回答。

“你喝，”她把茶盏推到他眼前，“这是你的茶盏，早上我洗干净了。”见得茶有些迟疑，便说：“我爸爸让你喝的。”她的话有点撒娇。茶汤泡在龙泉梅子青色的盏中，衬托出一片野绿色，喷散出一片扑鼻香，把得茶四下里不知往哪看的目光定住了。他轻轻地吸了一口，说：“好茶。”

“怎么好?”

“也许……是那种不成规矩的野香吧。”

她伸出手去,眼睛看着他,将茶盏端到嘴边。她看着他,芳唇一点,含住盏沿,在他的嘴刚才碰过的地方吸了一口,得茶的气就短了起来。

他说:“你坐你坐,你喝茶,我看书。”他取过那本昨夜没有心思看的《文物》,翻来翻去。他能感觉到她坐在他对面,慢条斯理地品茶,一会儿看看茶盏,一会儿看看他。他发现白夜根本没和他处在一种状态下,她几乎可以说是多情地看着他,声音充满着磁性:“问你,知道马是怎么变成骆驼的吗?”

她的大眼睛很黑,黑得发蓝,波光粼粼。得茶晕了,这到底是怎么一回事啊?女人,正要结婚的女人,这到底是怎么一回事啊?

女人却很清醒,缓缓地深沉地说:“马,背上驮着太多的东西,它累得连声音都发不出来了,它只能在心里对自己说,我受不了了,我真的受不了了,别再往我身上压东西了。这时,天上飘来了一根羽毛,不偏不倚,就落在了马背上。只听咕隆咚一声,马背压塌了,马就这样成了骆驼,懂吗?”她朝他挤了挤眼睛,但她挤出了泪水,她接着强调说:“马——就这样变成了骆驼。”

“马就这样变成了骆驼。”得茶傻乎乎地重复了一句。

“因为这样,它背的东西更多,而且还没有水喝。”

她突然被自己的最后一句话说笑了,就仰着脖子把盏中的茶大大地喝了一口。

杭得茶就这样走近了她,他为她续了茶水,看她时不再害怕。他认为他非常了解她。她孤苦伶仃,无所适从,迷乱彷徨,寻求最后一根救命稻草，那么，谁是那根羽毛呢？

吴坤好久才从系里回来，满头大汗地骂着人："今天倒是节日，六一儿童节，可是关办公室的大人什么事情？都跑到哪里去了，说是学校有紧急会议，传达中央精神，怎么不早说！这半个月，系里就那么乱糟糟的，找谁谁就不在，还让不让人结婚了？"

杭得荼和白夜都紧张地站起，异口同声："证明开出来了吗？"

吴坤这才笑了，扬了扬手里的那只信封，说："没有我干不成的事情！"

留在屋里的青年男女对视了一下，杭得荼的目光暗了："对不起，我该走了，我的确是有事，真的有事。"他边说边退，他再也不敢望她一眼了。

第四章

学校已沸腾，空气在燃烧，一股陌生的力量开始喧嚣，得茶逃避回家了。花木深房还是安静的，但他总能感觉屋子里有人来回走动，回头看时却都是虚空。他开始收拾茶挂和桌上的文玩，直至入夜8点多钟，堂弟得放来了，他常常不请自来。得放进了客堂间，趴在桌上，立刻打开收音机，里面传来字正腔圆的播音员的声音，每一个字都如刀镌斧刻，但得茶却一个字也记不住。

还是得放，这个浓眉大眼的少年，眉间一颗痣被皱起的双眉挤得鼓了出来。见了得茶便问："茶哥，什么叫牛鬼蛇神？"

得茶一边咕噜咕噜喝水，一边回答："'鲸呿鳌掷，牛鬼蛇神，不足为其虚荒诞幻也。'从出典看，所谓'牛鬼蛇神'，乃是杜牧用来赞美李贺诗歌的瑰丽奇幻，不妨说是一种富有浪漫气息的比喻吧。"

"错了错了，牛鬼蛇神泛指妖魔鬼怪，也就是形形色色的……你看看这个吧。"得放递过来一张报纸，是《人民日报》，头版头条大字标题——《横扫一切牛鬼蛇神》。

得茶根本来不及看报纸，就被收音机里无比振奋的声音吸引住了：

一个无产阶级"文化大革命"的高潮，正在占世界人口四分之一的社会主义中国兴起……

得放见得茶开始认真听，连忙把音量调到最高。嘉和正在洗脸，听到收音机里的大声音，拎着毛巾进来，眯着眼问："怎么啦？"

"爷爷你好好听听，我要回学校去了。"得茶拿起报纸就走。得放说："我跟你一起去，我跟你一起去！"

嘉和茫然地跟着两个孙子走到天井，收音机的声音也一起跟着响到了天井：

……革命的根本问题是政权问题。……有了政权，就有了一切。没有政权，就丧失一切。因此，无产阶级在夺取政权之后，无论有着怎样千头万绪的事，都永远不要忘记政权，不要忘记方向，不要失掉中心……

杭得茶正忙着推自行车，布朗从厕所里出来，一边系着裤子，一边拉住车后座："说话不算数，讲好了今天夜里陪我聊天的。"

天井里没有灯，屋里光线射出来，只衬出得茶眼镜片上的闪闪反光。他说："'文化大革命'开始了。"

"开始了！"堂弟得放跟着强调了一句，跳上了自行车的后座，转眼不见了。手握锅铲的叶子，心急慌忙地轻声喊着："什么要紧事情，饭也不晓得吃了，布朗，你快给他们送几个茶叶蛋去。"

布朗捧着几个茶叶蛋冲到门口，哪里还有兄弟俩的影子，倒是有一对老棋枪正在路灯下酣战。初夏的夜晚，行人们大多到西湖边去了。布朗想起了白天的故事，黝黑的夜里，他有些记不清那姑娘的容颜了。他走到路灯下的棋谱前,捧着那几个茶叶蛋,蹲了下来。“文化大革命”开始了吗?他想,开始就开始吧。

杭得放与杭得荼,犹如白堤与苏堤,是杭氏家族中的“湖上双璧”。杭得放这位杭州重点中学的高一男生,无论从哪个方面看,都可与堂哥杭得荼相映生辉:一个烈士子弟,一个学者后裔;一个大学毕业留校,一个初中毕业保送;一个前途无量,一个后生可畏。这个年方十七的杭家后人,雄心勃勃,目标明确,眉心奇特的一颗红痣,使他走到哪里都引人注目。在瘦削略高的杭家人中,他只能算是中等个子,但看上去甚至比得荼还高。得荼才二十几岁,背却已略弯,得放却从来就是一只雄赳赳气昂昂的小公鸡。他走到哪里,就把他的声音和形象带到哪里,他走后,人们就会相互打听:这孩子是谁?

得放喜欢文史哲,受父亲杭汉的影响,他也热爱自然与生物,已经熟读了《可爱的中国》《钢铁战士》《星火燎原》《牛虻》《斯巴达克思》《钢铁是怎样炼成的》等文学作品,还不止一遍地看过由小说改编的电影《保尔·柯察金》。强烈的成就欲和革命欲搭配在一起,把他培育成20世纪60年代中期典型的中国中学生。

高一第一次活动课上,他走上讲台,高声朗诵保尔·柯察金的名言:

> 人最宝贵的东西是生命,生命对于我们只有一次。一个人的生命应当这样度过:当他回首往事的时候,不因虚度年华而悔恨,也不因碌碌无为而羞愧——这样,在临死的时候,他

就能够说:“我整个的生命和全部精力,都已献给世界上最壮丽的事业——为人类的解放而斗争。”……

第二天,全年级的女生就传开了一个消息,学校诞生了一个中国的保尔·柯察金。得放不动声色地听着这一传闻,不动声色地回到家中,锁上卧室之门,对着镜子看,越看自己越像保尔·柯察金。再继续看,竟然又被他看出了《牛虻》中的亚瑟,《绞刑架下的报告》中的伏契克,《斯巴达克思》中的斯巴达克思……如果他继续那么凝视下去,谁知还会不会把自己看成一个青年马克思。他终于不能再在镜前自恃,一个跟头翻到床上,竖蜻蜓打虎跳,直到门外的人听到屋里轰然一声——床被他生生折腾到塌方。他顶着一头灰尘从卧室中出来的时候,爷爷嘉平不认识他了,他的孙子有一种电影里要上刑场的仁人志士的伟大庄严的表情。

父亲出国了,得放不觉得母亲是可以谈心的对象。他和爷爷本来倒是能说上几句的,谈青年马克思、恩格斯,谈俄国十二月党人,谈列宁的十月革命,谈红军长征和白区地下斗争。只要关乎革命,不管得放扯到哪里,爷爷杭嘉平就能拐到哪里。

然而局势很快发生了重大变化。高中才上一个星期,杭得放就估摸了形势,摸清了底牌:一个班的佼佼者中,被重点培养的对象亦不过三人。其一为高干子女赵争争,其二为工人子弟孙华正,其三便是他——杂类子弟杭得放。杭得放并非谦虚谨慎、不骄不躁,自甘排第三。他明白,论真才实学,他当然可排第一;可论出身,他能排上第三也就相当不错了。小小年纪,他就有危机感。他能从人们信任的目光之中,发现某一种尚未言说出来的困惑。

这正是杭家后人杭得放和他的祖父杭嘉平看似相像实际大不一样的原因。青年杭嘉平的所有努力,以盗火为最高使命,以叛逆为最高荣誉,从那个整体秩序中厮杀出去,以个体的形象冲击社会,以对旧有制度的拒不认可为最高原则。

少年杭得放的所有努力却恰恰相反。他渴望参与集体并打入集体的核心,以顺从为手段,以认可为目标。少年杭得放的真正痛苦,不是叛逆的痛苦,而是有可能不被认同的痛苦。他怀着一种近乎地下工作者的警觉,每一次都成功地打入"左",每一次都疑惑着,以为别人暗暗地把他划在中间。他看不上"中",就像他认为小业主比资本家还差劲,中农比地主还可恶一样。"中间",就成了希腊神话中那把悬在空中随时会落到头上的达摩克利斯之剑。

为了避免落入"中间",考上高中当年,他就写了入党申请书。他只给几乎混沌未开的妹妹迎霜看过。妹妹是他的崇拜者,可惜能力有限,从上幼儿园开始就是个中间人物。她无限敬仰地看着哥哥,向他取经:"有什么办法才能做到像你那样进步呢?我的学习成绩一直是前十名,但他们还是不给我评优秀少先队员。"

得放一边仔细地叠着申请书,放到贴胸的口袋,一边语重心长地教导妹妹:"这就说明你做得还不够。像我们这样的人,只能够争第一,第二就不行,一定要第一。"

迎霜吃惊地看着哥哥,然后把这段话记在她的小本本上。她有些像她的母亲,严肃而又轻信,是个认真又糊涂的姑娘,每天晚上都用铅笔记录各种人生格言,她相信所有人一本正经说的话。

哥哥与妹妹恰恰相反,1966年6月1日,运动正式开始的那天夜里,得放是在得荼的宿舍里彻夜不眠度过的,他读着从吴坤那里拿来的一沓报纸。实际上,杭得放没有一篇是读明白的。然而,不管怎么样,反正一切都变了,砸烂旧世界,建立一个红彤彤的新世界,给了他重生机会。在这个机会中,他有望成为一个革命的头号种子选手!

第二天一早,他从大学骑车出来,只见大门口停着一辆宣传车,有人在车上大喇叭里反复喊:"马克思主义的道理归根结底,就是一句话——造反有理!"他一眼就看到他的女同学赵争争梳着两把小板刷,英姿飒爽地爬到车顶上叫喊:"我们虽然受到了资产阶级反动路线的迫害和压制,但有毛主席撑腰,我们刀山敢上,火海敢闯!"

黄军装、标语、口号、糨糊桶、高音喇叭、宽皮带,再加上一个朗朗夏日!够了,青春就这样立刻进入颠覆期,成了生理反应。十分钟内,三好学生杭得放完成了人类历史上最迅猛的脱胎换骨。他摧枯拉朽般地把他那辆飞鸽牌自行车随手一扔,就跑上前去打听:中国发生了什么?世界发生了什么?噢!噢!噢!原来是这样,竟然有人敢反对毛主席,反对无产阶级"文化大革命"!竟然出现了一个资产阶级司令部,要让中国人民吃二遍苦,受二茬罪,红色江山从此变黑!

杭得放仰起头,问站在宣传车顶上的赵争争,是谁组织她来这里的。赵争争气势磅礴地反问他:"克伦威尔是获得批准才进行英国革命的吗?巴黎人民是获得批准才攻打巴士底狱的吗?'阿芙乐尔号'巡洋舰是获得批准才打响十月革命第一声炮的吗?革命者失去的是锁链,得到的却是整个世界!不用理论来证明什么——

你只要走出校园,从你那些棺材板文化中抬起头来,举目四望,你就知道,全中国都已经沸腾了! 海燕在天空飞翔,它在迎接暴风雨,它在呐喊——让暴风雨来得更猛烈些吧!”

杭得放看着她,简直就如看着一个天外来客:这种说话的腔调,使用的词汇,走路的直挺腿与八字脚……同样是旧黄军装、红袖章、牛皮腰带,穿戴在赵争争身上就显得气宇轩昂。真是有比较才有鉴别,杭得放的脑海里像是在过电,胸膛上仿佛在滚雷,四海翻腾云水怒,五洲震荡风雷激。他面孔煞白,双目发呆,他在思考,其实什么也没有思考。他只是强烈感受到,一定要和眼下的革命者在一起。赵争争跳下车来问得放,知道有个叫吴坤的司令吗?我就是在他的感召下投身革命的。杭得放一听就乐了,他高声地喊道:“赵争争,我带你去见吴司令!”

杭得放就这样跟着赵争争进了大学校门,他们要找吴坤,把得茶搞得头都大了。

这些天,杭得茶已经接待过不少来找吴坤的人了。吴坤也真是有戏,本是上街买喜糖去的,还借了得茶的自行车,谁知就着了魔似的,跟着一群人进了省委大院。那群人乱哄哄的,吴坤看他们公说公有理婆说婆有理的,忍不住出来协调了几句,这就被他们抓住不放了,非要他加入核心小组不可。吴坤拎着一包喜糖说:“不行不行,我还得回去结婚呢。”一个家伙就叫:“先革命吧,革命完了我们给你举行盛大的婚礼!”吴坤又叫:“我的自行车还是借来的!”那群人哪里还容他说更多的,一把把他推进了人群。他只好把钥匙扔给一个他认都不认识的人,然后说:“骑上我的自行车,把我的喜糖带回去,告诉新娘子,一会儿我就回来。”这是他对这场即将举行的婚礼所说的最后一句话。

皇帝不急急死太监,得荼去找了吴坤好几次,没有一次找到的。第三天,白夜就准备走了,她说她想早点赶回去看父亲,这场革命到底怎么回事,谁也摸不清,还是先回单位再说。和得荼告别时倒蛮正常,好像婚没结成,她更轻松了。杭得荼说,一二不过三,要不要再去找一次新郎。白夜连忙摇头笑说:“提这样的问题,你太不了解此人了。”她把他叫作“此人”,用词中已见轻慢。得荼连忙解释:“你别生他的气,他是为你才到南方来的。”

白夜用一种奇怪的神情看着他,说:“不完全是吧。”想了想又说:“你不知道,他在北方处境并不好。他原来是翦伯赞历史学派的后起之秀,这一派受批后他就跟着倒霉了。他要不是调到这里来,这场运动也会够他受的。”

啊,原来是这样,和吴坤说的正好反一个身儿。得荼那副受到强烈刺激的神情,一定也让白夜吃惊了:“新娘揭新郎的老底,你不会给他贴大字报吧?”她说着,心却是虚的。

得荼这才醒过来,要送她,她又摇头:“千万别送,我会爱上你的,我就喜欢你这个小家伙,我可是个大情种。”

“别用这种口气跟我说话!”他突然打断了她的话,看上去他真是有点生气了。白夜无动于衷地笑笑,得荼推着自行车,还是把白夜送到了汽车站。直到快上车的时候,一路无话的白夜才问:“生气了?”

得荼脸红了,他能够感觉出来,因为耳朵烫得厉害。他说:“你不用对我也那样,那样是很痛苦的。”

她一下子睁大了眼睛，她的面容发生了奇特的变化，一种严肃得甚至有些悲凉的神情，从玩世不恭的表象中渗透出来了。她让得荼不安，拉着她的行李包，说："还是回去吧，我一定负责把吴坤给你找回来。"她却使劲摇头，沉默了一会儿，再次抬起头来时，目光里都是焦虑。

"来不及了……"她终于叹息了一声。

"……为什么……"他嗫嚅地问。她摊开了手，近乎惨然一笑，说："因为牵骆驼的人只有他。"

她再也没有用曾经让他出冷汗的那种目光看他，她是低着头和他分手的，甚至没有和他握一握手。

白夜走后差不多一个星期，吴坤才从外面回来。他几乎变成另一个人了，到校务处去领了纸墨毛笔来，把他和得荼原来视为书斋的宿舍弄得硝烟弥漫。桌上床间到处墨迹斑斑，得荼就指着吴坤摇头，说："你啊，操之过急了。"吴坤一边收拾东西，一边说着对不起，说正等着你回来，道一声别呢。得荼说："好嘛，学校分房子让你结婚，你倒想用房子当造反总部！"吴坤听出得荼的弦外之音，却也不反驳，只是笑指他的额头，说："妇人之见，妇人之见。"他倒也不劝得荼加入他的行动，反而问他最近又有什么收获。得荼这才兴奋起来，说发现一把大盘肠壶，从前吴山顶上茶馆里用的。吴坤听到这里，叹了一口气，说："你倒还有心做学问，我想写的《秦桧论》，现在也只有搁一搁了。"

吴坤研究宋史，到抗金那一段，学问反着做，不从岳飞处下手，却从秦桧这个人物来解剖，得荼原来是很佩服的。吴坤之所以要把秦桧从道德层面的声讨中剥离出来,摆到南宋初年的大时代背景下深究其行动的社会动因,得荼也是极为赞赏的。个人品行与大时代间的关系,他们过去也时有争论。但他们私下里讨论的东西,和吴坤发表在杂志上的不少论文,往往大相径庭。渐渐地,得荼就以为吴坤起码在学问上是心口不一的了。所以,他现在即便长叹一声,得荼也不怎么当真。他只是劝吴坤别忙着革命,连结婚都忘记了。吴坤正要走,听了此言,开玩笑似的说:"你看你,白夜已经回湖州了,你比我们还急呢。"

果然,吴坤搬走之后,就听得到他惊天动地的响声,静坐啊,点名啊,通报啊,致电啊,婚也顾不上结了,人也见不着踪影了。工作组进驻院校,运动有人领导,吴坤一行人就显得犹如另类。个把月过去,工作组突然被撤回去了,说是执行了一条资产阶级反动路线。吴坤这一派大获全胜,潇潇洒洒地杀了回来。这期间,他倒是回来过一次,得荼再劝他冷静一些,他就不像第一次那么客气了。他说:"我本来还想劝你和我一起干呢,没想到你到底还是采取保守主义立场。"

"你没说我是保皇派,算是客气了吧。"得荼笑笑说,他还是不愿意因为观点问题破坏他们之间的友谊。吴坤也笑了,说:"因为单纯轻信而受蒙蔽,历史上不乏其人。"

"这话难道不是应该由我来说给你听的吗?"得荼说。两个青年人,仿佛半开玩笑,其实是越来越当真了。

吴坤神色一变,却又笑了,从口袋里取出一封信说:"好了好了,暂时休战,给你。"

得荼打开一看,却是当年徽商开茶庄时的茶票,这可是宝贝,坊间已见不着这些东西了。得茶一边小心地对着天光看品相,一边说:“你还没忘记为那个未来博物馆收集实物啊,这可都是‘四旧’。”

“一从安徽寄来,我就立刻转给你。放在我手里,说不定什么时候就被‘破’掉了。”

得茶爱不释手地盯着那张茶票,好像已经忘记了他们刚才的争论。吴坤赶紧拿了几件换洗衣服要走,得茶从抽屉里拿出那个相片夹,白夜仰着脖子在玻璃后面向他们微笑。他吸了口气,说:“物归原主。”

吴坤英气焕发的脸灰暗下来,接过相片夹说:“到现在还没把事情办了,倒把白夜给气走了,真是罪该万死。”

“跑一趟接回来就是了嘛,别再耽误了,终身大事啊。”

这话把吴坤说感动了,相片夹重新放到桌上,回答说:“我是真走不开,特别是现在,大家眼睛都盯着我。你别看我在你这里不算个什么,我在他们那里就是一根精神支柱,我哪怕想隐退,也不能在这个时候。再说,我就是去了湖州,白夜也未必肯跟我来,她生我的气,这些天我打了多少电话她也不理。你别看她笑得那么甜,她骨子里就是不肯妥协的。这样吧,你就帮我跑一趟,她一个人在湖州我实在不放心。拜托了。”

得茶可没想到吴坤会来这一招,他口吃起来,“这怎么行,这怎么行”地拒绝着,谁的新娘子谁负责。吴坤却一边看表一边作揖一边强调地说:“拜托拜托,如果连你也靠不住,我还靠谁去!”

得茶叫道:“岂有此理,是你的新娘子!”吴坤摊开手说:“拿来,茶票!”得茶一愣,吴坤拍着他的肩膀说:“她现在生我的气,去了适得其反。她对你倒还算客气,哎,帮帮忙吧。”

就这么走了,桌上那个相片夹又被吴坤留下了。照片上的她有一种受难的圣洁感,还有点无可奈何,仿佛说,你们到底想把我怎么样啊?

眼下这个姑娘显然也是吴坤的同道,却不知中学生杭得放怎么跟她搞到了一块。此刻,她东一句西一句地叫着:“国际悲歌歌一曲,狂飙为我从天落。我们是天生的红色接班人。老子英雄儿好汉,老子反动儿混蛋,基本如此——没事没事,我口不渴,我们已经百炼成钢了。”她最后一句话是对给她递上水来的得放说的。

得茶不满地看着得放,他竟然把他已经喝过的茶杯递了上去。他想说那样不卫生,但已经晚矣,她还是口渴了。

趁她喝水,杭得茶打断了她的滔滔不绝,说:“请问你到底要干什么?”

女学生瞪了他半天,一对红红的薄唇颤动着:“联合干革命啊!”

得放赶紧挡驾说:“她是我的同班同学赵争争,是我们新选的班长,她要找吴司令,我问是不是吴坤,她说就是吴坤,那我就带她来了。”

赵争争很漂亮,像那些正在彩排的演员,或许因为瘦,她有一种刻薄的美。得茶把目光转向了得放,回答令他们失望:“这事我不能答应你们。我们是大学,你们是中学,不是一个系统,没法联合,你们有事,找校领导——”

赵争争小将立刻感到了反常,她摊摊手,问杭得放:“怎么回事？他们竟然还有领导！”

得荼说：“没说下令撤了呀。”

赵争争叫了起来：“迟早要撤！”

“那就等撤了再说。”他开始整理东西，作为下逐客令的信号。

杭得放发了一会儿愣，他一向自信的大眼睛里，此刻，流露出了从未有过的神情——这是哥哥杭得荼没有看见过的害怕被嫌弃的人的深深的恐惧。

其实，当青年杭得荼决定从事他选定的研究专业时，少年杭得放就有些不理解，他自己是对那些所谓的食货之类的东西一点也不感兴趣的，但他尊重荼哥，把这疑惑藏在心里。但时至今日，形势如火如荼，荼哥还要到湖州考茶事之古，还要去接什么新娘子，他以这样一种少有的冷静对待时代风云，已经是近乎冷漠了。

而得荼也真的不理解，得放的这种激情究竟是从哪里来的。什么是旧世界？为什么要砸个落花流水？谁是奴隶？得荼在攻读史学中的确已经养成了吃猪头肉坐冷板凳的习惯，凡事不务虚，他对那些大而无当的口号，本能地就有一种抵触和警惕。

“这一次你肯定错了！”得放盯住了得荼的眼睛，说，“你肯定错了！你看着吧，你会为你的错误立场付出代价的。”

“我不要你的结论，我要你的论据论证。”

“哈！你给我设置了一个理论的圈套，理论是灰色的，生命之树常青。克伦威尔是有了论证才进行英国革命的吗？巴黎人民是因为有了论证才攻打巴士底狱的吗？‘阿芙乐尔号’巡洋舰是因为有了论证才有了十月革命那一声炮响的吗？不用理论来证明什么——你只要走出校园,从你那些棺材板文化中抬起头来,举目四望,你就知道,全中国都已经开始沸腾了。海燕在天空飞翔,它在迎接暴风雨,它在呐喊——让暴风雨来得更猛烈些吧!"

海燕在呐喊,杭得放也在呐喊,全是刚从赵争争那里搬来的高谈阔论。他在得荼的斗室中来来回回地走,形如困兽,怒气冲冲;鹦鹉学舌,豪情万丈。他接受这些言论与思想不过半小时,但仿佛这些言论和思想的种子从来就生在他脑子里,只是一场春雨把它们催发了出来罢了。他的口才、他的学识、他的勇气和魅力,像原子核突然发生核裂变,放出了人们难以估算的能量。

赵争争突然冷静下来,恢复了刚才不可一世之傲气:"你这里'封资修'的东西不少啊。这里,这里,这里,这是谁?"

她指着桌上夹着白夜相片的夹子。得荼终于不耐烦了:"问吴坤吧,是他放在这里的。"

得放建议:"要不先到别处看看,找到吴坤,我马上通知你!"

赵争争爽快地答应了,说:"杭得荼同志,我们过几天再来拜访,有不同的观点,我们也可以辩论,真理越辩越明嘛!"

事件的发展完全超过了杭得放对运动的估计,他下一次到学校时,教室里已经一群群地拥着许多同学。赵争争有些不太自然地问:"你到哪里去了? 怎么现在才来?"

得放不知道班里发生了什么,但他决定先发制人,激情四溢地喊道:"哎,我有最新战报了,大学造反派给党中央拍电报了,有近两千人署名,还到省委大院去静坐呢。"

他的消息够惊天动地的了吧,但同学们看他时都有一种奇怪的神情,仿佛他是块恐龙化石。终于,工人子弟的儿子孙华正冷漠地对他宣布:“刚才我们进行了公开投票,赵争争和我,被选为首批上北京的红卫兵代表。”

他愣了好久,才轻声地问了一句“为什么”,孙华正冷静地回答:“问你爷爷去吧,大字报上都写着呢。”顿时就把杭得放怼得哑口无言。他慢慢地转过目光,盯着赵争争,赵争争朝他翻了个白眼。他就成了鲁迅先生写的“华颠萎寥落,白眼看鸡虫”的“鸡虫”。一夜之间,他失掉了“民心”和“天下”,他甚至不知道今天班级聚会的原因——原来是选上北京的代表,他出乎意料地不在第一批上北京的代表名单之中,理由是这样的显而易见,他的血液不纯粹,离无产阶级远着呢。

杭得放的心思被众多眼神微微拉动了才几下,就碎裂成粉了。他从教室出来,踽踽而行,他跌跌撞撞,怒火万丈,全然没有“杭州保尔”的半点影子。挫败感吞没了他,他找不到更痛切的词来诅咒人们的背信弃义。他又痛恨自己掉以轻心,没有做好思想准备——他应该有落选的思想准备,他应该有!别人只把他看成一只小公鸡,那是不对的!是看走了眼!他要比一只小公鸡深刻多了,复杂多了!忍辱负重得多了!脑海里浮出一篇毛泽东诗词——“独立寒秋,湘江北去……怅寥廓,问苍茫大地,谁主沉浮……”

如果不是因为受到了严重的心灵挫伤,杭得放是不会注意走在他前面的那个长辫子姑娘的。他的目光从来也没有在班上那些不是班干部的女生身上停留过。此刻他却眼睛发直地盯着走在他前面不远处的那两根甩动着的长辫子上。那发梢上有着两个深绿色的毛线结,它们轻轻地在那件浅格子的布衬衣上摩擦,突然停住了。

杭得放和这个名叫谢爱光的同班女同学,几乎没有说过话。在他眼里,她和他的妹妹迎霜一样,都属于一般女孩。况且,他还听说这个谢爱光有一个背景十分复杂的家庭。班长赵争争曾在一个公开场合上声称,谢爱光能进他们这个学校,完全是疏忽,她是阶级斗争网箱中的一条漏网之鱼。这个比喻如此形象,以至于他一看到这个姑娘,眼前就出现了一张破了一条口子的大网,一条真正的鱼,缓缓地悄悄地从口子中漏了出去。

走在学校的大操场上,这条"鱼"静悄悄地游到他身旁——这条长辫子的"鱼"。他看看她。她也看看他,朝他笑笑,像一条鱼在笑。一片碎叶的树影映在她的脸上,她的脸就成了一朵花。

"干什么?"他生硬地问。

她显然有些吃惊,脸一下子红了,半张开了嘴。她的嘴很小,像小孩子的。她轻轻地说:"我和你同路。"

她张嘴,像鱼儿在水里吐气,额上颈上毛茸茸的,松软的头发,亮晶晶的,长长的。她同情他吗?她为什么要同情他?因为物以类聚人以群分?因为他也是一条漏网之鱼吗?

他的心尖子都耸了起来,目光一道警惕万分,另一道委屈万分,交织在一起便有些变形。况且他还必须保持自己"杭州保尔"的一贯风度,于是干咳几声,他说:"我没关系。"

说完这句话,他吓了一大跳,他怎么说出这句话来,这不是不打自招吗?

她却突然抬起头来,坚定而又惊慌失措地表白:"我选你的!"

说出这句话时，她的乌瞳突然亮了一下，然后立刻又黯淡下去。她的目光和头发一样，都是毛茸茸的。杭得放想起小学时学的一个谜语：上边毛，下边毛，中间一颗黑葡萄。他耸耸肩膀，不知一张嘴巴怎么同时说出两句话——“我不在乎”是一句，“谢谢你”是另一句。可是他最后问的却是“为什么”……难道这还用问吗？

她不再脸红，急促地走到他的身边，看样子她也是一个“杭州保尔”迷，只是隐藏得更深罢了。她注意控制自己，像地下党接头说暗号般地耳语：“一个人要公正。”

他看了她一会儿，出其不意地问：“你家也有人被贴大字报了吧？”

她显然没想到他会这样回答，怔住了。他目睹她的脸从鼻翼开始发白，一直往耳边白过去，甚至把她面颊上的浅浅的几粒雀斑也显了出来；他又看到她浅浅的眼窝里水涨起来了，小河涨水一样；他看到她的眼睫毛被大水浸泡了，有的竖了起来，有的倒了下去；最后，他看见她像电影的慢镜头一样，缓缓地，倒退着，又背过身，走了。

她擦过了操场边的白杨树，走过了白杨树外的沙坑，经过了双杠架子，阳光猛起来了，操场泛起白光。杭得放先是看不到她的绿辫梢，接着就看不见她的长辫子，最后就看不见她的背影，她被耀眼的强光吞没了……

那瞬息即逝的一瞥，那些游离在主旋律外叹息一般的副调，那些重大事件旁的琐屑细事，生活呈现出的奇异瑰丽的一刹那——原来正是它们，像被树叶倒影切碎的阳光一样，闪烁在我们度过的时间深处。在阳光没有被切碎的岁月,我们往往看不到慈悲的目光,我们的心只是微微地细细地一动,排山倒海的热浪,就迅速把它熔断了……

第五章

杭得放的父亲茶学家杭汉，远在非洲，对儿子的情况完全不了解，自马里首都巴马科乘飞机归国，在北京待了一天。因为时差，他尚未从某种恍惚状态中恢复过来。

20世纪60年代初，马里独立后的第四年，杭汉去了非洲——黑人兄弟想喝在自己土地上生长的茶，他们的愿望得到了茶之故乡——中国人民的支持。茶，到底是种出来了，被命名为“49—60号”，显然与两个国家的建立年份有关。“49—60号”长势特别好，插穗一年就可抽长一米，每个月都有乳白色的茶花悬挂枝头。作为主攻茶叶栽培学的中国学者杭汉，在那个因为酷热而显得懒散而又好客的热带国家里，享受着荣誉，也承受着别情。

在国外从事茶叶工作，回头看东方，中国似乎也带上了马可·波罗描述的传奇色彩。西非内陆的茶园又大又静谧，叫你无法想象“四海翻腾云水怒，五洲震荡风雷激”的现实含义。杭汉不是一个耽于玄想者，他的房间里挂着一副对联，“和马牛羊鸡犬豕做朋友，对稻粱菽麦黍稷下功夫”，那是茶学教授庄晚芳先生在他出国前赠送的，说是他早年立志学农务茶时的口诀，杭汉就把这种务实精神拿来当了座右铭。

人到中年的杭汉，通过各种途径听说的国内局势，令人既感不安又生猜测。杭汉模模糊糊地想到这十几年来的历次“运动”,在国外,这两个字的尖锐感,被距离磨钝了。

恢复感觉是需要氛围的。此刻,杭汉站在根本进不去的天安门广场外。盛夏8月,人山人海,声浪如啸。红旗翻飞,都是年轻人,所有的年轻人都在呐喊,举起所有的手臂,臂上都挂着写着黄字的红袖章,而那一套套术语口号是以往运动中都不曾闻听过的。杭汉除了听清楚“万岁”和“打倒”,其他都还不甚了了。他不由得想起了杭州的那一双儿女,无法判断他们会不会也在其中——他在西非的最后几个月想家想得很厉害。眼下站在首都,站在红浪终于退去的天安门广场上,夕阳西下,华灯初放,华表如树立的铁锤。他看到一卡车一卡车的人,在广场上捡挤掉的鞋子,一时便失去了坐标感。

这种找不到感觉的感觉,一直从北京延续到上海,又从上海延续到杭州,尽管他把国外带回的东西都暂寄在北京朋友处,但火车上依旧挤得一天一夜都没地方坐,直到他衬衣上所有的扣子都被挤掉,从火车车厢的窗口狼狈地跌出,站到杭州城站的月台上。

他累极了,而妻子黄蕉风果然没有来接他,关于这一点,他早有思想准备。他们虽生有一双儿女,但在杭汉的心目中,他始终是三个孩子的父亲,结婚以后的蕉风,显然已经被宠成了大女儿。没有他的照顾,这个胖乎乎的女人的生活,终日懵里懵懂。杭汉想念着家人们,激动地从城站出来步行穿越半条解放街。虽然满街都是“万岁”和“打倒”,以及五花八门的游街队伍,但它们没有影响杭汉思家心切的情绪,他折入中山路,在快到羊坝头的一家菜场里,竟然还发现了集市上的半木桶黄鳝。杭汉心头一热,杭州人的感觉一下子就回来了。

杭汉称了三条本地大黄鳝,按老规矩,请营业员杀了再带回家。他记得菜场旁边有台老虎灶,还有现成的热水。杭汉与伯父同住,知道伯父喜欢吃炒鳝丝,但全家没一个人会杀。以前杭汉买了黄鳝,都是在那里杀了拎回家的,多年来也就成了习惯。

营业员是个少妇,刚才卖黄鳝时就已经很不耐烦。菜场里家庭成分比她差的人都造反游行去了,单把她留在这里抓这些滑腻腻的黄鳝,她心里不平衡,想迁怒,正恨没有机会呢,机会就找上门来了。她定定地看了杭汉片刻,用大拇指戳戳后墙,嗓音嘶哑地喝道:"你给老子看看灵清,什么年代了,还要我们革命群众杀黄鳝?啥个成分都没查就卖给你,已经便宜你了。你听好,革命不是请客吃饭,不是做文章,不是绘画绣花——不是杀黄鳝!"

杭汉手提着那几条黄鳝一时发愣,后来便有些生气。杭州,出苏小小的地方,女子都该如西施一般的,怎么可以手指戳戳,"老子""老子",一副青洪帮的吃相!杭汉自小在温良恭俭让的环境中长大,在国外待的时间长了,又是茶学权威,别人都把他当一个人物来对待的,这样听女人说话,倒还不曾有过。援非的中国人,虽然也离不开政治学习,但不曾发展到日日背诵语录,故而孤陋寡闻,竟不知刚才那段"革命不是请客吃饭"乃今日造反派的口头禅。一时语塞,愣了片刻,才轻轻地回敬了一句:"你这个女同志,什么意思,怎么可以这样开口呢?"

谁知那女子就蹬竿上房,秤盘扔得震天响:"你你你,你这个现反,竟敢说毛主席的话什么意思!抓你到造反司令部去!"

"现反"?杭汉狠狠地眨了一下眼睛,才猜想出"现反"就是现行反革命。这下子，杭汉可是真正地碰了个顶头呆——怎么买了几条黄鳝的工夫，他就成了现行反革命？正不知下一步怎么收场，一旁有人来拉劝他，边推边说：“好了好了，这位革命群众看样子是跟不上飞跃发展的革命形势了，再不狠斗私心杂念，要戴高帽子跟牛鬼蛇神游街了。”

杭汉认出来，拉他的正是开茶馆的周师傅，从前在汪庄当伙计，抗战前夕还请他们杭家人在三潭印月喝过茶的。他不解地边走边说：“这位女同志是怎么啦，为什么这么恨我？对待同志要像春天般的温暖嘛，1964年我出国前全国人民都在学习雷锋，大家见面都是笑嘻嘻的嘛。”

周师父边拉他到拐角处的老虎灶旁，边说：“杭老师，你就不要多说一句话了，今日要不是小撮着伯让我拉了你出来，说不定一顶高帽子已经戴在你头上，锪锣敲敲游街去了。”

正说到此，小撮着就在老虎灶旁的旧八仙桌后立了起来，用脚踢开了长凳，说：“我眼睛不好，也没看出是汉儿。不过听声音看做派，必是我们杭家人。”

杭汉见是小撮着伯，虽是老了一些，精神却是好的，便着急地说：“小撮着伯，你也进城来了，亏了你拉我过来。出国几年，家里的事情都接不上头了。”

小撮着伯用手指了一下周围，说：“莫提你出国几年，连我这日日在家门口杵着的人，也接不上头了呢。”

周师傅连忙为他们二人冲了茶，摆着手压低声音说：“小撮着你也是管不住自己这张嘴，小心被红卫兵听见，抓去游街！”

“老子1927年的老党员，老子革命的时候，这群毛孩子的爹妈还不知在哪里穿开裆裤呢,老子怕他们这些小猢狲屌毛灰!”小撮着张口就是粗话,这点和他的爹撮着伯两样。

“你小撮着是1927年的老革命,我周老二可没有你的光荣历史可以拿来吹。不要到时候你掸掸屁股就走,连累我这老虎灶也开不下去。”

杭汉见周师傅一边在老虎灶前为他杀黄鳝一边那么说,心里过意不去,就说:“不会的,不会的,公私合营那会儿,我们忘忧茶庄都合营掉了。记得当时你也想合的,没地方合,这才留下的嘛。”

“杭老师,你真是不知今日天下如何走势!我已经看出来了,这根资本主义的尾巴,割了多少年,这一回算是真正保不住了。”

周老二这么说了,杭汉倒是有些上心,这才抬头仔细看那老虎灶。老虎灶的炉面是平的,下埋大锅,靠里砌两口小锅,远远看去,小锅似虎眼,大锅似虎口,那通向屋顶的一根烟囱,倒是像煞了一根老虎尾巴。旁边又置着几张八仙桌,配着数条长凳,这便算得上是茶馆了。杭汉还能记起那老虎灶旁贴的一副对联,“灶形原类虎,水势宛喷龙”。如今这副对联已经焕然一新,变成“为有牺牲多壮志,敢教日月换新天”了。

虽然这资本主义的尾巴说割就割,但此刻既未割,那“尾巴”上便依旧坐满了看热闹的人。从前茶客相坐,谈的话题,天一句地一句,什么都有,杭州人称之为说大头天话。这个大头天话里也是包括革命的。但旧时在茶馆里阔谈革命,毕竟多为风雅,不像今日,除了革命,茶馆里也没别的主题可以阐发了。杭汉边喝茶,边等着周老二和小撮着帮他收拾黄鳝,边听人们评点眼下局势,便见一个茶客搭腔:“我们街道有个女人,一个人守着个儿子过,人也漂亮,脾气也好。昨日红卫兵去抄她家了,说是台湾特务呢。我去看了,嘿,那才叫挖地三尺!把地板都撬完了,说是要查发报机。”

“查出来了吗?”众人就心急地问。

“要那么好查,还叫台湾特务吗?”说话的不屑,“那女人也是硬,红卫兵拿皮带抽,也没把发报机抽出来,我看就差上老虎凳了。可惜不是白公馆渣滓洞,那女人也不是江姐。最后小将也急了,说她是花岗岩脑袋死不开窍,浇了一头铺路的柏油……”

听到此,众人不由轻叫起来,说:“亏这些小将想得出!”

茶客站了起来,抖抖手里的小彩旗,压低喉咙:“这碗茶也喝不上几天了。保不定一会儿来群红卫兵。你当我们这样二郎腿跷跷,茶杯托托,是什么人?统统都是封建主义资本主义修正主义,要打倒在地再踩上一只脚,一万年不得翻身呢。”

他这么说着就扬长而去。杭汉心里忐忑,想问问那人是哪个街道的,张了张嘴,也没有开口。眼前发生的一切,令他有一种万丈高楼就要一脚踏空的不幸的预感。现在他彻底忘记了非洲——真不可思议,他离开那里才几天,就已经无法判断那个撒哈拉沙漠以南的非洲中的绿色茶园,究竟是现实还是梦了。

头上不远处钟声响了,是熟悉的钟声,青年会的钟声,是他杭汉青年时代的英勇无畏的象征。此刻他手里拎着一串杀好的黄鳝,却茫然失措,看看东又看看西,一双脚不知道往哪里挪。他记挂杭州所有的亲人,既想往羊坝头走,又想别过头到解放街,那里住着他的父亲杭嘉平和他的宝贝儿子。父亲是老革命,也许从他那里,能得到一点局势的内幕。

口号与锡锣又密密响起，但见一队人马浩浩荡荡地杀将过来。那领头的小将，一身军绿，一边倒走，一边叫喊，黑发一耸一耸的，背脊上一大片的汗渍。因为不停地挥手，皮带扎着的衣服下摆都耸上去了，在腰上拧成了一团。游行队伍一圈是用绳子围起来的，前面绑着些“牛鬼蛇神”，挂着大牌子，戴着高帽子，个个都弄得奇形异状，像是古装戏里被押赴刑场的囚徒，唯一不同的只是还要自己敲着锡锣开道罢了。后面倒像是开了一家流动的成衣铺子。两个人一排，一头一尾地扛着晾衣服的竹竿，竹竿上挂满了花花绿绿的衣服，有貂皮大衣、缎子旗袍、高档呢料子的西服。人群一下子就挤成了堆，杭汉被他们裹挟在其中，他瞧着这些东西怪眼熟，耳朵就嗡嗡响，眉毛上的汗直往眼睛里掉。

小撮着在旁边对他耳语：“你看看你看看，如今的人革命真是容易，把人家屋里的衣服抄出来到各处亮一亮相，也没有国民党蒋介石来追杀，这算什么好汉？我们那时候才叫提着脑袋——”

杭汉一边擦着汗一边说：“小撮着伯，你给我上去仔细瞄瞄，那件灰呢大衣旁边，捧着个暖锅一般的东西走着的姑娘，我看看有几分像我们家的迎霜——”

小撮着脚一踮就回过头来说：“不是迎霜还能是谁？你看她手里捧着的那个东西，你仔细看看，像不像那年你爹从苏联专门买回来煮茶的？”

“莫非这个茶炊也成了‘四旧’？”杭汉还是有点不相信自己的眼睛。还有一层不相信他没有说出来，他的那个和她妈妈一样胆小的女儿迎霜，竟然敢捧着个茶炊——那东西可不轻——走在被斗志昂扬的人群簇拥着的大街上。

小撮着跺脚叹气说:“你这个人哪你这个人,那年你刚刚捧回那个东西,我就说了这种洋货没意思。苏联修正主义赫鲁晓夫他们用用的东西,你拿来用干什么?这不是用出祸水来了!”这么说着就一头钻进人堆里,找迎霜去了。

杭迎霜手里捧着的那个茶炊,俄语称为“沙玛瓦特”,是紫铜锻制的。那年浙江农业大学茶学系教授庄晚芳先生带国外留学生,首先就是从两名苏联学生开始的。杭汉第一次从他们那里听说茶炊,回家向曾经去过苏联的父亲请教,父亲对那渗透俄罗斯风格的茶炊大加赞赏。后来他作为中国茶叶代表团的成员出访苏联,就专门千里迢迢地背回来一个,送给了父亲。记得杨真的女儿白夜也带回来过。没想到今日竟然在8月的骄阳下,由自己的女儿捧了一个出来示众。他满脸发烫,汗如雨下,后背却唰的一阵凉到了前胸,此时女儿已出现在他面前。

1956年,杭汉与他的同事们刚刚培育出了一种小乔木种的茶树优良品种,因在霜降之后仍有新芽萌发,故名迎霜。回到医院,妻子在医院生下了一个晚产的女婴,正等着他取名呢。看着姑娘的小胖脸,他说:“就叫迎霜吧。”

眼前的迎霜比两年前高出了一大截,胖乎乎的,像她的妈,但一脸紧张,看不出见到父亲时的喜悦,只是睁着大眼睛说:“是哥哥叫我来的,是哥哥叫我来的!”

“你哥哥呢?”

迎霜指指那个已经蹦远了的领头喊口号的红卫兵,杭汉可真是一点也认不出他来了。

“你们把爷爷家给抄了？”杭汉的声音变了调。他这才醒悟过来，怪不得看了这些大衣旗袍他会那么熟悉。

迎霜低下头去，俄顷，又抬起头来看着父亲，目光又空洞又坚定。那么就是了，就是这一对儿女干的好事情了。他一把抱过了茶炊就往回走，迎霜跟在父亲后面，几乎就要哭起来了，抽泣着说：“妈妈进学习班了。”

杭汉停住了脚步，看着女儿的眼睛，女儿的额上奇怪地浮着几条皱纹。女儿像看一个陌生人一样地看着他，小声地问：“爸爸，你到底是不是特务？”

“我？”

女儿一边往前走一边说：“妈妈进学习班了，交代你的问题。造反派已经来过我家了。说你是日本特务，爷爷是国民党，我们是要和你们划清界限的！”她像是突然清醒过来了似的，猛地站住，从父亲的怀里抢过了那只茶炊，小声而坚定地说：“我是可以教育好的子女。有成分论，不唯成分论，一切重在表现。”

这话根本就不像是她这样十一岁的孩子说的，杭汉还没来得及抓住她的胖胳膊。他一边揩着自己脸上的汗——他已经分辨不出那是热汗还是冷汗——一边问：“你要和我划清界限？”

他自己都能听出来，他的声音在发抖。

女儿皱起眉头深深地看了他一眼，看样子，这个问题已经困惑她许多天了。她一边摇头一边倒退着走，那个大茶炊被她抱在怀里，胖鼓鼓的像是抱着个小孩。她就这么摇着头转身，小跑着走了，后面看去，她可真像是一只摇摇摆摆的鸭子。杭汉没弄明白，女儿的摇头，究竟是什么意思；他也没弄明白那些突然涌现出来的从来也没有听说过的名词：黑五类、牛鬼蛇神、无产阶级司令部……他恍兮惚兮，不但不知今日是何日，也不知今日所处何地。他想张嘴，但突然发现自己产生了语言障碍，母语已经发生了巨大的变化，他已经不能用“对待同志要像春天般的温暖”这样的词组语段来与人们对话了。

要说杭家的细软，这几十年来，也可以说是几乎荡然无存了。生活和从前茶庄中的小伙计相比，也没有什么高下之分，嘉和一直觉得该捐的捐了，该分的分了，心很踏实。直到昨日造反派从这里带走了蕉风，他们才发现，原来还有那么多需要破的“四旧”啊。

左邻右舍都在热火朝天地毁物，院子里焦火烟气，纸灰满天飞，倒像是下了场黑雪。叶子不停地轻轻跺脚，对着嘉和发小火：“怎么还不烧啊！怎么还不烧啊！”杭嘉和可不是一个轻举妄动之人，他盯着叶子，说了一句相当严厉的话：“又不是日本佬进城！”叶子就怔住了，眼泪流了出来。婉罗也生气了，白了嘉和一眼，对叶子嘀咕：“不要理他，他发人来疯了！”嘉和一看顿时心软了，搂过叶子，轻轻打着自己的嘴，又贴着她的脸说：“不怕，有我呢。”

婉罗这才缓过脸来说：“这还差不多。”

但叶子依旧哽咽着说：“我还是怕……”

嘉和拍拍叶子的肩膀，说：“我去去就来，回来就办事。”

婉罗急了，拉着嘉和就叫：“大少爷你不能走的。”

嘉和只能好言安慰，说有点东西要处理一下。可叶子说：“总是人比东西要紧嘛。”

嘉和叹气说：“不要担心嘛，我们这户人家，什么样的市面没有拎过?"

嘉和是想去一趟陈揖怀家,他在中学里教书,世面应该比他更灵一些。他住在离杭家不算远的十五奎巷。还没走到他家墙门外,就听里面一片哗啦哗啦地卷纸轴的声音。进门一看,桌子上凳子上到处铺着名人字画。陈揖怀这个胖子,在这个盛夏的一大早,已经忙得油头汗出。他关着门,开着日光灯,手里举着个老花镜,扑到东扑到西,舍不得这些一世珍藏的宝贝。见了嘉和,他举起一张文人山水画,说:"嘉和,这张画还是上个月我专从苏州收来的,说是文徵明的真迹。我看着也不像是仿的,还想让你来过过眼,不料两个小祖宗就催死催活要我当'四旧'烧了。昨日已烧了半夜,你看看那些东西——"

他用脚踢踢红木桌子底下的那只破脸盆,里面那些拆下来的画轴头子横七竖八的已经塞得满满的,像一只揿满了香烟屁股的烟灰缸。陈家夫人听了丈夫的牢骚,吓得一边趴在门隙上看,一边压低声音埋怨:"轻一点轻一点,当心人家听见。"

这边话音刚落,门就嘭嘭嘭地响,陈家那两个晚辈——嘉和都认得,从小就抱过他们的,一个外孙,一个孙子,臂上套着个红袖章,已经雄赳赳气昂昂地打上门来了,"爷爷""外公"地叫得一个响。陈揖怀看看老友,无可奈何地说:"来了,破'四旧'的来了!"

说着就去开门,虽然心乱如麻,脸上还是露着笑,说:"我和你们奶奶外婆都准备了一夜,全部都在这里了。"

那两个小将叉着腰,见了嘉和也当没见着,连个头也不点,一夜间他们已然高不可攀,和爷爷辈的遗老遗少分道扬镳,只用脚踢踢那堆旧纸,说:"都在这里了吗?"

“都在这里了,都在这里了,不相信你们自己再去查查。”陈夫人连忙搭腔。看看嘉和在一旁不语的样子,又连忙解释说:“揖怀学校里的红卫兵原来说了,要到家里来抄这些‘四旧’的,还是看在孙子外孙的面上,让我们自己处理了,两个孩子回学校也好交代。”

陈揖怀抖开了那张古画,走到院子里,只听刺啦一声,自己就扯开了画轴,扔给那两个孩子,说:“烧吧。”

听着这刺啦的一声,嘉和的心都拎了起来,手按在胸口,一时就说不出话来。探出头去看,见那两个小祖宗正蹲着,一人一把刀,对开劈剖那些圆鼓鼓的画轴,一边嗨嗨地叫着,说:“劈了当柴,废物利用,通通烧掉!”陈夫人站在旁边,一边抖着脚,一边点着头,连声说:“通通烧掉,通通烧掉!”

杭嘉和原是来寻求支持的,看到此处情状,竟也是泥菩萨过河自身难保,就什么也不想说了,点了点头,只说了一句“你们忙你们忙”,就往外走去。刚刚走到门口,就见揖怀赶了上来,拉住嘉和问:“嘉和,你说,这个运动还要搞多久?会不会和五七年一样?”

1957年陈揖怀也是差点做了右派的,提及往事依然心有余悸。嘉和无法回答陈揖怀的问题。他这一生也可谓历经人世沧桑,但还是没见过这样的场面。都说这是一场史无前例的运动,它会把每个人的命运挟向何方,谁都不知道啊。

正相对无言说不出话呢,只听陈夫人就在巷口那边叫:“揖怀,揖怀,革命小将来了!”

陈揖怀那只残手就突然拉紧嘉和,紧张地说:“学校的学生来抄家了。我晓得他们是要来的,幸亏昨日烧掉一些。”

嘉和只好说:“你随他们去吧,日本佬手里都过来了。”

这句话对陈揖怀显然是个很大安慰，他松了手，说："快走快走，别吃误伤。等这阵子过去，我再来找你……"两人这才告别。那胖子也不敢慢吞吞走，跑着回去，一边还叫着"来了，来了……"嘉和站在那里，一直看着他的身影消失在巷口转弯处。

嘉和回到家中，才发现"四旧"这个东西，也不是那么容易根除的。这些年来，尽管他身处寒舍，清心寡欲，可还是不可避免地留下了一些"四旧"的蛛丝马迹。

首先就是蕉风的那双高跟皮鞋。叶子拿着一根棍子在床底下捞的时候，只是想检查一下床底下会不会藏着什么"四旧"，没想到果然就捞出了一双皮鞋。她顺手拎出那双鞋子的时候，还无法断定它究竟算不算"四旧"。她把它提在手里，就问婉罗，说："你看看，造反派容得下这双鞋子的跟吗？"

婉罗姆妈接过来一看，大惊失色，轻声呼道："这不是那年英国带回来的皮鞋吗？蕉风脚胖，又嫌它跟太高，一次也没穿过。那时还说要送给盼儿呢。亏得盼儿说她一个整天在家画扇面的，哪能要这个，没想到一直把它藏在床底下。"

"照你这么说来，这双鞋就是'四旧'了？"两个女人大眼瞪小眼，相互感染着越来越深的恐惧，然后几乎同时发出一个声音，"扔了！"

叶子把这双高跟皮鞋递给了婉罗，婉罗走到门口，打开门缝看了一会儿就回过头来说："我这么个老太婆拎双皮鞋出去，人家会盯住我的。还是你配。"说着就把皮鞋递给了叶子。

叶子想了想，用一张旧报纸包着鞋就出了门，没过两分钟，大惊失色地夹着皮鞋跑了回来,说:“门口正在开批斗会呢,巷口粮站的老蔡,说是反动军官,鞋扔不出去。”

“你回来的时候,后面有没有人跟着?”婉罗又问。

叶子吓得冷汗都冒出来了,一把将皮鞋扔进床底,说:“哪里敢往后面看。”

此时刚刚回来的杭嘉和,薄薄的大手掌就握成了拳头,说:“唉,不就是一双高跟皮鞋嘛,把它砸了不就完事了。”说着蹲下,一边用扫帚柄把那双皮鞋弄了出来,一边说:“拿刀来。”

杭家人原本是连鸡都不敢杀的。从前这类事情,自有下人去做。后来没了下人,总还有婉罗、小撮着他们跟着帮忙,再后来就是邻居朋友出手,所以家里除了一把切菜刀,哪里还有什么利器。此刻,叶子从厨房里取了菜刀来,嘉和接过,就地对着那高跟一阵猛砍。叶子一迭声地喊道:“小心手指头,小心手指头。”突然想到当年嘉和自己砍自己手指的事,立刻就噤住了声音。

他们都小看了这双英国进口高跟鞋。嘉和怎么砍,那鞋跟都不断。叶子这就急了,说了一句“你不对,还是我来”,接过那刀来继续砍。这一刀下去不要紧,高跟鞋索性一个大反弹,一下子蹦到五斗橱上,砸破了一只茶杯,又掉到地上。婉罗不由尖叫一声说:“不得了,千万别砸了伟人像,家远说他们一个同事昨日还被公安局抓走了,说是拿伟人像当了手纸呢。”

杭家这几十年来,慎独为本,保着一宅平静。可此刻嘉和也吓出了一身冷汗。五斗橱上放着两件要命的东西,都是从花木深房里取出来的:一是那把无价之宝曼生壶,一是那只天目盏。

好在这两样宝贝还在,他转身取过了那把曼生壶,环顾周围,问:“你们说这把壶算不算‘四旧’呢?”又指着天目盏说:“这只兔毫盏,是锔过的,总不见得也当‘四旧’了吧。什么时候方越回来,送给他。方越干了烧窑这一行,收了这个我也放心。这几样东西分掉,我手头要藏的东西,现在也就只有项圣谟的《琴泉图》了。不要说它是‘四旧’,哪怕它是八旧十旧一百旧,我也不能毁了它。”

杭家人都知道这张画的珍贵:当年扒儿张在茶楼为嘉和助棋,被日本佬打死,咽气前还不忘记告诉嘉和此画的下落,从此嘉和就把它当了性命来看的。他说这番话,大家也不觉得奇怪,只是不知道这种时候,这幅画又能藏到什么地方去。

嘉和却说,他已经想好了,让得茶去处理。

“其余东西,生不带来死不带去,随便了吧。”他的那只断了一根手指的手掌,在空中轻轻地划过了一条弧线,看得令人心惊。

这就是少少许胜多多许,万千话语,尽在不言中了。屋里小,家具就显多,摆得一屋子黑压压的,又兼黄昏未开灯,外面的沸腾声仿佛就远了。三个人默默地围在一起,茶饭无心,闷声不语,只想那么久久地待下去。

猛听到外面一个尖嗓子叫了起来:“杭家门里——”叶子吓得跳了起来,才听到下一句:“电话——”

两老就争着要出去接电话,一开门,油墩儿就挤进门来,压着嗓子耳语:“杭先生杭师母,清河坊游街,我看到你们家方越戴着高帽子也在里面呢!”

一家人顿时就被冷冻在这个消息里了。油墩儿可顾不上杭家人的表情,一边说“别告诉人家是我通报你们的”,一边开了门走。杭家人便听到她在门外炸了皇天般喊:“革命群众都记牢,我们羊坝头从现在开始不叫羊坝头，叫硬骨头巷了！革命群众都记牢……”

杭家门里，照样对付这双皮鞋。嘉和说：“还是我来吧。”

叶子却接过了刀，一边避着刀锋，颤抖着声音说：“要不然等家远回来，他力气大！”

嘉和连连摇手，红卫兵真要整起他来，分分钟的事情，还是自己来吧。眼看着这双该死的高跟鞋，在杭家几个人的轮番打击下，已经被砍得面目全非，白色的鞋皮下面灰色的鞋跟坯也露了出来，但鞋跟与鞋面之间的联系，却依旧令人惊奇地牢不可破。嘉和束手无策地坐在床边，盯着那双被按在地上负隅顽抗的高跟鞋。他曾杀过一次鸭，用力过猛，鸭头都断了，挂在脖子上就是不往下掉。鸭子带着这截断了的头颈，疯狂地在院中瞎跑，最后跑到他的眼前，用一种近乎绝望的眼神看着他，很久，一头栽下死去。此刻，他突然生出了一个奇怪的念头——如果再这样砍下去，这双鞋跟会睁开断头鸭子一样绝望的眼睛。他一声不响地捧着那双用报纸包着的鞋子，送到了门口的垃圾箱旁。垃圾箱里很脏，他的手伸了好几次，也放不下那双白色的美丽的鞋，最后两眼一闭，撒手悬崖一般地扔在箱盖上，掉头就回来。

杭汉到羊坝头之时，天色已近黄昏，大街上白天群情激愤的场面暂告一段落，小将们纷纷回营补充粮草去了，杭汉也拐进了伯父嘉和家的老院子。在大院门口的垃圾箱盖上，杭汉看到报纸堆里露出了一双白色的高跟皮鞋，样子很摩登，看着眼熟。他想起来了，是蕉风的鞋子，放在家里很多年了，也没人再去穿它。他顺手拎了起来，眼睛都热了，仿佛那上面还有着蕉风的体温。他的另一只手上还拎着那串黄鳝，小半天下来，都有些发臭了。他顺手一扔，黄鳝换了皮鞋。没有再多想，夹着鞋就走进院子，穿过早已失去了原样的弄堂和天井，到家门口，见房门紧紧关着，就用细细的高跟鞋跟敲打着。从门里伸出了一个脑袋，正是整整老了一圈的婉罗姆妈。一见他手里的高跟皮鞋，皱皮眼睛都惊圆了，失声叫道："啊呀，怎么又回来了！"

杭汉丈二和尚摸不着头脑，就见母亲叶子一伸手把杭汉拉了进来，接过了那双鞋子，心有余悸地问："有人见到你手里的鞋了吗？"

杭汉说："没注意，好像……"

"有人看见了？"婉罗又问。她那种惊慌失措的样子很好笑。杭汉摇摇手说："你们也太草木皆兵了，这么大的群众运动，谁顾得上你们手里的一双高跟皮鞋啊。"

嘉和也从里屋出来，苦笑一声，说："看来物与人一样，也是各有各命的，随它去吧。"他说完这句话后，朝叶子看看，老夫老妻，都是心领神会的了。她就拿出一只纸盒，把皮鞋放了进去，重新推到床底下，在座的几个人，这才不易察觉地松了口气。

杭汉进了房间。但见一屋子家具掀得天翻地覆，像被日本鬼子扫荡过一样。他僵住了，回过头来，伯父嘉和站在门口。母亲叶子眼眶红了。

杭汉干巴巴地问："蕉风是从这里被带走的吗？"

"他们昨天来的。"叶子回答。

嘉和说："不要急，坐下。他们是翻了翻，没大弄。我刚刚从蕉风那里来的,他们办学习班,被带走的人不少,蕉风把事情说清楚就好了。”

杭汉哪里还有心思坐,边向外走边说:“我现在就去说清楚。”

他碰到嘉和薄薄的胸脯上。叶子拉住了他的袖子,说:“再说几句话。”杭汉看着两位老人的眼睛,知道他们拉住他是对的。他现在根本就不能够露面,一露面,就可能出不来了。

第六章

这种时光别人避还来不及，方越却自己找上门去讨打了。本来，右派分子杭方越，在革命群众眼里是死老虎，被扔在浙南龙泉山中烧窑，眼不见为净。没想到今日他自己送到革命群众的门上来，怪谁？这是个命既大又苦的人，从小颠沛流离，在日本佬枪炮下几次死里逃生，绝处总有贵人相助。自幼受了杭家人熏陶，就成了一个不太有政治头脑的精明人。上了前线，当了志愿军，回来骨头有点轻，说到底还是个憨子。况生父为汉奸，生母在美国，他不当右派谁当右派？从轻发落，发配浙南山中——你不是那么关心烧窑吗，我就让你烧个够！

好在方越抗战时逃难，跟着忘忧在山里也待了那么些年，吃得起苦。再加上跟着无果师傅烧过窑，大学里学的又是工艺美术，龙泉窑又是中国古代青瓷圣地，方越在那里倒也是得其所哉。

这一去，就好像回不来了。龙泉哥窑弟窑的烧制法，已经失传了几百年，方越和同事们花了好大力气，终于在前几年相继破秘。山中一住十年，没想到还真娶了个寡妇，顺便还添了个寡妇家带来的儿子。山里人倒也不曾对他们白眼相加，算是过了一段平静日子。可怜终究是个倒霉人儿，屋漏偏逢连夜雨，老婆带着儿子上山劳作，她竟被毒蛇咬了，来不及抢救，死了。方越痛苦了一番，想想忘忧哥一生未娶,在天目山做了守林人,不是也过了半辈子,这才活过心来。只是儿子杭窑太小,他一个人带不过来,正发愁呢,得荼来信,说他的养母茶女可以带杭窑,于是便带了去养着。他也就在山里扎根,继续做龙泉窑烧制的课题研究。这次来杭就是汇报工作,没想到一进学校就被拿下,临时套了顶高帽子就上了街。

杭方越在山里时间太长,本单位有不少革命小将竟然都不认识他,游斗正酣,突然有人急报,说是灵隐寺那边有行动,需要人力支援,红卫兵们立刻一哄而起,把牛鬼蛇神扔在路灯初亮的十字街头就不管了。剩下几个赶着牛鬼蛇神往回走,竟然就把他给落下了。方越运动经历得多,也有些老油条了,再说刚进城里,不明就里,傻乎乎地提着个帽子正四下里观望呢,一眼就看到了养父嘉和与二哥杭汉。

杭汉一把抓过他手里的帽子,快步往前走着,边走边说:"走得理直气壮一点,就当我们是造反派,专门去游人家街的。"亏他回到杭州才半天,就已经学会斗争了。

嘉和却问:"越儿,你怎么改名叫周树杰了?"

方越被这二位挟着走,边走边埋怨:"我跟他们讲了我不叫周树杰,我叫杭方越。可是他们根本就不听我的,非把周树杰的帽子给我戴上了。周树杰是我们学校的领导,那年我的右派还是他定的,怎么我就成了他!回头看,他就排在我身后,戴着我的高帽子呢。我想换回来,红卫兵也不让,他们都不理我,当没听见。"

方越好像说着别人的事情,东张西望,突然站住,指着街对面一家店说:"这不是奎元馆吗?我一天没吃饭了。"

杭嘉和想,亏他这种性情,随遇而安,想得开,这十年才活得下来，换一个人试试？又想，也不知方越这孩子多久没吃过杭州城里的面了，于是接过帽子，说："走，吃虾爆鳝面去。"随手把高帽子放到门口，三人就进了面馆。

这奎元馆的面，也是几十年的好名声了。革命革命，总算还未把虾爆鳝面革掉。嘉和要了三碗，又对伙计说："三碗都过桥。"伙计走开时，嘉和对方越、杭汉二人笑笑说："今日越儿是辛苦了，汉儿又刚刚从国外回来，我请你们，过桥。"

过桥面，或是杭州人的一种特殊的面条吃法，就是把面条上的料加足了另置在小盘中，用来下酒。嘉和要了过桥面，就是要请他们二位喝酒了。果然嘉和又点了一瓶加饭酒，说："奎元馆面好，茶是劳保茶，我们还是回去喝小撮着的龙井。这次就绍兴老酒，你们回来，总也要先意思意思的。"

杭汉虽和大伯几年不见，但他是最懂这老人心事的，喉咙噎着，说不出话来，三人就先干了一杯。热气腾腾的面上来了，他几次举箸也难以下咽，他是不胜酒力的，此时却陪着伯父一杯一杯喝。方越饿了一天，自顾填肚子，呼噜呼噜吞着面条，却问："二哥，非洲比这里热吧，茶叶可生得好？"

杭汉一下子就想起了非洲，才离开了几天，却恍如隔世。他不是一个善于言辞的人，但这时却强打精神，自己宽自己的心，说出的话倒像是首诗："非洲能不热吗？一年到头都可采茶，每个月都可见茶花发，白晶晶的一片。我们在苗圃里插下茶穗，一年就有一米可长。那要到了雨季，茶园周围，那是一片片的火焰树，高高大大的，比外面街上游行的红旗还红。火焰树旁边，杧果树上挂满了浅黄色的果实。那香蕉的叶子比门窗还大,一串串的香蕉挂在当中,就像一串串眉月。还有一大球一大球的菠萝,像士兵一样,五步一岗十步一哨,立在茶园旁边——"

正说到这里,忽听一声吼:"周树杰!周树杰!谁是周树杰?"

只见一个服务员拎着高帽子走进店堂,猛地一声吼,那三人顿时半张着嘴说不出话来。眼看着杭汉的脸唰的一下就白了,方越突然嗖的一下站了起来,却看见嘉和坐着,朝他笑了一笑。方越就轻松下来,就像那年从深山出来第一次见到他那样,紧张劲儿就释放了。养父那没有了小手指的左手朝他挥了挥,他就重新坐了下来。那服务员却走了过来,警惕地问道:"谁是周树杰?"

嘉和接腔:"啊,不是你家面馆的吗?我刚进门时还嘀咕谁是周树杰呢。"

服务员是认识他的,脸就缓下来:"活见鬼,高帽子放到门口,不晓得的人当我们请牛鬼蛇神吃面呢。杭先生,你说怎么个弄法?"

嘉和用手一指厨房:"烧了!"

那服务员大拇指一跷,拎着高帽子回灶间去了。方越一身冷汗,嘉和却用筷子点着杭汉:"往下说啊……蒙什么,说你的非洲!"

"噢噢,非洲,非洲的茶园旁边,还开满了合欢花。茶不是喜欢阳崖阴林吗?这些合欢花一束束地开着粉红的花,就是阴林。茶树上面成群地飞舞着长尾巴的金色鸟儿。我们的茶在它们眼里,就是最美好的东方伙伴。噢,我差点忘了说,还有面包树,猴子最喜欢吃那东西。仙人掌长得比人还高,它开的花,那才叫好看呢,非洲啊……"

杭汉突然停箸不言了,看着他们的眼睛有些发红,自己眼眶也热了,喃喃自语:“非洲……非洲……”

“被你那么一说,我真想去一趟非洲……”方越突然开口自嘲,“想个屁啊,这辈子也就做做黄粱美梦……干!”他一口下去,杯子砸在桌上,一时响动,旁边桌上的人就警惕地打量起来。

“这酒别看甜,后劲还是足,非洲没老酒,来,过把瘾。”就见嘉和又站了起来,和随他一同站起的两个晚辈碰了碰杯,一饮而尽,压低声音对着他们的耳根说:“你们又不是我,这辈子长着呢,还没见着棺材呢,落什么泪嘛!”

两个晚辈缓缓地停箸望着他——这是大难临头时的成年男子对德高望重之人的依赖。杭汉一口气干下了这杯酒,说:“伯父,我想到父亲家里走一趟。”

杭嘉平被封在院子里,既进不了屋门,又出不了院门——红卫兵拿大字报把他家的院子大门和屋门都糊了起来。好在七斗八斗了一阵,皮肉吃点苦头,还未伤筋动骨。也许是看在得放的面上,没拉他去游街,只是乱七八糟抄了一些东西,一声号令,就撤了。

8月份之前,嘉平是拥护这场革命的。要抓党内走资派,他想,这又何乐而不为,有些党员干部,早就该这么冲击一下,头脑清醒清醒了。1957年那次,是知识分子给他们提意见,还没怎么触及灵魂呢,就被一棒子打下去了。他算是侥幸过关,当时吴觉农先生也在政协,关键时刻保了他。不过他没少写检查,也没少在大庭广众之下低头思过,回头想想,他汗毛都会竖起来。这还是他吗?还是那个搞工团主义、去苏联留学、参加过北伐的杭家二公子吗?从此以后，他再也不唱反调了。不用他唱，因为毛主席已经发现了问题，毛主席还是伟大啊，他不会因为1957年“大鸣大放”之后就对党内的严重问题视而不见。这次他不再依靠知识分子了，他依靠青年学生，依靠工农兵群众。群众和知识分子风格是不同的，群众什么也不怕，他们不但要触及人的灵魂，还要触及人的皮肉。从前那些问题严重的官僚主义分子，这下确实有他们的好看了。群众的怒火不是无缘无故就那么点起来的。

要抓走资派，他们这些无党派人士难免也会被误伤，被围攻起来一起批斗的事情也不是没有，因为统战工作需要，他的政治面貌在党外一直就是保密的，党内知道的人也极少，故运动一来，回回他都擦边。但杭嘉平私下里愿意承受这种磨难。他想，要党改正错误，看来也只有这样猛烈地冲击一下了。谁知过了8月，《中国共产党中央委员会关于无产阶级文化大革命的决定》一发表，工作组联络组一撤销，毛主席在天安门城楼把军帽那么一挥，一切就迅猛地走向了极端。杭嘉平从青年时代开始，就是个思想趋于极端的人，现在年纪虽大，思想依然容易偏激。即使是他这么一个人，对这场运动也已经从理解走向了不理解。运动越来越激烈，范围越来越大，党内党外、各行各业、知识分子、工农群众，谁挨上运动的边谁就倒霉。最后弄到传统也不要了，学校也停课了，工厂也爱上不上管不了了，所有的社会秩序、公德、规范、习俗，全都翻了个底朝天。到了这个地步，杭嘉平不得不想想，这个世界正在发生着什么，而他自己正面临着什么了！

杭嘉平最痛心的是杭得放，他没想到首先带着红卫兵来抄家的，会是他得意的孙子。当他和一群黄毛小子丫头站在他面前，要他交出反动证据时，他吃惊地摊着手说："我哪有什么反动证据！我革命都革命不过来呢，你们说话可是要有证据的啊！"

孙子冷笑一声，说："你当我们革命小将是瞎子？这半个月来，你每天早上在厕所里塞什么东西？"

杭嘉平惊得背上的汗唰地流下来。这段时间，他确实是在销毁一些信件。办法也独特，先拿脸盆把信件泡软了，第二天一早倒到厕所里冲掉。他爱写信，自然回信也多，但1957年之后，他写的多是应酬之作，还参加了诗词学会，也无非是风花雪月加三面红旗，他自己都觉得自己已经充满了遗老的冬烘气。即便如此，这些东西他还是不敢留下，通通消灭在下水道里。有几回厕所被塞住了，他就让孙子来帮他通。虽然没跟孙子说厕所为什么会堵，但也没有想过要隐瞒。没想到孙子就那么出卖了他。孙子竟然能从厕所里拣出一批信，那是黄娜从英国寄来的。孙子大声地叫道："老实交代，你是怎样里通外国的？"

"那是英国奶奶给你妈的信！"

"谁叛党叛国，谁就是我不共戴天的敌人！"得放突然叫了起来。杭嘉平年过花甲，此刻真是如梦方醒，盯着孙子得放，一句话也说不出来了。

杭嘉平住的院子，在解放街马坡巷的小米园，据说是宋代大书法家米芾的儿子米友仁的故居，后来又成了清代大诗人钱塘龚自珍家的院子。平日里，此处也是一个闹中取静之处，杭家又是个独门独院，被蕉风悉心收拾，很是像样。如今造反不过月余，院里院外，摊得一世八界。各家墙头和门上贴着一张张标语和大字报，大字报上的墨水还是湿的，从字迹上流下来，一条条的，像是被雨淋过了。整个街巷突然一下子冒出来那么多打着红叉叉的人名，湿湿的红墨水流下来，像血。

白天来抄家的时候，大门口来来回回地集聚着一群人，冲进来着实地轧了一会儿热闹，后来大门被封上了，院子里反倒安静了。现在是夜里，残月东升，杭嘉平当院而坐，就着天光，还能看到挂在晾衣服的铁丝上的那些红红绿绿的标语，东一条，西一条，就在风中轻轻地舞动。间或，他还能听见院角处有泼剌泼剌的水声。他想起来，那是他在院角建的金鱼池，被小将们砸了，水漏得差不多了，那些半死不活的金鱼正在挣扎呢。

反正家里也进不去，他不知道自己此刻还能干什么，什么也不能干了，就去救那些金鱼的命吧。

院里还有一个自来水龙头，所幸还未被砸了，嘉平正接着水呢，就听后门钥匙响。这扇后门自杭汉走后就没有再开启过。嘉平精神绷紧地想，是不是小祖宗又回来了？他自己都不敢想，他竟然会突然之间怕起他的孙子来了。

推门进来的，却是已经两年多未见的儿子杭汉，他激动地冲了上来，抓住父亲的手就说："让我看看，让我看看，他们打了你哪里？"

父亲的头就晃着，躲来躲去，说："瞧你回来的好时候。"

杭汉这才说，后门还有人，是伯父，专门来看你的，不知道要不要紧。嘉平说估计今天夜里不会再有人来了，让嘉和赶快进来。杭汉又说，还有一个人呢，方越，他能不能也进来？

自从方越做了右派，嘉平就再也没有见过他，算起来已经十年了。嘉平一跺脚，说："都进来。"

话音刚落,方越就搀着瘦高的嘉和,出现在院子里。大家愣了一会儿,无言以对。好一会儿,嘉平方说:"惭愧惭愧。"

嘉和连忙摇手,答:"彼此彼此。"

"屋里封了门,进不去了。"

嘉和说:"找个角落就行。"他们移到金鱼池边,摸索着坐了下来。嘉和说:"人活着就好,还能说话就好。"又说:"越儿,看看你嘉平叔,多少年没见到了。"

方越鼻子一酸,叫了一声嘉平叔,就蹲了下来。

杭汉团团转了一圈,想撕了那哗啦哗啦挂在空中的标语字条,又吃不准,手都伸出去了,看到上面写着"打倒国民党反动军官杭嘉平",便问父亲:"这是谁这么胡说八道?"

嘉平摆摆手,生气地说:"让他自己回来撕!"

杭汉知道父亲指的是得放,叹口气说:"还不如跟着黄姨去英国呢。"

"她可是一向做逃兵做惯的,哪一次不是国内有些风吹草动,她就想往国外跑。你看你妈,那么多年,她出过杭州城吗?"

杭汉想,也许并不是国内的那些风吹草动让他的这位后妈走的,也许正是父亲刚才的那番话才把她气走的呢。杭汉的这位前后妈、现岳母,从来也没有停止过对嘉平前妻的忌妒。杭汉由他的岳母想到了他的妻子蕉风。蕉风年纪轻轻就成了他的妻子,生了得放,现在也还不到40岁。她一向习惯了在杭汉的羽翼之下生活,怎么对付得了这样的冲击呢?一想到蕉风那双有些木然的大眼睛一动不动地睁在她的眼镜片后面,杭汉心里就发急了,说:"也不知他们把蕉风怎么了,会拉她去游街吗?"

“他们又不是要整她，只不过是通过她整你罢了。你倒是得把自己要回答的问题理一理。”

“笑话，我是什么人，谁不知道？别人不清楚还好说，这两个毛孩子也跟着瞎起哄。”

杭汉还是忍不住地站起来，要去找得放。他要得放向爷爷赔礼道歉，还得让得放把大字报揭了，要不一家人还怎么进屋？总不能造反造得不让人吃饭睡觉啊！

杭嘉平摇摇手说：“你几年不在家，你这个儿子可是脾气见长。他对我都敢造反，我看也不见得会理睬你了——只怕得茶的话还能听进去几句……”

“不要提得茶了，”嘉和轻轻叹了口气，“两兄弟碰到一起就吵架，喉咙还是得放响。”

“这有什么奇怪。汉儿你看看，你儿子刚才把我批斗的。”嘉平指着头上的紫血包。杭汉心都拎起，抽了口凉气说：“他打的？”

“谁晓得是谁打的，反正是他带来的人打的，说我是红茶派，红茶是专门给‘帝修反’喝的。我心里只想对他说，真要批判红茶派，还不是得先从你爹批判起。那年是你跟我谈了国内红茶出口的情况，我才在政协会议上做了个提案的。”

“这话怎么说呢，扩大红茶生产还是吴觉农先生提出来的，莫不是他这个当过农业部副部长的人也是红茶派，也要挨批斗了？”

“当过部长算什么，吴老现在还是全国政协的副秘书长。比他厉害的人，还不是名字上都打叉叉了？”

杭汉不明白为什么要搞这场运动，但他非常清楚什么是红茶派。1950年12月，得放的母亲在杭州家中生得放的时候，他正在杭州参加全国各地茶叶技术干部集训。开班第二天，吴觉农先生的报告，内容就是关于中国与全世界红茶生产趋势。正是在这次报告中，杭汉知道了国外红茶的市场。当时的需求量是24万担，而我们的实际产量只有14万至15万担。杭汉还清楚地记得吴先生的原话："至于国外市场上的需要，特别是苏联红绿茶的消费，红茶要占75%至80%，其他新民主主义国家，如民主德国、波兰、罗马尼亚、捷克、匈牙利等都需要红茶，资本主义国家如英国和美国需要的也是红茶。"

杭汉记录下这些国家的名字时，一点也不曾想过，把苏联和美国放在一起有什么关系。正是那次回家之后，家人告诉他，蕉风已经被送到医院去了。他和同样兴奋的父亲跑到了产房门口，在等候新生命出生的那个空隙里，他们也没停止对建设新中国的热情探讨，谈到锡兰这个国家的面积还没有我们浙江省大，但我们中国的红茶生产只有他们的1/3。国际市场对红茶的需求，占全部茶叶需求的90%。正在这时，婴儿出生了，孩子那张小老头一般的红脸出现在他们面前时，刚过天命之年的杭嘉平激动地说："中国人民得解放，我们已经有了一个得荼，就叫他得放吧。"

今天，就是这个得放，把苏联、美国和他杭嘉平一锅端了。得放不但封了他的门，还让人在他的大脑门上砸出了一个包。他们祖孙两个一向亲密无间哪。就像杭汉一点不理解那个陌生的卖黄鳝的女营业员为什么那么恨他一样，杭嘉平也不理解，为什么他的孙子会这么恨他——嘉平突然激动起来，仿佛忘记了儿子刚刚从非洲回来，盯着儿子，又盯着大哥，问："这句话只有今朝夜里蹲在门角落里问你们了，这是为什么？啊，这样弄，到底是为了什么？"

他的声音忍不住又要响起来，嘉和站了起来，用手压一压，说："轻一点，轻一点，要熬得过去，要熬得过去……"

"可你们不是我呀，"方越突然扔了捞鱼的脸盆，委屈地说，"怎么连你们也挨打了呢？这么下去，谁还分得清谁是谁啊！"

"止语！"杭嘉和突然轻声又厉声地喝了一句，杭家这四个男人，同时蹲了下去，谁都不再说话，就着天光，就那么齐心合力地捞起那些半死不活的金鱼来了。

杭得放并不是一开始就决定批斗爷爷杭嘉平的。他并没有什么批斗目标，只有一个坚定的信念：必须行动了！必须批斗了！必须造反了！

前不久，杭得放与堂哥得荼交换过对运动的看法之后，的确是打定了主意，暂时看一看，不以眼下的得失论成败，他应该沉住气。然而世事太瞬息万变了，造反太突然了，革命太伟大了，超出了一切年轻人的梦想，而他们又太年轻了。一夜之间，全班每一个人都有了自己的战斗队，干部子弟跟着赵争争去了，工农子弟跟着孙华正去了，黑五类子弟灰溜溜地回家陪斗去了。一小撮中间的红不红黑不黑的子弟，自己集成一个小堆，一边有心无心地说着话，一边脸上挤出一种讨好的笑容，朝各个阵营探头探脑。得放刚刚走进教室，他们中的一个就焦急地拉住他的胳膊，说："杭得放，他们都行动起来了，我们怎么办？"

得放打量了一下他们，心想：我就落到这个地步了？落到非得在"中间"安营扎寨的境地了？他放眼望一望革命格局，发现果然没有一个人要理他，他就有一种虎落平阳被犬欺的英雄末路之感。

但他还不甘心,要做最后的斗争。他环顾周围,知道孙华正根本不可能要他,眼看着只有那英姿飒爽的赵争争还有些缝隙可钻。他就朝她的背影走去。他屈尊挤进赵争争的队伍要说话,可是别人不听,别人用一种陌生的目光审视着他。赵争争的樱桃小嘴一张一合,严肃地问:"你家里的问题搞清楚了吗?"

"我家,我家有什么问题?"

"你还不知道?你爸有历史问题,你妈单位也审查她了。"

"不可能!"

"怎么不可能?老实告诉你,我刚刚外调回来。你父母的单位,我们都去过了。"

"我父母的单位?"

"怎么,去不得吗?"孙华正凑过来咄咄逼人地说。

"可我是和我爷爷住在一起的。"得放想了想,搬出一块挡箭牌。不料那两人都冷笑起来,说:"别提你那爷爷吧,政协门口自己去看看,你爷爷的大字报多到天上去了。"

得放咽了口气,又咽了口气。他知道,如果他不那么连续地咽气,他会冲上去咬他们一口的。咽气的结果,是他压低了声音,问道:"你们是说,我不配做无产阶级革命派了?"

"忠不忠,看行动!"

杭得放绝望地想,怎么看行动,该批斗的牛鬼蛇神都让人揪走了,该成立的战斗队都成立了,他还有什么可以行动的?还有什么事情可以证明他是红色的、革命的、纯洁的?

他环顾四周,自己也不知道自己该怎么办,就像一头饿狼一般到处寻找食物。他突然看到了那双眼睛,恐惧地善良地望着他,眉头皱了起来，痛心的样子让人永生难忘。千钧一发之际，命运给杭得放送来了那双大辫子。看样子这的确已经是全班唯一的一双大辫子了。他本来不是应该倾慕于它，爱它，拥有它吗？然而他却跟它一刀两断。杭得放举起放在桌子上的一把剪刀，突然大吼一声："我让你们看我的行动！"

他扑了上去，一把抓住谢爱光的那两根辫子，以迅雷不及掩耳之势，飞快地铰了下来，提在手上，大声地叫道："这是资产阶级的生活方式，这是'四旧'，革命的同学们，跟我走，造反去！"

他就这么提着两根辫子冲出了教室，后面一阵排山倒海般的欢呼声，杭得放的气势压倒了众人，征服了同学，连孙华正也向他拍手致意，他成功地在最短的时间里再次成为学生领袖。他雄赳赳气昂昂地走出好远，听到教室里传来了一阵惨叫，他的心，就在那惨叫声中剧烈地跳了起来，然后一直往下坠去，坠去，坠得他眼中逼出了泪水。他想：这就是革命的泪水，造反的泪水，革命就是人民的狂欢节，革命无罪，造反有理！他挥着辫子回过头来，连蹦带跳地喊着口号，又激动又茫然地想：到哪里去造反呢？到哪里去抄家呢？他们已经来到了十字街头，有许多过路的群众以及也在游行的队伍都停了下来，看着他。同学们开始停下脚步发出追问："我们去哪里？我们去哪里？"赵争争问他："杭得放，革命的下一个目标在哪里？"

杭得放盯着手里抓着的那两根黑油油的大辫子，辫子的下端是两根绿色的细绒线的发绳，他应该想到他的下一个造反目标在哪里，他无法控制自己不去想：为什么绿头绳可以配黑头发呢？为什么家里的厕所老是堵塞呢？然后，他就声嘶力竭地举起双手喊道:“战友们,跟我走,抄我的家去,冲啊!……”

这是一个被清算的家,一个无产阶级专政对象的家,杭得放现在要做的首先就是和这样一个家庭划清界限。他很忙,正在筹备成立红卫兵司令部,他也终于成为他们的联络人之一。晚上是他们开会的时间,不料临时被赵争争叫走了。他还以为有什么了不起的事情,没想到是让他用自行车把妹妹迎霜接回去。赵争争在日光灯下面的脸色苍白,她有些神经质似的在屋里来回走着,不停地说:“你要对你的妹妹说,革命是暴动,是一个阶级推翻一个阶级的暴烈的行动。”接着她又不满地说:“她离一个革命者的精神太远,你不应该让我来带领这样一个革命素质太差的人。”得放不知发生了什么事情,他惶恐地说:“不过她的确还是小了一点。”赵争争叹了口气,说:“她在医务室里,把她带回家吧。”

但是他没法把妹妹直接送回羊坝头,妹妹手里死死捧着那只大茶炊,两眼发直,全身发抖,像是受了巨大的惊吓。他反复问她发生了什么事情,她就是不说。还是旁边的人告诉他,今天学校斗一个隐藏得很深的历史反革命,那家伙像茅坑里的石头又臭又硬,怎么斗他也不交代。鞭子也抽过了,“喷气式”也坐过了,大牌子也快把脖子勒断了,他就是死不承认。正好迎霜手里还抱着那个茶炊,几个女红卫兵里,就有一个人,举起那茶炊就往那反革命身上砸去。杭得放一时听得热血沸腾,问砸过去后那老反革命有没有招,回话的叹了口气,说:“招什么呀,他就带着花岗岩脑袋见上帝去了。”

死了!杭得放想,他有一点茫然,有一点惋惜,他没有亲身经历这样的场面，却让赵争争经历了。他这才明白为什么赵争争反复强调革命是暴烈的行动。

迎霜却被这暴烈的革命行动吓傻了。得放怎么给她背《毛主席语录》都不行。她只是一个劲地磕巴着说："回家，回家，回家……"杭得放想，抱着这么一个大茶炊，怎么回家啊。他想把这修正主义的破玩意儿扔掉拉倒，谁知迎霜就像杀猪一样地尖叫起来。得放没办法，只好先回爷爷家，把茶炊扔了，随便拿几件换洗的内衣裤，再送妹妹去羊坝头——噢，不是，是送妹妹到硬骨头巷去。

进家门还真是费了一些功夫，整个大门都被大字报封住了，得放又不能扯了它们，就蹲在那里一点一点细心地剥，剥得像个门帘子，才掀开爬了进去，然后，再把那抱着茶炊的迎霜拖了进来。一进院子，他一把夺过那茶炊就往墙角扔去，边扔边说："这下回了家，你该扔了这修正主义的破玩意儿了吧。"

只听迎霜一声尖叫就朝墙角冲去，她叫了一声爷爷，得放这才看见月光下墙角边靠着的四个身影，再定睛一看，指着方越就叫："你，你这个右派分子，你怎么还敢到这里来！"

从前方越回羊坝头，也是常见到得放的。得放不像得茶，他对方越总有些心不在焉，但总算还客气，一声越叔还是叫的。方越想不到得放会对他这样说话，一时心如刀割，条件反射一样，身体一弹，嗫嚅着："我这就走，我这就走……"

嘉平一把拉住方越："我还没被扫地出门呢，这还是我的家！"

杭汉也忍不住了，说："得放，你给我住嘴！"

杭得放看见父亲，突然大爆发，跺着脚大声咆哮："都是你们！

都是你们！都是你们！”

“都是你们”下面的内容实在太多，只好省略了，黑夜里这压抑的愤怒的控诉声，就在这刚刚被冲击过的院子里回荡。然后是一阵长长的沉寂。方越说：“我，我，我走了。”

一句话也没有说的杭嘉和这时说话了：“一口茶总要喝的。”然后才对得放说：“你把屋门上的大字报给我们处理掉，我们要进去。”

“一千个做不到！一万个做不到！”杭得放庄严地宣告。

“你去不去？”

“不去！”

“去不去？”

“不去！”

杭嘉和拎起那桶放金鱼的水，哗的一声，夹头夹脑泼到了杭得放的脸上。然后他伸出那个只有半截的小手指，一字一顿地问道：“你、去、不、去？！”

被一盆凉水浇得透心凉的杭得放，心里突然有一种焦灼后的妥帖感。星光下水珠成串地隔着眼帘往下落，看上去仿佛眼前的那四个影子都在流泪。就那么呆若木鸡地怔了一会儿，得放顺从地去扯大字报了，三下两下，就打开了封着的门，说：“好了。”

然而大家都没有回答他，都没有进去，都沉默地盯着他。现在是他嗫嚅了，他说：“明天人家问，就说是我要拿东西打开的。”

影子们依旧盯着他，不说一句话。得放感觉脸上麻麻的，有泪水在流，这种伤心的感觉已经久违，且不合时宜。他被自己乱作一团且爱恨交加的感情撕扯着，深感耻辱。他哽咽着，说：“我走了……”转身就推开了大门,大字报门帘就一阵风似的被这少年带出的力气推出好远。院子里的影子们依旧一声不响,发生的一切令人心碎,还会发生什么又不知道……

迎霜断断续续地抽泣着说:“死了……陈校长……用茶炊砸死了……用茶炊砸死了,爷爷……”

大人们的心又拎起来,问:“谁死了?谁被这茶炊砸死了?什么?陈校长?谁是陈校长?”

嘉和突然就眼前一阵发黑,朝天上看,星星噼里啪啦冒着火星直往下掉。他颤抖着嘴唇,半天也没有把“陈揖怀”三个字吐出来,就一下子坐倒在地上了。

第七章

仿佛童年的流浪正是今夜亡命的预演，或者今夜的亡命正是童年流浪的复习。1966年秋天，杭方越加入了骤然暴涨的无家可归之人的行列。夜幕下他踽踽独行，街上人流川涌，他却仿佛行走在荒野，前面看看没有亲人，后面看看也没有亲人，他被命运第几次放逐了？

以往他就很少回杭州，但下放教育了几年，态度好，成果大，单位便把他收回来了，分的一间斗室还给他保留着，算是给出路。不过前几年单位分进一个年轻人，无房户，就暂居在他那里。偶尔他回去，若多住几天，年轻人的脸色就不好看。这也罢了，再往后回去，竟发现门锁已换，问那小伙子，其目光便近乎愤怒。夜里来了一姑娘，两人叽里咕噜说个不停，方越多迟回来他们也不走。方越只好说声对不起，先躺下头朝里睡，一觉醒来，那小伙子正在摔摔打打，当然摔的都是方越的东西。可他还不能跟那小伙子说，同志，这是我的床、我的书架、我的箱子、我的房子，你长期在我的房间里待着，应该摔打的是我。不料今日挨斗游街，他发现那青年臂箍红袖章，是造反派一个了，他若连夜回去，还有他的好果子吃?!

至少今天夜里是绝对不能回去了。

还能去哪里呢？从嘉平叔那里出来，他就不打算回羊坝头了。他自认是个灾星，挨上谁谁倒霉，刚才得放的那一句惊喊，让他心里实在震撼。说不上委屈，只是发现自己在别人眼里的实际地位已经到了这个地步，他自惭形秽。原本他十年不成家，也是想着要回省城的。但一点动他的声响也没有，他最后只好彻底放下，干脆娶了个寡妇，还带着个儿子。这下有现成的房子，也不要聘礼了，农村的乡亲们都说好。杭家人心里却是甜酸苦辣千般味。只有婉罗姆妈最心疼方越，人家还没开口她就先警告："谁也不许说他带了个拖油瓶啊，谁说我骂谁！"寄草笑着反驳："姆妈你在骂空气啊，我们杭家人谁会那么想？都听好了，进了杭家门，就是杭家人。"婉罗就伸出两个手指头，真是一把年纪，头脑煞清，她是指二哥嘉平有想法呢。

举头望天，月轮有晕，云厚气闷，难说会不会有雨。他再无别的想法，要紧的是先把今天夜里对付过去。他不敢走大街，那里路灯太亮，一切"魑魅魍魉"都会暴露在光天化日之下。他就专门寻找那些小巷，沿着中河边密密的贫民窟一般的居民区走。八百年前，这里也是繁华地带，皇帝赵构，元帅岳飞，奸臣秦桧，都在这河边住。如今俱往矣，王谢堂前燕，寻常百姓家了，一片残垣败壁，路灯隔好远才有一盏，鬼火一般。

开始他自以为找个地方睡觉并不困难——果然，在一偏僻处的小屋门前，他发现了一张"睡床"，那是一辆停歇着的黄包车。显然，主人已经休息了。

杭方越没有再多想一下，就钻了进去。他个子本来就不大，两人可坐的座椅，他身子横过来一缩，也就安下身来。他很快就睡着了，还做了一个梦，梦里他狠狠地摔了一个跟头，痛得他大喊一声，睁开眼一看，果然头朝下已落在地上。他的确摔了一个跟头，不过是被车主人从后面一掀，从车里倒了出来。

车主人说："什么人贼大胆？我上了一趟茅坑，你倒钻到我车里来睡觉了！"

方越想，他自以为睡了长长的一觉，还做了一个梦，原来不过是人家上一趟厕所的时间，真是一枕黄粱。他灵机一动就顺着那人话说："我是等你拉我呢，城里看大字报去！"

那人一听果然口气就变了，说："大字报啊，我晓得哪里最多了。解放街百货公司门口，还有延安路医科大学大门两边围墙上，密匝匝，炮轰省委呢。"

一个拉车的，平日里知道什么，现在说起省委书记，也跟说起隔壁邻居一样。方越终于知道，这一次和1957年真的不一样，一座城市，也是一片人民战争的汪洋大海了。再扯下去他就得露馅，于是便想赶快溜，说："我也上趟茅坑，去去就来。"说话间顺着人家拉车人手指的方向，溜之大吉了。

在暗夜里他又跑了一阵，进入一条狭长的小巷，确信人家不会追来，才放慢脚步，定睛端详，是大塔儿巷……

大塔儿巷啊，旁边就是杭七中，他的母校。他入中学那一天，还是义父嘉和亲自送来的。报完到，义父带他走过这条巷，告诉他说，这是戴望舒撑着油纸伞走过的雨巷啊：

撑着油纸伞，独自
彷徨在悠长，悠长
又寂寥的雨巷，

我希望逢着
一个丁香一样地
结着愁怨的姑娘。

她是有
丁香一样的颜色,
丁香一样的芬芳,
丁香一样的忧愁,
在雨中哀怨,
哀怨又彷徨;

她彷徨在这寂寥的雨巷,
撑着油纸伞
像我一样,
像我一样地
默默彳亍着,
冷漠,凄清,又惆怅。
……

嘉和爸爸的声音非常奇特,如天鹅绒般柔软又厚沉,他背诵得很慢很慢,用他那口杭普话,几乎是一字一字地吟诵着,一只手撑着伞,一只手像乐队指挥一样,低眉看着孩子,方越不由得跟着他的节奏点起下巴来……那时候的青石板,真是青石板,滑溜溜的,不知道被多少人踩过;油纸伞是明黄色的,水帘沿着伞沿一圈圈往下流，那也是真正的油纸伞！

从那时候开始，他知道了杭州诗人戴望舒，知道了文人施蛰存，甚至知道了后来可能成为汉奸的穆时英……然而知道了又怎么样？紫丁香的雨巷通向爱情，流浪者的雨巷通向远方，他就这么茫然地掠过了从前的诗人，有一滴水落在他的鼻梁上，是露水，还是雨水？……如果戴望舒还活着并且依旧住在这里，那么紫丁香般愁怨的姑娘肯定是隔壁杭七中的女学生，而且她肯定不愁怨了，说不定此刻正上房揭瓦，在抄戴诗人的家呢！那么戴望舒将怎么办呢？诗是肯定写不出来了。

方越那么胡思乱想着，又踅进了另一条巷。巷不长，狭狭的一线窄天，两旁是高高的山墙。他仿佛走到死胡同里面去了，却转过了弯，并看到了清吟巷小学的挂牌。这一回他清醒了：那是从前王文韶住的清吟巷啊。幸亏王文韶这个老滑头琉璃球，这个封建王朝的最后一代大学士1908年就死了，要是活到今天，还没等人来，自己就先吓死了吧。

方越如一条丧家之犬，在杭州弯弯曲曲的弄堂里踽踽独行，遥想着世纪初的往事，竟不知今夕何夕。终于眼睛一亮：天无绝人之路，路旁有一幢正在施工的建筑物，夜里空着，恰好钻进去睡觉。

这一次却是睡不着了，躺在潮乎乎的水泥板上，有地气泛起，有硬物硌着他的腰，朝天上看，一闪一闪的星在乌云里明灭。方越又突发奇想：究竟是乌云遮不住日月星，还是日月星终究要被乌云遮住呢？从前他也是拿这个问题问过忘忧的。忘忧是有佛性慧根之人，话里多有机锋，说："云乎？光乎？心向乎？"他听懂了，便定心守住丹田,一心向着三光。谁知竟然白向,一会儿星就完全被乌云遮住,闪电在空中划出狰狞的冰裂纹,像窑变后的瓷片,雷声炸响,噼里啪啦的雨就下下来了。

一下大雨这里就没法待了,方越只得再起身,沿着巷子出来,一怔,想,此处不正是寄草姑妈所住之巷吗?听说小布朗也回来了,他还没有见过呢。寄草姑妈怕也是凶多吉少,不妨先去看一看,哪怕暗中看一眼也是牵挂啊。

杭方越看到了他最不愿意看到的光景。院子里灯火通明,人进人出。方越仔细找,也没看到他们母子俩,心一急就凑了上去,见屋里造反一般地乱,连地板都被撬了起来,东一块西一块,湿漉漉的,扔在院子里。他就问看的人挖地板干什么,旁边有人白了他一眼,说:"搜敌台,连这也不知道?"

"这家人会有敌台?"

"什么东西挖不出来?!"

"我怎么没看到敌台啊?"

"那么好找,还要造反派干什么?"

"那,这家人都到哪里去了?"

"谁晓得,反正没有好下场!"

方越听得额上汗水直渗,默默地走开,喉咙憋得喘不过气来,就蹲在电线杆子下装吐,背上雨水噼噼啪啪打,脑子里一片空白,想:现在我该到哪里去呢?

这家的主人,这晚却是在西湖上度过的。原来,白天得放带着人抄自己家去的时候,寄草也没有闲着,她被单位里的人揪出来斗了。

别人一直叫寄草杭老师，其实自1949年之后，她就再也没有干过老师这个行当。这期间她做过种种杂事，主要是开茶馆，忘忧茶楼给了公家之后，她甚至还给人当过保姆。三年困难时期，她和一群家庭妇女组织起了这个街道小厂，糊纸盒，粘鸡毛掸子。她也算是办厂的元老，因为不肯和丈夫离婚，所以当不成厂长，但副厂长还是非她莫属的。其实，厂里一应大小事情，还是常要她出面拿主意的。

寄草生性是这样的倔强，简直让人想不通。她生得细瘦高挑，分外秀气，貌似弱不禁风，不了解她的人就当她好欺侮，偏没想到她说出来的话，能把人听得噎死。这两天她火气正大着呢，因为去了一趟十里坪，罗力竟然提出要和她离婚。不想再耽误他们母子俩了，有他这个劳改犯老爹，小布朗这辈子讨老婆难。寄草睁大眼睛凶巴巴地问："为什么，你给我说出个一二三四来。"

罗力说："我都听说了，现在外面乱，我可以在农场先待着，可你们不行啊。"

"怎么个不行？不是活到今天了吗？"寄草强硬地回答。

"那不是现在儿子回来了吗？"罗力这一句，倒把寄草惹火了，痛骂起丈夫来："你缺盐少油牢饭吃笨了，外面的市面一点拎不清了。你当我跟你离婚，我们母子俩就解脱了？我告诉你，我照样是劳改犯的老婆，儿子照样是劳改犯的儿子，一点都不会改变的。"

"你变不变我不管，小布朗一定要变，这辈子把冤苦都扛了，我不想让我儿子接着扛！"

"啊，凭什么我的命就不是命了！罗力你激谁啊，你绕来绕去不就是想和我们母子俩划清界限吗？没问题，老娘我命硬，回去我等小布朗一句话，他上一分钟点头，我下一分钟就和你一刀两断！”寄草狂叫起来，泼妇骂街一般拍起了大腿，把罗力都看笑了，笑着笑着，泪水就含在眼眶里了。

探监回来，大字报就上墙了，说她是反革命臭婆娘，要在厂里灭一灭她的反动气焰。你想他们这个街道小厂，本来就是一个大杂烩，人堆里比来比去，大多半斤八两，谁主持啊。推选半天，癞痢头阿松自告奋勇出山。阿松是厂里的搬运工队长，因为常拉着人力车在外跑，算是领略过革命形势，心里痒痒的，总想自己也能造一把反，把厂里这个芝麻绿豆般的小权夺过来。

先下手为强，阿松把厂里的一枚大印抓到手里。他身上衣服也没个口袋，又怕大印放在别处被人盗走，无计可施，憋出个馊主意，把大印吊在了裤腰带上，挂在裆下。开起批斗会来，晃荡晃荡的，已经站在台上准备挨斗的寄草，指着阿松裆下，哈哈哈哈地笑了起来。台下站着的革命群众，本来觉悟就不高，和杭老师个人关系又好，见阿松师傅这样一副吃相，都禁不住前仰后合地跟着大笑。阿松大怒，手里拿着一把鸡毛掸子，指到东，指到西，命令群众闭嘴。可怜他一时气成个斗鸡眼，指东人以为指西，指西人又以为指东，小小一个会场，就上演了一场闹剧。

看看再这样闹下去会就开不成了，他把掸子往桌上一摔，拼力一喊：“批判大会现在开始——果儿，果儿，上来！”

果儿上来了，老规矩，手伸开，一声叫口穿云裂帛：“茶来！”

立刻有人给他端上一只大茶缸，他接过，咕噜咕噜半缸下去，抹了抹嘴，道：“想听什么？”

台下的人就纷纷叫：《为人民服务》，《为人民服务》！还有人叫：《纪念白求恩》，《纪念白求恩》！又有人打横炮：《愚公移山》很好听的，上回我听果儿全本念过。果儿笑嘻嘻地听着，又不耐烦地摇摇手，说：“那么喜欢听，‘老三篇’通通来一遍算了！”

台下的人们就轰的一声纷纷拍手，果儿就笑，说：“白念念，有那么好的事情？”下面就又笑，有人朝他身上扔硬币，有一枚竟准确地扔进了他的圆领汗衫内。果儿一边抖着，一边手往屁股后面摸，又往裆前摸过来，笑嘻嘻地说：“怎么滑到前面来了，怎么滑到前面来了。”下面的人看了，笑得前仰后合，包括站在台上准备挨斗的寄草，也笑成了一团。

于是就有几个妇女冲上去搡果儿，一边搡一边笑说：“《三大纪律八项注意》第七条是什么？”那果儿就唱：“第七不许调戏妇女们……”“好哇，你违反了第七条，该当何罪，大家说要不要给他‘搡年糕’？”下面的人，瞎的亮的哑的响的，都一道起哄，要给果儿“搡年糕”，两脚两手拎起来往地上摔，吓得果儿直叫：“我是妇女，我是妇女，你们不要调戏我好不好？”

寄草早就习惯了这些杭家大院里绝对不会听到的荤笑话，而且她也晓得为什么果儿今天会这样说，人家会那么闹，她手下的这些弱人，有他们的弱办法来对付这个强梁时代。

正那么胡思乱想，“老三篇”已经演完，果儿嘴角泛起了白沫，寄草连忙把台上的那杯大茶缸里的劳保茶再递给他。他咕噜咕噜地喝，大家都傻了，想来想去，没人能把《毛主席语录》表演成这样，余音绕梁，三月不知肉味。倒是寄草虽站在台前，却由衷地鼓起掌来，说："果儿真正是个人才！"

阿松这才想到，序曲已经结束，正剧应该开场，癞痢头乱晃一阵，叫道："给走资派杭寄草挂牌！"

果儿听到这里，夸张地喷出一口茶来用手搭着胸腔，说："哎哟姆妈哎，我要落去哉！"马杆也不摸了，跌煞绊倒就往下逃，大家又都笑了起来。

也没有人给我们的阿松师傅打下手，他只好样样自己来。从椅子背后拉出一块硬纸板做的牌子，上面歪歪斜斜写着"国民党臭婆娘杭寄草"，上面还很时髦地打着一个红叉，仿佛叫这名字的人立刻就要拉出去枪毙。

寄草看到那牌子，顿时就从刚才的闹剧中脱出，忍不住悲愤交加。她想起了罗力，想起了她在十里坪跟他为离婚吵架时的情景。罗力，我千里迢迢赶到云南和你成亲，难道就为了这一天！

正当此时，就见油墩儿西施不知从哪里冒了出来，长脚长手，一跃上台，一把抢过那硬纸牌，三下两下，扯成几片，扔在阿松头上，嘴里叫着："你这个畜生！你敢，我看你敢！"

阿松本来是很怕老婆的，但现在有了权，也不太怕了，前一阵子就提出要和这个旧社会的舞女离婚。此刻见状大惊，何曾见过牛鬼蛇神中有谁敢撕掉那挂牌的？他以牙还牙，也大吼一声"我看你敢"，就冲上前去，和老婆对打起来。

杭寄草本来也就只在旁边躲着，谁知这阿松不敢打老婆，却反过身来推搡起寄草来，你说腻心不腻心。寄草可不是个逆来顺受之人，她尖叫着，披发跣足乱抓乱跳。两个女人打一个男人，这一来，阿松是真动怒了，他一边挣扎一边气喘吁吁地叫了一声："春光，给我上！”

话音刚落，一个拎着粪勺的青年人就冲进会场。此人有精神病，每年春天都要把厂里一些年轻姑娘的手臂掐出几块乌青来，杭州人的说法就是一个花癫。春光被收留到厂里专烧开水，还是寄草发的善心，体现的也着实是社会主义的优越性了。可他压根儿不懂这个，人家叫他干什么他就干什么，会前阿松就给他布置好了，一声令下，他就冲将出来，手里举的那粪勺中却是专门用来浇柏油路的沥青。只见他大吼一声，就将那沥青横泼过去，台上的人全都尖叫起来，其中阿松叫得最惨。他穿得少，又加上正和寄草她们厮打，背上被浇了一大摊。另外溅起来的，就浇在了寄草的头上。寄草头发厚，皮肉虽有烫伤，倒没受多少苦，但沥青黏糊糊的，粘到头发上结成了饼，怎么也拉不下来。反倒是油墩儿没被浇着，更加火冒三丈，一把推去，阿松倒地，假发甩进了沥青桶，台上台下，这才真正乱成了一锅粥。

这一出杭州小市民的闹剧，小布朗没有赶上。那一日他倒是休息，但母亲让他留守在家中，以防阿松那一派趁他家没人来抢占房子。不料果儿摸着道给他来报信。果儿看不见，又是个生性夸张之人，上气不接下气，说得寄草几乎要一命呜呼了，小布朗还能不急？门都没关就往卫生院里奔，还好是一场虚惊，那阿松才成了抢救对象。寄草有预感，挥着手一定要让布朗回家，布朗却不肯，一直陪着母亲上完药，用自行车把她推回来。谁知就那么一会儿工夫，阿松手下的造反派就来撬他们家地板了。

这下小布朗真不干了，操起一根木棍要上去拼命，却被寄草一把拦住。小布朗跳着脚叫:“妈,我打死了他们,背着你上云南!”

寄草连拖带拉地把儿子推出巷口,说:“你父亲还想来参加你的婚礼呢。”

此刻,雨打芭蕉,当杭方越正在杭州的古老深巷里仓皇踌躇之时,寄草、布朗母子两个,却在西湖边六公园大樟树下的木椅上舔伤口。他们的身后,是一座巨大的石雕狮子像、一尊战士雕像,再后面就是湖滨路。到处都在造反,只有西湖在暗夜里一如既往地温柔。布朗心疼母亲,让她在长椅上躺下,头就搁在他的腿上。湖上的风很热,小布朗的膝盖也很热,他能够感觉到母亲虚弱的身体在一阵阵地颤抖。他轻轻地抚摸着母亲的伤口,他说:“妈,你一定要放心,我是你的儿子,有我在呢!”

寄草叹了一口气,说:“不晓得你爸爸现在过得怎么样?”

“爸爸也许在里面更好一些。”布朗若有所思地回答。

母亲对儿子的话表示同意:“至少不会像我们现在这样,被打得半死,头上浇柏油,地板被撬光,还从家里被赶出来,躺在西湖边,看天上闪电,挨大雨淋。”

她说这话的时候,一声雷鸣,雨点就打下来了。小布朗却轻盈地跳了起来,说:“妈妈,我不会让你挨雨淋的。”他一把将母亲扶起,然后纵身一跃,跳入岸边一只有顶篷的小舟,一伸手,就把母亲扶上了船。

小布朗的原意,只是临时跳到小舟上躲躲雨,不料那小舟的缆绳未在岸上系紧,人一上去,吃到了分量,就一下子离开了湖边。又加上下大雨,岸边的人都跑光了,小舟自由地荡漾在湖面上,竟然没有一个人来管他们。

一开始，寄草还有些心慌，但儿子却叫了起来："太好了，我们就让这只船一直荡下去，一直荡到金沙港，然后我们就上岸去龙井，我们到盼姐姐他们那里去，那里有剪刀，我来给你修头发。"

"你可真能想，然后呢？"

"然后就再说吧。"小布朗回答，"如果我很快结婚了，你就可以和我一起搬到翁家山去住，我们可以一起采茶，那是很开心的事情。"

"有那么好的事？癞痢头会放过我？"

"他起码还得在床上趴半个月呢。"

寄草躺在小舟的靠椅上，咬牙切齿地说："好狠毒的阿松，当年还是我把他收下来的呢！"

小布朗的回应却是喜出望外："妈妈，这里有一壶热开水，还有两只茶杯。噢，这里什么都有，有一包橄榄，还有半包山楂片，还有什么——哈哈，这里还有半个面包。"

估计这些东西都是白天顾客留下的。小布朗不由分说地把这些东西都塞到母亲眼前，自己却走到船头，头顶着暴雨狂风。寄草欠起身来，看见儿子背对着她叉开双腿的背影，他的头发被风吹得乱作一团，竖了起来。从仰视的角度看去，他显得十分高大。此时惊雷闪电，狂风大作，他们的一叶小舟，正在湖面上颠簸，湖面在闪电下大出了无数倍，西湖刹那间成了汪洋大海，一个没有彼岸的地方。恐惧和疼痛让她赶快缩回身体。大雨哗哗地下着，闪电不时照亮保俶塔的塔尖和白堤口的断桥。寄草斜靠在椅子上，就着茶，一口一口地吃着那半块面包，看着儿子兴奋地钻回船舱，说："妈，我在西湖上撒了一泡尿。"寄草说："西湖可不是撒尿的地方。"布朗说:“我知道,可我就是想在西湖上撒尿。”寄草看着黑暗中儿子的轮廓,伸出双手,儿子就跪下了,紧紧搂着妈妈的脖子。寄草终于哭出来了,边哭边诉:“小布朗啊,我恨死你爸了,他要和我离婚。我真是恨死他了。”

“他走前跟我悄悄打过招呼,让我改姓杭,不叫罗布朗,要叫杭布朗了。”

“啊,这么大的事情也不告诉我,你愿意吗?”

“妈妈,你愿意我就愿意,你不愿意我就不愿意。”

“为什么啊?”

“妈妈不会错的,妈妈永远是对的。我听妈妈的。”

“那,你就不听爸爸的了?”

“邦崴阿爹交代过我,不管什么时候,都要听妈妈的。”

寄草狠狠地捏了一把小布朗的脸,揪着不放手:“布朗,知道外婆是怎么死的吗?”

“知道!”

“知道大舅舅小手指是怎么断的吗?”

“知道!”

“知道寄客爷爷为什么触碑吗?”

“知道!”

“好,那你说,为什么妈妈死也不和爸爸离婚呢?”

小布朗大喊:“知道——知道——知道——”

从来也不掉一滴眼泪的小布朗,面对西湖,捶胸顿足,大声地哭号起来。他听到了自己的哭声,真的不敢相信,这竟然是自己的声音。

杭氏家族的养子杭方越,以同样的智慧和不同的方式面对这场突如其来的狂风暴雨。他跳上了从拱宸桥到南星桥的一路电车,在电车的最后一排位置上找到了角落里的位置。他浑浑噩噩的,半睡半醒,从杭州城的北端到南端,跳上跳下,打了好几个来回。直到一位售票员走过来严肃地问他:“为人民服务,你坐了几趟车?”这才把他吓醒,他掏出一把车票说:“我买票了。”

售票员根本不理他的回答,严厉而又固执地提高了声音:“我说‘为人民服务’,你耳朵呢?”方越“我,我,我”的,不知道应该怎么回答。倒还是旁边一个老人热心,推着他说:“还不快说‘造反有理’!”方越这才明白,连忙一声高喊:“造反有理!”他那傻乎乎不接翎子的样子,把一车的人都弄笑了,那老人方说:“乡下人吧,思想觉悟没那么高。”售票员也笑了,说:“你怎么又说半句话,我问你坐了几趟车了,你记不起来了吗?”

杭方越连忙摆出一副可怜相,用一口浙南普通话说:“我是从龙泉来的,下着大雨,一时认不到路,只好在电车里避雨,我自己也不晓得坐了几趟车了。”

售票员说:“真是寿头,你看看,老早天晴了。”她总算正常地说出了能让方越听懂的杭州俚语。方越抬头一看,又要到拱宸桥了,连忙说:“我这就下车,我这就下车。”售票员说:“看你老实,不追究你了。”那老者也说:“是啊是啊,‘我们都是来自五湖四海,为了一个共同的革命目标,走到一起来了’嘛。”说着就和方越一起跳下车,接着又轻声说:“你这个家伙今天算是运气好的了,车厢里日日都有牛鬼蛇神被抓出来呢。”方越一听,缩头缩脑,再不敢说一句话，道一声谢谢就朝老者的反方向走去了。

看一看手表，现在已经是凌晨时分了。拱宸桥一带，杭州第一棉纺织厂和杭丝联的工人们，上中班的已经下班，上夜班的，也已经上班了。周围是那样的黑暗，黑暗上方的一盏路灯，更衬出世界的荒凉；而路灯下的那只垃圾箱，那只垃圾箱旁的一条正在觅食的狗，更加衬出夜行人的凄楚。这是一个什么样的夜行人哪，在他的身上，还能看出一点美术学院风流才子的影子吗？他现在唯一还能思考的是缩到哪里去睡一觉，茫茫人世，哪里还有他方越的栖身之地呢？

茫然地往前走去，他突然闻到了一股强烈的臭味，一条大河，黑黢黢的，躺在眼前。是大运河啊，又闻到你熟悉的臭味了。方越打起了几分精神，至少，大运河的臭味接纳了他。还有拱宸桥，高高的大石桥，黑暗中拱着身体，无声地横跨在运河之上。他晃晃悠悠地上了桥，站在桥头，看着水面。远远地，还有突突突突的拖轮驶来。他突然就跳出了这么一个奇怪的念头：死是多么容易啊，只要往下那么一跳！

方越朝天空望去，一场大雨之后，夜空如洗，月牙儿弯弯，又挂在天上了。方越下意识地回过头去，后面没有一个亲人，连忘忧哥哥也不在。他想起了忘忧那洁白的身影，想起忘忧当年把他送出山时担忧的眼神。他曾经一遍遍恳求哥哥和他一起回到生他的故地：到西湖边来吧，到山外繁华的都市里来吧。忘忧只是摇摇头，他说他喜欢山里，他习惯了生活在白茶树下。方越那时候不能理解哥哥，他以为哥哥是因为不能摆脱一个残疾人的自卑感，才隐居山间的。他说："哥哥，跟我回城里去吧，我会养活你的。"忘忧笑了,说:“越儿,谁养活谁啊?”

这话没过多少年就让忘忧哥哥说准了。戴上右派帽子后,他每个月都能够收到忘忧寄来的钱。救命恩人哪,多少年之后,你还在救我。我想念你,没有你我活不下去。绝望使他低下头,他在黑稠的河水中寻找亲人的影子。没有,谁也不会从这样混浊的水中显现出来。我们杭家人是洁净的,我们无法在混浊中生存。

大学期间,方越就曾到这里来写生,画过素描,他那时候就知道杭州其实有三种水:西湖水、钱塘江水和大运河水。人们择水而居,那么杭州也就有三种人了:属于西湖的人,属于钱塘江的人,属于大运河的人。一种是雅的,一种是勇的,而一种正是卑微的啊。方越发起抖来了。

背后有人拍了他一下,声音尖尖地问:“喂,你在这里干什么?”

方越一颤,回过头来,认了好一会儿,才认出她是羊坝头那个管电话的油墩儿,突然拍拍脑袋,说:“我还欠你电话费呢,这就给你,这就给你。”

油墩儿就嗲兮兮地摇着肩膀说:“你倒头脑还清爽啊,我当你要跳河自杀了。”

方越这才想起来,问她跑到这里来干什么。油墩儿回说:“我是这里人哪,你脚板底下这块石头上,就是我阿爹把我抱来的地方,我不到这里来,我到哪里去?”

原来油墩儿的养父是拱宸桥的卖鱼人,一次赶早市,就在这桥头捡了她这个女婴,养大后再卖到扬州当舞女去的。尽管如此,油墩儿还是念着养育之恩。养父死了,他那间房子油墩儿就理所当然地继承下来了。夜里12点以后,不叫电话了,她有时会回来看看,次日一大早赶回去。没想到竟然在这里看见了右派分子杭方越。她已经在后面盯了好一会儿了,以为他要自杀呢。纤手一掌拍在方越肩上,说:“哎呀,你可吓死我了,你要死了,我明日怎么跟你嘉和阿爹说去。我跟你说,好死不如赖活。1962年我当特务呢,鞋儿袜儿脱光,6月里赤一双脚,到这桥头来拉煤车。那个痛啊,脚底板起泡,真正弄得我活撞活颠。还有,当初人家问我嫁不嫁癞痢头阿松,我心里想,死人也嫁,先活下来再说。你看,我现在不是活下来了吗?”她就顾影自怜地环视了一下自己,又说:“断命的阿松,当了造反派,还想要跟我离婚!呸!我今日和你小姑妈痛打他这条落水狗!我叫你离!我叫你离!”

“真离了?”

“离个屁!他浇了一头沥青,正在医院里叫皇天呢!”她瞟了一眼方越,“你不要以为我这话对多少人说过,我只对你一个人说,因为我怕我一走你又要寻死。我是救人一命胜造七级浮屠啊——再会!”她就再一次嗲兮兮地向方越招了招手,扭着她那细腰大屁股就下了桥。方越傻乎乎的还没回过神来呢,那尖嗓子又回来了,这一次是告诉他她在拱宸桥的地址,说:“你什么时候到我这里来玩噢,不要以为你们杭家才有好茶,我这里也有好茶的!”这才一扭一扭地消失在半夜里的大石头桥上。

方越呆若木鸡,手抚着被油墩儿拍过的肩膀,女人的手掌又温暖又柔滑,一种心酸的慰藉泛起,一种活下去的勇气油然而生。他用手掌拍拍栏杆,冰凉骨硬,和女人的感觉完全两样。大运河的臭水闪着一亮一亮的白光,黏稠地铺在身下,一直伸展到遥远的看不到的地方。在这样短暂的时刻,杭方越修正了自己的想法。他想,大运河并不真正卑微,大运河通向所有的活路,杭方越决定了要做一个自觉的贱民。他立刻找到了一个贱民入睡的地方,桥洞下,运河旁,那里太臭,巡逻队是不会到那里去的。

第八章

车过洪春桥，入龙井路，神仙世界，豁然开朗，两翼茶园，如对翻大书，千行茶蓬，绿袖长舞，直抵远方。江南的夏日清晨，骄阳初升，映得地绿天蓝。一面斜坡，鹤立鸡群般，突兀地拱出数株大棕榈，阔叶翻飞，像是风车轮转，衬得茶乡平静如水。

有个小青年，一边骑着自行车，一边歌唱：

韭菜开花细茸茸，有心恋郎莫怕穷。
只要两人情意好，冷水泡茶慢慢浓。

不用问，唱山歌的正是杭布朗，也只有他，才能够在如火如茶的岁月里照旧唱他的情歌。路边有人奇怪地看着他，有人想骂他，但他嗖的一下就飞过去了，想破他的"四旧"，来啊，根本来不及。

车后座上，载着他的母亲杭寄草。头上扎了一块围巾。寄草那天被沥青泼了，虽然没有阿松那么严重，但头发却被粘着，弄得东一块西一块像个鬼，她一怒之下把布朗接了回来，反正已经和阿松扯破脸了，该怎么打就怎么打吧。小布朗拍着胸膛说："妈，你放心，我不用动手，吓就直接把那家伙吓死。"

到底是亲生的，母子俩性格如一个模子里倒出来，他们从来不会闲着,该修复的修复,该创造的创造,该破坏的破坏。自从那场批斗会后,寄草就不上班了,说好了到胡公庙去避难,顺便让盼儿夫妻给他们母子俩修理头发。

曹家远这几年学了一门手艺,杭家人的头发都归他打理了。他也经常给学校的同学老师理发,村里的茶农也找他。虽然造反派也在茶山折腾,但曹家远是国家定性回归大陆的爱国者,所以批斗不到他。不过也曾有人想把他弄成打入大陆的美蒋特务,揪出来吃点生活,让九溪大队长一脚踢回去了。至于盼儿,虽然肺病已经好了,但对外的宣传还是痨病鬼。她常常将一张躺椅放在宋梅树旁,躺在上面,手上拿把团扇,人扁得像一张薄纸。龙井村的人,对她都有一种特殊的感情,小心翼翼地呵护,或者也裹挟着某种规避。谁都怕得病啊,哪怕造反派。

曹家远的学校也停课闹革命了,乡村小学,他乐得成了逍遥派。见寄草母子到了,又是开心又是小心。难得这个地方竟然也没有人来砸,墙门是颓倒了,但"宋广福院"这四字还很沉着地镌在门楣上,旁边藤蔓丛生,把红尘都挡在外面了。

曹家远没什么变化,挺拔的军人身姿,只是一头浓密的头发全都花白了。九溪夫妻也在那里等着他们,九溪嫂一看寄草那个烂稻草一样的头发,又气又骂:"罪过啊!哪个千刀万剐的贼坯,这种恶心恶肝的事情也做得出来。"盼儿还是那么轻手轻脚细声细气端详着小姑妈:"家远,你看给小姑妈剪个什么发型最好呢?"

寄草爽快地说:"剃光,当尼姑最好。"

九溪伯连忙接着挡回去:"现在哪里还好当和尚尼姑的,今日一早,城里的红卫兵都去砸灵隐寺了!"

说话间,他们已经开始修理寄草的头发了。曹家远建议:“我看不如剪个男子的西发,沥青也剪掉了,人也精神。戴顶草帽,什么也看不出来的。”

盼儿不停地眨着眼睛,这说明她高度赞同丈夫曹家远的意见,而在杭布朗眼里,盼姐姐是一个非常古怪的女人。她比母亲要瘦小得多,眼睫毛特别地长,还喜欢不停地眨眼睛,一眨,两只眼睛就成了毛茸茸的两团。她很少讲话,但一讲话,就会不停地夹着不知从哪里来的句子,看上去显得手忙脚乱。寄草母子的突然到来让她格外开心,她让寄草对着镜子坐下,在她脖子下面围上一块毛巾,说是要先把她头上的那些沥青去掉。可看来看去不知从哪里下手,还是曹家远上马,大刀阔斧的几剪刀下去,脚下就摊开了一地的粘着沥青的青丝。布朗捡起一缕,叫道:“妈妈,你有白头发了!”

寄草说:“早就白了,这种日子,能不白吗?”她让布朗到门口自来水龙头那儿去打水,她要好好洗一下头,把斗鸡眼的晦气洗洗掉。小布朗听到这里就拍着手唱了起来:

戴起草笠穿花裙,采茶的姑娘一群群,
采茶上山冈呀,采呀采茶青。
采茶要采茶叶青,你要看一看清,
嫁郎要嫁最年轻,也要像茶叶青。
……

唱着唱着,他突然问曹家远:“曹姐夫,你真的开过飞机啊?”

曹家远点点头，细心地拿把梳子打量，一点点地用把小剪刀修理。发型剪出来了，英姿飒爽。寄草就让儿子再取一面镜子来，放到她脑后，满意地看看前后，说："人倒是显得年轻了。"

小布朗就这样呆呆地看着姐夫，说："原来人可以这样做的。"

"怎么做啊？是又可以开飞机，又可以剃头发吗？"寄草问他。

小布朗沉思地回答："是的，一个人其实可以做很多很多事情，只不过他自己不知道呢。比如我在云南山里，就没有想过有一天会到杭州来铲煤灰。以后还会干什么，不知道。"

曹家远却问："布朗，你和那个采茶姑娘定下来了吗？"

小布朗低下头来，沉默了很久，才硬着头皮说："她要戒指。"

听了此话，寄草眼睛睁开，看着天空说："结婚要一只戒指，本来也不为过的。"

盼儿坐在竹制摇椅上，吱吱地摇着，听得见她呢喃的声音："我虽然行过死阴的幽谷，也不怕遭害，因为你与我同在。你的杖，你的竿都安慰我，在我敌人面前你为我摆设筵席……"

寄草叹了口气说："盼儿，想你妈了？"

盼儿依旧那么摇着椅子："我妈从前常念的，不知怎的就突然浮了上来。"

曹家远一边收拾着理发器具一边说："盼儿有一天半夜突然坐了起来，唱了一首圣诞歌，吓我一大跳。我知道她不信任何宗教的，我也是。问她怎么回事，她说她还是什么宗教都不信的，她说她是无神论者。"

"我就是个无神论者。但是这些祈祷，这些颂文，这些经变，这些符箓，这些佛像，真的很美，很美，不舍得烧掉，不舍得！"

说罢此言,杭盼便把手指上那只祖母绿戒指,放到了寄草手里。寄草也不推,怔了一会儿才说:“盼儿,什么主不主的,你就是我们杭家人的主,女主,你是大慈大悲的观世音。”

盼儿也没有回答,却又顾自回到了刚才坐的地方,继续摇她的竹椅。

寄草招招手叫儿子过来,对着儿子耳语道:“这只戒指实在珍贵。你外公先是给了你大舅的生母,她死后又到了我姐姐嘉草手里,姐姐死后由你大舅保管,后来又给了你盼姐姐。戴过它的人,把太多血亲渗进里面去了。你若给了哪位姑娘,你就要把心交出去了。你说,你已经答应把心全给她了吗?她真的要你的心吗?”

小布朗摇摇头,他不理解翁采茶,更不知道她的心什么样。他只知道她时不时地要提起彩礼和嫁妆,她总是说:“爷爷已经答应我,全套嫁妆备齐,马桶一定要红漆的,里面花生红鸡蛋都要备好的。城里那个院子,总归是我们的了吧。”

“什么院子?”小布朗不理解。

“你们杭府大院子啊,你家盼儿姐姐不是搬出去了吗?”

“我要和我妈妈一起住啊!”

“我才不要和你妈一起住呢,你妈根本就没看上我。”她委屈地说。

小布朗说:“我们一结婚,我就让她搬过来跟我们一起住,城里那个鸡毛小厂的走资派,我们也不当了,退休还不行吗?我已经看过了,你们家有四间房,一间当客堂,其余三间,够四个人住了。”

采茶一听,大吃一惊——小布朗你是不是疯掉了,放着城里独家小院不住,要跑到这到处是茶的乡下来住。什么意思!什么意思嘛！我可是不要婆婆管的，我本来就不喜欢这个连照面都不打的婆婆。这么想着，跳起来喊："谁说让你妈妈过来住了？"

小布朗一听，这才真正着急起来，说："你爷爷都同意的。"

"他同意让他同你去结婚好了！"采茶嘴巴也硬了起来。

"你是要跟我结婚，还是要跟我们城里的房子结婚？"

采茶听了这话，真正厥倒，半天才回过神来，指着小布朗的鼻子，骂道："你呢？你打的什么主意？那你是想跟我结婚，还是想跟我们家房子结婚？"

小布朗这才算是真正领教到江南姑娘的厉害了，他愣了半天，一跺脚说："是和你结婚，也是和你们家房子结婚！"

采茶倒还真没想到小布朗会那么老实地招供。他把话说得那么白，简直叫她无话可说，越想越气，越想越气，头毛痱子一时爹起，叫道："你爱跟谁结你就跟谁结，反正我是不跟你结婚了！"

小布朗也生气了，他毕竟也是读过书的人哪，也有他的自尊心哪，冷冷地说："这话是你说的？你再说一遍？"

采茶又叫："是我说的，怎么样？怎么样？流氓！你这个大流氓！"

小布朗一下子就推开窗子，对着对面山坡上采茶的姑娘叫道："美丽的姑娘们，我的未婚妻已经和我解除婚约了。你们谁愿意和我结婚，可以来找我，我没有世上最美丽的宝石戒指，可我有一颗宝石般的心！"

声音传遍屋里屋外，山上茶坡。茶蓬间所有正在摘夏茶的女人都愣傻了，一只喜鹊横飞过她们身边，叽叽喳喳叫着。空谷间，突然就听到采茶一声号哭："哎呀，我的姆妈哎……"

此刻,大人们又勾起他的不开心来。布朗仰起头想了想,突然答非所问地说:“我想去灵隐寺看看,都说灵,我可是一次也没去过呢。刚才不是说红卫兵要砸了它吗?再不去就见不着了。”

寄草明白了,布朗不想要这枚戒指,他不想和翁采茶结亲,便说:“不想要就先给你收着。总有一天会用得上的。”

望着儿子推自行车下山的背影,寄草才对盼儿说:“你说采茶这姑娘傻不傻,她想住你们当年的洞房,那你们以后住哪里去?”

曹家远却岔开话头说:“你看这两株宋梅,听说还是当年辩才和尚种下的,一株活得好好的,一株死了,说是死了几十年了。”

“可是今年春天它又活过来了,你看,是不是又发芽了。”盼儿说。

“戒指还是还你吧。”寄草把手伸过去了,“他俩绝对不般配。”

老宋梅突然活了过来,而小布朗也已经不再难受了,该扔到脑后的扔了再说。现在他拐过洪春桥,便见一路上不断有人急匆匆地往灵隐方向赶。一队队红卫兵基本上都穿着黄军装,脚步声咔咔咔,气势逼人,夹带着陌生的恐惧和兴奋,直往人们心里去。他的自行车龙头就不由自主地转了向。

还有一些自行车也从他的身边飞快驶过,自行车上的人朝那些赶路的红卫兵丢下一句威胁之语:“走着瞧吧,你们的行动必将以失败而告终!”

赶路的红卫兵一边气喘吁吁地跑着,一边振臂高呼:“砸烂‘封资修’!保卫毛主席!”

布朗好奇,问一个掉队的红卫兵:“干吗干吗干吗啊?”

那红卫兵朝他看了看,说:“到灵隐寺去啊。”

他这才发现,这个头发又短又乱的中学生也是个女的,和妈妈刚才剪的头发一样。她的长脖子下面是一个斜斜的肩膀,把她那身军装也穿得不像军装了。

“那你还不快点跟上去?”

“随便……”

布朗不知道这个“随便”是什么意思,就说:“要不我用自行车带你一段?”

这个女孩子突然睁大了眼睛盯着他,上下一阵打量,就飞跑起来,跑出了一段路,回过头来,吐了一口唾沫,尖声喊道:“流氓!”然后背过身去,一下子就跑得看不见背影了。

杭布朗撇撇嘴,在自行车上一个双放手,真倒霉,他已经被两个姑娘骂过流氓了,在杭州当流氓这么随便啊。一抬头,却看见了杭得放。得放全副武装,皮带把腰扎得像女孩子的腰那么细,神气活现地喊着口号,往灵隐寺方向赶。布朗还在他们的那支队伍后面,看到那个男不男女不女的姑娘——她仿佛想跟上去,又仿佛刻意地要与大部队保持一点距离。

小布朗叫着得放,问他们要去干什么。得放一边气喘吁吁地跑着,一边说着:“……去砸……‘封资修’……砸灵隐寺,革命……行动……保皇派反动……”

小布朗一听这话,也不再和得放说什么,就加紧往前蹬车,蹬了一会儿,一个大转弯回了过来,掠过得放身边,伸出手去,一把捞来了得放的军帽,说:“借你的帽子一用。”然后飞也似的骑回到那掉队的女孩子身边,说:“流氓又回来了!”

姑娘紧张地看着他，说："你要干什么？"

"干什么？"小布朗一下子把那顶帽子往姑娘头上一罩，说："你是雌的还是雄的？美丽的姑娘要像孔雀一样爱惜自己的羽毛啊，这样子走出来，不怕人家笑话吗？"

姑娘先是愣着看他，突然，嘴唇哆嗦，眼睛里就有泪哆嗦出来。小布朗不想让姑娘在大庭广众之下失态，拍拍后座，用当下最流行的话说："向毛主席保证，我不是流氓！"

姑娘还流着眼泪呢，但不知为什么就上了小布朗的后座，他们一会儿工夫就超过了得放。得放依旧"一、二、一"地喊着口令，目睹着表叔带着谢爱光扬长而去，心里却想：都要结婚了，还勾引女人，这个严重违反"三大纪律八项注意"第七条的……分子！他很想给表叔扣一顶帽子，可是一时脑子混乱，怎么也想不出来了。

杭家叔侄赶到灵隐寺时，寺外可说是人山人海。几日来，以中学红卫兵为代表的一方组成了捣毁派；以大学生和工人、农民组成的一方形成了保存派；双方各有理由，各不相让，就这样聚众在灵隐寺前僵持对阵。到了今日上午，火药味愈浓，武斗已经一触即发。

得放一到现场就说："怎么还没有砸了那破庙！"

布朗比得放早到，人群中转过一圈，算是拎了市面，此刻就凑过来说："请示过周总理了，总理指示，灵隐寺不能砸，无论如何要保下来的。"

得放一听就火了："这是谁造的谣，反动派的一贯伎俩就是拉大旗做虎皮，以达到他们阻碍历史进步的真正目的。"

布朗笑笑，却说：“谁是大旗？谁是虎皮？”

这一问，倒把得放给问住了，他张了张嘴，回答不出来。小布朗，你是吴下阿蒙，要刮目相看了啊！

布朗大拇指跷跷，说：“是我造的谣，行吗？”

布朗回杭时间不长，和得放这样的小辈话也不多，得放还从来没听到他说过火药味这么重的话，可心里对他很反感。他比得放大出半轮去了，再说也不是一个阶级阵营的。得放非常生这位表叔的气，可是他绝不愿意承认那是因为刚才布朗载了谢爱光，他才把这事情往阶级斗争上靠。此刻，他看到谢爱光就站在布朗身边，头上还戴着他的帽子，便拿出十二分的热情来说：“革命是需要狂热的，革命还需要红色恐怖，不狂热，怎么显示革命的波澜壮阔？没有砸烂旧世界的胸怀，怎么可能建设一个红彤彤的新世界？”他突然来了一段虚的，这些日子他们在学校里，革命来革命去的，用的全是这一套新鲜的话语体系。

布朗摇摇头，说：“听不懂。”

“对你来说，听不懂是很正常的。”得放耸耸肩说。这句话相当无情和刻薄，小布朗一下子就听明白了，这是一句划清立场的宣言，也是一种自上而下的鄙视。他不由又问了一遍：“你说什么？你再说一遍？”

“我说这很正常啊。”得放有些心慌了。其实他知道这很不正常，可是没法再把话收回来了。他自己也不知道为什么近来他总是把话说过头，把事情做过头。他为什么要去剪谢爱光的辫子呢？他瞥了谢爱光一眼，苦恼地想。

布朗指着他鼻子说：“我是你叔，我有的是时间揍你，你踏实地把屁股给我撅着。不过我现在没有时间,得上那里去。”他指一指大殿上方那些保卫大庙的人群。

得放就眼看着表叔往上走,一边对站在旁边的谢爱光说:“他是我表叔,快结婚了。”

谁知道他为什么要说这么一句莫名其妙的话。他看见谢爱光惊慌失措地扫了他一眼,就飞快地离开了他。那一瞥照出了他令人憎恶的一面——但这不是他想成为的那种人。不!他杭得放一点也不想成为那样的一个人。

阵线此时已经非常分明。大学生们站在殿门内外,黑压压的一群,布朗立刻就在那里找到了自己的位置。与此同时,得放也准确无误地找到了自己的位置——殿门石级下的平台上。那里,黑压压的也都是人。市政府已经派了人来,此时一阵掌声,有人就上去说话。得放旁边一个小个子说:“听听这个走资派说些什么,他要拦我们,立刻就把他拉下来开现场批斗会!”

得放看了一眼,愣了,说:“这个人我认识,是我同学赵争争的爸爸。他今天也来了。”

赵爸爸站在一边,另一个看上去更像首长的人,就在台上宣布市政府的意见。乱哄哄的,得放也没能够听清楚,但总的精神是明白了:

一、灵隐寺是名胜古迹,又是风景区。驰名中外,由来已久。飞来峰的摩崖石刻、参天古木和寺内的宏伟佛像、经卷珍藏,都是国家的文物,必须保护。

二、我国宪法规定，人民有宗教信仰自由。杭州是佛地，作为供佛教徒从事宗教活动的场所，现在保存下来的只有灵隐寺和净慈寺了，所以不能再减少。

三、东南亚各国信奉佛教的人很多，有些国家领导人也一样信佛，比如缅甸总理吴努、柬埔寨亲王西哈努克，所以我们还要适应国际活动和国际宣传的需要。

他的这番话刚刚说完，得放就看见那边平台上，一层层手掌升起，欢呼鼓掌。得放没有看到布朗的身影，但可以想见他拥戴的样子。这使得放生气，因为政府站在了对方一边。至于政府的话到底有没有道理，他压根儿就没有时间去想，他只是在感情上站在了捣毁派一边。那种由叛逆带来的巨大的激情，需要通过破坏来发泄，可是这些人却不让他们发泄，因此得放对他们义愤填膺。

旁边那个小个子及时地高举起小红书，高喊道："革命无罪，造反有理！"这句口号原本是得放刚刚想喊的，没想到就被旁人喊走了。还好这次运动的口号很多，而且还随时可发明创造。得放头脑灵光，立刻振臂高呼："我们不要封建迷信，我们要宣传毛泽东思想！"

他这一派红卫兵举起手上的小红本本和他一起喊，他灵机一动，又喊："不要给西哈努克看佛寺，要发给他们《毛主席语录》！"

大家也一起喊，喊完就哄堂大笑，把语录发到柬埔寨去，让亲王学习，大家都觉得这条口号发明得好。得放注意地看了赵争争一眼，赵争争面色不正常，勉强笑了，倒是站得更远一些的谢爱光没有笑，她的两只手揪着胸口，不知道是在为谁担心。

这一边的大学生们也觉得不能沉默,要拿口号来以牙还牙,也有人振臂高呼:“坚决遵循周总理的指示!灵隐寺不能砸!”

得放听得耳熟,抬头一看,果然是大哥得荼。他不是跑到湖州去接别人的新娘子了吗,怎么一下子又卷入运动了?不管怎么说,他是从旁观者转变成参与者,虽然参与得不对头,他站到得放对立面去了。不管怎么说,杭得荼已经不是得放从前崇拜的那个大哥了。得放不安地想,也许得荼早就看到他了吧。从前凡是腐朽的东西,没有不喜欢的,你看他那间书房,还叫爷爷起的名字“花木深房”,他那个花木深房里塞满了什么封建主义的东西啊,还说是茶事资料呢。和灵隐寺一样,统统都是“四旧”。此刻得荼这一喊,四周山上的工人农民都响应着,飞来峰上那些石像也好像跟着一起张开了嘴。可见保护灵隐寺的人,还是要比砸灵隐寺的人多。

又有人高喊:“灵隐寺不能砸!”

这下呼应的人就更多了,小布朗也用尽力量吼了起来:“灵隐寺不能砸!”

这么呼喊的时候,布朗心里很痛快。他很喜欢那个“不”字。他已经看到了得荼,就用口号和他打招呼。

另一边又有人喊:“谁敢砸了灵隐寺,我们就砸了他的狗头!”

得放也声嘶力竭地跟着对喊。他们人少,但人少不但没有使他们感到气馁和心虚,相反,他生出一种少数派才有的众人皆醉我独醒的优越感。和布朗相反,得放喜欢那个“要”字。这些天来,他每天自言自语的就是:要!一定要!一定要!

灵隐寺内外,此时口号此起彼伏,乱作一团。寺中僧人已散去大半,红卫兵已经在此围了三天三夜,寺中僧人也无法坐禅,只在各个门房院落把守。赵争争的父亲终于站出来说:“请大家静一静!请大家静一静!让我们回去与市委再作商量。我们马上就回来,告诉你们处理意见。时间不会长,我们马上就会回来。红卫兵小将们,你们千万不要起冲突!千万不要起冲突!”

他说这番话时,眼睛血红,喉咙嘶哑,口气中,不但带着恳求,而且还有明显的无奈。他的女儿站在对立面,一副可怜相。

一阵狂呼之后,大家都觉得口干舌燥,天也渐渐地近了中午,市府的人还没有赶到,双方都不敢松懈,可端着那剑拔弩张的架势又实在是有些吃不消了。得放一挥手,就带着几个战友去侦察地形,看看有没有可以进入的其他边门。走来走去,却都是高墙石窗,没有一个地方是可以翻身跳入的。没奈何,只得重新回来,等着上头带回那个早已焦头烂额的市委的决定。

喊了这半天,有些人就跑到冷泉旁去喝水。站在上面的人却不敢走开,唯恐人一散,这些小将就上来冲庙门。也是我佛慈悲,此时竟还有一个人从寺庙后面出来,挑着一担茶水,一声不响地放在两伙人中间。那人虽不是僧家打扮,但也是皂衣皂裤,剃着光头。与众不同的是,他那一身皂,与他皮肤与头发的雪白,形成了鲜明的对照。要不是搞运动,谁都会好奇地多看他几眼。

佛是公正的,一碗水端平的,一桶水拎到平台下的捣毁派当中——他们要消灭灵隐寺,灵隐寺的和尚还要给他们弄水喝。茶使人冷静,使人清醒、理智、温和、善良、谦虚、友好,也许灵隐寺的僧人想用这种饮料来打动他们。另一桶水便留在平台上了。得茶见了那人,眼睛一亮,那人却也一边发着竹筒勺,一边就走到了得茶身边,说:“我早就看到你了。”

得茶轻轻地问:“忘忧叔,你什么时候到杭州的?”

忘忧并没有出家,他在白茶树下的林科所工作,算是做了一个在家的居士,他的职业也好,杭家竟出了一个守林人。有时他回杭州,也不住在家中,只在灵隐寺过夜。杭家人对他的行为也都习惯了,可是以往他总要先到羊坝头报个到,不像这一次,家中人不知,他已先到了灵隐寺。

忘忧说:“走,跟我回庙里说去。”

他回头要去取扁担,却发现扁担已经在小布朗肩上。小布朗刚回杭州时,忘忧特地来过杭州,所以认得。但得茶对他的出现还是觉得奇怪,在他们眼里,布朗是个游离于杭州之外的人。布朗却很自然地说:“你们有没有看到得放?”

杭家三人边走边叙,忘忧说:“你们俩比赛喊口号,一个响过一个,我都看到了。”

布朗笑了,说:“我喜欢灵隐寺,砸了它,在杭州,我就少了一个可玩之处了。”

忘忧说:“我也算是和灵隐寺有缘的。十多年前有一次游灵隐寺,也是逢着一劫,让我碰上了。那次我正在殿外,就听殿内一声轰隆,那根大梁突然断了,将原来的三尊佛像砸塌了。灵隐寺这一关就是三年,后来还是东阳人来重修的。那时就有工匠怕做这件事情,说是不愿意搞封建迷信。”

“这事情我知道,那次是周总理发的话,这次也是。我看灵隐寺砸不了,得放白辛苦。”

忘忧说,现在局势已经那样了,急也急不得,趁着等市府通知的空当,不妨学学赵州和尚,吃茶去吧。忘忧的这个提议,使得茶紧张的心情松弛了下来。他想,也只有忘忧这样的山中人才会有此等闲心呢。

杭得放站在石级下,看着杭家那三个亲人都在台阶上,轻声交谈着,转过庙的墙角而去。一种失落和气愤同时向他袭来,那天夜里嘉和爷爷一盆水泼面后的感觉又冒了出来,他一时就没了情绪,坐到石级下发愣去了。

忘忧在灵隐寺后面的寮房中,请他们品他从天目山中带来的白茶。这茶往年忘忧也带来过的,数杯而已,布朗听都没有听说过。忘忧取出的那套茶具却叫得茶看得眼热。但见这套青瓷茶盏呈冰裂纹,铁口赤足,忘忧用净水洗冲之时,自己那茂密而又洁白的眼睫毛就缓慢地颤动起来,真有心安茅屋静、性定菜根香之感。得茶看着忘忧,人家都说他活得可惜,得茶却觉得他活得自在,便说:“这套茶具倒是好,像是宋代哥窑的制法。”

“到底在行,一眼就识货。”忘忧一边泡上茶来,一边说,“正是越儿他们试制成功的样品。你不是也得过一只杯子?你们再尝尝我这茶,今年的白茶另有一种味道,得茶你也没有喝到过的。”

这两位就低头看杯中茶,果然奇特,但见这山中野白茶浮在汤中,条条挺立,看上去像是山洞里的石钟乳一般,上下交错,载沉载浮。这汤色也和龙井不一样,橙黄清澈,喝一口,淡远深韵。得茶说:“好,果然和往日你送我们喝的感觉不太一样。”布朗是头一回喝,只说:“太淡,太淡,太讲究了。”

忘忧点点头说:“你说太讲究了,倒也没错。我这次制茶的手法,是专门从福建白毫银针处学的。白茶是个稀罕物,从前都说只有福建有。《大观茶论》里宋徽宗还说过:'白茶自为一种,与常茶不同。'物以稀为贵,自然就讲究了。从前制作白茶,要先把春日里长出的芽头,待鳞片和鱼叶展开时用手掐下,投入水中洗,说是水芽,然后还要再摘去那鳞片鱼叶,再经过拣选,蒸焙到干,这才算是完了。现在简单一些了,只把那初展的芽叶及时掐了,拣去鱼叶鳞片,只取那肥壮毫多的心芽,称为抽针,再制成茶。我以往炒制白茶,只是按一般的眉茶手法。今年春上来了一个专到禅源寺敬拜韦驮的福建云游僧,正逢我要制茶,他就把那一手绝活教给我。真正是不比不知道,这才晓得山外有山,那白茶虽只有一株,也不能入乡随俗的,该这么制茶,才不委屈了它呢。"

"你们这里的人凡事都喜欢和皇帝扯上关系,不知这个白茶会不会也和皇帝挨上边?"布朗说。

忘忧回说:"这话说起来就长了。若追究也算是'四旧',也是要被得放他们打倒的。"

"真是岂有此理!"得茶放下杯子,声音也高了起来,"什么东西都要造反,中国名山名刹名茶有多少?名茶多多少少和皇帝有点关系,莫非这样的茶都不能够喝了?"

"我们还能够喝茶吗?"忘忧突然发问,几如棒喝,把得茶问得一时怔住。倒是布朗明快,回答说:"我们这不是在喝吗?"

得茶回答:"不过是偷着喝罢了。"

布朗一口饮尽,说:"那可是你们说的,我没偷着喝,我光明磊落地喝。"

忘忧轻轻一拍桌子:"偷着喝也是喝!布朗,你的话我喜欢。"

得荼才说："忘忧叔方外之人，六根清净。外面七运动八运动，你还有心和我们谈茶。"

"山里人做惯了，草木之人嘛，别样东西也谈不来了。"

得荼在忘忧面前是什么话都肯说的，叹了口气说："哎，说起来我本来也是不想那么快就陷到运动里去的。我高中毕业的时候，爷爷跟我谈过一次，问我日后到底走哪条路，我说我要走又红又专的道路。爷爷却说，世界上两全其美的事情，大概总是没有的。我那时不能说是太懂爷爷的话，现在运动起来了，才知道，所有想走又红又专道路的人，其实要么走在红上了，要么走在专上了，这两条道根本就不是一回事。"

忘忧说："大舅也不过是说了一层的意思。其实世界上不要说两全其美的事情是没有的，一全其美的事情怕也没有。你们都道我活得清净，却不知我此刻也是一个戴罪之人呢。"

原来忘忧所属的林业局也来外调忘忧，说是他十来岁时就成了美国特务，用飞机联络，还在林子里接待美国鬼子，说的正是当年忘忧弟兄救下盟军飞行员埃特的事情。忘忧此次来杭，就是要有关部门出具证明。另外，他还得找到越儿，统一口径，免得如1957年一样，人家说什么他就认什么，有时还自作聪明，其实上的都是圈套。

布朗本来不想把杭得放带着人去爷爷家造反的事情说出来，但听到这里他藏不住了，才把杭家近日的遭遇前前后后地道了一遍。那二位都听得愣了，得荼一时心乱如麻，站起来说："我近日窝在学校里几天，乱七八糟一堆事情，半夜听到中学生要砸灵隐寺，气都没喘一口就到这里来了，没想到哪里都有他的乱，看我把他揪进来,这种时候他还头脑发昏。”

忘忧连忙说:“不着急,得放的事情我来处理。我这里还要请你们帮忙做一件事情呢。”

原来忘忧一到寺里,就和留守的僧人们商量了,要立刻去买一批伟人像来,从头到脚贴在佛像上,看谁还敢砸菩萨。

布朗一听大笑说:“这主意该是由我出的呀。还是我去!”

得荼也起身告辞,他要到门口去组织好守护队伍,等着伟人像一来就贴上。两个年轻人站了起来,一盏清茶入口,他们的心里沉着多了。

布朗出得门来,才发现自己口袋里空空如也。伟人像四毛钱一张,起码得买二十张。他一向是那种兵来将挡水来土掩之人,这时也不慌,四下里看,就看到了刚才他帮过忙的那个女学生。他挤了过去,挥挥手,让她出来。女学生不像刚才那么警觉了,反问他有什么事,小布朗摊开手问:“你有钱吗?”

那女学生就问他干什么,他说买毛主席像。女学生顿时便紧张地压低声音说:“你可不能乱讲,要抓你的,得叫‘请宝像’。”

布朗说:“请请请,你陪我跑一趟吧。”

那女学生真行,果然扔下她的那些战友,跳上布朗的自行车后座,就跟他去了。此番她自在多了,不再有刚才的那种害怕。布朗开玩笑:“你小心,我可是流氓。”

姑娘突然在背后扭了几下,摇得自行车直晃,不好意思地说:“我们不说这个了。”

他们说的这些话，得放通通不知道。他被忘忧叔拉进厢房喝白茶去了。趁此机会，杭得放滔滔不绝地教导了他表叔一番：什么是主观唯心主义，为什么宗教是精神鸦片，等等，最后还劝忘忧再成个家。他语重心长地对他的忘忧叔说："你想想，当个守林人有什么意思？一个人住在山里，什么革命运动也够不着。听说你还想当个居士，这次'文革'，就要让和尚尼姑都配对结婚去，不结也得结，赶出庙门，他们不结住哪去？你不过是个居士，认什么真哪，别人都结婚，你为什么偏不结呢？这几个破菩萨，值得你那么认真吗？说起来你和得荼哥哥一样，还是烈士子弟呢，省里多少次要把你接出来，为什么不肯？老子英雄儿好汉，你继承革命遗志才行啊。"

忘忧趁他喘一口气的时候，问："好好的茶不喝，说这些真有意思吗？"

得放打量了他一遍："怎么没有？连布朗都有人追呢，他什么成分，你什么成分？"

"得放，你是杭家人吗？"忘忧放下脸来，这辈子他都没有这样说话过。

得放就傻眼了，他立刻明白自己在胡说八道，他冒犯忘忧表叔了，不好意思再说什么。悻悻然告辞出得门去，顿时傻眼。得荼正在大雄宝殿大门口贴最后一张大毛主席像，贴得如封条一样，若要推门，像必得扯开，谁要扯开宝像，谁就是现行反革命，立刻就得进监狱坐班房。到底是大学生啊，中学生搞不过他们的。见了得放，得荼才平静地说："帮我扶一把。"然后，一边贴着像，一边说："遵照周总理指示，灵隐寺暂时封起来了。"

第九章

杭得荼一直把守着的内在平衡，今年夏天彻底倾斜了。从前某些小小的不适、隐隐的疑惑，现在变成灵魂重新锻造时的剧烈痛楚。从前有过那样的清明，童年的汲取永远以美好为主，爷爷给了他应接不暇的日常生活，他学会了热爱清新的宁静。

如果爷爷不带他去走访，他永远也不会知晓，杭州城里还有这样一些人。他们像鼹鼠一样生活在地底深处，在南方多雨的细如蛛丝的小巷一闪，就消失在某一扇逼仄的门中。他们大多居住在大墙门院中的小厢房里，破旧的家具中偶尔闪出一件精品，比如茶杯往往是缺口断把的，但上来一盘炒瓜子，那碟儿却是乾隆年间的粉彩。他们让座的程序十分讲究，尽管那座椅已摇摇欲坠。有次爷爷还带他去走访过一个怪人，他住在拱宸桥边一幢危楼中，爬楼梯时，得荼有一种地下工作者接头般的体验。那人的屋里凌乱，到处都是纸片，看不出他的年纪，有一双亮眼，他和爷爷谈论一些遥远的事情，得荼在这样的时候翻阅古籍，接受另一种气息。出门时，外面阳光灿烂，红旗翻飞，强烈的反差使得荼产生了幻象，像魔术一样，他发现这是一个套起来的世界。

罗力姑公和方越小叔出事的时候，他已经很懂事了，不理解他们有什么必须被“专政”的理由。他逐渐不能接受这样一种格局——仿佛他自己的美好处境，是他的亲友用灾难换来的。他夹在当中很不自在。爷爷说，不要急，像泡一杯茶，总会化开的，要学会止语。

在这一点上，他是比得放要幸福的。得放除了外在浇灌的阳光雨露之外，几乎没有别的营养来源。嘉平爷爷也老了，徒有一颗年轻的心，他总会给他的下一代不时带来某些一惊一乍的事件。而嘉和爷爷，不管时代如何骤变，都不曾被打断一贯的生活节奏，得茶便总有安全感。

在得茶入大学前，良渚文化中的杭州老和山遗址、水田畈遗址以及湖州的钱山漾遗址都已经被挖掘过了。当时尚未下放的杨真，曾邀请嘉和兄弟去观看一部分出土文物，两兄弟便带上了得茶。即使是在这样纯粹的学术活动中，他们的关注点也大不相同。杨真和嘉平更关心的是这些文化遗存所反映出来的阶级状况，等级、分配、权柄、战争与宗教等；而得茶和他的爷爷一样，被出土的黑陶、玉器、石器强烈地震撼了。杭得茶第一次知道了一些称呼：璧、环、琮、璜……这些造型奇特的青黄白三色的玉器，使他心潮澎湃。那年他刚上高三，回家的路上，他一声不吭，突然跺脚站定，对爷爷发出追问：“也不晓得从前那张茶庄的大理石茶桌现在在哪里了？”

嘉和爷爷明白孙子的感受，说：“只要没毁了，在哪里都一样的。”

得茶叹息了一声：“我真想把它再背回来啊。”

那些在选择未来的过程中的困惑彷徨，至此戛然而止。得茶觉醒了——他是从审美切入史学的，首先是狂热地感受一切古老的美的呈现，目睹良渚玉琮上的兽面神像，他激动得害怕别人看出他的激动，那美好的事物竟然能使人热泪盈眶……他进入对神秘的不可知世界的敬畏和玄想。那些原本来自外界的精神，有的已经渗入内心，成为他灵肉的一部分，有的则和他长期进行着不乏激烈的冲突、消化或者排斥，以及日复一日的艰难的磨合。

大学毕业那年，系里领导找他谈话，说他外语好，选择研究国际共运史更合适，他说他对古代史更有兴趣，曾一个人跑到良渚附近安溪的太平山下，考证一个古墓，他认为它是北宋沈括之墓。这个写了《梦溪笔谈》的大科学家给他一种启示：正史之外的杂史未必不如正史重要。也就是在这时候，他决定以研究食货等民间生活习俗为自己的专业方向。他的毕业论文就写了《沈括生卒年考》。即便他那么不听话，学校还是让他留校了，烈士子弟的头衔是永远打在国家正册之上的。

1966年的夏天，全民族都在千方百计地学会仇恨，杭得荼本人也沉浸在抽象的仇恨中，然而，只要想到一件具象的形而下的事物——比如远古人们打磨着玉璧的匠手，南宋时一双正在凝视着天目盏中碗花的眼睛，或者直到今天还放在他桌上相片夹中的那个久别重逢的女子受难般的玉颈，他就有窒息之感。他那种内在的激动和外部生活的狂热，如两条平行着的山路，各顾各地在自己的精神坡面上攀登。

正是在这样一个灵魂双重攀登的早晨，他前往了湖州。

杭得荼对湖州并不陌生，湖州德清有着他曾奶奶沈绿爱的娘家——那个据说是被他的汉奸小爷爷用大缸闷起来后又吞金自杀的烈性女子的出生地。一部中国现代革命史，在童年得荼的眼里，就几乎是他的一部分亲戚和他的另一部分亲戚殊死拼杀的过程。

杭家和沈家，抗战胜利后就几乎绝了来往，原因两家各自缄默不语。或因如此，去年得荼带学生到离湖州城东南七公里处的常路乡钱山漾参观良渚文化遗址时，也没想过要到邻近的德清城去看一看。但是，来回两趟都路过德清，在青年学子的欢声笑语中，得荼还是饱览了此山此水的风光。德清地处杭嘉湖平原西边，出杭州城百把里路程就到了。清凉世界莫干山，避暑之人大多知其名。那个"郊寒岛瘦"的唐代诗人孟郊，也是德清人。"慈母手中线，游子身上衣。临行密密缝，意恐迟迟归。谁言寸草心，报得三春晖。"少时读他的诗文，真有高山仰止之感，谁料就近在咫尺呢？

记得沿途山坡上一路是茶山，密密匝匝，行行复行行，学生们看着激动，纷纷寻找形容词。有人说像一条条绿弧线，大家听了都笑，说这也算形容？还有人说是群山的一顶顶毛线绿帽子，大家听了又笑，说像倒是都像了，不过给山都戴绿帽子，山也太委屈了。有个女生倒有想象力，说像造物主奶奶纳出的鞋底子，不过是用绿线纳的，大家听了都说这才有点意思了。那女生就问杭老师，您的名字才是与茶有关的，"得荼而解"，就是得"茶"而解，您说说看，这些丘陵上的绿茶像什么啊？得荼回答："道可道，非常道；名可名，非常名。要说此处之茶，别问我，看《茶经》去啊。"

杭家，到得荼这代人，已经没有人真正事茶了，只有得荼在研究食货类时，对茶进行了专题式的关注，《茶经·八之出》有记载，浙西之茶，以湖州为上品，产于"安吉、武康二县山谷"。文字虽少，却是权威的，定下了德清茶的品质和地位。

得茶还记得旧年陪嘉平爷爷去庄府看茶学教授庄晚芳先生，临别前庄先生送莫干黄芽数两，又说了一段当年逸事。还是20世纪50年代，庄先生曾在莫干山荫山街上，从一农妇手中买得十块钱一斤的黄芽茶，问产于何处，农妇笑而不答。庄先生品饮之后，随即赋诗一首，其中有“塔山古产今何在，卖者何来实未明”之句。嘉平爷爷把茶和茶诗同时带回了羊坝头杭家，嘉和爷爷喝了说好，似山中隐士，读了诗，却笑了，说：“到底是庄先生，两句都有典。”嘉平说：“前一句的典我倒还记着一点，县志上记着：茶，产塔山者尤佳。那后一句典出何处，倒是费解了。”嘉和回答：“你这一典是古典，我这一典却是今典哪。典出中央文件，国务院不是早就规定了农民不得卖私茶吗？你想庄先生问那农妇卖茶何来，她敢回答吗？她笑而不答，庄先生不是只好‘卖者何来实未明’了吗？”

得茶不敢想象上一次来湖州与这一次来湖州之间，竟会有这么重大的事件发生。他本来还计划着陪爷爷专门来一趟湖州：一是去顾渚山下看望正在劳动改造的杨真先生；二是走访一下位于武康的小山寺，爷爷说此寺俗称翠峰寺，他年轻时还去过那里。《茶经》上记载的那个释法瑶，“年垂悬车，饭所饮茶”，以茶代饭的故事就发生在这里。这个寺建于5世纪，至今还有遗址。不过这次得茶是受吴坤之命而来，保护下灵隐寺后，吴坤急得不让他回校回家，而是让他赶紧扑向湖州南浔，那火烧火燎的样子，激起了另一种更为不安的暧昧的激情，引导着他马不停蹄地直奔浙北。

湖州城离杭州三个小时车程，将近城郊，有人站了起来，兴奋地指着车外说：“我说肯定要砸的，我说肯定要砸的，我老公还不相信，还要跟我打赌，说陈英士是孙中山看中的人。孙中山算什么！要是活在今天，也不过是一个走资派，一个赫鲁晓夫，说不定现在也在戴高帽子游街了呢！”

说话的是个中年妇女，长得很难看，脸皮憔悴刻薄，眼梢吊起，嘴角下拉，看上去有些面熟，得荼心里一惊，突然想到那个专门来找吴坤的女红卫兵。真是不可思议，一个那么美而一个那么丑，同时又那么相像。这种相像的表情，正在这个夏日以惊人的速度裂变，繁殖之快，犹如雨后大森林里的蘑菇；又好像这张脸本来就潜伏在后面，只要时机一到，就突然显现出来罢了。得荼讨厌这种对破坏的发自内心的呼应，但还是不由自主地和另外一些乘客一样站了起来，听人们朝着英士墓的方向惊呼和议论。

得荼对陈英士这个人的认同感，或许多少有一点来自家族，嘉和爷爷有一次曾对他背过一首陈英士生前所题的四言诗：“死不畏死，生不偷生。男儿大节，光与日争。道之苟直，不惮鼎烹。渺然一身，万里长城。”湖州乡党倒是把他当个大英雄看的，葬于此处数十年，也还算安静。像这样的墓地也要砸掉，得荼的心沉了下去，刚出杭城时的莫名兴奋，顿时就被冲得七零八落。

小镇南浔离湖州六十里路，有班车前往。正是中午时分，得荼也没心思再跑到城里去吃湖州千张包子和大馄饨，倒是车站小卖部的钢精锅里还盛着半锅诸老大粽子，得荼买了几个带上，一个还没吃完，车就来了，得荼的心又开始七上八下，不知这个近代史上江浙财团的发祥地，号称国民党半个中央的所在，史称“四象、八牛、七十二墩狗”的资本家满地捡的江南名镇会是何等光景。杭得荼又不免为自己不愿意承认的激动茫然——那是一种企盼见面，又害怕相逢的奇怪陌生的情愫。无论如何,这次一定要说服她立刻动身回杭。至于回杭后她和吴坤结不结婚,那就是他们的事情了。想到他们还有机会一起坐车,单独待上三四个钟头,他激动得嘴唇都干了起来。

终于站在南浔的通津桥上了,市河与运河在此桥下汇流,阳光白得炽人,晒得得荼目光发散,往河两岸扫了一眼,墙门上也有各种大标语,但比起省城的闹猛,这里毕竟要宁静一些。大学时代,得荼利用寒暑假跑过许多江南小镇,其中嘉善的西塘和湖州的南浔,都给他留下了深刻的印象。所谓"野花临水发,江鸟破烟飞",南浔给他更多的认同感,和白夜是相匹配的。他很难想象一个如赵争争般的红卫兵,如何在这样的小桥流水人家处叉着腰走来走去。

行至中心小学门口,得荼窃喜,他发现这里的造反还没有发展到砸烂一切。至少,这所1912年建成的丝业会馆的大门上,那用英文书写的"SILK GUILD"横额依然存在。南浔人看来还没有从省城沾染上暴力,但不知白夜所在的南浔中学现况如何。

果然,南浔中学乱象纵横,到处是标语,写着"砸烂""炮轰"和"油炸"等,人却很少。中学生总是比大学生更激进的,得荼担心着白夜会不会也出现在这样的白纸黑字上。她在这里待了几个月,要了解她的底细,这点时间已经足够了。

图书馆里也没有她,门倒是被两条交叉的字条封起来了,都是"封资修"嘛。得荼走到图书馆临窗那面的墙根下,向窗口望去。玻璃窗紧关着,映出了他的脸和他身边的那株老藤树。树上一只知了突然嘶叫起来,得荼心里一惊,猛然想到那个他从来没有见过的已经自我了断的右派，白夜是为了他才选择来这里的，他盯着玻璃窗上映出的他自己的那张模糊的脸，陷入了沉思。

俄顷，脸突然破了，窗子从里面打开，有两个少年如轻盈的猫，跳上了窗头。他们的肚子胖鼓鼓的，双手按着，看着窗外站着的青年男子，一时也愣住了。

想来，这是两个“窃书不算偷”的当代孔乙己吧，彼此愣了一下，两个少年正要往回跳，被得荼一把抓住了，说：“别跑，我不抓你们。”

两个少年并不十分害怕，其中一个稍大一些的说：“我们才不怕呢，外面都在烧书。”

“烧书可以，偷书不可以。”说了这句话，连得荼自己都觉得真是混账逻辑。

两个少年听了此话，一番挣扎，想夺门而逃，被得荼拽着不放，问：“图书馆的白老师认识吗？”

两少年使劲地点头，一个说：“白美人哪，谁不晓得！”

这样一句老三老四的话，倒是把个得荼都说愣了，白夜成了南浔镇上的风云人物？他问他们她住在哪里，那大的犹豫了一下，审视了他片刻，点点头说：“她就住在学校大操场后面的平房里。”

另一个说：“我知道她现在在哪里，我说了你可不能告诉她我们在这里干什么。”

“那是，”得荼说，“别人都烧书呢，你们是拿回家藏起来看吧，什么书？《海底两万里》吗？”他松开了手，那少年高兴了，说：“还有《八十天环游地球》，还有——”

另一个连忙说：“我这里还有《聊斋志异》，有鬼的，全是‘封资修’,你要不要?”

得茶连连摇手说:“你们快下来,让人看到了,这些书全得烧。”

两个少年这才往下跳,他们长得很像,一问,果然是两兄弟。那哥哥说:“白老师到嘉业堂去了。”

杭得茶大吃一惊,说:“这里还敢烧嘉业堂的书?”

“我们这里的人什么都敢,人也敢打死的。”

哥哥连忙更正说:“嘉业堂还没烧书呢,我们本来是想偷了这里的书,再到那里去偷的。不过那里的都是古书,我们也看不懂,就算了。叔叔,你想要那里的书,趁乱去偷几本,也没有人在意的。我们这样趁人家抄家,已经偷了不少书呢。”

杭得茶笑笑,摸摸他们的头说:“你们说起‘偷’字,怎么一点也不脸红?”

两个少年捧着“大肚子”弯腰往回走,一边走一边说:“我们又不是偷别的东西,我们就是拿了几本书,大人们说外面的人现在枪都乱抢呢,几本书算什么。叔叔你快去吧,嘉业堂的书可值钱呢。”这么说着,一溜烟地就跑掉了。

路过学校操场时,得茶停住了,还是往白夜住的那排小房子走过去,凭直觉他就找到了白夜的那一间,和别人不一样,她的窗帘是双重的,白纱衬着一片灿烂的大花布。得茶在她的门把上插了一张他写的字条,告诉她无论如何回来之后要等着他。

嘉业堂在南浔镇西南的万古桥边的华家弄里,与小莲庄毗邻,一条鹧鸪溪流过旁边,屈指算起来,此楼建成也有四十多年了。1914年,楼主因助光绪皇陵植树捐了巨款,得溥仪御笔题赠的“钦若嘉业”九龙金匾一块,1924年该楼建成后,取名嘉业堂。

说起来,嘉业堂主刘承干也是爷爷嘉和认识的老朋友,来往虽然不多,彼此倒也尊重。江南一带商人多儒雅之士,杭家早先是什么东西都喜欢的,字画善本样样都往家里搬,后来发现这样弄下去家底都要搬光,这才有所取舍,把善本的那一块忍痛割爱了。发现有好的古籍版本,就先收下来,然后通知藏书界的朋友。杭家收的书,一般也就是两个去处:宁波范家、南浔刘家。

刘承干祖父刘镛乃南浔首富,所谓“四象”之首,其子刘锦藻,又以候补四品京堂的身份,辅助汤寿潜出任清末浙江铁路公司的副理。嘉和的父亲杭天醉和杭家密友赵寄客,还有那后来当了大汉奸的沈绿村,当年都是汤、刘二人在保路运动中的得力干将,因父执辈关系,杭、刘两家的下一代也相识。刘承干年龄要比嘉和大得多,杭嘉和发蒙读书时,刘承干已开始藏书。辛亥革命前一年乃宣统庚戌年,南洋劝业会于金陵召开,刘承干独步书市之时,杭天醉也在独步书肆。不过当时天醉要醉心的事情太多,头一条就得醉心革命,所以寻寻觅觅,虽也得几本好书,终究也都到了嘉业堂那里。

自辛亥革命后二十年间,嘉业堂藏书达六十万卷,这倒还真得感谢他那些参加辛亥革命的朋友的壮举。年复一年,嘉业堂积书竟如此之巨,其中宋、元、明各代善本达二百三十种。嘉业堂又兼刻书,甚至连清代一些禁书也敢刻。这样一来,嘉业堂自皕宋楼后崛起,成为湖州又一大藏书楼,与浙东宁波的天一阁相提并论,称雄于中华藏书界了。

1949年5月,解放军进入南浔,部队进驻嘉业堂保护,刘承干将部分藏书又捐献给浙江图书馆,嘉业堂也就成了浙江图书馆的一个书库,定为省级重点文物保护单位。1963年刘承干在上海病逝时,杭嘉和还专门去了一封唁信,这封信经得茶之手寄出,故此时杭得茶对嘉业堂的感情又近了一层。

但此刻嘉业堂的情景却也使他心惊,天井里混乱不堪,一派焚烧后的遗迹,杭得茶踩得纸灰腾起,如入巫境。他大声喝问:“谁敢烧嘉业堂?”管门的老头油头汗出地过来,说:“我有枪,要烧书也轮不到他们。”得茶这才松了口气,便问那守门人白老师在什么地方。老头手里握着那把真枪,警惕地问:“你是谁?打听她干吗?”得茶只说自己是白老师的弟弟。老头一把上来就抓住得茶的手,跺着脚,用手势催他:“哎呀,你快去镇政府,白老师被造反派拉走了!”

大热的天,得茶唰的一下就从后背凉到了前胸。老头又说:“白老师在学校图书馆工作,和我们嘉业堂熟,造反派要来这里,她先报了信,让我把枪拿出来,还跟我在院子里装样子烧了一些无关紧要的书。你看这些。我们正在烧着呢,他们就到了,把她带走了。”

“会把她怎么样?”得茶又想走又想问,一时不知所措。

“不晓得这帮太湖强盗会怎么样,他们什么都敢干,正在开批斗大会。白老师在这里太触目,她,她……”老头突然仔细地盯了一眼得茶,“快去啊!”他跺脚,大声地叫了起来。

镇政府院子里有几株玉兰树,孩子们爬到树上去了,玉兰树树荫下,阳光把他们照成了花狸一般的小鬼脸。他们油头汗出,无比兴奋,却又开心地比赛,看谁把唾沫吐到那些跪在树下的人身上。而这些正在遭受劫难的人,则用他们的吴侬软语诅咒着自己:“我是牛鬼蛇神!牛鬼蛇神就是我!我该死!打倒我!我该死!打倒我!”他们的脸上全用墨汁打了叉叉,和省城里的做法一模一样。一些本应珍藏的东西被活生生地撕开了。

他看到她在其中,一群人拉扯着她的长发,扯剥她的衬衣,那些人在喊着什么,得荼听不见,但他听见她的呼喊,她叫着:“不要——”她的声音和她的长发一样,在夏日阳光下跌宕起伏,被惊心动魄地扯开,光天化日之下被暴晒了。有一双破旧的鞋子挂在她胸前,与黑发纠缠在一起,看不见她的脸,只看见她从黑白中伸出一只手——像从前得荼在舞台上看过的厉鬼女吊。他清楚地听到她的声音:“不要——不要——”她的头发被迫扬起时飘散在空中,闪闪发光,如一面破碎了的黑色的叛逆的大旗。

他们在劫难中的碰撞如同天意,得荼突然明白,那“不要”是冲他喊的,她不要他!不要他干什么?他一下子怔住了。发生了无法复述的事件!有两分钟,他呆若木鸡,眼看这群暴徒裹挟着她。他清醒过来,直扑院子后面的大厅,找到头目,掏出吴坤和白夜的结婚登记介绍信。头目吃惊地瞪着得荼:你是吴坤?得荼摇摇头说他不是,吴坤在省城忙于革命,派他来接她的。头目结结巴巴:“可是可是,她和反革命有串联——”得荼一把抓住那头目的衣领,咬牙切齿地问:“电话在哪里?”

头目立刻明白了事态的严重性。吴坤目前的势力在造反派中如日中天,他是他们造反派中的省级领导,而她是他的妻子。那么你是谁?头目突然回过头来警惕地盯着得荼,他想也没想就怒吼起来:“我是她的亲人!”头目一愣,突然叫道:“把她弄上来,送到会议室去。”得荼又怒吼:“她这个样子,你们把她送回家! 送回家!”头目连忙又改口下命令,刚才那些个扯开她衣服的狗东西,现在懵里懵懂地往回架起了她。但得荼什么也没有看见,他在会议室里,闭上了眼睛,头别转,手攥拳头喝了一口茶,猛然一拳砸到桌上。那头目吓了一跳,以为他要发难,等了片刻发现他眯着眼睛直盯着天花板,却没有动静,就匆匆解释:“我们本来没有想搞她的,可你阿姐太招人眼,她又老往嘉业堂跑,给那老头通风报信,我们这才翻了她的档案,才晓得她原来有过那样的事情——她的事情你们家里人知不知道? 那个那个吴司令他知不知道?”头目突然又怀疑起来,再一次盯着得荼问:“她结婚了,怎么这里没有人晓得?”

得荼依旧盯着天花板,声音哑了:“她反毛主席了? 写反动标语了? 杀人放火了? 偷渡国境了? 偷听敌台了? 散布反动言论了? 你给我一条条写下来,我回去找吴坤交代!”

得荼没想到,自己会这样声色俱厉,声音排山倒海,不可一世,小头目顿时感到压力巨大,转脸就发出小镇聪明人特有的谀笑:“对不起对不起,我们弄错了,回去麻烦联络员您给我请罪,好人打好人是误会,好人打坏人才是光荣,我们是误会,是误会。吴坤吴司令我是佩服的,大学里只有他们几个才算是真正揭竿而起的……”

得荼面色苍白,直到这时候冷汗才冒了出来,目光收回到眼前这个人身上:猥琐,狡猾,愚昧兼跃跃欲试的野心。就这样一群乌合之众,掀起了小镇的红色风暴,成了吴坤他们的群众基础,并且还是杭得放朝思暮想渴望挤进去的队伍!

暮霭沉沉之际，杭得荼终于沿着郊外的田间小路往前走去。这里是浙西北真正的杭嘉湖平原，起伏的大地曲线，犹如那些正在呼吸的女性神秘而有待探索的身体。它那毛茸茸的植被，不大而又星罗棋布的明亮的池塘，不时冒出来的一片片的竹园和灌木丛，一字儿排开在阡陌旁的挺拔的杉树，衬托在晚霞中的精巧的乌桕树，以及村口老态龙钟的大樟树，无论人间如何天翻地覆，大自然依旧定力如常。此刻，浙西的田野默默告诉那些被扰乱的心灵：别着急，我们一如既往。

朦胧中传来农人挑担的声音，有几个农民正收工回家，小道旁是正在收割的早稻和同时种下去的晚稻，还有成片的桑林。正是“双抢”的季节啊。不一会儿，天色完全黑了，太白星特别明亮，升起在天空，它是从远山间的两座丘陵的谷底升起来的，像是大地撑开的一双手掌托起的珍珠，孤独地挂在高空。

天太黑，刚才如裙带一样的远山的轮廓现在已经消失在黑夜中，那粒亮星愈加显出它的孤高。运河水面上，偶尔也传来突突突突的声音，那是一列长长的拖轮，它划过了水面，留下一条从灿烂归于黑暗的静寂的水路。得荼路过一片茶园的时候，停了下来，他那颗敏于感受的心灵深深地感到，大自然和人，在这样的时刻多么泾渭分明啊。大自然不站在这些人的一边，它用沉默来表示它的立场。

学校的操场属于人的领域，人正在烧着他们认为该烧的一切，火光冲天，人们兴奋地朝火堆里扔着书稿、漂亮的戏装和有着美丽女演员头像的杂志。杭得荼对这一切已经不再感到惊奇，如果刚才从田间走来时感到了水的善意，那么人间就是邪火。他径直地朝操场一排小杉树后面的平房走去,他看见属于白夜的那一间,没有亮灯,但他相信她正在那里。

门果然是虚掩着的,他轻轻地敲门,便听见她说:"得荼,天黑才来,掩耳盗铃。"那口气,一点也不像下午遭过什么罪。

她真是不应该把这句话说出来,你明明知道我是想用夜幕来掩盖那被撕裂的一切,为什么你自己还要重新撕裂一次呢?这就像你的婚姻一样,其中有一种故意的破坏。可是你不该这样,你并不是无依无靠的,你弱小的时候,不是没有力量支撑你的。

他就这样在门口一声不响地站了一会儿,看到了旁边玻璃窗上映出来的前面操场上的火光,它们突兀地明亮突兀地黯淡,火势古怪,幻化出一种冰冷的火热。那个世界仿佛又是很幽深的,要把一切想吞噬的都吞下去。得荼回过头来再朝大操场望去,那里的人们多么狂热啊,他们的力量几乎能排山倒海推翻一切。他像是被人搡了一把,撞开了门,在黑暗中准确地走到她的身旁。是握手还是拍肩?他突然紧紧地抱住她,这可不是他想做的,可是他想做什么呢?他在这样一个动荡迷乱、火光冲天的晚上,对这样一个刚刚受过凌辱的女子,究竟能够做什么呢?

她却仿佛对这一切都是有准备的,她顺从地完全放松地依靠在他的身上,她的身体仿佛是没有生气的,他感觉不到她是一个女人,她在他的怀抱中,犹如一个孩子。

她说了一些话,很慢地贴着他的耳根说的。她的话像是经过了深思熟虑:"我知道,我是一个混浊的女人,我和你之间就像泾水和渭水一样分明……”

他一把按住，把她的脸埋进他的肩头，他不想让她说下去。

“你是我见到过的第二个纯洁的男子，我要求你听我说……要洗涤我是不容易的，你看，外面的世界多么肮脏，我的五脏六腑全是尘埃。”她轻声地和他耳语，仿佛她是那种善良的风尘女子，而他才初涉人世。

为了使自己那不停抽搐的心坚强起来，他甚至努力地正了正腰，把自己身体里那个敏感的灵魂往心的深处用力地摁进去，他要把它压扁，不让它再蹿出来。然后，他缓缓地说：“一切都会过去的，但你要有信心。”

“我的爱人就是在说了这样的话之后抛弃我的，在说过这些话不到三天之后……”

“这不是抛弃——”

“是抛弃！”她突然离开了他的怀抱，她还有愤怒的活力，声音虽然依然很轻，但急促起来，“离开他生命的一部分，让我在世界上苟活，这就是抛弃！”

“并不是所有的人都和他一样——”

“比如说你，你就不会这样，是不是？你看我又把你没说出来的话说出来了。你和吴坤非常不一样，但你们都有相当一致的地方，你们总是话中有话，生活下面都有另一层生活……”

“你怎么啦？你在生我的气，是不是？我的感觉不会错，你在生我的气！”

她突然沉默了，站在墙的一角，他们始终没有开灯，他看到的只是一个黑暗中的身影。她终于勉强地说：“是的，我生你的气，因为你让我又混浊了一次。”

得荼有些吃惊,他的脸一下子就烧了起来,他下意识地为自己辩解:“我……我……是吴坤再三求我,他一定让我来,你看……”

“是他让你来的,也是你自己让你来的。我知道,我是多么的不纯洁啊,我的被凌辱不是没有一点由来的。你都看见了,真脏,真是不可思议的恶心,咎由自取,自取灭亡。”

她的话非常有力,一下子就切中要害,让他哑口无言。是的,是他自己要来的,吴坤只是他的借口。因为他一直就认为她应该是他有限生涯中的唯一。他以她作为他另一半的样板,然后他才发现,能唤起他同样感觉的那些灵魂根本不存在,对的时间只有一次,对的人只有一个,他没有吴坤那一往无前的勇气,然后就错过了。

然而这还不是致命的,致命的是他活生生地感受到对的灵魂的破损和消亡,这使他丧失理智,他要抢救她,他要抓住她不让她散去,让她凝固在最美的当下。她当然应该与他在一起,而不是任何其他人,因为保护她的使命只能是他的。在撒满罪恶的土壤里,他有责任,他有使命,他必须开出神圣的花朵。

第十章

白夜走到窗口,掀起了窗帘的一角,火光映了进来,照在她披头散发,美丽而凄绝的面容上,她甚至没有换下那一身白天被他们扯裂过的白衬衣。领子已经撕破了,后背露出了一大块,却没有暧昧,黑夜中白晃晃的,透露着凛凛的光芒。

她窥看着窗外说:"他们正在烧图书馆里的书呢……"

"整个中国都在燃烧……"

"热爱破坏就是热爱建设。你知道这是谁说的?"她回过头,双眼闪着暗光。得荼想起另一句风靡中国的格言,但没有吐露。

白夜又回头看着操场上的火:"巴枯宁,一个无政府主义者在一百年前说的。你不觉得这是一种惊人的巧合?这些人正在烧的事物,都是些他们认为带毒的迷惑物,其中也包括我。假如我们在中世纪,我就是被绑在十字架上烧死的女巫。"

"那我就是在千钧一发之际救你于火焰中的骑士!"得荼回答得那么浪漫和诗意,像是一场早就经历过彩排的表演。

白夜沙哑着嗓子轻轻地笑了一声:"吴坤告诉过你吗,有罪的女人也是最能迷惑男人的女人?"

"这和他没有关系,现在是我们两个人在这里——"

杭得荼能够感觉到她在黑夜里笑起来的样子,那是一种无可

奈何的容颜。她再一次打开窗帘,轻轻地念道:

明天早晨　将是天空明朗
无限美好　这生活啊可真幸福
心儿啊　愿你开窍

"——知道这是谁的诗?"

得荼沉重地摇着头,他不知道这是谁的诗,但他知道这是谁在什么样的夜晚念给她听的诗。他被她的勇气深深打动,因为在这样的时刻她竟然还有诗意。这在别人那不可想象,而她在这个世界则配有这种诗意特权,就像那些迷人的星辰。

"吴坤一直想要征服我,不不不,他一直就想占领我的生活,哪怕占领后再抛弃——也许这就是他的爱情,他要过这个瘾!"

杭得荼一下子就跳了起来,他全身汗毛都奓了起来,他想回答她一些什么,可上下牙竟然打起战来。倒见她的影子缓缓地移了回来,敲了敲桌子:"我冲了凉茶,知道你会来喝的,是爸爸送来的顾渚紫笋……紫者上,绿者次;笋者上,芽者次;叶卷上,叶舒次……爸爸说过,紫笋茶乡野之气终究清新,不似龙井茶的那份讲究,你品品……"

他们分隔着桌子坐了下来,黑暗中虽然默默无语,可因为有茶在他们当中,生活竟仿佛回来了。得荼想起了中午买的粽子,当即取了出来,就着窗外火光,白夜一边剥着粽子一边叹息道:"爸爸跟我说过,到湖州来,一定要就着紫笋茶吃诸老大的枕头粽子……没想到都这种时候了,我还能尝到……"

得荼接过她手里的粽子，帮她剥了起来，边剥边说："诸老大的粽子包得像个枕头，四角分明。一口咬下去，口口有馅；品种也多，有霸王肉粽、猪油洗沙粽、大肉粽、蛋黄肉粽、栗子肉粽、霉干菜肉粽、红豆蜜枣粽……1887年，二十三岁的茶食铺伙计诸光潮，熟识了茶食糕点制作技艺后独立门户，首创火肉粽和猪油洗沙粽，又独辟蹊径，一改司空见惯的三角粽，取瘦长条枕头四角粽，受热均匀，不易夹生，一时引来民间跟风无数，风靡江浙沪，乃至海外游子……"

"怪不得你研究食货志，记得小时候你不爱吃零食……"

"那次在茶楼，给杭汉叔叔与蕉风婶婶举办婚礼，你给我画过一幅铅笔人物速写画……"

"那时候妈妈还没牺牲，爸爸更没接受改造，我，我还没去苏联……我一直就想忘记这些往事，可里面总还有那么些不怎么令人绝望的温暖，不时地烫我一下，好像烟头……"

"你应该早一点回杭州的，或者你根本不应该再到这里来。杨先生，我们会照顾的，爷爷都说了，这是我们男人的事情。"

"早点到杭州来干什么？跟吴坤结婚吗？你真的以为我会和他举行婚礼吗？这事不怪你，连我自己也以为我会嫁给他的，其实我不过是想堕落罢了，我想品尝堕落的轻松滋味。你知道，从前我不是这样的，我是说，当我和我的亡灵在一起的那些岁月，噢，太遥远了，当我和他在一起的时候，我们只有心碎。你明白吗？我不是不清楚我们不能相爱，我骨头里的骨髓都在命令我离开他，但我们不能不相爱，这是一种什么样的罪孽……真可怕，一切仿佛又重演了，刚才我投入你的怀抱。这对你太不公平、太可怕了。我敢说你要为此历尽磨难,你会苦死的。现在你答应我,一切到此结束,请你现在就离开我……”

当她这样请求的时候,得荼站了起来,他再一次更紧地拥抱了她,甚至把她的骨骼拥抱得咯咯地发出了声音。而她即便在这样的时候,也没有停止她的喃喃自语,她的散发着粽子香和茶香的口气一阵阵地播散在得荼的面颊上:

“……但是那种抓救命稻草一般的感觉呢,我是说灵魂太重了,肉体承载不住了,需要别的肉体来介入。难道那不是罪孽?你能从吴坤的眼睛里看到这种欲望。你只要静下心来,盯住他看,你就能从他的目光中看出所有的欲望——他什么都要,越多越好。对不起,我不该跟你说这些。你在我眼里是个孩子,我已饱经沧桑,你还情窦未开。是,重逢后我离开杭州一直觉得内疚,我对你做了一些不严肃的事情,我不该诱惑你,我把对你的诱惑当作救命稻草,那是对另一种生活的仇恨,也是我对生活的自暴自弃。真对不起,你是那么的干净。我一直想,你会跑过来的,你迟早会以各种各样的理由做借口跑过来的。这使我既激动又恐惧,但是你找了一个最最不好的理由,你为什么要充当这样一个使者呢?”

她轻轻地推开了得荼,再次坐回原处,一声不响地吃完了最后一口粽子,不再说话了。

杭得荼回到座位上,他也慢慢地吞着手里的粽子,但他根本不知道自己是在吃什么。有好几次心潮涌了上来,几乎把他的喉口噎住,是他用粽子硬压下去的。他什么都听进去了,最后却只理出了两条简单的头绪:他爱她,而她不爱他,就是这样。现在他坐在她身边。如果他伸出手去拥抱她,抚摸她,她一定不会反对,可能她还会感到欣慰，但他已经没有这种欲望了，痛苦洗涤了他，他捂住心口看着她，像一个受尽委屈的儿童。

她站了起来，走到他的身边，她那带着一股粽子香气的手抚到了他的头上，她轻轻地惊讶地问："你是说，你的心也碎了？因为我？你不怕弄脏了你自己？"

得荼坐在那里，他的手正好碰到了她的衣角，他就拉住了它，把它凑到了自己的脸上。泪水渗出来了，夹带着破碎了的心。他发起抖来，越来越厉害，他抱住了她的腰，然后慢慢地往下滑，最后他跪倒在她的脚下，抱住她的膝盖。他的破碎的心，全都从眼泪里带出，流到了她的膝上。

她有些惊讶，摸索着也跪了下来。一开始她仿佛还有些不明白发生了什么，只是轻轻地抚摸着他的脸和头发。当她摸到了湿淋淋的泪水时，她的手停住了。她仿佛不敢相信丘比特再一次降临。他们终于抱头相泣，呜呜咽咽，和外面操场上那盛大的狂欢的祭奠式的场面相比，那几乎就不是声音，甚至连一声唏嘘都算不上了。

妙西离南浔，实在是差不了多远的，几十里路光景，为安全起见，得荼与白夜二人凌晨出发，他们要去寻找她的父亲。一路上，得荼紧紧握着白夜的手，一秒钟也不曾放开。走累了，坐下来歇一会儿，得荼就紧紧搂着白夜的肩膀。渴了，他带着军用水壶，拧开盖子，倒给白夜喝。要找个厕所，得荼先打扫干净了才让白夜进去。这样走着走着，得荼突然问："白夜你知道我有多爱你吗？"白夜摇摇头，宽容地微笑着，她一定听过男人们无数遍这样的倾诉了,如今,她就像母亲带着宽容的爱心倾听孩子的心声一样。得茶认真地说:“我想把你吞进我的肚子,这样你就永远和我在一起了。”

白夜说:“好啊,你把我吞进去啊。让我们两个人变成一个人!”得茶就迫不及待地如鸽子一般啄起白夜的面颊,她的额头,她的鼻子,她的耳朵,她的下巴,直至她的唇……白夜痒得笑个不停,田野上晨雾中,一头牛和一个老人呆若木鸡地看着他们。他们连忙撒腿就跑,白夜紧张得脸都红了。

父亲杨真住在乡镇小招待所里。管门的大爷说他一大早就去杼山了,得茶听了一拍大腿说:“真好,我一直就想再来杼山,妙喜寺、三癸亭、陆羽墓、皎然墓、青塘别业……”白夜摇着脑袋说:“呀,你想去的地方我都去过,什么都找不到了……斜阳草树,寻常巷陌,人道寄奴曾住。”

得茶一口气回应:“楚天千里清秋,水随天去秋无际……落日楼头,断鸿声里,江南游子。把吴钩看了,栏杆拍遍,无人会,登临意。……求田问舍,怕应羞见,刘郎才气。可惜流年,忧愁风雨,树犹如此!倩何人唤取,红巾翠袖,揾英雄泪!”

白夜轻轻叩了得茶的脑门一下:“您若是英雄,我当奉红巾,揾君热泪!”

得茶脑袋嗡的一下,云遮雾罩般晃了起来,他一下子捂住了自己的额头,好一会儿才放下手,几近呻吟般地说:“我要是现在就死,该多幸福啊!”他顺手捡起身边一块石头,塞到白夜手中:“白夜,求求你现在就砸死我吧!我太想死在幸福里了。”

白夜摸着得茶的头发,边走边说:“不着急,有一天我会砸死你的,你等着就是……”她把石子远远地扔到河里去了。

唐至德二年,安史之乱中的陆羽来到了南太湖之滨,在此地完成《茶经》。这也是杨真主动要求下放到这里来的原因。在颜真卿出资鼎力相助下,陆羽在杼山山麓妙喜寺旁创建了茶亭,因在“癸丑岁、癸卯月、癸亥日”落成,命名三癸亭。陆羽创亭,颜真卿题额,皎然赋诗,陆羽和皎然仙逝后均葬于杼山。

到过杼山的名人,有当过吴兴太守的六朝大诗人鲍照、山水诗鼻祖谢灵运、江郎才不尽的江淹、昭明太子萧统……茶圣陆羽更是对顾渚山细察入微,踏遍一条条山谷,走了顾渚山的斫射岕、悬臼岕、葛岭坞岕、啄木岭,写了两篇《顾渚山记》。读山行茶,另有解悟。唐大历八年,颜真卿任湖州刺史,编纂《韵海镜源》,撰《杼山妙喜寺碑》《湖州石柱记》,常携文友往来三癸亭,吟诗联句。

杼山不高也不大,俩人一圈尚未兜转,便见到了正以杖击树的樵夫杨真,白夜吃惊地拉住了父亲问:“爸爸,你这是干什么?”

杨真已须发皆白,但面色红润,汗流浃背,见着这俩孩子,也不放下手中之杖,只是看着得茶说:“夜儿,你问得茶,他知道这个。”得茶知道这是杨真在考他学业,便当即背诵:“上元初,结庐于苕溪之湄,闭关对书,不杂非类,名僧高士,谈宴永日。常扁舟往山寺,随身唯纱巾、藤鞋、短褐、犊鼻。往往独行野中,诵佛经,吟古诗,杖击林木,手弄流水,夷犹徘徊,自曙达暮,至日黑兴尽,号泣而归。故楚人相谓,陆子盖今之接舆也。”

“爸爸,你明知我俄语比汉语好,成心为难我?爸爸在乡下劳动改造,越改越狡猾了啊!”

杨真坐在了树下,继续对得茶说:“给你个任务,把白夜的中国文化这一课,好好地给我补上。”

得茶明白杨真的意思,是要他把这段《陆文学自传》的内容翻成白话文。这有何难?

他滔滔不绝地开讲:“话说在唐肃宗的上元初年,也就是在760年,唐玄宗的三儿子李亨当了皇帝,陆羽也在几年前从湖北天门避难江南湖州。喏,就是这里。他在苕溪边建了一座茅屋,闭门读书,不与非同道者相处,只与和尚、隐士们整日谈天品饮。他还常常乘着一条小船往来于山寺之间,随身只带一条纱巾,只穿一双藤鞋、一件短布衣、一条短裤。他往往独自一人走在山野中,朗读佛经,吟咏古诗,用手杖敲打树木,用手拨弄流水,流连徘徊,从早到晚,直至天黑,游兴尽了,号啕大哭着回去。所以楚人相互传说:陆先生大概是算现代的楚狂人接舆吧。”

“不错不错。记得那时候陆羽多大年纪了?”杨真表扬他。

“二十八岁。”得茶轻松地回答,“人家那时候《茶经》初稿都写出来了。”

白夜打断了他们的对话,严肃地问:“爸爸,你有什么大心事,要用手杖击木,可以告诉我吗?”

杨真却没有回答女儿,只问得茶:“我怕你这半年多来是没什么心思读书了吧?”

得茶感觉很不好意思,但还是硬着头皮回答:“《资本论》共三卷,政治经济学是研究生产关系的,而生产关系是生产、交换、分配、消费四个环节的关系的总和。《资本论》正是系统地分析资本主义的全部生产关系,而且这种分析是辩证的,由简单到复杂,由局部到整体，由本质到现象。《资本论》第一卷重点研究资本主义直接生产过程中的关系，揭示资本主义剥削关系的一般本质。以剩余价值为中心，对资本主义进行彻底批判。我读了一卷。还没读懂，有许多问题还没想明白……”

正想接着请教下杨真，突然发现杨真身后还隐着两个人，他一下子就恍然大悟，明白发生了什么，便主动问：“杨真先生，不知大唐贡茶院遗址离这里远不远，我想到那里去做点田野作业。顾渚紫笋，为什么是紫色的，那里的土地和光照度需要认真做点测量。”

“顾渚山离杼山可不近，不过有辆车就方便多了。”杨真回头招招手，对那俩跟在他后面的暗探说，“行了，躲躲闪闪也够累的，用你们的车把我们送到顾渚山去。”那俩“孙子”也是真听话，二话不说就把车开过来了，还毕恭毕敬地拉开了车门，白夜直到这时才突然明白父亲的处境是怎么样的了。

一路上，杨真一直就在介绍紫笋茶。他说，他这半年做了许多调查，他顺着山路走出顾渚山，向南到了煤山大干岕。这里有一个颇具规模的村落，有建于南朝的长兴最早的寺院之一飞云寺，还有曲水寺、伏翼阁等，这些地方都被写进了《茶经》。

杨真跟着陆羽的足迹，把长兴的茶区走了个遍，吴山茶区、白岘茶区、槐坎青岘岭、小浦乌瞻山、凤亭山，他看到长兴的山地、丘陵、平原直铺太湖而去，感受到长兴天境般的山水形势。“真是一块风水宝地啊。”杨真感叹道，“陆羽为此还专门在顾渚山麓种了一片茶园，跑了斫射岕、悬臼岕、葛岭坞岕，细究了气候、生态、环境、土壤及野生茶树的特性。发现生长在阳崖阴林和砾壤中的野生茶，呈紫色，形如笋状。紫笋茶名是陆羽取的，《茶经》里记载涉及湖州的山有:岘山、弁山、温山、西塞山、杼山、金盖山、顾渚山、西咽山(悬脚岭)、风亭山、啄木岭、青规山、尧市山、吴山、黄前岭、小山以及安吉县的山区。紫笋茶由陆羽推荐作为贡茶后,声名大振,朝廷在顾渚山虎头岩设立了中国历史上第一家贡茶院。史书上说,贞元以后,每岁以进奉顾山紫笋茶。役工三万,累月方毕,足见当时紫笋茶业之盛。上回我写信告诉过你,杨汉公、杜牧作为郡守都曾驻守顾渚山督造贡茶,因为茶事,此地留下许多唐代的诗篇和摩崖石刻,你研学食货志的,千万别忘了这些珍贵的文化遗产。”

估计这样的铺垫不少了,他又提出了新要求:“罗岕这个地方你没去过,我们到那里看看去。”

茗岭之阳的罗岕柳宿土地庙,庙前出水,庙后产茶,以此水煎此茶,方为罗岕茶。此茶盛行于晚明,被江南文人奉为茶中至尊,尝以“金石芝兰之性”赞誉,贮壶良久,其色如玉,叶犹嫩绿,汤汁透明,口感幽香,缥缈兰品。惜因数量稀少、工序繁复,雍正年间就失传了。杨真认真地对得茶说:“你可要把罗岕茶恢复起来啊。走,我们下去看看。”

那俩家伙看来也是真心被杨真的茶事功夫折服了,再加上一路跑得车轮胎也爆了,就放了杨真他们一马,让他们在田野谷中自行寻找野茶。

白夜蹲下来,一边采着那些淡紫色的茶芽,一边问:“真的,这里的茶芽就是紫色的,是花青素的缘故吗?爸爸你看。”又凑近了轻声问,“发生什么事了?告诉我。”

杨真还是沉默了片刻,他在思考要不要说。得茶不能让他犹豫下去了,轻声坚定地不由分说地对他耳语:“如果你还能相信世界上的最后一个人,你就相信我。”

杨真看着白夜,白夜明白了,父亲在她和得荼之间,选择了得荼。她沉思着站了起来,说我去烧水,还在水边点起了篝火,那俩跟班也帮着白夜一起找起枯枝来。直到这时候,杨真才用三言两语告诫了得荼:“中央文革小组”一直在收集证据,为彻底打倒资产阶级司令部做准备,终于找到“叛徒”“内奸”“工贼”这三条罪名,其中“工贼”这条罪名,要由杨真来佐证。他一直被吴坤扣着,就是要他能够放下气节,服从需要,但这是子虚乌有之事,他不能够这样做。

“他们会在最短时间内把我送回杭州,你要答应我一件事情——把白夜送出杭州城。只要她在,他们就会利用她来对付我,我不是怕她扛不过去,我是怕我自己扛不过去。你听明白了吗?!”

得荼眼睛发涩发干,他回头叫着白夜:“水开了吗?”

他们几个人喝了一次奇怪的紫笋茶,水烧开后,直接把新鲜的紫芽扔进沸水中,然后端起来直接喝。白夜轻轻地吹着,一口喝下,烫得眼泪都大滴大滴流了下来,赶紧跳起来到溪边漱口。得荼赶紧过去,一边帮她清理,一边说:“没事,夏茶虽苦,但很新鲜。”

“走吧,我们到明月峡里去走一走,听说那里还是楚霸王避难之地,他后来也在这里发过兵呢。爸爸带我去过一次,就是那一次,我们找到了那些摩崖石刻。”

得荼惊讶地站住了,好一会儿才说:“真不敢想,半年前我还准备到这里来实地考察呢。我知道明月峡,‘清风楼下草初茁,明月峡中茶始生’。我们是不是已经进入峡口了?我能够感觉到这里的与众不同。有多少人走过这里,陆羽,皎然,‘十年一觉扬州梦’

的杜牧,大书法家颜真卿,还有皮日休、陆龟蒙……陆龟蒙可是在这里开辟过茶园的。你找到过顾渚山的土地庙吗?听说那上面有副对联就是写他的,让我想想,是怎么说的?噢,是这样的:'天随子杳矣难追,遥听渔歌月里;顾渚山依然不改,恍疑樵唱风前。'这个'天随子'就是陆龟蒙啊。"他突然站住了,说:"根据我对这条路线的研究,如果我们再往前走,就有可能走到江苏宜兴去了。"

这里真正是两山之间的一块峡谷之地,两旁长满了修竹,不知怎的让得茶想起杭州的云栖。他现在能够理解陆羽为什么不肯到朝廷去当太子的老师了,这里的确是神仙居住的地方。

他们俩默默地往回走,很久白夜才问:"你是不是想说,隐居在这里才是最幸福的事情?"

得茶搂住了白夜的肩膀,声音响了起来:"那是在认识你之前。现在我不这么想了,我想到了你刚才说的话,你说楚霸王在这里起过兵,所以这里才叫霸王潭。"

"你也想起兵?"

"没有能力保护自己所爱的人是一钱不值的。"

"我可不是虞姬,我不会自杀的。"

"我知道我的致命伤在哪里。我一向不喜欢看上去过于强大的东西。但是我会改变自己的。"

"你想成为楚霸王,可看上去你更像陆羽。"

"我们面临的生活,会让陆羽也变成楚霸王的。"

"你的话让我忧虑。"白夜站住了,把头靠在得茶的肩膀上,"你不要为别人去改变你自己。如果爸爸不让你告诉我什么,那么你就不要勉强你自己,爸爸是爱我的,但他更信任你。"

山风吹来，竹林哗啦啦地响，看不到明月峡的茶，谁也不知道它们躲到哪里去了。

真是千钧一发，杨真是吴坤当夜亲自用吉普车押送回来的，吴坤必须这样做，以表示他的政治立场。他一开始并非有意支开得茶来从事这项秘密行动，杨真曾在几个必须被打倒的大人物手下工作过，曾经和他们保持过比较密切的关系。那时，他只预感到杨真可能会受冲击，但没想到事情那么严重。

到长兴是要路过湖州的，但他不可以绕路去接白夜，这件事情现在还不能告诉她，至少得等到他们见面。想到那个不是新婚之夜的新婚之夜，吴坤依然激动兴奋。他知道这些天白夜一直在生他的气，她不和他对话，也不回杭州。但吴坤胸有成竹，他相信，他们已经经过那样的夜晚，她已经是他的了。

倒是得茶让他头痛。他本来只是让得茶去帮忙接新娘子，没想到后来就带上了阴谋的色彩，他一下子就看出来了，得茶和他当初一样迷上了白夜，这使他感到好笑。这个书呆子，到底也有开窍的一天。但他一点也不担心，他既然能够从重重包围中得到白夜，还怕这个一天到晚拨弄古董吃猪头肉坐冷板凳的书生？这不过是许多年之后茶余饭后的一段善意的笑料罢了。

吴坤不知道自己为什么会那么喜欢得茶，他很少看到这样纯洁到白痴般的同时代人，灵肉清爽，分寸有度，在得茶身上看不到任何越轨之举。君子好色而不淫，发乎情而止乎礼。让得茶去接白夜，他是可以放心的。

此刻杨真就坐在他的身后,半夜时分,他上车后不久就睡着了,还发出了鼾声,这使吴坤能够比较放心地端详这个与自己有着复杂关系的男人。他少年时就认识杨真,是杨真改变了他的命运,可他们之间几乎没有什么真正意义上的了解,他甚至不知道杨真有没有把他认出来。他对杨真并没有感情,他们之间的关系只是一个技术问题。吴坤听着杨真的鼾声想:看来这场政治运动方兴未艾,绝不会草草收兵的。这不是历史的机遇吗?几代人造势,才能让一代人趁势啊。王侯将相宁有种乎?

到杭州城时,天色微明,杨真也已经醒过来,他下车后第一次正眼看吴坤。他那双闽南人特有的深眼眶眼睛眯了起来,他说:"我昨天夜里没有看清楚你,现在看清楚了。"

吴坤的心一凛,突然明白他碰到了什么样的对手,杨真从一开始就把他认出来了,所以一上车就睡大觉。

"怎么,莫非我在你面前还过不了关?"吴坤笑笑,老家伙这种气势让他看了难受,他想用调侃式的语言打击一下杨真的气焰。

"你当然过不了关。我断定你是一个什么都在乎的人。你看,你可以派人来,可你亲自来了,你怕万一有个闪失不好交代。你什么都在乎,我没说错吧?"

听着这样的话,吴坤眼光开始发直,这是他万万想不到的。杨真和城里那么多牛鬼蛇神的风格显然不同,他一开始就占领了他们二人的制高点,这是一个不怕死的老家伙!他在山中茶蓬里住野了,不知道大祸临头!

但吴坤没有思想准备,突然一下子语塞,回不了杨真的话。他对杨真顿时刮目相看,这老家伙在政治上也是一个高手,别弄砸了。尽管他气得眼冒金星，还是没有再跟杨真较劲，对手下人说："按原定计划，先关起来再说。"

天色很快地亮了起来，吴坤看了看手表，焦急地往宿舍赶，房间里没有人，他又往得荼的宿舍冲去，也没有，显然他们还没有回来。去打长途电话，没人接，气得吴坤想砸电话，挂完电话出来的时候他忧心忡忡，甚至赵争争朝他扑来时他也心不在焉。那丫头伸出手说："战友，祝贺你成功地完成了任务！大义灭亲，英雄！"她竖起了大拇指。

"可别那么说，既非亲，何来灭乎？"吴坤勉强笑笑，说。

"迟早都得灭！"赵争争干净利索地回答，她一点也没有听出那些话后面的微言大义。

而得荼他们恰是坐夜班车赶回杭州的。一路上他们紧紧相依，几乎没有说什么话，仿佛劫难已经过去，或者尚未发生。得荼紧紧地搂着白夜，从昨夜到今天，他已经有许多次那样紧紧地搂抱她了，奇怪的是他没有一丝一毫想占有她的念头。他心疼她，像爱一个女儿一样地爱着她。这种奇怪的带着父爱般的感情，出现在初恋里，出现在从未做过父亲的杭得荼身上，实在不能不说是一个奇迹。

"对不起，你得走了，不过你无论如何要等着我。真舍不得走，一想到留下你一个人去面对世界，我竟然还会生出忌妒。我恨那些火车车厢，因为它们让我不能再拥抱你了。再见，亲爱的，我把该说的都告诉你了，你必须注意，不要让他们发现你，还有，你还没有拿到结婚证书，所以你在法律上是自由的……"

他说了那么多亲密的话语，留下了不时摇头向他微笑的白夜，火车匆匆地开启了，她有点儿高傲、有点儿惶恐的目光让他心如刀绞。他突然在心里大叫一声："啊呀，为什么我不可以陪着她去北京呢？"

吴坤的那些不祥的预兆果然降临，他回来时没有看到她，但看到了得荼。现在他终于可以肆无忌惮地盯着得荼冷笑了，用这样一副表情通告得荼。以往他一直是绷着的，现在都摆到桌面上来了。而得荼则完全松弛下来，豁出去的感觉真爽啊，想说什么就说什么，再也不用藏着掖着了，他们各自站在桌子的一侧，像隔着万丈深渊。他们彼此亮出了底牌，原来他们完全是势不两立之人哪。

那么狂热的夏天，心缩成一块冰，话说出来喷着冷气，吴坤告诉得荼，杨真在他们这一派手里，也就是在他手里，要对牛鬼蛇神进行无产阶级专政啊，哪怕是岳父也一样。

而得荼则成了燃烧的火球，他双眼布满血丝，嘴角发出火炮，轻蔑地问吴坤："你说谁？谁是你岳父？哪来的子虚乌有的岳父，我可从来没有听说过。"

吴坤径直便问："少废话，告诉我，白夜在哪里？"

得荼哂笑说："这跟你有关系吗？"

"这跟我没关系吗？"吴坤冷笑而回。

得荼的声音更轻更冷了："也许她和你什么关系都没有吧。"

杭得荼拖开椅子站起来要走，被吴坤一声喝住："站住！听我一句话，你就是陪她上刀山下火海也无济于事！"

杭得荼总算正眼盯住了他，一个字一个字地往外蹦："我的事情要你管吗?”

那另一个笑了起来,提醒他:“别忘了,她是我的合法妻子!”

得荼立刻顶了回去:“根本就没有法,何来的合法?你有结婚证书吗?”

“你再说一遍!”吴坤终于被激怒了,噌地跳了起来。

“你比谁都清楚,她和你没有一点关系。”

“做你的大头梦去吧,以为她爸妈带她上你家茶楼喝茶,她就看上了你!你这种脑丝搭牢的僵歪佬儿,人家眼毛儿都不会扫你!怎么着,瘟鸡奋头拐头拐脑到我这里来发人来疯……”吴坤突然流利地倒出了一大串骂人的杭州土话,而且还不带一个脏字。得荼竟然就被这串连珠炮般的骂人话堵住了。停了片刻,还没反应过来,吴坤脸上结结实实地被揍了一拳,鲜血顺着人中流了下来。他震怒了,一脚踢翻了桌子:“睁眼看看,是谁让我在这张床上干了她,是你!是你的床!你这样的缩头乌龟也配谈爱,呸!”

最后一个“呸”声尚未发完,又一拳头已经狠狠地砸在吴坤脸上,他眼冒金星一阵,终于看清楚了面前这张扭曲的面孔,现在这张脸青白交加,两眼通红。但见得荼一挥手,把他甩到老远的门角,手里拿把扫帚柄,竟然把这张床连捅带敲脚踩手掰地砸了个稀巴烂。

杭得荼显然是砸出劲来了,吴坤却已失去打斗的斗志,鼻孔里火辣辣的热流淌了下来。他控制着自己,仰起脸,尽量不让鼻血滴到衬衣上。眼看对方一把大扫帚在方寸间疯狂飞舞,便貌似优雅地走到门口,余光看过去光亮一闪,突然再一次怒从心头起,恶向胆边生,回过身,拎起桌上那个相片夹就往地上狠狠地一砸,玻璃片飞溅,他脸上泪水血水顿时一片。

相框砸碎了,相片里的女人躺在一片玻璃碴下微笑,吴坤下意识地弯腰去捡,一只脚狠狠地踩住他的手,痛得他低声怪叫,四只眼睛就死死地盯绞在一起。这一分钟长过一万年,随着吴坤的眼皮一耷,得荼的脚也一松,吴坤抽回了手夺门而去,只听得身后一声怒吼:“滚!”

现在,豺狼终于被得荼赶走了,世界只有他和“她”了,于是他把“她”贴在胸口,躺在碎玻璃碴铺成的水泥地上。很久很久,然后,他睡着了。

第十一章

杭氏家族最心不在焉的一位女成员，在此大风暴席卷的红色中国懵懂登场。

黄蕉风，不知道什么叫暴风骤雨，什么叫摧枯拉朽，什么叫再到地主家的牙床上翻一个滚，还有踏上一只脚叫他永世不得翻身，等等。自从嫁给杭汉后，多年来她就像一只心宽体胖的瞌睡虫，声音大一点时她醒来了，跟在人家后面，人家干什么，她也就干什么，人家声音稍微轻一点，她就睡着了。

杭汉调往茶科所后，她也调到了茶叶中专。还不到四十就已经发福，人称杨贵妃。圆圆的脸上架一副眼镜，一双眼睛也被她多年来的微笑挤成了两弯新月。一头黑发倒是像少女时代一样油亮。这个年代的中国妇女，几乎个个都是齐耳短发了，偏这个黄蕉风还是一头长发，用手绢扎成了一把，垂在脑后，成为他们那个专门进行茶学教育的中专里的资产阶级景观之一。谁都知道，实验室里的那个侨属女教师与众不同，好像从前是出入旧社会十里洋场的。但全校师生又都对她网开一面，认为她可以不入党，可以穿奇装异服，可以在十次政治学习中有一两次在实验室里做研究，甚至开全校大会时睡着了也没有被点名批评，只在小组会上不点名地被说了一下。大家都看着这个胖美人儿笑，胖美人儿自己也笑，一边笑一边说:“开大会睡觉,这样对校长是不礼貌的,希望那位同志以后一定要改正。”

大家笑得就更厉害了,目光宽容,仿佛她不是一个有思想、有灵魂的人,而是一个可爱的小宠物,一个不可用同一价值观来对照的异类,只有她才配被他们宠爱。这种特权难道不是很危险的吗?黄蕉风可不晓得。

大千世界的物种中,总是有天敌相对应的。有一个从农业大学茶学系毕业的女学生,刚刚分配到他们学校实习,就下了茶场锻炼。茶场劳动苦,她很羡慕黄蕉风的特权,想挪个位子,进实验室。她一边学着蕉风的打扮亦步亦趋,倒也不曾东施效颦,开始积极活动,跑到蕉风那里去说她对业务的精通。她说她知道茶树鲜叶有两大成分:水分占75%—78%,干物质占22%—25%。她又说她知道干物质分有机化合物和无机化合物,有机化合物中有蛋白质、氨基酸、生物碱、酶、茶多酚、糖类、有机酸、脂肪、色素、芳香物质、维生素等等。蕉风听了半天才知道她想进实验室。她高兴极了,有一个人和她做伴,那还不好?她就去找书记要那个人,书记搞党务工作多年,怎么会不知道这些年轻人的鬼把戏,就把那年轻人找来,一阵斗私批修,斗得那女学生痛哭流涕。书记是个转业军人,看姑娘哭了,有些不忍,便把自己身上的担子往外推一推,说黄蕉风处实际上也不需要人了,她不好意思说罢了,你什么眼力见。女大学生从办公室回去就把自己打扮成一个贫下中农,从此再也不提实验室之事。奇怪的是,她没有恨党支部书记,却恨上了“归国侨眷”黄蕉风。她认为这都是黄蕉风的阴谋诡计。她来到了黄蕉风的实验室,神情严肃地问:“黄老师,你那么忙,有时间学习政治和业务吗?”

黄蕉风傻乎乎地说:“我不忙啊。比你们在农场的,实验室里的工作还是不忙的啊。”

“你一天洗头换衣服要花多少时间哪?”

“很快的很快的,我婆婆会帮我洗的。”

“你是指哪个婆婆啊,听说你有两个婆婆呢。”

黄蕉风愣住了,她从来还没有听到过这样的问话,这有点过分了,但她还是笑笑,说:“我婆婆就是我婆婆啊!”

黄蕉风如此坦然,倒也叫对方没话说,看着黄蕉风在自来水龙头前洗实验瓶,长发挂下来,真好看。她拨拨自己的脑袋,真是焦头烂额,失落的感觉很重。这女大学生个子奇小,出身小市民,要心很重,也有点忌妒心,看着人家过着好日子,自己一无所有,想效仿,又挨批评,一肚皮气郁积在脸上,一副欠她多还她少的帐子脸。

她总想占一点先,就问:“你争取入党了吗?”

黄蕉风这才吓了一跳,问:“我可以入党吗?”

“为什么不能?”女大学生说。

“有人已经跟我谈过了,说我可以留在党外干革命的啊。”蕉风不安地解释说。

其实,所谓有人,无非就是她丈夫杭汉,而杭汉则是听了父亲杭嘉平的意见才来建议蕉风留在党外的。嘉平的话很简单:“党内的事务的确多了些,家里留点空间在党外吧。”

杭汉是听得懂父亲意思的,1949年搞地下斗争的时候,父亲就不建议让蕉风陷得太深,他说蕉风不行,不灵光,保护不了自己的人，如何保护党。杭汉想想也是有道理的，就留在党外吧。蕉风脑子是从不多想的，留在哪里都一样。

可女大学生理解不了，蕉风是真憨，对方认为她是装憨。愣眼看着对方，什么也看不出来，这个无懈可击的胖女人，太气人了。她看着满架的瓶瓶罐罐，不知从哪里下手，倒是蕉风反而问："你的事情怎么样了？"

女大学生冷冷地看着她："不怎么样嘛，明知故问。"心里早已有对答词，想：大奸若忠，口蜜腹剑，两面三刀。

女大学生在下面劳动了一年，回来后对黄蕉风心怀仇恨。运动一来，她便下意识地手举张小泉剪刀冲进实验室，想一刀剪掉那披肩长发。

仅仅是下意识倒也就罢了，但运动可不是靠下意识可以发动起来的，运动需要"上意识"。"上意识"一蹿上来，那年轻女人就一刀扎下去，把黄蕉风的头发剪成了一个正在挖坑种地的大寨梯田。经过一段时间的运动教育，她已经把黄蕉风的问题从生活枝节方面上升到无产阶级政权的高度上来了。她大吼一声："黄蕉风，你这个钻进社会主义阵营的蛀虫，你这个资产阶级的娇太太，你老实交代，你是不是想破坏中国社会主义的茶叶事业！"

黄蕉风，自从8月间被糊里糊涂关进管教队之后，再也没有看清楚过这个世界。自婚后，她就是一个养尊处优之人，在家里被丈夫和公婆宠着，在单位里被领导同事宽容着，她完全不能适应这样一种使人惊惧的生活。在此期间，伯父嘉和与女儿迎霜来看过她几次，但她已经被惊惧击垮，翻来覆去只会问一句话："汉哥哥什么时候回来？汉哥哥什么时候回来？"

杭汉此时其实已经回到了杭州，但夫妻还没有见上面，他也被单位里的人弄到管教队里面去了，悄悄写了便条叫迎霜带来，只有一句话："蕉风，要活下去。"可是蕉风看着字条就大哭起来："我活不下去了啊，我活不下去了啊……"

嘉和几乎是杭家上两代人中唯一还没有被冲击到的人了，也唯有他还有点行动自由。他只好翻来覆去劝慰她，不要担心，事情总能说清楚的；不要害怕，该干什么就干什么，要吃得下饭，尽量睡好觉，等着一家人团圆。蕉风泪眼模糊地问："全家人什么时候能团圆哪？"嘉和一时就回答不出来了，只好含含糊糊地说："快了，快了。"黄蕉风就又问了一句："10月1日总能够回家了吧？"嘉和就说："那是一定的了。"蕉风这才不哭了，对迎霜说："跟你哥哥说，让他来看我。他又没进学习班，他又不考试了，他怎么就不来看我呢？"迎霜看看大爷爷，见大爷爷拿那只断指朝她微微摇动，她也哭了，说："他革命着呢，特别忙呢，让我带口信来，要你好好地在这里待着，他忙过了这一阵就来看你。"蕉风这才心里好受一些，又说："你跟你哥哥说，再不来看我，10月1日就到了，我就出来了。见了他，我可就不理他了，看他害不害怕！"

迎霜看看头发乱如女囚的妈妈又要哭，虽然见着出国归来的杭汉时，也曾想"脱离父女关系"，但她最终没有在哥哥那张脱离关系的声明上签字。哥哥早就不认杭家人了，妈妈还不知道，妈妈多么笨哪。回来的路上，她对大爷爷说："不管人家说妈妈怎么样，我都不和妈妈断绝关系。"嘉和伸出那个断指，对迎霜说："好孩子，我用这个手指头跟你拉钩。"大爷爷的断指在杭州城里，是革命传统教育的一个著名故事，所以迎霜知道用断指拉钩的意义。他们就那么钩着手指回到家里,不知道这是他们最后一次见到活着的蕉风。

黄蕉风被伯父安慰了几句,立刻就又分不出里外了。她算了算日子,到10月1日,还有半个多月,难熬啊,就拿出丈夫的字条哭。那女大学生进来了,蕉风看了她就害怕。蕉风本来也不必失措成这样,但她控制不住自己,一把就把那字条塞进了嘴里。那女大学生这时一阵尖叫:“反革命,销毁罪证!”立刻就冲进来几个人,掰嘴的掰嘴,掰手的掰手,一声声喊:“吐出来,吐出来!”

黄蕉风,此刻已经被肉体革命惊吓得失去思考能力,她本可以吐出来,结果她却咽了下去。看来这个世界上的确是有两种人的:有一种人怎么打都在皮肤上,进不了心;有的人不能挨一下,挨一下就和挨一万下挨一辈子一样了。黄蕉风躺在地上,浑身颤抖,结结巴巴地说:“我……我……我……我……”

她为什么如此惊慌?难道不是心里有鬼?常言道无风不起浪,白天不做亏心事半夜不怕鬼敲门。你光天化日之下都敢扎着手绢儿“养着长辫儿”在社会主义的朗朗晴空下扭动你那资产阶级的腰肢,你现在怎么连话都说不出来了?有什么东西见不得人,为什么要吃进肚子里?女大学生真正认为黄蕉风是在破坏社会主义的茶叶事业了。她就又大吼一声道:“老实交代,和谁搞反革命串联?”

黄蕉风只会摇头,说不出话来。女大学生很生气,又拍桌子喊:“要不要我拿出证据来?”

黄蕉风还是只会摇头。女大学生一声怒吼:“茶叶‘愈采愈发’,是不是你说的?”

黄蕉风稍微清醒了一点，说："是庄晚芳先生说的。"

"庄晚芳这个资产阶级反动权威，这会儿农大正有人盯着他呢。你不要说别人，你只说你自己的。是不是你支持'愈采愈发'？老实交代！"

黄蕉风实在想不起来自己什么时候支持过"愈采愈发"，或者自己什么时候反对过"愈采愈发"。她倒是模模糊糊地想起来，许多年前，当庄先生的那篇文章发表之后，在茶学界立刻就形成了两大派别。她记得丈夫杭汉是站在庄先生一边的，丈夫是"愈采愈发"派。既然丈夫是"愈采愈发"派，她黄蕉风就不可能不是"愈采愈发"派了。那是多少年前的事了啊，那时，这个姑娘还不知道什么是茶吧。黄蕉风挣扎着从地上爬了起来，她想解释一下，什么是"愈采愈发"。她听丈夫说过，这是一个乍一听起来容易引起人家误会的概念，它是需要被阐明的。所以她就继续结结巴巴地说："'愈采愈发'，不是庄先生提出来的，是农民提出来的——"

这还了得！只听一个学生大吼一声："黄蕉风污蔑贫下中农罪该万死！"

另一个同学就更革命了，他飞起一脚，边踢边叫："黄蕉风不投降就叫她灭亡！"

黄蕉风这么一个胖女子，竟被那个精瘦如猴的男同学踢出老远，一下子就踢到了实验室的角落。实验室架子轰的一声就倒了下来。上面的瓶瓶罐罐哗啦啦地往下掉，砸在了黄蕉风的脸上头上，血淋淋的一片。什么叫"黄蕉风不投降就叫她灭亡"，这才真正是应了这句口号了。黄蕉风摇摇晃晃地站起来，一脸的玻璃碴子，她艰难地说："'愈采愈发'，是农民先提出来的。"

然后,她就再一次轰然而倒,再不能够交代什么了。

此时的庄晚芳先生,正在杭州华家池接受革命小将们的批判。他的家已经被抄,他本人已经被当作日本特务、反动权威,乱七八糟地戴上了好几顶帽子,日斗夜斗斗得昏昏沉沉。他可万万没想到,还有别人,在为那个"愈采愈发"送命呢。

正如黄蕉风在半昏迷状态时所说的那样,"愈采愈发",这的确是一条茶农的茶谚。

茶谚有许许多多,其中有关采摘的茶谚,有"头采三天是个宝,晚采三天是棵草",有"割不尽的麻,采不完的茶",有"头茶不采,二茶不发",有"茶树不怕采,只要肥料足",等等。茶学教育家、茶树栽培学科的奠基人之一庄晚芳先生,就此发表《论"愈采愈发"》一文,刊登在1959年第1期的《茶叶》杂志上。此文在茶学界引起强烈反响。1962年,庄晚芳先生又在《中国农业科学》第2期上发表了《关于茶叶"愈采愈发"的问题》,再一次对他的论点做了补充和论证。文章开门见山地说:

> 自从茶叶"愈采愈发"的论点提出后,引起了茶叶界的不少争论。有的认为农民愈采愈发的经验是片面的,没有理论根据,甚至把愈采愈发与"捋采"或"一把抓"的采法混为一谈。有的认为茶树没有愈采愈发的特性,如果依据愈采愈发的理论,只会把茶树采坏采死,没有指导生产实践的意义。概括起来,争论一方的论点是茶树没有愈采愈发的特性,另一方

是茶树有愈采愈发的特性,问题是在于如何正确地掌握它,以便更好地指导生产,制定合理的采摘技术。

文章接下去层层递进,从茶树"愈采愈发"的概念问题到理论依据,最后当然是讲在实践中发挥指导作用了。杭汉作为庄先生的弟子,也作为主攻茶树栽培学的农学专家,是茶叶"愈采愈发"的坚定不移的支持者。他一边读着文章,一边击节而赞:"透彻!透彻!"

黄蕉风已经记不起丈夫出国前在灯下读这篇文章时的一番具体的言说了,但她还记得,那天正巧父亲嘉平来看伯父嘉和。两人坐在客堂间里谈天,见杭汉正在看文章,嘉和便拿过来看。细细读过,沉吟半晌,也没说话,便把杂志又递给了嘉平。嘉平看了一个标题就不看了,口中终究是没有遮拦的,张口就道:"什么愈采愈发,又要我们给茶树脱裤子啊。"

这一说,别人倒没怎么样,一旁的黄蕉风却扑哧一声笑了出来,说:"我想起那时候半夜里两点钟就上山,工农商学兵,一起去采茶,片叶下山,四季采摘,弄得我走路爬山都打瞌睆。有一回瘫在茶蓬里,叫你们大伙儿漫山遍野好找一天。"

杭汉见状,不由得朝蕉风使劲眨眼睛。蕉风是个好忘性的人,怎么就没想起来,正是那天深更半夜地把她从山上找回来之后,父亲嘉平才想到要给政府提意见的。

提意见之前,嘉平和嘉和也是有过一番谈话的。他们见着大冬天里,那些大石磨推碾起茶树的老叶子,嘉平就问:"大哥,你说这叶子真能吃吗?"

嘉和看着那墨黑的叶子,说:“这不就是茶叶的裤子吗?”

原来茶叶采摘,历来就是摘那新发的茶芽,一般也就是春夏秋三季,留下那老叶在下面,那是茶树的命呢。如今扒了茶树的裤子,把那些老叶全采了,且大冬天的也不放过,这就叫片叶下山,赤膊过冬。你想那满山的人,二更就打着火把上山,不论哪个行业的人一时都成了茶农,采得那些郁郁葱葱的茶蓬,几天工夫就在寒风里打赤膊,一个个天生丽质的绿衣美人,刹那间就成了一把骨头架子。

那一日,年近六旬的嘉和也随着年轻人上到山中。陪他一起上山的还有孙子得茶。得茶当时正上中学,并未真正见识过茶叶的生产过程,见了这满山的人,倒也气势浩荡。只是从未采过茶,一味地用手捋下就是。倒是那嘉和见了不忍,说:“哪有这样采龙井茶的。采龙井早有定论,得用手指头拎着摘,这样才不会让鲜叶发热氧化。”

得茶试了试,那些老叶子,哪里是可以用手指拎摘下来的,生在枝上,金枝铁叶一般。得茶就叫道:“爷爷,你那些古人的指头,怕不是老鹰爪子变的吧,我怎么就摘不下来呢?”

嘉和看了看孙子,想跟他说,这哪里还是茶叶!这哪里还是采茶叶的时候!吃茶叶饭的人,没有一个不晓得,茶树是个“时辰宝”,虽说中国地大,茶叶采摘时期各不相同。海南岛可采近十个月,江南亦可采七八个月,即使长江以北的茶区,也可采五六个月,但从未听说过可以在冬天里采茶,且采得片叶不留。老祖宗陆羽早在《茶经·三之造》中有言:一是茶叶择土而采,长在肥地中的茶,新梢四五寸时便可采摘了;长在草木丛中的细弱之茶,须待其生出那四五枝的，选着那秀长挺拔的，也可采摘；二是茶叶择天而采，下雨天不采，晴天有云不采，天气晴朗有露的早晨才可采摘。这些当然是茶圣的上上之说，一般人也未必能做到。但弄到茶叶需推着磨盘方能碾碎了，这也是千古未闻之事。

杭嘉和见着那工农商学兵们稀里哗啦地推着磨，心里实在难受，别人那里不便说，就跑到一头雾水正在修理摘茶机的杭汉面前，说："汉儿，我有句话要跟你说。"

杭汉已经三天三夜没有睡觉，倒不是采茶，而是在单位院子里炼钢铁。此时见着嘉和，连平日里的礼数都记不起来了，只是蹲着，喉咙哑得发不出声来，问："伯父有什么事？"

嘉和蹲了下来，看着汉儿那发红的眼睛、发木的眼珠，想说的话咽了回去，却换了另一句："你们打算亩产报多少？"

"起码干茶得在八百斤以上吧。"杭汉说。

嘉和听了，也没有吓一跳，反正现在到处都在放卫星，无论报出怎样一个吓死人的数字，也不会让人大惊小怪了。嘉和不解的是杭汉说这番话时那种麻木不仁的口气，好像他真的认为一亩茶园能产出八百斤干茶来一样，他应该知道亩产干茶三百斤已经不错了。嘉和这么盯着他看了一会儿，叹了一口气，还是说了话："去年组织我们这批人下乡去考察全国茶园的现状，说是有二十五万公顷老茶园得重种、补缺或台刈。"

杭汉没有听清楚他的话，木愣愣地看着伯父，只是说："要是能修好这台机器，手工换了机械化，这些茶叶采起来就省力多了。"

嘉和知道他的这番话是白说了——他想说的是不应该采，但杭汉说的却是怎么样才能采得更多更省力。他们在这个问题上产生了尖锐的对立。但嘉和不会像他的弟弟那样不管不顾地就把话说出来。回到山间,那黑夜里满山的呐喊,满山的火炬,使他突然想起了北宋诗人梅尧臣的一段话,不由感慨万千地轻吟而出,所幸一旁的工农商学兵没一个听得懂,不料这段话却让弟弟嘉平当作意见提上去了。

你当这是一段什么话,却原来是梅尧臣《茗赋》中的名句:“当此时也,女废蚕织,男废农耕,夜不得息,昼不得停……”

嘉和念这段话时,并没有别的意思,只是认为这样做对茶树不好罢了。但一经嘉平认可,整理成文字,到政协会上放了一炮之后,事情就闹大了。梅尧臣的这首同情劳动人民的文字,也可以作为对封建朝廷的抗议,古为今用到这里来,不是把我们新中国的天下当作封建社会来攻击吗?嘉平险成右派。只是时光已经过去了两年,右派已经变成了右倾。

事后,嘉平觉得自己的确是幼稚了。他说那些话,提那些意见干什么,谁不知道“大跃进”是怎么一回事。全国上下一起铆着劲喝高了,众人皆醉我独醒,有用吗?

可是,这种局面还会延续多久呢?回到英国的黄娜对此已经失去了信心,但和嘉平始终保持着藕断丝连的关系。作为有着统战特殊使命在身的人,前妻也可以成为线人。

黄娜也想动员女儿黄蕉风出去。但黄蕉风说了,丈夫不走,她也就不走。谁知黄娜竟然以探亲为由,以特殊任务为秘密身份,悄悄地回了一趟国。

那次见面,除杭汉不在,孩子们都来了,他们从头到尾不知道这是他们的英国外婆或者英国奶奶，只知道来了个画家夫人，在家吃了一顿饭就散了。黄蕉风去厨房洗碗，便听到餐厅中这一对老人又开始杠上了，仿佛那么多年的时空分离，都等于一个零。

她听到嘉平长叹一声："黄娜，你什么时候才能真正懂得我啊。"

黄娜说："可是你看你们，闹到要饿死人的地步，接下去谁知还会怎么样呢。"

"不管怎么样，总还是在我们中国嘛。"

"亲爱的，你的话缺乏理智。那么多人正在挨饿，而且有的人已经饿死了！"

"闭嘴！"嘉平跳了起来，环视了一下周围，又问，"蕉风你把大门关上了吗？"

黄娜苦笑了起来："亲爱的，你刚才那副样子，叫我怎么也想不起来，你当年是怎么在重庆码头和国民党打架的了！"

这才叫嘉平真正大吃了一惊。20年英雄豪杰，如今怎么落得这般贼头狗脑的境地，长叹一声说："我这个人，你应该是知道的，做寓公，当快婿，或者南洋巨商，或者英伦豪富，都非生平所愿。文天祥早就有言：'人生自古谁无死，留取丹心照汗青。'况且我不过是因为右倾思想被批判了几声，离死还远着呢。"

黄娜长叹一声，说："我就是不能同意你的这番辩解。你不说给你安上右倾公不公正，你却只说你不怕当右倾。就像你们不说上山给茶树脱裤子对不对，只说不怕没茶叶喝。这是什么逻辑？大而无当罢了。我虽不是洋人，但英国洋人重事实、重逻辑却是叫我心服的。嘉平，不是我硬要拖你走一步……哪怕你死不肯走，还有那几个小的呢。”

嘉平这些年来还没听到过这样的话，尤其此话竟然是从黄娜口中说出，黄娜变了，有文化了，必须提高警惕了。一时，他真有细思极恐之感，轻声说：“我俩现在是什么关系？一分钱关系也没有，你怎么能这样说话？这话是你说的吗？”

黄娜却说：“我早就该说这些话了，只是怕说了你一人坐牢，我女儿全家遭殃。你想想，这些年，不就是应了安徒生的童话《皇帝的新衣》了吗？”

嘉平连忙把黄娜往里推，边推边说：“我们这就讨论你怎么走的事情吧。”他不想让黄娜再这么说下去了。

这些话，黄蕉风全都听到了，但她似懂非懂。她也挨过饿，但后来吃了饱饭，饿的滋味也就忘记掉了。

嘉平虽然送走了黄娜，但黄娜的那一番话，到底还是在他的心里起了作用。他心里头服他的右倾吗？当然不服。平时说不得，在嘉和这里还是敢说的。故而，一提起“愈采愈发”，他就这么来了一句，且说：“要给茶叶脱裤子啊，你看，我们现在连茶叶都喝不上了，还要凭票。每人还不能超过半斤。那日我给黄娜寄茶，邮局说超过半斤了，不能寄。我真想大喊一声：这不是社会主义！”

“你喊了？”一旁在座的杭汉吓了一跳。

“我能喊吗？我已经右倾了，我要再喊还不成反革命！”

杭汉这才松了口气。他总觉得父亲虽然叱咤风云大半生，却是一个政治上非常幼稚的人。这些年，父亲牢骚多起来了，看问题就容易意气用事。杭汉基本上没走出业务这个圈子。他觉得国家大事都是搞行政的人做的事情，他们有他们的套路，好的坏的，只要不跑到业务里来插一脚就可以了。当然因为他的这个态度问题，也有人来提醒他，不要走“白专”道路。对这些话，他都笑笑，虚心接受，坚决不改。他心里明白，找他谈话的人，装腔作势拿花架子罢了。杭汉是一个老共产党员，不愿意欺骗任何人，他认为共产党人还是应该做一点实事。从心底里说，父亲没有走伯父的道路，实在是吃亏了。他在政协、文史馆的那份虚职，怎么可能不犯错误呢?

这些话自然也是不能够和父亲讲的，不讲也罢。杭汉是一向极为重视伯父意见的，便接着刚才的话题说：“伯父，你倒是吃了一辈子的茶叶饭了，还是你说说，茶叶‘愈采愈发’，有没有道理。总有许多道理要对他们讲的。误人子弟总归不好啊。”

嘉和想了想，说：“茶叶‘愈采愈发’，这本来就不是什么了不起的事嘛！又不是庄先生一个人凭空想出来的，是千百年来茶农积累下来的经验嘛。你看，这里不是说得清清楚楚，第一是茶树提供较长的采摘期，第二是提供较多的采摘次数，第三是采摘间隔时间短，第四是单位面积产量、品质高。”

“还有下面，庄先生也提出了‘愈采愈发’的前提，一是应使茶树形成新梢的营养芽保持一定水平，二是应使茶树在发育周中生长活动时期内能经常保有正常的营养生理机能。你看你看，不是正反两面都讲到了嘛。”杭汉兴奋地补充道。

黄蕉风正在翻一本电影杂志，听着他们说闲话，就又插嘴：“我们学校老师，因这‘愈采愈发’还分成了两派呢。”

“有些话，要看在什么地方说，什么时间说，用什么口气说。”嘉和回了这么一句。杭汉却没有太听懂他的意思，抬起头来，看了伯父一眼，突然明白了——伯父是不赞成这时候提出这个理论的，也就是说，此刻的他不是一个“愈采愈发”派。可是他从来也不把话说透，只让人家去领会。

父亲比伯父性急，说：“发现了原子能的科学家好不好？可是美国人拿去造原子弹了。‘愈采愈发’本来只是个学术问题，可是人家要用来脱茶叶裤子了，那就不好了嘛。”

“那不是科学的罪过，是利用科学的人的罪过，这是两个概念，不能掺和在一起的。”杭汉激烈地反对父亲的反科学观点。他希望得到伯父的支持，但这一次他失望了。伯父说：“科学是什么？真理本身是不是真理是一个问题，什么时候讲也是一个问题。围棋这个东西好不好？好！符不符合科学？符合！那么我为什么对日本人说我不会下围棋？我为什么斩了手指头也不肯下围棋？是我不讲科学吗？”

杭汉听得瞠目结舌。嘉和从来也不愿意在人前提他斗小堀一事。新中国成立后，一开始不少单位学校还叫他去做报告，都让他给挡了。天长日久，人们记得这故事，倒把故事的主角渐渐淡忘了，没想到伯父今天却把它提了出来。这说明他们之间所谈的并不是一个学术问题，伯父是在和杭汉说做人，也是在以某一种形式向他的兄弟表明他的立场。

黄蕉风听不懂男人之间的这一番话。说起来，她很小就开始跟着杭汉进入茶界了。但她是茶人们的宠儿，吴觉农先生还亲自给他们写了新婚祝词。她天真、厚道，杭府一家都喜欢这个傻乎乎的胖妹妹。他们杭家出的人精太多了,尤其是女人中,人精太多了,这就太费杭汉的心思。杭汉喜欢和这个不用他花脑筋去琢磨的姑娘说话。对他而言,这是一种最好的休息。

从十二岁以后,黄蕉风就在众人的宠爱中成长起来了。宠爱的结果是她变成了一个漂亮的木乎乎的不爱动脑筋的爱吃零食的年轻小媳妇儿。二十岁出头,她就和杭汉结了婚,结婚之后她就更不爱动脑筋了。所幸杭汉给她找了一份在实验室工作的清闲活儿。她不愁吃不愁穿,二十多岁,就轻轻松松地生下了一对儿女。她的下巴因为发胖兜了出来,杭州人看了都说这女人好福气。实验室里放着一些大瓶子,瓶子里面浸泡着一些茶叶标本,有从云南来的大叶种,也有本地的小叶种。蕉风一天到晚对着它们,也没有觉得厌烦。他们的一双儿女有长辈帮着抚养,所以她没有一般女人的辛劳,这就是她有时间养着一头长发的原因。

丈夫去非洲后,有一段时间她也觉得寂寞,不过很快就调整好了。也就是在那一段时间,她开始了茶叶标本的整理。干这一行,她可完全没有工作的观念,她是把它作为打发业余时间的活儿来做的。但是这件事情得到了伯父的大力支持。伯父看着她在那个标本簿上贴的茶叶,喃喃自语:“好!好!”又叫来叶子一起看,说:“叶子,你看我们蕉风,汉儿不在身边,她倒反而有这么多想头了。”

叶子和蕉风,可以说是世界上最好的一对婆媳了。叶子内向勤劳,蕉风憨厚懒散,两人一对,那才叫和谐。蕉风啊,真正是下巴兜兜的福相啊,她怎么熬得过眼下这样的日子,一个这样的下午就能让她去死!当实验架哗啦一声倒下,那些大叶种小叶种标本和着玻璃碴子一起砸在她的脸上的时候,就注定了黄蕉风死亡的命运。

所有的人都猜不透蕉风为什么会跳井自杀。那天早晨,几个红卫兵还在井边盯着她,罚她跳忠字舞来着。她胖乎乎的样子,每一个动作都做得那么丑陋,那么不堪入目,那么引人发笑。小将们笑得前仰后合的时候,她倒是哭了,眼泪把前一天下午砸出的满脸血又冲了下来。所以她的眼泪是红色的,挂在脸上,活像一个跳梁小丑。后来她就不见了。再出现时,已经是井底的一具更胖更难看的尸体。大家都很惊讶,红卫兵小将没把她怎么着啊!你看,虽然剪了头发,但还没来得及游街啊!也没给她挂牌子,也没给她"坐喷气式飞机",也没拿皮带抽她,再说,她自身也没什么大问题啊。他们只是说了她公公是右倾分子,她丈夫有日本特务的可能——听清楚了,是可能;她自己有破坏社会主义建设的嫌疑——是嫌疑啊,这种时候,这种运动,谁不得摊上一个嫌疑?她凭什么畏罪自杀!凭什么转移斗争大方向!凭什么扰乱阶级斗争的视线!

蕉风的噩耗对杭家人而言,简直就是平地一声雷,炸得人魂灵出窍,嘉和、叶子这对老夫妻,当场就定在原地,说不出一句话来。还是嘉平,他气得血气上冲,也不管自己是不是右倾,下场如何,拍着桌子,要校方核查黄蕉风的真正死因:"是他杀!一定是他杀!她清清白白的一个人,凭什么自杀!"

一直抱着蕉风尸体不放、已经麻木了的杭汉,没有力气说话了,但他还有力量默默地给那双已经僵硬的熟悉的脚套上高跟鞋——正是那双怎么砍也砍不断的高跟鞋啊!杭汉的努力是徒劳的,这双美丽的脚现在已经被水浸泡得肿出了一倍,根本就套不进去。但杭汉却固执地继续着,只有他明白,蕉风为什么会死！像她这样的心灵,给她一个耳光,都可能让她去死的！这样快快乐乐生活在世界上的人,就是最容易去死的人哪……

第十二章

一些人惨死，一些人狂欢，砸寺院，毁佛像，挖古墓，踩文物，焚书画，撕戏装……杭州西湖十景的石碑、南山路旁张苍水墓道前的石像群、隔壁章太炎的墓、九溪陈布雷的坟、虎跑的老虎塑像、北山街岳坟的秦桧像、翁家山烟霞洞的罗汉、灵隐旁飞来峰的一些石像，管它正义的、传说的，都被砸得个七零八落。

当天使飞升之际，天使的孩子却被命运蒙瞎了眼。杭氏家族最早投入这场革命的少年杭得放，与他志同道合的战友们，砸灵隐寺未遂，放眼全城，发现该砸该打的，都差不多扫荡过一遍了，实在砸不了的灵隐寺看来也只得作罢。于是，得放感觉杭州天地太小了，挥不开手脚，他要杀向更大的战场——北京。

他许久不在家住了，反正家也被他亲自带人抄过，再说现在哪里都有各种联络站、接待站，吃饭不要钱，大江南北来了许多大串联的新朋友，其实大多数人是来逛西湖的。得放整天和他们混在一起，很兴奋。妹妹迎霜哭泣着告诉他，妈妈和爸爸都已进了学习班。这消息使他非常沮丧，但不至于一蹶不振。思想激烈斗争了一夜，他分别写信给父母：他现在不得不和他们断绝一切关系了，因为谁知道他们是不是反革命啊。等到审查结束，如果他们回到了人民的怀抱，他也会重新回到他们的怀抱的。但如果他们被人民判定为敌人，那么对不起，等到两个阶级的阵营交火时再见面吧。最后那句话是从殷夫写给其兄的断绝关系书中来的——别了，此后各走前途，再见的机会是在，当我们和你隶属着的阶级交了战火。

得放非常崇拜左联五烈士之中的象山人殷夫，喜欢他的格言——“朋友，有什么呢？革命本身就是牺牲，就是死，就是流血，就是在刀枪下走奔！”更喜欢鲁迅对他的评价：“这是东方的微光，是林中的响箭，是冬末的萌芽，是进军的第一步，是对于前驱者的爱的大纛，也是对摧残者的憎的丰碑。”

信是让妹妹迎霜代送的，并且要妹妹庄严地向“马恩列斯毛”保证送到，迎霜也的确是发了毒誓，一定送到。这样他就彻底放心了。他渴望成为微光、响箭、萌芽、大纛和丰碑，他要离开杭州了。赶得早不如赶得巧，正好领袖又要接见红卫兵，浙江的红卫兵战斗队代表上了天安门。得放他们则在天安门城楼下面欢呼啊，歌唱啊，跳跃啊，直叫得喉咙“鸦雀无声”，这才班师南下，随便挤上一辆火车，就去革命大串联了。

留在家乡的年轻的革命者更没有闲着，出现了许多的“司令部”，自然也就出现了许多的“司令”。这些“司令”又发出了许多的通告，其中最为振聋发聩的，就是红卫兵司令部发出的有关血统论的宣言。

派系间激烈的战斗，不可避免地开始了，小将们之间开始了一系列流血事件。与此同时，他们还得同时腾出腿脚，以便踢开党委闹革命，他们在呼喊着打倒对方的时候，也不能把他们的主要任务——批判资产阶级反动路线的伟大使命——给忘了。他们手忙脚乱，四处出击，闹得“环球同此凉热”。

杭得放从宝塔山下延水河边回来时，天气虽然已凉，但满街看到的气象依旧可用“热气腾腾”四字形容。“炮轰”啦，“火烧”啦，“打倒”啦，这些口号劈头盖脸地点缀在西子湖畔，让杭得放产生一种小别重逢之后的亲热。

家里发生的一切他都不知道。杭家人找不到他，他也没想过要和他们联系。按理他应该先到马坡巷老宅去，但三个月前他刚刚带头抄过自己的家，一下子也实在有点走不进去。再三思忖，还是先冲到羊坝头杭家台门看大爷爷再说。

此刻他倒是真的有一点想念母亲了，自打他给父母写过那封义正词严的信后，他就没有和母亲再打过照面。此刻他略略有点不安，他觉得这封信写得有点过了。

老屋厨房里只有叶子奶奶，见了得放，她几乎跌坐在厨房灶头边，嘴角抽动着，一副哭相，半天说不出话来。得放扔下身上那些乱七八糟的东西，说：“奶奶你放心，我不是来抄家的，你们是抗日英雄，烈士家属，不是我们造反的对象。”

叶子很少有这样性情外露的时候，她一下子扑过去，扯住得放的领口：“你晓得吗？你晓得吗？啊……你到底晓得吗？”

他这才看到叶子奶奶头上的白花，一看就是棉花做的，他心一惊，想，不知家中亲友中哪位老人死了，抱歉地说：“奶奶，我在外面革命好几个月了，对不起，我不晓得谁……”

“你妈妈死了！不肖子孙，你妈妈死了！”叶子狠狠地拍打起得放的肩膀，得放则机械地重复了一句：“我妈妈死了……”他的脸上还堆着因为奶奶扑到他身上而不好意思的微笑呢。然后,这微笑刹那间就在脸上僵住,先是变成苦笑,继而才是一种令人恐惧的发怔的呆笑——没有声音,飞扬的眉眼上一下子渗出大滴的汗珠,这是遽然遭到打击之后的生理反应。

厨房里已经围过来几个大妈,只听到有人告诉他母亲是办学习班时投井自杀的。他惊慌失措地环顾四周,脱口而出:“她这是自绝于人民自绝于党吧。”

这句话刚刚说完他就呆住了,举起手来,狠狠地打了自己两个耳光,悲从中来,吓得头发倒竖,用手一把抓住了,按在头皮上,嘴唇和眼睛像失水的沙地一样顿时干枯。叶子奶奶却及时地拿起手里的抹布往他嘴上擦,边擦边说:“呸,呸呸!快把你刚才说的话呸出来,你给我呸出来,呸出来!”

得放蹲在地上,呸了两声,突然跳了起来,裂帛般长嘶吼叫一声“妈——”,就冲出去了。他跑到巷口,看见外面红旗招展,标语满天,又是一个艳阳天。他听见后面有人在喊:“你回来,你爸爸和爷爷都——不在家里,你回来,我带你去找你妈!”

这一天一夜,杭得放崩溃了,他精神错乱,四处狂跑疯找,所有的门都朝他紧闭着,叶子根本就抓不到他,只好喊迎霜去追。还是迎霜脚快,跑着跑着哭了起来,跟在哥哥后面喊:“二哥你不要到马坡巷去,二哥你也不要到刀茅巷去,二哥你也不要去大学找大哥,那里都不好去的!”得放终于还是站定了:“你给我说清楚,到底哪里不好去的?”迎霜一边哭一边说:“都不好去的。爷爷去学习班了,姑婆家里被抄了——”

“爸爸哪里去了?”

答案自然是肯定的,爸爸的确是还没出来,他是国际问题,不好查,没个三年两年,出不来的。方越表叔是老右派——杭家第一个该进管教队的就是他;忘忧表叔回到了大森林,他在那里也该是进管教队了,他参与保护了灵隐寺,那边的造反派也知道了,要审查的;布朗表叔,还在煤球店里铲煤灰,但跟在学习班里铲煤灰有什么两样,他不过是一个不进学习班的小牛鬼蛇神罢了。

那么还有谁没进学习班呢?得放看看天,突然觉得普天之下莫非学习班。他仿佛得了脑震荡,记忆力暂时消失,只模糊地感觉到他还得捞救命稻草。他搜肠刮肚,抹了把脸,像是脸上又被人劈头盖脸地浇了一盆凉水。他眼睛一亮:嘉和爷爷!他平时是想和嘉和爷爷保持一点距离的,他发现嘉和爷爷近来不那么接受他。得放哭了出来,叫了一声大爷爷——现在还顾得着什么自尊心,妈妈死了,永远也没有了,这是怎么一回事啊,怎么一个人可以说没就没了啊?得放一下子小了十岁,兄妹俩执手相看泪眼,终于双双蹲在墙角门档口,啜泣起来。

"妈妈埋在哪里了?"他总算问了一句着边际的话。妹妹却说她也不知道,因为那是保密的。火葬场里有不少这样自杀的人呢,烧烧掉就倒进农民田里当肥料了。妹妹又加了一句:"你去问大爷爷吧,他什么都晓得……"

他脑子里一团乱麻,七想八想,谁都有可能进学习班,嘉和爷爷应该是管学习班的人。不过也难说,他虽然是抗日英雄,但他毕竟还是资本家啊——"快说,大爷爷在哪里?"迎霜哭哭啼啼:"大爷爷到外地评茶去了……"

什么——这种时候,还有人评茶?还有人卖茶买茶?还有人拿着白杯子,口里含着一嘴的茶水,眼睛朝天琢磨它们该是几级几级——而这个人就是他的大爷爷!天底下还有这样的大爷爷吗?

迎霜又哭了,说:“哥哥,爷爷骂你了。爸爸被关起来了,全靠大爷爷和大哥哥料理妈妈后事。妈妈已经死了快三个月了,你刚走她就死了。你是最坏最坏的哥哥,我再也不会理睬你了,你走吧,我再也不会理睬你了……”

得放这才想起来,他不是还可以找他的大哥吗?他得先找上一个人才行啊,得找上一个活生生的人,然后陪着他一起面对这样的大灾难——他打到东打到西,砸这个砸那个,他已经看到不少死在这场风暴中的人了,可他就是没有想到,他的最最软弱、最最没有问题的妈妈——却偏偏死了……

杭得茶并没有给杭得放带来什么安慰。他换了一间宿舍,在顶楼角落里,让杭得放找了半天。他倒是躺在卧室里睡大觉,但看上去已经是另外一个人了。得放不能忍受大哥得茶对他母亲噩耗的态度,得茶没有和他抱头痛哭,扼腕相叹,只是点了点头让他坐下,得放觉得人们太无动于衷了,生活没有因为一个亲人的死去而停止,这太不公平了。他趴在大哥的桌子上,眼泪流得很少,余光里还能看到桌上那张姑娘的相片。得茶则破天荒地递给他一支烟,他们兄弟俩在相同的时间不同的地方学会了抽烟。

得放心里千头万绪,思想像水银柱般敏感迅速,从这个极端滑向另一个极端,从伤心欲绝跳到冷嘲热讽,从流泪一下子变为假笑。他哑着嗓音咬牙切齿地说:“我妈妈是被人弄死的。血海深仇!这口气咽不下。”

得荼缓缓地吐着烟靠在床头,眼望天花板,好久才说:“你们也在弄死人!”

得放一惊,悲痛却被这一惊消解了一些:“我话是冲些,可我从没打过人!”

“陈先生不是被你们砸死的?”

“是赵争争,我从来没有打过人。”

“打没打过,谁晓得。”得荼冷漠地把他的话弹了回去。

“我向毛主席发誓,真的没打过人。”得放也急了,再一次声明。可是哥哥依然没有像从前那样怜惜他。杭得荼冷静地看着他,说:“你急着给自己辩护干什么?就算你没有亲自动手,你们一伙人不是在动手?你以为我这些天吃吃睡睡真的成了逍遥派?我是在想你们这些人是怎么回事呢!怎么那么活泼可爱亲亲热热的红领巾和共青团员,一夜之间说打就打说杀就杀呢?你真正爱过你父母吗?爱过你爷爷奶奶吗?没有人教育你去爱他们,连大爷爷也不教育你爱亲人如手足,他们只教育你爱——”得荼咽了口气,不往这个思路说下去了。

得放手里举着那根燃烧到一半的烟,这一次他真的是手足无措,他遇见了真正的、个人的声音。可是他因为长期以来浸润在集体之中,他们所用的公开场合上与私下里的语言,是“全国通用粮票”。包括现在、当下、一门之外,那里的声音也和这位坐在床上的青年男子发出的声音完全不一样。因此他张口结舌,说不出话来了。

就这么坐了片刻,他突然跳起向门口冲去,但得荼比他跳得还快,豹子般一口咬住了他。兄弟俩扭打了一阵,手足之情突然如闸洞开,得放抱着得荼就哭了起来,他终于说出了心里的恐惧:“是我把妈妈害死的啊,我给她写了断绝关系的信,我是刽子手……”

弟弟的恐惧和泪水化解了得荼刚刚见到他时的愤怒,得荼拍着他的后颈说:“好了好了,你爸妈根本就没有看到这份东西,迎霜没有交给他们,她交给大爷爷了。你看,迎霜书读得比你少,年纪比你小,又是个女孩子,却比你懂事。”

得放松了一口气,兄弟两个不再有芥蒂了,他们坐下来谈论着一些接下去的事情。得放因此知道,妈妈的骨灰已经被秘密安葬在杭家祖坟一株老茶树旁了。虽然没有什么记号,但毕竟是和自己家里的人在一起,以后局势好一些的时候再修墓吧。这件事情杭家人都知道,迎霜也知道,但都说好了先不告诉他,看看他的态度如何再说。

得放低头不语,他知道自己是被家族中人择出去了,他得从头反思。得荼却突然转移了话题:“你是不是有个女同学叫赵争争?”

“女魔头!”得放一脸鄙视,这种表情从前不会在他脸上。

“我不管她是个什么玩意儿,你告诉她,请她以后不要来烦我,要不然我真不客气了。”

“不会吧?她和吴坤混在一起的。”

“她刚才还在这里,你来时她刚走没几分钟。”

得放看着得荼的眼睛,明白了,为什么他一进来时得荼脸上会有那么一种心不在焉的神情了。可他这时候不允许得荼提别人,他只准想他的母亲黄蕉风:“得荼哥,你是不是也觉得我妈不聪明,比起杭家别的女人,她差远了,所以她死了,她们都活着……”

眼泪再次流淌下来,他这辈子加起来,都没流过这么多眼泪。

得茶走过来，这才紧紧搂住他的肩膀，“你错了，杭家最优秀的女人才会这样去死。沈绿爱、杭嘉草、那楚卿、黄蕉风……”得茶眼中渗出了泪水，“我们都太年轻了，总要等她们与我们永别，才明白我们曾经和天使在一起……”

得放惊惧地抬起泪眼，一种从未有过的心绪从骨子里升了上来：我失去了妈妈，我失去了天使妈妈……

杭得茶开始想方设法营救杨真。别的牛鬼蛇神都被关在学校里，唯有杨真被吴坤转移了，这个信奉无毒不丈夫的男人，杭得茶还是低估了他。他一遍遍地想起白夜对他说起的有关吴坤的话，他开始理解和洞察书本之外的生活。

他虽然依旧没有参加学校的任何一派组织，但他不再袖手旁观。他打算赶往北京与白夜会合，但北京传来的消息是白夜失踪了，他只知道她还活着。得茶觉得不能这样干等，然而他不知道吴坤把杨真押到了哪里。

赵争争就是这时候打上门来的。这是个非常苗条的姑娘，身材可用“极好”来形容。头戴军帽，双肩瘦削，黄军装上扎皮带，胸部刻意挺起，连带眉眼五官都竖拔起来。黄毛丫头，文静而暴烈，如中国传统武侠小说中某些乖戾的武林女高手。近年来暴风骤雨，人们对此一族刮目相看。不用提示，这些人很快就知道了腿的诸多用处——除了跳舞、踢球、跑步、行走，还可以这样发挥功能啊——嗖的一声，踢开了杭得茶在学校的书香小屋的木门。

这一次，杭得茶连门都没有让她进，他抵着门说：“我不是已经告诉你，吴坤搬走了吗？”

而她则用肩膀撞开了门，破门而入，睁大了眼睛说知道，但她就是来找他的。

“为什么找我？你和我有什么关系？”

“革命使一切都发生了关系。吴坤怎么能够和那个有严重问题的女人结婚呢？绝对不能，我爸爸也认为不能。”

“你爸爸？他同意不同意关吴坤什么事？”

“怎么没有关系？”赵争争声音激烈起来，像是又开始了大辩论，“没有我爸爸，‘文革’的许多内情吴坤能知道吗？毛主席接见红卫兵时他能上天安门吗？我爸是中央领导的老部下……”

得荼明白了：“但你找我有什么用啊？我又不是吴坤。”

她说：“我知道你是他最好的朋友，虽然你俩翻脸了，但他说你是一个头脑清晰、很少盲动的人，他还说你才配做他的对手，我认为现在他需要你的指点。你要告诉他，波澜壮阔的无产阶级‘文化大革命’需要他，这场革命深刻极了，没几个人能够知道它的深刻程度——”

得荼打断了她的话：“这些话都是你爸爸告诉你的？”

赵争争愣了一下才点头，说：“是的，我爸爸和吴坤说过，革命的要害问题是夺权，有了权就有了一切，没有权就没有一切。你跟他讲清楚，他到底还要不要红色江山？你给我马上去问！”

杭得荼终于从她的歇斯底里当中发现了什么：“你跟他什么关系？”

她果断地打断了他的“你跟他”，快刀斩乱麻一般地说：“是的，的确发生了，革命的友谊升华了，比山还高，比海还深，所以你一定要明白，他不能和她结婚！绝不能，绝不能，否则我就要消灭她！

我说到做到,我就要消灭她！消灭她！消灭她！”

她终于哭了,苍白的小脸上两行薄泪。杭得茶听得心里发颤——这就是革命时期的爱情！你也可以说这是海燕在暴风雨来临前在大海上胜利的喊叫,你也可以说这是来自河东的母狮子在怒吼。

“你必须和吴坤认真地谈。这个人一叶障目,还以为他的那个破鞋会因为她的父亲在他手里,不得不回来。他跟我说,他们是合法夫妻。呸！合法夫妻？开了证明,还没领证呢,人都跑得无影无踪,合什么法！”

杭得茶捏紧了拳头跳了起来,他太想挥给她一个大耳刮子,但他控制住了。他打过一次人,领略了打人时的兽性释放,这就像吸毒,绝不能来第二次。

杭得茶怀着极其复杂的心情,推走了赵争争。他明白,这些一团乱麻的信息中有许多是他可以利用的,他显然将因此陷入生活的泥沼,然而他对这样的泥沼依然跃跃欲试,他想跳进去！

同样的遭遇不也落在兄弟杭得放身上了吗？他的生活突然变得茫然失措。他一次又一次地给茶科所打电话,但对方的造反派坚决不同意杭汉与儿子见面。得放只得在妹妹和哥哥的陪同下去了一趟鸡笼山。他们辨认出属于黄蕉风的那株老茶,他跪着迟迟不肯起来。晚上他回到马坡巷,这才发现爷爷也不见了,说是办学习班去了。

他陷入了一种半空虚的状态。接下去该怎么生活,他完全茫然了。夜里他躺在床上翻来覆去睡不着,没有了妈妈,连枕头都仿佛面目全非。半夜里，他坐了起来，虚无使他想到继续抽烟，一扔枕头，两条大辫子从枕中掉了出来。他吓了一跳，呆呆看着系着绿绒线的这一握长发，他想起那个像一条鱼般的轻声轻气的姑娘，一种心酸的委屈感涌了上来，他轻轻地把那双辫子抱起，重新躺了下去。他不想抽烟了。

一个月后，他终于动身出门，当他企图和以往的生活再度接轨时，却在谢爱光家的大院门口见到了赵争争。杭得放冷冷地看着她，指指墙头的大批判文章说："没想到你爸爸也上墙了，他不是林副主席的下级吗？"

赵争争却说："你家的事我听说了。"

得放铁青着脸，他很想说，他实际上不是来找她的，在这里碰到她连他自己都很意外，嘴上却说："我本来只是想给你们家打个电话的，没人接。"

赵争争连忙解释："总机话务员都造反去了，电话还有什么用？"

"你们这种人家，也会有这一天。"得放冷冷地说。赵争争从来没有见过杭得放这样的神色。她不知道杭得放找她干什么，杭得放说他也没有什么别的事情，只是通知她一声，以后什么组织也不想参加了，什么事情也不想干了。

赵争争才说："我在文艺宣传队跳《白毛女》，听说了吗？我也不参加那些造反的事情了。"

得放说："你爸爸的名字还没有打红叉叉呢，你怕什么！"

他取出一根烟抽了起来，最近他的烟瘾见风就长，他已经不顾人家怎么看他了。烟抽一半，他才问："怎么你也住在这里，我记得谢爱光住在这里的。"

赵争争告诉他,她们本来就住一个院子,她爸爸原来就是市级机关的干部。得放想,怪不得赵争争知道谢爱光是一条漏网的鱼,又问:"我怎么没见过你们说话?"

赵争争沉默了一下,突然心烦地说:"都是大人闹的,小时候挺好。后来她爸爸出了问题从机关下放,她妈妈又和她爸爸离了婚,她家就从原来住的小楼搬了出去,到后面放杂物的小平房过渡去了。没过多久,我家又搬到她家住的小楼。再后来,她妈妈结婚嫁到外地去了,谢爱光不愿意走,就留了下来。这么搬来搬去折腾,也不知怎么搞的,就不说话了。"

得放突然说:"谢爱光的妈妈做过你爸爸的秘书吧?"

"你怎么知道?"

"大字报上不是都写着吗?"得放这么说着就朝后面走去。眼前突然一辆三轮车飞奔而来,他定睛一看,怔住了,曹操显灵了,踏车的是表叔布朗,车上放着一堆煤屑,车档上坐着一个灰头土脸的姑娘,正是谢爱光。见了得放,布朗倒没有发愣,谢爱光却明显地愣了一下,车就进去了,但她还来得及叫一声:"杭得放,你进来一趟,我有东西还给你。"在家门口,谢爱光增长了许多勇气,赵争争却因为此消彼长,退了下去。

谢爱光家的小平房在机关宿舍院子的最后一排,靠墙一长溜。看得出来,在旧社会里,这就是下人居处,或者大户人家用来当仓库放花锄的地方,如今被机关干部当作厨房和停自行车处。靠头的那一间,却被谢爱光家做了正房。

得放没能进房间，布朗表叔正在谢爱光家门口的那一小块水门汀上用煤屑和水做煤球。这些天，他一直给嘉和拎包，好不容易中间回来一趟，惦记着要给这小姑娘准备好煤球等用具。水门汀左侧靠墙一边还有一个小水龙头，谢爱光就在那里洗脸。看见得放来，她抹了一把脸，露出半张干净的面孔，她套着的那件男式的中山装显然不是她的，因为领口太大，脖子在里面晃荡，显得更加黑细，像电影里的小萝卜头。

他看着她，无言以对。她绞了一把毛巾就往屋里走，边走边说："我有东西要给你。"

她进了屋找东西，得放无事，只好走到布朗身边。他已经意识到表叔不再理睬他了，有些尴尬，说："表叔，你也在这里啊。"

布朗正蹲在地上，一个一个地搓煤球，听了这话，抬起头，伸出那只沾满了煤球泥的大手，朝得放脸上就是那么一撸，笑着说："我就等着你叫我表叔呢，我和爱光打了赌。"

得放想，什么意思？谢爱光就谢爱光好了，什么爱光，嘴上却不得不说："打什么赌？"

布朗却不理他，朝屋里叫："爱光，我要喝茶。"

爱光笑着答道："我输了，你等着。"转眼就见她拎着一只茶壶出来，把壶嘴就对着布朗，说："喝吧，热着呢。"

得放又想：什么作风！还没毕业，就来社会上那一套了。脸上就有些不好看，问："到底有什么东西要给我？"

谢爱光顺手就把自己头上戴着的军帽拿下来，说："还你。"

原来是那顶军帽。得放一下子想起那天剪谢爱光辫子的事情，脸就腾地红了起来，头别到一边，说："我还有，你留着吧。"

他听到她冷冷的声音:“我用不着了。”

得放吃了一惊,这声音是那样的拒人千里,那么冷漠,那么生硬,他心里咯噔一下,忍不住抬起头来,看到她好看的面容和生气的神情,看到她继续用那样一种表情说:“你快拿去,布朗哥哥带我上山,曹老师帮我把头发修好了。”

得放这才知道一段时间没见到谢爱光,谢爱光突然漂亮起来了的原因。她那短短的头发,毛茸茸的,趴在她青春的额头上,使她那种大众化的女孩子形象突然改变了。在她身上,出现了另一种别致的美丽,她是纤弱的,但又像是一个小男孩。得放甚至注意到她脸上和眼神中新出现的一种光芒,那也是他从前没有注意到的。如今,再黑的煤灰,也遮不住她脸上的光彩了,可这光彩不是他给她的。在这一刻,得放感到了从来没有过的心酸,他低下头,拿过帽子走了,他想起了母亲,甚至没有心情再和表叔布朗道一声别。

刚走到门口,就听到后面有人喊他,是谢爱光的声音。她跑了出来,手里拿了一块毛巾,冲到他面前,说:“你脸上有灰。”得放接了过来,擦了擦,又还给了她。她还是不走,低着头说:“你戴戴看这顶帽子,不知道我有没有把它撑大。”得放戴上了,不大不小,刚刚好。他们再也找不到话题,只好那么僵着。看看实在不能再僵下去了,谢爱光才说:“你家的事,我听布朗哥哥说了。”

得放听了,还是不说话,这下谢爱光真是没有话了,说了一声“再见”就往回走。走了几步,却听见得放叫她“谢爱光”,她连忙停住了,又听到他叫了一声“爱光”。谢爱光回过头来了,他看见她眼睛里的光,这一次他看清楚了,那是为他流露的光。

杭得放走了过去，心要跳到嗓子眼了，但他看着她的眼睛，说："你的辫子在我那里，你还要不要？"

爱光的脸一下子红了，眼睛里立刻就涌出了泪水，嘴唇哆嗦着，一句话也说不出来。杭得放一看她要哭，立刻就慌了神，连忙说："你别哭，我本来今天是要给你送回来的，怕你不在，先跟你来打个招呼。别哭，我马上就取回来还你。"爱光却一个劲地摇头。得放又说："你不要了？"爱光却又点头。"那是要了？"谢爱光这才收回眼泪，说："谁剪走的，谁负责。"说完就跑回去了。

杭得放这就怔住了，让我负责，这是什么意思？这是什么意思呢？他垂头丧气地往回走，赵争争赶了出来，拽住他着急地问："你到底去不去啊？"

杭得放仰头看着天发愣：她要我去哪里呀？

赵争争显然已经猜出他的疑惑，便强硬地下指示："你得帮我给你哥哥转封信，你告诉杭得茶，虽然是他刺激了吴坤，吴坤才找的我，是他主动先把我……的，但是我不怨他，归根结底这件事情要由杭得茶负责。"

虽然得放根本没听清楚她在说什么，但还是吓出个跟斗，他连连摇手："这个不行不行不行，我哥这个人太难对话了，你千万别捅他这个马蜂窝。"

赵争争一愣，大笑起来："哈哈哈，他活该，他就得负责到底。吴坤说了，他和我之间是最纯洁的革命友谊，所以他不能和我在一起，虽然他已经和我在一起了。可他还是决定娶他那个作风败坏的走资派母狗崽子。别盯我，我爸爸不会倒的，他是副统帅的兵！永远健康！"

“乱七八糟的我听不懂,我也不认识那姓吴的造反派,别扯上我们杭家,走开!”

他被赵争争当胸一把抓住,说:“我跟你说,我给你们的远远多于你们给我的。我只要你转交给你大哥一封信,你告诉他,这里面有他最想要的东西就行了。”

“你想要我哥给你什么?”

“我只要吴坤和白夜离婚!”

“这事为什么扯上我哥啊?”得放到底也急了,“这是姓吴的自己的事情,我哥挨不着啊。”

“呸,虚伪,吴坤早就告诉我了,你们杭家祖辈以来就虚伪,你们就是压着他们,阶级斗争嘛,你死我活嘛。所以你哥非得把吴坤的狐狸精抢回来!”

“那不是没抢回来,不是姓吴的都开证明了吗?吴家阶级斗争不是胜利了吗?”

“可是他若不死心,我怎么和吴坤在一起?我不和他在一起,我们以后怎么才能够永远革命一辈子?不革命,不和他一辈子我还怎么活!我只能去死,不革命毋宁死,跳西湖去死!”她几乎尖叫起来,杭得放赶紧捂住她的嘴:“我去!我去,送封信有什么难的。”

“向毛主席保证!”她厉声命令。

他接过那信,终究还是百思不解,问:“你能否给我再说清楚一点,你确信这一回你不是在帮助阶级敌人吗?”

“杭得放,记住这个真理,我胜利了,无产阶级就胜利了!”

她终于放松下来,跳跃着哼着歌消失在大院门里,杭得放能够听到她渐行渐远的歌声。真是疯了!他想。

沿着西湖黛青色的水面往回走,冷风静静地渗入骨髓,他坐在脱漆的旧长椅上,真是“千山鸟飞绝,万径人踪灭”啊。近处是湖边残荷,远看,湖面上的寒鸭,有好大一群呢。他看到有一只是白色的,她缓缓地从水面上升起,张开洁白的大翅膀,盘旋在湖面上,那么单纯神圣,她不是天使妈妈吗?看到妈妈了,温暖的妈妈,在湖上朝他微笑……

“妈妈——”杭得放迎着湖上寒风,站起来,便一声声地叫开了……

第十三章

1967年1月1日的杭州城，天空青白，阳光淡薄，杭家少年得放在西湖边哭干眼泪，冻坐半夜，忽一跃而起，扒火车再次离开杭州。行前只留下一张字条给谢爱光，上面写了三个字："我走了。"让他的表叔小布朗送去。小布朗顺便又帮得放扒上火车，但他想不通得放刚刚回来，怎么又要走了。得放回答了他坐在西湖边熬出的思想，说："像高尔基一样，到人间用我的皮肉煎熬真理！"得放以为小布朗不知道高尔基，他忘了小布朗是在昆明上过中学的"文化人"，他读过高尔基的《海燕》，瞿秋白翻译的："白蒙蒙的海面的上头，风儿在收集着阴云。在阴云和海的中间，得意洋洋地掠过了海燕，好像深黑色的闪电……"

叔侄二人的脑回路是南辕北辙的。得放认为，生活在远方，他要吃尽生活中所有的苦难，以此作为儿子对母亲之死的无知无感无情的忏悔和赎罪；而小布朗则认为生活无处不在，人在哪儿生活就在哪儿，好比在云南就做好布朗崽，在杭州就做好杭州伢儿。与其跑到天涯海角去遭罪，不如和家人同甘苦共命运。杭得放对此劝慰沉默无语，因为对杭得放而言，这次滔天巨浪，无人能与他同舟共济。

此刻,在杭州这座腰鼓城的另一头,拱宸桥不动声色,弯着石板躯体,坐看风云际会。大运河在身下流淌,市井里巷车马喧嚣,这是国营大厂的聚集地,派系斗争的中心,文攻武卫的集合场所,这里酝酿爆发着与市中心西湖边迥然不同的激动人心的大事件。

一个女人正拉着一车回丝上坡。她低头勒肩,发出男人般的号子声。偶尔她抬起头来看一眼桥顶,那看到她容颜的人们,几乎都会再看她一眼。

寄草现在常拉着大板车上街,看到熟人们,有的和她打招呼,有的不理睬她。从前他们是和她一起捧着青瓷杯喝过龙井的茶客。吃苦是寄草当下日常生活的全部,劳动则使她保持着苗条身材,徐娘半老风韵犹存,加上曾经显赫的家世,当她拉着大板车在街上行走时,就成了杭州城里一道独特的风景。

昨夜加班,两日也不得休息,到拱宸桥丝厂拉一车旧回丝,正翻着桥,突觉浑身一轻,回头看,儿子推着车朝她笑。他向母亲努嘴,寄草一瞥,大板车差一点倒退到桥下去,一个老男人亦助力出场了。

他看上去的确像是一个彻头彻尾的叫花子,衣衫褴褛不说,奇怪的是那套褴褛的衣衫还东一个洞西一个洞,边角又都是卷了上去的,像是刚被人从火里抢出来。鉴于前些天一直在广场巷口烧那些旧戏装和旧画报,所以凡与火沾边的东西都让人怀疑。不过这高个子的老男人衣衫虽破,一头花白头发却十分茂密,他露出那种一看就知道是装出来的谦卑的微笑说:"我……找个熟人,女的……"

"呸!"寄草别过脸去,上回去十里坪,她是和他吵了一架哭着回来的。本来小布朗回来是件开心事,没想到罗力竟然提出要和她离婚。她当然明白他心里是怎么样想的,但还是委屈,莫非那么多年就白熬了。可罗力看到她却捂着嘴笑起来,还指着她那西发头,又伸出大拇指,意思是好看。

“怎么着,离婚追到杭州来了?”她明知故问。

“小布朗,你看你妈妈,就这点不好,爱记仇。”罗力有点尴尬。

“想吵架,唱支山歌就好了!”小布朗清清嗓子,叉着腰,撑开两腿,运一口大气,对着桥洞口就一人二腔地唱开了:

嗨,什么水面打跟斗,什么水面起高楼,
什么水面撑阳伞,什么水面共白头?
嗨,鸭子水面打跟斗,大船水面起高楼,
荷叶水面撑阳伞,鸳鸯水面共白头。
嗨,什么有嘴不讲话,什么无嘴闹喳喳,
什么有脚不走路,什么无脚走千家?
嗨,菩萨有嘴不讲话,铜锣无嘴闹喳喳,
财主有脚不走路,铜钱无脚走千家。

唱完,尚来不及得意,河面装煤船上一个中年男人捡起煤块就使劲砸他,边砸边骂:“捣你妈爸个鬼哭狼嚎!成心咒我们一船人货两空啊!”

寄草甩甩手站起来给船老大作个揖:“老大,我家孩子刚从外地回来,不知此段掌故,见谅!”

那船老大脸色稍稍好些:“那也不能唱《刘三姐》呀,都是‘四旧’，你想被抓去游街啊！”

装煤船正要从桥洞下划过去，桥上游街人又过来了，一群戴高帽子的牛鬼蛇神排成一串，一首响彻大江南北的歌，突然跳跃起来：

马克思主义的道理千条万绪，
归根结底，就是一句话：造反有理，造反有理！

船老大赶紧又撑住了船，不再前行。小布朗好奇：“《刘三姐》你不过，《造反有理》了，你怎么还不过啊？”

“小伙子你真是外乡人哪，晓得这座桥还有个什么名字吧？哑巴桥。晓得吧？从前过桥洞时常要翻船，后来做出规矩，闷声不响发大财，闭紧嘴巴过桥洞，才算渡过此一劫。”

高高一座桥，还有那么多故事啊，真让人好奇。一家三口在大运河下的桥洞旁团圆了。寄草指着桥洞说：“这里安全，越儿还在这里睡过觉。”罗力此时才凑过来，蹲下身子，对儿子说：“问问你妈，爸爸在这里抓过多少地痞流氓！”

寄草白他一眼，终于舒开了眉眼，对儿子说：“到桥头茶馆要壶凉茶，不用杯子了。冲我的平水珠茶，浓一点。”她从口袋里掏出一个信封，那是她的劳保茶。

儿子一走，罗力讨好地问：“我帮你做点什么吧？”

寄草一边抓旧回丝到大竹篮里，一边说：“真当你是离婚了？帮我做点什么，那么客气。”

罗力赶紧蹲下，抓住寄草的手，要去抢她手里的木槌，说：“我跟布朗来,你歇着。”

寄草一边和他夺那木榔,一边说:“你干什么呀你?人家当我们两个武斗呢。”

罗力轻轻一声:“你这双手,不是做这种事情的!”

寄草愣了,两只大眼睛顿时蒙上一层水雾,目光移到了运河上,一会儿才说:“你看看,是不是都变了?”罗力摇摇头,自看见寄草拉车起,他就说不出话来了。

罗力一向自诩什么世面都见过、什么委屈都受过、什么苦难都经过,但眼前的拱宸桥还是让他感觉奇异,有种做梦般的不确定。这或许就来自眼前这样的对比:高高在上的堤岸上是斗争的人流,平行在河堤下伴随着时代洪流滚滚向前的,则是一条千年人工河的污泥浊水。各式各样的轮渡、小划子、粪船、煤船、小火轮,都从高耸的桥洞下漂过去了。两岸住房歪歪斜斜,低矮得可怜,桥头灰蓝的天空点缀着红旗与彩旗,一群群的牛鬼蛇神如螃蟹般串在一起,戴着高帽,行过桥头。桥上与桥下的这样一种对比,似乎仅仅为了给人们一个启示:一条河总是与两岸人家匹配的,我们之所以被安顿在这条臭气熏天的大运河边,肯定有它宿命的谜底。从不信命的罗力被妻子刚才拉大车的苦难击碎了心,被这污浊不堪的运河水呛得几乎都觉得魔幻起来了。

倒是小布朗从桥头拎着一大壶茶,边下坡边说:“我可真是从来也没有闻到过这么奇怪的味道。茶那么香,水那么臭,真有意思!”对从大森林里来的布朗而言,一条河能够流淌得那么肮脏,散发出这样一种臭气,也是一种人间奇迹。他顺手把茶壶放在离运河水远一点的河岸上,说要让它凉一会儿。

儿子的乐观感染了母亲。寄草找到了一块大蹲石,把一大篮旧回丝都浸到了水里,污黑的水面就泛上了一大片油花。戴上皮手套,举起木榔,寄草开始击打起来。她的神情十分专注,左手扬得很高,打下去时,背部连带着臀部就弹了起来。捶好的回丝,小布朗接过来,用他那双穿着高帮套鞋的脚使劲地踩。

他们母子俩很投入,把这粗活做得那么专注。

罗力看了片刻,到底还是夺过了寄草手里的木榔,也学着寄草的样子击打起来。他的力量更大,浓密花白的头发不时地往下滑。滑下来,女人就给他捋上去,滑下来,女人再给他捋上去。小布朗看着看着,就爬上坡去,把那壶茶拎了下来。壶嘴冲着人嘴灌,喉结一上一下地咕噜咕噜地移动着。好不容易灌饱了,才对着父母说:"你俩别站起来了,张嘴,我喂你们。"

于是运河边出现了这样一幅颠倒的世情——小布朗就像只老鸟,父母亲张着嘴嗷嗷待哺。儿子就这样来回移动,自上而下地灌着灌着,一家三口终于都笑得呛住了。

小布朗才问:"阿爸,这座桥真的出过土匪啊?"

"不是土匪,是地痞流氓! 青洪帮! 早年还有日本浪人,乱啊。"母亲代答。

"1950年,我们抓了一批黑社会,还毙了几个!"罗力回答。他感觉自己心境好一些了。

小布朗兴奋起来:"那有现在乱吗?"

"去给我换个大杯子,别在这里瞎说!"

小布朗拍拍屁股,晓得自己话又说过头了,赶紧地抬腿就走。寄草指着丈夫,板下脸问:"老实给我交代,是不是农场里有相好了?”

罗力愣住了,好一会儿,才长叹了声道:“你开什么玩笑,正经点好不好?”

“我就知道你那点鬼心思,是不是又想让我嫁给谁谁?”寄草开始劳作,一边用穿着高帮套鞋的双脚踩着那回丝,一边看着桥头说:“你啊,坐牢都坐糊涂了。不是梁山伯,做什么呆头鹅,如今这个局面,活下去便是胜利!”

话说到这里开始沉重,四目相望,周围喧嚣的声音全都远了。两双眼睛仿佛在比赛谁忍得住眼泪,眼眶中,泪水满上来又退下去,满上来又退下去,就是不溢出来。终于,罗力重新接过那木槌,用尽全身力气捶打起来,声音啪啪啪的,在桥洞口发出了回声,响极了。

小布朗拎着一大篮子洗好的回丝过来,他开心地看着父母,他们一个用脚踩,一个用手捶,很热闹。他捧着个大茶缸,灌满浓茶,一定先喂给母亲喝,还说着:“我已经明白了,为什么运河边要喝珠茶。因为它茶味重,能把运河的臭水味挡掉。”

看着高高的大石桥,小布朗又问:“妈,那年阿爸炸钱塘江大桥时,你就像这样站在桥下看阿爸的吗?”

两个历尽沧桑的成年人吃惊地对视了一眼,站了起来,静静地看着石桥,三个拱门桥洞,两大一小,寄草歪着脑袋眯起眼睛,微笑着回忆:“哪里啊,远着呢。我怎么叫,你爸爸都听不见哪。”

小布朗三步并作两步地就登上了拱宸桥头,一边挥舞着刚刚洗干净的回丝,一边大声地叫着:“阿爸,阿妈,我在这里呢!”

桥下的寄草边挥手边回应:“你个小猢狲精,快点下来,帮妈干活！”

罗力的身上一下子暖了起来，现在他的感觉好多了，真的好多了，松了口气说：“我看儿子的个性啊，还是像我。”

“像你还会赶我走啊！”

“哪能啊，我是说他扛得住。别以为我在农场什么都不知道，我都听说了，那个翁采茶跟个当兵的结婚了，小撮着气得婚礼都不出场。我还担心小布朗心里过不去……这傻小子还行，没被这事儿干扰。”

“噢，原来你是为这事回来的？”寄草说，“真有你的，儿子明明像我，懂吗？他就从心底里压根儿没看上人家……”

是的，说到底，小布朗和翁采茶这对风马牛不相及的人，的确是一点缘分也没有。而杭家人，包括婉罗在内，对爷爷以入赘茶山的方式把小布朗保护起来的意见，面上赞成，其实内心也是很别扭的。婉罗姆妈拉着寄草，跟她咬耳根子：“寄草啊寄草，不是我说你，小撮着这个孙女，怎么可以跟小布朗搭配呢，不配不配的。”问她哪里不配，她也说不上，只觉得采茶吃相难看。比如采茶每次来杭府，角角落落总要探一个遍，你问她要干什么，她利索地回答：“我看看有没有美蒋特务躲在那里。”然后大水鸭儿一样咯咯咯地笑。而且她最后总会拐到厨房里，不管婉罗姆妈在不在，厨门打开，腌萝卜干取出，咯吱咯吱就咬了起来。婉罗姆妈白她一眼，嘀咕着：“回回这副吃相，饿死鬼投胎！”采茶大口咬着，根本听不见，大声表扬着婉罗姆妈：“我就是记挂婉罗姆妈的萝卜干，真是好吃，人参也不换！”婉罗姆妈一听立马就被她的糖衣炮弹击中，咧开嘴笑:“这道萝卜干若不是我腌出来,哪里会有这种味道。当心嘴巴咸,喝口茶,劳保茶,没你们翁家山的茶好喝。”话音未落,采茶就嚼着萝卜干,自说自话地跑掉了。婉罗手里拎一只陶瓷茶杯,又生气地撇嘴斥道:“骂你都听不出,真当是个簏儿!”杭州话里,簏儿近乎傻瓜的意思。

寄草听了这番话笑了:“婉罗姆妈,你不生小布朗的气了?”

“生什么气啊,家里的规矩一样样学。不过他这么个无法无天的人,再碰到采茶这么个蛮胡佬,以后你有的苦头好吃!”

其实寄草也觉纳闷,那一阵子,大哥的心都扑在晚辈身上,张罗来张罗去的,好像赶火车一样,只怕脱出。杭嘉和已经老了,但在家里,大事最终还是他拍板。他看出寄草的心思,便说:“我们杭家人,虽没有金窠银窠,但草窠是总有的了。眼下就只有小布朗没个安身之地了。”

寄草不服:“这话怎么说的,我的草窠不就是小布朗的吗?”

“你这个草窠啊,靠不牢的,哪天台风一来刮倒也难说。我们做大人的,要替小布朗找个结实的草窠。我想来想去,城里人不好弄,还是茶山里最靠得牢。我跟小布朗说好了,他一听到山里去,和茶一起过日子,开心哪!”

可那是和茶过日子,不是和采茶过日子啊。智者千虑必有一失,杭嘉和这次是真的没看准,刚一开头,就被这轧头吃回来了。

罗力听到此也不免感慨:“被你那么一说,大哥真是白操心了?”

“我都不好意思跟大哥点破这层意思,我生的儿子,随杭家的脾气,眼角儿高得很,你等着他给你带回来一个上档次的媳妇吧。”

夫妻俩这就开始专心致志地干起活来，一车的回丝，够他们一家三口忙的。他们哪里知道，儿子可不是那个只会唱山歌的小布朗，杭家男儿的基因血脉，正在他的骨头缝里唐突呢。

小布朗这段时间和谢爱光走得近，爱光爱光叫得很亲切。谢爱光是很会小鸟依人的，那是多年无依无靠的生活里突然出现了强大支柱的缘故。这和对杭得放的感觉不一样，一想到这位眉间有红痣的英俊少年，早熟敏感的谢爱光就会心跳加快，脸上无端地泛起红潮。但对布朗，自那天灵隐路跳上他的自行车后座，她就有了父兄般的依靠。

翁采茶的事，对小布朗而言，那就不叫事。听说那姑娘嫁给了一个当兵的，还是四个口袋的呢，布朗撇撇嘴，觉得哪怕四十个袋也和他没关系。再说他现在和爱光好着呢，反正爱光在学校里也像是个没人要的孤儿。传言她的妈妈勾引赵争争的父亲，但这和谢爱光有什么关系呢？难道作风不正派也会遗传？

近日她感冒了，躺在床上，由布朗照应着吃药。布朗从叶子舅妈那里要来了几包胡庆余堂的万应午时茶。颜色像咖啡一样，长长方方的一块。布朗往杯子里放的时候，爱光苦着脸问："这是什么？苦吗？"

布朗一本正经地说："我是医生，你听我的，没错。"

这种药物冲剂里有连翘、羌活、防风、藿香和紫苏，和一般的万应午时茶倒也没有什么区别。但胡庆余堂的午时茶，和别处不一样的恰恰在那个"茶"字上。别人用的是陈红茶，他们用的却是红绿茶各半，铜模压制，长方形小块，每块九克。人若受了风寒感冒、食积停滞、腹泻腹痛等症，轻则一块，重则两块，每块泡两次，上午九十点钟，下午三四点钟，这倒跟英国人喝午时茶的时间正巧相合了。叶子存放着一些这样的中成药，正好让布朗拿来派了用场。

冲入开水的午时茶汤色像老酒，布朗想到要用茶杯盖子闷一闷，这样里面的成分才不会跑掉。找来找去地找盖子，哪里有？谢爱光皱着眉头说："我可没钱买杯子。"

布朗一只大手就盖住了杯口，说："你要杯子，那还不好办，我们家那个右派哥哥方越在龙泉山里头烧出多少杯子，等你病好了，我给你搬一箱来。"

谢爱光又撒娇说："你的手黑乎乎的，煤灰都掉进去了。"

布朗伸出巴掌来给她看："闻闻，都是茶末子香呢。"

谢爱光真的闻到了茶香味："我要是有工作就好了，有了工资就到江西找我妈去。现在她也不管我，会不会也和得放妈一样……"

这么一想，自己就先吓到了。布朗已经把茶杯送到她嘴边，说："哭什么哭什么，不是跟你保证了吗，我请假陪你去江西跑一趟就是了。"

"我要我妈给我一条被子，天那么冷，我都睡得冻死了。"

布朗想起来了，连忙打自己的额头，说："看我的记性，把眼睛闭上。"

谢爱光把眼睛闭上，她感觉到脸上一阵冷风，一个重重的东西压在她腿上。睁开眼睛一看，是一件劳保大衣。她的鼻子一酸，要哭的样子。布朗连忙又端起茶："快吃，发一发汗，睡一觉，明天早上起来就好了。"

谢爱光乖乖地喝完了药，却坐着不躺下去，愣愣地看着布朗。布朗说："快睡下去啊你，闷一觉就好了，我给你盖被子。"

谢爱光突然说："也不知道得放怎么样了，再没有消息了？"

布朗打了打自己的头，说："你看我这是怎么啦，今天净忘事。我跟你说，得放有消息了，有人在北京看到他了，那人还特意跑到羊坝头去通风报信呢。"

"什么时候的事情？"爱光一下子坐了起来，又被布朗按了下去，说："你可别这么激动，躺下！你听我慢慢跟你说。"

此事还得从迎霜说起。按常规，放寒假的日子到了。学校里说是停课闹革命，但依旧热闹得很。迎霜能躲则躲，能藏则藏。但昨日夜里有同学来通知，今天一定要到校，不去的人就有反革命嫌疑。胆小的姑娘迎霜不敢不去，一大早，奶奶叶子就被孙女折腾得不得消停。迎霜从起床开始就没停过哭叫，她翻箱倒柜，没一样满意的。大爷爷不在，她那颗小小的受了惊吓的心也没个发泄去处，奶奶就成了她的出气筒。她不吃饭，不洗脸，翻了几下床，就一跺脚哭开了。

叶子说："好孩子不哭，先吃饭，奶奶替你找你要的东西。"

迎霜说："我要红宝书，不带上，学校大门都不让进的。"

叶子连忙说："我给你找，我给你找。"迎霜这才捧起饭碗，又不放心，端着饭碗，口中的热气和碗里的热气升成一团，哧啦哧啦也没吃两口，见叶子奶奶还没有找到，把碗往桌上一摔，哇的一声又哭开了。奶奶又问："乖乖女别哭，跟奶奶说哪里不舒服。"迎霜其实也说不出哪里不舒服："那么烫，你叫我怎么吃啊？"奶奶就连忙端起碗，一边用勺子拌，一边用嘴吹，说："奶奶这就给你凉，心肝宝贝不要哭，有奶奶呢。"说到这里，突然拍了拍脑袋，叫了一声："想起来了，你布朗表叔上回去单位，借了你的红宝书用的。"

迎霜一听，天就塌了下来，手一松，稀饭撒了一地，瓷碗四分五裂，人就呆若木鸡。她原本并不是这样一个性情，自陈先生被一个茶炊砸死之后，她就成了这个样子。叶子心痛迎霜，见她一下子吓成这样，一边揉着迎霜的心口一边说："宝贝，宝贝，你今天就不要去学校了。"

迎霜发呆一般地念叨："要去的，要去的。火车站有反动标语，每个人都要对笔迹。"一边说着，一边就闷声不响地躺到床上去了。

她那个样子比刚才乱蹦乱叫还要可怕，叶子就悔死自己，不该让布朗把那红宝书借去，现在临时到哪里再去弄呢。正愁得在门口直打转，就见油墩儿扭着大屁股走了过来，满面的春风，斜挎一只塑料小红包，见了叶子就说："杭师母，你看我这只包式样怎么样？昨日我表嫂送的。可以放一本《毛主席语录》，一本《毛主席诗词》，刚刚出来的新样式呢。"

叶子嘴里一声阿弥陀佛都要叫出来了，双手合十，吐出的却是一句："真正是'毛主席万岁万岁万万岁'！"也顾不得脸面，一把握住油墩儿的手，说："笑花，你救救我们心肝宝贝，她今日这一关，没有你是过不去了。"

董笑花吓了一跳，叶子是大户人家，还是外国人，平日里虽然对她客气，她对叶子也尊敬有分寸，但她是不敢随便跟叶子拉手的，怕叶子嫌脏。没想到叶子为了一本书，放下老脸，几乎就要扑到她卖过的身体之上。油墩儿很感动，爽快地说："不就是一本《语录》吗，送给你们了。”

她这句话还没落脚，迎霜已经从床上跳了起来，哇的一声哭了起来，一边哭一边跺脚：“奶奶你快谢谢董姨，奶奶你快谢谢董姨啊！奶奶你一定留董姨多喝茶啊！”一边背起那新式的语录包，一阵风似的跑了。

这边叶子热情地把董笑花请进客厅，那边听到动静的婉罗哆哆嗦嗦地就要给她上茶。婉罗姆妈是真的老了，腿脚明显不方便了，但嘴巴还是那么伶俐，见着董笑花就开玩笑：“油墩儿西施，你眼下也难得上我家来了，我倒是蛮记挂你的，想起你的油墩儿，我口水答答滴……”

董笑花顿时又复原成为油墩儿，一边喝着杭家的茶，一边回答：“就是那么说啊，那是什么样的好日子啊，董西施的油墩儿，杭家门的龙井茶，唉，再也不敢想了……”

婉罗姆妈老归老，八卦精神还是不会消退的，两口茶水下去，就扯开了：“我说油墩儿西施，你们家阿松怎么变成这样，把寄草一家赶出来不说，怎么被那个狐狸精弄去了呢？我看到过她的，年纪嘛，也不比你小，相貌嘛，差你十万八千里，阿松斗鸡眼了……”

“这个畜生瘌痢，心思坏得很呢，轧姘头管轧姘头，结婚不肯结的……那个姘头要死要活好几次了，他就是不肯……”油墩儿显得得意，一副她打赢了的架势。

“你不好再相信他了，听说他又倒贴上来寻你，有没有那回事？”婉罗姆妈告诫她。

“我是再也不会理睬他的！”油墩儿便故作坚定，倒是叶子这时一手执壶,一手端上一盘炒瓜子,轻声轻语地劝她说:“这种男人靠不住的,心变坏了,你不要再去理他了,听我的。”

婉罗也正色起来:“笑花,不是我说你,你也是从小苦头吃到大的人,叶子这句话一定要听的。”

油墩儿此刻看着叶子却有些迷离起来,她突然轻声问:“你手里这把是不是杭家的传家宝曼生壶?”

叶子一惊,当场抱住这把壶:“哪里还有这种东西,老早砸得精光滑塌了!”

油墩儿这下正色站了起来,咬着她耳根说:“造反派看相你们家里这把壶,说要趁当家的杭嘉和不在时来抄家,你们当心哪,不骗你的!”

“不会吧,我们是烈属啊!”

“阿松亲口跟我说的,说这把曼生壶值多少钞票不好说了,还说东西弄到手,卖到香港去,手头有了钱,再跟我复婚。”

两个老女人听闻此言大吃一惊:“啊,你还要跟他复婚!”

“呸!复婚,除非我良心被狗吃了。我就是告诉你们一声,没了嘛最好,有嘛快点藏起来,日本佬手里你们都藏过来了,造反派手里你们还怕藏不过来?我去了,晏歇会。”

婉罗哭了,拉住她的手,说:“你的油墩儿,天下第一香,我是真的想吃啊……”

杭家门里,老的老小的小,各有各的坎。迎霜心里急,害怕迟到,一路上几乎疯跑。学校门口站着两个挂红袖章的男同学,看见她远远跑来,一边招手一边叫:“快点快点,公安局已经来了!”迎霜急了，飞快跑到校门口，一个跟斗摔了进去，红挎包从她身上腾空而起，半空中漂亮地打了几个滚，落在校门内的大字报前。迎霜自己可没那么潇洒，她一个跟头，把膝盖当场摔破，耳朵和右面颊也擦破了皮，立刻就由青转红，渗出血来。迎霜自己还不知道，疼出眼泪来了，还死要面子活受罪地笑笑。她那样子肯定也是万分可笑的，走在她前面的同学们回过头来，也都哈哈地大笑起来。可没一个人来扶她一把，只拍着手说："杭迎霜，你怎么摔得一个嘴啃泥呢？"迎霜就苦笑着，强作欢颜，走过去，捡起语录袋，痛得嘴里咝啦咝啦直吸冷气，还笑着，样子比哭还惨。

教室里大家刚刚坐好，每人就发了一张纸。一个大金牙走了上来，乌黑的倒背头，脸红得像是刚刚杀完猪，要是被婉罗看到，绝对会以为当年的反革命大金牙投胎还阳，又来祸害人间。老师早被打倒了，但这时还得老师开场白。老师一上来就喊口号："向造反派学习！向造反派致敬！"——原来大金牙是个造反派。向造反派们学习完了，又翻开《毛主席语录》第几页第几条，读得个不亦乐乎。迎霜读得特别带劲，因为这本语录到底派上用场了。

语录还没学完，那大金牙突然手指老师，大吼一声："臭知识分子，给我靠边！"

老师只好靠边，大金牙就自己上来领读："千万不要忘记阶级斗争！"一连读十遍。一群孩子就一个手指一个手指地数着，怕念不到那个数。总算念完，大金牙开始训话："火车站离这里不算近吧？我们无产阶级的眼睛，就是孙悟空的眼睛，什么阶级敌人看不出来？老实告诉你们，反动标语就出在你们这些人当中！"

他那一双杀猪眼睛就一个个地审视过来。迎霜吓得直哆嗦，她甚至怀疑自己是作案人。标语的内容是“打倒江青”,她不大明白,为什么要打倒江青呢?

大金牙又喊:“坦白从宽,抗拒从严,现在站出来还来得及。”

没有人站出来,大家都把头低下了,仿佛人人都是不肯坦白的罪犯。大金牙这才命令大家写字,写自己的名字,写“毛主席万岁”。迎霜坐在最后一排,要下笔了,却怎么也写不下去了。她焦急万分地回忆:会不会是别人给我下了迷魂药后按着我的手写的反动标语呢?或者会不会是我夜里梦游写过反动标语了呢?会不会我一时丧失了记忆后写的反动标语呢?要查出来真是我写的,那该怎么办呢?她把头低得不能再低,终于想出了一个办法,用左手写字。用左手写字是要冒风险的,但总比当反革命强。看看前后左右,所有的同学都用手肘给自己围了一个围城。她也如法炮制,很快趁人不注意,用左手写了一条“毛主席万岁”,这才松了一口气,靠在椅子上。

大金牙收齐了笔迹,朝这帮孩子冷笑数声,喝道:“走着瞧吧。”挺着大肚子走了。坐在下面的孩子们互相看来看去,也没看出谁是作案人,便开始轻松。大家朝迎霜的位子聚集过来,一个全班最大个的姑娘,热情地一把搂住迎霜的脖子,差点没把迎霜给憋死,说:“杭迎霜,你这只语录包真好看!”

她一边说着,一边就斜背在自己的身上,在教室里走来走去。迎霜受宠若惊,一开口竟然溜出了一句谎话:“是我北京的亲戚送给我的。”

“给我也要一个好吗?”大个子说。

“一句话。”迎霜的大话一言既出驷马难追,立刻就有许多同学扳着迎霜的肩膀说:“杭迎霜给我也要一个吧,给我也要一个吧。”

迎霜一一答应:“我回去就写信,叫我北京亲戚马上寄过来。”

“会不会很贵?”有人问。

“我送,不要你们的钱。”迎霜又豪爽地拍胸脯。大家都高兴,杭迎霜杭迎霜地叫个不停,让迎霜都忙不过来了。

正热乎着呢,大个子突然问:“杭迎霜你是支持哪一派的?”

杭迎霜在这关键的时刻犯了一个关键的错误——这仿佛是她以后命运的写照,她总是在最要命的时刻忙中出乱,前功尽弃。其实她知道她的这些同学都是支持一个叫“红色风暴”的组织的,为了讨好他们,进入他们的圈子,她也准备声明自己就是“红色风暴”派的。谁知她一张口就错了。“红色风暴”简称“红风”,“红色暴动”才叫“红暴”。这两派虽然都有“红暴”二字,却是两个势不两立、不共戴天的组织。杭迎霜的同学们别看才小学六年级,但对这些复杂的派系斗争,却已经了如指掌了。

杭迎霜明明想说“红风”,谁知一张口,却冒出了一个“红暴”,教室里热闹的气氛立刻凝固了,这些十二三岁的小大人,目瞪口呆地看着这个突然冒出来的死对头。瞧她的胆量,她竟然敢直言不讳地说“当然是‘红暴’”,她不要命了吗?

同学们一起看着大个子,她是他们的头儿,大个子正背着小红袋在教室里美滋滋地走着呢,听了迎霜的表态,也愣住了,拽下小红包,劈头盖脸扔在迎霜脸上,手指头尖尖,一直触到迎霜的鼻子上,眼睛刚才笑得像新月,突然就瞪得像满月,狠狠地叫道:“谁要你的东西,你这个保皇派,小反革命!”

迎霜都来不及把脸上的笑意转为痛苦,已经被人家来回地推搡起来。她甚至还不知道她的错出在哪里,就被突然的袭击惊得智力一时丧失。这些人是什么时候走的,对她喊叫了一些什么,她都不知道。可怜她才十二岁,内伤却很深很深,她全身发抖,竟然站不起来了。一直到中午,教室里已经没有一个人,她才试着抬腰,还好,全身虽然还在颤抖,但已经能够走动了,她就这样扶着墙壁,一路摇摇晃晃地回到家。

爷爷奶奶都不在家,婉罗姆妈也睡觉了。她关上门拉上窗,闷头钻进被窝,耳边不时出现有人敲门的幻听。她拼命克制自己不去理睬。但门被推开了,是个穿军装的年轻人。当他看到那个缩在床上浑身发抖的女孩子,着实地吃了一惊。同时那姑娘大叫一声:“哇——”一头就重新闷进了被窝。青年军人大大吓了一跳,站着不敢动,好一会儿,才问:“请问杭得荼同志是住在这里的吗?”

被窝里那个发抖的小姑娘依旧不钻出来。青年军人等了一会儿,只得环视四周,看能不能找出一点他要找的那户人家的印证。房间不大,也没什么东西,墙上挂着一张毛主席身穿绿军装的像,像下是五斗橱,橱面玻璃台板下压着一些照片,他看到了在北京认识的得放,突然惊诧地睁大了眼睛——他看到了他自己,他新兵时穿着军大衣的两寸相片。隔着玻璃,他用手摸摸那相片,的确是他,已经被水浸濡了一角。

他有些茫然,回头,他看见那小姑娘从被窝里钻出了头,像一只正在化蝶的蛹。她不再像刚才那样惊恐万状了,但她也十分诧异,问:“你不就是他吗?”

而他,也忘记了他此行的任务,诧异地指着相片,问:“从哪里搞来这个的?”

这张相片，正是迎霜陪布朗去相亲时，在采茶家里捡到的。当初照片就在采茶手上，一见小布朗，她手一松，照片掉地上，却被迎霜顺手捡到了。小姑娘不解风情，只觉得解放军的照片不好扔在地上的，顺手放进口袋里，谁知奶奶洗衣服时找了出来，问清来历，顺手就压在玻璃台板下，准备届时物归原主。谁会想到现在这张照片变成了活生生的人——他叫李平水，一个与杭家素昧平生的年轻人，就这样走进了羊坝头的茶叶世家。

第十四章

如果有人趁此机会问青年军人李平水:“你忙得如此天昏地暗,怎么还有时间结婚呢?”相信李平水自己也会莫名其妙。一个姓翁的姑娘,市里招待所的临时服务员,家在杭州郊区,人长得一般,但健康热情,没有弄堂姑娘的那种势利,再加贫下中农出身,根正苗红,别人介绍了,他也不好意思拒绝,交个普通朋友,还要慎之又慎。谁知那姑娘神出鬼没,无处可寻,有时杳无音信,人间蒸发;有时热情似火,主动过人。后来她终于越来越积极了,一天好几个电话不说,还跑到部队来看他。当兵的人就是这样,有姑娘上门,一般也就木已成舟。战友们一起哄,李平水稀里糊涂的,就算是定了终身大事。其间,造反派轮流在军队大院安营扎寨,采茶陪着吴坤三天两头在大院混,可李平水硬是一次没见到过她。赴京前,他与翁采茶就突击结婚了。

翁采茶的这一手神操作,完全是经高手指点步步为营顺利成功的。彼时,她正处在人生重大抉择关头,一个乡村柴火丫头,从奴隶到主人,而那些衣冠楚楚之人,高谈阔论之人,神秘莫测之人,一个个地倒了,垂头丧气地被造反派押到东押到西,戴纸糊的高帽子,自打铜锣游街,弯腰“坐喷气式飞机”,脖子上铁丝挂牌,开万人大会批斗，采茶看到他们的狼狈相，真是又惊又恐又刺激。

招待所新进驻的是一批她从前没有看到过的人，工农兵学商，采茶给他们上茶了。老张、老刘、小吴，多么亲切。他们一起站在大门口，看游街的走资派狼狈地走过，小吴是大学里的老师，很有学问的，现在是造反总部的总司令，他双手藏在腋下，挺着胸膛，一句话就把新生活的实质挑开了，他说："凭什么你这样的贫下中农只配给这些走资派倒茶？今天造反，就是要造到他们这些人的子女来给你这样的人倒茶。"

真是醍醐灌顶，当头棒喝。采茶手里拎着一把茶壶，突然也想举旗造反了，目的性十分明确，一定要当一个世世代代不再给人倒茶的翁家人。她忆苦思甜，想起她的太爷爷撮着，爷爷小撮着，倒插门的父亲小小撮着，他们哪一个骨子里不是给人倒茶的？他们这一倒，给城里资本家杭家人就倒了一辈子啊——天！现在生出我来，莫非还是倒茶的命？感谢毛主席，感谢红卫兵，造反了，革命了，命运的转机来到了！

这样就想到了不如意的婚约——嫁给小布朗，三辈子也是跑堂倒茶当下手的，不管三七二十一，先退了婚再说。谁知她还没说退，那小布朗倒先对着茶山大叫一阵宣布退婚了。采茶被这一闷棍打得，深感自己是"灰炉儿倒光"——杭州人老话，就是脸丢尽了。幸亏小吴是住在招待所里的，见了她闷闷不乐的样子，就关切地问她是怎么一回事情，采茶吞吞吐吐，半天才说出她的心事。吴坤听了，一时也说不出话来，他想起了他自己，在这个大时代，有多少相似的事件在发生。

入夜，采茶拎着热水瓶，走进吴坤那暂时安顿下来的房间，一边给吴坤倒茶，一边说："小吴，我想来想去，阶级还是要的。亲不亲，阶级分嘛。"

吴坤正在独自喝闷酒，抬起眼睛看看这淳朴的乡村姑娘，又低下头来看到她的红扑扑的生着胖酒窝的手，一冲动，就握住了。那胖手激动地瞎抖起来，吴坤就闭上眼睛，警告自己，他近来已经有过几次不检点的行为了，这有碍于革命，也有碍于自己的将来。这么想着，又使劲地握了一下那胖手，放开，庄重地说："慎重，要慎重，要三思而后行。"

采茶是听不懂"三思而后行"的，但采茶从吴坤刚才凝视她的眼睛里、从吴坤刚才那使劲的一握里看出了别样的意思，傻瓜才看不出呢。采茶的眼神里闪耀起了乡村少女才会有的纯洁的光芒，还有夹杂在其中的困惑和难为情。吴坤不敢笑她——真诚的姑娘，愚蠢的姑娘，但和杨白夜是有天壤之别的，他阴嘶嘶地做了这样的比较。

吴坤不能不牵挂白夜，但牵挂她就意味着牵挂痛苦，牵挂和他目前所从事的伟业背道而驰的一切。牵挂她还意味着拉扯上别的不干净的东西，比如拉扯上赵争争。他刚刚想到这个令人头痛的名字，不速之客赵争争就如风一样地旋了进来，手叉在腰上，她常常这样不招自来。吴坤厌烦透了，若是和白夜在一起，永远也不会有这样的担心——他喜欢白夜身上那种道德约束与潦倒浪漫错综复杂交织在一起的不可知的谜。这是一种强烈的刺激，唤起他的征服欲和男人的野心，把他的情感的位置提到某个常人不能到达的高度。

而这个赵争争，她为什么那么在乎不成样子的第一次？难道我就该承担全部责任？看看采茶，淳朴、健康，虽然忧心忡忡，但多么知趣，她说："你们谈，我走了。"还给赵争争也倒了一杯茶。赵争争连头也不点一下，一点起码的劳动人民的感情也没有！吴坤讨厌这种暴发户式的做派——包括他们的子女们的做派。他对采茶说："你别走，我也没事，我们一起聊聊。"

然而这个赵争争却说："我有事，我有正事，'文革'有最新精神来了，我爸爸让我叫你赶快去。"

一听说有新精神，吴坤就像打了强心针，立刻弹跳起来问："什么精神，什么精神，快透露给我一点。"这话的意思，就是她爸站对了，过关了，和永远健康的统帅建立上关系了。吴坤还忘不了叮咛一句："以后再有什么新精神，叫你爸的秘书打个电话给我就可以了，还用得着你当通讯员跑来跑去？"

她是听懂了呢，还是假装不懂？她说："我不就是想来看看革命战友吗？"她的脸上泛起不自然的红晕，在情感上，她不是和这个乡下姑娘一样，白纸一张吗？吴坤要是还能为自己脸红的话，他是要为自己刚才说过的那句话脸红的。赵争争根本就没听出这一句话的言外之意——他是在说：麻烦你以后别来找我了，派别人来吧，咱们公事公办。

相比而言，还是与采茶交往更单纯哪。经他力荐，翁采茶已经作为杭州市郊农民造反派的代表常驻造反总部。她已经从招待所四个人一间的宿舍搬出，住到了吴坤的隔壁，昨天还睡在她下铺的那个小姐妹，今天早上就开始给她倒茶了。

找不到白夜的吴坤,是不能够一个人熬过漫漫长夜的。一段时间里,私生活相当混乱。赵争争常来找他,深更半夜地跟他谈革命,眼睛里却全是革命之外的东西。有一次好不容易支走,翁采茶拎着热水瓶给他送洗脚水来了。这对旷夫怨女可是心里明白,送上来的到底是什么。七分醉意的吴坤二话不说就关了灯,把采茶按到床上去了。快天亮时,采茶要往自己的宿舍里摸,吴坤抱着她的脖子,眼泪流了她一下巴。他向她喃喃自语,诉说他的身不由己,他的不幸的爱情与革命之间的矛盾。他说了白夜,也说了赵争争,说他不能忘怀白夜,也不能摆脱赵争争,而真正能够慰藉他灵魂的,却还是像她翁采茶这样的来自茶乡的少女。他说他也是从底层奋斗出来的,真不容易啊。革命是多么错综复杂啊,白天要在各种力量之间学会平衡,该说的说,不该说的打死也不能说,讨厌的人要面对,喜欢的人又要装作无所谓,真正是难哪。只有夜晚才是他的,因为夜晚有她,他的采茶姑娘,他一定会对她好的,一定会对她好的,但是她一定要理解他呀。

翁采茶也哭了,她也向他忏悔,说她心里也是乱极了。眼下有一个解放军叔叔,也是生得登样的,可她心里就是空落落的,因为她喜欢的是他吴坤。她知道自己是得了相思病了,她不该想一个云端里的人儿,可是她做不到,日里想,夜里也想,做梦也想呢,你说怎么办呢?她说:“我知道我是配不上你的,可你若要我去死,只管呛一声,我立刻就从窗口跳出去死给你看。”

采茶这陡然高涨的情爱之火倒着实让吴坤暗暗吃惊,他想幸亏他有备无患,连忙把那健壮的农妇的肉体再抱得紧一些,声音更加真诚,眼泪再一次涌出,他说他怜惜都怜惜不过来呢,怎么会叫她去死呢?"小丫头你真是胡说八道啊,再胡说我可要生气了。不过做我这样的人是很不容易的啊,白夜的事情还没有了掉,赵争争又穷追不舍,我又不能得罪她的父亲,你叫我怎么办哪!你别看我白天在万人大会上慷慨激昂,碰到这种事情我也头痛得要命啊。"

比采茶再笨的人这时也该听明白了,可她不但不恍然大悟,反而产生一种大无畏的牺牲精神,她说:"你放心,你放心,我是真正爱你的,我要再给你添乱,我还配爱你吗?我的事情你不要管,我只问你一句话,不管我的处境怎么样,你还像今天这样爱我吗?"

"看你说到哪里去了,我就是有一天化成一堆灰了也要飞到你脚边哪,我现在就只有你一个知心的、可以说话的人了——"

"你说什么啊,化成灰的该是我啊,有你这句话,我就够了,我就知道该怎么活了——"

吴坤很满意,但还是决定再狠敲一榔头,把事情做扎实了。他认真地给她洗起脑来:

"告诉你个秘密。世上之事,坏就坏在公开。原子弹不爆炸,一堆不中用的钢铁罢了,一旦爆炸便毁灭人类。所谓保密也就是不让原子弹爆炸。"

翁采茶听了吴坤的话,当下表示:"你放一千一万个心,我若是透露一个字,千刀万剐。"吴坤正色说:"对敌人要像严冬一般残酷,对组织要像亲人一样赤诚,要有一颗赤诚之心。该对组织上说的,一件也不该隐瞒。"

采茶真诚地问:"那我怎么知道什么样的话是该对谁说的啊?"吴坤看着她那双天真又愚昧的眼睛,忍不住笑了,摸了一把她的头说:"以后你有什么事情,就先告诉我,我给你当个参谋吧。"

他们二人就互相当着牧师，在忏悔中又达成默契。采茶走后，吴坤美美地睡了一觉，他真是长久没有睡得这么踏实了。在梦里，他终于见到了白夜，这是白夜离开之后他第一次梦见她。醒来后他很放松，开了一个秘密会议，要掀起新一轮的革命行动。采茶又进来倒茶了，看上去比以往稍添一成姿色。他想，他要想办法，让她成为一个不倒茶的女人。果然，不久之后，采茶就成了革命指挥部中农民代表的要员。

为了表示对小吴的爱情没有一点私心杂念，翁采茶把自己给嫁出去了。李平水一头雾水地娶了个老婆，婚后三天，李平水就去了北京，后面有那么多的狗血，他是真的一点都不知道。好在聪明反被聪明误，吴坤他们这帮小聪明也没想到，李平水竟然在北京见到了得放与白夜。

原来，李平水的战友是驻京某高级军官的秘书，住的小院在部队大院里面。那高干有两个儿子，两个儿子又有一群朋友。他们面目不清，行踪不定，匆匆忙忙出入大院和小院内外：有时蜻蜓点水，打个招呼就走；有时一住几天几夜，也不出门。小院后厢房有一间空屋，一群穿着没有领章帽徽军装棉袄的青年男女常常在此聚集，谈一些高层内幕，用一些代号和别称来特指某些风云人物。只有一个人他们沿用了老称呼，他们依旧称呼他为总理。这里有一种军事共产主义式的开明，你不用说什么套话，立刻就可以切入主题。他们中某些人慷慨激昂时，气氛有点像1789年法国大革命时的某个贵族家庭的沙龙，又带着中国特色。

李平水一进入这间烟雾腾腾的屋子，就有一种特殊的放松。

他身旁坐着一个眉间有一颗红痣的英俊少年，听说他来自江南，便用家乡方言与他交流："给你一点内部情报吧，你们不会带着什么好消息回去的。"

李平水辩解说："军区传达了总理指示：不管喊打倒谁的口号，军人不必举手，一举手就是表态嘛。"

一个脸色忧郁的尖下巴青年说："这只是个时间问题，迟早是要逼你们举手的。"

他说这番话的时候，一个姑娘正提着茶壶进来给大家冲茶，恰好冲到尖下巴青年身边。他亲热地摸摸姑娘那略微垂下的头发，他那种随意而又突然的动作，反而透露了他们之间的亲昵关系。姑娘也朝他笑笑，一屋子的人都把话停了下来，默默地注视着她。她的容貌身材，甚至压倒了他们热衷谈论的话题。但她的注意力显然更在这群人的谈话上，她有些吃惊地放下了茶壶，问："你也住在杭州？"

李平水却看着她手里的那只平水珠茶茶罐发愣。姑娘很聪明，连忙给他倒茶，还告诉他，这珠茶很浓，吃了不犯困。李平水说："我知道，这是平水珠茶。"平水的战友碰碰他的肩说："他就叫平水，这茶就是他们那里出的。"那红痣少年说："你们家做茶的吧？我听你的口音，家在绍兴。"李平水也用方言问他怎么知道，少年这才回答："我们家从前也做茶。我哥哥就叫得茶，'得茶而解'。做茶人家喜欢用茶来取名，放到现在都该重新取过了。"

李平水倒真是有点兴奋，他家从前真是做茶的，平水，那可是全世界唯一的圆形绿茶产地，非洲人特别喜欢平水珠茶，他很想就此说一点乡音可以交流的东西。但操京腔的人们显然对南方的

“鸟语”兴趣不大,他们很快就回到了自己的话题,开始讨论进行世界革命的可行性:是从友谊关进入越南,还是从西双版纳进入缅甸,还是干脆从乌苏里江进入苏联。

谈话的时间越长,屋里的空气越恶劣,他们的话题也越来越让李平水觉得少听为妙。他退出屋子,在门外走廊上,却碰见了倒茶姑娘。她专门在等他,请他为她捎一封信回杭州。收信人是红痣少年的哥哥,就是那个用茶做名字的杭得茶。姑娘眼圈发黑,说话时神情忧心忡忡。她希望李平水把这里的情况告诉那个名叫杭得茶的大学助教,请他想办法把他的弟弟杭得放弄回杭州去。

李平水几乎凭直觉就发现了这位姑娘和那个名叫杭得茶的人之间的特殊关系,他直率地问她为什么不直接和对方联系,她摇摇头说:“我只请你帮我带一封信给他,我相信你。”

她很特别,仿佛还有什么不幸的命运正牢牢扎在她的容颜之中。他想到刚才那个尖下巴青年对她的亲昵的动作,甚至在这种亲昵中也包含着某种不幸的成分。北方的冬夜,是南方人无法想象的。他们站在门口时,已经冻得有些站不住了。即使这样,当她把信交给他的时候,依旧像是漫不经心地问:“小李,你结婚了吗?”

这样年轻的姑娘来问他的私事,让李平水脸红了,说:“刚结。”这让他突然想起了那个他几乎不了解的新娘子。

她又说:“那你更要小心了,以后请不要到这里来了,这里并非想象的那么安全。”

李平水明白她的意思。好姑娘。他看着她忧郁的眼睛说:“我们是军队,和其他地方不一样。”

她说:“也没什么两样,屋里那些人,只是暂时忘记了逃犯身份,造反派正满大街找这些狗崽子,这里不安全,随时都会有意想不到的事情发生,中国有可能会分裂的。”

李平水吃惊地看着她,她使劲地握了握他的手,热气喷在他脸上。她热切地说:“记住我,但不要对任何人说起我的事情,也不要通过任何人转交这封信。我叫白夜,不管在什么场合听说我的事情,都不要说话。我知道信任一个陌生人是极其危险的,哪怕他是军人。但我寄希望于你,也许就因为你家也做茶,你也有一个茶的名字……”

关于北京之行后他和杭家的关系,李平水没告诉新婚妻子翁采茶。他只是发现了一些奇怪的巧合,比如那天迎霜突然出现在他宿舍门前。迎霜还是个孩子,不会掩饰,看见开门人,吃惊地张大着嘴巴,一句话也说不出来。她指着采茶,又指指李平水,结巴着:“你……他……”

李平水还有些不好意思,说:“这是我家,你进来呀!”他热情地招呼着。

翁采茶也没想到,真是好死不死又死到杭家人手里。幸亏是个不知深浅的小孩子,就催李平水:“看电影时间到了。”

李平水知道是翁采茶的借口,但新婚夫妻不想彼此难堪,就问迎霜:“有事吗?”

迎霜看着他们,突然明白了,摇摇头说:“没事,我就是路过这里来玩的。”

这么说着,就走了。李平水连忙追上去问:“是你得茶哥哥叫你来的吧?”

迎霜到底是孩子，藏不住话的："大哥说他收到您的信了，他会来找您的，让我先告诉您一声。"她低下头又抬起："我怎么不知道您是有新娘子的啊？"

她这一句孩子话，把李平水说笑了，说："你这孩子，大人的事情，知道那么多干什么。"

迎霜对别人说话一向怯场，唯有对李平水不，她有些生气地说："关你什么事？"噔噔噔地朝前走了几步，才回过头来，说："千万别跟翁采茶说我家的事情。"

"为什么？"李平水有些愕然。迎霜却一本正经地说："我现在不能告诉你，你以后会知道的。"她马上就从"您"变成"你"了，这么称呼着便扬长而去。

杭得荼和李平水接上头的那天，恰好北京打来电话，当晚周总理要对军区全体干部战士进行电话讲话。傍晚时分，李平水正忙着检查线路，门口岗哨打电话进来，说有人找他。在大门口，他见一个架着眼镜的年轻人，正在打听谁是李平水。李平水凭直觉知道此人就是杭得荼。他没有他弟弟的英气，更没有这个时代年轻人一般都会有的咄咄逼人，他身上有一种超然的心不在焉，仿佛并不关心眼前的重大事件。然而，还没寒暄几句，他就迫不及待地问："她怎么样？有没有说要回来？"李平水抬起头来，从杭得荼脸上读到了某种激动的很个人的东西，这才想起有东西要给他。就说："你在值班室等等我，一会儿听完了周总理的电话指示，我再跟你好好聊。"

那天夜里，周总理的电话指示精神鼓舞人心——为了大局而使个人受委屈，是符合时代精神和道德准则的——这恰恰是最能够感动像李平水这样的年轻军人的，这种感动一直延续到他重新见到杭得荼。他再一次想到那个小小使命，连忙取出被他锁进保险箱的北京来信。

信很薄，匆匆的笔迹，只有两张纸，第一张上的字很大，称呼让得荼一下子闭上了眼睛，他的不能自控的神情把李平水看呆了。好一会儿，杭得荼才睁眼读了下去——

心爱的我的亲人，爸爸拜托给你了，保护他吧。我只能匆匆给你写这些话，不仅仅因为时间仓促，还有许多许多其他的原因。在北京已经没有我的家了，我想你或许知道我这里的情况，但你还不知道一些更加可怕的事情。我似乎永远也不能再回到南方了，是吗？不管我做了什么，请记住那个夜晚，你曾让我以为重生。是的，尽管我没有资格说这些话了，但我不能不说：在你对我的爱情中，几乎看不到眼下人们通常应该具有的男欢女爱的场景。……噢，心乱了，我不知道该怎么写下去。“原先我曾确信，你还会回来与我相聚”——多么荒唐，在这样的时刻竟然想起了诗，多么荒唐，你说呢？但我还是要告诉你，这是苏联诗人阿赫马托娃的诗句，我现在还能全文背下来的，只有这首与我的名字相同的诗了。

诗是抄在第二页纸上的：

哟，门扉我并没有闭上，

蜡烛也没有点燃,
你不会懂得,我疲乏极了,
却不想卧床入眠。

看一枝枝针叶渐次消失,
晚霞的余晖变得暗淡,
我陶醉于温馨的声息,
恍惚见到你的音容笑颜。

我知道,往昔的一切全已失去,
生活就如同万恶的地狱!
噢,原先我曾确信,
你还会回来与我相聚。

信就这样戛然而止,仿佛写信的人因为不可预测的灾难骤然降临而不得不断然结束。得荼只匆匆忙忙地看了一遍就放进了口袋。那天夜里,他和李平水聊了很久,谈局势,谈北京的那群人和那群人中的弟弟得放。他几乎没有再提过白夜,实在不得不提时也是夹在那群人中一起提的。李平水一直小心翼翼地绕着那个姑娘的话题走。最后,他们终于沉默了,杭得荼朝李平水苦笑了一下,嘴角可怕地抽搐起来。

直到李平水把得荼送往大门口时才打破了沉寂,李平水突然想起来了似的问:“你认识翁采茶吗?”

而对这样的明知故问,得荼想了想才回答:“很认识。”

“她现在是我的妻子。”

杭得荼慢慢地绽开了笑容，说：“成家了，祝你好运。”

李平水突然激动起来：“我真的很羡慕你们，我对她一点也不了解，不知道冲军区大院的事，也有她一份。我的家在绍兴农村，局势再这样发展下去，迟早我们这些下面的干部会被殃及的。我不知道，不，我比谁都明白，我不应该结这样的婚。”

李平水愿意把这样的话说给这位初相识的人听，他信任得荼，并相信得荼是一个有判断力的朋友。杭得荼也认真地听着，他不能告诉对方他所知道的事实真相。还有一些关于新娘的更龌龊的事实真相，是连他杭得荼也不知道的。

连得荼都不知情，小布朗当然更是一头雾水了。但他也不是毫不知情，只不过所有这些都跑马一样从他胸前飞过了。原来，那天迎霜从李平水家出来，就飞跑到布朗那里去了，连珠炮般地说：“那个翁采茶，竟然嫁给了一个当兵的，喏喏喏就是相片里那一个。这个人还认识得放哥哥，这是怎么回事啊？”

迎霜确实被搞糊涂了，她也同情布朗，愤愤不平地说：“我早就说她不好，我眼睛很毒的，这个解放军叔叔什么人不可以娶，娶了这么个龅牙佬。布朗叔你不要难过——”

布朗忍不住大笑：“迎霜，你看我会难过吗？”

迎霜扭头就走，小布朗不生气使她更加生气，他们的统一联盟没有达成。

小布朗却开开心心地到他的新朋友处来了。正是迟暮的冬日，爱光感冒刚好，此刻舒舒服服地躺着，小布朗给她塞好了被头，拿刚发下来的劳保大衣再严严实实地把她盖住。她已经有些睡意了，听了小布朗说的翁采茶结婚的事，才一针见血地说："什么难过，你高兴还来不及呢。"

小布朗问她："想不想听小布朗怎么被翁采茶赶出来的事……"

"听上去你一点也不恨她。"

"姑娘可不是拿来恨的……"

"为什么？"谢爱光有些好奇。

"我吻她时，是想着寨子里的泰丽才下嘴的！"

这句话把谢爱光逗笑得前仰后合："超级恶心！什么事情都让你说成笑话……"

"罗力阿爸说了，我们现在经历的，跟他当年在远征军时比起来，就是九牛一毛，不算什么。比如我们现在坐在这间小屋子里谈天，热乎乎的，可冷飕飕的大街上，到处都是那些被赶来赶去的人——"

"谁——"爱光突然跳了起来，盯着窗口问。

仿佛就是为了验证这句话，玻璃窗被人轻轻地弹响，有一个声音沙哑着说："谢爱光，我是杭得放。"

布朗坐在床档上还没反应过来呢，谢爱光嗖的一声弹跳起来，穿着一条棉毛裤就射向小门口，哗的一下打开了门，急切地说："杭得放你快进来，快呀！"她又一下子奔回床前，一边使劲地套裤子，布朗却悻悻然地站起来说："得放，你怎么那么快就回来了？"

得放夹着一大股冷风，跌跌撞撞地走了进来，看见屋里的情景，显然是吃了一惊。他有点进退两难的样子，喃喃地说：“我，刚从北京回来，路过这里，顺便看看，我这就走。”

谢爱光一边套袜子一边说：“杭得放你快坐啊。布朗哥哥，你怎么不给得放冲一杯热茶呀。你冻坏了吧，天哪，你怎么这副样子，要不要洗个脸？你别动，我给你打洗脸水。”

她一下子说了那么多话，天真的样子重新放松了得放的心，看样子这里没有发生什么。布朗用他的搪瓷大缸冲了杯龙井高末给得放，使劲地搓着得放冻得像个冰柿子般的脸，说：“你别跟我说你还没来得及回家，我告诉你，家里人都差不多要为你急疯了。快喝，这茶治感冒的。把你这破围巾给我摘下来吧。”

爱光给杭得放递上了绞好的热毛巾，这是布朗从来也没有享受过的待遇。主角一上场，替补的就得下场了。爱光期待地看着布朗，眼神里全是求他走又不好意思说的尴尬，他心里有一点酸，说：“如果没什么事情，我是不是该走了？”

谢爱光看了看布朗，又看了看得放。但见得放一边洗脸一边说：“我有不少事情得告诉你，谢爱光，我的这段经历你想都想不到。布朗叔叔，你能不能给我到羊坝头去弯一弯，告诉家里人我回来了。怎么啦，布朗叔叔，你肯为我跑一趟吗？”

布朗忧伤地摇摇头，这家伙真是黏上他了，送也是他，接也是他，让他“滚”也是他。心里虽然这么想，嘴上可都是豪言壮语：“废话，你不是我们家的小崽子吗？”

他摸了摸得放的脖子，又点了点爱光的鼻子，说：“明天早晨要是忘了吃药，我会揍你的，上班前我要过来检查的，你给我记住。”

他说这话的口气已经不像一个哥哥而是一个父亲了。他不得不把自己这样给转过来,否则他就觉得他走不了。爱光调皮地吐了吐舌头,完全没有要挽留他再坐一会儿的意思。他临走时手脚还有些不自然,顺便往桌上捞了一张什么纸,再也没东西可抓了,门在他背后哐当一声关上的时候,他听到里面的两人忙不迭的激动的说话声。他松了一口气,只是说话,他们城里人最喜欢说话。冷风灌进了杭布朗的脖子,刚才来的时候没那么冷啊,他想了想,想起来了,他把新发的大衣给爱光了。

小屋子里暖洋洋,小布朗帮谢爱光把煤炉通风管修好了,煤也贮藏足了,谢爱光生好了炉子,在滚烫的铁板上放着龙井的高末,大得吓死人的搪瓷缸是小布朗的,煮着满满一缸的茶,小布朗原本以为是给自己喝的,现在成全了人家。

杭得放这次出去的时间并不长,但经受的人间洗礼可以够他受用一辈子了。在北京,他见到了太多天南海北跑出来的"狗崽子",父母被打死、审查,失踪,坐牢,简直一抓一大把。蕉风妈妈的死放在其中,竟然也不算恐怖了。另外,首都的事情毕竟是外省不能比的,一些高层的逸事,迭出的旧闻,乱哄哄的,你方唱罢我登场的历史舞台,要说的事情太多,从杭州到北京,又从北京到杭州。谢爱光永远是个好听众,他只管聊得兴奋,直到谢爱光问他为什么又回来了。他着实愣了一下,终于承认自己是被得荼手下的人押回来的,可惜白夜没和他一起回来,她失踪了,也许是到缅甸去参加世界革命了,或者叛逃苏联了,说不好,这些事情都有可能,把谢爱光听得一阵阵地起鸡皮疙瘩。

"那是现行反革命啊,要枪毙的!"她惊恐万状地压低声音警告。杭得放不在乎:“唉,这一路上,就见一车车的死刑犯游大街,游完了直接拉到刑场毙了,再到火葬场一把火烧了。你听我说,听我说,也就是我,见了那么多事情,这回是真开眼了……”

杭得放就这样滔滔不绝地说到后半夜,终于说累了。火光熊熊的,照着得放那有些疲倦的脸。他几乎已经说不动话了,谢爱光给了他一床旧毛毯,他披在身上,像个要饭的,靠在床沿上,继续顽强地断断续续地说:“爱光……我要求你一件事……明天一早我要到云栖茶科所……看我爸爸……我已经很久……没有见到过他了……”

谢爱光打着哈欠,一边把布朗的大衣披在杭得放身上,一边断断续续地说:“没问题……你要到哪里我都……跟你去,上刀山下火海……反正人家也不要我……”她突然被什么惊醒了,流利地说:“不过我们要早一点溜出这大门,别让赵争争看到!”

得放随之也一惊,他跳了起来,说:“我不能睡着,你躺下,我们说话……”

谢爱光的脸腾地红了起来:“我不能躺下,不能躺下,人家会说我们要流氓的……”她坐了起来,觉得半夜三更他们俩面对面坐着有失道德,扭捏了好一会儿,终于低着头说:“要不……要不……你喝口茶,有点苦,你喝了就不打瞌睡了……”

见他没有回音,她想,是不是他也不好意思了呢,就又说:“要不,要不……你还是先回去吧,我明天一早来找你……”还是没有回答,她抬头转过脸一看,妈呀,他已经趴在床档上睡着了。

谢爱光没辙了,她大口大口地喝起茶来,还推了推他,想让他也喝一口。谁知他不但没醒,还轻轻打起呼噜来,这可怎么办呢?

她感觉屋外有人走动,可能是起夜的人,赶紧关了灯,大半夜的不睡觉,万一造反派来抄家,一万张嘴也说不清了。谢爱光赶紧起身穿上衣服,坐在床头。她觉得这样或许会显得纯洁一些,但屋子里漆黑一片,开始冷了下来,她不得不把双腿重新伸进被窝,轻轻地喝着茶。一口,一口,茶很香,真香,她从来没有想到,漆黑半夜里,火炉透着一丝丝光,她坐在床头,心惊胆战地喝茶,茶却会发出这样的香味。旁边那个轻轻的呼噜,听上去很好笑,她喝着喝着,就打起哈欠,坐着,睡着了。

第十五章

清晨，踏着满地寒霜，得放与爱光，这对提心吊胆的少男少女，可谓步步惊心地轻轻溜出后门，可他们命里注定就要撞见“鬼”。此时赵争争正端着一只牙杯从房门里走出来，她披头散发，睡眼惺忪，仿佛还在梦中，陡然与熟人相撞，牙刷还在嘴巴里，惊得来不及拿出，堵着一嘴牙膏沫子，目瞪口呆地看着她这两个同学。彼此目不转睛地盯了一会儿，赵争争刚把牙刷从嘴里拔出来，那边一对，嗖地就跑得无影无踪。

谢爱光边跑边跺着脚说：“这下完了，赵争争要恨死我了。”

“随她去恨吧，反正不碰见我们，她也恨你的。”

“那可不一样，从前她是因为我妈恨我，现在因为你恨我。”

“为什么？”得放大为不解。

“她看到大老早我们一起出来，会怎么想，她会以为我们……啊，耍流氓？”

“什么耍流氓！她先把自己的花痴管管住就好了，一天到晚缠住吴坤不放，还革命个屁啊！”得放说着，终于笑了起来，这是这几个月来第一次露出的笑容，“再说你担心什么，《纪念白求恩》怎么说的？‘我们大家要学习他毫无自私自利之心的精神。从这点出发，就可以变为大有利于人民的人。一个人能力有大小，但只要有这点精神,就是一个高尚的人,一个纯粹的人,一个有道德的人,一个脱离了低级趣味的人,一个有益于人民的人。'我们又不是低级趣味的人,你又何必对号入座?在北京,我们经常一大屋子的人,谈天谈累了就睡,地板上啊,床上啊,沙发上啊,哪儿能靠就靠哪儿,才不管你男男女女呢。"

谢爱光听得嘴巴撮成一个"O"字,这也太刺激了吧!

茶科所很远,他们俩到时已经快中午了。好在都是年轻人,也不感到怎么累。只是那里的造反派工宣队很一本正经,听说是资产阶级学术权威的儿子来看他老子,一口就回绝,说人不在茶科所,在五云山的徐村监督劳动呢。

去五云山是又得走一阵的了,得放有些不好意思,说:"让你走太多路了。"

爱光说:"就当我是长征串联嘛。这里的空气这么好,都有一股茶叶香,真的没想到,你爸爸在这么好的地方工作。种茶一定很有意思吧。"

得放不得不告诉她,关于这方面的知识,他一点也不比她多到哪里去。只依稀记得他刚上小学的那一段时间父亲特别忙,说是筹建一个什么所,也就是这个茶科所吧。他还能记得那些天父亲常常累得一回家就倒在床上,说是选址什么的,最后选择在一家从前的佛寺废地,就是这里,现在是云栖路1号了。因为他住在爷爷那里,父亲住单位,他对父亲的工作性质一直不怎么了解。

"你可不会想到,我从前连茶都不喝的,我总感觉吧,人一端起杯子喝茶,就有点像旧社会的地主。我是指我们这种小人物。大人物喝茶,那是有气场的,人物有多大,气场就有多大。说出来你也不会相信,我这个南方人学会喝茶还是在北方。我这些天全靠茶撑着,否则早就倒下了。现在我可不能离开茶,而且我不喝则已,一喝就得喝最浓的,我不喝龙井,我爱喝珠茶。你喝过珠茶吗?”

“我从前也不喝茶,都是布朗哥哥给我的,他现在不是常给嘉和爷爷拎包出去评茶吗?我从来没有看到过这样聪明的人,他不喜欢读书,随便翻几页,就什么都懂了。不过他发的劳保茶一半都给我了。因为他说他也不喝我们这里的茶,他喝从云南带回来的竹筒茶,那样子可怪了呢,你们家的人真怪。”她回答说。

得放显然有一点点醋意,只是他自己并未意识到:“你和我表叔处得那么好。他书读得不多,也没太多的思想,但他的歌唱得很棒,他很帅是吗?姑娘们都喜欢他,你是不是也喜欢他?”

“不知道。我觉得他像我哥哥,甚至爸爸。还有他根本就不是我们这里的人,他就是从很远很远的地方,从大森林里来的。说你们是一家人,真不像,一点也不像。也许他还会回去,你说呢?”

“你问我啊,我不是还问你吗?别看他是我的表叔,你对他的了解已经超过我了。另外,我看出来了,他不太喜欢我,你看出来了吗?”

“不会吧,这个我真没想过。五云山是不是快到了?我记得学校组织活动,还到这里来过一趟。我们还去看过陈布雷的墓呢。不知道现在还在不在。”谢爱光补充道。

五云山和云栖挨在一起,传说山头有五朵云霞飘来不散,云集于坞,方有云栖之称。五云山的徐村,还有个萝卜山,山上有座疗养院,赵争争的妈妈在这里当过院领导,去年班级活动就到了这里,赵争争带他们来参观疗养院,顺便参观了陈布雷的墓。听说他的儿女中有很革命的共产党人,这对在非左即右价值评判中长大的年轻人而言,实在是很特殊的。因为谁是我们的朋友,谁是我们的敌人,这是革命的首要问题。得放曾暗自以为像陈布雷这种类型,有点像他们这种家庭的人,不前不后,不左不右,哪里都排不进去,故失却人生坐标,只觉身体里有一大堆人,红袖章黄军衣,冲进打出,喊声震天,把他的心当成一个硝烟弥漫的大战场。他自己却是在外面的,像个瞎子,看也看不清,打也打不到,摸也摸不着。有时他又觉得自己置身荒漠,或在月球,或在孤舟,那样彻骨心寒,真像一把发着幽蓝之光的长剑刺进他的腹部。这种感觉尽管如闪电一般瞬息即逝,却依旧让这有火热情怀的革命少年痛苦不堪。以往他崇拜的各路英雄中,如今没有一个可拿来做参照的人物。

如果没有那个寒冷的西湖,如果过去的思想没有在那个深夜冻出裂变,他就不会成为今天的杭得放。母亲的死于非命,不仅带来致命的悲绝,还给他带来了刻骨铭心的恍然大悟,他对他以前接受过的所有的思想,都开始了猛烈的反思。而这种反思是需要有人来与他共同完成的。他需要剖析,需要倾听,需要鼓励,需要认可,还需要安全。在所有的人当中,他认为只有谢爱光具备这种资质。其实这很简单,因为谢爱光崇拜他,无条件地信任他,招之即来,来之能听,至于能不能听懂,其实并不一定是主要的。比如他在北京的烟雾腾腾中,听到过许多他听不懂的思想,但这并不影响他对他们的充分认可。

此刻，他们一直走进了疗养院大门，疗养院长廊尽头的一扇小门内，那里是一块极小的墓地，尽管他们不能说没有思想准备，但眼前的一切还是给他们一记闷棍。好久，得放才说："我以为这地方偏远，他们不会来砸的。"他绕着被开膛破肚的坟墓走了一圈，什么也没找到，叹口气说："我应该想到，他们不会放过他的。"

"上次来时，赵争争还在墓前说，有成分论，不唯成分论，这是陈布雷的女儿对台广播时说的，还说毛主席表扬肯定她了呢。"谢爱光说。

冬日下午的阳光里，一切都非常安静。他们默默地站着，一时竟然不知道要到哪里去，也没有心情打听路程，甚至不再有兴趣对话。可能觉得沉默的时间太长了有点尴尬，得放突然说："我从北京回来的火车上，从厕所里捡到一本书，叫《异苑》，当然是'封资修'的，里面有个故事我刚才想起来，和墓地有关，你想不想听？"

谢爱光自然是想听的，不管杭得放说什么，她都喜欢听。于是这一对少男少女就坐在陈布雷墓前讲开了。

"很久很久以前，我们浙江绍兴有个地方叫剡县，也就是今天嵊州、新昌一带，剡县有个小吏叫陈务，年纪轻轻的就死了，抛下了寡妻和两个儿子。陈务妻平时劳作辛苦，没什么享受，也就空下来好饮个茶。他家有座院子，估计也是从人家那里转买过来的，所以院子后面还有一座古坟。陈务妻每次饮茶时，都要先在坟前浇点茶祭奠一下。可她的两个儿子却受不了，他们觉得自己家后院有一座别人家的古坟，已经够不吉利了，现在当妈的竟然还天天以茶祭奠,这有多讨厌!再说古坟知道个什么?你这样白费心思,还不如把坟挖掉拉倒。当妈的一听急了,苦苦劝说两个儿子,才总算止住了。

“这样过了一段时间,有天夜里,陈务妻得了一梦,她看见有一个人对她说:‘我呀,埋在这里三百多年了,从来没有人来管过我。近日你那两个儿子又屡欲毁坟,幸亏蒙你保护,还每日赐我好茶。我虽然已是地下的朽骨,但知恩图报,这是不能忘记的呀。容我对您稍作酬报吧。’陈务妻睁开眼睛一看,天亮了。她赶紧到后院中去,发现地上放有十万贯钱,这钱好像已经在地下埋了很久,但穿的绳子还是新的。母亲把这事告诉两个儿子后,他们都非常惭愧,原来朽骨也有灵魂,也知道喝茶感恩哪。从此以后,他们每日祭祷更勤了。”

故事讲完了,这对少男少女沉寂了一会儿,谢爱光突然站了起来,弯着腰去收拾孤坟破墓边的残砖剩石。得放则跑到门口小片茶园中去,摘了一些新鲜的老茶叶枝,盖在被打开的坟上。这也算是扫墓了吧。

“我们这样不算是搞封建迷信吧?”谢爱光紧张地问。

“你用你自己的脑袋好好想想,人应该怎样行事做人,良心才会安。”

“良心!”谢爱光心思轻微地动弹了一下,这个杭得放去了两趟北京,回来竟然蹦出“良心”这个词了。她记得他以前是很在乎革命的,他不就是希望自己出身得更加革命吗?难道现在不在乎了,良心成了更重要的问题?可这个词儿听上去真的很像“四旧”啊!

他们离开了墓地,朝山顶走去,得放像是理出了说话的头绪,边走边说:“谢爱光,我不是随便说这个话的。我是想告诉你,血统论是一个多么经不起推敲的常识上的谬误。在印度有种姓制度,在中国封建社会有等级制度,这些制度正是我们革命的对象。我们不用去引证卢梭的人生而平等论,就算他是资产阶级的理论吧,那么我们马克思主义的理论是怎么说的呢?从马克思主义的哪一本经典著作里可以看到什么‘老子英雄儿好汉,老子反动儿混蛋’的说法?这不过是一种未开化的野蛮人的胡言乱语,历史一定会证明这有多么可笑。一个人绝不应该为这种胡说去奋斗。”

这些话振聋发聩,强烈地打动少女的心。他并非这些真理的创造者,但他是真理的搬运工。谢爱光崇拜真理,但对她来说,传播真理的人是最重要的。因为崇拜传播真理的人,谢爱光顺便就崇拜真理了。

盯着那张双眉间长着一粒红痣的脸——那红痣现在甚至都沾上了真理之气,谢爱光搜肠刮肚,想让自己更深刻一些。她好不容易想出了一句,说:“我讨厌那些脸,那些自以为自己家庭出身优越的神情,他们的样子就像白痴!”

得放吃惊地看着爱光,他没想到她在批判血统论上会走得那么远,那么极端。看样子她不但是他心目中朦朦胧胧的异性的偶像,还是他的战友、他的信徒了。他看着她,口气变得十分坚定,他说:“我们的道路还很长,要有牺牲的准备。你读过屠格涅夫的《门槛》吗?”

谢爱光并没有读过《门槛》,只是听说过,得放其实也一样。他知道《门槛》其实是这次的北京之行中,白夜告诉他的。她一边抽着烟一边告诉他:在俄国当时争取民主和自由的斗争中,有一群女革命家投身于革命运动,屠格涅夫与女革命家一直有来往。1878年1月24日,俄国发生了震惊全国的女革命家薇拉·查苏利奇行刺圣彼得堡行政长官特雷波夫的事件,薇拉·查苏利奇的形象使屠格涅夫久久不能忘怀,作家把多年来俄罗斯妇女英勇献身的高贵品质在他心中积聚的印象,结合薇拉·查苏利奇这一生动的实例,用《门槛》中那姑娘体现出来。

得放还记得,白夜站起来,右手的青烟在细细地缭绕,她低垂下头颅,用她烟熏般的磁性的嗓音,发出了得放从未听到过的语言,整个烟雾腾腾的房间顿时沉寂下来,所有的人都屏住了呼吸,倾听那特殊的打舌的发声,年轻的心都被打得激越起来。

念完了,终于有人问:"真好听,是俄语吧?"

那个尖下巴的年轻人显然是懂俄语的,他没有站起来,只在角落的阴影中,清晰地用汉语背诵:

> 在疑惑不安的日子里,在痛苦地担心着祖国命运的日子里,只有你是我唯一的依靠和支持!啊,伟大的,有力的,真实的,自由的俄罗斯的语言哪!要是没有你,那么谁能看见我们故乡目前的情形而不悲痛绝望呢?然而这样的语言不是产生在一个伟大的民族中间,这又怎么能够让人相信呢!

然后他鼓起掌来,高声说:"没有一个真正的革命者,会不热爱自己祖国的母语,屠格涅夫是这样,我们的白夜也是这样。来吧,我的迷人的星辰,用我们自己的语言,来传递我们中国人的《门槛》吧。”

在众人的鼓掌声中，白夜优雅地转了一个圈子，开始用我们自己祖国的语言从胸腔发出低沉的朗诵：

我看见一座大楼。

正面一道窄门敞开。门里一片阴森的黑暗。高高的门槛前站着一位姑娘……一位俄罗斯姑娘。

望不透的黑暗中散发着寒气，随着寒气，从大楼里传来一个慢吞吞的、不响亮的声音：

“啊，你要跨进这道门槛来，想做什么，你知道里面有什么东西在等着你？”

“我知道。”姑娘这样回答。

“寒冷，饥饿，憎恨，嘲笑，蔑视，侮辱，监狱，疾病，甚至于死亡。”

“我知道。”

“跟人们疏远，完全的孤独。”

“我知道。……我准备好了。我要忍受一切的痛苦，一切的打击。”

“这些痛苦，这些打击，不仅来自你的敌人，而且来自你的亲戚，你的朋友。”

“是……就是从他们那里来的，我也要忍受。”

“好。你准备牺牲吗？”

“是。”

“你准备着无名的牺牲吗？你会灭亡——没有一个

人……甚至没有一个人会尊敬地怀念你……"

"我不要人感激,不要人怜悯。我也不需要名声。"

"你还准备犯罪……"

姑娘埋下了头……

"我也准备去犯罪。"

声音停了一会儿,过后又问下去。

"你知道吗?"那声音最后说,"将来你会不再相信你现在这个信仰,你会认为自己受了骗,白白地毁了你年轻的生命。"

"这我也知道。然而我还是要进来。"

"进来吧。"

姑娘跨进了门槛。——厚厚的门帘立刻放下来遮住了她。

"傻瓜!"有人在后面咬牙切齿地咒骂。

"一位圣人。"不知从什么地方传来这一声回答。

此刻的得放,尽量想回到那天夜里的氛围中去,但他无法还原。朗诵就这样结束了,而他们的对话则越来越庄严,肃穆得让得放自己也觉得有点继续不下去了。

他们终于刹住了嘴,一方面被这个话题深深感动,另一方面又被这个话题推到极致以至于无话可说了。结果他们之间只好出现了语言的空白,他们只好默默地走着,一边思考着新的话题。

谢爱光一路都闷着头,此时方抬起头,向她的精神领袖发誓:"我向马恩列斯毛保证,绝不透露一个字!"

时下最流行的誓语是"向毛主席保证",相当于"对天起誓",现在爱光一下子加上了“马恩列斯”，保证就到了无以复加之地步。

“你觉得这样混乱的局势，还会有多长时间呢？”

“不知道。”谢爱光摇摇头，她的确没想过这个事情。

“那你的梦想是什么？”得放问。

“我，我没有梦想……”谢爱光说，“如果一定要讲一个，我就是希望有家，妈妈，或者爸爸，或者兄弟姐妹……你呢？”

“我想记录下这个时代，”得放说，“我要当一个作家。”

“伟大的梦想，你以前从来也没说过……”

“我这次在北京受到许多启迪，我意识到了，所有美好的语言，都是全人类的。我突然感觉到中国语言的伟大，我们为什么不用自己的语言，把我们看到的、想到的、思考到的一切，都记录下来呢？”

当他们忘乎所以地又进入了自己的精神世界时，他们没有注意到，他们已经走入了一片茶园，茶园中有个人一直盯着他们看，看着看着就走上前来，到了他们的身后。谢爱光有些不解地回过头来看看他，然后站住了，拉住低头想着心事的得放。得放回过头来，有些迷惑地看看身后。那人把头上的帽子摘了下来，得放这才认出来，这是他的父亲杭汉。

杭汉看着得放，目光中很有几分犹疑，仿佛在心里嘀咕，这人挺像我儿子的嘛。他已经好久没有见到儿子了。儿子长高了一大截，面容中渗透着妈妈的憨厚，可头发不折不扣地和他一样，小平头。杭汉从年轻时代开始就只剃一种发型——小平头，这使得他看上去特别精神，一种短打侠客的气质。而且许多年来，杭汉也不换个更有气质的样式,不管是当老师,当茶技师,还是出国当顾问,他都是这样,永远就是中山装,不到万不得已,不穿西装。如今老了,小平头几乎白了大半,但五官还是干干净净,眼是眼,眉是眉,眉心开阔。

杭得放其实和杭汉是很像的,他也总是剃着一个小平头,而且少年白发。他与众不同的,恰是那粒红痣,端端正正地镶嵌在眉心,使他和杭家所有的晚辈都一下子拉开了距离。杭汉印象中几乎没有和儿女们在一起待过,他从来没有送他们上过一次学,从来没有参加过一次家长会,甚至可以说他从来没有和孩子们一起好好吃过一顿饭。他和孩子们有过一次好好的谈话吗?没有。杭汉和蕉风夫妻两个好像都在忙自己的工作和事情,他们可能都觉得孩子还小,还不到可以谈正事的时候,或者他们的天性都是不喜欢促膝谈心的。倒是迎霜自言自语能够说出一大堆话来,别人理不理睬她都无所谓,和得荼、忘忧、方越他们说的话,要比和自己父母说的更多。得放一直不怎么搭理母亲,他从小就嫌他妈妈智商不高,知识面太窄,都大炼钢铁完了,她还在问人民公社的事。反正不管什么事情,她永远慢半拍。而父亲呢?他几乎不了解他父亲。父亲的话总是很少,得放悄悄地在心里认为,这和爸爸的一半日本血统有关。

母亲之死,对得放来说,几乎是一件不可思议之事,他觉得他还来不及和妈妈一起生活,妈妈怎么就没有了呢?就像此刻,他见到了久违的父亲,他们不是应该拥抱、应该痛哭、应该共情吗?然而,得放转身走过去,却指着谢爱光说:“爸爸,这是我的同学,叫谢爱光。”

谢爱光连忙鞠了一躬说："伯父，我们到您单位找过您了。他们说您在这里。"

杭汉指指山坡上一小群人，说："好几个呢，茶园出虫子了，贫下中农找我们指导下。"

那天下午的大多数时间，这对父子加上谢爱光，走在茶园里，几乎都在和各种各样的茶虫交流，有茶尺蠖、茶蓑蛾、茶梢蛾、茶蚜……杭汉对这些茶虫如数家珍，听上去他不是要想方设法杀死它们，而是把它们当作茶叶家族中的亲密成员。他说茶树植保一直是个没有解决的薄弱环节，比如1953年到1954年，光一个云栖乡遭受茶尺蠖危害，受害面积就达六百亩；1954年，新茶乡一百多亩茶园，被茶尺蠖吃得片叶不留。到20世纪60年代，长白蚧取代茶尺蠖，成为一号害虫。现在他们又发现另一种危险的信号：一种叫作假眼小绿叶蝉的害虫开始蠢蠢欲动。茶虫们给茶叶世界带来巨大的灾难，真是罄竹难书，什么云纹叶枯病、茶轮斑病、茶褐色叶斑病、芽枯病和根结线虫病……

一开始，这对年轻人对这些茶虫和茶病还有些兴趣，但很快就发现事情不对。他们发现杭汉除了谈茶虫和茶病之外不会谈别的了，而且他根本刹不住自己的话头，他几乎是不顾一切地狂热地叙述着，仿佛这就是他的生命、他的感情。什么"文化大革命"，什么妻离子散，统统不在话下，只有那些个茶虫和茶病与他同在。在杭汉滔滔不绝地讲述茶虫和茶病的声音中，这对少男少女不约而同地产生了幻觉，他们发现这个胡子拉碴、半老不老的长辈已经幻化成了一株病茶树，他的身上挂满了各种各样的茶虫，他正在和它们做着殊死的搏斗。

日薄西山时，这对年轻人看到他走向了茶园。他们便有些惶恐，就这样告别了吗？然后他们看到他又回来了。他一边搂着一个孩子，说："要过年了，一起回家好吗？"

他们吃惊地盯着杭汉，杭汉却说："先去看看你母亲。"

"他们同意了吗？"得放犹豫地问。

"这不是你该操心的事情。"他回答。

"谢爱光，到我家去过年好吗？"他转身问。

"我，可以吗？"谢爱光惊讶地问得放，一把揪住了自己的围巾，她太害怕听到说"不可以"了。得放却再一次问爸爸："你确定我们可以一起回家吗？"

"为什么不可以？"爸爸突然伸出他那双有力的粗糙的大手，说："谁不让我回家过年，我就抹死谁！"

杭汉的面孔突然变得狰狞凶猛，片刻又恢复到沉静。他拍拍谢爱光惊慌失措的肩膀，说："放心，孩子们，我只抹死过汉奸。"

得放也拍拍爱光的肩膀："我爸说的是真话，我舅公是汉奸，我爸就把他抹死了。"得放眼睛里含着眼泪，一使劲就往前走，边走边把头抬向天空。天空多么蓝哪，妈妈永远也不会回来了。他终于坐在路边的大土墩上揉起眼睛，为这短短半年所经历的一切，为他现在看到的父亲杭汉——他几乎认不出他的父亲了，不是因为父亲比他想象的起码老了一倍，而是因为他发现父亲的精神有些错乱了。

天起风了，茶园里残阳没有照到的那一块变成了黑绿色，一直黑绿到纯粹的黑色。三人大步地朝那黑暗的阴影走去。两个疲惫的少年，渐渐感觉身上的力量，又回来了。

阴晦潮湿又寒到骨头缝里的天气，江南才有。先是无尽细雨，像怨妇之泪绵延不绝，北风也被冻得迟缓浓稠，似欲结成薄冰，凝成一条条挂在半空中的玻璃幔，再往后，雪霰子开始稀稀拉拉地敲打下来了。

清晨，杭家的女主人叶子，悄悄地起身，开始了她一天的劳作。昨夜，嘉和终于回来了。这段时间，一把老骨头的他一直在各大产茶区转悠，因为抓革命还是要促生产的，不少茶场的评审师都被打倒了，进学习班的还好说，一边批斗一边评审，但有些人被抓了，扛不住的死了，自杀的、被打死的都有。只是外贸内销的茶该送出去的还得送，有关方面就悄悄地想起了杭州城里的这位老茶人、烈属杭嘉和。下半年，他就一直在外面忙，评茶审茶，直到昨夜才悄悄归来。

叶子又高兴又着急，她不想打搅婉罗姆妈，她年纪大了，叶子怕她夜里睡不着，清晨起得早，伤了身体。这位曾经如绢人一般的日本女子，年纪一大，佝偻下来，成了个眉清目秀的中国江南小老太婆，不过那份轻盈劲儿如故。大半生未穿过和服，走起路来，依旧保留着日本女人穿和服时才会迈出的那种小碎步子。她的动作也越来越像她的小碎步，细细碎碎，哆哆嗦嗦，任何一件小事情，到她手里就被分解成很多程序，这倒有点像她自小学习的日本茶道，茶只品了一次，动作倒有一千多个。

和她的左右邻居一样，为了省煤，每天早晨，她都要起来发煤炉。煤炉都是拎到大门口来发的，就对着当街口。现在什么都要票，煤球也不例外。叶子的日子是算着过的，能省一个煤球，也算是治家有方了。

天色阴郁中透着奇险的白,是那种有不祥之兆的光芒。雪霰子打在煤炉上,尖锐而又细碎地噼噼啪啪地响。年脚边了,却没了旧时过年的喜庆气氛。说是举国上下一律废除过阴历年,这可是在中国生活了大半辈子的叶子从来没有碰到过的事情。叶子暗忖自己到底还不是一个百分之百的中国人,一时便有些心神不宁。她并不怕劫难,沦陷时最艰难的日子都过来了,面对那些骤然降临的灾祸,她惊人地沉着。但这些年漫长的日复一日的潜在的不安,与包围在她身边那不祥的事件接二连三地发生,把她的意志逐渐地磨损了。

嘉和悄悄地来到她身旁,他是出来给叶子拎煤炉的。煤炉却还没有完全发好,拔火筒顶端往上冒着火苗烟气,叶子用手里的蒲扇指指:"哎,你看看,像不像游街时戴的高帽子?"

嘉和有点吃惊地看看拔火筒,他想起了曾经被拉去游街的方越,有些恼火地摇摇头回答:"亏你想得出来。"一边就把雨伞罩在叶子头上。雪下大了,飘飘扬扬地飞起了雪片,叶子把手拱在袖筒里,盯着那拔火筒上的火苗说:"上班的人要上班,也就算了,可学生不上学,怎么除了迎霜,谁也不来打个招呼?"

嘉和说:"得放你又不是不晓得,他这个抹油屁股哪里坐得住?虽说是回来了,但我们不妨想开点,还不晓得这么大个中国,他会在哪里过大年呢。"

叶子更加闷闷不乐,说:"得荼也是,忙什么!又不是中学生,向来不掺和的,怎么一个多月了也没有音信。都在杭州城里住着呢,年脚边总要有个人影吧,你说呢?"

嘉和就想，还是什么也不要对叶子说的好，她怎么会想得通，得荼现在成了什么角色呢？她会吓死的。

虽说一家人过年不像要过年的样子，叶子还是决定弄出过年的氛围来。吃完泡饭，就要给迎霜换新衣裳，还准备打鸡蛋做蛋饺。昨天排了一天的队，总算买到了一斤鸡蛋、两斤肉。迎霜想起妈妈，夜里哭了一场，不过早上起来，吃了汤团，换上新衣服也就好多了。自反动标语一事后，她一直逃学在家，反正学校乱糟糟的也不开课。现在奶奶给她换新罩衣，她就想起来了，问："奶奶，布朗叔叔今天来不来？"

叶子说："怎么问起这个来了？"

"二哥和他斗争呢。"迎霜用了一个可笑的词儿，"跟一个女的。"

"瞎说兮说。"叶子用纯正的杭州方言跟迎霜对话，到底是女人，对这种话题还是生来感兴趣的。迎霜能够从奶奶的话里面听出那层并不责怪她的意思，就更来劲了："布朗叔叔前一段时间跟那个谢爱光很好的。谢爱光啊，就是二哥的同学。不过二哥一回来，布朗叔叔又没人好了。真的不骗你，他带我去上天竺时亲口告诉我的。"

嘉和用毛笔点点迎霜的头："小小年纪，地保阿奶一样！"

"地保阿奶"是杭州人对那种专门传播流言蜚语的人的不雅之称，但嘉和对迎霜的口气并不严厉，迎霜也不怕大爷爷，还接着说："不骗你的，大爷爷，我们真的去上天竺了，我们还看到不少千年乌龟呢。全部翻起来了，肚皮朝天。哎哟我不讲了，我不讲了。"

迎霜像是想到了什么，突然面色苍白，头别转，一声也不吭，由着奶奶给她换衣服，二老就互相对了一个眼神，明白这小姑娘又被勾起了茶炊砸死人的往事。嘉和就赶紧地吩咐说："到大哥哥屋里，把那块砚台拿出来，你当下手好不好？磨墨，大爷爷要写春联。"

迎霜勉强笑笑，竟是善解人意的大人般的笑容。她很接翎子的，晓得大爷爷为什么要让她打下手，但她也不想说破，转身就走。叶子却小声问丈夫："乌龟肚皮翻起来，不懂……"

嘉和却是一听就明白了。原来中国许多寺庙，殿前都有一个放生池。上天竺历朝都是香火旺盛之地，到放生池来放生的善男信女自然特别多。嘉和小时候，就跟着奶奶到上天竺放过乌龟。放生之前，一般都是要在乌龟壳上刻上年代，有的还会串上一块铜牌，以证明是什么年代由什么人放的生。那乌龟也真是当得起"千年"，嘉和亲眼在天竺寺看到过乾隆时代的乌龟。活了多少朝代，日本人手里都没有遭劫，现在肚皮翻翻都一命呜呼了。

原来办法却是最简单的，寺庙里和尚都被赶走了，也没有人敢来管人家造反派如何造反，他们就稀奇古怪的花样都想出来了。不要说在大雄宝殿里拉屎拉尿，放生池里钓鱼也嫌烦了，干脆弄根电线下去，一池子的鱼虾螺蛳、千年乌龟统统触电死了。

佛家对这些人又有什么办法？说有十八层地狱三十六种刑罚，也没有电刑这一说啊！嘉和一向是个玄机内藏的人，这些事情他听到了就往肚里去，不跟大人小孩子说的。听说布朗带迎霜到这种地方去，不免生气，想着等布朗来，要好好跟他说说，别再让迎霜受刺激了。

"也不知道盼儿一家什么时候到，往常这个时候，她也该下山了吧。"叶子担心完孙子，又开始担心女儿。

“她现在有踏儿哥呢,这个女婿嫁着了。”嘉和说的是曹家远。运动一来,曹家远辞了民办教师的工作,踩上收破烂的三轮车了,杭人管三轮车夫叫“踏儿哥”。曹家远倒也是处变不惊,安身立命。

“今日下雪难说,可能会迟一点,你就不要操这个心了。”嘉和安慰他的老妻。

第十六章

这一年春节前夕，暴雪压弯了杭州郊外的竹林，革命正在如火如荼地进行，而杭得荼终于要和最不愿意见面的人交手了。

一场严重的冲突已经在他们的高校校园爆发，社会上各大派也掺和了进来，杭派开始揭吴坤的老底，一夜之间铺天盖地的大字报，吴坤顿时成了革命对象、变色龙和小爬虫的代名词。赵争争气得直跺脚，说："杭得荼这个王八蛋，看我不抽死他！"吴坤当然比赵争争要沉得住气，但心里还是有些发虚。他边穿大衣边交代："没我的话谁也不要轻举妄动。"赵争争一把抓住他，问："你要到哪里去？"吴坤掰开她的手说："别担心，我去找该找的人。"赵争争又扑上去抓住他的大衣领子，说："去找爸爸，我跟你一起去！"

吴坤一听到"爸爸"这两个字就上火，他痛恨赵争争提她的爸爸，虽然他清楚这两个字的确至关重要。他假惺惺地笑着，说："你不用为我担心，这事情我自己能处理。"赵争争依旧抓住他的大衣领子不松手，她的狂热简直让人烦透了，可是他依然不得不和颜悦色地安慰她，一遍又一遍地说："谢谢你，革命者经得起任何考验，谢谢你的革命友情……"

而战友赵争争就向他深情地望去，革命之外的那个东西闪闪发光，一点也不亚于革命。但那东西越是闪光，他越是要和她谈革命:罗伯斯庇尔、福歇、马拉之死……只有他的革命之水能够浇灭她目光里的欲火。他怕她,可他为什么要怕她呢?

其实一开始他和赵争争还是挺好的,尽管那时候他已经听说了茶炊事件,但他并不认为这是一种杀人行为,他把它归于革命的必然。夜深人静,他们畅谈了一会儿革命,他就开始诉说他的苦恼,他感情领域里的苦恼。他知道这一招最灵,没一个年轻姑娘不上钩的。再说这时候他已经喝了一点酒,他也不想因为白夜和她生父的问题影响他的政治前途。事情就这样发生了变化。应当说,短暂的革命,使他飞快地越过了女人之河。

革命加性的感受是非常奇特、相当刺激和无法抵御的,而在内心深处他又明白,那是低级趣味的、无聊的,这事一开始得归罪于他。因为他频频向她射去深情的目光,然后走到她的身旁,然后又离开她,这么拉皮条似的以她为轴心远远近近地拉了一会儿。他请她唱越剧,又请她跳芭蕾,这些都是赵争争的拿手好戏。她兴奋起来,一开始还不好意思,后来且歌且舞,欲罢不能,如有神助,电突然断了。屋子里一片黑暗,屋子外长夜漫漫。谁知怎么一回事,他们就把舞跳到床上去了。床很小,舞也没有跳完。在黑暗中,吴坤听到了姑娘可怕的喘息声,还有她近乎歇斯底里的扭动。这使他兴奋起来,真是万事俱备只欠东风。就在这时候,唉,就在这时候,就在这关键的时候,姑娘叫了起来!你叫什么不能叫,你却偏偏要叫……造反有理……吴坤一下子愣住了,不相信自己的耳朵,但他很快听到了第二声第三声和无数声……

她越来越急躁,成了杭州首屈一指的女打手。他亲眼看见她抽人耳光的狠劲。他跟她谈过要文斗不要武斗,可是她说要文攻武卫;他说英国革命,她就说法国革命;他说修正主义,她就说伯恩斯坦;他说巴枯宁,她就说考茨基。她记忆力惊人,是那种病态般的记忆。如果没有这场运动,她可以成为那种有点怪癖的专家。他根本说不过她。

总之,吴坤已然发现,要甩掉这个赵争争,绝不比追求白夜容易,况且他还不能得罪赵争争的父亲,有许多事情唇齿相依,休戚与共。他陷得很深。难道他真的要和这样一个女人纠缠终身?刹那间他闪过这个问号,脑袋痛得头发都倒竖起来了。

吴坤是赵争争的初恋对象——对革命而言,初恋只是个余数,但对会跳舞的赵争争而言,初恋是青春的死结。她从她父亲那里知道,杨真是中央在“文革”中一直关注着的重点人物,按理十个批斗会也应该开过了,这个杨真却连一次游街也没有。她理所当然地想:吴坤为什么不敢动那个杨真,是对他有恻隐之心吗?不!吴坤不过是自己不便下手罢了,毕竟杨真还算是他的准岳父吧。

可是他不便下手,我方便啊,赵争争想。她虽年轻,却已经看到过多少德高望重之辈,跪倒在毛主席像前痛哭流涕,磕头请罪。难道这些经历过枪林弹雨的老家伙膝盖就那么软?非也,要是事先不触及皮肉,事后怎么会触及灵魂?这么一天天地想多了,她不再等待,便火速回到学校,纠集了一群战友,直冲上天竺法喜寺。

上天竺值班押守杨真的人中,有吴坤的另一位女战友翁采茶。吴坤虽然追白夜追得苦煞冷落,但在白夜之外却是交了桃花运的。两个女人对他表示了不同形式但却是同样火热的感情。在翁采茶一方来说,那是灵与肉的全面奉献,她已经不和李平水同床共枕了,绝大多数晚上她都住在他们的造反总部。吴坤什么时候要她,她就什么时候扑上去,她还常常扎到吴坤怀里哭,说:“离婚,我要离婚,我不跟那种人过日子了。”这多少有点类似于表态的动作,配上她那张沾了一片鼻涕眼泪的银盘般的大脸庞,让吴坤看了一眼就闭上眼睛,然后干脆关了灯。他还不如摸着黑眼不见为净呢——他仰着脸,注意着不让自己的身体沾上这女人脸上的那一片湿。女人却是个傻女人,兴奋得不知道东南西北。不管怎么说,她的肉体还有几分泥土气,在上面“开垦”的时候,他不感到吃亏。把杨真交给她守,他也比较放心。采茶是说一是一的,不像赵争争,你说一,她能折腾到十。

可这一次他没想到赵争争会亲自冲到上天竺去提杨真。采茶急得连蹦带跳,连连说不行不行,杨真要押到北京去,中央要派用场的。赵争争轻蔑地斜看了这个贫下中农阿乡一眼,说:“叫你干什么你就干什么,别的事情少插嘴!”挥挥手就把采茶挡在路边,一辆车风驰电掣般就把杨真押到了中学里。

学校里早就组织了群众,口号震天响,杨真被连拖带拉地押上台。正是大冷的冬天,他穿着一件灰呢大衣,那还是当年从事外事活动时从苏联带回来的,衣服看上去还有七八成新。一个红卫兵手提糨糊桶上去,像是看着一个大字报棚子一般,端详了一下杨真的身板,唰唰两道,湿淋淋的糨糊就熟练地涂上大衣的前胸和后背。然后又是唰唰的两道,前胸后背就跟背带似的,贴上了两条大标语,前面是“杨真是一条大走狗”,后面是“打倒杨真挖出后台”。

杨真刚才显然是被那群争夺他的年轻人吵蒙了,这才有点缓过劲来。运动一来他就被软禁了。虽然也有被拉出去的时候,但疾风暴雨般的大规模批斗他没有经历过,他就只按自己的思路行事。台下正在高呼口号呢,他突然不假思索,左右两只手出击,两条标语就被他扯了下来,上前几步,把标语放在主席台上赵争争的眼前。他说:“批判我是可以的,但是不要搞人身攻击,我杨真不是狗,杨真我也没有后台。”

赵争争吓了一跳,大家也都愣得张开了嘴巴,会场上乱哄哄的声音突然没有了,大家都瞪着眼看这个老家伙。就见这老家伙主动走到台角站住,又添了一句:“开始吧!”

两个男学生如武林高手一般,一下子就从台下跳到台上,扑向杨真,被赵争争挡住了。她挥挥手,提糨糊桶的小将便会意了,上去又跟刚才一模一样地刷了一遍。离台近的人都看到了那老家伙在动嘴,就一片吼声:“他叫嚣什么?什么反动言论?”那刷糨糊的傻乎乎地回答:“他说你们白费工夫,这样做不符合中央精神。”

于是便肃静下来。困惑?震惊?手足无措?各种批判会开到现在,此类现象从未发生过。俄顷,平地一声雷,不知道谁喊了一声:“打!”顿时山呼海应,电闪雷鸣:“打打……打……打打……”

有多少人冲到台上去了,被批斗的人已经不见,台上塞满了打手,杨真的身影立刻就湮没在一群生龙活虎的青春躯体中。他们在台上跳来跳去,发出了嗨嗨的声音,双拳紧握,仿佛杨真是一个沙袋,而他们正在练武功。一群黄军装一会儿拥到这里,一会儿拥到那里,喧嚣着犹如波涛汹涌中的大浪头。

突然有另一个声音响了起来:“要文斗不要武斗!要文斗不要武斗!坚决保护革命路线的捍卫者!杀人偿命!武斗犯法!”

那声音正来自一个熟悉的人——杭得放,赵争争一眼就盯住了站在台下正要往上冲的杭得放,她还发现了旁边跟着他的那个

"随行丫头"谢爱光。得放盯着赵争争突然大吼一声:"杀人犯,血债要用血来还!"赵争争也尖叫起来:"反革命,抓住他!"话音未落,她就发现这两人闪没了。她突然就打了一个寒战,"杀人犯"这三个字第一次嵌进了她骨头里。她的直觉告诉她这样做不行。她对着麦克风叫道:"战友们,留活的,留活的,还有用!"台下立刻一片相互提醒声:"留活的,有用,留活的,有用!"那些人就收回拳头,像下饺子似的往台下跳。杨真重新显露了出来。但见他艰难地爬起,好几次摇摇晃晃,像一头被屠宰却又没被完全杀死的牛。台下的人从呼喊到沉寂,屏声静气地看着他爬,像是看一场惊险电影。他终于站住了,抬起头来看着台下,台下的人清楚地看到,两股鼻血是怎样从他的脸上喷涌而出,一直流向胸前的。

提糨糊桶的人第三次上台,这一次,连他自己也有些难为情了。走路的样子有些别扭,下面已经有人在笑他,这使他实在不好意思。这也是打他开始拎糨糊桶以来从未碰到的打击:给一个牛鬼蛇神贴标语,竟然要贴三次。他的自尊心受到了伤害。起初他对这个杨真并没有什么感觉,一个普通的老牛鬼蛇神罢了,但现在不同了,他和他结下了私怨!他脑子一热,突然发起狠来,一桶糨糊夹头夹脑地倒在杨真身上,然后掏出一大卷标语,七张八条地就往杨真身上扔,把他的脑袋贴得完全被盖住了,白色的标语带垂挂下来,杨真看上去就像一个白无常。这个意想不到的效果显然使年轻人大为开心,刚刚那个倔强的老家伙顿时就变成一个跳梁小丑,人们禁不住鼓起掌来。

有人突然惊喊:"血!血!"

偌大的会场再一次沉寂,所有的人都看到了鲜血。它不是喷涌出来的，而是从头部贴住的白色标语后面迅速地渗出来的。人们就看到了一朵鲜血之花，鲜血顺着标语往下滴，滴成了一条血路，溅成了一幅奇异的图案，鲜血在发光！

那个头顶血花的人，那个被埋在标语中的人，猛然迸发出笑声："哈哈哈哈哈——"

他仰天大笑，声嘶力竭，惊天动地，拼尽全力，最后变成了呐喊。被鲜血浸透的标语突然在顶部裂开，他露出一张裂缺的嘴来，白色的牙齿，在他笑声中喷了出来！粘在杨真身上的标语突然全部脱开，它们就像一件血衣，沉重地落在了杨真的脚下。那个血人睁开眼睛，眼睫毛上都挂着血珠，他直愣愣地看着会场，终于，缓慢而沉重地轰然倒下。

那天幸亏吴坤接到电话后及时赶往现场，电话正是得放打的。二话不说，吴坤挥手给了赵争争一个耳光，急救车立即把杨真送往医院抢救，他当时是真的后悔，节奏没掌握好，应该把杨真交出去脱手的。此时那头警报又来，杭派已经包围了医院。吴坤被杭得茶堵在手术室楼道口。两人怒目对视，在楼梯上僵持数分钟后，杭得茶面色铁青，开门见山地说："杀人偿命！"

幸而这时翁采茶从手术室出来，她对吴坤耳语，吴坤紧绷的眉头松开了。杨真活过来了。他对得茶说："你要他，我绝不阻拦。你是真不知道，要不是赵争争这次横插一杠，杨真已经在北京了。"

他对权力的这种根深蒂固的崇拜让得茶恶心，所以得茶偏偏要揭露它："明明是你扣下的杨真先生，你们想逼出他的材料，好到上头去报功。你知道被你们打得奄奄一息的这位老革命，他光明磊落，不会落井下石。你很清楚什么是为虎作伥！可你还要那么做！”

吴坤突然就耳鸣了，他捂住胸口，从来没有的锥心之痛袭击他。是的，他还没有和杨真真正交流过一次，但他从小就受其恩惠，心里是敬佩这种人的，只不过不管他们曾经怎样艰苦卓绝，到头来只是历史的祭品……他全身冒汗地挥手：“交给你了，自便吧……”

翁采茶赶紧上来一边扶着他下楼，一边问：“怎么办啊，这个走资派就给他们杭派了？”话音未落，赵争争冲了上来，大声地吼道：“不行，我爸爸说的，杨真必须在你手里，谁放走他，谁自己向中央请罪去！”

翁采茶不容许任何人对吴坤这样说话，她也大吼了一声：“你爸爸不让放，你让你爸爸接走啊，你们缠着吴司令干吗？！”

赵争争也火了，大声骂道：“你个乡下佬大青娘，你给我滚一边儿去，没你说话的份！”

这话算是戳到了采茶的心肝肺，她立刻像头母豹般扑上去和赵争争对打起来，扯头发抓脸皮。吴坤真是要被这两个女人烦死了。他深刻地体会了一把重大历史事件与鸡毛蒜皮之间那种唇齿相依的关系，但最后还是赵争争的爸爸占了上风。“行了行了，脱离危险后回老地方。现在全院紧急监控。”他下令说。

赵争争狠狠白了采茶一眼：“还用你下令，我早就安排了！”

“要你安排个屁啊，你有什么资格，你这个杀人犯！”采茶又骂了回去。吴坤被这两个女人夹裹着一步步往下走，额头上的汗珠大滴地掉下来，他发现自己已经到了一个临界点，有一种要崩溃的感觉了。

有那么三四天时间,医院简直就成了个造反总部,杭派和吴派的人对峙在其中,等着杨真的伤情结果。第四天他终于脱离危险了,杭得荼和吴坤都松了一口气。杨真恢复得还算快,从他的眼神可以看出,他头脑依然清晰,耳朵也能听得到,他只是还没有说过一句话罢了。

杨真先生的情况,得荼严格地向家里人保密。他坐在杨真先生的床头,杨真先生肿得只剩一条缝的眼睛今天好了很多,他一直躺着,听得荼诉说他的打算:我要把你弄回去,由我们这一派接管。放心,你在我这里,只会是一个名义上的牛鬼蛇神。至于他们要你交代的问题,没什么就不说。难道定中国最大走资派的罪,真的还需要你这样的人的什么证词?我不相信,我看是吴坤在故弄玄虚,是他在捞政治稻草。你怎么看这个问题?不,你不用说话,我能明白你的意思。你不表态吗?你是不是觉得我不应该搅到这样的事情里去?可是我不能再沉默,我不能眼看着你们受苦受难,我自己却逍遥自在。我还可以告诉你,我发现了自己身上的某种政治热情,我不知道这是从哪里来的,我过去从未感觉到它的力量。一开始它进驻到我的心里让我非常难受,可是我现在开始习惯于它的存在了。你们有过脱胎换骨的过程吗?我现在就有这种感觉,这让我有了一种牺牲的神圣感。你怎么啦?你说什么?你让我拉开窗帘?好的,我现在就开,我现在就给你打开,你想看什么?

杭得荼打开窗帘的时候,自己先愣住了,纷纷扬扬的大雪下来了,窗外站着一个包着头巾的女人,手里撑着一把雨伞,那是他的姑婆杭寄草。得荼要打开窗子,寄草拼命摇手,意思是说外面冷,别开窗。杭得荼连忙过来,扶起杨真先生,他看到杨真那鼻青脸肿的脸上露出了笑容。他还看到对面窗外的寄草姑婆也笑了,她的脸贴在窗玻璃上,鼻子被压得扁扁的,样子很古怪。雪下得越来越大,一会儿就遮盖了伞面,寄草姑婆一个劲地做手势,让杨真躺下。杨真摇着头,死死地盯着寄草,他还是在微笑,一直就在微笑。但他没有说一句话。得荼觉得真是奇怪,一开始窗帘合着,杨真先生是怎么知道寄草姑婆站在外面的?是凭心灵感应吗?这是神秘主义的理论,是“四旧”、迷信,但至少现在,那是事实。他只好再一次走到窗前,告诉寄草姑婆,快回家吧,这里不让人进来,外面又那么冷,快回家吧。寄草微笑着摇头,眼泪和雪花混在了一起。但她终于还是离开了,告别时手朝天上指了指,杨真仿佛会意,笑得更甚,露出了他那被打掉了几颗大牙的牙床。他的样子非常陌生,他的笑容令人心碎,这让得荼再次想到了那个与他有着血缘关系的女人。他不忍再看,走到窗前,他看到寄草姑婆那踽踽远去的背影,在医院的大门口一闪,就不见了。

今天的杭得荼,想起这个人的名字都会窒息,当然,这并不等于说他和吴坤没有再见过面。恰恰相反,他们见面的机会越来越多。首先就在校园里进行了一场小型的“土地革命”,各自划分了自己的势力范围。吴派是资格最老的,在各路诸侯中理当称雄的;杭派却神龙见首不见尾,一旦亮相,异峰突起,大旗一举,招兵买马,顿时就成吴派最大的对立面。

他们甚至在地理位置上也做到了针锋相对。两幢大楼,各占一幢,中间那个大操场,以往是吴、杭二人每天来此挥羽毛球拍的地方,现在成了吴、杭二派的“三八线”地带。小规模的冲突不断发生,吴坤和杭得茶用电话进行指挥的时候,可以在各自的办公室里看到对方手提话筒的身影。他们拥有各自的汽车、副手、卫队,擦肩而过的时候,个个都盛气凌人。偶尔他们也会有面对面相对而过之时,每当这时候,双方都表情傲慢,怒目圆睁,内心强撑。那个在花木深房里解析陆氏茶风炉的杭得茶与吴坤,仅仅过了一年时间,羽扇纶巾谈笑间,樯橹灰飞烟灭。

而他们之间的这一次接触,正是杭得茶在接到白夜的信之后不久。吴坤突然派人送信,让他到涌金公园茶室,他们俩单独见面,吴坤有重大事件通报。这对他们而言,原本是非常忌讳的,在别人眼里,他俩为一个女人大打出手的消息已传遍全校,他们这誓不两立的对头,就是从这一八卦开始演绎而成的——时至今日,他和杭得茶之间的分歧虽然已经成为不可调和的你死我活的阶级斗争,但故事也从未自阶级斗争这根弦上自动撤离,阶级斗争和风流故事自始至终纠缠成一团乱麻,罩在此二人头上。

得茶知道这一次见面绝对非同小可,想不想见他都得见。好在见面也并没有想象的那样紧张,天降大雪,茶客几无,他俩在靠窗的桌前坐下,临湖眺望,白雪铺天盖地,西湖冻成了一面巨大的镜子。都这种时候了,竟然还有成群结队的杭州人在游玩,吴坤一边摇着头一边叹息:“杭州人哪,就冲着湖冰结得厚了,去岛上能省几个钱,命都不要也要玩。”

得茶没有理他,看着湖面嗑起了瓜子,一副心不在焉的样子,一看就是装出来的。吴坤等着得荼嗑了一会儿,才要了一壶红茶,坐定了说:“看出来了吧,我可是挑了一个好地方,这地方曾经有过你家的忘忧茶楼,可惜没找到具体地址,一直还想问问你爷爷呢。”

冬日的湖心,有几只野鸭在三潭印月一带嬉戏,得荼回过头对吴坤说:“你觉得我们之间,还有什么怀旧的基础吗?”

吴坤咽了一口气,苦笑一下,说:“怎么没有?你看,这是安徽专门寄来的一件宝贝。”他从口袋里掏出一封信,牛皮纸信封里装着一张信函,吴坤一边把它摊开,一边解释:“还是我爷爷通过杭州民信局邮寄茶叶时的信函,也就是押包裹单吧。内容是从杭州发往宁波的一批茶叶,连几箱都写得清清楚楚。邮寄茶叶包裹,就是从我们杭、吴两家开始的。”他指着信函上写着的“力讫”二字,说:“这里写着‘力讫’二字,信里面还有‘茶讫另付’,我就不太明白这还有什么讲究。”

“你把我叫到这里来,就为了‘力讫’和‘茶讫’啊?”

“也算是其中之一吧。”

得荼站了起来:“力讫,就是正常的邮资已付的记号;茶讫,就是小费。尽管这都是你口中的‘四旧’,我还是满足你的求知欲。告辞。”

吴坤没有站起来,却竖了下大拇指,长叹一口气,说:“行了,兜什么圈子,你就到此为止吧,就算我求你了行不行?我就想问问你,有白夜的消息吗?”

得荼坐了回去,他想看看吴坤是如何继续演戏卖关子的。而吴坤也终于开始进入主题:“我知道你有她的消息,但我知道的可是最新消息。和白夜一起的几个干部子弟偷越中苏国境,被当场击毙。白夜下落不明,我现在还不知道她本人有没有参加这次行动。她失踪了。”

得荼眯起了眼睛,远望湖山,看得出来,他在尽力控制着自己。

“叛逃,你觉得有这种可能吗?”见得荼不回答,他自己便回答了,“根据我对她的了解,这也不是不可能的事情。”

“你是要她死吗?”得荼思考片刻,问他。

“叛逃是重罪,现行反革命,叛国罪,严判起来是要死刑的。”

“明白了,你要她死!”

“没有谁比我更希望她活着……”吴坤的火气上来了。

“直说啊,你是不是认为我把她藏起来了?”

“不至于吧,你毕竟是烈士子弟,起码的阶级立场、是非观念还是有的。”

“白夜就不是烈士子女了?只可惜这大千世界,竟无处可藏。”

“有处可藏也轮不到你。我再和你说一遍,这事真的和你无关。”

“我可是提醒过你,你们没有民政局的正式盖章,你们没有结婚证书,你们不算合法夫妻,白夜的行为不影响你革命。我不相信你没把我的话听进去,这可是保你政治生命的最后一张底牌。”

得荼尖刻地一句话说到底,把吴坤给说僵住了。一个具备洞察力的人,实在就是一个人间的潜伏者啊,得荼揭露得太精准了。好在他转念一想,干脆坦然地把话说开了:“那是万不得已才走的一步,现在我没想动这个途径。当然,白夜如果真的自绝于人民,叛党叛国,我也是会守住底线的。”

“说得一嘴道貌岸然,可惜我自岿然不动。从小斗鸡斗狗抢茶泡饭过来的，你这个踩了尾巴头会动的角色，是个什么精我还不知道？人家是九尾狐狸，你是十八尾，你就算计吧，我等着。”

吴坤苦笑着摇头：“你变得这样刻薄，的确超过了我的预想，我们就不能稍微温和一些吗？”

他沉吟着双手捧着玻璃杯，小口地喝着红茶，好像被得荼的话说得发寒了，人就缩了起来，却又出其不意地抬起头问：“你看白夜会不会回杭州啊？”

“干什么，诱供啊？”

“哪里哪里，我是说，在白夜的问题上，我们应该统一思想。不管谁得到她的信息，说好了，都要互通有无啊。”

“原来是要大义灭亲！”

“说到哪里去了。白夜也不是一定就会叛逃的。并非她思想觉悟有多高，是因为她父亲，她绝不会离开她父亲。所以杨真先生才是一号人物。”

吴坤感觉自己已经掌握说话的主动权了，便有条不紊地给他分析起来：“我们俩就是难兄难弟一对，根本就没有进入白夜的法眼。你明白吗？他们的软肋就是他们自己。父亲放不下女儿，女儿放不下父亲。我们这些人，在她眼里，根本就是外人，是死是活，不值一提。”

吴坤说这样的话，究竟是什么意思？得荼的确一时有点犹疑起来。这一丝表情显然是被吴坤抓住了。

“得荼啊，我是想告诉你一个事实，白夜和杨真是绝对不会为我们这样的人去死的。”

一片大雪花扑向窗口，粘住了，慢慢地往下溜。得荼恍然大悟,他明白了:“你是想说,他们只为对方活着。”

“或者去死。”吴坤冷冰冰地补充了这么一句

说这话时,他们两个人已经一起走出了茶室,得茶穿着雨衣,吴坤撑着一把黑伞,向湖边慢慢移动。杭州的雪难得会那么大朵大朵地下,一片片沉得就如西湖二月飘下的玉兰花瓣。

冰面上越来越热闹,吴坤眯起眼睛说:“我还记得爷爷当年跟我讲的掌故,抗战时敌机一来,湖上的划船儿像掷骰子一般,一下子都划到湖边柳丛里。警报一解,西湖四面八方,船儿全都嗖嗖地划出来了,湖面又是一片人集,就像我们现在看到的一样。真是一方水土养一方人哪!”

一直走到了停放自行车的草坪,杭得茶开始后发制人:“谈点正事吧。给你们总部的通告,看到了吗?”

给吴坤这一派的通告,是让他们迅速释放杨真先生,并把他安全地交到杭派手中。吴坤当然看到了。可是他不想正面回答这个问题,拖一天是一天。他沉思着摇头,诚恳地回答说:“得茶,我跟你说过多少遍了,杨真是中央‘文革’特别调查组的重点对象,根本就不可能放在我们这些地方派别组织手里。况且他是我岳父,我会不着急吗?他在医院被谁接走,是死是活,目前下落不明,我还想请你们帮我找一找呢。”

杭得茶盯着吴坤那双无辜的小眼睛,怎么不去当电影明星呢?得茶想。他早就从赵争争那里知道了关押杨真之处,正是灵隐旁边三天竺的上天竺法喜寺,也就是迎霜亲眼看见的千年乌龟肚皮翻起的地方。

法喜寺和杭家人特别有缘分，首先当然是因为它很美，吴越时建的这座千年寺庙，从前是专供观音求雨栖居尼姑的地方，中国白衣观音的起源地。此处规模宏大，藏经殿、两峰堂、千佛阁、水月楼、皇华馆等，很合杭天醉心意。寺前白云峰脉，其冈如琴，故称"琴冈"；冈上修竹成林，碧荫数里，寂然空谷，唯闻泉声。

不过杭家与法喜寺的缘分，主要还在于寺内长有一株五百多年的古玉兰，这古玉兰每年农历二月十二开花，二月二十即凋谢，花期仅十天，有缘睹其花者甚为难得。而杭家这一族的族花正是白玉兰，当年因太平天国运动逃难，吴茶清正是从那株玉兰树上翻下，砸在正要入洞房的林藕初身上的，杭家这一段百年传奇，也正是从玉兰花开始的呢。故每年这十天，杭天醉是必带小儿女等上到上天竺，共赏这株白玉兰祖花的。

法喜寺与杭家还有层亲密关系则在于茶情。法喜寺位于白云峰下，眺望峰顶，但见白云笼罩，犹如幢盖覆顶。山头产茶名为"宝云"，与下天竺的"香林"茶并称佳品。林逋有"白云峰下两枪新"之句，而那白云峰下又有双桧婆娑，寺僧常在树下盘膝养神。山上岩穴甚多，树木森森，花草烂漫，泉脉相突，嘉和爷爷一口气能数过来大悲泉、梦泉、蜥蜴泉、冽泉、孙公泉、幻应井等，古寺院后面还有古桂飘香，人称"天香岩"，"桂子月中落，天香云外飘……"宋之问的诗当从此来，杭州城里那家天香楼餐馆自然也从中来，只不过现在不知改成什么革命餐馆了。

好在杭州的"四旧"实在是太多了，砸也砸不完，改也改不净，只是杭得茶无论如何也不会想到，吴坤竟然把杨真先生关押到这里来了。而吴坤无论如何也不会想到，赵争争竟然把这个绝密的关押所透露给了死对头。

赵争争一心想让他们杨家与吴坤一刀两断,这十七八岁的年轻姑娘搞起阶级斗争,阴的阳的一套套,吴坤是绝对没有想到的。得茶今天和吴坤摊牌,还是想留条后路,看看他还有没有作为人的最后一点底线,可这个超级大骗子,根本就不会说真话了,假话倒是犹如自来水龙头,扭开就来。既然如此,得茶也就彻底撕破脸了。

“我们之间装疯卖傻完全没有意义,兜圈子也是浪费智力。定个时间,把杨真先生毫发无损地还给我们。”

吴坤在雪中踱着方步,慢条斯理地说:“杨真放在我这里,可以说是有百害而无一利,我和他之间的那层特殊关系怎么说得清?我现在的确不知道他在哪里,千真万确,这是第一;第二,退一万步说,就算啊,就算他在我这里,我也不能放他。上面有指示,他要作为历史证人出庭,指证内奸、工贼、叛徒的,我放了他,谁替我负这个责?再说,白夜又失踪了,有可能叛逃……杭得茶,你知道此事的深浅吗?你真的已经从实践上懂得东方政治了吗?”

“不要作死了,此时此刻,是我给你下的最后通牒。”

“你想鱼死网破吗?”吴坤笑了起来,“我还是喜欢你身上的书生气的。虽然我真的不知道杨先生在哪里。”他一边这么说着一边上了来接他的车,却听到杭得茶说:“书生认真起来,也是不好对付的,你等着吧。”

杭得茶等待着吴坤的暴跳如雷,他特意把吴坤引到茶室外面湖边空旷的草地上,就是考虑到即便发生冲突也不至于声势太大。但吴坤却出乎意料地没有发怒。他上上下下地打量了一番得茶,才说:“你迷恋白夜,我不意外。几乎每个见过白夜的男人都会被她吸引,你我不过是其中的两个。可是你会利用杨真来整我,这一手的确高。”

“不客气,向你学习,是不问动机只问结果的历史实践。”

“可你扒不出东西来,我得不到的东西,你也一样得不到。”

“你得不到的东西,我根本就不想要。你以为杨真在你手里,他会为白夜妥协,只要能让女儿活着,他会什么证都敢做。其实你早就可以把杨真送到北京去了,可你就是要利用白夜的这层关系,来主动立一个大功。你这一个大功,值得人家一万个十万个,从此以后你就飞黄腾达了。你现在就是拿这一套说辞忽悠上头,可是你就不能用脚指头想想,你这一套自欺欺人的把戏能成吗?”

吴坤不客气了,他也把藏在骨头缝里的话抛了出来:“你想让我把杨真放出来,可他保管在我这里和保管在你那里,究竟有什么两样呢?他有格局、有理论、有思想,固执,甚至偏执,但他依然不过是一个匆匆过场的历史小人物。到头来,让他干什么他就得干什么,哪怕他什么也没干,人家说他干了,照样人证物证一应俱全。杭得茶,你对这场运动还是太缺乏了解了。听我一句话,回你的花木深房去吧,风花雪月是任何时代也不会被真正拒绝的,运动总会过去的,新的权力结构一旦稳定,人们还是要喝茶的。”

“夏虫不可语冰,你懂得什么是喝茶,什么是茶人吗?”

“谁也不是生来就先知先觉的。我对运动也缺乏体验,可现在我体验过了,我知道个中的滋味了,这是一种只可意会不可言传的东西,政治越来越像是禅意了。也许你并不是没有慧根,但你天生不属于这场运动。听我的忠告,当一个逍遥派——”

杭得荼厌倦了这番虚情假意,他低声地咆哮起来:“差不多了,我的智商已经被你拉到底线了,当然我的忍耐也是有限度的。过了这个限度,我会把你掀得底朝天!”

他迈开大步就往回走,直到吴坤让吉普车重新拦住他的去路。你来我往的话锋其实都触到了对方的心肝肺上,两个人都气得浑身发抖,面色发白,嘴角抽搐,想装镇静也装不成。吴坤从口袋里掏出那信函,揉成一团,恶狠狠地一把砸在杭得荼脸上,这才扬长而去。

杭得荼捡起纸团,手抖了半天,眼睛定定地看着上面的那个“力讫”,恨不得将它扯得粉碎。但最后他运足了气,终于还是缩回手来,把它放进了自己的口袋。

第十七章

迎霜已经把大砚取来，正是杭忆的遗物“金星歙石云星岳月砚”。叶子打着鸡蛋，一边发出哗哗哗的声音，一边说：“今年的春联还写啊？”

嘉和说：“你不是也做蛋饺吗？”

“那你还写去年那样的吗？”

嘉和有些心不在焉，随口问道：“我去年写什么啦？”

“去年写什么你记不得了？揖怀不是还跟你争——”叶子一下子顿住了，原来她也有说漏嘴的时候。嘉和心一缩，眼睛就闭了起来。再睁开，那边桌前正在磨墨的迎霜成了陈揖怀。这胖子还是那么笑容可掬，右手缩着，用手腕压着砚台一角，却用那只左手磨墨，一边笑嘻嘻地说：“你写啊，你写啊，我倒要看看你的褚遂良字体今年又有什么样的筋骨了。”

陈揖怀书颜体，但他知道嘉和更喜欢褚河南的字。作为杭州城里资深的书家，陈揖怀的强项，恰在书写招牌，大街小巷一路逛去，劈面而来，多是他的字。嘉和是个茶商，历来不在人前显露自己也喜欢书法。从前杭家是大户人家，门一关，他怎么写也没人知道。奇的是后来羊坝头五进的忘忧楼府已经成了个地道的茶厂，出出进进的人还是不知道他会写字。工厂虽然就在后院，但平日里大多数人对他有些敬而远之,即使有人知道,也不敢劳驾,到叶子那里就被挡掉了,说:“大先生哪里会写字,不过练练气功罢了。”

对此孙子得荼多有不解,问:“爷爷我看您是每日都要临一会儿帖的,您笔下的褚体真是得其精髓了,怎么就不肯给人写字呢?”

嘉和回答说:“一个人只该做自己认准的事。给人家写字是陈先生的事,不是我的事。人家左手都能写出那样的筋骨,我去插上一脚干什么?”

得荼用心琢磨了半天,悟了,爷爷还是在教他做人哪。纵有千般才华,不要处处占先,有所为有所不为,舍弃倒不是明哲保身,而是要有为他人想在前面的玉壶冰心。

但嘉和也不是什么都不写,有所弃有所不弃,比如给得荼的那幅《茶丘铭》,就是他亲手写的。得荼十分喜欢,请西泠印社的朋友帮忙给裱了,放在他的花木深房中,还舍不得挂,只是清明品茶时节拿出来照一照眼,夜深人静时独自拿出来看看。

《茶丘铭》也不长,原是清初著名诗人杜濬的文章。此人也是个茶痴,每日事茶后,要把茶渣“检点收拾,置之净处,每至岁终,聚而封之,谓之茶丘”。说白了,就是给茶渣建个坟埋起来,跟后来的林黛玉葬花如出一辙。还特意写了这篇《茶丘铭》:

吾之于茶也,性命之交也。性也有命,命也有性也。天有寒暑,地有险易。世有常变,遇有顺逆。流坎之不齐,饥饱之不等。吾好茶不改其度,清泉活火,相依不舍。计客中一切之费，茶居其半，有绝粮无绝茶也。

嘉和还嘱咐得荼："你搞茶研究，这些边角料我零零碎碎的有一些，看到了我就给你抄下来。这一篇你裱了也就裱了，以后不必。从古到今多少书家，能流传的有几个？"

除了抄抄这些资料之外，也就是每年除夕时写春联了。这一项他倒也是当仁不让的，陈揖怀此时就只有给他打下手的份，一边磨着墨，这陈胖子就一边发着牢骚："你啊你啊你这根肚肠，真正吃透你心思的只有我陈揖怀。你说是不是？说来说去，你还是不认我的颜体，你还是认你自己的褚体啊。"

每每这时，嘉和就略带狡黠地一笑，回答说："颜真卿固然做过湖州刺史，毕竟不像褚河南，算得上是杭州人哪。"即便在这种时候，他也不愿意在老朋友面前承认，实际上他就是更喜欢褚体字的。

嘉和喜欢褚体，当然不是因为乡谊。褚遂良深得王羲之真传，嘉和最喜欢的却是他晚年的楷书，学王右军而能别开生面，且保留相当浓厚的隶书色彩，丰沛流畅，绰约多姿，古意盎然，推陈出新，奔放节制，严谨妩媚，微妙之处只可意会不可言传。嘉和的性情，都在褚体的字上显现了出来。

也是爱屋及乌，甚至褚遂良的命运也成了嘉和感叹不已的内容。托孤大臣褚遂良反对高宗立武则天为皇后，皇帝面前他掷笏叩头出血，还口口声声说要归田，气得高宗差点杀了他。武则天当朝后，褚遂良一贬再贬，竟然被贬到爱州，也就是今日越南的北部。一代大家，终究客死万里之外。嘉和喜欢这样的人格，虽不暴烈,却亦不退一步。因了这种性情的暗暗驱使,去年他写了一副春联:门前尘土三千丈,不到熏炉茗碗旁。陈揖怀一看他写了这么一副对联,顾不上夸他书法又如何越发精到,只问:“你这不是文徵明的诗吗?它也不是个对子啊。”

“我是向来不相信什么对子不对子的。你还记得当年忘忧茶楼的那副吗?‘谁谓荼苦,其甘如荠’,这哪里是对联,不过《诗经·谷风》上的两句诗嘛!”

陈揖怀点头认同了嘉和,但还是心有余悸:“真打算贴到门口啊?”

嘉和又说:“还非得贴‘向阳人家春常在’,或者听谁的话,跟谁走啊?”

他这一句话,吓得在场的叶子和陈揖怀如五雷轰顶,面如土色,陈胖子砰的一声关上门,指着嘉和又跺脚又捶胸,说:“说什么,不怕人家告发了你?”

嘉和把毛笔一扔,指着他们说:“谁告发?是你,还是你?”

这一说,那两个人倒是愣住了。嘉和这才走到门前开了门,让阳光进来,一边说:“真是八公山上草木皆兵。”

那二位还是愣着看他,他这才叹口气,轻声说:“我若不是信你们就跟信我自己一样,会这么说话?看看我什么时候在小辈们面前说过,左邻右舍在旁时有没有说过。我杭嘉和是个凡人,一年到头就说这么一句,也不能说?你们也要让我出口气嘛!”

虽这么说话,他还是团掉了那副对联,换上了另一副,只八个字:“人淡如菊,神清似茶”。这才又说:“这副你们该满意了吧?”

陈揖怀点头又摇头:“放在你家门口还是般配的。放在我家门口，学生来拜年，就要想，陈老师怎么不革命了？”

嘉和笑了：“陈胖子，你还是变着法子骂我啊。算啦，你们给我贴出去吧。”

这副对联就在门上贴了半年，直到六月里扫“四旧”，才被叶子心急忙慌地扫掉了。现在又要贴春联，该怎么写呢？写什么呢？陈揖怀那爽朗的笑声永远消失了，他被他的学生一茶炊给砸死了；陈揖怀写满杭州城大街小巷的招牌都被摘了，那些老店名，什么孔凤春、边福茂、天香楼、方裕和……统统作为“四旧”废除了，名字都没有了，那些写名字的招牌还有什么用呢？嘉和默默地看着磨墨的迎霜，一边用温开水化着王一品的羊毫湖笔，想：要是得荼在这里，或许他还可以给我出个对子。可是，他会回来吗？他还能想到他的亲人正在等他吗？

杭家的老老少少，没有一个人会想到，他们将度过一个怎么样的夜晚。首先便是杭得荼，他推着他的自行车，一直看着吴坤的车已经远远消失了，才准备开拔。不承想车被冻住了，回头一看，原来是被一个老人拉住了，老人用棉猴遮住了脸，轻轻地说：“得荼老师，我想求您一件事情。”得荼惊讶地发现，这老人家正是在巷口管老虎灶的周二师傅。“你说你说，只要我能做到。”他连忙回应。

“你肯定能做到，”周二对着他耳语了一句，“陪我到对面三潭印月去一趟。”

“这么冷的天，你也想去岛上玩？我记得你年轻时一直在那里的茶馆跑堂的，三潭印月您老人家还没逛够啊？”

"有人要见你。一个女的。"周二的声音越来越轻。

得茶身板顿时就绷直了,他奋力地跑着,没几步就飞进了茫茫苍苍的大雪中。眼看着快要到三潭印月了,周二突然说:"不是这里,不是这里,在湖心亭呢。"

杭得荼连问都不问,掉头就往湖心亭去。湖上三岛,本来湖心亭也是很有名的,但毕竟和三潭印月还是不能比。此时天色已暮,大雪依旧,湖上的人影也越来越稀少了。得荼跑进了湖心亭的落木杂草中,他站了一会儿,却听见一个清晰的声音在轻声地歌唱:"仰看天空浩大无穷,万千天体错杂纵横"……

是杭盼,真是奇怪的女子,她从小反感母亲信教,所以一直很抗拒基督教,这一两年,她突然记忆起童年时学过的这些歌声和祷词,常常独自轻声地吟唱。婉罗姆妈让她务必小心一些,当心让长嘴舌抓了去,盼儿说:"不会的,我有卫队长呢。"卫队长正是曹家远,大家终于发现,盼儿总是在家远在时才唱,声音又轻又清,音调很准,像春天的夜莺啼叫。

周二这时才说:"得荼老师,你不要怪我多管闲事噢。午间我走着去了趟三潭印月,多少年没去过了,今日发了个大兴,想去看看。哪里晓得烧水间里地上靠着个姑娘,面孔有点熟,就是想不起来了。我只好出去寻寻看有没有熟人,好巧不巧,真的碰到熟人了。踏儿哥带着他老婆——喏,就是你那个生过肺病的小姑杭盼,我就跟他们打了个招呼,把这件事情跟他们说了。哪里晓得他们进去一看,出来脸色都变了,再三再四叮嘱我不准再和任何一个人说。他们把姑娘扶出来,还带了把热水壶。让我回来一趟,一定要寻到你,其他人一个字儿都不准说。直到这个时光,我才想起来了，她不是原来我们市里杨局长的女儿杨白夜吗？她姆妈抗美援朝牺牲的，葬在南山。听说她老爸被吴坤抲起来了，罪过啊。我连忙回到茶室，想给你打电话。真是冤家路窄，没想到撞着你们两个死对头。一直等到吴坤和你吵完架走掉，我才敢和你打招呼。你说世上哪里有这么巧的事情，哎，他会不会跟在我们后面，吓死人了……”

得荼突然有一种巨大的轻松感涌上，侧耳倾听，铃声又过来了，好听啊，叮叮当当，得荼也轻轻地念了起来：

> 崇祯五年十二月，余住西湖。大雪三日，湖中人鸟声俱绝。是日更定矣，余拏一小舟，拥毳衣炉火，独往湖心亭看雪。雾凇沆砀，天与云与山与水，上下一白。湖上影子，惟长堤一痕、湖心亭一点，与余舟一芥、舟中人两三粒而已……

但见声未歇，就出现一个人，得荼敞开大衣，把她紧紧搂在怀里。

曹家远问：“去哪？”

“羊坝头……”

“好！”

曹家远在前，盼儿和得荼一人一边搂着白夜。天黑了，越来越冷，雪还在下，周二师傅缩着脖子落在后面，笼着双手，也一步步慢慢顶风走回湖岸。

此时正是阴历除夕，羊坝头杭家两位主人在青灯残卷中迎来黄昏。杭嘉和依然没有拟出一副对联;叶子依然没有等到一个亲人。这个白日本来就风雪交加,到傍晚更那堪点点滴滴,双重的暮色里,叶子连灯绳也没有心情去拉。直到时钟敲过下午五时,迎霜湿着一双棉鞋从大门口跑了进来,在门外喉长气短地叫着:“来了来了——”这小姑娘一天里不知道大门口跑进跑出多少趟,总算等来了第一批家人。

老人们急忙都跑到门口,叶子要去推大门,嘉和挪开她的手:“讲过多少遍了,我来。”原来老门重,嘉和怕她手用力伤筋。门一开,嘉和微微笑了,指点着门口那辆黄包车对叶子说:“你看,踏儿哥回来了。”曹家远踏着车,后面跟着他的妻子杭盼,另外一对男女也同时从黄包车厢里跳了下来,是得荼和一个脸被包起来看不清面容的姑娘。

杭盼话少,曹家远便担负起替她说话的任务。他只说他们两口子来吃年夜饭,恰好在清河坊十字路口碰着得荼,还有他的一个生病了的同学,就一起过来。叶子连忙送上来一个热水袋,只说:“先喝口热水,擦把脸,得荼你让她先烤火。”

冬天的生有居客厅里有一只火炉,一家人让出了炉边的小椅子,让白夜先坐下烤火。婉罗姆妈从楼上镜屏轩下来了,她耳聋眼花,却一眼认出了白夜,说:“这不是杨局长的女儿吗?”这才让所有的人都大吃一惊,怎么变成这样了?白夜脱下大衣的时候,他们看到了她挂在手臂上的两块黑纱。两块黑纱穿在一起,倒像是左边生了一只黑袖子,客厅里一时沉寂下来。

灯一开,金黄色的暖洋洋的热气,就轻盈地飘浮到她脸上,她眼前的一切也开始浮动。这种梦幻般的感觉,让她惊魂甫定中又生迟疑,仿佛这一切都是她前一段惊心动魄的日子里留下的梦。

当她喝着叶子端上来的面汤之时,嘉和安排了家事。他把一个炭盆搬到了花木深房里,又让叶子抱来新翻的棉被。吃完洗脸,她惊人的与众不同的脸上泛上了红晕。此时她昏昏然,头重脚轻,打着哈欠。叶子包好她的头巾。曲径通幽处,禅房花木深,从前院到后院,房间里墙上的《茶具图》让白夜重新睁开了眼睛,但她很快被睡意笼罩。叶子把她盖得严严实实,还为她冲了一个新热水袋,用毛巾包着,生怕烫坏了她。

家远夫妇把父亲请到灶间去商量事情了,盼儿盯着家远,究竟是说还是不说呢?嘉和看出来了,说:“不管你们说什么,不管我受不受得了,你们都必须告诉我。”

盼儿要张嘴,被曹家远止住了。“我来说。”他很严肃地摆出一家之主的架子,把有关白夜的所有事情都告诉了嘉和,“白夜告诉我们,她怀孕了。得荼还不知道。”

嘉和沉默了,他很少会在人前那么长久地考虑问题,最后才说:“我先去看看,你们把得荼叫来,等我。”

这样,白夜就在蒙胧中感受到嘉和来到她的身边。爷爷问:“白夜啊,还认识爷爷吗?”她缓缓地睁开眼睛,看着嘉和清瘦的面容,她的脸上出现了某一种习惯的受惊吓后的神情。但嘉和的声音使她安心,嘉和笑笑说:“你是杨真先生的女儿白夜,从前来我家玩过的。”

白夜挣扎着要坐起来,问:“我爸爸呢?”

嘉和很亲切地跟她低语着,意思是让她放心,他会把一切都安排好的。然后拉过她的右手给她号了一个脉,他说:“你受风寒了,喝点姜汤……”

白夜就躺倒了,却又迷迷糊糊地问:“得茶呢……”

她闭上眼睛,突然又睁开,挣扎着坐了起来,说:“我要见我的父亲……”

嘉和轻轻地把她扶下去,说:“你放心,我们会告诉他的……”

“我能见到他吗?”

“试试看吧……”嘉和想了想,说。

“告诉他我回来了,请得茶告诉他,我回来了……可是得茶呢?”她又问。显然她头脑有点乱了,过一会儿,她就睡着了。

嘉和回到了灶间。几个人围着一个大炭盆,得茶不停地搓着手,他那不安的样子只有在自家院子里才能够放肆呈现,而现在他是真的茫然失措了。他看见爷爷朝家远夫妇点了点头,说明他们之间认可了一件事情,而他自己还不知道,他急了,失态地跺起了脚:“快说,快说吧,快告诉我啊。”声调里竟然有了些许儿时的撒娇。

嘉和举手向盼儿摇摇,意思是让他们别开口,咳嗽了一下:“没什么大事,白夜怀孕了。”

完全没有思想准备的得茶,一下子跳了起来,脱口就问:“谁的?”

盼儿夫妇看着他:“她没告诉我们。”

得茶一屁股坐在小竹椅上,双手磨着膝盖,佯笑着,显然是为自己刚才的失态而更为失态。可他毕竟已经不是一年前的那个杭得茶了，他已然经历了革命风暴的洗礼，说得刻薄一些，他脸皮已经练厚了，所以他怔了一会儿，一拍大腿说："那就是我的了！"

嘉和手里拿着把火钳，正在拨弄着火炭，闻此言，使劲地敲打了一下火钳："丈夫一言，驷马难追！"这八个字，惊得在座的三位晚辈全都从坐凳上跳了起来，家远和盼儿盯着得茶，家远突然伸出手去说："祝贺你，得茶，要升级了。"

盼儿则捂着嘴笑，难得地笑出了眼泪："我侄儿要当爸爸了，那我是不是要当姑婆了？"

嘉和招呼大家坐下，说："盼儿你开心不过我，你是姑婆，我是太爷爷了。"

就这几句话，快刀斩乱麻，四两拨千斤，杭家一桩重大事情就此决定。接下去便是具体问题，诸如当下要务是要决定白夜能不能住在这里。

还是曹家远先提出这个问题，他认为白夜目前不适合住在杭家，因为他已经发现杭家犹如一个暴风眼，看上去风平浪静，其实周围洪水滔天，所以他建议明天晚上就搬走，直接送到他们住的胡公庙去。他这么建议的时候，盼儿便使劲地点头，显然这个事情他们事先已经商量过了，而且达成了一致意见。

得茶被太多的信息压糊涂了，只是木木地看着爷爷。嘉和知道得茶需要他来拍板，于是便说："吃了年夜饭，你们就把白夜送上山。这里是真不安全了。阿松把董笑花赶出来了，叶子奶奶收留了她，就住在我家后院的雪隐阁里。"

"那不是我家厕所吗？"得茶更蒙了。

"收拾一下，总比没地方住好嘛。"嘉和说，"她这个人，随便什么都藏不住。给她看到,全杭州城就都知道了。要走就快走。”他把目光射向了女儿盼儿。盼儿使劲地点点头:“好的,住到胡公庙去。后面还有一间空房。以前放了柴火,现在整理一下就可以住人。那里从来没人去,是安全的。”

“可是,可是她不是要……吗?”得荼有点语无伦次了。

“八个月,来不及了。”盼儿斩钉截铁地回答。

“吴坤一直在找她,今天下午还问我是不是把她藏起来了。这家伙是不是听到风声了啊?不会找到你们那里去吧?”

“不会,他没有特异功能,我们那个破庙,连‘四旧’都没人来破。这事情我来安排,我能挡。”家远一边说着一边就起身,“就这么定了。你把自行车钥匙给我,我现在就回胡公庙,连夜把房子收拾出来。等你们吃完年夜饭,就直接把白夜送过来。今夜是最好的时机,都过年去了。收拾一个晚上,明天新年新开始。”

盼儿添了一句:“有什么事情,回头我们再细商量。”

得荼看着爷爷,一切都推进得这么迅速,那么即知即行,想到哪儿就做到哪儿,他只来得及说:“爷爷,您今晚就在家中坐镇陪奶奶,有什么事情吩咐我们便是。”

“那还真是不行。今日夜里,我还有一件大事要做,你们就不用管我了。”嘉和转身要走,突然想起了一件事情,对几个孩子说,“得荼,今年的春联归你写了,不贴也要写,杭家这个规矩不要破了。我拟了这样一条,刚刚想出来的,你们听听——上联是‘执子之手与子偕老’,下联是‘岂曰无衣与子同袍’。你们看横批什么为好?”

得荼一下子就扑上去抱住了爷爷,他拼命地咬住爷爷的棉袄领子，他不能让人看出他的哽咽，他也想不出用什么横批来回应爷爷的深情。倒是盼儿这时候从容不迫地回应说:“我们杭家的春联从来是不讲联格规矩的，既然如此，横批也不妨破格，就叫‘岁月湖山’吧。”

白夜是在一阵奇异的暗香中醒来的，幽暗中她听到一个富有磁性的女中音说:“嫂子你没记错吧，玻璃花瓶的底座是两个跪着的裸女，你们真的没有砸了?”

叶子奶奶声音像小溪流水，非常清晰，一点杂质都没有，但语速却有些快，像小跑步:“当时倒是想砸的，大哥舍不得，说是法国进口的，砸了，永世也不会再有。我只好给裸女做了一条连体连衣裙，你等等我摸摸看，好像就在这里，开了灯就看得出。”

那磁性的声音说:“你给它们套连衣裙，亏你想得出。”

听得出两人是在蹑手蹑脚往外走，白夜却开了身边的台灯，说:“没关系，我已经醒了。”

两个女人就回到了白夜的床前，那高挑个儿正是寄草，手里拿着一束蜡梅，不好意思地对白夜说:“才睡了一个钟头，还是把你吵醒了。睡得可好?”

看白夜微笑着点头，叶子就说:“我们是来找花瓶的。你只管躺着。”说着就蹲下了，果然就取出了一只套着连衣裙的玻璃花瓶。寄草姑婆接过来，三下两下就剥了那裙子。白夜注意到了，真是两个裸女跪坐的姿态组成的底座，浅咖啡色玻璃，一看就是一个有年头的进口货。叶子还有点不安，寄草一边用抹布擦着一边说:“怕什么，就在这屋里放一夜，明日再把裙子套上去不就是了。”

白夜一边起身一边悄悄说:“还有梅花,真好!”

寄草说:“是我从家里院子摘的。暖气一熏,刚刚发出香气来了,你闻闻。那个臭不要脸的阿松还盯着我看,我心想,我的房子你占了,你还想占我的花呀,年脚边我看你跟谁发威!我反正是破脚骨了,你叫我饭吃不下,我让你觉睡不着!”

叶子早就习惯了寄草说粗话,她一边小心翼翼地往那玻璃瓶里插梅花,一边说:“真是乱套了,梅花是应该插在梅瓶里的,梅瓶倒给我砸了,只好用这插玫瑰花的瓶子插梅花了。”

“你当还是在日本哪,什么真花瓶、行花瓶、草花瓶的,今天夜里有什么瓶插什么瓶,能插上就算是运气了。”

“我哪里还有那么多想头,真要照我们的规矩,梅花也排不上二月的。杨姑娘你稍稍坐一歇,我这里弄完了给你冲茶。”

白夜记得得茶对她说过,他奶奶是日本人。此刻她听着她们的对话,一边致谢说不用不用,一边就插了一句:“我上大学时学外事礼节和风俗习惯,说到日本茶道中的插花,好像还记得,从一月开始到十二月,每个月都有特定的花的。现在是二月,应该插什么,我却记不得了。”

“好记,茶花嘛。2月28日是千利休逝世日,这个日子指定插茶花。花瓶要用唐物铜经筒,就是装经文的容器。说出来你别有忌讳,经筒是在纪念死者的茶会上常用的花瓶。可我们是中国人,我们可不会像他们日本人一样来喝茶,我们就用这个光膀子的玻璃花瓶。”寄草一口气说了这么多,白夜惊讶地发现,她能把臭不要脸、千利休、光膀子这些完全风马牛不相及的事物说到一块儿去,却不让人觉得不协调。

门轻轻地开了，杭盼和迎霜也一起走了进来，迎霜手里捧着一把雪，说：“奶奶，就用这雪水养梅花吧。”

杭盼轻轻走到白夜身边，说：“睡醒了？吃点东西吧，我们刚才都吃过了。”她身上有一种非常慈祥的东西，她的睫毛和得荼很像，是的，他们在容貌上也很相像。

作为一家之主的叶子交代迎霜说：“去，到那没人走过的地方，弄一脸盆干净的雪水来，给你夜姐姐坐一壶天泉，等爷爷他们回来也好喝。”白夜这才想起来没看见爷爷，寄草就拍拍自己的额头，说：“看我们刚才弄花把什么忘了。爷爷让我们告诉你，他去通知你爸爸你的消息了，好让你安心过个年。”

眼前走动的全是女人，连白夜在内竟然有五个。因为屋里暖和，她们脱了那一色的黑蓝外套，就露出里面的各色杂线织成的毛衣，五颜六色的，很抢眼。她们高矮错落，却都苗条瘦削，窸窸窣窣的声音，走进走出的身影，仿佛在霎时间把那些残酷冰冷的东西过滤掉了。这几个南方的女人轻手轻脚地做着自己的活儿，全是一些琐事。外面是什么世界啊，白夜不明白，同样是女人，同样在受苦，为什么她们和她生活得完全不同？她走到窗前，掀起帘子的一角，看着黑夜里洁白的雪花，她想，她们之所以能这样生活，正是因为有那些为她们在雪夜里跋涉的、用自己的受苦受难来呵护着她们的男人吧。

她说：“对不起，实在是对不起，我到哪里都是添乱的，对不起……”

那几个各忙各的女人直起腰来，沉默地看了看白夜。寄草说：

“我认识你爸爸那会儿,还没有你呢。”

叶子转了出去,很快就回来了。她一只手拎着茶壶,另一只手托着一个木托盘,里面放着剥好的小粽子、茶叶蛋、年糕,还有几小碟冷菜,对白夜说:“我们就在这里守夜好了,这里静,不大会有人过来查的。你肚子还饿吗?我给你煨年糕,这是我们南方人的吃法。你坐,你们都坐。”

盼儿突然想起来什么,她一边从包里往外掏东西,一边说:“我这里还有吃的东西,小撮着伯送来的龙井茶,二两光景,够我们今天夜里喝的了。还有小核桃,是我的一个朋友送的。”

寄草又站了起来,小声道:“真有龙井茶呀,我闻闻。”她取过那一小罐茶,打开盒子,深深地一吸,闭上了眼睛,说:“不晓得多少日子没闻到这香气了。小撮着伯也真是,儿女的事情是儿女的事情,要他难为情干什么,多少日子也不跟我们来往了。”

叶子也接过盒子闻了闻,说:“我正发愁呢,做茶人家,过年没得茶喝,这个茶送得好,杨姑娘你闻闻。”

白夜接过来看了,寄草就在一边给她解释:“这是明前龙井,撮着伯的手艺,你们看看,撮着伯挑过的,一片鱼叶也没有,等等开汤,那才叫香呢。”

叶子长叹:“不晓得得放到哪里去了,也该品品这个的,这个小鬼啊,心尖都给他拎起了。”

话音未落,她就被寄草轻轻搡了一下,说:“你看你,嫂子,今年上头规定不过年了,你不用为他们担心的,我去看过他们的,都有自己的造反司令部呢,他们无法无天,日子比我们好过,没准现在也在学文件喝茶呢。”

明摆着这是宽心话，叶子却听进去了，站起来说："今日有好茶，还有好水，我去拿几只好杯子来，再过一会儿大哥也要回来了，他最在乎这个了。"

正要站起来往屋外走，就被盼儿拦了："妈，你坐着不要动了，我去取杯子。"

三四个女人为谁去取杯子又小小争论了一番，最后还是杭盼去了。白夜听她们杭家女人对话，有点像看明清小说的感觉。她也插不进话，就开始小心翼翼地咬着那外表光溜溜的小玩意儿。她没有吃过这种东西，一时也不知从哪里下嘴。迎霜见了，就从木盘里抽出一个核桃夹子，说："看我的。"

她一夹一个，一夹一个，夹出好几块核桃来，细心地把壳和肉剥开了，说："白夜姐姐你吃吧。"

说话间杭盼就回来了，捧着个脸盆，里面放着几只杯子，都是青瓷，还有一只黑碗，叶子见了，说："你把天目盏也拿来了？"

杭盼把脸盆放到炉上，又往那脸盆里冲水净杯。白夜从来没有看到，也从来没有想到过，连冲水都能够美得让人惊异。杭盼的手拎着水壶，那水壶是简陋的，尽管擦得锃亮，但它的器形包括它的壶嘴，都是粗放的。然而在幽暗中，为什么水从那粗糙的口子中流出时，却神奇般地变得精致绝妙了呢？你看它是那么细长，那么缕缕不绝，它又是那么绵延无尽；水从高处下来，成一笔直的线条，却又无声无息地落入盆中，没有一个水花，没有一丝声音。一圈，又一圈，白夜的心，被这一圈圈的绕指柔肠揪住了。

女人们仿佛都意识到她们进入了一种庄严的仪式当中，她们默默地看着盼儿净杯，只有寄草轻轻地跟白夜解释："看到了吗，这是盼儿在欢迎你来做客呢。”

叶子用手做了一个逆时针的动作，说：“就是这个。”

迎霜也跟着奶奶做这个动作。叶子说：“这是来来来。”她又顺时针地做了几下，“这是去去去，盼姑姑现在是对你说来来来呢。”

她的话让女人们都轻松地笑了，她们从刚才的肃穆气氛中跳了出来。盼儿却一言不发，只是轻轻地取出毛巾来洗杯。她的手薄而长，手指尖尖，干净白皙，灵巧洗练，她洗茶杯时手的形状倒映在了对面墙上，放大了，像两朵大兰花，像两只矫健的大蝴蝶。

这里的气氛是东方式的，而且是东方的中国江南式的。一只脸盆架在火炉上，一个女人在脸盆里细心地洗杯子，她穿着绛红的开襟毛衣，里面是一件格子背心，白夜便在想象中给她换上了一件旗袍，她为自己的这种奇异的想法而感到好笑。寄草没注意到白夜的表情，继续担当着解说的角色：“杯子是一定要洗干净的。你有没有听说过，没有好的朋友是不足以一起品茶的，没有好的环境是不足以品茶的，没有好的火水是不足以品茶的，没有好的器具也是不足以品茶的。现在我们几乎什么都有了。你看，我们已经有了你，杨真的女儿，我们就当你爸爸在我们当中；我们还有了好茶好水，我们也有了这么好的一间屋子，暖洋洋的。”说到这里，她环视了一下周围，突然又站了起来，到得茶的书柜里去翻东西。

叶子小声地劝阻她说：“你可不能翻他的这些东西，等他回来怨死我。这里的东西都是他大学这么些年搜集的，说是将来有一天要派用场。旧年我要烧掉，你大哥死活不肯。亏了得茶是烈士子弟，这房子又离正房隔了一进，左邻右舍也还算有良心，这些东西才保下来。”

“嫂子，迎霜，还有你，白夜，你们再给我检查一遍门窗，窗帘都给我夹紧。”寄草没理会叶子的劝阻。白夜看出来了，父亲年轻时代的女朋友是一个爱说爱动、聪明绝顶又有些自说自话的女子。现在她一边翻东西一边说：“我晓得的，你放心我不会给他少一样东西。不过这种东西藏在这里不见天日，多少有点暴殄天物。你看，我们已经有花，有茶，有水，有器，还有客人，怎么着还得有张画吧——好哇，找到了，你们看，把这个挂起来怎么样？”

这是白夜第一次看到《琴泉图》。她并不知道凝聚在这张画上的人世沧桑，但她还是能够看出这张不大的画对杭家人的特殊意义。白夜不懂国画，这张二尺长、一尺宽的纸本，看上去也就不过是左下方的几只水缸一架横琴，倒是右上方的那首题诗长些。白夜来不及定睛细看，就见叶子站了起来拦住寄草说：“这可是你大哥的性命，万一被人看到了不得了。”

寄草可不管，一边挂那画儿，一边说：“性命也要拿出来跟人拼一拼的，不拼还叫什么性命！”

画儿挂在墙上，散发出了朦胧悠远的微光。墙角的梅花也在散发着微香，而坐在炉上的水壶又很快发出了轻微的欢唱，台灯光为这间不大的屋子营造了一种非现实的微妙的氛围，女人们的身影投射在墙上，微微地摇曳着，白夜觉得自己的心里也开始微微发光，她是在做梦吗？她怎么能在这样的冰天雪地里，找到这样一个圣洁的地方？

沸腾的雪水突然在这时候溢出来了，她们手忙脚乱地冲水。

她听到迎霜问:“奶奶,水开了,可以冲茶了吗?”

不等叶子开口,白夜就回答说:“再等一等,再等一等,等他们来,他们应该快回来了吧。”

当她这么说着的时候,那些微光突然停顿了一下,台灯暗了暗,仿佛电压不稳,刚才那些平和神圣的感觉消失了,花木深房里的女人们,开始把心转到了等待男人的暗暗的焦虑之中。

第十八章

夜渐入深，花木深房的小门訇然而开，叶子吓得一下子扑到《琴泉图》旁。台灯很暗，白夜几乎认不出得荼来了。他没有戴眼镜，因为眼镜使他看不清楚她。刚才他在门外站了一会儿，目光在镜片后面激动地闪耀，喘出的热气一会儿就把镜片蒙住了。他不顾一切地就把眼镜摘了下来，面容就一下子陌生和好笑起来。他抓住了她的手，但立刻就体察出他自己那双手的寒冷，连忙退回去一边搓，一边放在嘴上哈气："对不起太凉了对不起太凉了……"白夜窘迫地看着杭家的几个女人，一边握手，一边嗔道："你这是干什么啊，你！"

此刻，屋子里暖洋洋的，女人们的眼睛也是暖洋洋的，潮湿的，多么美好，白夜站在灯前，像画中的女神。得荼傻乎乎地看着她，时间停止了，幸福开始了。"现在几点钟？"得荼摇头，答非所问，"我都怕再也见不到你了。"

他的样子让家族中其余的女人吃惊。她们没有想到，她们的书呆子得荼还会有这样一面。因为屋内的热气，得荼的脸少有地发出了健康的红光。白夜以前从来没有感觉到得荼是个漂亮的小伙子，他很得体，身材匀称，不抢眼，也许是因为架着一副眼镜，看上去总像是被什么给挡住了。他是被遮蔽着的，把内心掩藏起来的那种类型。但是今天他很快乐,他少有地把他暗藏的那一面流露了出来,他一下子变得光彩夺目,英气逼人。

她边敲着自己的前额边说:“瞧,我给你带来了什么,得荼,你看看我给你带来了什么?”

她从她带来的那个大包里取出一块长方形的东西,凑到台灯下,杭家几个女人也围了过来,白夜轻轻地把它打开,一块色泽乌亮的方砖展现在她们眼前。寄草还没有接到手中,就准确地对嫂子叶子说:“是茶砖。”

一块年头很久的茶砖,颜色黝黑,砖面上印着一长溜的牌楼形状,图案清晰秀丽,砖模棱角分明。盼儿爱不释手地端详着它,轻轻地说:“这么漂亮,真不是拿来吃的。”

“我好像在得荼哥哥的茶书里看到过它,是得荼哥哥给我看的。”迎霜说。她接过茶砖,像捧孩子似的捧了一会儿,还给了白夜,然后果断地走到书柜旁,学着寄草姑婆的样子翻起书来。得荼抱着双臂,微笑地看着她们。寄草看着迎霜要动得荼的书又心疼,忍不住说:“你也不要翻了,如果我没有弄错的话,这应该是一块牌楼牌的米砖,从前我们茶庄里卖过的。”

迎霜却固执地抽出一本书,仿佛为了证实她在这方面也是专家似的,很快就翻到那一页,那上面有几种型号的紧压茶图片,下面还配有说明。

现在,这些女人突然忘记了自己的身份,仿佛她们现在正置身于学院的图书馆里,仿佛她们又回到了汲汲求学的年代。这年代其实离白夜并不遥远,但想起来竟然恍若隔世。图片上标有米砖的那一幅,果然与她们手里捧的那一块呈一样的图形,下面的一段文字说:米砖是以红茶的片末茶为原料蒸压而成的一种红砖茶,其撒面及里茶均用茶末,故称米砖,有牌楼牌、凤凰牌和火车头牌等牌号,主销新疆及华北,部分出口苏联和蒙古。

迎霜好奇地抬头看着白夜,问道:“杨姐姐,你是去过新疆了,还是蒙古、苏联了?苏联现在已经是‘苏修’了,人家说从前叫苏联的时候你在那里住过,你在那里喝过它吗?”

白夜的脸色一下子苍白了,她离开了台灯光,女人们没有发现她的变化。她坐回到床前,定了定神才说:“是的,我在苏联时常喝这种茶,不过那时候我还小。你们不知道苏联人喝茶有多凶,我们一开始也只是入乡随俗,后来就和他们一样离不开茶了。和你们江南人不一样,我们熟悉各种各样的红茶。真不好意思,我得告诉你,我早就知道这是米砖茶了。我低估了你们,怕你们不了解这个,还特意抄了一份详细的解说,喏,就是这个。也许没什么用了,但这对我来说很重要……”

她一边说一边就往外拿她抄的那份解说,她的眼睛里闪耀着一种渴求,仿佛如果他们不看,什么重大的事件就变得毫无意义一样。寄草一边说:“看你说的,这是你的心意啊。”一边接过了那张纸片。

纸片上抄着这么一段话:

米砖产于湖北省赵李桥茶厂,生产历史较长,原为山西帮经营。17世纪中叶,咸宁县羊楼洞产80余万斤。17世纪中国茶叶对外贸易发展,俄商开始收买砖茶。1863年前后俄商去羊楼洞一带出资招人代办监制砖茶。1873年在汉口建立顺

> 丰、新泰、阜昌三个新厂，采用机械压制米砖，转运俄国转手出口。俄商的出口程序，一般是从汉口经上海海运至天津，再船运至通州，再用骆驼队经张家口越过沙漠古道，运往恰克图，最后由恰克图运至西伯利亚和俄国其他市场，后来还动用舰队参加运输，经远东转运欧洲。由于米砖外形美观，有些西方家庭给米砖配以精制框架放在客厅，作为陈列的艺术品欣赏。

得荼接过纸来，默默地读完了这段文字，把它折叠好，放到书架上。米砖也靠在书架上，发出了它特有的乌亮光泽。然后他对白夜说："过几天，我把这块茶砖放到镜框上去，挂起来。"

叶子这才小心翼翼地问，得放是不是和他在一起？得荼目不转睛地盯着白夜，显然是心不在焉地回答说不知道。"奶奶我饿了，给我做点什么好吗？"他微笑地要求着，他的索取使奶奶幸福。但另一个孩子的消息使她不安。"得放到哪里去了呢？"她再一次问寄草。寄草已经拉着迎霜往外走了，边走边说："我跟你说不要担心，你看得荼不是就这样回来了吗？"

四个女人就一起拥到厨房里去了。叶子一边打开炉子，一边问："你们看这是怎么回事，她不是姓吴人家的新娘子吗？"

"把姓吴人家的新娘子抢来，也是我们杭家人的本事。"寄草开玩笑地说。叶子的脸终于挂下来了，说："寄草，你就真的不在乎这些事情？"

寄草一边扇炉子一边说："怎么不在乎？可是你急成这样了，我还能把我的在乎说出来吗？"

花木深房中，青春飞驰，他们在岁月湖山中奔跑着寻找一个人，这就是他们奔跑的全部意义。只要找到那个人就够了，全部都在这里面了，其余的东西都可以退到很远的地方，直至消失。

得茶不想让那短暂的彩虹那么快就被阴霾遮蔽，他们接下去还有很多严肃的话题，他要告诉她一系列的计划。他要告诉她，他变了，他已经成为有力量的人。但他对这个变化着的自己还有一些不习惯，他还有些羞于在她面前立刻暴露自己的变化。

水再一次开了，白夜要用沸水往杯里直接冲茶，得茶阻止了她，他顽强地抓住了“茶”这个杭家人的永恒的话题，他需要深化它拓展它，他不想立刻就听到她叙述前一段经历。他有些手忙脚乱，他告诉她，明前的绿茶很嫩，不能用100摄氏度的沸水冲泡。他把水先冲到了热水瓶中，还开了开瓶口，说：“最好是80摄氏度，他们日本人的60摄氏度我倒是觉得太低了一点，你现在看到我用青瓷杯冲茶了吧。因为邢瓷类银，越瓷类玉，邢瓷类雪，越瓷类冰，银雪和玉冰，你感觉一下，哪一种品位高啊？其实陆羽做出这样的评价是主观的，他有他的理由。他觉得茶汤本性泛红，若用白瓷，更显其红，若用青瓷，倒衬出绿色来了。你看，他是不是想说，美有的时候是非常主观的？噢，你看我姑姑，她把天目盏也拿出来了。你能看出来吗？它是锔过的，是一只破镜重圆的历史悠久的茶盏，从它那里能够冲出宋朝的茶来。当然我这是跟你开玩笑。宋朝的茶全是粉末……你怎么啦……你怎么啦？”

得茶傻乎乎地看着白夜，令人吃惊的欲望突然爆发。那是一种似曾相识的感觉，当得茶刚刚知道世界上有白夜这样一个人，当他看到她的相片就产生不可告人的欲望时，这种欲望被阻隔了。

他们之间有过拥抱，但那拥抱是没有这种欲望的，像父亲拥抱女儿，兄长拥抱小妹。得茶来不及思考这股力量是怎么样陡然从心底迸发出来的，他一把抱住了白夜的脖子。其实他从来没有真正吻过一个女人，甚至不知道应该怎么接吻——这就是爱情吗？他开始焦虑不安，眼前出现了越来越多的白雾，大脑开始缺氧，他开始有些上气不接下气，他想得到更多。他的与以往完全不同的做派显然使白夜吃惊。她按住了他的手，说："不！"他立刻就愣住了，脸红到了耳根，头一下子扎到了她怀里，白夜使劲地托也托不起来。好一会儿，他自己抬起头来，平静地说："对不起。"

白夜笑了，对他说："我想和你说说话。"

得茶轻松起来了，仿佛欢迎远方朋友归来的接风盛典已经完成，现在开始进入正常的怀旧阶段。他坐下来说："你等一等，先喝了茶再说。我发现你竟然连一杯都没有喝。"

他说这番话的时候，动作和口气都有些女性化，这使他看上去更像一个男人了。这种感觉，只有像白夜这种饱经风霜的女人才会体会出来，比起刚才的狂热，她更喜欢这个温和的杭得茶。她说："我得告诉你我这段时间的经历，我得让你有一个思想准备，你收到我的信了吗？"

得茶站了起来，凝望着白夜，他想，终究还是要谈的，那就谈吧，只是不要谈得太深，他不想让这些事情进入得太深，他想他会有办法化解它的。他说："你还活着，并且行动自由，这就说明了一切。至于其他的事情，我想那不是你的过错，我了解你——"

"不不，你千万不要对人说你了解了他，因为你永远也不可能完全了解一个人，尤其是像我这样的人。我刚才见到你们杭家的女人，真令人吃惊，她们使我自惭形秽。她们身上有些不变的东西，让人看不到年代印记或者说每个时代都会有的东西，比如说冲茶和洗杯子。也许这就是永恒。我要是早一点接触到她们就好了。我和她们太不一样了，时代的每一个浪花都能打湿我，使我险遭灭顶之灾，这简直太荒唐了。我必须跟你倾诉我的全部生活，因为也许以后我不再有机会了……不，我不能够老是谈我自己，我首先是为我父亲回来的。请你先告诉我父亲的下落……”

从灶间回到生有居，嘉和发现寄草终于出现了。几个女人正在嘀嘀咕咕地说着什么，见了嘉和，寄草就紧张地站起来，说：“大哥，怎么回事，得放不见了，鬼影儿也不见，得荼总算回来了，家远又走了。方越、汉儿，还有二哥，今年都得在管教队里过年，忘忧也不知道能不能从山里赶出来，我要晓得这样，我就不让布朗到他爸爸那里去了。他这个人没心没肺，我怕他跟着得荼他们两个又惹出事来，想想罗力一个人在农场里也是孤单，儿子去跑一趟，看不看得上都是个心意。没想到就把这里给冷落了。”

嘉和一边换套鞋寻雨具，一边说：“我也要出去一趟。”

叶子惊讶地拦住他说：“你干什么，这么大的雪，你不过年了？”

嘉和终于转过身来，说：“你们先吃饭，我怕是一时赶不回来。”一边说着一边把寄草拉到门角问：“听说杨真先生被打得住院了？”

寄草告诉他，她正是刚从医院赶过来的，扑了一个空，吴坤已经把杨真送回上天竺了。嘉和一听有数了，回头就交代叶子，说：“你们几个人守家，白夜醒来就陪她说说话，一直等到得荼送她走，去哪里你们一会儿问杭盼，这事不能说，我只和你们警告一遍，记住，是警告。”

叶子还是问了：“不是来和吴坤结婚的吧？不像嘛！”

“落材女婿，你们都没看到，杨真被他们打得都没人样了！”

“落材”是落棺材的意思，是最厉害的咒语了，杭家只有寄草说得出来。这一说非同小可，叶子几个立刻又去检查窗门是否严实，然后凑过脑袋来，小声地问：“真的吗？怎么我们一点也没有听说？”

“得荼千交代万交代，不让我和布朗跟你们说。快一个月了，多少次我都想张口告诉你们，憋在心里，难过死了。”寄草眼泪汪汪，顿时就一片唏嘘之声。嘉和眼眶也潮了，杨真的事情他也知道，可他不能说，他一边换鞋子一边嘱咐：“都记住，一会儿白夜醒来，你们千万不可再提她父亲挨打的事情。那个吴坤，她不提，你们也不要提。居民区若有人来查户口，就说她是得荼的同学，外地人大串联，到我们家来吃年夜饭的，其他的话都不要说了。”

叶子一边给他找雨衣，一边说：“但愿今天居民区放假不来查人。哎，这么个雪天，我陪你去算了。”

嘉和摆摆手，男人决定要做的事情，女人再多话有什么用呢！他拿了一个大号手电筒，戴上棉纱手套和棉帽，又套上一件大雨衣，整个人像个巡夜的。门一开，白花花的一片，几个女人突然同时跳起来叫道：“你不让我们去，我们也不让你去！”

真是太巧，迎霜又激动地叫着进来：“来人了来人了！”一道幽暗的白光泻入了杭家人的眼帘，忘忧啊！杭家的女人们都惊呼起来。往年春节，忘忧都回家过年的，今年不放假了，他是想什么法子出来的呢？忘忧啊，当所有的杭家男人几乎都不在场的时候，你出场了！

听了杭家女人紧张而又轻声的几句交代之后，杭嘉和的外甥林忘忧，几乎连一口气都没有喘，放下行包，挥挥手，就跟着大舅出了门。杭家几个女人想起了什么，七手八脚地跑上去，往他们口袋里塞了一些吃的。杭嘉和不喜欢这种渲染的气氛，一边小声说着快回去快回去，一边就大步地走进了雪天中，忘忧紧紧地跟在他身边，两个人的身影很快就消失在雪夜里了。

多少年都没有这样的除夕夜了，杭嘉和能够感受到风雪无比坚硬的力量，脸上刮过了冬的刀片，但皮肤只有麻的感觉。他老了，这样的对峙已经力不从心了。如果没有忘忧，他能走到目的地吗？他看了看那个浑身上下一片雪白的大外甥，他紧紧地跟着大舅一起走，已经走过了灵隐寺从前的二寺山门，挨边擦过了葛溪水，他们又热又冷，汗流浃背，头发梢上却挂着冰凌。杭嘉和突然眼前一片漆黑，他什么也看不见了，仿佛掉入了万丈深渊，一下子往上伸出手去，想要抓到什么，但他马上站住了，向上伸的手落下来，遮住了脸。他那突然的动作让忘忧担心，忘忧说："大舅我一个人去吧，我先把你送到灵隐寺，我那里有熟人的。"

杭嘉和站着不动，他清醒地意识到他现在什么也看不见了，但他同时又看到了无数石像，披着雪花朝他飞掷而来。杀声震天，哭声震天，火光映红了天空。他的心眼打开了吧，他惶恐地努力推开记忆，他多么不愿意重历数十年前日本佬杀入杭州城的灭顶之灾啊。

就那么站了一会儿，他抬起头，雪花贴在他的眼睛上，他感觉好一些了,模模糊糊的白色世界重新开始显露出来。他对自己说,不用那么紧张,只是累了。他问忘忧他们已经走到哪里了,忘忧回答说,已经过了三生石了。他又问忘忧现在几点,忘忧说他是从来不戴表的,不过照他看来,现在应该是子夜时分了吧。嘉和说:“看这个年三十让你过得,明天我们好好休息。”

忘忧淡淡回答:“这点山路算什么,我每天要跑多少啊。”

他们继续往山上赶路。雪把天光放射出来了,现在,杭嘉和已经能够看到路旁茶园边的那些寺庙的飞檐翘角,它们压了一层厚厚的白雪,看上去一下子大出了很多。还有那些茶蓬,它们一球一球的,雪白滚圆,根本看不到绿色。两个寡言的男人结伴夜行,一路无言,心有默契。幽明中他们时而听到山间的雪塌之声,有时候伴随着压垮的山竹吱吱咯咯的声音,像山中的怪鸟突然鸣叫。有时候,只是轰的一声,立刻又归于万籁俱寂,仿佛那苍凉寂寥之感,也随雪声而去。忘忧说:“大舅,你猜我想到了什么?”

“你想法最多,我猜不出的……”

“男儿有泪不轻弹,只因未到伤心处……”

嘉和一边努力往上蹬着,一边说:“林冲夜奔,风雪山神庙,看到杨真先生,可以跟他说的。”

“只恐那管门的不让见。”

“走到这一步了,还能无功而返?”嘉和站住了,拍拍忘忧的肩膀,说,“天无绝人之路,我们杭家,亏了你留在山中,给我们存下这条活路。”

“我喜欢山林。”忘忧话少,却言简意赅,正是嘉和喜欢的性情。

“我也喜欢山林,可我回不到那里,哪一天我找你,必有大难。

走投无路了,我不指望得荼,指望你。”

这话让忘忧吃惊,他站住了,想说什么。嘉和却只往前走去,现在他的脚步很轻,像在山间飞。大舅身上,有时候会闪出一道剑侠之气,比如此时此刻,雪夜上山急人所难。这样的时刻当然很少,也不易发现,但忘忧知道。当年他挽着方越出山,在杭家客厅,忘忧也曾经感受到大舅包藏很深的风骨。他担心因为方越的父亲李飞黄当了汉奸,大舅不肯收留方越,又担心杭家人不肯放他回山林,一进大厅就给他跪下,不说一句话,只是定定地看着大舅。大舅站在他面前,正色而言:“我刚从越儿那里来,跟他说了,他愿意姓方,愿意姓杭,都由他喜欢,只是以后不准他再姓李,你听懂我的话了吗?”他依旧跪着,不肯起来,大舅又说:“你的房间我给你留着,你愿意来就来,你愿意去就去。”大舅有此承诺,他才起来,走到大舅身边。又见大舅取出一个东西,正是那青白瓷人儿陆鸿渐。他把它挂在他的身上,那瓷人儿是湿的,不知是汗是泪。那天只有他一个人看到了大舅的泪水。

忘忧紧紧地拽住大舅,想说什么,又闭上了嘴,默默地走了一会儿,才说:“我把山林给你们备下了。”

风雪很快把他们两个人的背影盖住了。现在,离他们出门已经有几个小时了,他们已经看到了上天竺寺那雪光中的一檐翘角了。

这个大风雪之夜,难道不同样是翁采茶的百感交集的除夕吗? 即便是一个贫下中农的女儿,受过许多生活的磨难,在年根边离开家人,跑到这么一个鬼地方来当看守,也是从未有过的事情。

况且她的脸上还留着鲜红的五个手指印,这是丈夫李平水在这个革命化的年关里给她留下的光荣纪念。他们已经冷战多日,因为李平水所属的部队站队错误,从上到下统统完蛋,正等待处理,所以翁采茶开始对他吆三喝四,这种逼势首先便是从不准他与杭家人来往开始,然后开始硬要李平水接受吴坤崇拜吴坤。但李平水也就翻个身朝里床睡,对妻子从来没有真正响过喉咙。所以今天当采茶接到通知,要她重新上天竺山看守杨真时,她也没有想到丈夫会阻拦,更没有想到他会给她耳光。李平水只是冷漠地问她,是不是她的亲密战友吴坤又给她打革命电话,她轻蔑地回答:"是的,你想怎么样?"

他抬头摘下帽子,脱下军装外套,出其不意地说:"我想给你个杀头巴掌!"

她愣住了,一边收拾东西,一边笑了起来,头别转过去,漫不经心地说:"你是什么东西,脱了这身皮,你就是个小爬虫,你敢动我一个小指头!"话音未落,她脸上结结实实地挨了一个耳光,一个真正的杀头巴掌,痛得她眼冒金星。

她打死也不明白,这火山是怎么会突如其来爆发的。她一时也不知如何动作,只好呆着一双大眼盯着他,就听那李平水结结实实吐出一个字:"滚!"

采茶气得浑身发抖,一头朝李平水撞去,那受过训练的军人轻盈地转开了,然后,像打扑克牌一样,他在桌上扔下一串照片,全是她和吴坤苟且的实证。她这才吓坏了,过去摇丈夫的手臂,而她听到他的最后一句话还是一个字:"滚!"

此刻夜深人静,大雪无声,她捂着脸上了山,独自缩在床上,委屈和愤怒交替上阵。电话机就在身边,伸手就能够到。吴坤会来看她吗?她相信他一定会来,哪怕为了这个老花岗岩脑袋杨真,他也不会忘了这里。

脸上火辣辣的,她想起了白天挨的那一下,火苗子又从心里蹿了上来。她光着脚板一下子跳下床,从抽屉里取出一支笔和几张纸。她正在结合大批判识字儿。现在活学活用,准备通过打离婚报告来进行扫盲运动。这四个字里后面三个她都能写,偏那第一个她记不全了,禅房又冷,山中寂寥,采茶这么个豪情满怀的铁姑娘,也被那"离"字儿憋出了眼泪。

正苦思冥想呢,就听见山门外有人敲门。她还以为是她亲爱的吴坤雪夜来访了,套上大衣就往楼下大门口奔,院子里的雪水溅进了鞋子她也不觉冷。大门一开,竟然是两个男人。手电筒一照,她愣住了,说:"你!嘉和爷爷,你到这里来干什么?"

嘉和与忘忧两个没做任何解释就进了门,这是他们事先商量好的,要是说了来见杨真,保不定连门都进不了。

进了门,嘉和才说要见杨真,采茶的造反派面孔就拉下来了,她用她那支重新开始学文化的笔敲打着准备打离婚报告的纸,说:"你们杭家人怎么头脑那么不清,这个杨真是可以随便见的吗?他是什么人你们是真不知道还是假不知道?年三十想起这出戏来了,真是!趁现在还不算太晚快点回家去,还好这是我认识你,我若不认识——"她上下打量了他们一番,嘉和接着说:"你若不认识,把我们也关起来审查,是不是?"

旁边那个通身雪白的男人就跟这老头儿咧了咧嘴,算是笑过了。那样子让采茶看了拎心。用那种居高临下的口气对别人说话,并不是采茶的习惯,严厉和粗暴并不是与生俱来的,这也需要有一个学习的过程。她不知道该把他们怎么办,就去叫了值班的那几个年轻人。几个看守酒正喝到七八分,走出来就喊:“是谁不让我们过年,啊?谁不让我们过年,我们就不让谁过年!”

嘉和这才对采茶说:“我们只跟杨真先生说一句话。”

“一句话也不准说!”采茶愣了好一会儿,突然强硬地说,两只大乌珠子病态地暴了出来,这神情倒真是有点出乎嘉和意料了。他环视了一下周围,便断定杨真住在楼上,给忘忧使了个眼色,忘忧就突然跑到雪地当中,对着楼上一阵大喊:“杨先生,我们接你回家过年!”

采茶大吃一惊,见楼上开着灯却没有反应,先还有些得意,想:你叫也白叫,人家被打怕了,根本不敢应。但她立刻否定了这个愚蠢的想法,突然背上就唰的一下,透凉下去,一直凉到脚后跟。她脑子里闪过的第一个念头就是“自杀”,这是吴坤千叮万嘱的,无论如何不能让他死了。她脚就软了,催着那几个喝酒的:“快上去看看,快上去看看哪!”其中一个就说:“老头子饭也不吃,就坐在桌前没动过。”话音未落,忘忧已经在楼上了,他攀登的速度能称得上神速。凭感觉他冲开了杨真先生关押的那一间,屋里果然坐着一人,背对着门,忘忧一看连走都没有走过去,假的!再一看,后窗打开了,窗棂上挂着一根绳子。此时嘉和也已经赶到楼上,往楼下一看,便回过头来,对吓得呆若木鸡的采茶说:“人呢?”

采茶已经吓得说不出话来,站着一个劲发抖,嘉和看着她,说:“快点把袜儿鞋儿穿好,呆着干什么!”

只听采茶一声尖叫,几如鬼嚎,七撞八跌,直奔楼下,给吴坤打电话去了。

忘忧扶着嘉和下楼，一边问："大舅，你看杨真伯伯会朝哪里去呢？"

嘉和站在山门口，往这边看，是万家灯火的杭州城，往那边看，翻过琅珰岭是九溪十八涧，走出九溪，便是滔滔钱塘江。无边的大雪越下越猛，雪片落在人的身上真如鹅毛。嘉和与忘忧已经完全忘却了冷。他们的心头火一般地燃烧。一个饱经忧患的男人亡命于漫天飞雪中，他会往哪里去？

嘉和问忘忧："要是你呢？你会去哪里？"

忘忧想了一想，把手指向了南山。嘉和抖了抖身上的雪，说："要是我，也会去那里的。"

这两个风雪夜行人，重新没入雪天，一路向凤凰山麓的烈士陵园奔去了。

当翁采茶把电话打到吴坤那里时，他正在赵争争家吃年夜饭，赵争争半邀请半要挟地把他弄到她家里。他一边喝酒一边听她家老头回忆他和副统帅的战斗友谊。老头喝了一点酒，心情也愉快，谈笑之间也不时透露一点内幕，在吴坤听来，那都是高层之间分分合合的政治斗争。吴坤对这些话题天生极感兴趣，他像一个虔诚的小学生听政治课，贪婪地吸收着这些光天化日之下不可能吸收到的政治营养。他也豪饮了几杯，年轻气盛的心一时就膨胀起来，模模糊糊地想到了他的新对手：杭得茶啊杭得茶，你那么徒劳无益地死保杨真干什么呢？你知道这场运动的真正目的何在吗？他过去对"识时务者为俊杰"这句话一直是缺乏认识的，以为那是投机取巧的代名词,虽然他并不反对投机取巧。但现在他开始明白什么是时务,什么是识时务。大势所趋时,逆历史潮流而动者,绝无好下场。杨真被打时他升上来的那些内疚之情,此时冲淡到几乎乌有,他举起杯子就对赵争争说:“争争,我不该对你粗鲁。当着你父母的面,这杯酒算是对你的赔礼道歉吧。”说完就一饮而尽。这个狡猾的家伙,他就是不肯说出“打”这个字,他都还有时间想出用“粗鲁”这个词来替代。

听到吴坤这样一番话,赵争争的眼泪一下子涌了出来,她从小受宠,公主病十足,不知“害怕”为何物。吴坤那一掌是真正打到她心里去了,从此她知道了原来自己也可以被人打的。只听父亲说:“行了,这件事情就到此为止。你们都不是小孩子了,起码的政治素质还是要具备,都那么冲动不冷静,将来怎么接无产阶级这个班,啊?”

这批评让吴坤真是舒服,他想,要学的东西真多啊!他正要再举酒杯,电话铃就响了,赵争争过去接,一听那声音,一边话筒递给吴坤,一边说:“喏,阿乡姑娘打来的!”吴坤笑笑,心却忐忑不安。整个晚餐他一直在暗暗担心,杨真那里会不会出事。也许精神准备充分,真的听到这天大的消息时他反而沉住了气,放下电话,他只说了杨真失踪,套上大衣就要走。赵争争一听,起身就要和吴坤并肩战斗去。她父亲一个眼神,母亲就抓住女儿的肩说:“你去干什么,还嫌给吴坤添乱少啊。这是他们的组织行为,你看你已经给小吴带来多大麻烦,他不好意思说,你还真不明白了!”

这话让吴坤听得心里一愣,还没有反应过来,那当爹的过来,一边给吴坤递围巾,一边说:“别着急,路上小心,天大的事情也得细细去做。”吴坤打开门，略一迟疑，老头子又问：“有车吗？”

他连“事情有结果后打个电话”这样的话都不说，吴坤的心一下子寒了下去，就像这屋内屋外的温差那么大。他点点头，勉强笑了笑，钻进吉普，就奔进了雪夜。

小姑娘迎霜，不知道第几次来回打探了。她一会儿就回来向她们报告一次：“他们还在说话呢。”寄草就问：“听他们说些什么了吗？”迎霜想了想，摇摇头说：“没听清楚，他们好像在吵架。”这话让她们吃惊，他们不应该吵架。盼儿站起来说：“我去给他们续水。”她就走进了花木深房，两个年轻人看着她笑笑，一言不发。她回到房间，说：“他们好像是有些不痛快。”叶子也站了起来，寄草说：“别去，等大哥回来再说。”迎霜问：“爷爷他们怎么还没有回来？我到门口去了十趟也不止了。”她的话让她们三个都站了起来，她们顶着雪花和子夜的寒冷，一起走到了大门口。路灯下雪厚得没过小腿了，没有人走过。

此时的白夜，悄悄地掀起窗帘的一角，窗外是阴历年除夕的最后时光，雪依旧像梦一般缓缓地从天而落，没有刚才那么密集，但一片片更大了，这样的子夜她能够说什么呢？她唯一能够坚持的，就是见到她的父亲。

她回过头来，说：“明天我要见我的父亲。”

“这正是我马上就要和你谈的事情。”得荼走到了白夜的身边，他把她搂到自己的怀里，他知道他接下去要说的事情会让她伤心，但此事无可通融。他说：“不要让任何人知道你已经回来了，我会想办法连夜把你转移的。”

“为什么?”

“无论哪一派都会拿你做你父亲的文章,你必须隐藏起来。”

这一次白夜是真正的吃惊了,她挣脱了得荼的拥抱,瞪着他,轻声地叫了起来:“可我是为了见我的父亲才回来的!”

得荼低下了头去,好一会儿才抬起来问:“没有一点别的原因了吗?”

“也为你,但不是现在的你。我没想到你已经卷进去了。”

“我知道,我想过了,但我还得那么做。”

白夜脸上的红光一下子黯淡了:“这么说你还是不同意我去见我父亲?”他点了点头。他们僵持在了那里,突然她抓过大衣就往外面冲,早有准备的得荼一下子就把她抓住。他攥住她的那只套着两只黑袖章的胳膊说:“你不能露面,你要静观自己的事态发展,更不要耽误你父亲的事。你要理智一些,不要因小失大,听见了没有!”最后一句话他是不得不咆哮出来的,虽然声音压得很低,因为白夜看上去有些丧失理智。

客厅里那几个杭家女人听见动静,立刻进了花木深房,一股寒气被她们挟带了进来。白夜一把抓住寄草的胳臂就问:“姑婆,爸爸还活着吧?”

寄草白了得荼一眼,说:“哪有那么严重?挨了几下,大革命嘛,难免挨几下的,你看我,都被他们用臭柏油浇过。”

白夜放开了手,寄草姑婆故作轻松的口气中透露出的完全是相反的信息。她坐倒在炉边,双手捂脸,摇着头,身影毛茸茸地映在墙上,头发乱糟糟的,像一个囚犯。得荼捧起白夜憔悴的面颊,怜悯排山倒海而来,警钟也随之敲响。他一把抱起了白夜,对盼儿说:“不能等了,我们现在就得走!”

生活从此刻开始,倏然变成一场又悲又闹又疯狂的剧——白夜被几个女人刚刚塞进了后门外弄堂的黄包车厢,雪隐阁门突然打开,一个披头散发的女人高声叫着:“怎么回事怎么回事,贼骨头翻墙了!”原来住在厕所间里的油墩儿董笑花竟然被众人闹醒了。她本来是准备一个人缩在床角度过除夕的,可是想到自己的前生今世,又恨又愤,正在心里咒骂那千刀万剐的癞痢头阿松,谁知外面一阵响动,她激动得赶紧冲出小门。她看到了一个男人模糊的背影,蹬着车,转眼就融入了漫漫雪夜。

叶子赶紧关了门,婉罗姆妈摇晃着身子用拐杖点着笑花:“寻死啊,你年三十叫给谁听,我们送盼儿回家要你起个什么轿头!”笑花一点也不示弱:“你老太婆骗我水平不够的,明明车子里塞进去两个人,我这双眼睛——”

正在此时,前面院子里脚步又响起,迎霜的声音在子夜的雪天中格外清晰——来了,来了……

寄草手忙脚乱地拍着胸:“半夜三更炸了皇天,叫什么叫……”一伙女人立刻冲向前去,那董笑花也不甘示弱,夹脚屁股就跟着他们一起进了花木深房,一看床上被子还暖着,使了个眼色。大家开始收拾刚才被弄乱的房间,迎霜则面无人色地冲了进来,说:“他们来抓人了!”

寄草二话不说,一把就把油墩儿西施塞进被窝:“听到没有,人家问你,你就说过年生病无处可去,在我们家养病,躺了一天了,就这么说。”董笑花是什么人,见过多少大世面,一拍胸脯,先把棉袄棉裤脱了,睡进被窝,还不忘记来一句:“要来就来真的。”

刚刚躺下，就听到一阵骚乱脚步声，门被一阵强力推开，人未进声先压人：“杭得茶，你给我把人交出来！”说话间，吴坤一阵风般杀了进来！

第十九章

吴坤是下意识直冲羊坝头杭家台门了，在他想来，哪里有杭得茶，哪里就会有杨真。可他真正的火气还是看到花木深房才开始爆发的，满院子没找到一个杭家男人，他还真没想到，床上竟然还躺了一个人。他怒火中烧，那一声吼叫虽也带些诈，但也不是演戏，怕也是能把杭家人吓出马脚来的。但他的目的显然没有达到，被子掀开，董笑花哇的一声跳了起来，尖声叫道："寻死啊，年三十夜里你调戏妇女啊？"

婉罗就用拐杖一下一下地打吴坤的背，漏风的嘴边打边骂："你个枪毙鬼，猢狲精，强奸犯，你掀女人家棉被你要犯法啊！派出所——公安局——来人哪——"真是家有一老如有一宝，这种做派杭家还有谁做得出来？

容易冲动的吴坤，转眼一看四周都是女人，只好再咬牙切齿地重复一遍："杭得茶，你给我把人交出来！"

寄草突然清醒过来了，她也咬牙切齿地问："你在找谁！啊？你在找谁！你看看这间屋子哪里有杭得茶！我杭寄草今夜不过年了，我也不让你过年！找不出你想找的人休想走！"

吴坤茫然看着这间他曾经在此高谈阔论的小屋，他还没有开始寻找就意识到他不可能找到。回过头来，他看着杭家的这些女人。她们沉默地看着他,其中有一个还靠在墙头,显然是为了护住那张古画。她们的神情和动作使他愤怒,他几乎下意识地伸手一抓,一把扯断墙上的另一张画。直跑出大门口,他才想起来,他扯断的正是那张杭得荼临摹复原的《唐陆羽茶器》,但他顾不上那些了,大祸临头之感升腾上来,他坐上吉普,在大雪初停之时,在大年初一到来的刹那,直冲六和塔矗立处的钱塘江畔。

滔滔钱塘江,正是在此折一大弯,再往东海而去的;那掀起全世界最大浪潮的钱塘江潮,也正是在此酝酿而成的。天眼开了,乌云中射出一道强烈又愤怒的光芒,雄伟的六和塔与凝重的钱江桥下,江水发着青光,青铜器般的色泽,不动声色地流淌。偶尔,从江水深处发出闪闪的白光,瞬息即逝。

千山鸟飞绝,万径人踪灭。江上连那独钓寒江雪的蓑笠翁也不见了,也许他随江而去,也许他沉入江底,也许他化作了那驾着怒潮来去的素车白马的英雄潮神。吴坤呆呆地站在江边,仿佛被罩上了江水的青光,眼前飘浮着赵争争父亲给他递围巾的那个动作。他打了一个寒战,仿佛被人绕上了一根上吊绳。

杨真会自杀吗?也许会,也许不会。不管会不会,和他吴坤有什么关系呢?叛徒内奸工贼又不是我要让人家当,我起什么劲呢?我不过是想趁机捞一根政治稻草,找到往上爬的“金光大道”罢了。可就在刚才,赵争争的父亲那一声“有车吗”,把他的宏伟理想大厦炸得支离破碎。他惊醒,吓出一身冷汗,杭得荼骂他是小爬虫是没错的,他就是小爬虫。

他就是这样想着,恍惚着回到了上天竺,摇摇晃晃地进入了法喜寺二楼的禅房。晃到窗前,他看到那根伸下去的绳子,它硬邦邦地挂在那里,被冰雪冻成了一根冰柱。他想起了那只被打掉了门牙的“死老虎”,他就是从这里出山的。但山外还会有什么?他探出头去,仰望天竺山中的天空。雪停了,山林像披着孝衣,可怕地沉默着,它是在预示谁的消亡?他突然有了一种想仿效谁的奋不顾身的愿望,于是他抓住了绳子,竟然就从上面往下爬。

原来往下爬这么艰难哪,由于没戴手套,他立刻被冰雪割破了双手。他在半空中上不上下不下,想上去已没有力气,想下来落不到可以蹬脚之处,呼哧呼哧地直喘气,正不知如何是好,下端的绳子固定住了。他终于双脚落地,发现扶住他的正是杭家的那个白儿子忘忧,他身后站着搀扶成一团的杭嘉和与杨真。

昨天半夜,杭家这一老一小是在烈士陵园的邹远志烈士墓前找到杨真的,他显然只是来祭奠亡妻的,但或许是因为饥寒交迫,他虽然意识清醒,身体却被冻住了。亏得那时忘忧和嘉和赶到了,二话不说背着他就下山。路上他们不时听到竹子被压断的声音,咔嚓,咔嚓,然后嘭的一声,竹子折断了,压在别的树上,反弹出一簇簇的雪花,抛到山路间,抛到走在山路上的他们身上,再簌簌簌地往下掉,他们的眼前便撒出一片粉尘。

走出南山时,天开始发亮,眼前大片大片的茶园,像是蘸着白颜料画出来的一道道臃肿的粗线,几乎就看不到绿色的叶子和茶蓬了,只看到它们躲在雪花被子下的隐约的曲线。

一路搓着拍着,杨真醒了,他挣扎着下来,拐着腿绕看了一圈说:“回去!”林忘忧停住了脚步,看着嘉和舅舅。嘉和问:“是回上天竺吧?”杨真点点头笑了,说:“知我者,嘉和也。”忘忧就一下子又背起了杨真，继续往前走，嘉和却伸手把忘忧放在大衣口袋里的墨镜拿出来，给外甥戴上。忘忧的眼睛瞬间舒服多了，他想起了许多许多年前，嘉和舅舅也曾对他这样说过："知我者，忘忧也。"

大门无人，他们走入寺庙后院，杭嘉和想把氛围搞得轻松些，边扶着杨真边说："不愧是身经百战的老革命，防得那么严还能跑出来。"杨真咧咧嘴说："真想跑还不容易吗？"他再次从忘忧身上下来，扶着寺庙后墙绕到背面。原本他是想告诉他们，他就是从这里的山窗下跑出来的。谁知竟然就见有个人上不上下不下地半吊在空中。"忘忧你给看看，这人是不是吴坤？"杨真说。

"不会吧。"忘忧真的有点不相信，他也累得几乎要趴下了，因为皮肤之故，他本是不能晒也不能冻的。倒还是嘉和，手搭凉棚一瞄就有数了："革命小将是要效仿您革命老将呢。"忘忧这才上前拽住绳端，让吴坤狼狈不堪地爬了下来。

吴坤当然也不会想到他会和他的追捕对象如此荒唐地会面。他们就这样默默打量着，谁也想不出该如何开口。不知站了多久，沉默的气氛终于被一个人搅动了，正是翁采茶。她从远处跑来，疯狂地向他招手，连蹦带跳冲上来了，一把抱住他，狂喜地哭着笑："回来了！他回来了！他们把他背回来了……"

吴坤一把推开翁采茶，让她通知把车开过来，然后缓缓地拍着身上的雪花，点着杨真说："走吧，我不想再见到你们。"那是一种放弃所有的眼神，一种漠然无光、行尸走肉般的眼神。

车开走了，翁采茶跺着脚哆嗦着问："他……他……他们上哪去啊？"

"与我无关。"他慢慢地拖着沉重的脚步，重新走上二楼，坐在杨真平时坐着的椅子上，望着天空，天空在他眼里，就是一块裹尸布而已。

而另一边，早晨，那个已经不再繁华的旧时古都，那个有人甚嚣尘上、有人噤声屏息的省城，那个乱哄哄你方唱罢我登场的人生舞台，那条依旧像蜘蛛网般的南方的雨巷间，一扇小得不能再小的门悄悄地打开，一对少男少女从门里猫着腰出来，看看四周无人，这才欠开手伸了个懒腰。大雪覆盖的天地使他们吃了一惊，他们半天一夜都窝在半地下的贮藏室中，从事着他们的神圣使命，竟不知道外面发生了什么，改变了什么。此刻他们的手，已经都让油墨沾黑了。他们相互看了看，指着对方的花鼻子脸，都忍不住笑了起来。

整整一夜，杭得放和谢爱光都是在假山内的贮藏室里度过的。他们的第一份政治宣言已经诞生，它静悄悄地叠在假山内煤球筐子后面的小柳条箱里，其中有那么一段，得放相当得意：

> 我们呼吁：一切受反动势力迫害的革命青年，在毛泽东思想旗帜下，团结起来！组织起来！你们受资产阶级压迫最深，反抗应该最坚决。在批判他们的时候，你们最有发言权。你们绝不是局外人，你们是掌握自己命运的主人。只有胆小鬼才等待别人恩赐，而革命者从来依靠的就是斗争！你们应该责无旁贷地捍卫毛泽东思想，绝不容许反动路线从“左”面攻击它。你们应该相信自己能够胜任这一光荣任务！同志们，我们要相信党，我们要牢记毛主席的教导，彻底的唯物主义者

是无所畏惧的!

其实得放哪有这样的水平,这是他从北京被禁的油印小报文章《反血统论》上抄下来的。紧张与危险之后,他们终于来到了天光下,青春一下子释放出来,他们开始打起雪仗,嘻嘻哈哈的声音,回响在羊坝头杭家的大杂院里。然后,他们手里捏着雪球,突然站住了。回过头看见了杭家那些个女人,她们凄楚的容颜令他们吃惊。直到这时,得放才觉得自己是实在无法再控制自己了,他眼含热泪地对谢爱光说:“我再也没有妈妈了……”

他手里捧着的大雪球,终于惶恐而无声地落到地上,他自己也一屁股坐在雪地里,啜泣起来了。

杨真始终不相信吴坤会把他放了,在花木深房养了几天,竟然真的一直就没有人来抓他。他喘过一口气来,就要嘉和带他去马坡巷看嘉平,嘉平近日身体不太好,时不时地去陪斗,也挺耗神耗力的。倒是寄草建议要不然先去看白夜,白夜回来了,她等着见父亲呢。杨真连连摇手说:“必须先见嘉平。”寄草不理解,嘉和替杨真回答:“因为他俩是‘一丘之貉’,都属于死不买账的走资派,他们不管密谋什么都可以散布在光天化日之下,不怕人来抓他们。”寄草听此言方深表同意:“这倒也是,吴坤还不知道白夜在哪里呢,是得防着他点。倒是我们家二哥不用防,大字报都贴到墙头了,他倒沉得住气,让我们把他弄到书房的大玻璃窗下,说是要看看天光,小房间里憋气死了。”

“玻璃窗都没打碎啊,真是文斗了。”杨真难得开了句玩笑。“哪里的事情嘛,"忘忧这才插嘴,"我一块块重新拼好了,搞得和防空演习一样,很漂亮的。"忘忧这几天住在二舅家,专门照顾他身体,也防再有人打他。只有得放死活不回家,他说他得照顾爸爸,他感觉爸爸有点不正常了,没完没了地讲如何杀茶虫。当然大家知道这也是得放的借口之一,他把自己家抄了,没脸回家,更没脸见爷爷,他还是有点怕爷爷的。那就让他没脸一阵吧。

雪化了许多,天气也突然转暖,嘉平果然躺在走廊的竹榻上,身上还盖着一床被子,榻前小方凳上放着一壶茶,见了杨真他就笑说:"真是不凑巧,多日不见大字报,昨日夜里为了迎接您杨大走资派,今天小将们又送上门来了。"

说话间忘忧赶紧从屋里搬出藤椅,让杨真坐下,还给他披上一条毛毯。只有嘉和却是站着的,说:"大雪刚停,你当门院子走廊里坐着,要感冒的,坐一会儿我还是陪你进去休息吧。"

嘉平倒是气色不错,笑笑说:"这是我家的院子,造反派们上班去了,我得过来坐坐,老是不来坐,真的会把自己家的院子忘记掉了呢。"

嘉和到底还是被弟弟乐观的态度感染了,拖了一张凳子坐下,说:"这些天翻箱倒柜的,没把你们这里也吓一跳吧?"

"你是说那个吴坤吧,子系中山狼,得志便猖狂,狗急跳墙吧!"

寄草听了这话十分通气,这些话也是她心里想的,只是她组不成那么痛快淋漓的词组。趁着院子里无人,也接着话头说:"吴坤好像没那么简单,虽然不是正式的公安机关,但也不是简单的群众专政。这两天他突然放手不管了,我觉得其中必有诈。"

“也未必吧。我看在朝在野差不多。你倒看看,现在多少人是公安局抓的,多少人是个别人挥挥手就抓的。你打我、我打你的派仗,有点当年军阀混战的味道。”

“这种局面总是长不了的,到时候也会有个分晓。”还是杨真,仔细检查嘉平身上被砸伤的地方,乌青是真的不少,但筋骨倒还不见伤掉,他就又小心地问:“你有没有想呕吐的感觉?”

“杨真你可不要吓我。”嘉平笑了起来,他的确是有一点要呕吐的感觉,不过一来不严重,二来怕一说又弄得家中鸡犬不宁,便闭口不提。“你怎么样?听说被人糊成了一张大字报塔!哈哈哈哈……”他竟然笑了起来。

奇怪的是杨真多日不笑,此刻也被嘉平逗笑了,边笑边说:“你还听说了他们给我挂牌子,让我当场撕得粉碎的事吗?弄个马粪纸做挂牌,小将们实在是太没有战斗经验了。”

“行了,别打肿脸充胖子了,我晓得,你差一口气就要被打死了……”

“那也不能死啊,革命战争枪林弹雨都过来了,哪能这样折腾一番就死啊。”

嘉平这才正色说:“大哥,这下你放心了吧,我跟你说过,杨真不会死,尤其不会自杀,如果有人告诉我他自杀了——”

“那肯定是他杀了!”

“行了行了,不说死的事情了,说点活的。各位各位,我刚才躺着七想八想,竟然叫我弄出了几个‘西湖十景’,不过还没全,等着你们来补呢。”

“你看看你看看,都说我像父亲,活到这把年纪才知道还是老二像,又是作诗又是踏青,造反派在屁股后头戳着他也不管,这不是杭天醉的做派又是谁的!”嘉和点点嘉平,看着这两个老革命都活过来了,心里到底要轻松一些。

嘉平指指南北墙头上各自生长的雪中的瓦楞草,说:“你看这墙头,别样东西不生,单单这两株草生得好,又是南北对峙,我看正好叫作‘双峰插云’。”

“都冻干了,插什么双峰啊。”

杨真点点寄草:“野火烧不尽,春风吹又生嘛。”

他这一说,忘忧正含着一口茶,几乎要喷出,眼睛恰巧就对着金鱼池,池中还漂着几片浮萍,便指着说:“二舅你不用说,这里就有二景,一个叫作‘花港观鱼’,一个叫作‘曲院风荷’,对不对?”

嘉平伸出大拇指,用道地的杭州方言夸奖说:“赞!赞!”又指着走廊南面挂着的一口已经被砸得不会再走的钟说:“此乃‘南屏晚钟’也。”又指着钟前方挂着的一只空鸟笼说:“此乃‘柳浪闻莺’也。”

嘉和拦住他说:“二弟你这就牵强了,既无柳也无莺,哪里来的‘柳浪闻莺’呢?”

嘉平摇摇手说:“尔等有所不知,看这园中鸟笼下的一片草是不是长得特别好?那是得放他们来造反时,把迎霜养的八哥砸死了,迎霜哭了一场,鸟埋在此地,不料生出这么些草来。看到它,就好比听到那八哥的声音了。”

这话又回到感伤上来了,杨真赶紧回话:“这倒也算是新的一解,前无古人后无来者。不过我看这里恐怕也是再生不出什么‘苏堤春晓’‘断桥残雪’了吧。”

嘉平一看气氛还需调高,急忙又说:"'西湖十景'我就不提了,我这里还有新节目,说出来你们保证笑煞。还是关在管教队里的时候我们诗词学会的会长老先生教我的。他能把所有贴他的大字报都断成词曲,这可是要点功夫的,我学了好久才略通一二。刚才还试了下,你看,那边小屋门口不是新贴了大字报吗?"

大字报是昨夜一行机关后勤战斗队写的标语,无非谩骂罢了,没水平且不说,连文句也不通,全文如下:

> 牛鬼蛇神,听着了,此事定难逃尔等密谋于暗中勾结,铁证如山罪恶重重,新出路在眼前,坦白可从宽抗拒从严,不许留一点,竹筒倒筷子滑溜!

嘉平见众人听不太懂,正琢磨着呢,便说:"你看我当场就把它给断成《虞美人》,而且用的就是李煜那首词的韵。你们信不信?"

"啊哟二哥,你就得了吧。他开头那句不是'春花秋月何时了'吗,你怎么跟牛鬼蛇神沾上边哪!"

"哎,你别打击你二哥的积极性,他的鬼点子可是有名地多!"

嘉平一听来了劲头,起身要坐起来,猛然间一皱眉头,大家这才发现他腰被打坏了,这才盖着被子呢。直到大家帮他塞好老腰上的垫子,嘉平才清清嗓子,轻轻打着节拍,边吟边唱,开始断起那份大字报的句。

你道他是怎么断的,原来用的是昆腔,还真是有板有眼——

> 牛鬼蛇神听着了,此事定难逃;尔等密谋于暗中,勾结铁

证如山罪恶重。重新出路在眼前，坦白可从宽，抗拒从严不许留，一点竹筒倒筷子滑溜！

忘忧笑得抱着肚子叫疼，杨真也笑得伤口痛，寄草喘着气笑着说："什么叫'一点竹筒倒筷子滑溜'，哈哈哈哈，根本不通嘛！"

嘉平也笑了，说："本来他们的大字报就写得狗屁不通，又是'尔等'，又是'滑溜'，风马牛不相及，我也就拿它来开玩笑罢了。"

"这个创意真好，我回头找张大字报，全把它填词作曲，我还能唱，昆腔！"

"找什么啊，我这里现成的一堆，给你几份，嘉和你只管唱去。"

话说到这里，气氛算是活跃一点了，嘉平起身，这才对杨真说："今天这个日子，你能到场，我要对您鞠一躬了。"

茶几上的茶杯下面，垫着一个倒扣的镜框背，此刻嘉平终于翻了过来，恰是杭汉和黄蕉风的结婚照。就见嘉平眼圈红了，忘忧一下子站了起来，大家总在想念死去的得放母亲黄蕉风，这个杭家最善良最无忧的女子啊。

"正要去杭汉那里拜年呢，他回国后我就没再见过他，有好多事情要向他了解的。你放心，我们两个老家伙经得起打。"

"记住了老杨，我可以死，我儿子孙子一个也不能死。"

"别死啊死啊的矫情，你还得唱《虞美人》给儿孙听呢！"嘉和就一边扶着杨真出去，一边示意寄草和忘忧都留下，嘉平的安危交给他们了。

这一行去的是龙井村，听说杭汉这几天就住在九溪家，日日上山,琢磨着群体种野生茶树的杂交创新问题,听上去也不像是脑子有病。但九溪嫂坚持说杭汉有点不对劲,除了说茶叶的事情,他别的什么都不说。要过年也不说,老婆死了也不说,儿子不回家也不说,女儿哭着要他回去也不说,母亲叶子来找他也不说。唯有提起茶事,他滔滔不绝,刹也刹不住。“你说要不是脑子有毛病了,人会那么样吗?”九溪嫂问。九溪队长则补充说:“也不是都这样的,他现在喝酒了,一喝酒,睡着了,万念俱空。”

杨真随着嘉和一起上了狮峰山,边走边问:“嘉和,说真话啊,你若到了杭汉这样的地步,你会像他那样吗?”

杭嘉和慢慢走着,他担心杨真被打坏了,强撑着不好,所以走几步,他就说自己走不动了,要歇一会儿。听了杨真的问话,他想了想,说:“不会。”看杨真表情有点诧异,又说:“我到那种时候,就是一句话也不想说。”

杨真点着他说:“我看你这几天话也不算少嘛。”

“我倒是听说你自进医院后,没说过一句话,有人以为你被打哑了,我晓得这是怎么回事。可是你回来了还不说,那我就总要替你说两句了嘛,是不是?你这不是明知故问吗?”

“我比不上你们两兄弟。”杨真打开外衣,拉起衣衫扇脸。节气太古怪了,冻起来冻死,热起来热死,用婉罗姆妈的话来说,这天气是“作死”了。

“您这位大哥反正是不肯把什么话都说出来的,还是我来说吧。”杨真一边扯了一片老茶叶在嘴里嚼了起来,一边说:“我是想到过死的。那日半夜到远志墓上去,就是想在那里死的。”

“你以为路已经走到头了?”

“你不觉得不走也是路吗?”

“本来就没有路,都是人走出来的。哎,鲁迅说的,不是我。现在不想了吧?”

“不想了。”杨真说,“屈原伟大,是两千多年前的伟大,我们是今天的信仰者,共产主义者,历史唯物主义者,用死来解决问题太简单了,马克思主义是门科学,要活着解决才是面对真理的态度。”

“噢,是这样啊,我以为你会有一些别的套路呢,真是有点奇怪,我们往往做的是同一件事情,说的却是两套话语。”

“噢,你以为我应该说什么呢?”杨真很真诚地问对方,他现在开始想听一听别人的真理了,在此之前几十年,他其实是只听他自己声音的人。

嘉和说:“我亲生母亲吸鸦片上吊,扔下三个孩子,死了。我妈,噢,就是嘉平的母亲也是自杀的,是抗日时拿命殉国的。所以我从小就划了这条做人底线,一个人绝对不可以撇开亲人自己去死掉。”

杨真思考了一会儿才说:“我们都在谈生死,可是我们好像又是在各说各的。”嘉和却在这时候站了起来,他有点驼背了,这时就使劲地松了松肩,边松边说:“你是知道的,杭汉杀过人,抗战时亲手抹死了汉奸舅舅。这事就过去了。他连一个梦都没有做过。”

“你是想说,他没有毛病,他也不会发神经,他也不会自杀。”

“我想他应该是正在用茶擦洗伤口,治疗身心,就是这样。”

他们在这样对话的时候,杭汉已经在山头向他们招手了,这两个年过花甲的老人,以为他们将听一下午茶课,谁知杭汉却让他们看一块残碑,这是他们最近在平整茶山时挖出来的,就扔在一边,倒是没想砸掉,但想做一块台阶。恰好这时遇见了懂行人,便如见了救兵。

杨真对这些文物古碑是没有任何研究的,倒是嘉和从小跟着父亲,见识过不少。比如这块碑文,嘉和几下就分辨出来了,因他从小就读过苏东坡写的《祭龙井辩才文》;

> 呜呼!孔老异门,儒释分宫。又于其间,禅律相攻。我见大海,西北南东。江河虽殊,其至则同。虽大法师,自戒定通。律无持破,垢净皆空。讲无辩讷,事理皆融。如不动山,如常撞钟。如一月水,如万窍风……

嘉和告诉杭汉,此文说的是儒释道虽然三家互相争辩,但是大道趋同,正如江河各有差异,然而本质相同,学者应该有海纳百川的气魄。杨真觉得很有道理,但这些道理与今天这个时代没什么关系。

然而只要有嘉和,一切没有关系的事物便都开始遥相呼应。比如嘉和说虽是块残碑,但砸了未免可惜,不妨让九溪抬回去拦猪圈吧。杭汉连声说好,苏东坡、辩才、儒释道就和九溪家的猪圈建立起完整的关系。接下去的关系都是自然而然产生的,比如人们以为杭汉会滔滔不绝地进入茶世界,他却从身下掏出了一瓶橘黄色的酒,说:“难得杨真先生死里逃生,嘉和伯父苦中作乐,你看这阳光尚厚,风和日丽,不妨在此茶丛中喝上一口,这是九溪嫂酿的米酒。”

他讲话的用词声调和以前竟然大不相同,嘉和至少可以断定杭汉在他们没来之前已经喝过酒了。这酒当然也不是什么好酒，农民自己酿的土酒，但杭汉显然已经喝惯了。他举着酒瓶美美地喝了一口，便开始大声地朗诵："莫笑农家腊酒浑，丰年留客足鸡豚。山重水复疑无路，柳暗花明又一村。箫鼓追随春社近，衣冠简朴古风存。从今若许闲乘月，拄杖无时夜叩门。"他指着杨真说，"老革命，你整天《资本论》《资本论》的，你能听得懂吗？"

杨真突然接过酒瓶，对着瓶口大大地吸了一口，然后就放开了，他站了起来，手指着远方，唱起了一首无比壮丽的歌：

> 夕阳照耀着山头的塔影，月色映照着河边的流萤
> 春风吹遍了坦平的原野，群山结成了坚固的围屏
> 啊！延安，你这庄严雄伟的古城，到处传遍了抗战的歌声
> 啊！延安，你这庄严雄伟的古城，热血在你胸中奔腾

嘉和身边放着一个葫芦茶壶，这是农村人劳动时用来盛茶的器皿，他把米酒瓶里的酒倒了一点点放进葫芦茶壶中，轻轻摇了摇，然后也慢慢地抿了一口，说："不错，好喝！"杭汉抢过来喝了一口便吐了："这能叫酒吗？这不就是茶吗？"

杨真是从来也不喝酒的人，此时喝了一大口，显然有点晕了，拿起酒瓶说："不管干什么事情，都得讲究一个纯正。你喝茶，你就喝茶；你喝酒，你就喝酒。你看，我就喝酒了，我不喝掺着酒的茶了……"他咕噜咕噜地一大口。嘉和叹了口气，摇着头："真要说做官哪，你们还都做不过苏东坡，听说过东坡的茗酿吗？知道什么是七齐、八必吗？"

“此乃茶酒酿制之法，茶酒采茗酿之，自然发酵蒸馏，其浆无色，茶香自溢。”杭汉大笑起来，“大伯啊大伯，你被我骗了，我比你想象的要广大得多了，深刻得多了，我心里藏的知识比你多多了……七齐是什么，大伯，你能一口气把七齐、八必背出来吗？不需要，有我，就不需要您老人家逞能。七齐：茶茗齐、曲药齐、甘果齐、水泉齐、陶器齐、炭火齐、人心齐；八必，八必该轮到您了。”

嘉和慢慢地一根根伸开手指，背一条开一指，不慌不忙。童子功，父亲杭天醉和他们几个孩子实验过多少次，想难倒他？不可能。

“一、人必知节令；二、水必甘软硬冲和；三、曲必得时而调；四、茶茗必实；五、陶必粗；六、器必洁；七、缸必湿；八、火必缓。”

杭汉听到这里，一声不吭地又要去拎酒瓶，却被杨真先拎了过去，这回可不是大喝一口，而是灌了一大截，顿时喷出了满口酒气，对着山头茶园，他双手叉腰，豪情满怀，高歌猛进：

千万颗青年的心，埋藏着对敌人的仇恨
在山野田间长长的行列，结成了坚固的阵线
看！群众已抬起了头，看！群众已扬起了首
无数的人和无数的心，发出了对敌人的怒吼
士兵瞄准了枪口，准备和敌人搏斗
哦！延安
你这庄严雄伟的城墙，筑成坚固的抗敌的阵线
你的名字将万古流芳，在历史上灿烂辉煌

音调显然是起得太高了,最后的“灿烂辉煌”四个字杨真唱破了,他气喘吁吁。当他好不容易喘过气来时,他醉眼惺忪地看见了一对儿女,他们似乎是白夜和得荼。啊,他们怎么来到了延安,怎么也来到了宝塔山头呢?

如果不是杨真那一声声高亢尖厉的歌声,得荼和白夜是绝对不会发现他们的,这对小儿女在胡公庙里发生了争执,他们龃龉斗嘴了。

其实事情的起因非常简单。杭家人终于把白夜安顿好,她躺下了,得荼想把她的棉衣裤放在阳光下晒晒,见那棉袄上还有两个黑袖套,就下意识地把它们取了下来。正巧这个举动被白夜看到了,她大叫一声,竟然从被窝里跳了出来,一把抓住棉袄,直接套回身上,一边大叫一声:“你想干什么?”

这声叫唤着实把得荼大吓一跳,他嘘了好几声,意思是不要发声,白夜也意识到了,也压低了声音说:“我的东西,你千万不要动啊。”

得荼松开了手,他觉得她的话非常沉重,她一点也不像他当初看到的那样,那一次她表现得多么华丽啊。他尽量和缓着语气轻声地,仿佛怕吓着她,坐在她的枕边问道:“告诉我,需要我做什么?你得明白你现在有多危险,什么事情都有可能发生。”

白夜是敏感的,她抚摸着得荼的头发,说:“从边境回来,我在路上走了半个月,没有人跟踪我。其实我不怕跟踪,也许我进监狱死掉更好。但是我想看到爸爸,还有你。当我看到你们杭家女人喝茶时,我觉得我不配活着,我太混浊了!”

得荼站了起来，走到窗前，一边观察着外面，一边说："我想知道你目前的真实处境，而不是你对你自己的任何审判，这对你我都不重要，明白吗？发生了什么？怎么处理？"他站在窗前等了一会儿，不见回答，回过头，发现白夜低着头，手捂住了脸，一言不发。他走到她身边，蹲了下来，摸着她的后颈，说："对不起，我不是不想跟你谈一些别的……"

白夜抬起头来，突然说："等爷爷回来，告诉我爸爸的消息，我马上就走。"

"为什么？"得荼很惊讶，"你以为你还可以行动自由吗？也许你走出这个大门一步，就被盯住了。现在让我和你来统一口径。你无论如何不能承认，你是自觉跟他们去边境的。你必须强调，你是被拐骗到那里的，最后你利用买茶砖的机会逃脱了他们的控制。"

"我是自觉跟他们到边境的。在北京不是没有那样的例子，有人就从南边偷渡出去了。"

"请你不要再在我面前提起这样的事，一个字也不要提。"得荼突然急躁起来，声音压得很低，但口气非常严厉。"你必须明白你在做什么事情！"他指着她手臂上的黑袖章，"他们被当场击毙了。"

白夜也突然站了起来，她的声音又低又闷："我们没有犯叛国罪，我永远也不会承认我们犯有叛国罪。我们说定了，等祖国的局势一稳定我们就回来。我们的亲人和朋友都在中国，我们并不想离乡背井，尤其是冒着这样的危险，用生命去换取这样昂贵的自由。但除此之外，我们还能到哪里去呢？我们是中国人，我们比谁都明白这一点，这就是我痛苦的原因。"

“可是你现在有了我,有了我们杭家,有了爷爷,一切都可以重新开始啊!”

只听白夜哈哈冷笑了一声:“我,陷在泥淖中的我,被别人的污浊和自己的过错玷污了的我,还有什么办法让自己逃脱噩梦?重新开始?不!不要说我幼稚,不要以为我是在异想天开,有极个别的人成功了,他们逃脱了。我的悲剧就在于我看到了,想到了,但是我永远没有能力做到。你无法体验那种感觉,一步步地离家离国远了,你越来越发现你对这块土地的感情,和恋爱的感觉完全一样,令人心碎,不能自拔。难道真的就没有最后的退路?我一直在想这个问题,直到他们死在边境线上。多么残酷的启示,我突然明白,我也可以死。想到死我轻松极了。我终于获得了自由。我曾经死过一次,但那是被迫的,盲目的,那不是有尊严的人的死。现在不同了,所以我开始往南方走,我要见我的父亲,还要见到你。这是活着必须做到的事情,可是我对自己做过的事情绝不后悔!”她嘴唇哆嗦着,“你让我一个字也不要提,可我提了这么多,现在该你说了。”

她重新坐了下去,她突然爆发出来的叛逆的力量令人吃惊。得茶的心抖了起来,一向自控力很强的他,情绪顿时激荡起来。这就是白夜的魅力,她总能使人进入非常状态,这也是她的痛苦,因为别人为她而受苦。她当下说的话,不管怎么有理,都是大逆不道的,得茶自己从来也没有想到过亡命天涯,所以他从来不曾思考过还有一种尊严,它的名字叫逃亡。他激动得眼睛在镜片后闪着异样的光,他说:“我请你不要再提那件事,也就是不要再提‘死’。我爷爷曾经告诉我,死是很容易的,比活着容易多了,所以他选择了活。我们现在必须抛开道德层面上的论证,现在是瞬息万变的年代,我们要学会行动。而且,你应该比任何人都清楚,你不能讨论死,你必须活着,还有一条生命是你没有权力去消灭的!”

白夜终于彻底爆发了,她低声地咆哮起来:“不许你管我的事情,这是我个人的事情,与你无关,彻底无关!”

得荼也真的发急了,他也低声咆哮起来:“这是我的生命,不许你杀死我!”

“你比谁都清楚,这事和你不沾边,他不配活在这个世界上!”

“是我的孩子,除非你想要我去死!”

他们目不转睛地对望,都觉得彼此有些陌生,因为他们都期待对方与自己一模一样,但革命年代使他们出现了差异。惊异的是,不知道为什么白夜突然转折了,她捂住了肚子:“动了,动了!”她轻声对自己说。

得荼搓起了手,在床前挣扎了片刻,就扑了过去,隔着内衣,捂住了白夜的肚子。俄顷,他感受到了那个小生命极其微弱的跳动,就几下,像是哆嗦,又像是痉挛。得荼笑了,白夜被他的笑征服了,她点头说:“也许你是对的。”

也就在此时,她听到了一阵嘹亮而熟悉的歌声,这是父亲的歌声,是她从小就熟悉的歌声。他们顾不上自身的安全了,白夜先跑了出去,得荼紧随其后。他们不知道胡公庙就在狮峰山上,可以说他们近在咫尺。而嘉和之所以把他们引到这里,真正的目的,就是想让杨真能和白夜再见上一面。

正在引吭高歌的杨真见到了女儿白夜和学生得荼,他大叫一声:“杭得荼,看你往哪里逃!”得荼一看就知道杨真失态了,正要上去扶他，被他一手推开，点着他的脑袋就问："《资本论》读了吗？起码一卷该读完了吧？"得荼只好老实回答："先生，我还真没有读懂。先进房间喝点茶吧。"

白夜真的见到父亲，却没有刚才的劲儿了，她默默地盯着父亲那些刚刚愈合又裂开的伤口，他为什么不叫她，不拥抱她，不和她抱头痛哭一场？是她重要还是《资本论》重要？却见杭汉歪歪斜斜从老茶丛中爬了起来，指着杨真就喊："你那个《资本论》根本不通，你说资本家不劳而获，剥削的就是剩余价值，那我们这些人呢？我伯父杭嘉和呢？他是个不劳而获的资本家吗？天底下还有谁比他更勤劳勇敢善良？为什么要消灭我们？为什么要消灭我们？啊？为什么你们要消灭黄蕉风……"他终于吐出了这个名字。

白夜突然插了进来："马克思强调的是对资本主义私有制的扬弃，不是消灭！"

杨真怒发冲冠："你读过几天书，以为上了几天洋学你就什么都懂了？Aufhebung这个词，苏共教科书上都翻译成'消灭'，亏你还是从苏联回来的。"

得荼左看看右看看，还是忍不住表达了观点："Aufhebung这个词吧，不瞒你们说，我还真的做过一番考究，有个德语教授亲口跟我说的，德语中Aufhebung这个词儿是有消灭的意思，但是更准确的含义是批判地吸收、升华与超越……"

"扬弃本来就应该是对私有制的改进，被你们这些人捧成金科玉律了！爸爸，你醒醒吧！"她转身就走回了破庙。嘉和赶紧挥着手让得荼陪着白夜进去，自己则在一边收拾着杨真和杭汉这两个喝得酩酊大醉的人的战场。两人靠在一起，都睡着了，杭嘉和慢慢地一口一口地品着酒,这点酒根本就不在话下。就这么听着身旁这两个人发出的呼噜声,声音气力之大,把老茶树根旁的老叶都吹得颤动起来了。

第二十章

春天到了。茶芽与革命一样蓬勃发展，全然没有因为去年夏天以来的劫难垂头丧气，革命的人们与被革命的人们，对它也依然保持着同样亲切的心情：一切都面临被砸烂，茶却超然在砸烂之上。

早早就被社会放逐的小人物杭方越，全然不具备进入中心的素质，连挨批斗也大多是陪斗；挨打也往往是痛打别人时的陪打。这个整数后面的小数点，竟在这个春天因祸得福，被发配回杭州玉皇山脚下八卦田，劳动改造，重新做人。

正是油菜花开的季节，方越挑着一担粪，一边在阡陌上行走，一边还有雅兴眺望玉皇山。单位里现在也不再让他研究什么青瓷越瓷了，恰好人家环卫所的环卫工人们要造反，紧急向有知识分子的单位呼吁，要一批牛鬼蛇神来替他们倒马桶，条件是知识越多越好，越多越配倒马桶。杭州城立刻就组织了一批出国归来的、懂三国外语的环卫工人，弹钢琴的，拿手术刀的，世代书香门第的，教书的，唱歌的，方越和他们一比，知识竟然还不算多，凑合着一起就被发配过来。后来业务发展，一条龙服务，干脆让他们把粪便直接送到地头田边去。方越负责的就是这里——杭州城南山脚下。

天气很好，空气中浮动着游丝，方越干一会儿活，就朝玉皇山仰头望一会儿。春天，站在玉皇山上往下看，八卦田看上去便有些古怪，像是一个神秘的大棋盘。老杭州人都知道这是南宋时的籍田，用八卦爻画沟塍，圜布成象，用金黄的油菜花镶嵌成的边，里面的青菜杭州人叫作油冬儿菜，那可真是长得像碧玉一般的绿。

八卦田当然也是“四旧”，小将们也不是没有来造过反。但造八卦田的反，实在太累，不像砸那些佛像，一锤子的买卖，这里的土可够你挖十天半个月的，不划算。杭州人把算计叫作“背”，小将们背一背，背不过来，就胡乱挖了几个洞，走人了。方越他们这些牛鬼蛇神这才有了一个继续劳动改造的场所。

方越喜欢这里，杭州城三面环山，唯有南边一带对他最有吸引力，他总能在那里找到一些有关官窑的蛛丝马迹。手握粪勺干活时，他不时地放下粪勺，跑到前方被粪浇湿的那块地上，捡起一些被打湿后发出光亮的东西，有时候是一块石头，有时候是水泥，有时候也会是瓷片，但不是他想要的那一种。他手握粪勺，再一次眺望南山，他一直就有一种预感，认为陶瓷史上数百年未解的一个谜——修内司窑窑址，就在眼前，在他所能看到的这片山间。

和杭家的大多数人不一样，他们是品茶，他杭方越却是品茶具。他真正决定把研究瓷器作为自己一生的选择，还是因为某一个偶然的机会，在花木深房帮助养父整理爷爷杭天醉的遗物时产生的。

爷爷的遗物其实已经不多了，在那不多的东西中，一把旧折扇引起了他的兴趣。折扇的一面画着一个品茗的白衣秀士，坐在江边品茶，天上一轮皓月，但那茶杯明显地就不是紫砂壶。折扇另一面是一幅字，上书杜育的《荈赋》，全文并不长，但方越看得很吃力：

> 灵山惟岳，奇产所钟。瞻彼卷阿，实日夕阳。厥生荈草，弥谷被冈。承丰壤之滋润，受甘露之霄降。月惟初秋，农功少休；结偶同旅，是采是求。水则岷方之注，挹彼清流；器择陶简，出自东隅；酌之以匏，取式公刘。惟兹初成，沫沉华浮。焕如积雪，晔若春敷。

方越的古文根底并不好，这和他几乎没怎么受过完整的传统文化教育有关，但他明显地就对这段文字表现出浓烈的兴趣。他请嘉和帮他解释这段文字。

正是这一篇古文让方越进入了一个奇妙的世界，他由此而知道，在那高峻的中岳嵩山上，长着漫山遍野的茶树。一群一千多年前的文人，结伴而行，到山中去采摘与品尝它们。煮茶的水呢，是要用山间流淌下来的清流的；煮茶的器具呢，要用上好的窑灶烧制，还要用越瓷的茶具。用瓢来斟茶，这瓢嘛，就是葫芦切成两半，用来盛水，这规矩是从公刘那里学来的。这个公刘是个了不起的人，是古代周族的领袖，他率领着周族迁居并发展了农业，开创了周代的历史。这样把茶煮好了之后，茶渣就沉在了下面，而茶的精华，就浮在了上面。那时候的茶啊，看上去明亮得像积雪，灿烂得就如春花一样美丽呢。

嘉和讲述这一段内容时平平静静，但方越却听得如醉如痴，他从来就没有想到过，茶是可以这样来吃的。他不解地问："阿爸，我不明白，我们喝的茶，颜色应该是绿的啊，怎么杜育却说它是明亮得像积雪一样的呢？难道古代的茶是白色的吗？”

嘉和笑了起来，说：“你让我想起我小时候，我也是和你一式一样地问过我的父亲，他说，你自己看书想去吧。”他看到方越一时着急的模样，才说：“这个也不难，我告诉你就是。茶嘛，古代的人跟我们现在不是一个吃法。他们是要把茶弄碎了，跟其他东西拌在一起做成茶饼，喏，就是现在的砖茶那样的紧压茶。等到要吃的时候，还要再把它们弄碎，用茶碾子碾，也就是现在中药店里的那种药碾子的样子。碾成了白色的粉末，再煮，煮好了，白花花的一层在上面，好看得很。一次煮好了，也就是盛个四五碗，大家喝，要是水掺得太多了，就不好喝了。这种品茶弄到后来，就开始分茶了。喏，下城区孩儿巷里住着的陆游，就是写‘小楼一夜听春雨，深巷明朝卖杏花’的那个陆游，下面还有两句诗，写的就是分茶：‘矮纸斜行闲作草，晴窗细乳戏分茶。’这个分茶，就是一种独特的烹茶游艺啊。”

方越还是好奇，问：“为什么今天的人不分茶了呢？”父亲的回答让他心服口服，嘉和说：“喝茶要又简单又好喝才行，因为说到底，这是老百姓的饮料，不是人参白木耳，富贵人家只管掉头翻身玩花样。比如这样喝茶，喝到宋朝人手里，皇帝都是品茶高手，品茶倒是品出精来了，但茶农可是苦死了，玩物丧志，国家也亡了一半了。所以到了明朝朱元璋手里，下了一道命令，从此宫廷里不进紧压茶，统统都进我们现在喝的这种散茶了。所谓唐煮宋点明冲泡，说的就是这个过程。”

听到这里，方越突然恍然大悟，说：“我现在晓得，为什么天目盏的茶碗颜色大多是黑的，碗面是斗笠形的了。你听我说有没有道理。因为那时候茶崇尚白色,所以碗要黑,碗面要大,这样白色才衬得出来。后来喝我们现在这种样子的茶了,茶要绿了,所以青瓷白瓷就吃香了,你说是不是?”

方越不大的眼睛机智地闪着光芒,让嘉和看了突然心疼。方越越长越像他的亲生父亲,但他身上并没有父亲的油滑和卖弄,这孩子是忘忧从火坑里救出来的啊,胜似他杭嘉和的亲骨肉。他搂住了方越的肩,说:“放暑假的时候,我带你到处去走走。”

方越能说得明白,烧一辈子窑,这个最初的决心,是在曹娥江的那一段江面上产生的吗?那年夏天,养父嘉和带着他游历了一次浙东。他们去了上林湖,那里的原始青瓷片随处可捡;他们沿着曹娥江走,到了上虞那越瓷的发祥地。在余姚,他们甚至还去了一趟瀑布山,正是在那里他第一次听说了丹丘子这个名字——汉代余姚人虞洪上山采茶,遇见了一位道士,牵着三头青牛。那个道士把他引到了瀑布山,对他说:“我啊,就是有名的仙人丹丘子,听说你很会煮茶,就常常想能不能让你煮一些茶给我尝尝。现在我告诉你,这山里头有大茶,你可以进去采摘。不过你得答应,以后有了多余的茶,别忘了给我一些。”果然,虞洪从此以后就采到了大茶。以后他就用茶对丹丘子进行祭祀。

他们是在那个名叫河姆渡的村子里喝过了好茶再进山的,但他们并没有遇到丹丘子。随后他们又去了上虞三界茶场,那就是抗战时期吴觉农先生办的抗日茶场啊。方越说:“父亲,吴觉农先生就是今天的丹丘子吧。”嘉和想了想,却说:“丹丘子是仙人哪。”方越又说:“我不过是一个比喻,吴觉农先生也是指引你们茶人怎么得到好茶的,和丹丘子一样。”嘉和点点头说:“这个我知道。但还是不要把人比作神仙更好,要学会止语。”

方越没有在那一次游历中学会止语,这是他遭难的原因之一。但他在那一次游历中得益亦匪浅,其中曹娥庙给他留下深刻印象。它规模宏大、壮丽辉煌,它那众多雕刻名人书赠的匾额楹联,它那些石柱、桁、梁、轩和石板,还有那千年中国第一字谜的“黄绢幼妇外孙齑臼”,给了他强大的冲击力,但他吸纳最多的还是有关越瓷的知识。正是从养父的老朋友们那里,方越第一次知道舜曾经避难于上虞,并在那里做陶灶制陶;他也由此知道,那里的小仙坛东汉青瓷窑的瓷片证明了它们已经达到了现代日用瓷器标准,是成熟瓷器的发源地,也是中国青瓷的发源地。巨大的献身热情正是此时萌生的,他拒绝了母亲让他转道香港去美国继承遗产的建议。高三学生杭方越游历归来,心里塞得满满的,关于对祖国山河的热爱,对表现在越瓷上的美的热爱,以及因为孝女曹娥的刺激而愈加深刻体会到的对杭家亲人们的热爱,这众多的来自不同角度的爱,促使他向美国发了一封豪情万丈的信之后,就报考了美院的工艺美术系。

他非常清楚那一次出行的意义,那就是养父的无言教诲。在短短的大学时代,他理清了越瓷发展的脉络:越窑自东汉创瓷,至孙吴、两晋出现了第一次高潮,杜育当年在山中煮茶所用的,应该就是这时候的越瓷吧。到了南朝和隋代,越瓷面临着第一次的短暂低落。但是不要紧,因为伟大的盛唐时代到了,第二次大发展的时代到了。至于五代吴越国,为了保境安民,朝廷把越瓷作为向中原纳贡的重要特产。越瓷因其特殊的历史地位而繁荣,并一直延续到宋代初年。然后,它就不可遏止地衰落下去了。

方越没有在不可遏止面前停止步伐,即使他被划为右派发配到龙泉山中去之后,这种爱也没有结束。他在哥窑弟窑的所在地、当地人称之为大窑的地方一待多年,那遍地的碎青瓷片使他欣喜若狂。啊,哥窑,那胎薄质坚、釉层饱满、色泽静穆的哥窑,它的粉青、翠青、灰青和蟹壳青,它的冰裂纹、蟹爪纹、牛毛纹和鱼子纹,它的紫口铁足,是怎样的让他欣喜若狂;还有弟窑,它的滋润的粉青酷似美玉,它那晶莹的梅子青宛若翡翠,那是陶瓷艺人最高的艺术境界啊,那样的美,难道不是难以企及的吗?

接着便是官窑了。真是“九秋风露越窑开,夺得千峰翠色来”啊。这世界碎纹艺术釉瓷的鼻祖,让人叹为观止。那独特的胎薄釉厚,那创造性的开片和紫口铁足,那深刻展示宋代哲理的简约的造型和线条,方越看到这些宝贝,就会眼睛发直。

和中国许多传统的工艺大师一样,因为心无旁骛,他的技艺在他的那个领域里越来越精深,而对别的事情却越来越隔膜。那种对命运执着的怀疑精神、辨析能力、形而上的思考,原本正是他们杭家男人的内在精神资质,方越却很少涉及这个领域,因此避开了精神领域里的一个个重大的暗礁。职业给了他另一种狂热。即使是现在,沦落到最底层了,他的脑子转来转去,转到后来,又回到了他的瓷器上。他呆呆地望着南山出神地想:那修内司窑,到底是在哪一片山林之中呢?

原来他们这个组,自攻克了龙泉青瓷这个课题之后,就开始把目标定在了南宋官窑上。南宋官窑,堪称陶瓷史上的世界级宝贝,南宋之后便神秘地消亡了,至今出土的瓷器,还不足三位数。方越他们一群高智商的工程师技术员,花了那么些年,也没把它的配方找出来。窑址已经荒芜埋没了,近年来亦再无新出土的器物。

直到眼下,杭方越关于南宋官窑的全部了解,还是通过文献和历代保存的实物。他只了解到,南宋官窑开始于绍兴十三年,是由皇家自己投资,并由宫廷内务府的窑务机构主持建立的制瓷窑场。虽说是官窑,方越却记住了一个名叫邵成章的提举,时任统领,按北宋制度,在凤凰山设立官窑,人称内窑。这里连续生产了一百三四十年的优质瓷,千百年来,被举世公认为艺术性最高的时代。它通过细致纯熟的工艺,将流畅简练的造型和精光内蕴的釉色和谐统一在一起,代表着八百年前中国瓷器生产的最高水平,也是南宋时期发达的科技文化真实的写照。

南宋的官窑都是由宫廷内务府的窑务机构主持创建,由窑务机构或者是修内司机构中的宦官进行监督管理的,和明清时期派遣朝廷命官督造官窑瓷器不同。宋朝的官窑,是具有皇家独立自建性质的制瓷窑场。

有一本文献一直被方越带在身边,正是明初曹昭的《格古要论》。在描述官窑瓷器时,他曾说,官窑瓷宋修内司烧者土脉细润,色青带粉红,浓淡不一,有蟹爪纹,紫口铁足。明人高濂在《遵生八笺》里则说杭州官窑青瓷的特征是:“色取粉青为上,淡白次之,油灰色之下也;纹取冰裂鳝血为上,梅花片墨纹次之,细碎纹之下也”。方越的理解,南宋官窑瓷的釉色,主要是粉青色。依色谱的颜色分,是极浅的蓝绿色,但也有以灰绿色、黄绿色色调为主的。具有良好的乳浊性和釉层丰厚的多次釉,在质感上追求璞玉的效果。南宋官窑瓷多有纹片,有大小开片,亦称文武片。纹片有疏有密，有深有浅，以冰裂纹等大纹层为主，所谓“冰裂纹”者，如同冰糖、云母一般，层层而下。

方越受嘉和多年熏陶，更看重的是瓷本身如玉泉般的、庄重的、典雅的、神秘的自然美。这些制品反映出东方民族淳厚朴实、崇高古雅的独特艺术风格。惜哉南宋覆灭，官窑被毁，工匠失散，技艺失传，传世珍品极少。现在想来，美，一旦要毁它，哐啷一声就够了。历史上也不知道有多少次这样的毁灭，最美的东西总是最容易被毁灭的吧。方越一边挑着大粪，一边眺望南山，一边心驰美器，一边甚觉自身的荒诞。

一个女人扭着屁股向他走来。走走停停，那样子很是古怪。方越能够感觉到她的样子像谁，但他没有往细里想。实际上方越是很喜欢女人的，这仿佛是艺术家的职业习惯，但他确实也已经好几年没和女人打什么交道了。妻子死后数年，刚刚缓过一口气，准备考虑续弦的问题呢，“文化大革命”就开始了。他出神地看着那女人在春天原野里的身影，女人穿着一件阴丹士林蓝的大襟衣衫，下面是一条差不多颜色的蓝裤子，整个人的样子，就像一只正在向他走来的祭蓝葫芦形瓷瓶。这年头还能看到这样的线条，简直就是一个奇迹。他正想入非非呢，就见那“祭蓝葫芦瓶”喊开了：“喂，你是不是方越，喂，杭方越，杭方越，要死啦，我到处找你，山上都爬过一圈。你快过来，你快过来，你阿爹叫我一定寻着你，哎哟皇天，我总算寻到你了……”

其实这尖厉的嗓门，已经是在杭家第二次响起了。一大早杭嘉和听到了油墩儿的尖嗓子：“杭家门里——电话——”她的声音简直像利剑一般直插进他的胸膛,他害怕这不祥的声音,对不幸的预感比不幸真正降临还要使人感到不幸。迎霜看到爷爷呆呆的神情,吓得自己先就打了一个寒战,问:“大爷爷,你怎么啦?”

嘉和首先就想到,会不会嘉平出什么意外了?脱口而出的却是另一句话:“迎霜,你去帮爷爷接个电话好不好?”

迎霜放下正在吃的泡饭,就朝巷口跑去。嘉和一下子清醒过来,连忙也跟着跑了出去,三步两步就超过了迎霜。电话却出人意料,那一头是一个哭哭泣泣的女人的声音,但不是叶子,却是个长途电话,是得荼的养母茶女打来的电话,说方越的儿子杭窑,被当作反革命抓起来了。

一听这晴天霹雳般的消息,嘉和眼前几乎如一团焰火爆炸,他立刻想,会不会弄错了,连忙压低了声音问:“你弄清楚,你说谁反革命?窑窑,他几岁?”

那边的声音显然已经急得哭都哭不出来了,只说:“窑窑八岁了,不算小了。你快想想办法怎么弄吧。我自己现在也是泥菩萨过河,不牵连你们已经算天保佑了,你快想想办法吧。”

嘉和连忙又安慰她。原来杭窑从龙泉山里出来的时候,带着一个烧制好的胸像,一直就放在壁龛里,也没有人去问过那是谁。谁知前天一个邻居来串门偏偏就看到了,也是多嘴问了一句那是谁啊,正在打弹子玩的窑窑神秘地笑了,说:“那是谁你还看不出来啊。”

“那到底是谁啊?”那人好奇,又问。

“伟大领袖毛主席啊,你怎么连毛主席也不认识了?”

那人还真是吓了一跳,定睛一看,笑得肚子真叫痛。原来这尊像,不点破谁也不知道那是谁,一旦点破了,越看越像毛主席。这个漫画般的毛主席胸像把那邻居笑得直在地上打滚,喘着气问:"这是……哎呀谁让……你那么……我的妈呀……让你做出……来的啊?"

窑窑理直气壮地说:"我自己呀,大人烧窑的时候,我自己捏了一个毛主席,我自己把他烧出来的啊。"

小小的村子并不大,一会儿就来了不少参观毛主席胸像的人,一个个捧着肚子笑回去,再做宣传。终于,公社的民兵来了,造反派也来了,看了胸像,铁证如山,背起窑窑就跑,立刻就扔进拘留所了。像他那样的小难友,还真不少呢。县里也不知道该把这些个小反革命怎么处理,往省里一请示,过几天就送到杭州来等待发落。

杭嘉和一下子头脑清醒过来,说:"你别急,我今天就赶到,你等着,叫窑窑别慌,爷爷今天就到。别的事情我到了再说。"

放下电话机,见身边正好无人,他拱起双手,对油墩儿作了一揖,说:"董师母,家里出天大的事情了,你无论如何要帮我一个忙,立马找到方越,只说一句话,万一有人问他儿子的事情,让他说,他儿子做的事情,他一点也不知道,拜托拜托,拜托拜托。"他一连说了四个拜托,把董笑花的眼泪都拜托出来了。她二话不说,托人代管了电话亭,就直奔南山而去。

嘉和回到家中,又对迎霜说:"迎霜,帮大爷爷传个话,现在到你爷爷那里去告诉他们,我要到窑窑那里去一趟,去去就来,叫他们别着急,有什么事情可以找布朗叔叔。我现在还要先去得荼哥哥那里一趟,他还有要紧事情做呢。大爷爷讲的话,一句也不要对外人说,听到了没有?”

迎霜连连点头,但还没回过神来,就见大爷爷已经奔出门去,他走得那个快啊,无声地,就像风从水上飘过去一样,转眼间就不见了。

嘉和、得荼祖孙两个到茶院公社的最后一站路,是划着乌篷船赶去的。日子仿佛偏偏要和时局对着干,革命形势发展得越快,生活就越过得一成不变,同样的茅草房,同样的小石桥,同样的牛耕田,同样的小木船,不同的只是越发破旧罢了。船儿慢悠悠,嘉和得荼祖孙两个心急如焚,眼看着小船驶过通向烈士墓的小路——当地政府在茶园内专门修了一个烈士墓,隔着茶园新抽的茶芽枝条,还能够看到拱起的青冢,祖孙两个相互对了一眼,嘉和说:“等事情办好了再回来扫墓吧。”

窑窑到底还是一个孩子,只当杭州爷爷接他回杭州,能够看到爸爸了,心里一下子就欢喜得把小反革命这件事情也给忘记掉了。在茶园里对着烈士墓鞠了一躬,就开始东张西望地捉蝴蝶,撩蜻蜓,又去采了那嫩茶叶塞进嘴里,一个劲地叫着,茶叶好摘了,茶叶好摘了。

嘉和现在的全部心思,都在他手里捧着的这个牛皮纸袋上,刚才那个治保干部专门交给他的。当时他已经背着窑窑走出那个临时的拘留所了,治保干部突然捧着这么个牛皮纸口袋冲了上来,他示意让窑窑先下来,然后把牛皮纸袋交给嘉和,一边说捧好捧好。嘉和不知道是什么东西,刚要问,突然明白了,把口袋捧在手里就朝那人深深地鞠了一个躬。嘉和看孙子开心地跑远了,猛然把那扎紧的纸袋往青石碑上一砸，里面的东西立刻就碎了，滑到了碑脚下。得荼先是吃一惊，继而恍然大悟，赶快上前一步，想把纸袋里的陶片倒出来碾碎，被爷爷一把抢过，说要到河边洗手。得荼不由分说地取过纸袋就往墓后面的那条通向小河的石级走去。石级边正好没人，得荼借着洗手，就把那纸袋里的碎陶片全都撒向了河中心，刹那间一切都消失得无影无踪。

得荼并没有马上走回墓地，他在小河边站了一会儿，这里很安静，他也想使自己焦虑的心情有所缓解。有许多心事埋在心里不能说，有些事情还非常大。两个月来杭城出现了一些内容非常出格的传单，表面上看是针对血统论的，而有心人却看出了其中的矛头，那文笔不由得就让杭得荼想起他的弟弟得放。前些天回家，偶然在花木深房前的假山旁看到得放，还有他的亲密战友谢爱光，这是他第一次看到这个姑娘。她明显地脸红了，不是害羞而是某种程度上的紧张与不安。他们手上都有油墨，犹犹豫豫地从他身边走了过去，当时他就想，一定要找个机会好好和他们谈一次。此刻，站在这宁静的小河旁，这种心情更加急迫了。

得荼感觉到后面有人，回头一看是爷爷。祖孙两个慢慢地走上了台阶，重新走到了烈士墓前。往年清明，总会有一些学校机关到这里来献上些花圈的，也许因为今年革命要紧，没有花圈了。作为烈士家属，嘉和觉得很正常，去年夏天以来，有不少墓还被人挖了呢。像杭忆和楚卿这样验明正身之后还是革命烈士，还能够安安静静地躺在这里，嘉和已经很欣慰了。他这么想着，摘了一些抽得特别高的嫩茶枝，做了个茶花圈，放在石碑下，祖孙两个有了一番短短的墓前对话。

“听说吴坤已经出来的事情吗?”

得茶一边下意识地摸着父亲在石碑上的名字,一边点点头,过了一会儿才说:“是姑姑告诉你的吧。”

嘉和摇摇头说:“吴坤来找过我了。”

这才真正让得茶吃了一惊,细长眼睛都瞪圆了,盯着爷爷,嘴微微张着。吴坤是在杨真被他放了之后立即就被隔离审查的,杨真的失踪事件,给了吴坤派沉重打击,反过来说,当然也就给了杭派一个扬眉吐气的机会。不管得茶愿不愿意再招兵买马,扩展队伍,反正他已经被推上了那个位置。他想抽身重新再做逍遥派,那几乎是个幻想。仅仅大半年时间,他和吴坤的位置就奇迹般地换了个个儿。严格意义上说甚至还不能说是换个儿,得茶杀出来之前还是一个普通群众,而吴坤打下去之后却真正成了一个囚犯。

前一阵吴坤倒是放出来了,还是赵争争的父亲动用了各种关系,才把他弄出来的。首要条件便是和白夜彻底做个了结,其次是吴坤亲自把杨真送到北京去。

其实杨真早就回到学校了,被杭派保护了起来。可这正是嘉和日夜担心的地方:得茶越来越离开了自己的本性,他在干什么?他要干什么?他眼看着得茶一天比一天地粗糙起来,这种粗糙甚至能够从体内渗透出来,显现在表皮上。他讲话的声音,他的动作举止,甚至他的眼神,都变得非常洗练明快。偶尔回家,喝着粗茶,他喝茶的声音也开始变得很响。这十来年他们杭家平日里也是喝粗茶的,但把粗茶喝细了,正是他们还能够保留下来的不多的生活方式之一。现在,这种样式开始从得茶身上退去了。所以嘉和想好好地谈一谈。他说:“吴坤放出来了,听说审查结果没什么问题,这事你比我清楚。我也不喜欢吴坤这个人，我第一次见到他就心里没底，可你对他的那一套我也不喜欢。”

得荼张了张嘴又闭上，他不打算也无法和爷爷解释什么。爷爷继续说着他其实并不想听到的信息：“吴坤来找我了，他听说白夜怀孕了，他向我打听，谁是这孩子的父亲。”

嘉和看出了孙子的惊异，但他不想再回避这个话题，他已经很长时间没有机会和得荼在一起说说话了。得荼放下了一直按在墓碑上的手：“这么说大家都很关心这件事了，连杨真先生都来问过我了。听说孩子是我的，他去北京的心这才放下来。”

嘉和的眉头一下子就松开了，二话不说就做了个决定：“结婚，马上结婚，回去就登记。这事我说了算。”

得荼这才说了实话，他最近又和白夜吵嘴了。前一阵子白夜是和她爸爸吵嘴，两人每次见面，几句话来回就开始杠上了，每次都是得荼在当中打圆场。他们争吵各种事情，实质还是为了那个德语单词——是“消灭”还是“扬弃”，这是一个哈姆雷特悲剧式的问题。杨真最后还是决定去北京了，不管得荼用什么方式把他保护下来，杨真都是要走的，他是上战场去，他不愿意当懦夫，更不愿意做逃兵。临行前他还给白夜与得荼专门上了一次《资本论》课，气得白夜差点又要和爸爸翻脸。可是爸爸真的走了，她却开始生得荼的气，认为这是他没有保护好爸爸，结果便开始和得荼展开了战斗。

他们的吵嘴其实和天下所有的男女没什么区别，可他们却自认为是独一无二的。每次总是白夜先开始发难，她会说：“你走吧，我不想再看到你了。”

得茶第一次听了这话，没什么表情，但额角的汗一下子渗了出来，耳边嗡嗡地响着，嘴却机械地说："你觉得怎么好就怎么办，我尊重你的意见。"这么说着的时候他站了起来，似乎有些不好意思地补充说："你知道我很忙，以后我也可能会越来越忙，身不由己……你要学会保护自己，你……我……"他说不下去了，便要去开门，手捏着门把好几次打滑，白夜站起来给他开了门。他笑着，她也笑着，但彼此都不敢正视对方的目光。他的嘴角可笑地抽搐起来，眼镜片模糊着，他几乎是摸出门去的，他和她都没有提及孩子的父亲。对得茶而言，这几乎可以说是一个血淋淋的话题——一位与他有深厚关系的老人消失了，一个与他毫无关系的生命却开始萌发，而他们都是通过她向他展示的。这是什么意思？这是什么意思？痛苦就在这样隐秘的持续不断的心灵拷问中打成了死结。然后，第二次，第三次，无数次……

嘉和看着孙子，孙子突然闭上了眼睛，然后，眼泪细细地从镜片后面流下来。他几乎记不得孙子什么时候流过眼泪了，这使他难过得透不过气来。他拍拍得茶的肩膀说："白夜只想和你在一起，这事情交给我了。"

就在此时，隔着摇曳不停的茶叶新梢，他看到了远远驶来的囚车，他还看见窑窑在欢呼跳跃，一边叫着："车来了，车来了！"他摇了摇头，说："好了，爷爷会给你摆平的……"

上了囚车的窑窑快活得简直就像一只嗡嗡乱飞的大蜜蜂，他高兴坏了，因为他已经忘记了坐汽车的滋味。囚车里很暗，两个小窗子用铁栅栏框死了，外面的春光就像拉洋片似的从他的小眼睛前拉过。他把脸贴在铁栏杆上，一会儿冲到这头，一会儿冲到那头，目光贪婪地望着外面广大的天空和田野，一会儿突然跳了起来，叫道，鸟儿啊鸟儿啊，飞啊飞——这么看了一会儿，突然想起来，这一切都是爷爷给他带来的，扑上去抱住爷爷的腿，把小脸贴在爷爷的膝盖上，问："爷爷，我们是不是真的去杭州，是不是真的去杭州，爷爷？"

嘉和靠在囚车的角落里，看着天真烂漫的小孙子，由着他一会儿冲过来一会儿跑过去。得荼坐到前面去了，嘉和坚持要坐在后面陪这个最小的孙子。窑窑远远说不上脱离灾难，一到杭州，他就要被关进由孔庙改造成的临时拘留所。要把窑窑真正弄出来，还有一番周折。嘉和想，要是现在能够由我来代孩子坐牢，我就是天底下最幸福的人了。是的，如果现在上苍能够帮助他杭嘉和实现最大的一个愿望，那么这个愿望就是代孙子坐牢。

窑窑一直贪婪地盯着窗外，两个小时之后，路边的房子开始越来越多越来越大，他高兴地叫了起来："杭州到了，杭州就要到了！"

第二十一章

杭家政治旋涡边缘中的另外一群老弱病残，撇开了年轻的核心人物，他们自己有自己的中心事件，他们的秘密和热情，一点也不亚于那些在历史舞台上企图扮演主角的人。

此刻，吉普车在飞驰，窑窑实实在在地被搂在了杭嘉和怀里。嘉和的心少有地安宁和平静，青年时代因无所依的煎熬而训练出来的一意孤行，经过多年的沉寂之后，在他的暮岁重新迸发浮升而起，变成一种固执的力量。他对他自己重新建立起信心——在日常生活中的优柔寡断后面，他还不是一无所有，他的个性中依然深藏着非常状态下的沉着果敢。

小布朗开着车就坐在他身旁，初夏的景色飞快地倒退而去，嘉和突然明白过来，即使是对他晚年的寄托——他的孙子得荼，也不必寻求深刻的了解，他们之间那真正深刻的联系也已经淡远了。

孙子总是和他谈论谁是谁非，但杭嘉和不喜欢谈论这个。在连高声说话都觉得不礼貌的嘉和看来，眼下发生的所有事件对他都是无意义的，天大的事情就是把窑窑救出来。

使他绝望的是，他最亲爱的孙子得荼并不这样排列事件。他再也不是那个与他对茗的眉清目秀的年轻人了。在得荼无奈的脸上，永远写着比挽救窑窑更大的事情，而他的宝贝孙子窑窑就这样一天天地在拘留所里备受着煎熬，这正是他坚决地要把窑窑抢出来的根本原因。因为他决不再相信这些孩子会被好好地放回去，从此没有阴影地生活。他从窑窑父亲的身上看到了窑窑未来的命运，他要趁他现在还活着的时候，一次性根治这块心病。这个近乎疯狂的行动，得到了热烈坚定而又同样固执的小妹寄草的全力支持。在他冷静周密的策划下，行动居然初步成功了。

按照事先的步骤，已经在孔庙另一进大院里生产纪念像章的寄草一马当先，到看守大队那里去套近乎。她已经给所有的看守员洗过两次衣服了，给队长洗过了三次，还天天惦记着给他们晒被子。她的这种高涨的拥军热情，一开始让他们着实受不了，不过凡事一多，也就平常了。

关系一近，寄草开始得寸进尺。她找到队长，将一枚小碗大小的伟人像章仔仔细细地别在队长的胸口，接着一声“队长啊”，便倒出无限苦水——反正总是人手不够，现在全国人民都在掀起忠于毛主席的运动，毛主席像章供不应求，但我这里订了货却交不出去，这是一件很重大的事情，希望你们支持。

队长说，我们很愿意支持，可是怎么支持啊？我们这里的一群小“现反”还不知道该怎么办呢。寄草见有缝隙可钻，又说：“队长你看这些孩子，哪里就真的会是反革命了，不就是不懂事失手干了一些自己也不知道轻重的事情嘛，迟早有一天会送他们回去的，我看你也犯不着太认真。真反革命，枪毙也活该，这些孩子，睁一只眼闭一只眼好了。”

寄草的话甚合队长之意。恻隐之心，人皆有之，何况面对的又是这样一群孩子。寄草便出一两全其美之策,说:“我这里人手紧,像装盒这样的事情,小孩子也可以做的。你们带他们过来,弄点事情给他们做做,旁边守着人,我们也给你们看着,这里高墙深院的,能逃到哪里去。你们也不用那么费力看着,我们也算是添了一点人手。你看呢?队长你去请示一下,不过就看你怎么说了。”

队长一听,有道理,于是一边斗私批修,一边心猿意马,一边又据理力争,没过两天,孩子们就放过来了。他有些磨磨蹭蹭,说:“厂长,我还是出了力的。”寄草手搭在队长肩上,使劲一拍,拿出了下层城市妇女的市民腔,说:“队长,你可真是年轻有为,前途无量啊。”

接着寄草恭恭敬敬地捧过一杯香茶,双手送到队长面前,说:“队长,我是真的要谢谢你的了,粗茶一杯,请用。”

队长再看了看这位女同志,这时她的大眼睛里只有深情和诚挚,还有一种说不出来的距离感。队长接过杯子,喝了一大口,说:“好香的茶啊。”

那一天终于来到。牛鬼蛇神方越把他的粪车冲洗得干干净净,暗中撒了消毒药粉。上午九时,进了孔庙。孔庙里有一个厕所,说是今日要来淘粪。门口把关的,看也不看,就让方越进去了。跑过工场的时候,方越看到寄草站在门口呢,手里还捧着一杯茶,茶杯上有一只盖子,这是他们的联络暗号,说明事情一切顺利。

工场里面,瞎子果儿正在一边干活一边演出他的拿手好戏,背唱一首首的语录歌。他唱的语录歌,和所有人都不一样。别人唱的,大多是劫夫谱的曲;果儿唱的,全是他自己谱的曲。他能用绍兴大板、越剧、杨柳青和莲花落——凡是他从前讨饭时光想得起来的曲调，他都能够用方言套在毛主席语录歌里，唱一首，大家拍手笑一首。他说他一个人就是一支毛泽东思想文艺宣传队。今天他唱得格外卖力，孩子们一边把像章往盒子里装，一边听得哈哈大笑。

趁大家笑得前仰后合之际，寄草就过去轻轻踢了窑窑一脚，他就一个人捂着肚子出去了，厕所不远，就在工场后面。班长光顾着听果儿的节目了，也没人跟着窑窑出去。窑窑到了厕所门口，旁边就转出来一个人，把草帽往头上一仰，窑窑愣了，嘴巴就瘪了起来，方越眼看不好，再不止住，窑窑就要拉“警报”了，连忙说：“不许哭，爸爸是来救你的。”话音刚落，一把夹起孩子就往粪车里塞，边塞边说：“窑窑再臭也要熬住，出了大门爸爸会抱你出来的，一声也不准响。”然后咣当一声就盖上了盖子。大粪车里那个刺鼻啊，还不光光是臭，方越也许是怕太脏，往那里面不知倒了多少乱七八糟的消毒粉剂，熏得窑窑连气都透不过来。粪车飞驶，来得叫个快，窑窑在里面像个不倒翁，一会儿摔到这里，一会儿摔到那里，两只手也不知道是捂鼻子好还是扶粪车壁好，他那一颗小小的心啊，吓得把眼泪都给缩回去了。

等到他真正被爸爸从粪车里抱出来的时候，另一股臭气扑面而来，他看到了一条河，一条臭烘烘的大河。父亲把粪车往一座大石桥下一搁，背起他就往桥上走。桥很高，他们一口气爬到了顶上。下面一片白晃晃，窑窑的眼睛被刺得闭了起来。他叫了一声“爸爸”，紧紧抱住爸爸的脖子。爸爸没有像刚才那样迫不及待地安慰他，与他说话，这时他却闻到一股刺鼻的酒气，爸爸的两只眼睛像兔子一样血红,呼呼地直喘粗气。爸爸呆呆地站在大石桥上,看着桥下的流水和桥两岸的人家。他不知道这样过了多久,直到他害怕起来,叫了一声“爸爸,我饿了”,爸爸才醒过来。

在桥下的小吃店里,父子两个买了几个肉馒头,窑窑接过来就吃,这段时间在孔庙吃得太差,窑窑见了那肉馒头,眼睛就发出异样的光芒。他人小,胃口到底不大,两个馒头塞下去就饱了。接下去的事情骇人听闻,但因为他昏昏欲睡,竟然没有觉出太大的恐惧。他们来到了沿河的一间小屋子。爸爸把他放在床上,紧紧地关锁上门窗。爸爸的动作和神态都有些吓人,屋里点亮了一盏灯,孔庙囚牢里的那种感觉又回来了。

不过终究身边有了爸爸,窑窑缩在床头,发现爸爸依旧保持着刚才那种在大石桥上的怪样子。他死死地盯着儿子,问:“窑窑,你说这样弄下去,什么时候是个头?”他翻来覆去的,老是这句话。窑窑听不懂。但有一句话他听懂了,爸爸问他:“你还敢去孔庙学习班吗?”窑窑一听这话,身体立刻又缩小了一半,一直缩到了墙角落里。爸爸笑了起来,怀里掏出了一瓶酒,已经有半瓶在行动之前喝掉了。方越不胜酒力,喝一点就醉,今天竟然一口气喝了半瓶,还塞到窑窑嘴里说:“你也喝一点,喝了酒我们一起到极乐世界去。”

窑窑拼命抵抗,甚至哭了起来,叫着爷爷。爸爸叹了口气说:“叫爷爷也没有用啊。爸爸不想让你跟爷爷走,你还是跟爸爸走,我们一起上路好吗?”窑窑就摇头,他还是想跟爷爷在一起,爸爸的样子让他害怕。爸爸不再理睬他,管自己喝酒发呆,一会儿踮起脚来看电灯线,一会儿在抽屉里找出了一把剪刀,还看着儿子发愣。儿子却困了,开始睡觉。窑窑醒来时发现一切都不对了,他是被爸爸拉扯醒的，爸爸浑身上下都是血，他吓得尖叫起来。爸爸说："别叫，爸爸不小心把手割破了，你去打电话，隔壁小店里有公用电话，叫笑花阿姨把爷爷叫来。我告诉你电话号码，你会打电话吗？"

窑窑生平第一次打的电话，救了爸爸的命。他一点也不知道他睡着之后发生的一切。他不知道父亲举着那把剪刀是怎么来到他身边的。他想先杀了儿子再自杀，刀举起来几次却下不去手，最后他气急败坏了，干脆一刀先把自己割了。最初的血喷出来时他一点也不疼，还有一种突然释放的愉悦，仿佛那沸腾的酒气也随之而去了。但接下去的事情开始不妙，当他因为失血过多感到就要失去知觉时，突然酒醒了，他突然明白自己是在干什么了，于是他挣扎着叫醒孩子，他要活，儿子则让他活了下来。

接下去发生的一切，窑窑是记不全了。他很幸运，接电话的正是油墩儿西施董笑花，她立刻陪着爷爷和奶奶他们一起过来了，他们推门进去的时候，窑窑依旧缩在墙角里。地上、床上、墙上都是血，孩子瞪着大眼睛，看着门背后。方越斜倚在那里，已经半昏迷了，但他还知道用一块毛巾扎住了自己的手腕。叶子一把掐住方越的手腕，给他重新包扎，二话不说先上医院。嘉和问她要不要紧，叶子翻翻方越的眼皮说还来得及。董笑花已经吓昏了，不知所措地抱着窑窑。

医院不远。叶子让布朗背着方越进去，又把窑窑交给嘉和，说："布朗一出来你们就走，这里的事情我来料理，方越没事情，会活过来的。"

"那我就按原来的计划行事了。"

“我就说方越找不到儿子才割腕的。”

老夫妻俩处理这件人命关天的大事时，仿佛在说别人的事情。窑窑在这一事件中混混沌沌，连哭都没有再哭一声，他浑身上下依然臭烘烘的，不一会儿，就跟着爷爷又上了车。

汽车往西天目驶去。布朗直到现在才开始明白，为什么在杭家那么多人反对他学车的时候，唯有大舅一个人要他坚持下去。大舅让他从煤球店里把临时工辞了，又悄悄地出手了一件老物件，布朗要许多年以后才知道宣德炉是什么。嘉和筹集到一笔钱，就拿着烈属证去找方方面面，抓革命促生产已经成了当时的导向，茶厂方面因为离不开他这个技术能手，不得不同意凡公务在身时，让布朗给嘉和当司机，工资按天算，也没有公职或集体的指标。说实话，这件事情皆大欢喜，厂里有两辆车，可没有人开，原来的司机竟然也自杀了，他隐瞒了自己在国民党军队当坦克兵的历史，他那手开车的技术还是从那里来的，把自己七弄八弄，弄成个复员军人，最后终于畏罪自杀。这一来革命委员会领导没有司机了，现成来了一个小布朗，何乐而不为？从此，小布朗就驾车走四方了。抢救窑窑的事情当然需要他，刚才他和大舅嘉和在羊坝头等了半天，差点以为事情不成功了。后来才知道，方越救出窑窑后，没有按原计划给他们打电话，却自顾自喝酒想自杀。幸亏他悬崖勒马。布朗的汽车终于还是派上了用场。

一路上嘉和都在抚慰窑窑，他的办法就是教窑窑写字，写什么呢？写一个“爱”字。窑窑说：“这个字我会写啊：我爱中国。”嘉和却告诉他，你的这个字是简化字，当中少一个“心”。繁体字的“爱”

是有“心”的,得这样写。嘉和握着窑窑的小手食指,就在他的另一只大手掌里写下了一个“愛”字。他指着这个看不到的“愛”字说:“看到了吗,这当中是有一颗心的。所以我会因为爱而心疼的。因为爱有心,所以爱会痛。天下没有爱而不痛的心。”

窑窑突然摸着嘉和的心问:“爷爷,你现在心疼吗?”

“疼啊,当然疼啊!”嘉和摸着心回答。

“是因为爷爷爱窑窑,所以心疼吗?”

嘉和没有回答他,只是紧紧贴着他的小脸,窑窑就伸手给他擦起眼角的泪花。嘉和只在孩子面前流泪时没有羞怯和障碍,几乎没有大人看到过他的泪水。

现在,车已经到西天目山苕溪口子上,嘉和抱着窑窑下了车,对布朗说:“回去后什么也别说,明白吗?”

布朗真的火了,他突然觉得他在杭州的这些亲戚,心机实在太多了,便大叫一声:“不用你们交代我也知道!”嘉和愣了一下,顿时明白了,他放下窑窑,走到布朗身边,扳过他的肩,说:“你这是替大舅受委屈了,不要紧,想开点。”

布朗盲目地开着车,一路上几乎没有和大舅说一句话,他有他的烦恼,而眼前最大的烦恼,则是家族的人对他不再信任了。他相信,如果不是用车实在是需要他,他是断断不会被嘉和大舅派上用场的。为什么不再信任他?那还用说,给乱七八糟的造反派拉人太多了呀,这不是叛徒吗?他想到昨天到羊坝头去时,竟然碰到了谢爱光,正和迎霜说话呢,见了他,用那样一种鄙视的目光看着,头一扬就别开了。他跑上去拉住她说:“为什么你们都不理我了?”迎霜看看他,说:“为什么搞武斗你也去参加?我昨天看到你开着解放牌大卡车游行,车上一堆戴藤帽执铁棍的人。”

布朗想,我要是浑身上下都长上嘴巴,那该多好啊。车是市里调配的,干什么他自己也不知道,大舅让他去,说只游行不打人没关系。可他不知道该怎么为自己辩解,他会唱歌,会说情话俏皮话,可就是不会说道理。他只好气得一跺脚走人,被迎霜拉住了,说:“你别走,表叔,我相信你不是叛徒,可你那天干吗要回去救那个赵争争啊!”

杭家又一个青年就这样陷入了政治险境。

前一天傍晚,对小布朗而言,乃是他在杭州生活的最后一个安详之夜了,因为那一天他是跟着嘉和大舅,与茶在一起的,他第一次作为评茶师的助手,进入厂部的评茶室。茶叶并不好,连小布朗这样对龙井绿茶没有什么特别研究的人也看出来了,这是一些低档茶,最多也就在七级上下。这些年来持续不断的大干快上,已经使茶叶产量整整翻了一番,但这却是以改制炒青茶、增加粗老茶、减少优质龙井茶为代价的。刚到杭州时布朗对龙井绿茶一无所知,现在凭眼力就能分出好坏来了。但比起大舅来他依然属于茶盲。布朗想,怎么他在茶厂里,却总是看不到小撮着伯伯悄悄塞给嘉和大舅的那些扁平光滑呈糙米色的茶呢?那一两二两的,远胜过这里堆放的一麻袋两麻袋。在他看来,那精美的龙井茶就是谢爱光,那粗糙的,自然就是翁采茶了。

尽管茶不好,但依然少不了看干茶,嗅、摸、开汤,看色、闻香、细品那一系列评品的过程。干这些活布朗是走不到前面去的,他提着一个水壶绕来绕去地跟在后面,看着那些评茶师一本正经地评论。这些人刚才还在会场里互相指着鼻子大辩论，对骂，有的低着头挨斗，有的揪着对方的衣领给来个“喷气式”，这一会儿却都穿上白大褂，戴着白帽子，一人一杯茶，一起低下头看，一起压着杯盖晃荡晃荡摇出那香气来闻，一起含着那茶水在嘴里，眼睛朝天，像漱口那样发出一种只有评茶师才会发出的奇怪的声音，然后眨巴眨巴眼睛，说：“七级吧，我看七级也就差不多了。”

这时候牛鬼蛇神啊，造反派啊，走资派啊，历史反革命啊，大家在茶上的感觉也不知为什么都会那么相似，即便有分歧，也就在那左右间小小摇晃一下。那一霎他们好像又回到了建设和劳作的日常岁月。要不是小布朗这时候出去冲开水，看到门口墙根上靠着的那些大牌子以及那些大牌子上打着叉叉的名字，还真想不到，下一场批斗会还在等着他们呢。

小布朗很喜欢这种庄严的劳动，实际上他依然是一个勤杂工，但他觉得这活儿很有权威性。他手里提着个水壶一本正经地走来走去，总算找到了一种正在干正事的感觉，和铲煤球到底不一样。就那么出出进进地弄了大半天了，依旧兴趣盎然。就在他最后一次走出工作间取水的时候，他拎着水壶的手僵住了，落日的余晖中，他看到了那个小兔子一样担惊受怕的姑娘，她站在前面树荫底下，半个身子从树后探出来，看见他就一个劲地招手，却不走过来。他着了魔似的拎着个水壶就朝她走去，屋子里的人叫着：“水呢？水怎么还不来？”他根本就听不见了。

谢爱光本来是应该去找杭得放的，但她的脚一拐，却找到了杭布朗，骤然发生的事情把她吓坏了。几个月来，她一直和得放秘密地进行宣传工作。他们散发的思考出身论的传单,已经在杭州城里掀起不大不小的风浪。这些文章大多是从北京传过来的,在本质上是拥护革命的,只是对革命中发生的种种不可理解之事提出自己的见解。一开始他们也可以不必做得那么隐秘,但得放和她都更喜欢目前这种地下工作者一般的状态。后来他们才发现他们的地下状态是绝对必要的了,因为专政机关已经开始追查这些宣传品,它们甚至被列入了反动传单,予以查禁。

可杭得放怎么可能被一个查禁就吓倒了呢,他们越查禁,他就越要行动。他们窝在假山里的地下室内,像两只鼹鼠在烛光下互相鼓励,他握着她的手,双眼炯炯有神,问:"你害怕吗?"

谢爱光那秋水一般的眼睛也放出了钢铁般的光泽,她也紧紧地握着他的手说:"和你在一起,我就有为真理献身的勇气。"

是的,只要和这位眉间一粒红痣的美少年在一起,谢爱光就无所畏惧。然而一旦离开他,她就胆战心惊,她就又变成当初那个多愁善感、身世不幸的江南少女。看来杭得放并不是不明白这一点,所以每次外出发传单,他都和她在一起,今天是唯一例外的一次,原本他们说定了到农业大学去散发张贴传单,因为今天是个特殊的日子,他被爷爷的意外事故拖住了。

这天吴坤派重新崛起,在大学召开誓师大会。吴派是杭城著名的出身论的坚定维护者,得放就专门针对他本人的出身写了一篇文章,来说明这个观点的谬误。他用的完全是反诘的口气,把吴坤的脚底板一直挖到他爷爷吴升那里,最后反问:照吴派"老子反动儿混蛋"的逻辑,那吴坤本人不就应该是一个货真价实的大混蛋吗?我们不妨问一问他本人,他承认自己是一个大混蛋吗?如果他有勇气承认，那么他的追随者也愿意追随一个大混蛋去做小混蛋吗？如果他们也愿意追随他做小混蛋，那么，所谓的革命造反的吴派组织，不就是一个混蛋组织吗？而一个混蛋组织，又怎么可能是一个革命者的组织呢？怎么配在这样风云际会的革命时代浓重登场呢？

这份传单，只有交给谢爱光去单独完成了。她答应得也很豪爽。但问题是她一到现场就抓瞎了，绕来绕去怎么也下不了手，最后也不知怎么搞的，竟然绕到了女厕所里。一到那里她才发现什么叫冤家路窄，竟然就让她碰上了赵争争。吴坤这一次的重新出山，有她赵争争的一大半功劳，吴坤对她自然感激涕零，所以目前她的气焰正盛，看上去她的鼻孔眼睛嘴巴里都仿佛在喷火。谢爱光偷偷地看着，越看越怕，越看越怕，一边系裤子一边就往外走，走出门口几分钟之后才清醒过来，一下子吓得目瞪口呆——她把那只放传单的绣有“为人民服务”的军包，丢在厕所里了。她刚要回头去取，就见赵争争从厕所里出来，肩上就挎着那只包。爱光闪到树后，心尖子拎到了喉咙口，是去向她要，还是躲开？她思想激烈地斗争，手心额角全是汗，脑袋里一片空白。再缓过神来，赵争争已经走回了她那个革命斗争的大本营。谢爱光几乎要虚脱了，怎么办？她失神地、下意识地走到了小布朗的茶厂，把这件事情告诉他之后，她一屁股坐在树下，就站不起来了。

小布朗已经很长时间没看到爱光了，他可不能看到女孩子遭这样的罪，胸脯一拍，说：“什么鸟事把你难成这样？看你布朗哥哥给你跑一趟，立马摆平。”话毕，他拖过大舅给他买的自行车，一把拎起爱光，把她架到后座上坐好，嗖的一声，就飞出了茶厂。他身上还穿着工作用的白大褂,脸上甚至还戴着个大白口罩,不知道的人,还以为他是个医生呢。

这一路上杭布朗是又拍胸脯又说大话,也没见他歇了嘴,不一会儿就进了校门,先让那谢爱光去探探风,然后再做打算。谁知没过几分钟爱光就慌慌张张回来,轻声道:“赵争争她又上厕所,一会儿就出来,喏喏喏,就在那前面,就在那前面,树林子后面,那条路很偏僻的,啊,她出来了,一个人。她出来了,背上那个包就是我的,她干什么老往厕所跑,她是不是想逮我!”一边说着就一边往外跑,真怕那赵争争眼尖看到她。

应该说这时候的杭布朗要干什么,心里是很盲目的,今天横空里杀出一个谢爱光,把多情的布朗的心搅乱了。也是忙中生乱,他横冲直撞地驶向赵争争,偏偏那自行车的刹车突然失灵,布朗是想擦过赵争争身边时来一个海底捞月,抢过那包就跑的,谁知绕过树林子,真擦过赵争争身边时非但没刹住车,还把那刚想转身的赵争争撞了一个四仰八叉。学校因为大,这条通向厕所的小路此刻更是没有一个人,布朗捡起那包就往回骑,后面一点声音也没有。他骑出大门口见着了爱光,远远地就把那包往她身上一扔,爱光惊讶地问:“成了吗?”布朗一挥手说:“走你的吧。”顺手就把白大褂和口罩、帽子脱下一起扔了过去。爱光也不敢再待着,嗖的一下也就跑得看不见了,前前后后的时间加起来,不过也就那么三五分钟。

布朗本来可以回去干他的活了,但他扶着自行车,心里却有些犯嘀咕,因为他的本意是抢包,可不是撞个姑娘。这个动作做得不规范,让布朗心里也不踏实。他是个胆子大到天边去的人,又有好奇心,就想着偷偷回去看一看。重新骑着自行车往回走,我的天,那姑娘还躺在地上。布朗这一下也就顾不得那许多了,冲过去就抱起那姑娘,大声地喊着来人哪,有人倒在这里啦!

其实厕所离吴坤他们的会议室并不远,只是当中隔着林子,听到人喊,吴坤出来一看就乱了,赶紧张罗着把赵争争往车上送。赵争争看来是腿骨折了,她头脑清醒过来,对吴坤说书包被抢。吴坤一听这才急了,一把抓住布朗的前胸问有没有看到人抢军用挎包。布朗横抱着这个被他撞倒的姑娘,一时愣了,说不出话。他生来就不是一个会撒谎的人,而且五分钟前他刚刚作过案,这时要他编谎话他还一时编不过来。倒是那赵争争还算头脑清楚,说:“我刮到一眼,那人是穿件白大褂的,刚刚走,这个人就过来了。”

吴坤盯着赵争争,脸上做出心痛的样子,心里气得破口大骂,这沓传单他已经看到了,当时就想叫人送回去封好。偏偏这个赵争争多事,要在厕所附近再候一候,结果煮熟的鸭子飞了。心里这么想,嘴里却焦急万分地说:“快快,快送医院!”布朗因为抱着赵争争,一时就放不下来了,只好跟着他们那一伙上了他们的车。真是荒唐,他原本是要上另一辆车的啊,一切都乱了!

这些倒霉事情能和大舅说吗?不能!还是拿得起放得下吧。布朗抬头看看,这里的青山绿水,和西湖一比完全是另一种风光了,他说:“这是什么地方,这里的山和杭州的可不一样。”

嘉和想告诉他,这里还只是西天目山。世事就这么怪,明明是为了去东天目山,但为避人耳目却从西天目绕道而去。想了想,还是没有说。倒还是布朗自顾自说:“我知道这里是忘忧表哥的地方,你不说我也明白,你们都小看我,把我当叛徒,什么都不告诉我,你们都是很糟糕的,我要回云南去。”

这可是布朗从云南回来以后说过的最严厉的话了。嘉和苦笑着说:“布朗,我们这次救窑窑,我连得荼都没告诉,再说你忘忧表哥也不在这里。这里是西天目,你忘忧表哥可是在东天目呢。”

原来这天目山脉,自安徽黄山蜿蜒入浙,就在那浙西,形成了山地丘陵。在吴越王钱镠的故乡临安县,形成了东西天目山的主峰。布朗说的忘忧表哥,是在安吉境内的东天目山麓当守林人呢,和这里可是两个方向,差不少的路程。布朗一听大舅相信他超过了相信得荼他们,心里立刻就清爽了,露出笑容说:“你们要上这西天目山吗?我和你们一起去,这车我也不要了,扔掉拉倒。反正待在杭州我也实在受不了了,看到大山,我真快活啊。”

嘉和看着这二十几岁的大孩子,想,一把窑窑安排好,他就立刻回来帮助这个外甥。他要把相信他的晚辈们一个个地料理好,方能死得瞑目啊。他难得语重心长地对布朗说:“布朗啊,你是男人,大男人,是山里来的,也是城里来的,你要懂得什么是忍,什么叫咬着牙挺过去。大舅想一个一个地替你们把事情做好,你说好不好啊?你看,窑窑最小,得先安排他,是不是?布朗,你是听话的好孩子,你让大舅喘口气好吗?”

嘉和是想教诲外甥的,但他的声音是那么凄婉,接近于哀求,那是心力交瘁时的一种自然反应,是在最亲密的人面前不需要任何隐瞒时的自然流露。大舅那只断了小手指的传奇的左手,搭在布朗的肩上,微微地抖动,布朗惊呆了。自回杭州以来,大舅在他心目中,德高望重,举重若轻。他今天都这样说话了,我小布朗要还闹,那还是个人吗?他双手举起大舅的这只手掌,劈面就给自己两个大耳刮子,那声音响得窑窑一个寒战抱住爷爷的大腿。然后,布朗二话不说,跳上车就发动了汽车,一声不吭地开足马力,向东天目驶去。

现在,一场惊吓之后,孔庙的黄昏终于降临了。

这是一个美丽的黄昏,斜阳西照,把庙堂翘檐拉出了长长的影子,如今的孔庙当然不再被叫作孔庙,也断然不再有抗战前汉奸未拆之时那么壮观,但依旧还保留着夫子的气息。队长独自走过那圆柱排起的长廊,那大石板一块块地依旧铺在地上,没有被后来的大众化的水泥取代。院子里有松有柏,有被填埋的月池,现在很安静,白天却乱作一团。一个小反革命不见了,这件事情直到快吃午饭的时候,才被值勤的班长发现。问题很快查清,厕所旁边有个通往外面的大窨沟洞,没有盖盖子。只有一种解释,孩子上厕所,不小心掉了下去。队长亲自带着人下去捞,什么也没捞上来。大家唏嘘的唏嘘,检讨的检讨,其余的孩子重新被关进了二道门内,大气不敢再喘。队长到局里紧急汇报,又来了几个人,看了看周围环境,说:“早就说要搬,怎么就磨蹭到现在?”

队长心里沉重,他不知道这件事情对他会有什么影响。遥远的北方山中那烛光下的妻儿老小的面容,凄凉地浮现在眼前,他原本可是打算坚持到十五年之后回老家的。这么想着时,他听见刷衣服的声音。他抬起头来,有个女人正在埋头刷洗衣服。他踱到她身边,看了一会儿,摸了摸那块大石板,说:“这里还有不少这样的大石头。墙角里、大殿后面都有,不知道是什么时候搬到这里来的。”

“有八百多年了吧，”寄草说，“你看这块石头，‘吾善养吾浩然之气’。皇帝写的。”

“真的？”队长表示怀疑。这女人点点头：“当然是真的，我和这个孔庙是什么关系？我义父赵寄客就是死在这里的，就是撞死在这里的石板上的，也许，就是撞死在这块石板上的。你听说过大名鼎鼎的赵寄客吗？”

队长惊异地问：“你义父就是那个姓赵的？赵寄客就是你义父？我们刚进来时就作为革命故事教育战士呢，是你的义父？那你是谁？你和那个杭嘉和是什么关系？你是他的妹妹？啊，我明白了你是谁。我现在全部明白了。”

他们俩就在暮色中沉默了一会。片刻，寄草说：“喝杯茶吧。”

她又为他冲了一杯香香的浓茶。他捧过来，啜了一口，说：“喝你们杭家人的茶，不简单哪。”

寄草一边继续洗衣服一边说：“喝了也就喝了。”

队长往不远处那个没盖上的窨沟洞看一看，说：“可惜那孩子死了。”

“死了，对你来说，总比这孩子逃出去要好，是不是？”寄草继续洗着衣服，像是拉家常一样地说。

队长怔了一下，他再一次掂出了这杯茶的分量，默默地又喝了一口，说：“明天我们就撤离这里了。”

“哦，”寄草吃惊地抬起了头，“这么快？”

“早就这么议着，这些孩子虽然都还小，但有‘现反’记录，关在这个大院里犯人不像犯人，劳改不像劳改，怎么办？明天就搬到正式的劳改农场去了。”

寄草看了看囚门，那里面还有一群孩子，她突然一扔刷子，说：“可怜！”

队长摇摇头：“这孩子死了，死得真是时候。哎，我走了，喝你们杭家人的茶，可真不简单。”他又强调了一句。

他拖着沉重的脚步走了，走进了那扇小囚门。寄草明白他跟她进行了一番什么样的对话。

夜色降临到了从前的孔庙之上，黑暗重新笼罩了这块土地，寄草长长地松了一口气。

第二十二章

入夏，杭嘉和又忙起来了。天气炎热，派仗激烈，终究还没有打到茶园，老天保佑，那一年茶事还算过得去。茶场正在对茶园、工分、成本与产量进行定量和微薄的奖励，而杭州亦刚刚做出了凭工业品购货卡可以买点低档茶的规定。

不知道何时开始，嘉和更愿意出去工作，他害怕听到董笑花的尖嗓子，她那高亢的一声“杭家门里——电话！”，让他浑身起鸡皮疙瘩。

昨天夜里突然有电话来，嘉和一惊，就叫叶子去接。电话是得放的声音，没有了平时的故作镇静，说是嘉平爷爷在管教队门口的大操场扫院子呢，也不知道是哪里来的一块砖，从墙那头飞来，不偏不倚，就砸在爷爷的后脑勺上，当场就把爷爷给打倒在地。医生看了，要求病人卧床休息，造反派想了想，还是把这个花岗岩脑袋推出去了事。他们心里或许还暗暗赞许那个放暗箭扔飞砖的家伙，帮他们做了一件好事。这些天来，对付这个老家伙可把他们气坏了。

直到这时候，革命群众才发现杭嘉平这个人很怪，他不是共产党(因为对外一直不曾公开党员身份)，挨不上党内走资派的边；也不是国民党，挨不上台湾反共老手的边；他甚至连个民主党派都不是,说他和共产党没有同心同德,更挂不上号;且他也没有资产,和资本家没什么关系;他是一个无党派人士,你又不能说他不革命,因为他几乎可以说是从十七八岁就开始革命了。中国人民解放事业中所有的进步事情他都参加了,你说该把这个哪头都不落实的老家伙靠到哪里去呢?造反派们总觉得太便宜了他,可再想一个什么整他的办法还有待于研究。正琢磨呢,墙外飞来横祸,一切问题迎刃而解。

叶子接过电话回到家中,三言两语把事情交代清楚,就开始收拾东西,一边说:“迎霜看家,我们先去一趟马坡巷,到那里再看是你留下还是我留下。”嘉和吃惊地看了一眼妻子,在昏黄的灯光下,叶子突然一下子挺拔了许多,人也高出了一截。她说话的口气也变了,点石成金般的,她自己也没有感觉到,仿佛一下子回到了几十年前她还是嘉平妻子时的神情了。

马坡巷从前的小米园,得放已经把爷爷接了回来。那两间朝北的小房间,现在成了祖孙两个的栖息地。嘉平躺在得放的小床上,面色苍白,但精神尚好,见他们来了,还摇着手说:“不要慌不要慌,我那是吓吓他们,找个理由好回家的,那么敲一下哪里就敲出祸水来了。那么容易出事,我这一年老早死过去一百回了。”

嘉和坐下来,看着弟弟的脸色说:“还好还好,我倒真给你吓一跳。你先不要动,我们想想,接下去怎么办。”

两兄弟在商量着怎么办的时候,叶子麻利地走到了另一间屋子,铺床,打扫屋子。这是她第一次到嘉平家里来,但她熟门熟路,像个在这里居住过几十年的主妇。先是到厨房里烧好了开水,喂嘉平吃药,然后与嘉和一起扶着嘉平回到他的那个小房间。她甚至能在这么短的时间装上一个窗帘，移来一盏台灯。女人哪，就是生活。三个男人默默地看着这个女人在忙碌，他们那种手忙脚乱的哆嗦消失了。

嘉平的床旁放着一张躺椅，叶子点点它说："谁守夜谁就躺在这里。"

嘉平连忙说："不用不用，我现在已经好多了，没事情，让得放守夜就可以了。"

嘉和连忙说："夜是一定要守的，哪怕装装样子也要装的。这次既然回来了，就要想办法不再回去。"

"那你看谁留下来呢？"叶子问。

嘉和想了想，其实他出羊坝头门的时候就想好了，只是他不想那么快地就把自己的主张说出来，他不愿意让嘉平和叶子有任何的尴尬，他要让这件事情不但做得天经地义，看起来也天经地义。他掏出一个信封，交给叶子，说："这个月的劳务补贴，你们先拿去用。我想想还是你在这里守着好一些，顺便好给他们做一点吃的。伺候病人我到底手生些，我们这个系统里的人也是三日两头找我，他们造反，茶又不造反，生出来要摘，摘下来要炒，炒出来要评，评茶的人造反去了，寻来寻去还是寻到我。我到这里来，他们找不到我，也是一个麻烦。你们看呢？"他又露出多年来的语言习惯：征询意见。

杭家人都知道，当大哥嘉和说"你们看呢"的时候，也就是说"就这么定了吧"。嘉平没有再说话，看着大哥眼睛里的神情，只有他们兄弟二人知道。

迎霜一个人在家，嘉和不放心，着急得要替换她过来见爷爷。

叶子把嘉和送出小门口的时候，正是夏风拂面的夜，天上一轮残月，细细弯弯，几粒疏星，粗盐一般，撒在两旁。叶子摸了摸嘉和的袖口，说："回去添一件衣裳，夜里头凉的。"嘉和笑笑说："几步路就到了，别担心。"叶子说："这倒也是。"她站着不走，嘉和就知道她还有话说，也站着不走。突然叶子叫了一声："大哥哥……"就不说下去了。嘉和先是暗暗吃惊，多少年叶子没有这样称呼他了，再一看叶子还是不说话，就有些急了，说："你看你你看你，有什么话就直说，你看你这个人，啊？"叶子什么也没说，突然发出一个久违的声音，嘉和想了一会儿才回忆起来，竟然是一句标准的日语，"谢谢你"的意思。

嘉和醒了过来，意识到叶子是一个日本女人哪，这么多年，他几乎把这忘记了。他眼里的叶子已经是一个杭州弄堂里的标准的江南女人了。他抬起手来擦着叶子的眼泪，说："你要做的事情都是我要做的，我们两个人是一个人，我们三个人也是一个人。你懂不懂？啊，我的话你要往心里头去，你要相信我。"他的手指粗糙结实，叶子全都感觉出来了。

现在是第二天早上了，得放正要送爷爷去医院，就见一脸迷茫的谢爱光摇摇晃晃地出现了。他吃惊地把她拉到门后，问："你怎么啦？那些传单没发出去吗？"他一把接过了那只装在另一只旅行包里的黄军包，紧紧攥在手里。

谢爱光几乎说不出话来了，使劲睁开眼睛，才吐出这么几个字："我在外面待了一夜，没敢回家……"

得放一看这架势，就知道事情不好，又细问过程："布朗叔呢？"

谢爱光无力地晃着脑袋，说：“我也不知道，昨夜我一直在他家门口等到11点，他会不会被他们抓走了？”

得放想了想，但他不能责怪谢爱光，看她一夜惊魂未定流浪在外的样子，他还能对她说什么呢？他让爱光等着，拎着那包就回到房间里。看着奶奶和爸爸，得放抓了抓头皮，说有要紧事情，一定要现在跑一趟。奶奶心疼孙子，说：“放放，这些天你都在干什么，瘦得那么厉害，你有心事要和家里人说啊。”

嘉平斜靠在床上，摇摇手说：“去吧去吧，自己当心就是了。”

得放正要走，想了想，把那只包塞在床底下，说：“这是我的东西，可别和任何人说。”

叶子看着变得沉默寡言的孙子，又说：“放放，可不能再到外面去闯祸啊。”

得放站了起来，看着这一对风烛残年的老人，鼻子一酸，嗯了一声就往外走。他得赶快找到布朗叔叔，把他也拉到行动中来。

真是谁也没有想到，杭汉就在这样的时刻天降杭家。

茶学家杭汉，是被一纸借令暂时从牛鬼蛇神劳改队里拎出来的，省劳改局指名要他专程到金华劳改农场的茶区去，说是那里有一个留场人员发明了茶树密植法，要专家去进行核实与技术指导。

造反派很惊异，说杭汉又不是搞这个科研项目的，他是有严重历史问题的家伙，还是半个日本佬，怎么好作为专家请到外地去？万一他破坏革命形势怎么办，万一他潜逃怎么办，万一……他们一连提了许多个怎么办，被人家一句话挡回去了：“什么怎么办？我们点谁就是谁！你们是嫌我们没有阶级立场，还是嫌我们不懂茶叶？告诉你，我们劳改农场的茶园多得很，我们种的茶不比你们少。”

来人穿着警服,又是专政机关,气势先就强了三分,造反派一听也就不敢犟嘴,速速通知了正在茶园里挖地的杭汉。杭汉看了那通知也犯了愁,说:“我得准备下个月的茶树害虫预防喷治工作,再说,茶树密植也不是我主管的科研项目,能不能换老方去?”

老方也是他们一个队的老牛鬼蛇神,据说也是有严重历史问题的人,年纪大了,这些天被造反派整得够呛,杭汉就想把这个美差让给他。没想到造反派牛眼睛一瞪:“叫你去你就去!你想不去自己说去。”杭汉被领到办公室,来人见了杭汉倒蛮客气,伸出手去称他杭专家。杭汉说不敢不敢我叫杭汉,来人说:“我知道你是杭汉,我们可是点名要的你杭汉。你认识一个叫罗力的人吗?”

杭汉好一会儿才点点头,问:“这密植法是他发明的?”

来人问:“你去不去?”

杭汉说他一定去,只是有些资料都在家里,他得回家去拿。来提他的人笑笑说:“我们有车,现在就送你回城,今天夜里你在家里住,我们也不来打搅你,你给我们找些资料和科学证据,要真是个发明,对罗力也有好处。这话我就不多说了,明天我们来接你。”杭汉还傻乎乎地问:“我们这里没有人跟着我去?”来人大笑,还拍拍他的肩说:“你还真以为你是个汉奸了,你要是汉奸,抗日战争胜利怎么没往日本跑啊!”看来那人不比这里的造反派,对他了解得多,杭汉的心一下子就放宽了。

杭汉回来后先去马坡巷看父亲,才发现这回是真来得及时,父亲被打得只能躺在床上了。好在嘉平看上去精力旺盛,头脑清晰,中气也足,完全没有受伤的样子,杭汉便也就和他说到了罗力的密植法。

这无疑是个雪中送炭的好征兆，杭嘉平兴奋地要抬头，发现抬头要晕，侧头也晕，只好对着天花板说："罗力也做茶了，这密植法真是他发明的？"杭汉回答："我对密植法没有专门做过研究，不过金华属于浙中地区，也算是茶的次适生区。"

"那里也是有一些好茶的，东白山茶、磐安茶、举岩茶。我不知道罗力他们生产的是什么茶，这项目你能对付吗？"

杭汉说："那得看姑夫干得怎么样，经不经得起科学实证。"

"经得起你要大吹特吹，经不起你得给我说成经得起，你得帮着他把这事情摆平了。"嘉平说。

杭汉一时就有点发窘，不知所措地看看站在一边的伯父嘉和。嘉和一边用他那双瘦手干搓着自己的老脸，一边说："我估计着，劳改局方面一定要汉儿去，就是看准了我们杭家和罗力的关系，就是要我们公私兼顾。难为他们这种时候还想得到茶叶，劳改局不能打派仗，放着这么些犯人要守呢。不过守着犯人，还能想到地里生的东西，这就算是顺天意民心的了，我们要为人家想到这一层。第二层，你姑夫这个人实在，他要是调皮，哪里会坐十五年牢。他既说他发明了密植法，也就是八九不离十，还得看你怎么说。你说得好，你姑夫就跟着好；你说得不好，姑夫就跟着倒霉。这也是罗力点了名要你去的缘故吧。再退一步说，哪怕这密植法是不成功的——"

"你们放心，我总会把它弄到成功为止，我也想着搞点科研呢，多少日子荒废掉了。"杭汉听了这两位老人的发话，心里有了底，便表态说。

叶子这时已经着急张罗着带嘉平上医院了。本来嘉和是一定要一起去的，无奈他被得茶的大事压住了，得赶紧去处理。汉儿在他才放心。嘉平却不想去，说自己实在没什么，有点头晕罢了，也没什么了不起的，休息几天就好。再说医院现在看病也讲成分了，要自报家门，给不给牛鬼蛇神看病，还要看医生的心情。要是真不给看，还不是加一层气，本来没什么病，反倒添出病来了。

嘉平说这番话的时候也是头脑清清楚楚，不像是病重的样子，叶子一听就没了主意，被杭汉一个眼色唤了出来。他悄悄地对母亲说："这种事情一定不能放松，我认识的一个人也是这样被打了一下，开始还木知木觉，后来就越来越糊涂，现在变成傻瓜了。"

母子两个重新回到嘉平床前时，还是杭汉说："爸，趁我现在在身边，陪你去医院走一趟，看不看得上医生，那是另外一回事情，你也不要太在意。你是以受伤的名义送回来的，医院里都不去一趟，人家不是又要说你没病，把你拖回去了？"

嘉平听了此言，微微回过头来问叶子："你说呢？"

叶子突然一阵心酸，这种熟悉的神情叫她想起多年以前。她轻轻地仿佛淡漠地说："随你。"嘉平怎么会没有从这句话里读出无限的怨嗔呢，他说："那就去吧。"话音刚落，他就看到叶子笑了，她的小薄耳朵现在皱起了花边，不再透明了，但她的笑容依然像六十年前。

笑容刚落，叶子的眉头又皱了起来，她开始为怎么样把嘉平送到医院里去而犯愁了。嘉平的脑袋不好抬起来，必须躺着，可是现在还有谁会为嘉平备车啊。本来有个开过飞机的踏儿哥曹家远倒也是现成的,但现在白夜在他家养着,他必须小心,就像个地下工作者,不到万不得已,不能联络。杭汉走到门口,奇怪,今天大街小巷连一辆三轮车也照不到面,倒是巷口有一辆垃圾车停着,车主正在吃杭州人的早餐泡饭油条,听了杭汉的发问才说:“今日杭州城里,除了大板车和垃圾车,哪里还会有什么三轮车,统统都到少年宫开大会去了。”

杭汉大半年关在郊外,听到三轮车工人也造反,不免又觉稀奇,那吃泡饭的说:“你当只有‘杭丝联’‘杭钢’是工人,人家踏儿哥就不是工人?是工人就好造反。你看我这辆车子为啥干干净净搁在这里,环卫工人也造反上街游行了。”

原来今天是踏儿哥们的盛大革命狂欢,看来找三轮车的念头可以休矣。杭汉看着那辆干净的垃圾车,突然心里一动,说:“师傅,我家老爷子生病了,特约医院又远在洪春桥呢,一时弄不到车,这辆垃圾车能不能借我们一用?帮帮忙好吗?”

那环卫工人倒也还算仗义,一边剔着牙一边说:“你们杭家门里人,我们这条巷子也都晓得的,这趟‘吃生活’了是不是?好了好了,饭吃三碗,闲事不管,我这辆车昨天刚刚发下来,用了一天,夜里我用井水刚刚冲过,你看看,是不是跟没用过一样的?”

杭汉一听算是明白过来了,悄悄就塞过去两块钱,那人却不好意思了,说不要那么多的,一块就够了,又叫他们快去快回:“你当我就不担风险哪,人家问起来,这老头子怎么坐到垃圾车里,谁给他的车,我怎么说——”他还在那里剔着牙齿说个没完,杭汉却拉起垃圾车就往家门口跑了。

母子两个把上面的板子抽掉，用废纸铺好了车底，又在车里放了一张竹榻，然后小心翼翼地把嘉平抬了出来。往竹榻上那么一靠，嘉平笑了起来，说："没想到老都老了，还出一把风头。"母子两个都不懂这话什么意思，嘉平方说："人家盖叫天才配坐垃圾车呢，轮到他游街，杭州城里万人空巷，平常看不到他的戏，那天都看到垃圾车里他真人了。看来吾道不孤啊。"

杭汉放下车把手说："要不我再去想想别的办法？"

嘉平连连摇手说："你这个孩子，外国待了几年，玩笑也听不懂了。坐垃圾车有什么不好？车夫革命也是有传统的。20世纪20年代他们就造过好几次反的，不过那时候他们黄包车夫是想当踏儿哥，后来双方团结起来又要革公共汽车的命，断桥边把汽车都推翻过，有什么用？历史的倒车是开不远的，蚂蚁缘槐夸大国，蚍蜉撼树谈何易？"话说到这里，他还精神着呢，突然头一歪，哎哟哎哟叫了起来，吓得叶子、杭汉两个扑上去抱着他直问哪里疼哪里疼，他也不回答，只是叫个不停，当下叶子的眼泪就吓了出来，突然嘉平睁开了一只眼睛，斜看了旁边一眼，接着两只眼睛都睁开，一下子恢复了正常，他就不叫了。

叶子捂着胸说："哎哟阿弥陀佛，你刚才是怎么啦？"

嘉平疲倦的脸上露出了狡黠的笑容，让她把耳朵凑过来说："住在我家院子里的两个造反派刚刚出门，现在他们会到单位里去说，我的病有多重了，连老脸都不要，垃圾车都肯坐了，我是装给他们看的啊。"他嘿嘿嘿地笑了起来，叶子轻轻地用手指点了点他的头，说了一声"看你这死样，吓死我了"，自己也笑了起来。杭汉一看父母的样子，心里也就轻松了很多。他开始悟出，为什么会有那么多女人迷恋父亲了。

三个人上了路,果然招来不少看客。正是西子湖畔的六月天,人们再是闹革命,也忘不了在湖畔顺便观光。有不少人其实是观光顺便革命。去医院的路要路过湖滨,还要沿里西湖走,不少人就跟在那垃圾车后看西洋景。杭汉在前面埋头拉车,倒也心无旁骛,嘉平闭着双目躺在竹榻上是眼不见为净,唯有那叶子,在后面扶着车,照顾着嘉平,还要受许多眼睛的盘问,心里便有些慌。她自1949年之后就没有出来工作过,平时一家人吃喝都要靠她张罗,她几乎没有一个人出去走走的习惯了。这一次大庭广众之下步行穿过半个西湖,她就有点手脚眼光没处放的感觉。路过少年宫——从前的昭庆寺时,见那里人山人海好不热闹,到处都是三轮车,车夫们到这里来聚会游行。那些站在会场边缘的人,看着他们杭家人这奇怪的样子,都乐得哈哈大笑,叶子听得心慌起来。嘉平闭着眼睛说:“别怕,都当他们死过去了。”可叶子还是怕,低声地说:“他们会不会来拦我们的车?”

这话还真是给她说着了,就见一个踏儿哥恶作剧地拦住他们的车说:“给我停了,交代,什么成分?”

杭汉被这些人一拦,只得停住,回头看看叶子,叶子突然镇静下来,说:“你倒是去看看,杭州城里哪里还找得着一辆三轮车,都到这里来开大会了,有这辆垃圾车还算我们运气。我们是城市贫民,老头子昨日摔了一跤,你看他这副样子,快点放开,一口气上不来我们找到你不放,还不是你倒霉!”

那人一听连忙放开,众人复又大笑,杭汉拉起车迈开大步就往前飞，叶子跟在后面一溜小跑，那样子肯定是又紧张又滑稽的，嘉平就睁开一只眼睛，一边瞄靶子一样地朝后看着，一边夸奖着叶子说："还行，应答得好，到底还是杭家门里的女人。"

叶子一边擦汗一边说："冤家，前世修来的苦，一辈子都在为你们这种人担惊受怕。"嘉平哈哈哈地笑了起来，一边皱着眉头，一边脑袋就隐隐地疼了起来。叶子又担心，一面叫着杭汉慢一点慢一点，一面又去扶嘉平的头问疼不疼。嘉平突然一下子抓住叶子的手说："叶子，不准恨我，我心里只有你一个。"

叶子吓了一跳，只怕儿子听见，但眼泪却不听话地流了出来，默默地走着，朝旁边看，那是断桥啊，白娘子和许仙相会的地方，她摇摇头，就把手抽了回去。

少年宫和北山路相隔不过半里，但一拐进北山路，左边是白堤和西湖，右边是葛岭宝石山，人就进入神仙世界。湖边水面，已有荷叶浮起，上有晶莹露珠。叶子记得嘉和曾告诉过她，湖边植荷，乃是杭人对白乐天的纪念，《西湖梦寻》中所谓"亭临湖岸，多种青莲，以象公之洁白"，说的就是这个事情。一下子想到嘉和，叶子的心就紧了起来。

快到从前镜湖厅的地方，嘉平叫杭汉先把车子停下来，这里人已经不多了，一般游客走的都是白堤，相对而言，此处倒是一个僻静地。今日天气也好，西湖水面亮晶晶的，这才是苏东坡的"水光潋滟晴方好"呢，嘉平精神一下子振作了许多，说："就当我们观光吧。"

叶子摇着头，心想：也就是你这样的人，还有心赏风月，却不把这话说出来。

嘉平看出叶子的心事了，举起手往前指，这才发现手抖得厉害，说：“叶子，你看放鹤亭还在呢，我倒一直担心它也被砸了。”

杭汉放下车把：“不能把什么都砸了吧，人家总要来玩，西湖毕竟还是天堂嘛。”说完这句话，却见二老都不应答，回头一看，父母眼中都湿漉漉的，他们想到了什么？杭汉一下子也想到了蕉风，心里面一阵阵地刺痛，蹲下，说不出一句话。却听到父亲说：“可惜大哥今日不在。”又听母亲说：“也没有藕粉莲子羹了。”这话倒如打哑谜一般，让杭汉这样实在的人也生出许多想象。他抬起头来看看，仿佛看到了当年的西湖博览会，看到了那架早已被拆掉的通往放鹤亭的木桥。不多会儿前他们还在喧嚣炼狱，此地却格外寂寥。他们甚至产生了一种幻觉，仿佛他们是从某一条时间隧道里突然钻出来的。

过了岳坟，他们的话才重新多了起来。想是因为一路上杭汉话少，又怕他触景生情，想念蕉风，就另找话题，问他这些日子，除了革命、交代问题之外，有没有进行别的科研活动。比如，“你们的那个龙井43号，实验有没有停下来啊”。

说到茶事，杭汉这才像是触到了哪根筋一样，一下子振作起来，回头问父亲：“你怎么也知道龙井43号啊？”嘉平说：“我怎么不知道，你当我抗战期间跟茶是白白打交道的？什么有性繁殖无性繁殖，都是吴觉农先生告诉我的呢，可惜他老人家现在也和我一起倒运了。我记得龙井43号是1960年开始培植的，你们选了一批茶苗，还插了竹竿，最后选中第43号竹竿旁边的那株。一晃也几年了吧。”

杭汉连连说:“我正在做这个课题呢,反正这种事情总还是要有人去做的。爸,你的记性真是好,我本来以为这种专业问题,只有伯父才能够答得出来。龙井43号当然是无性繁殖的。妈我讲给你听噢,有性繁殖是下种子种,异花授粉,遗传基因不够好,有些就会跟鲁迅写的那个九斤老太说的那样,一代不如一代的。无性繁殖呢,喏,就是利用叶啊,茎啊,根芽啊,来培育成一株茶树,这个原理嘛,就是细胞全能性的原理。好了,我不说这个了,这个太复杂。”

叶子立刻反驳了儿子:“复杂什么呀,当年你女儿生出来,正是为了纪念迎霜这个新品种,这才取的名字。”

“是的是的,迎霜属于小乔木型,中叶类,早芽种,是1956年从平阳桥墩门茶场引进的福鼎大白茶和云南大叶种自然杂交后代中再单株选育而成的。那时候蕉风正在市茶科所呢,整个过程她都参加了——”他突然刹住了话题,这三个人都是那么费尽心思地想绕开伤心的话题,但绕来绕去还是绕不开,痛苦始终还是他们的轴心,他们离它不过半步之遥。

倒是这时候医院帮了他们的忙,他们终于到了此行的目的地洪春桥。“这就是你们的医院吧。垃圾车拉进去要不要紧啊?”叶子担心地轻声叫了起来。

同样是杭家人,沉重与轻松总在天平的两端。那天夜里,布朗在回家的路上,想到他的自行车还在校园,只好一路步行,走回去找车。正是满天的繁星,花香四溢的夏夜,黑暗遮蔽了马路两边围墙上的长长的大字报,他听到撕大字报的声音。那是穷人的声音,穷人们的一种新的冒险的谋生方式,像老鼠一样昼伏夜行,撕了大字报再卖到废品站去。小布朗听着撕纸张的窸窸窣窣的声音,看着法国梧桐树上绿蝴蝶般的叶子,突然想念起刚才的爱光姑娘。她的眼泪虽然有些莫名其妙,她的发嗲虽然有些生硬做作,她的热情虽然有些神经兮兮,她的状态虽然有些喜怒无常,但那毕竟是冲着他来的啊。为了什么?也许什么也不为,就因为我救了她,一位英雄在她面前出现了。布朗心里有些发痒,自以为是的情感又在他的心里蠢蠢欲动。他昏头昏脑,但总算还能认出自己的自行车,他骑上车子,横冲直撞,看着天上一轮明月,街上已空无一人,横河边绣球花开得密密匝匝,一大团一大团地在阴影中凹进凸出,一阵揪心的刻骨铭心的思念涌上心头。他太想念远方那茶树下的父老乡亲了。鼻腔有一些发酸,嗓子有一些发痒,一声山歌就响彻了江南静悄悄的西子湖畔——

月亮出来亮汪汪亮汪汪,
想起我的阿哥在深山;
哥像月亮天上走天上走,哥啊哥啊哥啊
山下小河淌水清悠悠……

不知为什么,他吼得那么响,竟然没有联防队来喝令他不准唱黄色歌曲,也没有社会治安指挥部来捉拿他,阻止他扰乱社会秩序。这个城市的夜晚表面上看去依旧美丽静谧,但有人正在密谋,有人正在流泪,有人刚被噩梦吓醒,有人却已然逝去。他不知道,那个名叫谢爱光的姑娘就在他歌唱时离开了他的家门,夜太深了,她等得失去信心了。

小布朗想到二舅受伤了,他决定去马坡巷看一次。他和二舅没什么共同语言,但孝敬老人这点他是知道的。去了小米园才知道,二舅住院了,他在得放的小房间里看到了得放和爱光。他们正一人一支笔地趴在床沿上写什么东西,那么热的天,他们关着门窗,拉着窗帘,电灯加了罩子,拉得很低。黑簇簇的斗室里看到布朗,爱光就有点不好意思,说:"布朗叔叔,我以为你害怕,错怪你了。"

瞧,从前可是叫哥哥的,现在随着得放叫叔叔了,听了真难受。布朗也不回答她的话,拿起床上那把蒲扇哗嗒哗嗒使劲扇了起来,一下子就把满床的纸扇得五花飞散,边扇边说:"你们这是干什么,不怕把自己蒸熟了?"

布朗捡起一张飞到眼前的纸,随便刮了一眼,问:"这姓苏的人是谁? 哪一派的?"爱光接过来就说:"是苏格拉底,也不是哪一派的,是外国人。听说你要走?"

听到爱光这么轻松地说他要走,布朗心里还是有点伤心。他知道他们说的东西他插不进话,他们写的东西也不是他能够掺和进去的。这才多长时间,爱光就变了,她的头发又开始长了起来,脸上有了些坚毅的神情,那种楚楚可怜的无依无靠的神色正从她的目光中消退。他知道,她的变化与得放有关。

这么想着,他就拉过得放,拍了拍他的肩膀,说:"侄儿,我就把爱光交给你了,你做什么事情都要心里有数,爱光有个三长两短,我可饶不了你。"

他的自作多情让两个少年有些不知所措，惶恐中得放禁不住开了一句玩笑："你怎么只说爱光，我要有个三长两短你怎么办？"

布朗就使劲用扇子打了一下得放的脑袋，说："你要有个三长两短，我也饶不了你！"他的眼睛在昏黄的光线中闪闪发光。两个少年看着他，都很感动，但不知道怎么跟他对话。他就又笑了，嘭嘭地敲着自己的前胸，说："有你布朗叔叔在此，你们怕什么？哪怕吃枪毙，我劫法场也要把你们劫出来！"

说得好！得放暗暗地叫了一声，蹲了下去，把前些天抢回来的那包宣传单从床底下掏了出来，神色庄严地说："布朗叔，我想求你一件事情。这包宣传品在杭州是不大好发出去了，放在这里我又不放心，怕牵连了爷爷。你看看，能不能带到外地去发了，随便你怎么散发都可以。这是我和爱光的思考，我们不想就这么让它埋没掉。"

布朗抱过了那只包，激情澎湃，拔出插在后腰的赖笼就递给了他们，说："表叔没别的送给你们，这管赖笼你们就留着，想起我布朗就吹一吹，不管我在哪里都会听到……"

也不知出于什么样的感情驱使，得放突然一下子抱住了布朗，房间里更加幽暗了，激情借着暮色暗暗涌动，三个青年人的眼眶里，顿时便盈满了生离死别的眼泪……

和长辈们完全不一样，得荼和得放连一滴眼泪也没有，他们终于约好了时间，在越来越浓的暮色中，手里捏着个手电筒，在西郊杭家祖坟的茶蓬间半蹲半伏，满头大汗地寻找着黄蕉风的埋骨之处。那是他们去医院看爷爷时爷爷跟他们再三交代的。此时的杭汉已经去了金华十里坪农场，小布朗也要被送到罗店去了。去年也是深更半夜，杭家人做贼一般匆匆地把蕉风的骨灰葬在此处，当时种下一株茶苗，留作记号。无奈此一年家事国事俱遭离乱，老人尚能识得旧地，年轻人却反而找不到地方了。杭家兄弟久等不到家中老人，只得取了电筒，自己来寻找。

几代人的老坟，又加这几十年的变迁，周围都变了样，这两兄弟东摸摸西摸摸，惊飞几多夜鸟，但他们依然不能确定那株旧年的新茶，焦虑和痛苦灼烧着他们的心。得茶还时不时地担心着，怕有人跟踪得放，摸索一会儿就直起身体来，看看远处山下的龙井小路，依稀有光，他立刻就让得放蹲下来，一动不动。两兄弟这样摸索了很久，终于放弃了努力，找了一蓬大茶，得茶看了看说："这是太爷爷，我们挨着他坐。"原来坟虽迁了，旧址上依然有茶树标记。得放也不吭声，坐下了，拿出一包烟来，取一支给得茶，得茶看了看弟弟在暗夜里的模糊的面容，说："你还真抽上了。"两人各自抽着那劣质的香烟，静悄悄地等着长辈们的到来。

月亮倒是很大很圆，不过时常穿行于阴云间，一会儿又钻了出来。星光下的茶园明明灭灭，一会儿发出蜡般的色泽，像靓丽少女，一会儿没入暗夜，却像个阴郁的男人。得茶已经记不得他有多少天没有度过这样清寂的夜晚了。从前在养母茶女家过暑假时，夜里他是常常到父母的墓前去的，今天的这片茶园让他想到了那些日子。他拍了拍兄弟的肩膀，仿佛为了减轻他思念母亲的痛苦，说："别着急，爷爷说要来，就一定会来的。"

得放的唇边亮着那微弱的一点红，劣质烟味就在兄弟间弥漫开来，他淡淡地说："我不着急。"他看了看哥哥，又补充说："其实我常到这里来。有几篇文章就是在这里起草的。”

得茶不想跟他再争论,另外找了一个话题,说:“我还真担心你把那姑娘再带来。”

“她是想来的,我没让她来,盼姑姑到城里去接爷爷他们了,白夜姐姐身体不大好,我怕她一个人待在山里出事。”

得茶一下子闷住了,听到她身体不好的消息,他就站了起来,他们又吵架了,他为什么会这样狭隘,他狠狠地吸了口烟,悔恨和说不出来的无所适从,堵住了他的胸口。

得放依旧蹲着,说:“我不理解你对女人的态度,你对白夜姐姐就没有担起你的责任。”他说这话时,不像一个十八岁的青年,却更像一个已婚的男人。

得茶一下子误解了他的话,他蹲下去,失态地一把揪住弟弟的胸口,失声轻吼:“我再跟你说一遍,孩子是我的,可她不承认!”

“大哥,你不知道你对白夜姐姐意味着什么,她有那么丰富的心灵和智慧,她没有你的局限,视野开阔,她只是缺乏力量,因为她所有的力量都被提前用完了。她无所依靠,我在北京时就看出来了,她没有人可以依靠……”

“是她不让我见她——”

“她是女人!”得放打断了他的话,“你对她的感情太复杂了!你本来应该听懂她的意思!”

“闭嘴!”

“好吧,我闭嘴。”两兄弟默默抽着烟,得茶听见弟弟问他:“大哥,你觉得她怎么样?”

此时月亮又出来了,清辉普照大地,茶园里的枝枝条条在月光下闪闪发光,弟弟眉间的那粒红痣也在月光下闪闪发光。他的声音也变了,变得像月光一样柔和,他的漂亮的大眼睛在月光下蓄满了少年人的深情。得茶突然明白,他指的是另一个姑娘,连忙说:“好啊,很好啊!不过你现在问我这个是不是太早了?”

“那你就答应我一件事。”得放转过脸来,看着哥哥,说,“我不相信会发生什么了不起的事情。可是,事情真要像你说的那样发生,你得答应我照顾爱光。”

得茶怔住了,得放变成了另一个人,变成了那个他仿佛不认识的年轻人。他耸了耸肩,不想把这重大的托付表现得太隆重,说:“这算个什么事情,我现在也会照顾你们。”

“你要当着先人起誓,对茶起誓,”得放说,“当着我妈妈的灵魂起誓!”

得放那么激动,让得茶不知所措起来,他一边说“好的,我起誓”,一边站了起来说:“现在满大街都是各种油印小报,你们的事情还没到那么严重的地步。”

见得放还要笨拙地解释,得茶挡住了,然后就一个人走到茶丛中去了。他远远背着得放一个人站在茶丛中,有的茶蓬和他差不多高,他看上去仿佛也成了一株茶树。天上的乌云散了,月亮奇迹般地挂在天空,因为无遮无挡,月亮看上去是那么孤独,那么无依无靠。呜呜咽咽的,那是什么声音?是得放用小布朗送给他的赖笼吹奏呢,小布朗要被爷爷送走避难了,他不能来,得放就把他的赖笼拿来了。但他不会吹奏,只能发出一些特异的声音。得茶站在茶丛中,他没有意识到自己正在流泪,弟弟的话击中了他……得放把他的感觉全都说出来了,如果此刻,是他和她坐在一起,是他们在茶园中抱头痛哭……他为什么不敢见她，什么事情把他变得那么复杂胆怯，他依然说不清楚，但他相信一旦见到她，她会清楚的，他要立刻就去见她，马上，现在——

一豆烛光朝他们奔驰而来，越来越近，越来越近，那个身影终于在茶园边缘停住了，他们看见了那个单薄的细长老人，甚至看见了月光下的那根断指。只见他分开了茶道，朝得茶走来，得茶惊讶地问："爷爷，怎么只来了你一个人？"

他没有听见爷爷回答，只看见爷爷突然用手遮住了自己的眼睛，一边说"等一等，等一等"，一边蹲了下去。得茶连忙上去扶起爷爷，焦急地问："爷爷，你眼睛怎么啦？"

得放停止了呜咽，他惊得全身的汗都凉透了，朝他们跑去时，身边的茶蓬哗啦啦地响动着。他等了好久，才看到大爷爷站了起来，说："现在好了，看见了。"然后对着得放说："得放，你爷爷要到这里来了，我是说，要到这里来陪你妈妈了……"

月亮仿佛也不忍听到这样的消息，它就一下子躲进云层，茶园顿时就陷入黑暗之中了……

第二十三章

盛夏是杭城四时中最美的花季，刘庄更占西湖山水之秀。青年军官李平水却毫无心绪，一个由地方与军队联合召开的高级会议正在此地秘密举行。趁会议间隙，他独自来到湖边散心。

西湖丁家山下的刘庄，落成之始，粉黛列屋，蛎墙虹栋，错杂水湄，窗际帘波与湖际水波相互撩拨。1954年集韩庄、杨庄、康庄、范庄于一体，改建为西湖国宾馆，与一水之隔的汪庄遥遥相望。入伍前几年，李平水在刘庄担任警卫，知道刘庄和汪庄，都是国家最高领导人常来常往的地方，毛主席这些年来杭州都居住在汪庄，故而这次省一级的高级会议，才放到刘庄。

近日杭州发生了千人冲击军区仓库的重大事件，今日各路山头派系的核心人物被召集到此，共同协调此事。会议在湖山春晓楼旁的望山楼召开，景色虽美，却把各方气势衬托得更加剑拔弩张。此事黑白分明，会却越开越浑。李平水是工作人员，心闷出来，没走几步，就碰到了也来参加会议的杭得茶。

杭得茶是从丁家山东麓绕过来的。会议休息期间，他特意去看了当年康有为题刻的“蕉石鸣琴”，一块形如蕉屏的石崖，相传雍正年间浙江总督李卫常在此弹琴，音韵绕石，响遏行云，故有“蕉石鸣琴”之说。得茶不太相信，李卫没文化，会弹琴吗？康庄还有南海先生所题的“人天庐”。信步走去,却看到山间一片茶园,还有几个战士在茶园采茶,这稀罕的情景倒叫得茶有些纳闷。正思忖着这湖上园林之最的刘庄怎么会有茶园,却见李平水朝他走来,红着脸伸出手来对他说:“杭老师,原谅我那天态度不好,我急疯了,骂你什么我记不起来了。”

“你骂我是见死不救的王八蛋。”杭得茶提醒他说。

“你看你都记住了,我们当兵的就是粗。”李平水悔恨地敲着自己的脑袋说。杭得茶摆摆手:“算了算了,谁碰到这种事情不急。”

原来那日千余人包围军区武器库时,李平水就在现场,实在顶不住时,曾打电话向得茶求救,但得茶没有响应。两幢大楼里朝外的喇叭,每天都在高声大叫着,一边读《致杜聿明投降书》,一边就回《别了,司徒雷登》;一边唱“造反有理”,一边就回“‘文化大革命’就是好”。这一派赵争争伤愈归队,那一派得茶就找来了得放,两边都是能言善辩之辈,吴坤和得茶,只在幕后摇扇子。这里除了批斗牛鬼蛇神之外,派别之间也已经有过好几次血腥的冲突,虽然还没闹到死人的地步,但毕竟已经给人一种不祥之地的感觉,行人也不敢单独再从那通过。

名声大振,同道者纷纷慕名而来,工农商学,什么样的职业都有。前几天不知有谁喊了一声:吴坤他们在进武器了!大家纷纷探出头去,就见一辆解放牌大卡车驶进校园,沿圈站着十几个头戴藤帽手执铁棍的彪形大汉,卡车上放的全是铁棍藤帽。吴坤一派看到工人老大哥给他们送装备来了,激动得大喊大叫,一个个跑出去,抱铁棍的抱铁棍,扛藤帽的扛藤帽,倒像是过年了小朋友们争相出去看烟火。有几个男的,还抡着铁棍朝得茶他们的大楼空打,像舞台上的孙悟空使金箍棒。两派的人趴在窗口看着,神经质般大笑。杭家兄弟没有跟着笑,运动以来,笑容几乎已经从这对兄弟的脸上被放逐了。

簇拥着他的青年人,是把他当作那种在错综复杂的情势下相对冷静而又能审时度势的人来拥戴的,他们把他的沉默当作了认可,立刻就有人向工人老大哥打电话:"喂喂,我是总部啊,我们紧急向你们求援,我们紧急向你们求援,请给我们送一卡车'文攻武卫'的战斗武器来。什么,枪?什么枪,气枪,打鸟的,行啊,别管是打什么的,是武器就行。"

操场便来了一车车武器,双方都有了枪。得荼和吴坤的眼睛都猩红了,面孔都铁青了,他们再也听不进别人的意见,只想着如何进行较量。吴坤凡事先行一步,藤帽铁棍一到,就立刻发放下去,气枪先让人保管着。而得荼他们这一派的武器一到,他就亲自点数,放进临时仓库,他以从来没有过的严峻口气说:"都给我记住,没有我的命令,谁也不准动武。"没有人反对他的意见,但每个人心里想的不完全一样。得荼掂掂自己的分量,他吃不准自己能不能驾驭这些已经武装起来的人。

可以说这是他从来也没有面临过的严峻形势,他知道这是吴坤的一着险棋,他们彼此之间太知根知底了。吴坤了解得荼在大多数情况下都是被动的,他还了解他憎恨暴力,好吧,我现在看你杭得荼怎么办。

他走到窗前,下意识地拉开窗帘,几乎本能地抬起头来——他相信对手就在眼前。他们的目光隔着大操场相击了。两人都只露出上半身,一言不发,怒目而视中沉默较量,各人手捧一杯茶。

李平水十万火急的电话正是这时候打来的，他紧急呼吁道：“我们这里已经快扛不住了，这帮暴徒扣押了保卫人员，正在威胁我们，说再不把军器交出来就要往仓库里冲呢！”

得茶擦汗，低问：“你看清楚了，真是来抢武器的？”

“我看到我那个混账老婆了，她冲在最前面，妈拉个巴子，真恨不得一枪崩了她！”

不到万分危急的地步，李平水哪里会骂出这样的脏话。得茶高声提醒他：“国家有令，抢劫军用仓库，军法处置！”

“你没睡醒吗？有王法他们还敢冲部队？仓库里有一百万发子弹，一万多颗手榴弹，一千多件枪械，四十多万件军用物资，要是被他们抢去后果不堪设想。他妈的上头让我们死守，又不许开枪，说军队一动天下大乱，死的人就更多。现在只有一条路，盼你们来救我们一把。杭得茶，你要是不来，你就是见死不救的王八蛋！”

那头电话重重搁下，杭得茶从出生到现在也没有被人家这么王八蛋王八蛋地骂过，但最后还是忍住了没去。他知道只要他一动，吴坤就会动，而吴坤一动，就会流血死人——他的手上绝不能沾有血迹。

李平水骂他可以理解，但他现在不愿意看到李平水不安的样子，便换了一个话题，说：“我是第一次来这里，都说刘庄景色好，没想到这里也有茶。”

李平水脸色也轻松了一些，说：“那还是前几年毛主席让我们警卫员种的。那时候不是困难吗？我们还养猪呢。毛主席和我们还一起摘过这里的茶。”说到这里，他的表情就不免自豪。

“怪不得迎霜崇拜你，你还有些资本可夸。”

“她说我什么啦？我好久没见到这小姑娘了。”李平水真的有些兴奋起来，他喜欢这个小姑娘，和她很有天谈。

“她跟我严肃地谈了一次，说我没有救你是错误的，她还说你心情不好，我更应该支持你。你看，她才几岁，还知道你心情不好，她是坚定的平水派。”

他们总算露出了一点笑容，但很快就消失了，李平水被杭得荼的话触到了痛处。是的，他心情不好，很不好，他不知道他的生活中发生了什么，一切都乱套了。

李平水和翁采茶感情很不好。开始他还当她是天生脾气暴躁，可能神经还有些过敏，后来才隐隐约约地发现事情不对。他哪里知道翁采茶心里躁得很。她刚开始认识亲爱的小吴时，赵争争还若隐若现，白夜还不知道在哪里飘呢。不过反正没正式结婚，也不去说她了，翁采茶最气不过的是赵争争。她仗着父亲在造反派里走红和在北京有关系，死活缠住小吴不放。一夜一夜地赖在小吴房间里不走，还一趟趟拉小吴到她家里去，接受各种各样的指示。话说回来，这次小吴遭难，她倒也没少给他出力，反过来她翁采茶就是罪魁祸首了，要不是她看管不严，杨真能不见吗？小吴常常叹着气告诉她，为了革命他不得不和赵争争虚与委蛇，他们家里就等着把这个神经兮兮的女儿嫁给他了。可是他现在得顶住，他要顶不住，就没法和淳朴的最爱最爱他的小采茶在一起了，不要说明铺，连暗盖都不行了。

正是因为这样的左右夹攻内外煎熬，把个翁家山里长大的采茶姑娘也弄得神经兮兮，心理变态了。她是看到李平水就触气，他那张一点也不比吴坤逊色的、充满军人正气的脸，在采茶眼里，突然变成了臭狗屎。她不知道，其实她的那张圆盘龇牙大脸，在他心里唤起的感觉，也和她对他的感觉一模一样。这样的感觉还能有肌肤之亲吗？见鬼去吧！李平水没有一点蜜月的感觉，倒是采茶有，但那是和小吴的蜜月，和这个绍兴佬半点不搭界。她给自己仇视丈夫李平水找了很多理由，比如不能和她一样站在毛主席革命路线的一边，却和祖祖辈辈压迫他们翁家的杭家人眉来眼去，交往密切，丧失最起码的阶级立场，等等。其实往深里一想，翁采茶分明是恨赵争争，恨白夜，爱吴坤，那恨不能明着恨，爱又不能明着爱，憋在心锅里煮，还不煮成一锅的毒汁，见着李平水就喷，能不喷得他们之间的关系漆黑一团吗？

大年三十李平水给翁采茶一耳光，是因为他收到了一堆老婆和吴坤鬼混的照片，春节之后他就提出了离婚。其实采茶是很愿意离婚的，真正不同意她离婚的是吴坤。他顺口胡编着一些理由，第一第二第三第四，她全神贯注地敬仰地看着他，她对他的感情，已经从崇拜发展到了迷信的地步。她那种愚蠢而又忠诚的样子，真是让吴坤看了又感动又厌烦。他站起来想扬长而去，却又把这个蠢货压倒在床上。蠢货啊蠢货啊，整个动物性的过程中，他心里没有停止过这样的叹息。

从床上起来的翁采茶，像是吃足了夜草的马儿，备足了干粮的旅人，憋足了劲儿的拳击手，雄赳赳地打回家门去。不离！李平水，你想得美，你一个当兵的，竟然也敢和老百姓一样无法无天，你凭什么要和我离婚？那几张照片顶个鬼！

世代当师爷的李家祖辈，有一种从蛛丝马迹中发现破绽的本事,李平水天生也仿佛有这种遗传,会议上他第一次看到吴坤,就坐在他斜对面。他不得不承认吴坤的风采当得起英姿飒爽、风华正茂,这个漂亮的敌人一看就不好对付。

真是说曹操曹操就到,此刻他突然就看到吴坤朝他们走过来,于是便问得荼要不要一起走开。得荼想了想,说:“你先走一步,我看他是又要找我动心机了,且看他如何表演吧。”

吴坤笑容满面地朝得荼走来,好像他们从来也没有过怒目而视、血溅五步的时刻,他显然已经伸出手来要和得荼言和,得荼没反应,也不在乎,手就顺势往空中画了个抛物线,指着湖光山色说:“什么叫‘人间天堂’,我才叫真正明白了。”

听得出来,他这话是由衷赞叹,并非没话找话。关了两个月,他从囚禁中出来,与没有失去过自由的人相比,感觉显然不同,他悟出了更深的东西,他也更有洞察力。刚才会上那些决策者的动作,在他看来,不过是一场政治游戏,他对得荼说:“让他们闹去吧,跟我们无关。”

他这话恰是针对他们两派都没有介入那天冲击军队仓库的事件而言的。这话让得荼厌恶,因为这里面没有丝毫的正义与真理,只有权力和阴谋。仿佛他们这些20世纪60年代的人,一下子退回到两千多年前的春秋战国,他们不过是各路诸侯,正在进行无义大混战。

他的这种心理活动,吴坤是知道的,他过去很在乎得荼怎么想,但现在完全无所谓了。他站在湖边,看水波如绫,暖风如酒,杨柳如发,青山如眉,双手使劲地拍着汉白玉的栏杆吟道:“……断鸿声里，江南游子。把吴钩看了，栏杆拍遍，无人会，登临意……稼轩的《水龙吟》，还记得吗？”

尽管杭得荼在与吴坤对话前有了充分的思想准备，但对方此刻的表现还是让得荼惊异，吴坤开始像一个小丑。

“你心里在说，这个人怎么会变得那么厚颜无耻，在经历了这一切后，怎么还会那么轻松地与我对话。可我还是要一意孤行，而且我还是要感谢你两条：一是我被审查时你没有落井下石，当时只要你一句话，我就彻底完蛋；第二条是你没有下令冲出去保护军用仓库，那天我们手里有枪，你要一动，我们双方就是一场血战，事情就彻底闹大。我已经控制不住自己了，你却有这个自制力，这是你的高明之处。我对你不断有新的认识，看来你也并不是不能搞政治的人。”

“请你走开，我想一个人待一会儿。”

“我和你恰恰相反，一个人待的时间太长了，我现在特别想和人在一起。”

“那你就去找你的同道吧，我告辞了。”

“等一等，”吴坤突然声音低沉了下来，他的脸色也刹那间变得难看了，他没有再看着得荼，却问他，“……你知道白夜的孩子是……”

他的问话把得荼的心也拎起来了，他抓住了栏杆摇摇头说：“你真是一个卑鄙的家伙。”

这话不但没有让吴坤火冒三丈，他反而还似有所解脱：“我也想孩子不会是你的，可凭什么证实那孩子是我的呢？你知道她在北方和什么样的亡命之徒鬼混在一起——”

得荼真想给他狠狠的一掌，但他还是克制住了，掉头就走，此时的吴坤就像甩不掉的牛皮糖一样粘在他身后，走过梦香阁，走过半隐庐，走过花竹安乐斋，一边不停地唠叨："你知道接下去的议题是什么，啊？是治安，是抓现行反革命！你以为这事情跟你无关吗？你想抽身已晚，回去了解一下你那个捣蛋的弟弟吧！"

吴坤趁机拉住了得荼的胳膊，一边重新往湖边走，一边说："我跟你说，我们俩的话还没有谈完嘛，你着什么急呢。回到学校，我们又得针尖对麦芒，好不容易有这么一个机会，你怎么就不能和我坐下来好好谈一谈呢？我不是跟你说了，我是感谢你的，投之以桃报之以李嘛——我仔细看了攻击我的传单内容，满口混蛋，幼稚得很，但写到我家祖上的不少事情，倒是有鼻子有眼。杭州城里谁对我们吴家知根知底呢？非杭家莫属也。"

杭得荼像听天方夜谭一样地听着吴坤说这些，他已经很久没有回家了。

"别以为我会怀疑你在幕后操纵，从传单的文笔和思想来看，显然不是你的思路。再说，我也不会真正在乎这些雕虫小技，它们掀不起大浪。问题在于杭州城最近连续不断地发现了一些政治传单，从一开始对出身论的讨论发展到对'中央文革'的攻击，甚至还有对'文革'本身的质疑——这不是太幼稚了吗？"

杭得荼面色苍白，镜片后的眼睛眯了起来，远远地望着湖对面的汪庄。杨真进京之后，他就想抽身退出这混乱的派系战场，一次又一次，总有事由让他退不下来。今天他再一次下了决心，却又被杭家这重大的事件拦腰打断。

"从传单的纸张，写文章人的口气，印刷传单的器具来看，都和写我的传单如出一辙,这事情我能不告诉你啊?”

“没必要。”

“有必要。我得向你学习。你没对我落井下石,并非对我有恻隐之心,只是实事求是罢了;我也一样,我也实事求是。而且我比你做得更好,到现在为止,我还没有对任何一个人说起过我刚才对你说的那番话。有许多时候,我并不像你想象的那么卑鄙。”

这番话让得荼第一次侧过脸来,上下打量起今天的吴坤。吴坤却轻轻一笑,换了话题,指着对面的汪庄,说:“你看到汪庄了吗?在从前的茶庄,改变中国的多少重大决策,就是这样喝着龙井茶做出来的。比如关于无产阶级‘文化大革命’的决定,就是在那里通过的草案。你还记得那个夜里吗?你和得放、我和白夜挤在一间房间里听广播,这个改变中国,也改变我们个人命运的决定,就是从对面发出来的。我真想到那里去看一看哪!”他最后的一句话,几乎像做梦一样自言自语吐露出来,声音轻得几乎只有自己听得到。

得荼打断了吴坤的遐想和梦语,问:“你到底想和我做什么交易?”

吴坤那英俊的面容一下子扭曲起来,仿佛从美好的梦境又回到了噩梦般的现实,他牙痛似的抽了抽腮帮:“请你帮我核实一下,究竟谁是孩子的父亲,她什么也不会对我说,但她会对你说实话。我知道这种想法和要求都很卑鄙,但它像毒蛇一样缠住了我,无法摆脱。拜托你了,好不好?”

在如此美丽的湖光山色之间,在进行了这样重大的有关革命与抱负的严肃对话之后,最后的心愿又落实到这小小的隐秘的一角，得茶被吴坤的要求惊骇了。他们的头上，杨柳枝哗啦啦地飘着，在寂寞中，这本来属于温柔的声音，也显得格外激烈了。

布朗的确是离开杭州了，甚至没赶上二舅的葬礼，只因为大舅很快兑现了他的诺言，布朗将作为杭州茶厂的一名外援人员参加对口学习和支援，到浙中腹地金华花乡罗店，专门负责收购茉莉花。这个机会是从天上掉下来的，迟一步走就会被别人抢走，所以布朗不得不拔腿就走。

浙中金华，扼闽赣，控括苍，屏杭州，水通南国三千里，气压江城十四州，是个人杰地灵的好地方。此地素有花乡之称，木本花卉有紫荆、蜡梅、栀子花、佛手、茉莉、代代花、白兰等；草本花卉有兰花、荷花、百合花、紫罗兰等；盆景花卉有六月雪、石楠、罗汉松、山楂、紫薇等。

花茶也是中国一绝。茶性易染，用香花窨了茶叶，花香为茶吸收，就成了花茶。美国人在冰茶里添加了柠檬香精，越南人把荷花蕊磨成粉拌入茶叶，那都不是中国式花茶。

南宋时一个名叫赵希鹄的人，写了一本《调燮类编》，其中专门讲了莲花茶的制法，说：在太阳还没有出来的时候，将半开的莲花瓣拨开，在花蕊中放入一撮细茶，再用麻皮绳松松地扎住，让它在里面过一夜。第二天早上倒出来，用纸包好后焙干。这样反复三次，最后焙干了再用，真是不胜香美啊。他又说：花儿开了的时候，摘下那些含苞欲放的，以一比三的比例来配茶叶。在瓷罐里，一层茶一层花地放，直到放满了，再用纸箬扎固后入锅，隔锅汤煮，取出后待冷，用纸封住，再到火上去焙干。这些记载，也可以说是中国花茶窨制工艺的雏形了。

真正大批量地生产花茶，应该说只是100多年前的事情，以福州和苏州为中心。北京人爱喝花茶，将其称为香片。这数十年来，华东、华中和华南地区也开始生产花茶。小布朗生活的云南，主要生产紧压茶和红茶，所以花茶对他来说，着实是一件非常新鲜的事情。到目前为止，他看到的只是茉莉花茶，其实像白兰花啊，珠兰花啊，代代花啊，桂花啊，玫瑰花啊，甚至柚花啊，都能制成茶呢。采花期分为三季：梅花是指江南天气从入梅到出梅时采的花，秋花自然是秋天采的花，而伏花就是伏天采的花。布朗是伏天去的那里，正是花信，花期短，产花却最多，几乎占了全年产花量的一半。

罗店离市区不算远，每天采集的茉莉花，就由布朗集中收购，送到市区的茶厂去。这次他能到这里来，还是大舅的徒弟在造反派组织里混得好，给师傅一点脸面，把这个哪里都能派用场、哪里都不能正经用的"百搭"杭布朗发派出去了。

浙东和浙中，武斗正在日益升级，金华的派仗，打得如火如茶。虽然如此，花儿到了季节，也是要管自己开得如火如荼的。茶厂既然未到彻底停产的地步，总还有人守在那机器旁出活。送花的路不安全，出过好几次事情，吓得送花的姑娘连哭带叫，花儿人儿跌成一团；有时眼看着那些花儿就在枝头上白白地枯萎，心痛！小布朗可不怕，他总有办法把花儿都送出去。

布朗是个大众情人，正在花田里的摘花姑娘们一见布朗就叫："介许多的萝卜轧了一块肉！介许多的萝卜轧了一块肉！"一开始布朗真不明白这是什么意思，后来才懂，原来姑娘们是萝卜，而他是肉啊。他很高兴,他生来就喜欢当挤在萝卜里的肉。杭州的姑娘们伤了他的心,现在好了,旧的已去,新的又到,金华姑娘们伴随着鲜花一起来到。他一边帮着她们采花,一边信口胡说:“我是上面派来管你们的工人阶级,你们统统都得听我的。你们不许跟我讲这派那派的,因为我是少数民族,毛主席有指示的,不让我们少数民族掺和汉人的事情。”

农村少女,到底实在一些,还真被他胡编的最高指示蒙住了。她们一个个睁大了眼睛,鼻子对着鼻子地观察他,想知道少数民族和她们有什么区别。她们有一点失望:“看上去和我们一样啊。”

布朗又胡说:“我刚到杭州时,吃生肉,睡露天,衣服也不穿,就披一块毛毡。不过我们少数民族的人是很聪明的,你看我现在已经什么都会了。”

有个姑娘读过初中,见过一些世面,怀疑地问:“被你那么一说,你不是变成西藏农奴了?”

“你知道什么,西藏农奴是穿不上衣服,我是不喜欢穿衣服。我们西双版纳可舒服了,从来没有人冻死饿死的,插根筷子也发芽啊。饿了手一伸,摘串香蕉,吃饱了就睡,想唱歌就唱歌。”他看着那一个个乌溜溜的眼珠,禁不住故技重演:“怎么样,听我唱一个我们那里的歌好不好?”

姑娘们小嫂们一时就连摘茉莉花的心思都没有了,叫着嚷着要听他们那里的歌,唯有那初中女生警觉地问:“你们那里的歌不会有‘封资修’吧?”

“小姑娘知道什么是‘封资修’啊?封、资、修,三个台阶,一级比一级高,我们那里连‘封’都还没‘封’上呢,我们那里是原始共产主义,是共产主义,原始的,懂吗?”

再没有人敢对布朗提出什么来了,采花的金华姑娘们不懂何为原始,但何为共产主义她们还是知道的。有那么多的农活要干,她们想搞派性也搞不成。听说有歌儿听,她们倒也喜欢,小布朗先唱了一首土家族的山歌:

韭菜花开细茸茸,有心恋郎莫怕穷,
只要两人情义好,冷水泡茶慢慢浓。

大家都听明白他唱的是什么了,有几个害羞的姑娘就脸红着。倒是那几个小嫂儿胆子大些:“你们少数民族现在还准唱这种邪火气的歌啊?”

布朗不懂什么是邪火气,但猜想,大概就是不正经的意思吧,连忙点着头说:“我们那里什么邪火气的歌儿都让唱的。”

“是毛主席批准的吗?”

“不是他老人家批准还能是谁?”

大家就放心了,七嘴八舌:“那你也不能光唱茶啊,我们正在摘花呢,你怎么不唱花儿呢?”

“怎么不是唱的花儿,韭菜花开细茸茸,不是花是什么?”

“那算是什么花啊,要茉莉花才是花呢,你听我们唱——”一个胆子大一点的小嫂儿就开了口:

好一朵茉莉花,好一朵茉莉花,
满园的花香比呀比不过它,

我有心摘一朵戴，
又怕种花的人儿将我骂。

大家听了都说好，只是担心这歌不是少数民族的，毛主席没批准。布朗说："毛主席怎么会没批准？毛主席旧年就在天安门城楼上说了，好听的歌就好唱。"

采花的人儿听了真是喜欢，也不想讨论是真是假，也不去追究布朗是不是在"假传圣旨"。一个女子边采花边就唱开了当地的民歌：

李家庄有个李有松，
封建思想老古董，
白天屋里来做梦，
勿准女儿找老公，
胡子抹抹一场空。

大家听了哄堂大笑，都知道这首金华民歌很有名，但不知道这首《李有松》还曾唱到1957年的世界青年联欢节上。好多年都没唱了，没想到来了个杭布朗，把大家的兴头都吊了起来。有个大嫂嫂突然心血来潮，拉开喉咙唱道：

索拉索拉西拉西，爹娘养我十八岁，
婚姻大事由自己，高跟皮鞋带拉链，
六角洋钿储袋里，夫妻两个去登记，

登记归来笑眯眯。

一群女人在花丛里这么唱着，笑得腰都直不起。直到有人突然说："不对，你这里怎么还有高跟皮鞋带拉链啊，那可是'四旧'呢！"

大嫂嫂正在怀旧的兴奋中，被小姑娘一驳就生了气，叫道："我们那时候就是讲穿高跟鞋的，是毛主席共产党人民政府叫我们穿高跟皮鞋的！"

那小姑娘也不示弱，说："那他们城里人为什么现在要斩高跟皮鞋的跟？我们城里的姨妈她们的皮鞋跟统统斩掉了。"

"那是她们不晓得毛主席发过话，喂，杭同志，毛主席是不是说过高跟皮鞋好穿的？"大嫂急着要找最高指示来给自己撑腰。布朗一想，不能什么事情都往毛主席头上推，万一有一天被揭发出来了不好办，灵机一动，指着手里的花儿叫："怎么我手里的花和你们的不一样啊？"

大家就围拢来看，七嘴八舌："这个是单瓣，那个是双瓣，当然不一样啰。"

原来这单瓣的花儿，又叫尖头茉莉，是本地的土产。那双重的花瓣是从广东那里引来种的优良花种，一个是傍晚六七点钟开放，一个是晚上八九点钟开放。一个姑娘看着布朗手里的花叫了起来："哎你怎么乱采啊，花萼也没留下来呢！"

原来采花采茶一样，都是有学问的。像这种窨制花茶的茉莉花，也是有严格的采摘标准的。一是要含苞欲放，能在当天夜里开放的；二是花体要肥大，要留花萼，花柄要短，不留茎梗；三是青蕾和开花，一个没开，一个已经开过了，那是万万不能混采进去的；四是采摘时间，放在下午两三点钟之后，此时的花儿质量最好。

姑娘们那灵巧的手儿在花间飞舞，食指和拇指尖夹住花柄，掌心斜向上，两指甲着力，轻轻一掐，那花蕾儿便离柄而下了。天气热，花柄就韧，姑娘们在采前两小时已经用水喷淋过一次。此刻，她们已经采完了今天的花儿，按惯例又复巡了一遍，把那刚刚成熟的花蕾再次采尽，免得明天开了花，就没有用了。

采完了花，布朗带着姑娘们，浩浩荡荡去了城里。那车后座上，一律用两根硬木扁担，加固两只花篓的耳环，固定在载重架上。每只花篓上安放通气筒一只，花篓上还罩着一层纱布。布朗带着这一队人马，不由感慨地说："把花送到茶那里去，就好像把女儿嫁出去一样啊。"

众女子又笑，说："你才晓得啊。刚刚松开了心子的花，就是十七八岁的黄花闺女啊，嫁到茶那里去了，吃亏啊！"

布朗不明白有什么吃亏的，大家又笑，说："你可是到这里学制花茶的，你到厂里去看看就明白了。茶可不是个好男人，一天里要用三个花女人呢，用过了，就扔掉了，可怜哪，你去看看就晓得了！"

不知道是因为有布朗带队，还是一路花香袭人，终于逼倒了那些打派仗封路口的造反派。总之，他们送花的路上还算平安，有几次有人拦住他们，听他们说花儿等不得，上去翻倒两筐，见里面没有枪支弹药，也就放行了。如此这般，半个月时间布朗都在花地里，与姑娘们打打闹闹，唱唱小调，胡编些最高指示，竟然没有人来揭发他。

小布朗送完花，就留在厂里帮忙学做花茶。布朗是个肯出力气的小伙子,他先学摊放花层,借此他还有机会每日见到那些采花姑娘。花儿一到,摊晾、堆积、翻动和筛花,忙得不亦乐乎。然后再拿茶与花来搭配,拌放。这是个累活快活,必须在三五十分钟内完成。制成窨花后他就可以喘一口气。它们堆在用竹围成的圆囤里,布朗想,它们总算是被送进洞房了。想起那些花儿正在迅速地萎缩下去,而它们的“茶男人”却精气神越来越足,妈的!他就喜爱地拍拍那圆囤,你们的日子可真是比人还好过。

第二天又是累活儿,一夜洞房,花儿已经老得不行了,只得筛除。然后还得让茶再“娶”上两次“新嫁娘”,又是烘啊,又是提啊,最后花儿的精华被吸干了,扔到一边,那茶却越来越香,越来越漂亮。最后装箱之前,还得像炒菜时撒味精似的,撒上那么一些花干。一杯花茶,浮现那么一两朵洁白的茉莉,想想看,有多漂亮。布朗现在天天喝花茶了,不喝,他觉得对不起那些采花的姑娘。

绝大多数夜里,小布朗就睡在花地旁的草棚里,半夜露水打下来,小布朗睁开眼睛,一下子就看到了窝棚盖子上露出的那长长方方的一小块玻璃天窗,像是镶上了星星的火车票。每当这时候,他就想起了遥远的大茶树,想起了他近在咫尺的爸爸。罗力的劳改农场离这里并不远,可是他一直没有时间去看他。花信未过,小布朗一天也不能离开这里啊。

得放交给他的任务也没法完成。在这只绣有“为人民服务”的军用挎包里放着的宣传品上写着什么内容,小布朗从来就没有拿出来看过,他只知道那是专门骂吴坤的。吴坤在省城,离这里一大截路呢,小布朗简单地想。军用挎包就压在他枕头底下,那些纸再不散发掉，就要被压坏压皱了。

下午摘花前，小布朗就把这些纸拿出来，悄悄塞在姑娘们的花篓里，没两天就塞完了。这些纸采花姑娘们可不会去看，一路送到城里的茶厂，就倒进了花堆，小布朗就在这时候留心地再把它们拣出来，放在那些办公桌上，传达室里，大门口，有时也扔在人家过往的自行车车兜里。他觉得这件事情太简单了，这算一个什么事情啊，还值得他们几个为之热泪盈眶。

他渐渐地习惯了这种与花与茶相伴的日子。从土地和山林里生长出来的东西，与他有一种无法言说的默契，那是因为他自己也是从土地和山林里生出来的吧。

半个月之后情况就开始不对了，茉莉花田里开始出现了几个男人。他们一到，采花的女人们再也不敢唱民歌了，一个个低着头干活，乖得很。布朗从来没有看过《红楼梦》，但他和贾宝玉的观点出奇相通：宝玉以为男人是泥做的，女人是水做的。布朗认为，男人和女人比，女人好，男人不好。他倒明白不能以偏概全，虽然采茶和赵争争都是大大的造反派，但他依然认为，现在主要还是男人在造反，女人不造反，不造反好。他的生活方式和习性，都和造反对不上路。比如田里来了几个男人，他就没法唱歌了。女人好，咬着他耳根，悄悄告诉他快走，这些男人是来查他的反动言行的。这半个月里，布朗胡编了多少毛主席语录，唱了多少邪火气的山歌，连自己也弄不清楚了。看来还是有人告了他的密。

初中女生也过来跟他咬耳朵，问他知不知道这些男人究竟是来查什么的，布朗摇摇头，但脸上表情说明他知道事情的底细了。姑娘说："那些传单是你发的吧，别人没看出来，我可是看出来了。"

“查就查出来吧,也没什么了不起。”

“说是反动传单呢,正在查写的人。你要不走,抓住了,弄得不好要吃枪毙呢!”

这可真是晴空霹雳,嘻嘻哈哈的小布朗怎么也没有想到,他也会有这一天。现在他该怎么办呢?他要是回杭州,那就是自投罗网,更不能把这摊烂污甩给大舅,他为他操了多少心哪。也不能去看近在咫尺的父亲,他不能再给他雪上加霜。

就这样,躺在窝棚里,看着那张带星星的“火车票”,他突然跳坐了起来,心想:该到走的时候了!

真是舍不得啊,那雪白花丛中的香喷喷的江南女子们。布朗只好咬着牙齿离开她们,直到这时候他还做不到不辞而别,他蹲在花丛中,和那几个铁杆的姑娘嫂子告别。花儿就在他的脸上摩挲,香气一阵阵地扑来,他手里汗津津地拿着几张纸币,折拢了又摊开,还不停地说:“放心,我一回云南就给你们把钱寄来。”原来他还有本事从这些穷乡下女人手里借到路费。那些和他一起唱过歌的采花的金华女人,一边看着那湿漉漉的钞票,一边心疼地问:“你地址有没有记清楚?不要到了云南寄不回来钱!”

小布朗急了,把钱重新塞还给她们,说:“我是这样的人吗?那我还配唱那些歌子给你们听吗?”

女人们顿时就慷慨起来,把那几张烂钞票一边往小布朗身上塞,一边说:“快跑吧,你这闯祸坯,回到你们少数民族那里去吧,别到我们汉人这里来夹手夹脚了,快跑吧!”

夜里,初中女生悄悄把布朗送出小河头,还给了他一封信,说:“你到国清寺里打听一下,肯定能找到我表哥,这封信交给他,他会帮助你的。那里的山大山多,人家抓不到的。”

原来小布朗也聪明了,对外说是回云南,实际还是在老地方转哪。但姑娘的话让他激动,小布朗的心,仿佛回到了大茶树下。他知道,在大茶树下的女人们无疑会对他这样赤胆忠心,可这里是什么地方啊?采花的姑娘啊,你为什么对我那么好啊!

茉莉花在星夜下含苞欲放,一粒粒像是星星铺地,他和她都流下了眼泪。这是花的缘分哪,多么短暂和香美啊……

第二十四章

杭嘉和坐着得茶开的吉普赶到马坡巷，来开后门的是叶子，看到这祖孙两个，急切地凑上去耳语:“昨天夜里他们来过了吗?”然后彼此盯着，仿佛都害怕听到更不幸的消息。好一会儿，嘉和才说:“什么都没找到。”

叶子轻轻拍着胸，说:“我们这里也是。”

昨天夜里，羊坝头和马坡巷的杭家都遭到突击的抄家，查问得放的下落，第二天一大早得茶就赶了回来。嘉和很奇怪，他已经好多天没见到这个大孙子了。得茶仿佛比他还了解这次抄家，带上爷爷就往马坡巷走。嘉和问他怎么知道家里发生的事情的，得茶摇摇头不回答。他没法告诉爷爷，抄家一开始，吴坤就通知他了，而一结束，吴坤也打电话把这个消息告诉他了，他说他是守信用的，实事求是的，杭得放现在的确已经是反动传单的重要嫌疑人了。他的文章不但攻击他吴坤，还攻击“文化大革命”，性质已经变了。虽然这一次他们什么也没有抄出来，但证据是最容易找到的。吴坤还在电话那头为自己辩解说:“你别以为我在火上加油，我什么话也没有多说。而且你看，行动一结束，我第一个就把消息捅给你，我是守信用的。”他再一次强调。

实际上，前不久在花木深房里，杭得茶和杭得放已经进行过一次长谈。得荼先关上了门窗，拉上窗帘，然后掀开床单，从床底拖出他连夜从假山下地下室里搬出来的油印机，还有没散发出去的传单。得放吃惊地看着大哥，问："谁告诉你的?"

"用得着谁告诉吗? 还有没有了，清点一下，立刻处理了。"

得放本来想告诉他布朗带走了一部分，想了想，到底还是没有说。就见大哥拖出一个铁脸盆，一张一张地往那里面扔点着火的传单。得放蹲下来，拉住大哥的手，生气地说："你干什么，我又不是写反动标语，你干吗吓成这样?"

得荼一边盯着那些小小的火团从燃烧到熄灭，一边说："我知道你想干什么，可别人不知道。"

"我就不能发表一些自己的见解吗? 人家的大字报不是满天飞吗?"

"你的文章我都看过了，你多次引用马克思的怀疑精神，以此与同样是马克思的造反精神做比较。这种危险的政治游戏到此可以停止了。"

"你没有理由扼杀我的思考。我好不容易有了一点自己的思想，想用自己的头脑说一点自己的话，就像当年的毛主席和他的同学办《湘江评论》时一样。难道让一切都在真理的法庭上经过检验，不是马克思主义的精神来源吗?"

小小的火团不时映到他眉间的那粒红痣上，使他看上去那么英俊，充满生机。得荼说："看来这一段时间你开始读书了。"

"从妈妈去世之后我就开始读书，从北京回来后我就更加想多读一点书。我正在通读马列全集。"

"你在冒天下之大不韪啊。"

"我不明白你的意思。"

"你可以读书,可以思考,但你不应该要求对话,更不能抗议。"

"我没有抗议,我拥护科学社会主义,拥护马克思主义,我也不反对这场'文化大革命'。可是我反对唯出身论,反对文攻武卫——"

"你知道这是谁提出来的——"

"反正不是毛主席提的!"

得荼站了起来,真想给这个固执的早熟的弟弟一掌,让他清醒清醒。可是他又能够说什么呢?不是他自己已经陷进去,而是整个国家、整个民族,都在没有思想准备的情况下陷了进去,行动风驰电掣,思想被远远地甩在后面。而得放,刚刚发现了一点属于自己的思想萌芽,就急于发言。这里有多少是少年意气,又有多少依然属于盲动呢?所有这些话,几乎都是只可意会不可言传的,他只能语重心长地交代弟弟,不要再继续干下去了,更不要把别人也扯进去。但得放显然误解了他的话,他轻蔑地说:"你放心,我不会把你扯进去的。我知道你现在和过去完全不一样了。"

脸盆里的余火全部熄灭了,两兄弟站在这堆灰烬前,他们痛苦地发现革命在他们兄弟之间发生的作用——革命的最伟大的口号,是让全世界无产者联合起来,结果革命不但没有使他们兄弟融合,反而使他们分裂了。

此刻,得荼皱着眉头问:"得放不在家?"见叶子摇头,就说:"奶奶你在巷口守着,暂时别让得放回家。他要来了,让他在巷口等我。按理他今天一定要来的。"

叶子听得眉毛都挑了起来,拉着得荼的袖子,问:"怎么回事啊,布朗跑掉了,现在又不让得放进家门,你们都跑光了,我这个老太婆还活着干什么?”

老人在受难,新人在出生,年轻人在逃亡。通过得荼和小布朗的秘密安排,得放潜入了杭州东南方向的崇山峻岭之中。

天台山,山有八重,四面如一,当斗牛之分,上应台宿,故曰天台。从地图上看,它位于浙江东南,南接括苍,西连四明,跨天台、新昌、宁海、奉化、鄞县,东北向入海,构成舟山群岛,它那西南与东北的走向,亦成了钱塘江、甬江和灵江的分水岭。唐代诗僧灵澈诗云:“天台众峰外,华顶当寒空。有时半不见,崔嵬在云中。”20世纪60年代初,天台主峰华顶来了一群杭州知青,建起了林场和茶场。后来秩序不再,这里有许多人下山了,留着几个守林人和一些空房子,布朗一到这里,就和得荼取得了秘密联系,现在他再也不敢乱说乱动了,他得成为他们杭家人的坚强后盾。

得放由得荼陪着来此山中。得荼这样做,自然是违反纪律。得放还阻止过他,说:“吴坤正愁抓不到你的把柄呢。”得荼摇摇头,他突然觉得那些事情的可笑,他要回到他的茶上去。很久以来他就心仪此山,不仅因为山中有国清寺,还因为日僧最澄与荣西都来此山留学,茶之东渡,有赖此山。他要重新捡起他的学问,就从现在开始。只是他不曾想到,第一次访天台,他会以送一个落难者为由罢了。

国清寺在天台山南麓,得荼他们一路上来,过寒拾亭,就坐在丰干桥头休息。这丰干,还有寒山、拾得,都是唐代国清寺的高僧,桥却是宋时的古迹,菩萨保佑,古刹建在山中,小将们砸城里的“四旧”一时忙不过来,这里的“四旧”成了漏网之鱼被留下来了。得荼一行坐在桥头,见此时寺门已封,陪他们一起来的那个金华采花少女的表哥,名叫小释的林场青工,开了一句玩笑,说:“去占个卦看看我们还能不能反过来。”

布朗看看得放,说:“占什么卦?和尚尼姑都没有了,他们连自己的命都占不过来呢。”

想必他们三人都想到了砸灵隐寺的事情。得放就有些不好意思,换了个话题,打听这国清寺的年代。得荼善解人意,正要回答,便又被那小释抢了先,说:“国清寺是天台宗的根本道场,早就有了。”

布朗大大咧咧地问:“我怎没听说过?”

小释一下子就说不出来了,只道那国清寺的开山祖庭智者禅师是北齐名僧慧思的弟子,据说离现在已经有一千多年了。那年他入天台山,过石桥,见了一个老和尚对他说,山下有皇太子基,可以造寺院。智者就问他,现在连造个草房都那么难,怎么可能造成那么大的寺院呢?那老和尚说,现在还造不成,要到三国统一之后,自有贵人来造。还说,寺若成,国即清。后来果然就跟老和尚说的一样,这个寺院就叫国清寺了。

听了这样的半传说半史话,大家就看着得荼。得荼不想说话也不行了:“北齐啊,550年到577年嘛,三国也不是魏蜀吴,是北齐、北周和南陈吧,小释你说是不是?”小释连连摇手说:“我可不知道那么多,杭老师听你的,那贵人是谁呢?”“贵人是谁你真不知道?”得荼已经看出来了,这小释有一种出家人的举止,必是国清寺还俗的和尚无疑了。他怎么会不知道贵人呢,贵人不就是那隋炀帝杨广吗？传说那年杨广在江都生病，智者带着天台茶为他看病，茶才这样传到了北方各地，所以才有释皎然的“丹丘羽人轻玉食，采茶饮之生羽翼”之说嘛。杨广继位之后，这才在天台山建了天台寺，后称国清寺，一时香火鼎盛，僧侣达四千多人呢。

听罢此言，布朗长叹一声：“也不知道贵人会不会救我们一把呢？”

得放立刻反驳：“什么贵人，那是皇帝，我们会有皇帝来救吗？彻底的唯物主义是不相信任何神秘力量的。从来就没有什么救世主，也不靠神仙皇帝！”

布朗吓了一跳，他惶恐地看了看得茶，说：“皇帝是没有的，贵人怎么会没有呢？有一首歌不是这样唱的吗——桂花儿开在桂石崖哎，桂花要等贵人来……贵人就是毛主席嘛！”

“毛主席是人民领袖，但不能把他当神仙皇帝，也不是什么贵人，我反对把毛主席庸俗化！”得放一根筋似的照自己的思路说话，他平时对爱光也是这样说的，便以为别人也会像爱光那样崇拜他。无奈布朗听不懂这个，也不感兴趣。

得茶不想听他们两个风马牛不相及地扯这个危险的话题，便指指桥头一块碑，说：“小释，这块碑上写的东西倒是有点意思：一行到此水西流。一行就是那个僧人数学家吧，为什么他一到这里，水就西流呢？”

小释见那两个人争论，真是一头雾水，倒是这个郁郁寡欢的杭老师有点禅意，这时候得茶不介入他们的话题，却问这么一句话，就像赵州禅师说“吃茶去”一样。他心里赞许着杭老师，但要他说有关此地古物的更深的事理，他是说不出的。他只好老老实实地回答说："我只晓得，当年有个会算数的禅师，听到寺院里的算盘珠子自己簌簌簌地响了起来，就说，今天要来一个弟子，让我算一算他什么时候到。一算，禅师就明白了，又说，门前水西流，我的弟子就要到了。果然，不一会儿，水西流了，一行大师就到了。"

得茶站起来，借这件机缘巧合的事对二位说："可见有些事情是没有道理可讲的。桥下的水明明是向东流的，怎么突然就朝西流了呢？你怎么想也想不通，但这是一个客观事实。所有的推理和逻辑在事实面前就止步不前了。是先承认推理和逻辑，还是先承认事实呢？好了，你们再坐一会儿，我到前面看一看，立刻就回来的。你们不要动了，休息好，这里的山，够你们爬上一天的呢。"这么说着，就朝国清寺大门走去。

得放是明白人，知道大哥这就是在回答他们的问题了。但他们还是听不太明白。得茶自己也不太说得清楚。但是他刚才坐在丰干桥头望着这块碑时，心里确实动了一动，他被这条碑文的口气吸引住了：一行到此水西流！这是一种斩钉截铁的口气。从前他听人说到义玄禅师为了让众僧凝聚精气神，有"逢祖杀祖、逢佛杀佛"一喝，这种毋庸置疑的断喝在这条碑文上体现出来了。其实，一行到此时，恰遇北山大雨，东山涧水猛涨，千转百回，奔流湍急，出口处一时无法倾吐，就向西山涧夺道而流，"水西流"遂为事实。在此，水西流是第一性的，是源头，是以此发生作为后来事物的印证的。如果一切逻辑推理最后得出了水没有西流，那不是水西流的错，因为水依然西流，那是逻辑和推理的错误。比如领袖与万岁的关系……杭得茶惊愕地站住了，灵魂像一大片无边无际的荒野，因为无人走过，里面生满了荆棘，他站在它面前，心中升起了从未有过的豪气和恐惧。

小释跟在得荼身后，他是个饶舌的精力过剩的言语夸张的乖巧后生，一路指着那遥遥相望的寺院大门，热情地当着解说员："杭老师，我看你这个人真是有慧根，你说的话也句句含机锋。别人就不问水西流，就你问到了。杭老师现在我告诉你，水向西流是一句，还有一句叫门朝东开，你看这寺院的大门是不是朝东开啊。杭老师你知道不知道门为什么朝东开啊？"

"是紫气东来吧。"得荼随便答了一句。小释一下子愣在了大门口，说："你怎么知道？"

小释说这句话的时候，得荼也微微愣住了，他看见那上了封条的朝东开的大门上，端端正正地贴着一张大通缉令，得放的相片赫然其上。他从来也没有想到，狂热的革命者得放，一旦扮演一个在逃犯的角色，看上去也会那么像！这像是当头一声棒喝：原来要成为一个阶级敌人，是这么简单的一件事情啊！

小释一边趴在门缝上看寺内，一边说："也不知道那株隋梅怎么样了。那是全中国最老最老的一株梅树，有一千多年了呢。"一边说着，一边不动声色地就把那张通缉令扯了下来。

陪着得荼他们上山的时候，小释一路上想必是为了宽得荼他们的心，说的都是山中人语，还扳着手指头把天台八景数了一个遍：赤城栖霞、双涧回澜、石梁飞瀑、寒岩夕照、桃源春晓、琼台夜月、清溪落雁、螺溪钓艇。登到一峭壁断崖之处，但见草木盘桓其上，瀑布飞泉间担有一石，悬空挑起，上书"石梁飞瀑"四字，千丈瀑布自上而跌，一路飞泻而下。众人见了惊呼起来，那小释说："这就是八景中的‘石梁飞瀑’一景啊，这镌在石梁上的四个字还是康有为写的呢。”

得放问：“怎么红卫兵没来把它当‘四旧’炸了？”

“这是天地造化，鬼斧神工，想炸，那么容易？！”小释回答。

此时的得放，倒有兴味想起他学过的知识，便考据说：“你们看，这里的山体由流纹岩、凝灰岩和花岗岩构成，因为是节理发育，所以经世代侵蚀之后，才会形成这样的地貌。我说得没错，出来之前专门叫爱光找了本地理书看的。”

杭家几个年轻人一边说着，一边坐下来休息。又问那小释，还有什么风光可说的。那小释倒像是此处老农似的回答：“天台山的风光，哪里是一天两天走得完说得尽的。光那山下你们走过的国清寺，就够说上几天几夜的了。还有一个叫‘太白莹’的地方，传说那是李白读书和创作的‘天台晓望’处。又有个右军墨池，据说是王羲之草书《黄庭经》的地方。还有个地方叫‘归云洞’，你们过一会儿再上去就能看到的。那里的茶特别好，有两句诗专门讲这个的，叫作‘雾浮华顶托彩霞，归云洞口茗奇佳’。从归云洞再往上爬，就到山顶的‘拜经台’了。站在那上面，往东是东海，往北，还看得见杭州湾呢。”

这小释懂得那么多，真让得茶吃惊，布朗指着他说：“我怎么来这么多天了，还不知道你说的这些？”

小释道：“你也没杭老师那么有兴趣问我啊。”

得茶看出来小释还想当诲人不倦的老师，便有心问：“我没来过这里，不过看史书上记着，说是葛玄在华顶上开辟茶圃，现在还能找到吗？”

那小释就惊奇地看着得茶说:“你连这里有葛玄的茶圃都知道啊。人家都说归云洞口的那些茶树上千年了,就是葛玄种的呢。听我师父说,这个葛玄是一千多年前的人呢,那么这些茶树就是一千多年的树了,跟山下寺里的隋梅年纪一样大的了。”

“真要是葛玄种的,那就比隋梅年纪还大了。葛玄是三国时期的道士,我们杭州不是有座葛岭吗,那是纪念抱朴子葛洪的,葛玄是葛洪的祖父辈,距今一千八百年了。”

“噢,茶还能长那么多年哪,那还不成了茶树精了?”

“从茶的生物学年龄来看,它就是一种长寿植物。短的也有几十年;长的,上百年上千年的都有,并不奇怪的。这里的华顶云雾茶非常有名呢,到山顶喝茶去吧。”得茶淡淡地说着,站了起来招呼大家快走,他发现山里的气温的确很低。刚进山时有人就交代过他们,说华顶山上无六月,冬来阵风便下雪。现在已经入秋了,他们刚才汗出得前胸后背都贴住,这时却觉得凉飕飕的有些扛不住了。

要是几年前能够到天台山国清寺来一趟,杭得茶的心情会和今日有天壤之别吧。那时他还想就日本国与中国茶事活动的渊源关系专门写一篇论文,非常想亲自走一走当年日本高僧最澄走过的地方。9世纪初,最澄到国清寺学佛,回国后开创日本天台宗。第二年其弟子空海再来天台,他们都带回了茶籽播种在日本本土。宋代日僧荣西再来东土,到天台万年寺学佛,回国后撰《吃茶养生记》,开篇便说:茶者,养生之仙药也,延寿之妙术也;山谷生之,其地神灵也;人伦采之,其人长命也。天竺、唐人均贵重之,我朝日本酷爱矣。得荼当时还有心情注意到荣西关于佛理与茶理之间那种特殊的观照。按照佛教之理,荣西在书中论证五脏的协调——心、肝、脾、肺、肾的协调,乃是生命之本,同五脏对应的五味,则有苦、酸、辣、甜、咸。心乃五脏之核心,茶乃苦味之核心,而苦味又是诸味中的最上者。因此,心脏,也就是精神是最宜于苦味的。这些书本上轻轻松松接收到的东西,现在重新感受,却完全不一样了。

那小释一边跟着得荼他们走,一边悄悄地问得荼:"杭老师,你知道的东西怎么那么多啊?"得荼想着自己的心事,漫不经心地回答说:"你是说我知道茶吧?你知道的也不比我少嘛。再说,我本来研究的就是这个,专业嘛。"

"我也是专业啊,"小释突然兴奋起来,贴着得荼耳根,"茶禅一味啊,我在寺里就是专门侍弄茶的。"

得荼的细长眼睛睁大了,目光一亮,小释不说,他是不会问他的。

"你是山下国清寺还俗的吧?"

"也不叫还俗。运动一来,还也得还,不还也得还,我们国清寺的师兄师弟都被赶跑了。我不走,就到山上茶场里等着。"

"等什么?"

"等着有一天再回寺啊!"小释自信心十足地回答。

得荼站住了,问:"你怎么知道你还能回寺?"

"杭老师,你怎么啦?你不是读书人吗,你怎么也问我这个?书上不是都写着吗?历朝历代,种种劫难,反正总是要轮回的啊。没有毁寺,哪里来的建寺啊?哪里会总是这样下去呢?阿弥陀佛,你不是也要回去教书的吗?”

得荼真没想得那么远,他甚至有点吃惊了,问道:“你怎么知道我要回去教书呢?”

小释得意地说:“猜猜也猜出来了,你不回去教书,你跑到山里头来干什么?你不好在城里头搞运动啊。我看出来了,你要是出家,肯定是个高僧。”

得荼想了想,说:“我永远也不会出家。”

“为什么?你有家吗?如果你有妻儿,你可以在家当居士啊。”

“我也不当居士。”

“啊,我知道了,你有女人,破不了执。”小释得意地说。

登至华顶,天已傍黑,人们将歇下来。听山风阵阵,心中便有些戚戚。刚从杭州城跑出来的时候,一心只想有一个安全的地方藏身,现在这个地方算是安全了吧,不知怎么地却开始想念起不安全的杭州城来。小释帮他们一个个安顿好,又跑去烧水,一会儿开水上来了,每人冲了一碗茶。得放便问得荼,这是不是他刚才说的云雾茶。得荼到底没有爷爷的那点功底,他只听爷爷说过,好茶未必都是明前茶,比如华顶茶,便是谷雨后立夏前采摘细嫩芽叶制成的,但他自己也没有看到过,更不要说是尝了。现在看到大粗碗底躺着的这种山中野茶,条索细紧弯曲,芽毫壮实显露,色泽绿翠有神,一股热水冲下去,香气就泛了上来,尝一口,还真是滋味鲜醇。虽如此,还是不敢妄加断语,眼睛就看着小释。那小释真是个机灵的人儿,想必在国清寺时也是个称职的茶僧,一边给各位倒茶,一边就口占诗一首:“江南风致说僧家,石山清香竹里茶。法藏名僧知更好,香烟茶晕满袈裟。各位现在喝的,正是华顶云雾茶。”

杭家人虽然“茶”字挂在口上,其实这些年来,和大家一样,也喝不到什么名贵茶,爬了这一日的山,口又渴了,如今一碗下去,真是醍醐灌顶,琼浆玉液一般,纷纷只道“好茶”二字。得茶头上密密的汗出来,心里却一下子清了许多,坐在床板一头,说:“可惜过了炒茶的季节,否则真是要好好看看你们是怎么样制作这茶的,比之龙井茶真有另一番特色。”

“这有什么难的,我跟你一讲你就明白了。鲜叶摊放,下锅杀青,再摊凉,用扇子扇水汽,再揉,再烘,再摊凉,再扇,再锅炒,再摊凉,再炒,再干,再摊凉,再藏。”

小释说得快,大家又不是真正懂制茶的,满耳朵听去都是摊凉。就有人笑说:“这茶可真是够热的,只管摊凉。”小释却一本正经地说:“这就叫水里火里去得,热里冷里经得嘛。没有这番功夫,哪里来的好茶。做人也是一样的,也是要摊凉的,你们这会儿不是正在摊凉吗?”

各位端着茶的,正喝得起劲,听了这小释一番话,竟然都如中了机锋一般,有些愣怔起来了。得茶便到屋外茶园去领略天风。小释跟着出来问道:“杭老师怎么还不休息啊?”得茶笑了笑说:“爆炒那么多天,我正要好好地摊凉摊凉呢。”

华顶山头,旧有茶园二百多亩,还分了两千多块地方。又因为山头坡度大,茶园多建筑石坎,成梯形茶园,有的还在那梯级上种粮食,只在坎边种茶树,称为坎边茶。别小看这坎边茶,每年每蓬大的可采五斤,小的也可采一两斤。茶园的周围,都种植着高大茂密的柳树、金钱松、短叶松和天目杜鹃、沙萝树，还有野生的箭竹和箬竹等，它们形成了一道挡风避风的天然屏障，是茶树生长的阳崖阴林的又一个极好的例证。小释告诉得茶，从前这里是有许多个精巧的茅棚的，每个茅棚里都住着一两个寺僧，专门管理附近的一两片茶园。现在，这些茅棚都没有了。

得茶问他，是不是一个也没有了，小释有些黯然地说："反正我没有看到过。我也没有在那些茅棚里住过。"

他突然说："小释，我托你一件事情好不好？"

小释说："杭老师有慧根，只管吩咐。"

得茶说："这件事情并不难办，别让我弟弟看到刚才的通缉令。"

小释想了想说："知道了。"

不知什么时候，小布朗已经守在他的身边，他们两人谈了很久。得茶把许多话都告诉他了，包括通缉令的事情，包括他回去后可能会遭遇的境况。很有可能他会被隔离审查，这还是轻的，不过更严重的后果他也已经考虑到了。他希望他能够照顾好得放——他太年轻气盛，没有韬晦，但他纯洁，正直，他相信得放绝不是什么反革命。躲过了这一阵子就好了，关键是要把这一关躲过去。拜托你了，表叔，你虽和我年龄一般大，可你是我的长辈。你自己也在逃亡当中，不过你没有被通缉，再说你的生存能力比得放强，你有你的大茶树，不是吗？你比我们都强，因为我们没有大茶树下的故乡。

小布朗按着心口说："我的大茶树，不就是你的大茶树啊！"

两人就无言了，再从山头放眼，又有一番景象，真如史书记录的那样:东望沧海,少晴多晦,夏犹积雪,自下望之,若莲花之萼,亭亭独秀。坎边茶倔强地生在石岩山土之中,在暮色中就像修行打坐的老和尚。得荼想起了他还曾经记录着的一首有关天台茶的诗:“天台六十五茅蓬,总在悬崖绝涧中。落尽山花人不见,白云堆里一声钟。”现在他就站在华顶,白云就在脚下,但他听不到钟声。他命运的钟声喑哑了。城里的亲人哪,我必须回到你们的身边,我还要尽我的责任哪。

小学应届毕业生杭迎霜,已经将近有大半年离校逃学。家里的灾难,一波又一波就没有停过,甚至连她这样敏感的小姑娘,都被灾难整麻木了。虽然如此,初冬的早晨,在西湖边法国大梧桐树上看到那张大大的通缉令,看到通缉令上哥哥得放的相片,迎霜还是差不多吓昏过去了。她一把抱住树身,想用自己的身体遮住通缉令,抬头一看,哥哥还在她眼睛上头,他的熟悉的大眼睛,他的英姿焕发的眉间一痣,依然向她发着特有的光芒。他微微抿着的嘴唇里发出的声音,只有小妹妹一个人听到了,他正在问她:“小妹妹,除了加加林,谁能记住那第二个进入太空的人?”

胆小如鼠的迎霜,偶尔却会冒出一些胆大包天的念头。她一只眼盯着通缉令,一只眼盯着湖边人行道上来来往往的行人,天知道她怎么昏头昏脑地一跳,扯下了那张通缉令,三叠两叠地就塞进了裤子口袋。至少有十个人看到了她出其不意的反动之举,他们张大着嘴,被这种光天化日之下的无法无天惊得目瞪口呆。还没等他们开口叫出声,迎霜已经跳上了一辆公共汽车,扬长而去。一队游行队伍恰巧过来,人们的目光就被新的节目吸引,声音也被新的口号掩盖。这一次是庆祝什么？噢，是庆祝郊县的一次武斗胜利。战斗发生在三国东吴领袖孙权的故里。一千多年前他们就爱打仗，现在这传统被再一次光荣地继承了。

在一片“打倒”和“万岁”交错沉浮的口号声中，小姑娘迎霜立在车厢里，一只手抓车把，一只手捂住那通缉令，她吓得灵魂出窍，眼神涣散，几乎昏倒。她不知道自己是怎么下的车，下到了哪一个车站，走进了哪一扇大门，推开了哪一间屋子的窗。李平水正坐在窗前发愣，突然窗子打开了，一张面色苍白满脸汗水的小姑娘的脸出现在他面前。他惊讶且疲倦地站了起来，问：“迎霜你怎么来了？快进来。”

迎霜摇摇头表示自己不进这个门，李平水突然明白了，说：“进来吧，她不在。”但仿佛已经吓破了胆的小姑娘还是不进来，李平水叹了一口气走出门去，一边搂着那小姑娘的肩，把她往里推，一边说：“你放心，她不会再来了，我们刚刚办完离婚手续。”

李平水这些日子，和他们杭家人，真算得上是同死落棺材，倒霉在一起了。

迎霜来之前，李平水刚刚和采茶办完了离婚手续，采茶开了一辆车来搬她的东西。她指挥这个指挥那个，搬这搬那的，眼睛尖得很。整个过程中李平水就坐在桌旁那张椅子上，背对着他们这群强盗坯。他一点也不生翁采茶的气，只是纳闷，从认识到结婚再到离婚，不到一年，这女人从开头到结尾完全不一样。究竟她生来就是一个强盗婆呢，还是这不到一年的时间内才变成了一个强盗婆？她那又愚蠢又庄严的样子，让人看了哭笑不得。他不愿意再去想她。但她还是不放过他，临走时高喝一声："李平水，你来看看，我还欠了你什么？"

李平水回过头来一看，好哇，清汤寡水的一个家，比他单身时更加家徒四壁。他没意见，只要她肯离开他，就是他天大的造化。此刻，她正用苦大仇深的铁钉般的目光盯着他，像是要把他钉在历史的耻辱柱上。也不知为什么，他突然微微地笑了，他说："很好，你走吧。"

哪怕翁采茶已经被吴坤的迷魂汤灌得失了本性，这微微的一笑，还是让她心里一动。然而也就到此为止了，她不会也没能力让这心再继续动下去的，她哼了一声，昂首阔步，飒爽英姿，就此一刀两断。

遵照李平水的嘱咐，迎霜记住了不要把得放哥哥被通缉这件事情，告诉家中的长辈。一切都变了，大爷爷的地位也改变了。单位里的人，不再像从前那样把他当作烈士家属看待了，现在他是接近于反革命家属了。革委会里好几次把他叫去要他说出他那个侄孙的下落，陪斗也有过好几次了。

奶奶的日子更不好过，居民区三天两头把叶子弄去，要她说清楚她和日本鬼子的关系。也不知怎么回事，每一次叶子被召去，会议到的人都特别齐。说起来也都是几十年的老邻居了，但运动一来，骤然又陌生了，大家看着她就像是看西洋景。她怎么到的杭州，怎么先嫁的嘉平后嫁的嘉和，真是打破砂锅问到底，一遍又一遍，永远也不厌烦。每次叶子还没有到现场，老远就听到这些放了半大脚的老太婆津津有味地肆无忌惮地扳着手指头，老大啊老二啊谁先谁后啊说个不停。等她终于受尽侮辱出来之后,门口总也会围着一群看热闹的男女,仿佛她是那种秘密从良的妓女,运动一来,底牌翻出,洋相出尽。

批斗就批斗,坐牢就坐牢,这也罢了。但现在就像钝刀子杀人。对他人隐私的热衷夹杂在高昂的批判运动中,就像味精撒在了小菜中。随着运动的无休无止,叶子的位置也越来越颠倒。她本来是作料,最后却成了主菜。时间长了,有人甚至奇怪叶子怎么还不自杀。居民区里已经有好几个差不多问题的女人自杀了。叶子比她们的事情都要复杂,她却不自杀,还每天去买菜。日本佬儿,到底心凶命硬,你看他们杭家被她克成了什么样子。革命的老太婆们咬着耳朵散布着迷信,看着她那踽踽独行的背影说。

迎霜从李平水处回家,在弄堂口碰到油墩儿西施董笑花。她也被揪出来了,不让她管电话了,让她天天扫弄堂,她倒不在乎,扫就扫吧,她也就重新从董卫红回到了董笑花。那么多人见了叶子都不敢说话了,就她见了还喊:"杭师母,买菜啊。"这会儿看到了迎霜,她也不避讳,叫着说:"哎呀,迎霜你怎么才回来?你奶奶发病了,爷爷刚刚把她送到医院里去呢。"

迎霜急得耳朵就嗡嗡地响了起来,就在弄堂口跺着脚叫:"笑花阿姨啊,我奶奶生的什么病啊?昨天她去菜场,回来我就看她不好了呢,她生的什么病啊?到哪家医院去了啊?笑花阿姨,我爷爷留下什么话了吗?"

董笑花看迎霜急成这样,说爷爷只让她乖乖在家等着。笑花让她赶快回家看看,也许家里会留下字条什么的。迎霜急忙回到家里,到奶奶床头乱翻一阵,什么也没翻出来,正急得要哭呢,枕头底下突然飞出半张纸来。迎霜看了眼睛都发直了,那不是刚才她留在平水哥哥家里的通缉令吗?怎么奶奶的枕头底下也会冒出来呢?得放哥哥的脸上还有泪痕呢,迎霜明白了奶奶为什么昨日回来就生病了。"奶奶啊……"迎霜捧着那张扯成了小半张的通缉令,泪水又叠到泪水上去了。

第二十五章

那年早春，走到哪里人们都在画葵花。少女们手里举着两朵绸制的大葵花，一路唱着：长江滚滚向东方，葵花朵朵向太阳……

但依旧什么都得凭票，买茶叶末都得排队。市民都在人行道上摆市面，买茶队伍排得几里长，马路上，迎接大会召开的歌舞队也排得几里长。两条并排的长龙相互对看，谁也不干扰谁。

羊坝头凭证购买的茶叶店，正是杭家从前的忘忧茶庄，先是公私合营，后为国营商店，一路改了许多名字，最后成了红光茶叶商店。白天依稀还能看到一些天光的杭嘉和，多年来第一次到他自己从前开的茶庄去排队买茶。

有人叫他，他凭感觉猜到，是军人李平水。他是特意来向他们告别的。

刚知道转业的消息时，李平水首先想告知的，便是那个名叫迎霜的小姑娘。他倒也没有认真想过这是一份怎么样的情谊，只觉得迎霜就是杭家，而杭家与他的个人感情，堪称患难之交。这么想着，信步就到了羊坝头。闻道迎霜不在家，心里却有些失落，出得门来，意外看见爷爷嘉和，两人便一边排队一边聊天。嘉和不好多讲自家事，转了话题，对即将脱下军装的李平水说："平水是个好地方，刘大白就是平水人。"

李平水很兴奋,说:“大爷爷你也知道刘大白?他和我爷爷年轻时就认识,很有名气的呢。”

“我也认识他啊,我的老师,写《卖布谣》的,中国最早的白话诗——嫂嫂织布,哥哥卖布。卖布买米,有饭落肚;嫂嫂织布,哥哥卖布。弟弟裤破,没布补裤……”

李平水兴奋了,这可是他从小跟着老人学的童谣:“……土布粗,洋布细。洋布便宜,财主欢喜。土布没人要,饿倒哥哥嫂嫂!……”

“刘先生葬在灵隐,也不晓得坟有没有被挖掉。”嘉和今天话也多了,一时就转了话题:“你家肯定与茶有缘分,听你名字就琢磨出几分。”

李平水几乎要惊呼起来:“厉害厉害,我家祖上就是做平水珠茶的,平水珠茶以前很有名,大爷爷肯定听说过吧。”

嘉和点点头,那还用说,平水早在唐代就是茶叶加工贸易集散地了。元稹曾有文记载,说他去平水市,看到有人在“缮写模勒”他和白居易的诗作,问其故,答曰:“炫卖于市井,或持之以交酒茗者,处处皆是。”“缮写”即手抄,“模勒”即为雕版印刷。当时就已出现出版元稹和白居易的诗作,到市场上换酒茶的做法,可见当时饮茶之风有多盛,今人未必能比。

清代至民国,近三百年,诸暨、嵊县、余姚、天台等周边县市所产珠茶,多集中在平水精制加工、转运出口。故浙江所产珠茶在国际贸易中逐渐以“平水珠茶”为龙头。18世纪中期,平水珠茶在英国伦敦市场上的售价每磅高达十先令六便士,年出口量曾达一万吨,占浙江省茶叶出口量的一半左右。

而平水珠茶，则是由日铸茶发展而来的，陆游在他那首吟赞日铸茶的《安国院试茶》诗后注云：日铸则越茶矣，不团不饼，而曰炒青，曰苍鹰爪，则撮泡矣。

清代产生珠茶制法，成茶揉成一团，外形粒状，细圆紧结，宛如珍珠，故名珠茶。老底子，手炒一锅珠茶约需十几个小时，20世纪60年代开始，珠茶开始初制全程机械化，嘉和还与团队一起在那里试制过呢。

此刻他真的很想跟这位小伙子说说掌故，可转念一想，要这样的青年军人知道元白，恐怕不太可能。他们过去也没交谈过多少，那一天却东一句西一句说了不少。然后他们就突然都不吭声了，几乎同时，他们看到了正在马路舞蹈队为迎大会训练的迎霜。

杭迎霜个子一下子拔高了，奇怪的是她的脖子竟然也长出了一截，两条细胳膊正在严肃地挥着那纸向日葵，有时，随着音乐向前伸两只胳膊，有时向后飞上一条腿。她看上去就是那种跳主角的人物，一群少女总是围着她转。她是葵花心子，而她们只是葵花叶。李平水克制着自己内心的激动，他很想叫她一声，但他知道那样是不妥的。他又希望她能够看到他，因此站着不动，等着她向他一步步地舞来。她果然和她的队友们舞过来了，但她没有看到他，她专心致志地飞了过去。李平水很失望，他呆呆地看着姑娘远去的方向，刚要转身，突然看到那明眸皓齿向他飞快地一转，那粲然的一笑，便瞬息即逝了。

而此时杭州城重要的实权派人物吴坤，置国家重要使命不顾，单刀直入直奔狮峰山下老龙井胡公庙，这个曾藏着白夜的地方。

胡公庙龙井茶多,“四旧”倒不多,小将们跑到烟霞洞砸了一些石雕菩萨,有些累了,但还是未放过这胡公庙。只因门上写着四个大字“宋广福院”,院前又有十八棵御茶,故还是来了一批荷尔蒙爆棚之人,把大门也砸了半边,把那里面老龙井的龙头也给砸了,门前三角地带上的十八棵御茶被挖得七零八落,边挖边笑骂:“什么御茶,皇帝老儿的茶吗?皇帝老儿能种茶吗?”

庙中老师父跪在地上,合掌默念阿弥陀佛,老老实实地告诉他们,茶倒不是皇帝种的,但也不能说和皇帝一点也挨不上边,原来乾隆六下江南到杭州,倒是有四次来过这西湖茶区——骑马到狮子峰下,于石桥边勒缰下马,在溪边那块三角茶地采了茶叶,夹在书中,一骑红尘,差人送往京城,请皇太后品尝。因茶被书给夹扁了,从此龙井茶形扁;因乾隆亲手采过胡公庙前的茶,所以那些茶树被封为十八棵御茶。

小将们听了哈哈大笑,继续胡乱挖掘,倒是杭盼出来吓跑了他们——有人赶紧说这女人有肺病,得离远点。盼儿则说:“我乃在此养病之人,盖因圣地保佑人民,毛主席表扬过的古人葬在里面,此人名叫胡则,与范仲淹尝为同僚,他力仁政,宽刑狱,减赋税,除弊端,惠黎民,驾鹤西归后被请进庙堂,范仲淹给他写过墓志铭。毛主席说:‘胡则是北宋的一个清官,为人民做了很多好事,人民纪念他,所以香火长盛不衰。’”

闻毛主席的赞辞,红卫兵小将们肃然起敬,纷纷敬了不规则的礼后,仓皇离去。此后,一年到头竟然也没几个人来拜访,胡公庙被人扒了大门,显然算是被破过了“四旧”,庭前那两株宋梅,也就只管自己纷纷地且开且落,庙里的住家竟然就过上难得的清静日子。

如果不是白夜曾经避过难，谁还会来这里呢？此刻，吴坤独自上了山。他没有从大门进去，绕到了后山，这里有成片的本山龙井茶蓬，土质果然与众不同，吴坤抓起一把，想起他曾经听得荼说过，狮峰山一带的土壤，由西湖石英岩的残破积物和粉砂岩、粉砂质泥岩风化而成的白砂土与黄土组成，所含的微量元素特别适宜茶叶优质品质的形成。他轻轻放开手掌，白砂土从手指中流向风吹的方向。

他是忌讳这胡公庙的，因此也就忌讳这狮峰山了。他少年时代的起步正是从这里开始的，真是量小非君子，无毒不丈夫啊。他狠狠地打了一个寒战，想起了爷爷吴升——天下最毒之“丈夫”，非吴升者莫属也。他当时不过一无知少年，哪里晓得人间险恶，哪里晓得差之毫厘失之千里，哪里晓得一失足成千古恨……

有时他会这么想，老狐狸精吴升本可以有许多途径来让这个曾蜗居胡公庙的特务儿子束手就擒，可他偏偏一把将孙子推了出去，让他亲临现场抓捕亲人。吴坤直到今天才真正明白了，他真不是杭家人，他不可能像杭汉那样，小小年纪一把抃死了汉奸舅舅，没有负担地迎接光明。他做不到，并非他对特务叔叔有什么感情，大错特错，他极其讨厌这个给他一生带来深刻阴影的吴家亲人，最好有别人来一枪毙了他，但不要是他吴坤。他受不了骨头缝里夹着一块这样的回忆，犹如骨刺时不时地刺激他一下。他不想用这样的手段走向光明，他知道这样对他是很阴暗不公的，因为他从来没有想过要去继承什么吴家的香火，一个茶铺子，又不是银行，有什么可继承的，却让他莫名其妙地成为下一个无毒不丈夫。

他被刺中了，眼前重新游移起那个既陌生又熟悉的身影，唯一让他不可思议的是她绰约身形不见了，他倏的一下蹲倒，一屁股坐在地上，茶树枝压得他大腿生疼。那些模糊不清的记忆再一次泛起，早就该翻遍了，没想到即便已到如此境地，亡灵白夜身上还有着控制他吴坤的力量。因为她，他总是会有所收敛。

她竟然还有力量转过身来，他看到了她明显隆起的腹部，她还是那么美丽，高傲，凉薄，如一片雪花那么冰冷，瞬息即逝。他无法想象一片大雪花将诞生一片小雪花，那是谁的孩子，谁的?！地狱之门嘣的一声打开，心底骤然蹿出了巨大的不可扼制的仇恨，然后和怜悯一起像两股大浪搅在了一起，击打着他不堪重负的心。他突然气得恶心想吐，眼冒金星，他盯着她，像盯着一个陌生人，他想推开她，他想拥抱她，他想永远不再看到这样的身形，他想永远黏在她身上，哪怕成为她的头发，她的指甲，她的呼吸——他要揪头发？劈耳光？扼脖子？然后像从前那样，一把抱住她的腿，跪下来痛哭流涕？或者不理睬她，扬长而去？他喃喃地几乎无望地自问：我为什么爱这样一个女人？

现在，那个女人别过脸去了，她并没有看到他，但她的面容出现了某种睥睨的神情。他判断，这厌恶并不是仅仅针对他吴坤的，那里面始终包括她对她自己的厌恶——一种可怕的对欲的厌恶，有许多时候，吴坤欣赏她的离经叛道。正是这些原因让她把事情做到不可收拾，把她和偷窥她的这个男人绑到了一起。

一股暖流缓缓地从被刺痛的腿部升起，他坐起，发出了哭泣的呻吟，毒蛇一般啮咬着他的恐惧和绝望，被生生忍耐住了，一种从未有过的舒缓感觉渐渐笼罩全身，然后他越来越松弛欣慰，甚至喜悦，良好的感觉冲上头顶，狂喜从天而降：原来是这样！原来是这样！他如失控的水银针，从顶端滑到谷底，几个来回之后，终于牢牢定在中间，他顿时又成为那个无毒不丈夫的爷爷吴升的知音！

他没有按照既定目标往下走入胡公庙，因为所有的实践证明，掌控那个他一生都想掌控的女人，完全是徒劳无益的，现在已经另有通途——晴空一鹤排云上，便引诗情到碧霄，所以他往“碧霄”上走了。大雪已停，天放晴了，吴坤站在山顶，满目茶山幽绿，他面色铁青冰冷，一脸胡子瞬间炸出似的，比他平时多出几分狰狞。面对群山雪峰、空旷无人的世界，呼吸着凛冽的仿佛接受过洗礼后的空气，在暗藏的生机之中，他活过来了。

狮峰山顶的茶蓬顶着尚未融化的雪毯，东一块西一块的，吴坤站在狮峰山顶，能够看见事茶农人的脚印，深深浅浅，伸向远方。那种狂怒之下的隐忍，隐忍之下的惶恐，惶恐之下的绝望，现在已经成功地稳定在狡黠的期待之中。他想，哪一串脚印是杭得荼的呢？让他永远消失在这条路上的定时炸弹，已经握在他手上了。

杭盼几乎在第一时间就得到了要保护胡公庙的指示，九溪奶奶从革委会得到的消息，因为这里有毛主席表扬过的先贤，谁动胡公庙，谁就是反对毛主席，谁反对毛主席当然就打倒谁。翁采茶来宣布这条指示时，门都没进，脚踩御茶园，盛气凌人地宣告了一遍，最后加了一句，没有毛主席，一万只脚踩在胡公庙，休想还生。毛主席万岁！一直跪在地上接受最高指示的老师父心念阿弥陀佛，嘴喊万岁，倒是相当协调。采茶刚走，避入后院老龙井潭边的曹家远就向盼儿建议，赶紧把杭家的曼生壶藏到这里来。董姨已经提醒多次,她那个造反派前夫已经扬言,要到杭家来抢曼生壶了。

杭家人里只有家远叫油墩儿西施董笑花为“董姨”,其余人要么什么也不叫,要么背后叫她名字或绰号,显然是受了婉罗姆妈的影响,只是现在连婉罗姆妈都急了,一直把曼生壶藏在她楼上镜屏轩床头。可那是比被贼人惦记还危险的事,真是要赶快转移了。

恰好这段时间方越在杭州,还有寄草,有这两员大将护卫嘉和,这事迫不及待。叶子本来还想建议要不要通知得荼,嘉和连连摇手,仔细关照他人:“杭家门里的男丁,几个小家伙一定要护好,一个得放,抓住要坐牢的;一个布朗,抓住说不定也要坐牢;一个得荼,要么做大官,要么坐大牢。还有一个忘忧在天荒坪山中,属于保护区的老虎,出来就麻烦。倒是方越属于死老虎,不用打了,所以安全。家远是披着虎皮的,里面是什么搞不清楚,中央有指示这种人不能动,所以也安全。”

婉罗靠在床上,边咳嗽边指着他说:“少爷还有你呢!”嘉和淡然一笑:“我是四不像,打不着的,婉罗姆妈放心。”

老了的杭嘉和,多了份冷幽默,倒也可亲,叶子不免叹息一声:“小撮着也老了,主要是怕他那个孙女搅事,力气活谁干啊。”

寄草搭搭胸口:“我啊,妇女能顶半爿天,寄草能顶一爿天。”杭家男女一时莞尔,迎霜突然开口:“要不要叫上李平水?”

顿时一片反对声:“迎霜你有毛病了,翁采茶看见怎么办?”倒是爷爷说了句公道话:“迎霜这个主意好。采茶是根本不会去龙井村的,她本是翁家山人,龙井村也无人认识李平水。再说采茶现在抢班夺权,已经在省府大楼里上班了,哪里还会管这种事情。”

大家都不明白,为什么一向谨慎的嘉和,这会儿突然胆子大出边了。倒是方越了解养父,说:“我们一堆人都从杭家门出,只有那个李平水和杭家没关系,多个朋友多条路。”方越一说,董笑花立刻欢天喜地地支持,被方越白了一眼她也不管,再次强调:“我真不是吓唬你们,现在没人要阿松的战斗队,嫌他带的人都是十八件,他那个姘头也不要他了,他现在三日两头要和我复婚。”

“那你还不赶紧回家,占着杭家茅坑当卧室,也不是事。”方越说。

董笑花倒过去白一眼说:“你懂什么,他真要来闹,还不先把杭家搜个遍,只有小将才那么傻,什么宝贝都拿来砸。阿松这帮子老甲鱼贼骨头,明偷暗抢不少从前大户人家的宝贝,就等着有朝一日出手发大财呢。”

迎霜眼睛又一亮说:“到时候让李平水穿上军装,谁也不敢冒犯解放军叔叔。”

寄草问:“小丫头懂什么。大哥,李平水靠得住吗?”

“靠得住。”嘉和说,“他们绍兴李家和我们杭家一样,世代做茶的,我们做西湖龙井,他们做平水珠茶。他做过我们杭家几回信使了,回回落地,我们是有缘的茶人。”

大家顿时就松了一口气,有缘,有缘,就是他了。

一家人陆续到达龙井村落晖坞,方越和家远都非得背杭嘉和上山,直接把嘉和搞生气了,这才让他手执拐杖,慢慢登攀。刚出院的叶子比他看上去健康,他依然一只手紧紧拉着她,像是向整座茶山公告:这个老太婆是我的,谁也不许抢。

那把曼生壶被几层厚布包着,由寄草抱在胸口,远看就像是她抱着个娃。她是个干什么都比人利索的女人,登山也比人快一步,方越跟在她身后,本是为了保护她,只是他经年挑粪,今日从八卦田溜出来,故一身污气,熏得寄草只想离他远一些,跑得气喘吁吁,方越却木知木觉,习以为常。

径直到了御茶园的寄草刚喘过一口气,就听迎霜问姑婆:"姑婆,你别说皇帝也有力气大的,种一株茶树就不省力,种十八株茶树还不累死。"

寄草就说:"哪里就真的是乾隆手里封的茶,不过是后人借了皇帝之名来抬高茶的身价罢了。若说它们都是'封资修',那么中国人只好从此闭口不喝茶了。"

见大家都没情绪响应她,寄草便对方越说:"别臭烘烘地站着说话,赶快到后面老龙井把自己冲一冲。"

方越终于笑了起来,他一直在等小姑的这句话呢。抗战时期,小姑带着他和忘忧,在天目山中避难,寄草就是他们的小妈妈。不这样说话,就不是她的寄草小姑了。

除了盼儿与家远这一对夫妻忠实地守在了御茶园门口,其余人都进了后园。那老龙井就在胡公庙后面,一泓深潭,生着年深日久的绿苔,伏其前,寒气扑面而来。明代张岱曾有记载,说此地的水是如何如何好,泉眼上方还刻有"老龙井"三字,早已被杂草盖了,经师父指点,众人才看出来的,师父说,这三个字是苏东坡写的。又指着嘉和说,此乃高人,由他指点。迎霜连忙说等等,李平水早到了,在白夜姐姐以前住的地方,她这就去把他叫出来。

李平水果然就在白夜曾经的房中,回想起与她的一次交谈。

那时听说李平水要转业了，白夜很抱歉地说："小李，我的事情影响你了吧。"李平水连连摇手说："怎么可能啊，从上到下都变了，谁陷进去都出不来，我这就属于大时代下一粒尘的命运，能回家种茶，算是烧高香了呢，你得祝贺我才是。"

"得荼啊，要是有你这点运气就好了。"

李平水连忙为得荼解释："得荼是最温和的了，我要是他，不知闹成什么样呢。马克思不是说过，人是社会关系的总和。我记得鲁迅也说过，谁也不可能拔着自己的头发上月亮，是这个意思吧？我没上大学就当兵了，没你们有学问。"

白夜看着李平水，下定决心要说些什么："平水，杭家人实在是太好了，好到我说不出口，真话。可是我想让你知道，我肚子里的孩子不是得荼的，也不是你在北京见到的谁的，也许……也许……"

"没有也许，你的宝宝只有一个父亲，他姓杭。"

"可以这样认为吗？"

"你可能还不知道吧，翁采茶很快就要和吴坤结婚了。"

"是这样啊……不是赵争争？"白夜松了口气，靠在了床上。

"物以类聚，人以群分，他们一路人，终归一条道。彻底忘掉，轻松。"他还没回忆完，就已经看到迎霜正站在小窗口向他打招呼，就此告别。

嘉和的一番溯古，杭家小辈方知此处的来龙去脉。原来这个地方，最早建在吴越国，又名龙井寺，还叫报国看经院。到熙宁十一年，北宋高僧辩才法师与众僧从上天竺寺来到狮子峰下落晖坞，这地方就叫寿圣院了。他的寺僧、弟子开始在寿圣院狮子峰山麓开山种茶,并把白云峰上的白云茶移栽到了这里。那时,苏东坡与辩才法师交往密切,经常在此品茶吟诗,曾留下"白云峰下两枪新,腻绿长鲜谷雨春"的诗句,他手书的"老龙井"三字,至今尚存狮子峰山脚的悬崖上,就是这里。

可惜此时的龙头已经身首异处,山岩上流下的泉水不再从龙嘴流出,直接淌入潭中。叶子叹了一声可惜,方越此时难得地来了一句机锋:"也不是真龙头,本来也就是后人仿制的嘛,泥中来,泥中去,倒也是物有所归。"

寄草却训他一句:"被你那么一说,你也不必挑着大粪还心想官窑了,制出来还不是等着被毁被埋。"

方越跷起大拇指:"我服小姑指点迷津。"

倒是李平水不解:"什么迷津,给我扫盲一下?"

方越说:"西绪福斯神话。"

"什么是西绪福斯神话?"

虽然迎霜亦不知西绪福斯神话之意——在西方语境中意味着"永无尽头而又徒劳无功的任务"——但她不想让李平水丢丑,赶紧转移话题:"爷爷,为什么这里又叫'宋广福院'呢?"

辩才和苏东坡都在北宋,南宋"寿圣院"就改叫"宋广福院"了。迎霜还是不满足啊,打破砂锅问到底:"那么这个胡公庙是哪里来的呢?"

传说西湖龙井狮峰山麓从前是有一座胡公庙,专门祭祀这个北宋兵部侍郎胡则的。盖因北宋年间,胡则在杭州做知州,正值龙井四周茶山虫灾,"拱拱虫"晚伏晨出,专吃茶树嫩叶,茶园被吃得只剩下一些枯干老叶。茶农悲唱这样一首茶歌：

> 龙井茶农想穿抖抖动(丝绸衣服)，
> 怕来怕去就怕拱拱虫(茶尺蠖害虫)，
> 拱拱虫，拱一拱，
> 龙井茶农要喝西北风。

胡则亲自前去察看灾情，安抚茶农，叫茶农用石灰粉撒在茶树根和茶蓬上。果然没有几天，拱拱虫都被消灭了。龙井茶农为了纪念胡知州此举，就在狮峰山麓为他建了生祠。到宝元二年，七十六岁的胡则在杭州吴山脚下十五奎巷寿终，就葬在这里的茶山上了。

直到光绪二年，胡则后代乡贤们找到胡公墓原址，集资在墓旁建造胡公庙。农历八月十三胡则生日这天，龙井村和四乡茶农都要到胡公庙赶庙会，以求免灾得福，来年茶叶丰收。所以，毛主席才说他“为官一任、造福一方”的。

当兵的李平水闻此言很是感动，当右派的杭方越听了，为了不让自己陷在一种自愧不如的情绪中，拿起铲子工作，就开始在老龙井旁十米开外的斜坡上挖了一个很深的洞。倒是迎霜又好奇，从木板箱里把装好的曼生壶又拿了出来，她要再看一次，这个宝贝为什么那么值钱。却看到了壶上的那行字：内清明，外直方，吾与尔偕藏。其实这行字，迎霜从小到大不知看了多少次，但从来没有去想象它的意思，这次，她还没张嘴，叶子便知晓孙女又想问壶的事情了，主动解释说：“陈曼生啊，是个杭州人，清朝的，他在江苏当过县长的啊,还会制壶。壶上呢,又篆字,又盖章,又雕画,又题诗。”

李平水接过话头说:“我晓得了,这把壶里面是干净的,外面样子是方的,我和你,一道把它藏起来。就好比我们现在这样。原来这把壶早就告诉我们要把它藏起来啊。”

方越一笑,继续干活,不知怎么跟李平水解释。还是爷爷开口说:“小李没说错啊。内清明,说的是我们的灵魂要干净敞亮;外直方,是说我们做人要有骨气,要硬气,要有节气。吾与尔偕藏嘛,我听听你们的?”

“爷爷,是我和你一起躲起来的意思吧?”

“那不成躲猫猫了?肯定不是,”李平水说,“是我把你藏起来。”

方越终于忍不住了,说:“藏是什么?藏就是隐,就是我和你一起喝茶当隐士。”

寄草拍了方越一下:“到底是小姑带出来的,差不多这个意思了,还差那么一点意思。这个隐士啊,不是两人同时各自去做,是两人相约着一起去做。大哥我说得对吗?”

“听你嫂子怎么说?”

“我吗,我真没想过。我想想啊……或许,就是内心的干净,外表的气节,这两样都不能少,都要同时聚集在一个人身上的。”

大家都停下手中的活,看着叶子,他们像是重新认识了一遍她。叶子却开始细细地打扫那个小坑,垫石块,木条,布纹,最后轻轻地把曼生壶放了进去,埋上土之后,又在那上面移种了一株新茶。在做这些的时候,他们中没有人再说过一句话。

直到活全部干完了,李平水朝旁边石壁旁的土层挖了一锄头,原本是完全无意的小动作,谁知挖出了一块板,上面都是青苔,里面是个不大的洞,洞里也有一个木盒,绝对是后来的人放进去的。木盒已经被水和泥搞成一块,上面也沾满了青苔。军人执行力一向就强,李平水就好奇地把木盒取了出来,他来回看,拨开青苔,发现木盒有缝,眯眼一看,心中有数了,二话不说直接跑进房中,想打开,嘉和不让,从李平水手中接过,眯着眼从木盒缝隙中看进去,说:“是个文件袋,有点烂了。”寄草轻声叫起来:“我想起来了,肯定是当年特务藏在这里的。”话音未落,李平水轻轻一掰,木盒如纸盒一样碎开了,一个牛皮纸的文件袋掉了出来,落到地上,松开了,一堆纸片和图片滑出。方越一边蹲下一张张收拾,一边小声地说:“这是个技术活儿,你们千万别碰我,别咳嗽,别打喷嚏,别开门,别开窗……”

嘉和招呼着李平水:“小李,白夜房里可能有照相机,我记得你会拍照。”

“当然,有胶卷吗?”

“三十六张,全的,你小心,别浪费了。”

“我要镊子。”方越说,“这张照片像是罗力姑夫。你看,小姑你看,是不是,反面有字,GFTWXY,什么意思?”

迎霜跟猜字谜似的第一个猜了出来:“共匪特务嫌疑!”

寄草突然狂叫一声:“老地方!”就朝方越冲去,叶子、迎霜和嘉和要去挡住寄草,可她一个人的力量大过了他们全体,寄草却一遍遍地冲上去,嘴里只有一句话:“老地方,是老地方,罗力,老地方找到了! 就是老地方啊!”

杭嘉和捶着她的背说:“让她叫,让她叫,叫出来就好了!”

叶子也跟着丈夫拍她,一边说:“寄草你哭出来呀,你快点哭出来呀!”

可寄草就是哭不出来,叫着叫着,眼看着这样她要气绝了,李平水一把把她拖抱回床,嘉和掐着她的人中,叶子让迎霜赶紧拿个脸盆,一会儿,寄草欠起身,大口地吐了,她终于活过来了。

方越和平水,也终于把这些材料拼接和拍摄完成。虽然有些部分已经腐烂,但不影响资料的基本完整。叶子让迎霜拿来一个枕头,垫在双膝下,她让所有的人都别走动,都坐下,听方越讲述这些资料的内容。这正是国民党中统组织对罗力的监视、分析、判断,这里面有一张至关重要的照片,是罗力和他的入党介绍人在接头。寄草听一阵子,吐一阵子,终于直到胆汁都快吐出,资料也传达完了。

寄草终于能说话了。她有气无力地宣布,要到金华十里坪去通知罗力,他的冤枉洗清了,他共产党员的身份确定了,他可以回到组织中来了,他还要平反昭雪,要“一市秋茶说岳王”一样地到处去宣布,他罗力是共产党人。当然马上要分配工作,要补偿他,所以要安排职务,要按党龄安排职务,太小了不如不要,太大了他们也不稀罕。但房子他们是要的,他们夫妻为党工作那么多年,要一间房子不过分吧?如果没有房子,至少儿子的工作要重新分配,儿子也要平反,她自己也要平反。嘉和向大家使了个眼色,杭家人都是默契的,他们立刻明白了爷爷的意思,他在暗示其实寄草还没有恢复,她依旧处在过于强烈的刺激后的应激状态中。让她说吧,说吧,说吧……

但寄草并不是只说不干的人,她下床了,套上鞋子准备出发。

寄草严厉地禁止各位:“相信我,这件事除了当事人和在场者,谁都不能说。谁说了,谁就搞砸了。他们会毁了文件,会说此事无中生有,会迫害当事人,他们什么都敢做。他们就是这样对杨真的。”

嘉和也终于发话了:“方越,你把整理好的资料一张张夹在书里,交给你小姑,让她缓过气来可以慢慢再读。你要相信她,她不会把事情往坏里做的,我们杭家门里,最最聪明,最最像我们绿爱妈妈的,就是杭寄草。”

屋里所有的女人都哭了,寄草哭得最伤心。

继而行动迅速,李平水和迎霜去洗底片了,这事不能让外人干,方越得赶紧回队里报到,不能让人顺藤摸瓜找到这里来。嘉和要赶紧去找得荼,让得荼在最快时间里转告罗力“老地方”找到了,它果然就在老地方,正好杭汉也在那里研究密植,可以一并告知。而叶子呢,她的使命就是留守家园。她要等待他们一个个归来。

众人分头散去,黑暗中的胡公庙,一个女人靠在床头,都已经没有力气说话了。

第二十六章

杭嘉和的视力越来越不行了,但叶子一病,他的视野仿佛又亮了起来。昨日叶子呛了一夜,他俩都失眠,但互相却谁也不提。早上叶子起来,跟往常一样发炉子,他也像往常一样跟了出去。叶子提着炉子,蹲下来扇火,不经意间轻轻地哎呀一声,人就歪下去倒在地上。嘉和一看,天都要塌了,一把抱起就往屋里冲。叶子挣扎,说不要紧不要紧,昨夜没睡好,头有点昏罢了。嘉和哪里肯听,他预感到大事要不好了,拿上一点钱,关了门,背了叶子就出门。叶子说:"我真没事啊,你让我躺一会儿就好了。"

可是这句话说完,她就一下子昏了过去。嘉和背着她出门,医院离家并不远,两站路的光景,下了车,叶子又清醒过来,说:"我真没大病,你一定要来,多礼数。"嘉和却笑了,他产生了错觉,真的以为自己是多礼数了,说:"来都来了,还是看看放心。"挂号的时候,叶子坐在凳子上等着,还撑得住。医院里人多得如沙丁鱼罐头,等嘉和急急地挂了号子,回过头来一看,一群人正围着叶子,叶子又昏过去了。有人说她是小中风,有人说是高血压,有人说是心脏病,嘉和急得抱起叶子就往门诊室里冲。帮帮忙,帮帮忙,他的声音让人同情,大家让开一条缝,让他们挤到医生身边。两个医生面对面坐着,一个臂上挂着红布,一个胸前别一块黑布。红布的年轻,黑布的年老;红布的气盛,黑布的气馁;红布的面前畏畏缩缩没几个人肯上去,黑布的面前挤了一大堆人。嘉和本能地转向了黑布老者。

好不容易轮到了叶子,几句话问下来,黑布老者就说:“老同志,你的爱人病很重,要马上住院。”

叶子迷迷糊糊的,一听要住院,急得撑起来就要回家,被嘉和一把按住了,厉声说:“不准动。”叶子吓了一跳,看看嘉和的脸色,不再反抗了。嘉和连忙又问黑布老者要不要紧,老者也不说什么,只说快住院快住院。嘉和心一沉,知道这就是医生的诊断,病人已到了非住院不可的地步了。

叶子就在这时候猛烈地咳了起来,黑布老者看了看红布,小心翼翼地问:“这个人病得不轻,要立刻挂瓶,我去去就来。”

红布便有些不耐烦,说:“你是在这里看病的,外面的事情要你多管干什么?”

老者为难地站住了,来回看了好几次,咬咬牙又说:“病房满了,这个人必须马上挂瓶消炎,我去去就来。”

红布生气地看着他,终于挥挥手说:“去去去,就你事情多。”

老者拔腿就走,边走边对嘉和他们说:“跟我来,跟我来。”嘉和抱着叶子出去时,还能听到那红布故意大声地说:“管教队里放出来半天的人,还当自己是从前‘三名三高’的专家,不要看现在在这里当着大夫,下半日还不是扫厕所倒垃圾,神气什么!”

嘉和听得清清楚楚,他不由看看走在他身边的老大夫,那大夫却好像没听见似的,把他们叫到三楼走廊尽头的一张空折叠床边,一边帮着嘉和把叶子扶下,一边说:“你再来迟一步,连这张床也没有了,先躺下再说吧。”

老大夫又走到急诊室里面,跟一个小护士说了几句话,那小护士点点头说她知道了,老大夫这才走了出来,告诉嘉和说现在就给病人挂瓶子,赶快治病,半点也不能拖了。嘉和把老大夫送到楼梯口,老者突然回头问:“你是杭老板吧?”

嘉和不由一愣,已经很多年没有人这么叫他了,偶尔有人问,那必是1949年以前买过他们忘忧茶庄茶叶的老顾客。他点点头,老者一边往下走一边说:“好多年没喝过你家的茶了。”嘉和下意识地跟着他往下走,问:“大夫你看她的病——”

老者叹了口气:“你还是送迟了一点,试试看吧。”

嘉和说:“拜托你了,我这就去办理住院手续。”

老者看了看他,像是有话要说,又不知该怎么说。嘉和明白了,问:“是不是住院不方便?”

老大夫这才回答:“你想想,要不我怎么把你带到这里来。病人先躺在这里再说,能住就住,不能住放在这里我也好到时候过来看看。每个住院的人都要登记出身,我怕你们住不进呢。”

“没关系,我有烈属证。”嘉和连忙说。

“就怕他们查她的。实话告诉你吧,我和你妹妹寄草在一个医院工作过,你们家的事情我知道,碰碰运气看吧。”老大夫叹了口气,急急地要走,说,“我也是被监督着,再不走又得挨批了。有什么事再联系。”

老人走了,看着他慌张的背影,嘉和心里堵得也要发心脏病了。

心里有事，嘉和是能不露在脸上就不露在脸上的，奇怪的是叶子总能从同样的风平浪静中看出漩涡来。一见嘉和那张平静的面孔，她就准确地判断出丈夫的心情。她躺着，头上一盏日光灯直逼脸上，身边走来走去的到处是人，她不再说她要走了。闭着眼睛，眼泪却从眼角流出来了，嘉和看看不对，掏出手帕给她擦，擦了又出来，擦了又出来，好一会儿也没擦干。周围人的脚在他们身边踏来踏去，有几双脚还停下片刻，不一会儿又走开了。这对老人在这样闹哄哄的走廊上静悄悄地伤心，给这个沸腾世界做了一个近乎于无的注脚。护士来了，叶子顺从地伸出手去，让她扎针。她没生过什么大病，这把年纪了，打针还是害怕，别过头去不看。嘉和一边摸她的头发一边说着好了好了，你看马上就好了。偏偏那扎针的护士把叶子的手当作了实习的器具，扎来扎去的，血出了好多，嘉和心疼得眉头直皱，护士一走，他抱住叶子的脑袋问："痛不痛？不痛吧？扎进去就不痛了。"叶子抖着脑袋说："没事情，你放开你放开好了。"

看叶子挂了吊针后情况稳定多了，嘉和心里稍微平静了一些，他想出去给得荼打个电话。近来得荼比前一阵子空多了，他已经靠边站，原因是给得放通风报信，帮助得放逃跑。在得荼看来，得放只是提出了唯成分论反动、文攻武卫这个口号值得商榷，就闹到正式通缉这一步，谁也没想到。得放一跑，吴坤派就吃住了得荼，得荼靠边审查，虽不能回家，但比以前清闲多了。电话打过去，接电话的却说得荼不在，有紧急事情出去了。嘉和又想找寄草，突然想到寄草正在龙井山里，陪着盼儿。

这么想了一圈，也没再想出人来，嘉和惦记着叶子，回头就往楼上跑。还没到三楼走廊口上呢，就听见楼上吵着像是谁在训谁，上去一看，原来是红布正在训那年轻护士。

“谁让你们随便打的针？你弄清楚这人身份了吗？院里造反总部定的新规定，成分不清者一律不准住院，不准按住院条件治疗，你们是吃了豹子胆了！谁是你们的幕后策划者？”

那刚刚给叶子挂瓶的护士，吓得说不出话来，只会说半句：“是，是，是你们那里——”

“是那老东西让你干的吧？我就知道这事情不明不白。把针头先拔了，他们这一对老甲鱼要是没问题，我头砍了给你们看！”

说着就要在叶子身上拔针。嘉和扑过去一把拦住，大声叫了起来，说：“你不能这样做！”

周围立刻就聚了一群看客，也不说话，也不劝，也不走开，定定地盯着他们。那红布见了嘉和，冷笑着说：“我当你躲到哪里去了，看看你这相貌就不是好东西。你说，你什么成分？”

嘉和拿出烈属证来。红布一看，自己脸就红了起来，说：“你怎么不早拿出来？”

嘉和使劲咽下一口气，才说：“刚才照顾病人，没想到拿。”

红布也使劲咽了口气，说：“以后记性好一点，到处都是阶级敌人，给你看病的老东西就是个阶级敌人，不认真一点能行吗？”

这么说着，到底自讨没趣，掉转屁股就走了。看客们见这里打不起来，也一哄而散。嘉和连忙蹲下来，对一直闭着眼睛一言不发的叶子说：“好了，没事了，好了，没事了。”叶子睁开眼睛看看丈夫，微微点点头。

阳光射了进来，照到了叶子的脸上，她的小小的耳朵不再透明了，不再像一朵含苞欲放的花儿了。嘉和伸出手去，捏住了她的那只耳朵。这是他们最亲密的最隐私的动作之一，叶子朝他有气无力地笑了。她感觉很不好，但心里很安静。小护士过来，拍拍胸说："吓死我了，你们是烈属啊，早点拿出来多好，明天床位空出来就让你们先住进去，我还当你们也要打道回府呢。"

嘉和说："谢谢你了，小同志。"那护士轻轻说："谢我干什么？谢我们老院长吧，就是刚才那个别黑布的。你们真是险，撞到'红布'手里，他是专门和老院长作对的，幸亏你们是烈属。"

话还没说完，叶子就剧烈地呛了起来，嘉和把叶子上半身抱在怀里，一边轻轻拍着背，一边说"就好，就好就好"，一边亲昵地理着她的头发，细细地把落在前额的发丝夹到她的耳后根去。他的那种新郎般的亲昵和他们之间那种忘我的恩爱，把小护士都看呆了。

就像几年前胡公庙中的那对年轻人，也有他们自己的依恋之途，他们依然腹中块垒不断，心就像越积越厚的白雪。不是不想心心相印，只是越真诚，给对方的疑惑就越深，这是始料未及的事情。他们仿佛一直在迫不及待地争着向对方倾诉，实际上却都没有真正的勇气面对他们所听到的全部。知道其中的一部分，以此猜测其余，这就已经超过了他们可以承受的心理范围。

她说了自己可怕的边境之行，她说她如何在千钧一发之际回过头："当我在那家边境小镇的店里看到这块茶砖的时候，我就想到了你，我想我一定要给你一点什么。然后我就去买茶砖，回来的时候，他们就不见了。"

她几乎只字未提她和同行人之间的关系，但得荼完全听明白了。他勉强说:“你说这些,不像是一个有过这样的经历的人。”

“有过这样的经历”这个提法,隐隐地让白夜不快,她说:“你是觉得我又可笑又冲动?”得荼看着她有些不悦的面容,她生气的样子很可爱。他搂住了她的肩,盯着她的眼睛,说:“我越了解你,越觉得你像一个孩子。”

“你为什么不觉得是这个时代太老谋深算呢?”

“对历史真正有认识,就知道没有一个时代不是老谋深算的。”

“得了吧,难道我们不是时代的弃子?”

“那是吴坤给你带来的心理阴影,但什么问题都有办法能够迎刃而解。”

白夜有些吃惊:“啊,你要解决他?”

“以牙还牙以眼还眼罢了,没有什么新招。主要还是先在群众中把他搞臭。”得荼开始搓着双手,兴奋得双颊发红,“没想到群众反响这么大。群众的态度并不起决定作用,吴坤以为我不知道个中奥秘,但他错了,在心狠手辣方面,我以往的确不是他的对手,现在开始一切都改变了。”

白夜惊奇地看着眼前这个不一样的青年男子,他在屋子里来回地走着,一会儿坐下一会儿站起,他停不下来,双眼闪闪发光。他目光中露出的那种狂热的一意孤行的意志,她刚刚认识他的时候,一丁点儿也没有发现。他用的那些词汇——解决、以牙还牙以眼还眼、炮弹、对手、揭老底、心狠手辣……这是一些本来完全与他无关的词,为什么他的口气中有了一种似曾相识的东西,当他这样说话的时候,他开始像谁?

现在,杭得荼再一次握住了她的双手,仿佛她已经与他结成联盟:“你不是希望我能够保护你的父亲吗？我一直担心自己不能够做到。现在我可以告诉你,吴坤就要完蛋了!”

白夜一下子站了起来,她突然明白他开始像谁,他说话的口气,开始像那个他要使其完蛋的人了。但她还是不知道他有什么办法让他完蛋。尽管得荼把吴坤形容得像一个恶棍,但白夜却远远说不上对吴坤有什么仇恨,她只是怀疑他、讨厌他罢了。她和他的过往中虽有许多无奈,难道不也有她自己的失误?

她的心情是得荼当下不可能了解的,他沉浸在自己的世界中,迫不及待地要把自己的好消息告诉心爱的人。他说:“吴坤不是最喜欢拉大旗作虎皮吗？不过他头上有辫子,屁股上有尾巴,真要拉大旗作虎皮,他拉不过我。昨天晚饭,我是和一些关键人物在一起吃的,我告诉他们,吴坤对他们而言,是一个多么不可信任的家伙。我让他们认为,吴坤和你父亲的那一层特殊关系,使他绝不可能完成他自己夸下的海口。我告了他一记黑状,或者说,我狠狠地打了他一个小报告:这是一个借革命名义达到个人目的的野心家。事情好像就那么简单,他完蛋了。其实并不简单,我在这之前做了许多的铺垫,我知道,即便在同一个大派别里也有许多的小派别。比如赵争争的父亲和北京方面的来人,他们看上去在一条线上,其实并不在一条线上。事情已经出现转机,我很快就可以把杨真先生接回来了!”

这是运动开始以来白夜第一次对得荼的天真产生了恻隐之心,她不再犯公主病了,她像一个母亲,轻轻地捋着得荼茂密的头发,说:“你的头发真好看。”

“看来我们一致了。我第一次看见你,你还是个小姑娘,我就爱上了你的头发,但是否是爱你头发上的蝴蝶结呢?我记不住了,也许是蝴蝶结吧,我那时真的太小了。”

白夜的下一句话就让他跳了起来,气得脸要发青,因为她说:“奇怪,吴坤也是这样说的,而且和你说的话几乎一模一样。”

得荼压低着声音,一字一句从牙缝里蹦出:“为什么,你为什么总忘不了他,我明白了,他对你影响太深了,他嵌到你的灵魂里去了……”

“这个人值得你那样妒忌吗?”

“是啊,他值得我这么妒忌吗?”得荼气得眼镜都从脸上挤下来了,“你明明知道这事情和杨真先生有关,那是你父亲啊,是你父亲啊,你明白吗?”

一直躺着的白夜突然坐了起来,她斩钉截铁地回答:“可我不愿意用你的浮士德灵魂和梅菲斯特交换!”

这是一句重锤,一个晴天霹雳,一记响亮的耳光,但还没等他回过神来,白夜就重新倒下了。

天空倏然暗淡下来,暮钟,就在这一声叹息中敲响了……

嘉和坐在叶子床头,握着叶子的手,却看不见叶子了,他心里升起从未有过的恐惧。黑夜张着血盆大口,一次次地要吞没他,但每次都仿佛吞没他一点点,一个手指头,一只胳膊,半个肩膀,一条腿。现在,黑暗开始吞没他的心。

这是一场光明与黑暗的秘而不宣的战争,每次都是这样,在他几乎彻底绝望的时候,光明在千钧一发之际赶来救他,双方选了他的肉体来做战场。他一个人独处,还有忍耐的余地。但这次他真的惊慌失措，因为这是一个陌生的地方，冷飕飕的走廊，一只瘦弱的手，依赖地躺在他的大薄手的怀中。刚才护士收去了大瓶，说明天能不能住进病房还得看情况。嘉和真是后悔也来不及了，他想回家，可是怎么回去呢？他得的肯定是夜盲症，但昨天晚上还能看到大致的影子，为什么现在一片模糊呢？

心里越是恐慌，越是害怕被叶子知道。叶子不知是睡了一觉精神好了许多，还是因为挂药水后起了作用，她不再咳嗽了，握在嘉和手中的手，仿佛有了一点力气，反过来握着他的手了。两只手相依为命，相互滋长着活下去的残存之力。嘉和心里战战兢兢地想：他能够挺过去的，一辈子都挺过来了，这一次就挺不过去吗？别人身上都挺过来了，在他一生中最长久最美的伴侣身上，难道就挺不过去吗？他要挺不过去，叶子怎么办哪？她这么孤零零地一个人躺在走廊上，这可怎么办哪？他想都不敢想这件事情，刚刚起了一个头，他就吓得头发根子都竖起来，一使劲就抽出手，握住了叶子的耳朵。他只是凭感觉握住的，但非常准确。叶子轻轻地嗔怪了一句："七老八十的，也不怕人家看见。"

"半夜三更的，有谁呀。"他说，叶子看到了他的微笑，多日没有见到过的温柔的微笑。这是他年轻时的笑容啊，是叶子也曾经为之深深动心的笑容啊。叶子的眼泪就流了出来。走廊里没有人了，她想跟他说说心里话。

"大哥哥，你不要生我的气吧……"

"生病不肯看，我怎么能不生气呢。"他还是笑着，故意岔开话题，他知道她说的是什么，可是他直到现在还想回避这个话题。叶子却故意不回避，是重病给了她勇气吧。

“我是喜欢嘉平的啊……”叶子说，她也微微笑了起来，仿佛还有点骄傲，“我从小就喜欢他，我只是弄错了一点点事情。”她握住他的另一只手，“我一直以为你像我的兄弟，他像我的丈夫。后来我才知道，这件事情反了，是他像我的兄弟，你像我的丈夫啊。”

嘉和把头贴到了她的耳边，他的热气吹到了她的耳根上，他能够想象出六十年前的透明的小薄耳朵，他想起了他的手足兄弟嘉平。有多少话活着的时候来不及说，不能说呀。兄弟，难道我看不出你对叶子的爱，看不出你多少年来的悔恨吗？可我还是想得到这个女人的全部，这个灵肉全部属于我的女人。

他耳语：“你什么时候才弄明白这个简单的道理呀？”

“是你到我房间里来的那天吧。第二天早上，我就明白了。”

“过了那么多年才肯告诉我……”嘉和还是笑了，只有他明白，什么叫“到我房间里来的那天”。

“本来想好了，到我死的那一天告诉你的呢。又怕不吉利，你要生气的……看，生气了？你看你还是生气了。”

“我生气了，我要罚你呢。”

“罚我什么都认，只要能回家就认了。嘉和，你到窗口看看有没有星，明天的天气好不好。”

“从这里就看得到，满天的星，明天是个好天气。”

“明天我们回去吧，我们在家里养病，还有茶吃，在这里你连茶都吃不到呢。”

“好的，明日一早我们就回家去，我们吃药打针，不住院挂瓶了。”

“说话算数——”

“你看你，我什么时候说话不算数过呢?”

几年前，龙井山中胡公庙旁，那十八株御茶前，那低矮简陋的农家白墙黑瓦里，灯光昏黄，年轻的孕妇也在不安地辗转。寄草小心翼翼地用手指头按了按白夜的脚脖子，像发面一样凹进去一个洞，深深的，这使盼儿紧张起来，问:“姑姑，要不要紧?”

寄草摇摇头，说:“早就应该把她送到医院去了。”

“不是说预产期还有一个月吗?”盼儿心慌地拉着姑姑走出了房间，轻轻地耳语说，“白夜不愿意那么早去医院，她不愿意看到别人。”

正这么说着，就见站在门口的得茶拦住了她们，屋里一道灯光劈来，把他的脸剖成两半，一双戴着镜片的眼睛，一只完全蒙在暗中，使这张脸看上去近乎海盗的脸。他一言不发，盼儿眼睫毛飞快地颤抖起来。

“她怎么样了?”他问。

“家远的车准备好了吗? 快去吧快去吧，总算来了一个男人，这么长的山路，怎么送出去哇!”

得茶想起来了，曹家远今天一直在医院候着嘉和爷爷与叶子奶奶，他答应了与这两个老人寸步不离。那么现在该怎么办呢? 他一言不发，突然走进里屋，跪在床前，双手一下子搂住了白夜的脖子。

此刻的白夜已把自己的脸埋到了枕中，得茶一边用手抚摸她汗津津的头发，一边亲吻她的脖子、她的额角、她的眼睛、她的面颊，一边哭着说:“对不起，你说得对，我妒忌他，我害怕你不要我了……”

白夜这才转过脸来，她痛苦地呻吟着，把得茶的手按在隆起的肚子上：“你的孩子，他要出生了……”

此时，满天的星光闪烁，盼儿拉着九溪奶奶在茶园里奔跑，茶蓬钩拦着她们的衣服，一片唰唰唰的声音。九溪爷爷在后面照着手电筒，一边推着她们一边低声地催：“快一点儿，快一点儿，真是小脚老太婆也比你走得快啊。”

杭盼不清楚发生了什么，白夜在她眼中，仿佛是一条纯洁的歧途，一个无辜的陷阱，一种宿命般的失误。盼儿和这样的女人的区别，仿佛就是此岸与彼岸的区别。但这并不妨碍她对得茶所产生的那种奇特感情的理解——人们被自己不曾有过的一切神秘地吸引，你能够说那是因为什么？没有迷途的羔羊，便没有上帝。杭盼甚至认为这一切和运动无关，没有运动，杭得茶依然会和白夜一见钟情，白夜依然会和吴坤分道扬镳。运动来了，有一些温文尔雅的人开始杀人，那并不能证明是因为运动带来了撒旦，使他们变成魔鬼。盼儿想，那是因为撒旦早就已经潜伏在人心最黑暗的深处了。

九溪奶奶也已经七老八十了，冬夜无事，正在家里整理霉干菜，听说有个大肚皮快要生了，夹起个包袱儿就往外走，一对大脚，倒也走得利索，一边在茶园里奔着一边自说自话：“要死不要死啊，什么也没有，怎么生伢儿啊！尿布呢？啊，红糖呢？鸡蛋呢？这种东西老早就要备好。山里头生孩子，多少不放心，又不是从前旧社会。人家都往城里跑，她这个产妇娘怎么反而往山里跑——”这么说着，突然在御茶树前停住了，盯着盼儿问：“杭老师，她不会是资本家地主出身吧？”

九溪爷爷在后面扛着担架，摆摆手，说："老太婆，你是要吃巴掌了是不是，胡话连天！"

九溪奶奶仿佛醒了过来，叫了一声"我这个老发昏"，拔腿就跑。盼儿满脸是汗，也许还有泪，她对到来的一切措手不及，尽管她已经把送白夜的时间安排在最近的明天，她还是没有赶上新生命的步伐，新生命执意要在今天夜里降临，在她的身边降临，这是谁的旨意啊。

得茶抬着担架，他几乎可以说是在暗夜中狂奔，他听到他的心在他的眼前引路，狂跳，狂叫，偶尔他还会在雪路上看到一丝丝鲜红的色泽，这些逶迤不断的红色，真的很像是鲜血。然而没过多久，大地又开始一片雪白。他不知道有谁与他们擦肩而过，也不知道谁留下了这些印记，是死神吗？他听到姑婆寄草在叫："等等，血流下来了！"

担架抬到南天竺山路边的辛亥义士墓前，就再也无法往前走了，白夜的呻吟在黑暗笼罩的茶山间震荡回响，有人叫着手电筒，有人放下了担架，只能在茶园里生孩子了。

一阵风吹过，斗转星移，茶蓬在黑暗中哗啦啦地抖动，鸟儿扑簌簌地飞上了星空，得茶仰天看着星空，群星噼里啪啦地往下掉，一直掉进了茶丛，一大片一大片的，像萤火虫，像流星雨，白灿灿变成了一片片的茶花，他看到女人在生死之交那惊心动魄的面容，她在强烈的惨叫之后会有间隙的呻吟，那时她望着星空，吐出的声息他能听懂……她的一只手使劲地抓住了一根茶枝，那纷纷扬扬的茶花滚动着落到她的身上，跌入她的血泊。他看到了她一次次往后仰去的脖颈，他明白了，原来那正是她生活之时就在不断逝去的容颜——那注定要消逝的殉难的气息——因为悔恨而分外夺目迷人……

他扑上去，抱住那正在生育的女人上身，急促地倾诉：“……我的宝贝我的心肝，这是我的骨肉，我要把你们一起吞下去，这样你们就永远和我在一起了……”

他说不出任何诗情画意的表白，只能重复着初情，而她的隐在昏暗中的瘦削的脸看上去那么冷，犹如伦勃朗的画——她所经历的一切使她变成了另一种女人……

而处在痉挛间隙中的白夜，则用窒息般的喘气声，对着得荼的耳根吐露着最后的生热之气：

哟，门扉我并没有闭上，
蜡烛也没有点燃，
你不会懂的，我疲乏极了，
却不想卧床入眠。

看一枝枝针叶渐次消失，
晚霞的余晖变得暗淡，
我陶醉于温馨的声息，
恍惚见到你的音容笑颜。

明天早晨，将是天空明朗，
无限美好，这生活啊可真幸福，
心儿啊，愿你开窍。

……

我知道,往昔的一切全已失去,
生活就如同万恶的地狱!
噢,原先我曾确信,
你还会回来与我相聚……

在那越来越暗的手电筒的惨淡之光下,得茶亲眼看到新生命黑黝黝的脑袋,从生命之门喷涌而出,一个婴儿掉进了茶丛。她孱弱地啼哭着,九溪奶奶手忙脚乱地倒提着她的那双小腿,拍着她的小屁股,一边包裹一边说:"姑娘儿,姑娘儿,恭喜恭喜。"而白夜则不再喘息了,她歪着头,依偎在得茶的怀中,世界重归于宁静,上苍连最后看一眼女儿的时间也没有给她留下……

杭盼则奇异地闻到了一股香气,这种香气只有这里才有,那是茶花在夜间发出的特有的茶香。她走了几步,重新看到黑黝黝的茶园在月光下发亮,这是梦境中的神的天地,这是天国的夜。她跪下,轻声歌唱起赞美诗,这是她第一次虔诚地歌唱。

然后她听见那边所有的人都叫了起来:"白夜,白夜,白夜……"夹杂着哭叫声的,是星空下婴儿的天使般的哭声……茶山被这样的哭声凝固了,雪却扑簌簌地往下掉,像夜半时分的芳魂长啼之后的余泣。雪地里有几条长长的脚印,有的伸向城里,有的一直往那绿袖长舞的琅珰岭茶山方向而去。

几年后,死亡也正在靠近。医院拥挤的走廊里,转弯一角临时的折叠床边，嘉和与叶子有一搭没一搭地说着悄悄话。嘉和敲着太阳穴说：“小时候读茶书，《华阳国志》里是记载过茶的，说周武王时茶为贡品，‘丹漆茶蜜……皆纳贡之’，父亲教我们的，你还记得吗？”

“还说记性不好，一个字都不差的。天醉爸爸说到茶树栽培有史可查，就是从周武王开始的。不过这种东西，跟现在人讲也是没有用的，他们不要听的。”

“这也难说。秦始皇焚书坑儒，眼前的事情做得总算绝，结果把他自己绝掉了，他前面的那些三皇五帝，照样绝不掉。为啥，总有人要听这些事情，要用这些典故。什么神农尝百草啦，周公说苦荼啦，没有这些茶事，今天的茶哪里来呀？”

“这些东西你都还记着……”叶子这么回了一句，就睡着了。

天亮了，杭嘉和挺过来了，他感受到了一丝光明，两丝光明，三丝光明，他感受到了一小片光明。他看到他的老妻静静地躺着，一段黑夜，仿佛把他们隔开在了永恒的忘川。现在好了，那不过是模拟的地狱，现在他挺过来了，下意识地想从叶子的手里抽出自己的手。他发现有些僵硬，他用另一只手去摸摸叶子的耳朵，也有些僵硬。他的心一下子僵住了。他伏下头去贴在叶子的面颊上，他顿时全身僵硬了。他的眼前一片漆黑，重新掉入了黑夜。

第二十七章

李平水正处在这样一个空当:部队已经把他当地方上的人看待了,而地方还在把他当部队上的人看待。一旦他被踢出了历史的前台,他对前台的热闹也就失去了热情。大墙外传来口号声,李平水干脆倒在床上,刚躺下就听有人敲门,他拉开门,一股风就旋了进来,他愣住了,迎霜睡眼惺忪地站在他面前,手里拿着一朵假花,吃力地吐着一个个的字眼:“党……的大会……胜利召……开了……给我一口水喝……”

李平水愣了,赶快让迎霜进门,这姑娘一进来就陷进他放在屋里的唯一的奢侈品—— 一张破沙发上,两只脚伸直了,直拿手当扇子扇风。

原来学校有个硬性规定,一旦最新指示降临,有人来敲门通知你,哪怕半夜三更你也得起来,要以最快的速度立刻通知下家,把红太阳的声音传到千家万户,谁让这条线断了谁就是反革命。可是杭家近日屡遭厄难,迎霜每日都晕头转向,回到家就一头扎到床上,连晚饭也常不吃。谁知今夜,就有她的上家嘭嘭嘭地来敲门了,一边敲一边叫:“杭迎霜,杭迎霜,党的大会胜利召开了!党的大会胜利召开了!”迎霜正睡得稀里糊涂,好不容易睁开了一条缝,走到大门口,见她那上家也是睁不开眼睛的样子,上气不接下气地对她说:“党的大会胜利召开了！你怎么叫半天也不出来?”说完这句话,她就精疲力竭地朝门板上一靠,累得说不出话来了。

这上家正是迎霜读小学时那个对她龇牙咧嘴态度十分恶劣的大个子姑娘,她进入中学后对迎霜倒客气起来,没想到杭迎霜还不道她好,竟然说:“明天再说吧！”大个子姑娘不相信自己的耳朵:“不要搞错,党的大会胜利召开了！”迎霜没有搞错,但她依然坚定地说:“我知道,明天再说吧！”然后,她一言不发地就往门里走,边走边说:“我太累了,我真的太累了！”这么一晃就不见了。

迎霜并没有真正睡着,她昏沉地睡去,竟然梦见了大金牙,他向她挥舞拳头,大喊大叫,又好像她被揪上台去,人们开始纷纷批判她,大个子姑娘冲在最前面。她吓醒了,套上鞋子就往外冲。见大街上已经红绸飞舞,锣鼓震天。她捂着胸膛想,自己刚才竟然说到明天再说,谁不知道最高指示不过夜啊,我竟然说让它过夜。她飞快地往她的下家冲去,不知道该用什么样的实际行动,才能够补偿自己的罪过。七想八想,只能祈求毛主席他老人家保佑她,让她的下家还在家里,不要让她的上家捷足先登。她的下家离她家的路着实不近,三五里路小巷子里摸过去,也不知道害怕,只管心里喊着:毛主席,原谅我！毛主席,原谅我！——她不知道毛主席究竟有没有原谅她,反正她的下家已经不见了,她家的人说大会召开了,她到学校里去了。迎霜顿时就吓出了一身冷汗,二话不说就往下下家奔去。到下下家又是三五里路,不幸的是下下家也不见了,也到学校里去了。这一下迎霜可真吓出了眼泪,抽泣着绝望地在杭州黑夜的大街小巷里横横竖竖地走,不知道她下一个目标是哪里。现在她既不敢回家,也不敢去学校。她就是这样来到李平水住处的。在她自己每每感到走投无路的时候,她的脚总会带着她的头脑来到这位年轻军人的门前。

李平水喜欢看到这个少女,他对她产生了一种令人苦恼又难以启齿的深深的欲望,这是一种多么不可告人的低级趣味,她才十四岁啊!他在心里诅咒自己。

为了与他身上那种可怕的堕落的动物性做斗争,他站了起来,一边用两只茶杯倒腾着凉开水,一边说:“那天我看到你了,我去向你告别,我要走了。你在大街上跳什么呀?你没看到我吧,你那个认真劲儿,我可不敢叫你。”

他把温了的茶送了过去。这半大不大的少女飞快地喝了一口,继续倒在破沙发里说:“你看到我了吗?我也看到你了,可我没办法和你打招呼。”

她依旧坐着喝茶,过了一会儿才突然醒悟过来,她问:“你说什么?你要走了,要到哪里去?离开杭州吗?”

“如果顺利,我会回到平水去,我的家,绍兴,我从那里来,再回到那里去,这是一件很正常的事情。你干什么?你哭什么?我还没有走呢,也不是说走就走的,你要是想来,你可以天天到我这里来,我带你玩去,反正我现在也已经是在等通知了。”

她没理睬他,管自己痛痛快快哭了一场,头靠在沙发上,不一会儿,就睡着了。李平水披了一件军大衣在她身上,他想:小姑娘,你快长大吧。

第二天,她没有来,第三天也没有来,第四天也没有来。李平水想,这个小姑娘不会再来了,她已经把他忘记掉了。

苦难太多,或让人崩溃或让人麻木,但这两样杭汉都没有,母亲火葬的那一天,杭汉二话不说砸了酒瓶,从此滴酒不沾。可他好像是被一根筋扳住了,除了茶能让他正常,其余任何事情都一概木知木觉。人家说他神经了,造反派还专门带他去精神病院看病。大夫说不用住院,让他想干吗就干吗,自己或许就好起来了。这样物极必反,杭汉反倒又回到茶蓬中了。

关于茶树的栽培,多年来他已经积累了许多经验,但出国好几年,关在学习班里,他主要的任务就是惩罚性的挖土,有时害虫多了,也让他过问,但密植这一块,这些年国内的科研现状他了解得不多。杭汉面临的,是茶叶栽培史上的一个重大课题。

茶,从野生到栽培,从单株稀植到多株密植,从丛栽密植到条栽密植,由单条到多条,是一个不断发展的过程。布朗生活过的云南原始大森林里,有着原始的野生大茶树,有着过渡期的大茶树,布朗的义父老邦崴就生活在那些过渡性的大茶树下。还有一些人工栽培的古代大茶树,时间也有千年了。

想来想去,还得找大伯嘉和。嘉和自叶子去世后,看不出有特别大的变化。家里的人都知道,他是老的牵挂完了,小的还得牵挂,他现在崩溃不得,更死不得。所以照样自己烧饭睡觉,还要伺候已经老得下不了楼的婉罗姆妈。油墩儿西施是热心的,担当起了杭家一半家务,这让婉罗姆妈非常生气,以为油墩儿又要来夺权了,每次送饭都只让迎霜上楼,不准那狐狸精钻空子,真是令人哭笑不得。

迎霜强烈地感觉到老人们是真老了。比如爸爸来找嘉和爷爷问茶事,爷爷就连连摇手:“我哪里晓得那么多,我就晓得《茶经》里说的‘艺而不实，植而罕茂，法如种瓜，三岁可采’，本想查查贾思勰的《齐民要术》，事情一多，也就过去了。贾思勰该是北魏人，封建主义吧，现在再要找，怕是早封了烧了。”

杭汉这才露出点笑意，说：“还好你点了一个我知道的题。《齐民要术》上说了，当时种瓜，是在垦好的土地上挖坑深广各尺许，施基肥播籽四粒，这就算是穴播丛植法了。唐代人就是这样种茶的。到了宋代，《北苑别录》记载种植密度，说是‘凡种相离二尺一丛’，用的是圈种法。我算了算，大概是1500多丛一亩吧。到了元明时期，开始用穴种和窠播，每穴播茶籽十到数十粒。到清代就更进步了，出现了用苗圃育苗然后移栽的。你看这段史料倒蛮有意思，没想到得茶还会搜集这个。”

嘉和坐下来，看着杭汉，手就搭在他的肩上，他能说什么呢？什么也说不出来啊。杭汉嘴角抽搐着，还在笑呢，中年男人的眼泪渗了出来，说：“伯父，你晓得的，我为什么把心扑在茶上，茶养人，茶也救人吧……”也许是不忍说下去又无法说出口，他竟然像个孩子一样搂住了嘉和的脖子。静悄悄的花木深房，黄昏中颓败萧瑟，现在，身边没有女人和孩子们，两个伤心至极的男人，终于可以相拥而泣了。

江南多雨，难得有这么春意盎然的日子，杭汉在衬衣外面加了一件中山装，一大早就来到了所里后园茶树育种研究室的那片茶园。这个研究室建立之时杭汉在非洲，现在已经颇具规模了。运动一来，虽然一切都停顿了，但从前的积累还在。草木不懂人间的运动，依旧顾自春来萌芽，秋去开花，长势良好。

宋代老祖宗宋子安在他的《东溪试茶录》里，把茶树分为七种：白叶茶、柑叶茶、早生茶、细叶茶、稽茶、晚生茶、丛茶；把树型分为三种：灌木、半乔木、乔木。把茶叶分为两类：大叶与小叶，它们发芽的时间也分早与晚。一般来说，叶片大，萌发早，新芽肥壮，制作出来的茶就好。以后各朝代沿用的都是这个分类法，杭汉他们，现在基本依据的也还是这一种传统。

新品种示范园里种植的一些新品种，倒是杭汉还没有出国的时候就已经见到过的。20世纪早些年，杭汉和他的几个同事，花了三年时间，跑遍了浙江省，调查出了二十多个比较好的品种。加上引进的云南大叶种茶与当地福鼎茶的杂交种，再加上苏联和日本引进的品种，还有全国的各种优良茶品，当有数百种之多了。比如龙井43号，这种中叶类特早芽的无性繁殖系新品种，早在1960年春天就开始试种了，那还是杭汉和他的同事们在龙井茶区众多的茶树品种群体中，采用单株选育而成的呢。从目前的试验情况来看，它的发芽早、发芽齐和产量高、品质优的优势已经是显而易见的了。

这几天，在造反派的监督下，他们这些臭老九知识分子，还是给龙井43号做了一次鉴定，发现它每亩大约能够产毛茶二百公斤以上，比福鼎的大白茶可增产20%呢，制成的炒青或烘青，品质也都超过了某些优质茶。

当然，最关键的还是看它能够制作出什么样的龙井茶，为此他们特意到西湖郊区各乡村去网罗炒茶高手。谁知造反派说“请”之前还要政审。原本倒是看中小撮着的，无奈这个老革命和资本家牵丝攀藤，最近仗着老资格和孙女的牌头，又在起撬头呢。

原来春天刚刚到，握着刀子前来割“尾巴”的人也跟着就到了。自留地、宅边地、零星果木，统统逼着大家“自动捐献”，又合并了生产队，核算单位也改为生产大队。小撮着眼睁睁地看着他多年来伺候得好好的茶蓬，一夜之间都成了国家的，农民白天还敲锣打鼓地去捐献，夜里睡在床上想想有一口血好吐。茶乡那几个平时和小撮着谈得来的老茶农就来给他戴高帽子，说撮着伯啊，你孙女现在是什么人哪，你孙女呛一声，杭州城里就要发寒热病啊。要我们边边角落都交回去，你撮着伯情不情愿我们不晓得，可我们贫下中农实在是不情愿哪。你去跟采茶说说，我们这里好不好不要来割“尾巴”了。

小撮着也是打肿脸充胖子，明明知道采茶不会替他们贫下中农说话，但不去良心不安，譬如当譬如，去一趟，回家也好和乡里乡亲交代。谁知采茶当了造反派，脾气完全变了，住在招待所里，一张嘴巴练得刀枪不入。她把手背在后面，房间里来回走，边走边数落爷爷：“你懂什么？这种复杂的革命形势下你还给我添乱！你以为这一次又跟上一次你要给毛主席发电报一样？实话告诉你，这一次是有步骤有计划有口号的，要上报给党中央毛主席的。你就知道眼面前这两株茶，这种时光来添乱，居心何在？你不喝这杯龙井茶，你就不活了？你不跟他们杭家人来往，你就骨头发痒了？”

小撮着见孙女在眼面前晃来晃去，头发鬼一样蓬在头上，喉咙嘶哑，又听她说他“居心何在，骨头发痒”，站起来一拍桌子，说：“我居心不良，骨头发痒，我反对毛主席反对党中央，你把我抓抓进去杀杀掉算了！”他掉头要走，倒是采茶拉住爷爷，口气缓和下来，说：“爷爷，你就千万不要跟队里那几个坏分子闹了，爷爷你晓不晓得，我也快入党了呢，你这种时光来添乱，我说不说得清！”

一提到“党”这个字眼，小撮着就跟泡到热水里去一般，浑身骨头软了下来。小撮着1927年脱党之后找不到党，以后再要恢复党籍，真是万里长征一直走到今天，走来走去还在瑞金城。他虽不要看孙女这副吃相，但孙女要入党他还是高兴的，想来想去，长叹一声，说：“入了党要做好人哪！爷爷不给你添乱了。”

不添乱也来不及了，造反派最后确定的制茶高手乃三代贫农，正是大名鼎鼎的九溪爷。

九溪爷一上手，抓一把茶叶便倚老卖老，抖着那嫩叶子说：“哎，识不识货，就看你识不识茶的神气。你当只有人堆里头有神气呀，茶堆里头也有神不神气的呀。你看看这个，锃亮；再看看这个，暗簇簇的，痨病鬼一样。”

有个年轻的造反派专门负责管押杭汉他们这几个，人倒还嫩茬，此时把那两种干茶比了又比，说：“有啥花头精，我看差不多。”九溪傲慢地盯了他一眼，说：“那是，懂行的人才能够明茶事哩，那年周总理来了，看了我的炒茶，倒是说出一番内行话来。你们这种胡子还没生出来的潮潮鸭儿，能够说出一个什么来呢？好比看中医，总还是要找老中医的。为什么？老中医一望你这脸的气色，便晓得你病在哪里了呀。你能行吗？”

那年轻的造反派虽然碰了一鼻头灰，倒还算是一个求知欲尚未泯灭的人。又加九溪爷三代贫农，工农一家，不好较真的，便蹲下来一边看着九溪爷打磨那口锅，一边问他：“同样的茶，怎么炒出来的神气会有区别？”老九溪摊开手心，指着当中那一点说：“这叫什么你晓得吧,这叫劳宫穴,炒茶人的精气,我们炒茶人叫它脂浆,统统都要由劳宫穴里流出来,进入茶叶片子里去。人的精气足,茶片子的精气也足,人的精气不足,茶片子的也不足。”

那年轻人拍拍胸膛,说自己精气足啊,炒出来的茶最好!九溪爷爷看看他说:“那倒是,你行吗?十大手法:抖、带、挤、甩、挺、扣、拓、抓、压、磨,你要行,我这只位子让给你。”年轻人尴尬地摇摇头,说他进茶科所还不到一年。九溪说:“正是啊,你也就配押送押送这几个不敢动弹的人。”

九溪明摆着是在为杭汉他们几个抱不平呢,可把那几个听得冷汗吓出。倒不是怕他们再吃皮肉之苦,却是怕年轻人火气上来不做这科研,那一年的季节可就又耽误了,于是又把他们押了回去。没想到年轻人那天脾气还特别好,只说老大爷你说给我听听,也是学一手,抓革命促生产嘛,以后这些东西总要学的。杭汉他们几个也低头哈腰地不停给九溪打眼色,让他放一马。九溪这才摆摆手说:“你要愿意,我们老头子也不会把这一手带到棺材里去的。说起来总还是你们年纪轻的人脂浆足,炒出来的片子亮头光,神气足。我们老头儿,喏,还有她们妇女,比不过你们的。女人一般就炒炒青锅。女人家手势软,也就是把嫩茶叶子上的露水抖抖干,叶片甩甩燥,等到青锅炒好,摊在匾里凉一凉,梗子叶脉里的水分往叶片上走走匀,炒第二锅的‘辉锅’,那就一定要由男人出场了。壮男人有劲道哇,不拿出劲道来,这茶叶片子怎么拓得平,又怎么压得扁呢?毛毛糙糙的又怎么拿得出去呢?因此,吃茶吃到壮男人炒出来的茶,那是很运气的呢。”

小伙子一听乐了,说:“那我以后就专门吃壮男人炒的茶。”九溪爷爷看看那后生,却摇头说:“我看你面相,现在还不能喝壮男人的茶。须喝我这样老头子或者妇女炒的茶才行。”他这一讲,别说那年轻的造反派后生愣了,连杭汉他们几个也有些纳闷,看面相还能看出喝什么茶来,这倒也算是个新鲜说法了。正心里打问号呢,九溪自己就揭了谜底,说:“年轻人,你现在火气旺得很哪,阳气太足,你须喝我老头子的茶,采采阴,阴阳互补,这才有好处。”

年轻人开始听了还笑着点头,后来却听出弦外之音,这不是说他做人太凶吗?杭汉连忙摇手说开炒吧,九溪爷爷这才一板一眼地用心干起活来。那次炒出来的茶外形秀挺,呈糙米色,泡开来喝,香气持久,滋味醇厚。九溪爷爷一边品着,一边对杭汉说:“不相信让你伯父来说说看,他肯定说是和狮峰龙井一模一样的。”

“比群体种龙井茶品种的产量可要多得多了。”年轻人突然这么来了一句。九溪爷爷说:“后生你倒是说了一句行话。这几个人,你跟他们多学一点,以后你不会吃亏的。”年轻人朝杭汉他们看看,竟然没有发火。

此刻,杭汉蹲在茶园坡地旁边,静静地看着这些沉默不语的茶蓬,看着它们在阳光下无忧无虑的样子。除了偶尔抬起头来看看天空,又看看手表,他几乎一动也不动,仿佛自己也已经蹲成了一蓬春茶。

正在此时,见那专门管押他们的年轻人急急地走了过来,见了杭汉也蹲了下来,轻声问:“老杭,你是不是有一个儿子,眉间有粒痣?”

杭汉吃了一惊,连忙要站起来,被那年轻人按住了。从那回九溪爷爷炒茶之后，这年轻人对杭汉他们，特别是对杭汉本人，态度是要好多了。杭汉点点头，年轻人紧张地说："我把他从后门带进茶园了，你千万别说是我带进来的，我见过他，"他迟疑了一下，还是说出来了，"在通缉令上。"杭汉的背上一下子就渗出一层冷汗，然后一把抓住了那年轻人的手。年轻人慌慌张张边回头要走边说："说完话就走。哦不，你叫他等今天飞机喷药之后再走，人多就可能认出来！"没等杭汉说你放心，那年轻人就连走带跑地不见了。

两分钟后，得放从茶树蓬里站了起来，他仿佛是从土里一下子钻出来的一般，见了父亲，拍拍屁股上的土说："你放心，没人看到我！"

杭汉依旧一言不发地看着他，儿子仿佛有些尴尬，说："听说爱光要上山下乡去了……"

浅蓝的天空上突然响起了飞机的轰鸣声，杭汉一把拉着儿子蹲下，说："不要紧不要紧，是我们茶科所和民航系统合作，用飞机在大面积防治害虫，这些天每日这个时候都来。"

说话之间，就见飞机开始喷洒农药，一股浓烈的敌敌畏气息在空气中弥漫开去。得放仿佛闻到了死亡的气息，他想起了上次和爱光一起来时，爸爸告诉他们的那些关于茶叶害虫的事情。他本来没有想过要和父亲谈什么害虫的，结果开口却是一句行话："防治效果怎么样？"

"敌敌畏、敌百虫、乐果，这些农药治茶尺蠖、茶蚜，那可真是百分之百，不过鱼塘里的鱼也死了，桑树也污染了，总是有一利有一弊吧。你怎么样，见着你那个女朋友了吗？"

得放突然脸红了，手一下子就按住了胸口，那里面藏着他的护身符，那两条美丽的长辫子。他的整个身体都往东面望去，那里的一架山岭自天竺山由北而南，几经周折，延伸到五云山。天空是多么辽阔，多么蓝，云薄到了几乎没有。空气多么香，是阳光下的鲜茶的香气，带着强烈的青草气，连敌敌畏闻上去也带有一丝甜味——什么都发生过和什么都没发生过一样平静。

飞机又回来了，飞得很低，发出了很大的响声，得放涨红着脸对父亲说："爸爸，我这次是从天台山偷跑出来的，表叔要送爱光去云南，这还是我和表叔一起出的主意。可我实在是想见她一面。我知道这样做很危险，所以我没找别人，找了你。我不能再连累我们杭家人了，我已经把大哥给害惨了。现在我哪里也没去，你想办法让她到琅珰岭上来等我好吗？"

杭汉摸了一下儿子的头发，儿子东藏西躲，竟然已经年余。父亲愿意为他上刀山下火海。他说："我也受着监督呢，不准随便进城。不过我可以想想看，能不能让你妹妹替你跑一趟，我明天能够见到她。"

春天来得早，西湖郊区群山间的明前茶绽出了嫩芽，采茶姑娘们上了山。

杭迎霜因为突然下来的任务而很侥幸地躲过了对她的责难，他们这支文宣队跟着全校初中生，一起来到了翁家山烟霞洞旁。

采茶是个看上去快乐实际上非常累人的活儿。往年采明前茶是断断不会要这些女学生的，为只为今年大会召开，要从月初开到月底，而龙井茶历史上就是贡茶，1949年以后不叫贡茶了，叫人民大会堂需要的茶。这次大会在人民大会堂召开，头一个点了名的，就是这龙井。大批量的采摘,人手就一时不够,这事情恰好让翁采茶负责,还是吴坤给她出的主意,找一些中学女生到龙井茶乡学农劳动,光荣的任务就是为大会采茶。迎霜她们这些女孩子,这才来到了茶区。

来虽来了,还不是一上手就行的,学校方面特意安排了两堂课,一堂是老贫农的忆苦思甜,一堂是茶叶工作者讲解有关采茶方面的知识。迎霜一见那老头儿眼睛就直了,那不是龙井村的九溪爷爷吗?大爷爷和九溪爷爷有些交往,迎霜一看到就认出来了。

但九溪爷爷会干活不会说话,一说话就要豁边,讲到不该讲的范围去。比如忆苦思甜,他一忆两忆,就从旧社会一直忆到1960年:1960年的那个苦啊,没饭吃啊,那也是真叫苦啊!听得老师们直跺脚,坐在台下的同学们哄堂大笑。1960年没饭吃的苦,其实在座的同学们那时五六岁了,都是吃到过的,虽然小,也已经有了记忆,但后来饭吃饱了,也就不提这段家丑了。现在让这苦大仇深的老贫农一说,不但不同情,反而好笑——好笑这贫下中农老头儿真没觉悟,反动话都那么一本正经说到大会上来了;又好笑他虽那么说,却也是真话,虽然反动,但谁也不会去告发他。九溪爷爷一边被人家客气地往下架,一边还扭着脑袋想跟人评理:“1960年没饭吃是真的苦哇,我也没有说假话,1962年就开始好起来了,1965年饭让你吃饱,好茶也吃得到了,前些年哪里吃得到……”一直架到外面茶蓬里,还能听到他奋力辩解的声音。

因为有了九溪爷爷的教训,再讲采茶知识,学校专门到茶科所去请专家,挑来挑去,竟然挑到了杭汉。他是一块臭豆腐,闻起来虽臭,大家却抢着要吃。看来学校方面也不一定知道杭汉就是杭迎霜的父亲,总之父亲走上那临时的讲台后也没有对迎霜露出特殊的表情,他的目光漫射了一下台下,在女儿的脸上停留了片刻,露出了只有迎霜才能感觉到的笑容。迎霜的脊梁骨一下子挺了起来,一阵满满的自豪感升起在她的心间——那是我的爸爸呀,是我的爸爸来传授知识了呀,她取出小本本,目不转睛地盯住了爸爸。

也许这就是杭汉一向的工作作风,也许这里面确实夹着父亲对女儿的特殊感情,总之,那天杭汉的有关龙井茶的采摘课,讲得非常用心,非常仔细。

他先讲了采摘茶叶的重要意义。他说,采摘茶叶,既是茶树栽培的结果,也是茶叶加工的开端,它关系到茶叶品质和产量,也关系到茶树生长的盛衰和寿命的长短。

接着他开始说龙井茶的特点以细嫩见长,细嫩里头还要再分品级,分为莲心、雀舌和旗枪。

他又讲到了采摘的标准:若按季节,春茶是按一芽一叶的标准开采的,清明前后采的是特级茶和高级茶,到了谷雨前后至立夏,那就可以采一芽二叶了,再迟一点,也可以采一芽三叶了。

再接着,他说到国家定的标准,收购茶叶,都是有标准样品的,一至八级,再加上一个特级,那就一共有九个等级了。若要说到鲜叶的标准——杭汉说到这里,举起手里的鲜茶嫩芽,告诉大家,现在大家采的特级龙井茶,就是这样的:一芽一叶,或者一芽二叶初展,芽要长于叶子,芽叶间的夹角很小,芽叶的长度是二至三厘米。等到采一至二级的茶叶时,芽叶的长度就基本相同了,叶片也要略略大一些了。再到三至四级时,采的就是一芽二叶到三叶了,叶子也开始长于芽了,叶片也就更大了。到了五至六级,叶芽里头就可以夹着幼嫩的对夹叶了,叶子可以长到五厘米了。至于到了七至八级,叶子就已经长到极限,不再长了。

他讲课的时候,又是拿实物,又是展示图片,坐在下面的同学们纷纷站了起来伸出手去,嘴里就嚷着:给我看看,给我看看。迎霜静悄悄地坐着,她看不到父亲了,只看到一片高举的手。一会儿,大家都坐了下来,像击鼓传花一般地传递着那枚小小的芽大于叶的龙井鲜茶芽,一直传到了迎霜的手里,迎霜就不再往下传了,她轻轻地把这枚茶芽放在手心,她抬起头来看了看父亲,父亲的目光掠过了她,盯在窗外的茶山上,父亲开始讲采摘期了。

如果不是父亲告诉她,那么,会有谁让她杭迎霜知道,茶树刚刚吐露出春芽的时候,茶农就开始在三月的春风里开采,那是被称为“摸黑丛”的呢?而春茶为什么不宜留真叶,为什么要洗丛呢?那是因为春茶留下的真叶到夏茶时会转青,那就被茶农们称为“抱娘茶”了。这些抱娘茶半老不老的,会在采摘夏茶的时候被摘下来,影响夏茶的质量啊。

至于说到采摘方法,父亲说得多么好,“采定级,炒定分”,采摘是茶叶品质中多么重要的一环哪。这里的茶农历来用的都是提手采摘法。父亲模拟了一下这种采摘法的样子,真像采茶舞里那些姑娘的采茶动作呀:手心向下,大拇指和食指夹住鱼叶上的嫩茎,轻轻向上那么一提,看着的同学们都轻轻地会心地笑了起来。父亲的动作,还有他说话的口气,那是多么幽默呀。

突然,父亲的口气严肃起来,父亲说:“采下的茶叶,一定要是芽叶成朵,大小一致,匀度好,不带老梗、老叶和夹蒂,这样,既不会伤害芽叶,又不会扭伤茎干。同时,要求茶丛采净,顺序从下采到上,从内采到外,不漏采,不养大,不采小,要全部采净。”

大个子姑娘真讨厌,不知道她是不是已经不习惯这种严肃的传授知识的课堂,还是为了出风头,一举手站了起来,然后两只手像鸡啄米一样滑稽地动了起来,又像一只下水鸭子般地叫了起来:“喂,那你说这样采茶,是台上跳跳的,还是真的那么采的?”

她的话显然冲淡了刚才大家严肃的学习气氛,大家看着她,不由得笑了起来,大金牙笑得嘴上一片金光。这个大金牙,跟他们一直从小学进了中学,就像甩不开的牛皮糖一样令人生厌。迎霜气愤地盯着大个子姑娘,她恨她,觉得她是一个野蛮人,一个小市民,像弄堂里某些从头到脚粗俗不堪的女人。她想父亲一定会很尴尬,但父亲却比她估计的要平和得多。他甚至也一起笑了,说这个同学问题提得好,双手采摘是一种新采摘法,1958年,由梅家坞大队的沈顺招和她的十姐妹从提采法发展而成。不过这种采摘法一定要做到“一集中,三协作,五个巧”。一集中,是要思想高度集中,这样才能做到心静,手灵,眼准,脚勤。三协作,是要眼、手、脚密切配合。五个巧:突出枝条的茶芽要自下而上交替采;丛间茶芽要双手插入,用手挡开枝条采;不同高低的茶丛要蹲立交替采;雨天和露水茶芽要抓把采;晴天要随采随手放入茶篓。

又有人学着大个子姑娘喊:“那茶篓是不是也像台上跳舞用的那样呢?”大家又是一阵哄笑,这一次迎霜也不像刚才那样气愤了,她发现父亲能够轻松地应付这种场面。父亲已经开始作结束语了,他一边收拾着那些实物和图片,一边说:“茶篓也要讲究啊。鲜叶一下树,就容易失水,还会散发大量的热量,所以要用通气好的茶篓。现在这个季节采茶用的高档茶篓,都是一斤到两斤装的。

等采中档茶了，可以用三斤装的。等采低档茶时，就可以用五斤装的茶篓了。还有，千万记住，不要为了多装就用力揿压，这样会把鲜茶揿坏的。你们看，还有什么要问的？”

大家站了起来，拥到杭汉面前，七嘴八舌地问这问那，倒把迎霜挤到了外面。她的心里热乎乎的，父亲哪，我多么爱你，你让我多么骄傲呀！等到大家慢慢散去的时候，她才走到父亲身边，叫了一声爸爸，眼睛里湿湿的，就不知道说什么了。倒是杭汉平静一些，问刚才讲的课她有没有听懂，迎霜用力点点头，说她都听懂了，还记了笔记呢。

那一天对她多么重要，她向老师请了假，送父亲下山。她和爸爸走在一起的时候，分明看到了人们向她投来的羡慕的眼光，有一丝这样的目光她就够了。

已经是薄暮时分了，同学们都去集中吃饭，烟霞洞前没有人了。父女俩站在洞前，杭汉突然说：“从前洞口竖着一块字碑，上面写着：烟霞洞。那是因了前人的一句诗，叫作‘烟霞此地多’，你大爷爷告诉我，这就是烟霞洞的来历。你们现在当了临时宿舍的房子，从前就叫作烟霞寺，后来改作茶楼，我们一家还到这里来喝过茶呢。”

迎霜很少听父亲讲这么多家常话，她有些吃惊地问：“我怎么不记得了？”

父亲抚着她的肩膀，说：“那时候还没有你。”他想了想，又说：“不，已经有你了，在你妈妈肚子里，正好三个月。”

他没有像家中的其他人一样，在她面前尽量不提妈妈，这使迎霜感到巨大的温暖。她想,就因为他是她的父亲吧,他们之间有权利互相沟通他们的痛苦。正是这种慰藉安慰了她,使她听到“妈妈”这两个字时,没有像往常一样流下眼泪。他们趁着最后的天光往洞里走去,说着女儿和父亲之间的悄悄话。

她第一次知道父亲原来懂得那么多。她问他:“为什么这个洞里会有这么多石雕的菩萨呢?你看,都被红卫兵砸得七零八落了,还剩下这么多——为什么呢?”

于是父亲便告诉她关于烟霞洞的传说:“一个和尚,经神人指点,在洞里看到六尊罗汉显形,所以把它们镂刻出来。他刻完了六尊像后就死了。又有一天,吴越王做梦,梦到那和尚对他说,我有兄弟十八,现在只有六个,那其余的得让你来帮我聚起来了。吴越王醒来后就到处找,果然在这个洞里面找到了六尊石像,连忙就把那十二尊补上去。这都是小的时候你嘉和爷爷带我们出来踏青时讲给我们听的。这里本来有三十八尊大石像,还有一些小的,我小时候专门数过。这些石像,都是利用天然岩穴镂刻而成的,他们大多是五代时的作品。五代你知道是什么时代吗?不知道,真不知道?算了,你就记住是夹在唐宋之间的那个时代吧,以后还是要读点书哇。你过来看,这里的入口处有一尊苏东坡的像,那是清代人刻的。你看看这洞口两旁的观音像,你看那身上披着的薄衣,真的像是风都可以吹起来的呢。”

迎霜禁不住上前摸了一把,说:“真的,好像给她哈一口气她就会活过来一样。”

杭汉看到女儿懂事的面容,他想:可惜蕉风看不到,女儿长大了。

他们走出洞口的时候天色又暗了一层。父亲把她带到了烟霞洞左边的象鼻岩前,这是一块天然生成的象形巨石,两只耳朵紧贴着,鼻子下垂着一直拖到地上。父亲问女儿这是什么石,女儿说我们一来就知道了,这是象石呀。父亲又问她,还看见了什么,女儿摇头。父亲指着大石象腹下那只小石象,说:“看到了吧,它躲在大象肚子下面,不敢出来了呢。”迎霜看看胆怯的小象,又看看父亲。父亲突然说:“爸爸就是大象,你和你哥哥,就是我的小象。”迎霜抱住了爸爸的脖子,眼泪就流出来了。十四岁的少女知道父亲的脾气,她明白父亲到了什么样的境地,才会说出这样的话来。

关于得放回来以及他想见一见谢爱光的事情,就是在这时候由爸爸告诉迎霜的。迎霜听了这消息之后,吃惊地说:“爸爸,爱光姐姐明天就要走,我们还要到车站去送他们呢,这件事情交给我了,你放心,这件事情交给我了。”

第二十八章

谢爱光初次见得荼,是在钱塘江畔的月轮山下。上山的时候她气喘吁吁,他淡淡地看了她一眼,伸出手去,姑娘摇摇头拒绝了。在半山腰就已经能够看到钱塘江,六和塔黑压压地矗立在头顶。他们绕着塔走了一圈,得荼问她想不想爬六和塔。塔里一个人都没有,他们两人绕呀绕的,越绕越窄,爬最后两层的时候,谢爱光累得动不了了,还是让得荼硬拽上去的。到顶层后,谢爱光一句话也说不出了,倚在塔墙上只有喘气的份儿。得荼看着她,想:这样的姑娘,进了监狱,怎么禁得起打呢?这才问:"你打算怎么办?"

谢爱光被得荼的话问愣了,脱口而出道:"我,我和得放在一起呀!"

"你不能和得放在一起。"得荼绕着那狭小的塔楼,一边慢慢地走着,一边说,仿佛是在自言自语,甚至没有再看谢爱光一眼,"你们不知道言论的深浅——言论可以让一个人去死。"

谢爱光本来是要被发到黑龙江去的,1968年底,《人民日报》正式发表文章,传达了关于知识青年上山下乡的最高指示。浙江省六万军民在省城集会,杭州一百三十名中学毕业生和近千名知识青年,表示要到遥远的冰天雪地的黑龙江支边,谢爱光被安排在上山下乡人员的名单之中。

得放在逃，布朗没事，审了他几天，他说他连字都不认识，那些传单他还以为是用来垫花篓的。他就是一个想在国清寺出家的素人，国清寺现在是不招和尚，但成立生产大队了，还有茶园，他就是个管茶园的茶僧。这么绕来绕去的，他终于把自己给绕出来了。

谢爱光要去黑龙江的消息传到天台山中后，得放就开始坐立不安。好几次动脑筋想潜回杭州，都让布朗给挡了。他把胸膛拍得嘭嘭响，说："得放，你要相信我，把爱光交到我手里，我送她回云南去。等她在那里安顿好了，发个消息，你也一起来，我们全家到大茶树下快活。"

得放说："我最不放心的就是你。我看你是盯上爱光了。"

"不要脸，还好意思说这话，要不是被你牵连，她这么个小姑娘会被发到那么远的冰天雪地去？"

"她真要去我们谁也不能拦着她！"

话音未落，他被小布朗狠狠甩了个大耳刮子："就以为你是个读书人，就以为只有我们这种山里人才会偷鸡摸狗，你不就是怕我把爱光生米煮成熟饭吗？"

"什么生米熟饭，满口下流话，肚子里就这点东西，你根本不懂什么是爱情！"得放捂着脸，他又痛又恨，都要哭出来了。

见得放这副生瓜蛋子的模样，小布朗恍然大悟了，他母亲的娘家人，真是生来这样的种，要不然，妈也不会一直等着坐牢的爸爸呀。小布朗垂头丧气地向侄儿道歉，一边摸着他的脸一边说："我向我们的祖先叭岩冷发誓——"

得放一扭脖子就废了他的话："什么叭岩冷九岩冷，那是你们的神，我是无神论者，我不信。"

“行,那就按你们的规矩,向马恩列斯毛保证……”

“他们要管全世界,管不了你的这些小肚鸡肠,你就向你自己保证。”

“你要我保证什么?”这下轮到小布朗蒙了。

“不准勾引她!”

“神经病!真当我是流氓啊!”小布朗咆哮起来,现在轮到得放惭愧了。小布朗本来可以陪着母亲安度晚年,可是被他这一通搅得,连得茶哥哥最后都替他服苦役去了——吴坤告了杭得茶致命一状,说那些反动文章都是在得茶授意下才由他弟弟完成的,既然他弟弟在逃,那么哥哥就得顶替受罚。

得茶被带走前已有预感,他专门让布朗来了一趟花木深房,这小小书房里的有关茶的物事,那些壶啊,瓦罐啊,挂在墙上的图啊,标本啊,还有一大块横剖面的木板,那还是小布朗特意从云南一株倒了的古茶树上截下来的呢。得茶从钥匙圈上取下一把备用的钥匙,说:“这些东西以后拜托你替我多照应一把了。”那天晚上,得茶一直在小心地整理他以往精心收集的那些东西。有的放了起来,有的整理到床底下。只是那几张大挂图,不知道为什么他依旧没有取下来。也许在潜意识里,他依然不愿意把自己的以往清理得太干净,他还是想留下一点什么,作为某一种相逢或某一天归来时相识的标记。布朗满口答应。而杭得茶在见过谢爱光后,也同意了布朗的请求,认为谢爱光还是以投亲靠友的方式去云南更为安全。

布朗底气足了,直接去找了爱光:“你给我表个态,是跟我去云南回乡插队,还是去黑龙江,去陕西,去内蒙古!反正现在上山下乡大运动,你总得去个地方!”

爱光低着头,闷了很久,才问:“得放怎么说? 他什么意见我就什么意见嘛!”

“得放亲口跟我说,让我把你带回云南保护起来。”

“就说了这些?”爱光不相信,小布朗才说:“还有,他说万一他死了……”

这句话未说完,谢爱光就哇的一声哭开了,小布朗只好不停地劝她:“又没说真死,是说万一死了,是万一,万一……”

接着,小布朗开门见山地跟妈妈寄草说,他想带着爱光回云南,爱光一个人被发到黑龙江,非得死在那里不可。

寄草一开始有些惊异,说:“你把她带走了,那得放怎么办?”

“过一段时间风声不紧了,再把得放也接到云南去,让他们在大茶树下成亲,不比什么强?”布朗又开始拍胸脯跷大拇指做大。

寄草这一下子真是连话也说不出来了,她眼前晃来晃去的,就是大茶树下那唱着山歌的老邦崴的身影。她扑上去抱住儿子的身躯,声音都发起抖来了,说:“儿子,他们成亲,你怎么办?”

布朗愣住了,母亲一问,他所有的快乐坚强都土崩瓦解,突然悲从中来,打开柳条箱子,一只手捧着一团定亲的沱茶,这是他特意从云南山寨带来的普洱茶,那可是地道的定亲茶呀,他趴到床上,号啕大哭起来。

寄草也伤心地大哭起来——杭家几乎所有的人都走了,但她不能走,大哥嘉和得了眼疾,夜里什么也看不见,她得陪着他;罗力在劳改农场,她时常去看他,她不能离开这个家。母子两个抱头痛哭的声音,惊动了瘌痢阿松,他出来看着,心里暗暗高兴,想:这个云南蛮胡佬,终于要被发配回去了,这院子终于要全部归我了。

十里琅珰岭,绿袖长舞,直抵江边,山峦翠色,尽在其中。左枕危嶂,右临深溪,缘木攀萝,方可登临。旧时又称扪壁岭,自古以险峻难行著称,只有身强力壮的胆大儿郎才能攀越,故琅珰亦称郎当。

杭汉陪着杭嘉和,守在那五云山的通道口上。这一条道路游人罕至,却挡不住进山香客的脚步,每年春秋两度的远行,曾踏出了一条二人并行的山路。这些年不再烧香,茶园虽盛,山路却渐渐地被荒草埋没。得放与爱光到这里来秘密相会,就是看中了此地的荒僻。他没有想到,大爷爷和父亲也赶到了这里。

得放回来的消息,杭嘉和竟然是从吴坤那里得来的。吴坤有内线,因此杭得放一进杭州城就被盯上了。他知道后立刻就去了一趟杭家。杭家客堂间里没有人,他想了想,就熟门熟路地朝后院的花木深房走去。

门开着,一个老人坐在门口晒太阳,一个孱弱的老人,一个失去了任何力量等待太阳下山的老人。听到脚步声,他抬起了头,但他不说话。吴坤看到他手里捧着一杯茶,看到了他捧茶的那只断了小手指的手。老人的心一惊,定住了。

他说:“我是吴坤。”

老人想了想,说:“知道了。”他的声音多么平静啊,吴坤佩服这样的声音。他凑过脸去,对着他的耳朵,轻轻地耳语,单刀直入地问:“知道得放回城的事情了吗?”

老人一声不响,过了一会儿,喝了口茶,目光看着空中,问:“有人在追捕他了?”

吴坤踌躇了片刻说:“是的。”

“少不了你的功劳吧?”老人又说。老人朝他看了一眼,他突然发现,老人能看见他。他又踌躇了片刻,说:“是的!不过现在还来得及,请你快跟得放联系,让他无论如何不要反抗,追捕他的人都带着枪,已经有令,他要拒捕就开枪击毙。爷爷,我和你一样,都不希望出意外,你看,怎么办才比较好呢?”

他几乎就要为自己的诚恳感动了,如果那老人不是突然扔过来那样一个冷笑。老人招招手,让吴坤把脸凑近了一些,仿佛要仔细审读一番,继而才说:“来寻良心了?”

他的话让吴坤大吃一惊,他张了张嘴,什么也说不出来。杭嘉和已经站了起来,一边风一样地朝前庭走去,一边说:“我们杭家,和你们吴家作了一百年的对,但你和你爷爷还是不能比。他比你清爽多了。”

长长的琅珰岭,满山满坡的美丽茶园,像健美的少年和优雅的少女……得放拥抱着亲爱的姑娘,他太爱她了,太爱她了,其实他也不知道他为什么要这样爱她,但他以往从来也没有这样亲吻过她,他的手从来也没有掠过美丽的姑娘那温柔的胸部,他们曾经一夜夜地畅谈,但他们从来没有互相拥有。现在他们多么渴望在蓝天白云下,在满山茶蓬中,在青山绿水和鸟语花香中奉献自己……

布朗亲自陪着爱光来到这里,他一边气急败坏地骂着得放,一边为他们站岗放哨。他轻声咆哮着,叫着:“得放,你不听我的话,你不是我的侄子!你知道你这样做有多危险吗?我会被你大哥骂死的!”

得放一边把布朗往外推一边说:“行了行了我的好表叔,让我和爱光待一会儿吧。”

“一个小时够了吗?”

“你说什么?一个小时,你疯了,我从天台山赶过来——一个小时?”

“最多不能超过两个小时!”

“两个小时?”这对年轻人同时叫了起来。布朗吃惊地看着他们说:“两个小时还不够啊?你们也太贪心了!”

“两个小时怎么够呢?从前我们说话,能够从天黑说到天亮呢!”红痣少年说。

小布朗更吃惊了,他几乎叫了起来:“什么?姑娘马上就要被我带到天的最南边去了,你还只想跟她说话,你们——啊,你们多么傻啊!”

这对年轻人开始有些明白表叔的意思了,他们一下子就脸红了起来,爱光就拿她的手去打布朗的背,边打边撒娇般地说:“布朗叔你坏,你坏!”

小布朗可没有时间跟他们开玩笑,他一把抓住爱光的手,掏出那只祖母绿戒指,一下子就套在爱光手上,说:“结婚吧!你看,连戒指也有了,我本来是想在云南大茶树下为你套的呢!”

爱光右手的无名指套着那枚戒指,尖尖的手指朝向天空,她的手哆嗦起来,她的眼泪也在眼眶里哆嗦起来。她跪倒在茶坡上哭了。得放有些手足无措,一边也跪下来,一边手忙脚乱地为她擦眼泪,对她解释说:“别哭,别哭,我不跟你结婚,你放心,我不是和你来结婚的，我告诉你我看了多少书，我们那里山高皇帝远，一些知青的书籍倒没有烧掉，正好供我读。史学书，有郭沫若的，翦伯赞的，范文澜的，吴晗的，还有一些文学名著，《静静的顿河》、《春潮》、巴尔扎克的《人间喜剧》、莎士比亚的悲喜剧——”他没有能够再把书名报下去，他的嘴已经被姑娘温热的唇堵住了。

呵……在蓝天下亲吻是多么神奇呀，你的眼睛也被我吻成蓝色的了，你浑身上下散发着茶的香气，散发着野花的芬芳。青春多么美好呀，我们一定要活下去，我现在知道了许多关于爱的事情，我现在明白为什么大哥不赞成我写那些东西了。大哥并不是不勇敢，他不是很坦然地到海上小岛去服苦役了。他也可以不去，只要他坚定地和我划清界限，可是他不认为我有什么反动之处，他说这不过是对真理的一种思辨罢了。大哥只是认为我远远还没有想透就想叱咤风云。也许他是对的。我单枪匹马，读一点书，知道一些皮毛就写文章，虽然用了大字报的语言，看上去有些张牙舞爪，我自己却越来越清楚，实际没有多少花头。瞧，我向你承认这一点，真让我难为情，你不会因此而看不起我吧……

噢……可是你的亲吻真甜蜜呀，我真想和你永远地躺在茶山上，亲吻，亲吻，亲吻，直到茶把我们全盖上。呵，我们过去浪费了多少好时光，我还剪过你的辫子。我多傻呀，越读书，越觉得自己蒙昧。真不明白他们为什么还要通缉我。其实我什么也没有说透……你怎么不亲我了，你吻我呀，你吻我呀，我只有在你的吻中才会才思汹涌……有时候我想，我还是被他们抓住了更好，会判刑吗？也许，三年两年的，熬一熬也就熬过去了。关键问题是要碰到能听得懂我的话的人，谁是真正的马克思主义者？我们不妨到法庭上辩一个高低吧,这个世界上,难道真的就没有听得懂我的话的人……你看,天多么蓝哪,请在蓝天的衬托下,让我看一看你手指上的祖母绿吧。表叔该骂我们了,我们为什么还在说个不停,我多么爱你呀,其实我想说,我多么爱你,不是说话的那种爱,是另一种爱,在那一种爱里,吻是远远不够的……你看到我怀里揣着你的长辫子了吗?我每一个夜晚都是亲吻着它睡去的,现在,它就在我怀里……让我像表叔说的那样来爱你吧……怎么啦,你怎么啦,你听到了什么?有人在喊?他们在喊什么——

他们突然惊坐了起来,听到布朗大叫一声:"快跑!"他们不但没有跑,而且还站了起来。然后,他们看到了前方出现的两个人,是大爷爷和父亲。他们朝他们这里摇着手,得放很高兴,掏出贴在心口的那两根大辫子,也摇晃了起来。就在这时,他本能地感觉到还有人在盯着他。他回头一看——枪!举枪的人!他大叫一声"爱光快跑!",嗖的一下跳了起来。他拉着爱光飞速地开始奔跑。他们看见茶蓬一团团地在眼前蹦跳起来,鸟雀惊叫,蜂乍蝶惊,山下的粉墙灰瓦东倒西歪,他们好像听到后面有人喊别跑了别跑了,前面有危险!但他们什么也没有听见,他们像风一样地掠过,像鸟一样地飞,像小鹿一样地跳跃,他们彼此听到了强烈的喘息,茶蓬哗啦啦地惊呼起来了,他们突然弹跳起来,有什么东西把他们抛向了空中,然后,就像刚刚浸入水中的茶叶一样,舒展着,缓缓而优雅地沉入绿色的深处去了……

后面的人在峭壁前刹住了脚,布朗只来得及抓住爱光,和那两根落在茶蓬上的大辫子。所有的人都惊呆了,连茶蓬都惊得目瞪口呆,天地也在那突然的一跃中同时沉入谷底。追赶者面面相觑,有人飞快奔跑,寻那绕向悬崖的路。布朗惊异地抓着这两根辫子,茫然地捧给了后面追上来的嘉和与杭汉。辫子上沾着茶叶,也沾着那对青春少年的柔情蜜意,它在簌簌簌地发抖……

那两个追赶者终于气喘吁吁地跑了上来,你,你,你,你地认了一番,首先就问布朗和他用手紧紧拦住的谢爱光:"你们是谁?"

小布朗摊摊手:"我们在这谈恋爱啊!"

"谈恋爱不到六公园,跑这里来干什么?"

"这里人少,方便哪。"

那两个追赶者便猥琐地笑了起来:"谈恋爱拿这大辫子干什么呀?"

"破'四旧'呀,我把她辫子给剪了,她不愿意,正哭闹呢,你们后面就上来一堆人,把她吓得拔腿就跑了。"

那两个家伙开始盯着爱光问,有没有人从这里跑过,谢爱光吓得浑身发抖,一声声只说自己不知道,她以为他们要打死她,俩家伙很好奇,为什么他们要打死她呢,她指指小布朗说:"因为……他……他想要流氓……"

这下俩家伙真笑了,说:"你们是在谈恋爱吗?"

"是啊,当然是啊,你们看我给她的戒指。"小布朗举起爱光的手,那是祖母绿在茶园中闪闪发光。那两个人就走到了峭壁前,举起枪来,正要往下探看射击,突然听到了一声惨叫,他们看到另一个人朝峭壁撞去——是杭汉!他发出了根本不像是他发出的那种惨烈的长长的叫声。他又听到另一个声音撕心裂肺地大叫:布朗,拉住他——

人们就见杭汉直往崖下扑去,他的脚被那个刚才大叫的半瞎的老人一把拖住。但老人的分量那么轻，被疯了的杭汉一下子甩了起来，甩到了茶蓬上。杭汉拼命地踢，用脚，用手，疯狂地朝那老人砸去，想摆脱老人，那老人像一片落叶一会儿翻到东一会儿翻到西，在茶蓬上发出了嘭嘭的声音，但他咬紧牙关，一声也不吭，杭汉却歇斯底里地不停地发出惨叫，他的叫声，真是令石头也要落泪，让那些持枪的家伙也侧过脸去。这时布朗已经冲上去，从背后抱住了杭汉，他们俩一起用力也制伏不了杭汉，杭汉依旧疯狂地冲着跳着喊着，原来这人发病了。几个追击者见他们追着一个精神病，便觉得是个麻烦。看样子这里也不像是有什么人来过了，他们骂骂咧咧地警告了一番，便撤退了。然后便是扑通一声，爱光瘫倒在了茶蓬前。

茶蓬上的嘉和摇摇晃晃地站了起来。他几乎什么也看不见了，但他还能够在布朗的搀扶下，走到杭汉前，慢慢地扶起侄儿。杭家的三个男人和一个女人，此时心照不宣，一声不响就寻寻觅觅地朝那通往悬崖的绝路走去。但见前方峭壁边一处石岩旁，小布朗把两根辫子缠在一起，挂了下去，接着，一双年轻的手，就在浓郁的茶山峭壁间伸上来了。

火车站锣鼓喧天，人山人海。准备出发前往云南的布朗和谢爱光意外地在月台上发现一身行装的赵争争。一开始他们想回避她，后来发现大可不必，这时候的她根本不可能看到他们这两个小人物。她的眼里只有滚滚的时代潮流。

此刻，她一边等待来送她的吴坤，一边发表告别演说。她也要去黑龙江了，是作为支边的优秀代表去的。她父亲对她去黑龙江并不怎么支持，但也不便公开反对，倒是吴坤私下里一直鼓励她去，为了动员她，他甚至还吻了她。他说他永远也不会忘记她，他会等待她的。海内存知己，天涯若比邻，他俩的心是连在一起的。赵争争被吴坤那么一吻一嚎，又认不出东南西北了。再说，她想父亲也已经答应了她，过一段时间就把她送到军队中去。她一定会回到吴坤身边的，那时候他就不会像现在这样萎靡不振了。

大家都看出吴坤的情绪低落了。按理说，他目前的处境是相当不错的呀。他一步步进入权力的核心，正在积极策划参与全面揭开旧省委阶级斗争盖子的行动。他是省里造反派的主要笔杆子，整理材料全靠他和他手下的一帮子人。每日熬得眼通红，喉咙沙哑，情绪低落与斗志昂扬周期性地在他的身上交替出现。对立面已经被镇压下去了，连杭得荼这个老对头也已经被他送到海岛上去做苦力了。吴坤最近正在翻读马基雅维利的英文版《君主论》，有时他还断断续续地翻译着，他学习这个15世纪文艺复兴时期意大利人的思想，完全就像学习20世纪60年代的毛泽东思想那样投入和认真。

即便这样，偶有空隙的时候，他依然感到绝望。白夜死了，他失败了，他最终也没有得到她的心。这使他甚至恨她，她用死来打败他，还剥夺了他的女儿。他从来也没有看到过女儿，因为从一开始他就没有承认过她。在杭得荼的罪状中，除了知情不报，包庇弟弟进行反动宣传之外，还有一条人们津津乐道，挂在嘴上的，就是作风糜烂，流氓通奸，给他吴坤戴了绿帽子，白夜给杭得荼生了一个私生女。大家都同情他，他也不得不装出一副可怜相。

今天他也到车站来了，出于把假戏演好的责任感，他也要把赵争争这个神经质的姑娘送走。火车站人山人海，群情激昂，他远远地看到赵争争正站在一堆货物上发表演说。如果说两年前这个形象还让他产生美感的话，她现在的样子却让他想起了翁采茶。她们俩一个聪明一个愚蠢，但在吴坤眼里却都是愚昧的。看着她那种被人卖了还在帮人家数钱的兴高采烈劲儿，吴坤想：千万注意，不要落到她那个下场。

他依然在赵争争与翁采茶之间摇摆。真是士别三日，当刮目相看，现在采茶姑娘的政治地位越来越高，已经可以和赵争争抗衡了。她作为省首届贫下中农代表，参加了代表大会，还是常委呢，还坐主席台呢，还发言呢，当然这发言稿少不了小吴给她拟订初稿，添油加醋，又训练她一遍遍朗读，连哪里声音轻，哪里声音响，哪里拖音，哪里斩钉截铁，都做了记号。

都这样了，采茶模拟读稿的时候，吴坤还是气得火冒三丈。原来采茶不会断句，总是犯"人的正确思想是从天上掉下来的——吗?"这样的白痴般的错误，且怎么批评也没用，她的自尊心一点也没有"受伤"；只要是来自小吴的声音，即使骂得她一佛出世二佛生天，对她来说也是美妙享受。吴坤一想到个人崇拜中还要忍受这样的屈辱，这才体会到个中的滋味。

代表大会召开那天，吴坤也坐在主席台上，一把黄汗都捏出，采茶总算还争气，该出的效果还是出了。什么掀起农村斗批改新高潮；什么敢想敢说，敢于斗争，敢于造反；什么对一切阶级敌人，一切修正主义黑货，一切资产阶级"四旧"来一个彻底的大扫除——这都是他吴坤专门画了红杠杠，要读出威风来的，倒还真是让她给读出来了。会后，喇叭里奏响《大海航行靠舵手》，采茶热烈地和省里的头面人物们握手。吴坤站在边幕上看着这一切，仿佛看到采茶那两只袖筒里扯出了两根线，线头正在他吴坤手里捏着呢。翁采茶油头汗出，两眼放光，活像杨家将里的那个杨排风。那天夜里，“杨排风”羞羞答答地上门来听取意见了，被吴坤无事生非狠狠训斥了一顿。可怜采茶一个乡下姑娘，哪里晓得知识分子的这些弯弯肚肠，只当自己事情没做好，连忙掏出一个小本子认真地记。她又认不了多少字，急得圆珠笔乱点。吴坤训完了，他从她的眼睛中看到了那种生理性的渴望，越发生气，心想自己难道是头种马吗？就说：“以后没事情多读点书，少出点洋相，你现在也已经是个人物了，别给我丢脸。”说完一甩门走人。

此刻，当他正要朝赵争争走去的时候，突然看到了一张熟悉的脸，因为额头上的那粒红痣，他一下子认出了他。他定了一下神——好大的胆子，怪不得生不见人死不见尸，这种时候，还敢到火车站来。想到那些挖他吴坤家族脚底板的宣传品，吴坤心里就升上了巨大的仇恨，这些公开抛出的资料，毕竟还是影响了他继续上升的走势。一方面他觉得上升也很无聊，但另一方面他却不能没有那段上升的曲线。他的心就在这种对抗中僵持着，却发现周围突然万籁俱寂，鸦雀无声，然后，月台上升起了另一种与刚才完全相反的感情，巨大的哭声，冲破锣鼓和口号，震天动地地响了起来，那个红痣者，一下子就不见了。

此时的少女迎霜，正作为送别的锣鼓队中的一员在月台上起舞，她腰间系着一根大红绸带，看样子是被那突然响起的哭声惊住了。她惶恐地往四周看了看，布朗叔和谢爱光已经不见了。现在，这里是人的海洋，她的嘴巴一下子张成一个○形，她显然是叫出了声，但乐曲声响了，她不得不舞起红绸，跟着节拍舞蹈。但她发出的却是另一种声音，从她脸部的表情可以看出，她已经在哭了。她跳着欢天喜地的舞，流下了生离死别的泪。她身边有许多人在痛哭流涕，她不可能不触景生情。但她不敢停下她的大红绸子，哭声和锣鼓声乐曲声仿佛在打一场殊死的派仗，最后哭声终于被打下去了，变成了抽泣和呻吟，但歌声却越来越斗志昂扬。迎霜依旧和着那节拍在挥舞，表情麻木而茫然，现在她什么也看不见了，她也什么都听不见了……

当年夏天里的某一日，罗力站在劳改农场茶园路口迎候杭汉。罗力是高个子，但背明显已经驼了，花白头发却还是又浓又密，穿着一件背心，一条长裤，浑身晒得和非洲黑人没什么两样，衬在一大片的蓝天、绿坡和黄壤之间，十分显眼。他站着的样子，依稀还有当兵的架势，他几乎没有挪步，定定地立在那里，等着杭汉走近。他们已经见过好几次面了，这一次见面，只是伸出手去，和他握了一握，他的手掌疙疙瘩瘩，完全和老农的一样了。

这一片密植的茶园，一个个茶蓬，个头儿又矮又壮实，罗力说："这是我最早开辟的一片密植茶园，你不是一直想看看吗？"

杭汉的一头黑发全白了。他一句话也没有说，静静地蹲了下来。

罗力说："天太热，先喝水，先喝水。"

杭汉依然一声也不响，罗力把水勺凑到他的嘴边，他喝了起来。罗力对他说："这里一年能收三四百斤干茶，比一般的茶园产量要翻一番。"

杭汉看了看茶蓬，有些厌恶地别过头去。罗力嘴里嚼着一片鲜茶，指着茶园说："其实这种种茶法，我刚刚进来时就有人开始试验了，叫多条式矮化密植茶园。那时候一般茶区实行的都是单条式种植，我们这里却是三条式矮化密植。你记住了，大行距150厘米，小行距30厘米，丛行20厘米，每亩大约15000株。这片茶坡，原是个荒山，就交给我负责，班上原本还有个专门种过茶的，就是那个吴根，教了我不少本事，后来师父一死，徒弟也已经出山了。这样七弄八弄也有十年了吧。"

杭汉还是不说话，罗力看了看他，说："你不是问过我这个茶种是什么种吗？我一直也没有跟你说过，我跟家里的任何人也没说过这个事情。你想听吗？"

杭汉终于点点头，算是他见到罗力后的第一个反应。

下面这个故事，就是罗力一口气讲完的，杭汉在整个过程中，只插过一句话，全神贯注听着他说。

"事情得从1961年说起，那年，各地开始饿死人。"

罗力这么说着的时候，仿佛是在说着别人的事情，他们靠在大樟树下，风儿习习，阳光刺眼，和这个故事的阴森背景恰恰形成了一个强烈的反差。罗力一边说着，一边不停地抽烟："我算是身体比较好的，但我还是快饿死了。这话不是夸张瞎说，我是真的饿死了一回。你们都以为吴根死的那一回差点被狗吞了，其实在这之前，我已经遇上过一回了。我只是不想说，也不想回忆。"

"我怎么样被人抬进棺材，我自己当然是记不得了。但是那天半夜里，我突然从一种激烈的震荡之中醒来了。四周一片漆黑，我抬起手来，发现我的前后左右都是东西，怎么推也推不掉。我的耳边，还响着一阵阵的狼嚎，还有就是一刻也没有停过的震荡，从身边两个方向夹击，我花了好长时间，才明白自己是在什么地方，我遇见什么了。”

“是狼狗吧？”这是杭汉插的唯一一句话，他的嗓子完全变了，嘶哑得难以让人听清他说的是什么。

“我们那时候，常常把死人埋到茶山旁边的一个土坑里去。那地方本来没有狼狗，后来狼狗开始出没，吃死人的尸体。有时候它们能成功地把棺材弄开，把尸体拖出来；有时候不行，它们只能把棺材啃得坑坑洼洼，天一亮，不得不离开。

“说实话，我应该感谢那些想吃掉我的狼。你知道它们饿到了什么程度，它们几乎就把我的棺材都抬起来了。他们有的四面夹击，有的爬到顶盖上去咬盖子，它们叫成了一片，把棺材翻了好几个个儿，我就在里面来回地翻身。你知道，那时候的棺材很薄，我甚至能够感到狼狗的爪牙和我只有一张薄纸的间隔了。从狼狗来吃我的时候开始，我就再也没有昏过去，一直跟它们耗到天亮，我从棺材缝里看到了天光。

“天开始亮时棺材便不再动弹。一开始我也以为狼狗已经全部走了。我的棺材因为被狼狗折腾了半夜，钉子也被咬得松开了，用不着我花多少力气就把那盖子撑开，我从棺材里爬出来的时候，一下子定在棺材里说不出话来。我的棺材被拖到了一棵大樟树底下，棺材板周围，横七竖八地躺着好几条死狼狗，血淋淋的脑袋撞开在棺材上，撞得板上到处是血，树根上也是。原来狼狗隔着一块板吃不到我的肉，就恨得使劲用头撞棺材和树桩子，结果棺材板没撞开，树也没撞倒，倒把它们自己撞死了好几条。

“我爬出棺材板，就觉得自己又要死了，我连一点力气也没有，只好坐在死狼旁边。正巧，脚下有几株茶蓬，矮矮的，根脚处发着很小的枝芽，在早晨的风里微微颤动，还有一滴小得不能再小的露水落在那上面。你知道我这时候想起了谁？”

“……”

“我想起了大哥。1937年，我上前线的时候他跟我告别，曾经跟我说，要活下去啊。当一个人活不下去的时候，想一想山里面的茶，它们没吃没喝，一点点的水，一点点的土，可是它们还是活了下来，还发芽，开花，长成茶蓬。一个人，要像茶一样地活。想到这里，我就把那几根茶枝吃了下去。可是我连用手去拉茶枝的力气都没有。我就躺在茶蓬下面，用嘴咬着茶枝，一点一点咬上去。直到吃掉那株茶蓬的新叶，我才活下来了。”

话说到这里，他们两人不约而同地站了起来，看着身边的这株大树。

很久，杭汉才问：“是这里吧？”

“就是这里，茶救了我。我活过来以后的第二年，就要求到这里来种茶。农场答应了。我拿那株茶蓬做了扦插。我后来知道，这就是他们搞茶叶的人说的单株选育。我还给这种茶取了个名字，叫不死茶。”

杭汉握紧拳头，捶打了几下树干。阳光很猛，青草气阵阵袭来，他看着满坡的绿茶蓬，全都是黑的。

他现在才开始向罗力通报消息：“现在我要向你通报一些不好不坏的消息，首先我要告诉你的是，杨真还活着，他让我转告你要等待，时机一定会到来；其次，你的儿子布朗，把我的儿子的女朋友带回云南插队落户了。"

"这应该是好消息啊。"

"得放活着,他只是失踪了,但他没有离开我们。"

"太好了,孩子们太好了!你放心,他们会过了这一关的,包括在海岛上的得荼,这哥俩会有光明的未来。"

"哦,得荼给孩子取了名字,爷爷取的,叫夜羽,家远和盼儿养着。"

"白夜生的,夜里生的,在茶圣陆羽钦点过的茶山上生的。哎,迎霜呢?她也到了上山下乡的日子了吧。"

"她没再上高中,跟着李平水走了,到绍兴平水去插队了。这个李平水,你还记得吗?差点和翁采茶凑一对。"

"什么差一点,说是凑成对了,我听寄草说,翁采茶跟吴坤勾搭上了,李平水也就把她给蹬了。"杭汉一听脸色变了,罗力连忙说,"这小伙子当过兵,有教养,挺好的。"

"话是这么说,我家的这对宝贝麻烦哪,得放不知道会不会和布朗打起来,迎霜呢又不知道大一点儿会不会再把李平水蹬了。"

"行了,说说方越怎么样?"

"这一对父子呀,窑窑在方越那里,好着呢。方越呢,挑着个担子到处流浪,锔碗,烧窑,木工,漆匠,雕刻,壁画,阉鸡,给猪配种,没一样不能的。"说到这里,杭汉终于笑了起来,"你说怪不怪,这种事情回回都是那个董姨先知道,把个婉罗姆妈气得呀,说了,孩子们一个不回来,她就一天也不死的,看谁熬得过谁!"

"寄草不生我气了吧。"罗力终于问,"真是天下第一对不起的老婆啊!"

“你可别吃醋,她就是听杨真的。杨真说时机未到,你那些材料现在不可拿出来,她立马就熄火。”

“搞什么搞,整天就把我泡在醋瓶子里。”见罗力真吃醋了,杭汉站起来,岔开了话:“等你哪天出来,弄个农业局局长干干吧。”

“如果你给我当总工,我就干!”两个男人终于相视一笑,结束了对话。

第二十九章

悲哉，秋之为气也。东海边的苦役犯杭得茶，照例在海滩度过他的每一个白天，那是他在列宾的名画《伏尔加河上的纤夫》上看到过的生活，原来从画上走下来竟也只有一步之遥。经历过生不如死的肉体煎熬，他终于挺过来了，数年过去，他甚至已经开始习惯。

得茶所在的拆船厂，就在东海的普陀山岛供奉观音菩萨的圣地。老实说，这里的环境倒还真是不坏的，“于此南方有山，名补怛洛迦，彼有菩萨，名观自在”。得茶在一本破旧的《华严经》上看到过这段文字，补怛洛迦是普陀的梵语，汉语意为小白花。

自1966年6月“文化大革命”以来，这个海天佛国，从唐代开始兴盛的佛教四大名山之一，僧尼们被赶得几乎一个不剩。得茶在劳作之余，踏遍了这个十二平方公里的小岛，那些普济、法雨和慧济等大寺，那些从前得茶不曾到过的小小庵院，包括千步金沙和潮音古洞，常常是寂寞无人之处，正好由着他杭得茶去叩访。监禁他的人以为，只要不离开岛，他就是蹲在一个大监狱里，插翅难逃。而在杭得茶，只要能够脱离那场深陷其中的闹剧，他就算是脱离了樊笼。

他和这里的景色非常契合，大海、沙滩、破败的佛门、落日、打鱼的船儿。夏天到来的时候,海上云集的风暴把天压到极低极低,黑云翻墨,世界就像一口倒扣的锅,他和他们的那一群苦役犯,背着纤绳在沙滩上跋涉着,拖拽着那些从泊在海边的破船上肢解下来的零件。他们的身体几乎弯到了贴着地面,他们的手垂下来,汗滴到了脚下张皇爬动着的小蟹儿身上。苦难就这样被勒进了他的肩膀,鞭子一样抽在他的灵魂上。肉体的苦到了极致,就和精神的煎熬合二为一。苦到极处,偶尔他抬起头来,看沙滩与田野接壤的堤岸,那里长长的地平线上是高阔的天空,天空下是两个小小的点儿,那是盼姑姑和女儿夜羽。她们几乎每天都到海边来眺望他,给他生存下去的慰藉。

孩子虚龄已经五岁了,十分可爱,一直就由杭盼夫妇养着。杭盼很想给孩子取一个跟上帝有关的名字,甚至悄悄地取名为圣婴。但她不敢公开那么叫她。接生的九溪奶奶一家与左邻右舍七嘴八舌,报了一大批时髦名字。最后还是得茶一语定乾坤,说:“孩子是白夜夜里生的,又是在茶山上生的,就叫夜羽吧。”大家听了都一愣,说不出不好,也说不出好。有人冒失,便问那姓,得茶有些惊异地看了看对方,仿佛这根本就不是一个问题,说:“我的孩子,当然随我的姓。”

知道底细的杭家女人,一开始都担心吴坤会来抢了女儿回去。意外的是竟然没有,他连看都没有来看一次。大学和一般社会上的人,都把此事作为一件稀罕的风流韵事,甚至那些对吴坤很反感的人,也以为他在这件事情上做得很大度。不错,杭得茶的确因此被一棍子打下去了,但这能怪谁呢?竟然生出一个私生女来,吴坤没有一枪崩了杭得茶就算有理智了。

得茶并不算是正式判刑。实际上他所受的是一种特殊的群众专政样式。定下来送海岛后,得茶很是沉静。也许那种泛舟海上的古代高士的梦想,一直在他的意识深处潜伏,也许他生性本来就是恬静,趋于自然,厌倦繁华的;也许这几年火热的入世的硝烟弥漫的战斗生活,实在是离他的性格太远;也许他到岛上的时间还不长,离群索居的生活可怕的那一面还没有显现出来。当然,也许海边人们对他还算不错,他们中甚至还有人对他抱以一定程度的同情。再说,他干活也着实让他们挑不出毛病。人们难以想象,这样一个瘦弱的戴眼镜的大学老师,怎么还能跟得上他们的步伐。得茶甚至连病也没有生过一场,看上去明显的变化,只是他的背驼了下去,他还不到三十,腰已经有些伸不直了。

休息的时候,他也和那些拆船的民工一样,端着大茶缸子喝茶。茶是本地人自采自炒的,也是他杭得茶过去从来没有喝过的。休息的日子,得茶在山间行走散步的时候,曾经在寺庵附近看到过不少茶蓬,它们大多长得比陆上的茶蓬要高大。他记得从前读一本旅游小册子,普陀十二景中,还专门有"茶山夙雾"一景。民工们对他多有敬畏,那是因为他们已经听说了他杭得茶被流放前的赫赫名声。他们告诉他,他们现在喝的就是佛茶,听说可以治肺痈呢。这个说法让得茶觉得新鲜,茶叶可治白痢,倒是在不少史籍中见过,但此地的茶可治肺痈,他却是头一次听说。为此,他还专门写信回去,向他的爷爷嘉和讨教。

爷爷嘉和在给孙子得茶的信里,尽量把有关佛茶的事情写得详细,那是他对孙子的最深切的爱。他已过古稀之年了,但他也在和时光较量,他也在等待。他用那种平常的口气对孙子这样说:

普陀山对于你是一个新鲜的地方，对于爷爷我，却是不陌生的。只是多年不曾上岛，不知当年满山满寺的茶树今日尚存否？你在信上说，这里的茶树长得特别高，当年我也就此问题问过山中茶僧，蒙其告知，原来此地的茶一年只采一次，夏秋两季养精蓄锐，到了谷雨时分，自然就“一夜风吹一寸长”了。我还不知道你有没有可能去看一看此地人采摘茶叶的方法，当年我上岛时，正是谷雨时分，我就发现了他们的采摘方法，较之龙井茶，是比较粗放的，但粗放自有粗放的好处。另外，佛茶也有龙井没有的洁净之处，尤其是炒茶的锅子，炒一次就要洗涮一次，所以成茶的色泽特别翠绿。再者，不知你有没有注意到干茶的样子，我已经多年未见这佛茶了，但当年佛茶的样子我却记忆犹新，它似圆非圆，似眉非眉，近似蝌蚪，有人因此叫它“凤尾茶”。凭爷爷数十年间对茶的观览，这种形状的干茶，还是独此一家呢，不知今日还存此手法否？……

见爷爷信后，得茶立刻就取来干茶比较，却是一些常规的长炒青，并无凤尾状之茶。有一位老人说，你爷爷此说无错，当年佛茶正是这样蝌蚪状的，不过那都是和尚炒的，从前的茶，也大多是和尚种的。如今和尚没了，哪里还会有什么佛茶。

祖孙之间的这些通信往来，从不涉及家事和国事，只有这样他们才能减少许多监视下的麻烦。盼儿夫妇带着夜羽，一年半载的，总会来一趟岛上。经过一段时间的休整，杭嘉和的眼睛白天依稀能见光，他常常和孙子通信，他口授，寄草笔录，往往孙子的一封信,他能回两三封。

入秋之后有一段时间未收到孙子的信,这使他忐忑不安。所幸不久后去海边看望得荼的杭盼来信,原来得荼的右手骨折了。得荼受伤,是因为拉纤时,绷紧的钢丝纤绳突然断裂,钢丝纤绳飞扬到了半空,分头弹了开去,一边的断头不偏不倚地打断他的右手臂,把他痛得当场就昏了过去。

短暂的养伤日子,杭得荼莫名地烦躁起来,夜里失眠,白天也无法克制自己的失落。这种极度的灵魂的痉挛,曾经剧烈地发作过数次。活着太痛苦了,他甚至想过要葬身大海。这种无法忍受的煎熬直到现在也没有平息。此刻,望着湛蓝的大海,他焦虑不安,仿佛又有什么事情会在那个秋天发生。看得出来,草民们对翻来覆去的政治风云变幻,已经失去了1966年的热情,他们已无暇面对更远更大的东西,他们几乎已经被自己细密如秋茶般的忧愁和烦恼压得喘不过气来了。

只有忘忧依然虔诚如故,作为一名居士,他每日坐禅止语。岛上的人对他不错,有不少人认为他迟早是要回陆上去的,甚至管教他的人也对他睁一只眼闭一只眼。国庆节后,忘忧回山中,得荼重新回到海滩。他的右手还吊着绷带,但这并不妨碍他用左肩背纤。大家都劝他干些轻活,他那一份他们会替他干的。得荼没有答应,他觉得自己已经好了,可以上工了。

一切仿佛并没有改变,他依旧拉着沉重的钢丝纤绳,在沙地上佝偻前进,汗依旧流在大地上。蟹虾们依然在沙滩上蹦跳。当一条条大船被一点点拆完的时候,杭得荼的命运仿佛也在这样一天天地被拆掉。天那么高,风那么紧,心那么凉,沙滩上的人们被衬得那么小，前景那么渺茫。远远望去，他看见一个女人抱着孩子从沙滩上向他跑来，孩子一边欢快地跑着一边叫着爸爸，那是盼姑姑和女儿夜羽。风吹起了她们的头发，这是一幅他已经领略过多少次的图画，所有的无奈、等待、消沉、绝望，希冀和慰藉，都在这里了。汗从他的眉间雨一般落下来，他擦了一把。现在他的视线不像刚才那样模糊了，但他却比刚才更难受，他像是挨了一枪，气都透不过来了，站在原地发呆，拉纤的队伍立刻从他身边过去，他的纤绳脱落在地上。他看到了她们身后的那个男人。

女儿很快就跑到了他的身边，杭盼惊魂未定地对他说："怎么办？他来了怎么办？"女儿也慌慌张张地对着他耳语："爸爸，坏人来了，坏人来抓我们了！"然后一把抱住了得荼的脖子。

那个男人终于在离他们不远的地方站住了。他们互相对望了一眼，得荼把目光重新投向大海。平静的海面上，有几条渔船在缓缓地游荡，然而这个人来了，新的惊涛骇浪又将掀起来了。

吴坤几乎可以说是浙江最早的九一三事件的知情者之一。他非军人，与此军事集团虽保持良好关系，但还不是那条线上的人，照后来的人说，他还没有上那条贼船，这实在可以说是万幸。也曾有人提出疑问，说他与赵争争保持了非同一般的关系，而赵争争之父却明显是上了贼船的小集团成员，他这个准女婿能没有一点关系？保吴坤的人立刻反驳：这正是吴坤抵制反党小集团、捍卫正确路线的铁的事实。众所周知，吴坤同志以大无畏的革命精神、灵活机智的革命策略，像杨子荣一样深入威虎山，像钢刀般插入了敌人胸膛，既消灭了敌人，也保全了自己。现在，他终于可以和他多年来相恋的革命伴侣、我省杰出的贫下中农代表翁采茶同志喜结革命连理了。你听，那喜庆的鞭炮声，既是对革命路线的又一次伟大胜利的欢呼，也是对这革命友谊升华的由衷赞叹。

想把吴坤打下去的那一方，听着那结婚的鞭炮声，还真是无话可说，暗暗咬牙切齿：这只狐狸，真是越来越狡猾了！

此情此景下的吴坤，真是悲喜交加：悲的是他不得不和翁采茶这个他现在厌烦透顶的女人绑在一块儿过日子；喜的是他总算摆脱了赵争争——照杭人的方言，他可是差了一刨花儿，就得和赵争争绑在一块儿了。

吴坤和赵争争，原本定于国庆节结婚，他虽然还想拖，但赵争争的父亲终于出马了。他不想让女儿的相思病继续生下去，也不希望赵争争真的在广阔天地里干一辈子革命。女儿精神异常，他也不是一点不知道，他想让女儿回来发展，首先得建一个家，稳定她的政治能力和精神状态；另外，赵父对吴坤还是满意的。接班人的问题，于家于国都是最重要的大问题呀。就这样，老将出马，一个顶俩，谈了一个下午，主要是谈革命，最后顺便谈了谈感情。吴坤何等聪明之人，立刻心领神会，他踌躇片刻，才暗示赵父，这个主动权不在他，完全就在赵争争。赵父对他的回答很满意，当下就给赵争争发了电报。远在天边的赵争争，在黑龙江火速办好一切手续回来，天天等着和吴坤去登记结婚，但吴坤却迟迟不办。赵争争这一下是真急了，吴坤却轻描淡写地说："急什么，明天结婚，今天登记也来得及。"

正是在这千钧一发之际，九一三事件发生，温都尔汗一架飞机砸断了一个时代,新纪元开始了。吴坤找到了默默忍受心灵煎熬的翁采茶。翁采茶的政治生命十分干净,她和吴坤的关系早就中断了,但对吴坤的爱情有增无减。可以说她生命的再创造过程,完全是由吴坤一手完成的。没有吴坤,就没有她翁采茶的今天。拥抱吴坤,就是拥抱今天,就是拥抱她翁采茶自己的生命。她被彻底洗脑,甚至有所发明有所创造,把所有献给毛主席的歌,都悄悄地换成献给吴坤,把所有的我们,都换成了我——把敬爱都换成了心爱,这就够了,所有表忠的歌,这一来都成了情歌:心爱的吴坤,我心中的红太阳,心爱的吴坤,我心中的红太阳,我有多少贴心的话儿要对你讲,我有多少热情的歌儿要对你唱……

她虽然心里日夜唱着情歌,但她和赵争争一样,披头散发,喉咙嘶哑,和爱情的本质——美——相去越来越远。就在这时候,她那不忍直视的形象又偏偏让酷爱女人美的吴坤见到。吴坤站在门口,一见那母夜叉样子,浑身都摇晃起来。眼看着他就要昏倒,翁采茶一个箭步上前把他扶住,她泪流满面、痛不欲生地叫了一声:"小吴,我会帮你的!我会帮你渡过这一关的!"吴坤这才清醒过来,他默默地几乎可以说是勇敢地端详着采茶的脸,一咬牙一跺脚一别脸,牙齿缝里挤出一声:"嫁给我吧!"还没等她回答,他就面无人色地一个人走了。

事情并没有到此结束。越来越糊涂的赵争争刮到了一点风声,变本加厉地来闹。有一天他半夜才回家,打开帐子,吓了一大跳,赵争争一声不响地躺在他的床上,两只眼睛睁得大大地看着帐顶。见了吴坤,笑嘻嘻地说:"你可回来了,新婚之夜让我好等。"

已经决定和翁采茶结婚的吴坤,这些天度日如年,正在等待着上面给他画线,岂能容忍赵争争再来添乱。这个疯女人,不知道会把她自己和他吴坤都送上历史的陪葬台。真是无毒不丈夫,吴坤大吼一声:“把她绑起来,送到古荡去!”

杭州人都知道,这里说的古荡就是指杭州精神病院!他那么一声吼,下面的人还不手忙脚乱,赵争争哭着叫着,口吐白沫,就被送到精神病院去了。赵争争是独女,家里还有一个母亲,正在为丈夫日夜以泪洗面呢,听说女儿被那背信弃义的“女婿”绑到精神病院去了,还不打上门来拼命。吴坤倒也有“大无畏”的精神,坦然相迎赵母,把她请到屋里,压低声音,说:“我让你看看,这些都是什么!”就拿出一大沓信,赵母一看,站不住了,几乎昏倒在沙发上,原来都是告发赵争争当年用茶炊砸死人的事情。吴坤这才对她说,过去这些事情压着不办,是因为赵父之故,现在大树一倒,谁来护她?也是泥菩萨过河,无力保她的。“杀人偿命,最轻也得判个十年二十年,你说怎么办?我还怎么跟她结婚?我想来想去,最好的办法就是把她送进精神病院,精神病人杀人不犯法的。再说我们也不是故意把个好人送到精神病院去。她的确是有病,谁不知道她精神失常,阿姨,难道你们真的不知道?”

赵母顿时就被吴坤的分析击倒了,她想来想去,也只有送赵争争进精神病院,才能逃过这一关。她当然知道吴坤趁此机会逃脱了,但她一句厉害的话也不敢说,她怕吴坤把那些信抛出去,那她的女儿就彻底完蛋了。

吴坤和翁采茶的婚事,是在几乎无人喝彩中举办的。采茶倒是请了所有的要员,她现在是个人物了。但那天这些人没有一个到的,倒是来了一大群长得和翁采茶差不多的乡下亲戚,他们很快就进入了吃喝的主题，操着一口郊区方言，被酒精和蹄髈闹得热火朝天。他们还一个劲地来劝新郎官喝酒，说出来的话粗鲁又肉麻，令吴坤绝望得恨不得掀酒桌。他自己也喝多了闷酒，对这一次的捞稻草般的婚姻越来越没有把握，如果结婚改变不了什么，如果他吴坤照样要进班房，或者照样要被一棍子打到泥地里去，那么他何苦要结这个婚呢？

采茶再笨，也清楚吴坤因那些政治要员的缺席而不安，她一个劲地安慰吴坤，说："这些天会多，他们没有时间。真的，真是临时有一个会议，要不不会一个都不到的。"

新婚之夜让采茶看上去温柔了几分，吴坤对她生起了一番怜悯，他想，凭什么她非要嫁给他这个明天就有可能进牢房的男人呢？她是真的扑出性命在对他啊。正那么想着，醉醺醺的小撮着过来了。他显然是喝多了，就乱说话，举着个酒杯嚷道："孙女婿，孙女婿，我这个孙女是我一手养大的，有句话我是要倚老卖老讲的。本来这句话我不会来跟你讲，现在你是我孙女婿，我要跟你讲了。你看林彪也已经摔死了是不是？我看你也好快点把得荼放回来了。你这样搞人家干什么？我们欠杭家人的情啊，你把得荼放回来吧！"一语未毕，他就瘫倒在地，号啕大哭起来。

他这一番酒疯，把吴坤闹得手脚冰凉，把整个酒席也都给搅了。翁采茶气得话不成句，厉声喝道："把这个死老头子给我弄出去！"家里的人倒也从来没有看到过采茶还有这样的威严。"死老头子"倒是被他们抬出去了，但他们自己也一块儿跟着溜之大吉，这个婚礼就此宣告结束。

昏黄的灯光下，采茶看着垂头丧气坐在床头的吴坤，紧张又心疼，一头抱住他的膝盖就跪了下去，说：“吴坤，我求求你振作起来，死活我都和你在一起。你放心，我们虽不能同年同月同日生，但愿能够同年同月同日死……”情急之中，她把戏里的台词也搬出来了。吴坤长叹一声，想：到底是乡下人哪，谈情说爱也是一股咸菜味道。这么想着倒头就朝里床睡了。

采茶吓得大气不敢出，悄悄给他脱了鞋，盖上薄被，关上灯，挨着他躺下。想到奋斗多年，她现在终于成了吴夫人，还呜呜咽咽地哭了一场。早上醒来，手一摸，就吓得从床上蹦了起来：天哪，新郎官不见了！

现在，两个对手重新坐在沙滩上对话。严格意义上说，这只能算是一个人在独白。一开始他们都沉默不语，吴坤递给得荼一支烟，得荼没有接，吴坤也不勉强，自己点上了，说：“我知道你是不抽烟的，不过有一段时间你好像抽得很凶。我从我那个窗户口常常看到你抽烟，有时你一直抽到半夜。”

数年之后的他们都发生了很大的变化。得荼靠在一块礁石上，穿着百衲衣一般的工作服，腰里扎根大带子，手上还挂着的白绷带已经黑得和他的衣服分不出颜色来了。他的背微微弓着，比以往更瘦，头发又多又乱，或许因为海风之故，他黑得几乎让从前的熟人见了他都要一愣。那种黑是一直要黑到骨子里去的，脖颈和脚踝都还沾着泥沙印子。他浑身松懈下来斜躺在地上的样子，几乎像一个奄奄一息的行乞人。相比而言，吴坤不知是胖还是略有些浮肿，看上去比过去大出了一圈，也白了很多，只是胡子拉碴的，没有过去精干了。他们的眼神也有了变化。得荼是越来越不动声色了,你甚至搞不清这是麻木还是冷静,他的那双眼睛,抵消了他所有的落魄。吴坤的眼睛布着血丝,眼袋发黑,控制不住的疲倦感从他的眼睛里跌落,强烈的烟酒气在他们之间弥漫开来。

吴坤一边抽烟,一边告诉得茶,其实他对他的情况还是很了解的,有关他的情况还常常送往省城要人的案头,有人对他埋头拆船做苦力,难得一点空余时间便看看佛书、学习英语以及谈谈茶事的状态不理解,以为他是在放烟幕弹,但是他吴坤心里明白,杭得茶就是会这样生活的人,况且他还有女儿。

女儿夜羽仿佛听到了两个大人在谈论她似的,跑了过来,亲昵地靠在爸爸的身上,一边叫着爸爸,一边偷偷地拿眼角瞟着对面抽烟的那个男人。她的头发卷曲,完全是白夜的遗传,但她的五官却非常像对面坐着的那个男人。五岁的小姑娘漂亮得像个天使,吴坤看着她,心都揪了起来,他的灵魂都仿佛要被这小不点儿抽走了。他一眼就认出来了——这是他的女儿!千真万确,这是他的女儿!喝了一夜的酒,他的胸口和脑袋都剧烈地疼痛起来,是那种肠子断了般的痛。

酒精使他双手哆嗦,他要伸出手去抱女儿,她立刻警觉地闪开了。他皱着眉头问:“她怎么这么黑?”

盼姑姑过来拉走了夜羽,小姑娘一边说着爸爸再见,一边还没忘记瞟那男人一眼,突然用手一指,说:“坏人!”然后拔腿就跑,大大的海滩,留下了她歪歪斜斜的小脚印。

吴坤笑了起来,针扎一般的感觉一阵一阵地向他袭来。然后他听见得茶说:“你不会为了我女儿黑不黑,专门来一趟这里吧?”

杭得荼第一次听到林彪事件，就是在这个时候。吴坤尽他所知，把爆炸事件告诉了他。他看着在下午阳光下闪闪发光的平静海面，说：“等着吧，文件很快就会传达……”

显然，话说到这里，他开始感到表达的困难。他知道杭得荼一定会像他最初听到这个消息一样震惊，但杭得荼不会愿意在他面前表露任何感情。他知道他在杭得荼眼里，乃是一个货真价实的伪君子。时至今日他依然认为他和他之间的感情是不平等的。当他远远看到他背着钢丝纤绳在沙滩上蠕动时，他的眼眶发热发潮，这印证了他的预感——他跟杭得荼之间的关系远远还没有了结。

他开始自言自语，杭得荼发现他酒醉未醒。但他并没有醉到话不成句的地步，相反，他的思路反而异常活跃起来。他手里拎着一个二两装的小酒瓶，不时抿一口，就像从前那样高谈阔论起来。他回望了历史上一些重大的事件，正因为其重大，所以发生的原因才是相当复杂的；也因为复杂，所以认识和廓清是需要时间的。我们这一代人遇到的这一场运动可以称得上重大历史事件了，它是需要时间和空间来完成的——三年，五年，十年，二十年？谁知道。这要看一些历史人物的具体情况，历史人物往往是历史事件的起始与终结的标志。

如果我以后还有可能研究史学，我一定要做这样一篇文章——《论死亡在历史进程中的关键作用》。你看，林彪一死，我们对这场运动的认识就到了某种水落石出的深度。但是，我们怎么可能超越这个阶段去认识时代呢？我是说，如果我们的选择被历史证明是错误的，这怎么能怪我们呢？

他诚恳也有些茫然地盯着得茶，仿佛得茶就是历史老人，他急需得茶做出某一种解释。直到这时候，得茶才站了起来，向海边走去。他不可能不激动，但他依然警觉，他对这个人失去了起码的信任。看来吴坤认为他自己是大难临头了，也许林彪事件已经牵涉到他。但他跑到这里来干什么呢？他的心里一阵紧张，难道他是为了夜羽而来？

他拎着个小酒瓶，跟在得茶后面，依旧喋喋不休，他说他什么都看穿了，人性就是恶的。再没有什么比政治更丑恶了，他吴坤还是被愚弄了。接下去会怎么样，不知道，也许他们之间该换一个个儿，该是由他来背纤了。

那支背纤的队伍从他们身边喊着号子，缓缓地走了过去。海边的天气，说变就变。刚才还是万里晴空，突然就升起了不祥的乌云，它妖气腾腾的，镶着异样的金边，不一会儿就弥漫了整个天空。海鸟在海上乱飞，发出了惊慌失措的喊叫。世界黑暗，仿佛末日降临，乌云在天际飞速地扯裂又并合，大海汹涌险恶，变幻莫测。归帆在与命运搏斗，想赶在暴风雨前归来，但它们已身不由己了，它们被大海张开大嘴一口咬住，只露出了一点点桅杆的头。有时又吐出一口，这时船身就露出了船舷，人们刚刚松了一口气，船身又陷到波涛之中。它们究竟是在做最后的拼死一搏，还是垂死挣扎？

背纤的队伍，仿佛根本就没注意到暴风雨就要来临，背纤的人们深深地弯着腰，躯体几乎就要和地面成水平线了。拉纤的号子和着海浪激荡回响，一波一波地传到了他们的耳边：

一条大船九面波喔——杭育
万里洋面好玩玩喔——杭育
碰到南风转北暴喔——杭育
十条性命九条拼喔——杭育

大滴的雨像眼泪,噼噼啪啪,打到了衣衫褴褛的得荼身上,也打到了衣冠楚楚的吴坤身上。吴坤本能地往回跑了几步,想找个避雨的地方,回头见杭得荼站在老地方看着大海,他就又走了回来。大雨很快把他们两人浇成了水柱。吴坤拎着那只不离身的小酒瓶,显然进入了亢奋状态,挥舞着手,对杭得荼大声地喊着:“我知道在你眼里,白夜死后我就彻底堕落了,我甚至不敢认我的女儿,我竟然反诬我的女儿是你的血肉,我用我那并不存在的绿帽子换回了红缨子,你心里想说什么我全知道。可有一条你无法否认,她是我的女儿,是我的女儿!”

杭得荼一把拎住了吴坤的衣领,他什么都能忍受,但无法忍受夜羽不是他亲骨肉。他从对方的眼光里看到了恶意的快感,他听到对方说:“你以为只有你一个人痛不欲生吗?”

得荼轻轻地收回了自己的手——不,他决不要和这样一个灵魂对峙,他曾经把他杭得荼的灵魂降得多么低。他转身走了。吴坤拎着酒瓶,固执地跟在他后面,说:“你得跟我说几句,你不能这样一声不吭地打发我走。我可以向你保证,这一趟我要是躲过去了,第一件事就是把你弄回去,你看我给你带什么来了,你看看这些。”他从兜里拿出几张旧报纸,雨点很快把报纸打湿了,“你看,这是我这次回老家专门为你收集的茶业大王唐季珊的消息。你看这里还有阮玲玉的相片,人称茶叶皇后。我没想到我那个爷爷把这些都从杭州给背回去了,要是留在杭州,那还不烧个活脱精光。这些东西对你会有用的。你那个茶叶博物馆,迟早会办起来,我在这里预言。你相不相信?”

得茶默默地走了回去,雨大得发出了擂鼓般的声音,他取过吴坤手里的已经被雨浇湿的报纸,放进口袋。吴坤看着他,嘴一直也没有闲着:“我要是落难了,你可不要忘了我。我想来想去,我周围那么些人中,只有你不会忘了我。”他痛哭起来,从昨天夜里到今天下午,他一直不停地喝酒,心被酒浇得火烧火燎。这场暴雨来得好啊!

然后,他就看见杭得茶朝那队拉纤的人走去。他有些茫然地跟在他后面,一边说着,一边流着眼泪,但他没有能够挤到他们的队伍中去。他只看到得茶背起了那根属于他的钢丝纤绳,他那刚才仿佛被劳作压垮的身躯突然弹跳起来,力量神奇般地回到了他的身上。他和人群中那些人一样,把身体绷直,几乎和地面成一平行线,暴雨像鞭子一般抽到他的背上,他嘴里也发出了那种负重前行的人们才会发出的呻吟般的呼号声。

吴坤有些惶恐,跟在得茶身边叫着:“你不能这样,我的女儿还在你手里!是我的女儿!你不能这样,你给我停下,你给我停下,停下!”

他歇斯底里地叫了起来,捶胸顿足,痛心疾首,他一点也不明白得茶为什么不跟他说话——拉纤的队伍就这样从他眼前过去了,缓缓地越拉越远。他只听到他们嘶哑的呻吟的声音:

一条大船九面波喔——杭育
万里洋面好玩玩喔——杭育
碰到南风转北暴喔——杭育
十条性命九条拼喔——杭育

第三十章

春天来了！天气乍暖还寒，云缝阴沉，不时有日光从阴霾里射出来，杭州西郊山林里，茶芽开始萌生了。

一群人在茶山间缓缓而行。看得出来，这是一支有老有小的家族队伍，一位老人由他的晚辈左右搀扶着，走在最前面。山路崎岖，起伏不平，这些人一会儿陷入了茶园深处，一会儿又冒出半个身子，像一叶小舟，在茶的波浪间犁开一条细细的航道。

这是杭嘉和的第七十六个春天，也是他过的第七十六个清明节。当下还不能判断这个春天属不属于他们杭家人——多年没有团圆在一起的亲人们，竟然奇迹般地会聚在1976年的清明节早晨。

并不是所有的自由人都到齐了的，小布朗就没有能够从云南及时赶到。此刻，杭得荼与杭寄草、罗力走在一起，他悄悄地问："姑婆，他跟你说了他会来吗？"

寄草摇摇头说："他非得把爱光带来，说碰碰运气，万一见着得放……他总是做梦，随他去！"

杭得荼眯起了眼睛看着天空，说："我有点担心，杭州街头这两天到处都是标语，不知云南那边怎么样？"

前几天就从绍兴赶到杭州的杭迎霜，看了看大哥，说："悼念周总理，全国都一样吧。"

他们不知道，这两个家伙永远会在巧合与偶然中遭遇，这次也是这样，一下火车，他们又见到不忍目睹的一幕。他们被一个女疯子拦住了。那个破衣烂衫的女疯子，一边哼着“北风吹，雪花飘”，一边在月台上踮着脚跳芭蕾舞，引来了很大一群人，有人笑着，有人还问：“疯婆儿，你的大春呢？你的大春哪里去了？”那疯婆儿大吼一声，指着对方厉声责问：“你是什么人，敢对赵部长这么说话？无产阶级专政的铁拳不会放过你们！”

她的一双眼睛正朝月台上的人群射来，便像一把钩子钩住了布朗。布朗低下头问爱光：“爱光你看她是不是赵争争，是不是？”爱光赶紧回过头催着他快走，别看别看，千万别看……

赵争争疯了的事情他们早就听说了，说她是因为吴坤才疯的。平心而论，吴坤倒不是因为一心等着林彪的飞机在温都尔汗爆炸，才迟迟不办手续的，他实在不想娶这个能狠心地一茶炊把老师打死的悍妇。时局却在这意想不到的时刻伸出手来，救了吴坤一把。规定的日子再也拖不下去了，那天，岳父大人应该从上海回来，但他不但没有回来，而且开始音讯全无。政治嗅觉极灵的吴坤，立刻通过他的耳目，打探到了最机密的消息。这个爆炸性的消息几乎把吴坤震昏。他一直以为自己还残留着的那些可以被称之为信仰的东西，这一次彻底毁灭。接下去他要做的，就是操作层面上的事情了，不再有行动，只有许许多多的动作了。

国庆节，原定是吴坤与赵争争的结婚日，赵争争披头散发地来到了吴坤的住所。她手里拿着一张当日的省报，指着那上面继续刊登的中国二号人物的巨幅画像，说：“你看，他不是还在吗？谁说他死了，啊！谁在散布政治谣言，谁敢阴谋迫害写进党章的接班人?”她面色苍白,目光呆滞,事发那天夜里吴坤宣布不能和她结婚时,她就一下子痰迷了心窍,以后几天她的精神状态越来越不对头,一会儿顶两个枕头,一会儿抱一床被子,一会儿跳红头绳舞,吵着闹着非要和吴坤结婚。周围的人不知吴坤底细,都对他冷眼相看,已经有传闻说他也要步他那个准岳父的后尘。

她打死过人,老天罚她发疯也不为过。但亲眼看见她现在的惨状,爱光还是不舒服。赵争争眼睛却已经盯住了布朗,目光中露出了狂喜的神情,她大叫一声:“大春,大春,八路军回来了,黄世仁你等着吧——想要逼死我,瞎了你眼窝——”她突然唱了起来,笔直地朝布朗扑去:“大春,大春,我等得你好苦啊——”

这一招惊得布朗回头就跑,旁边的人哄笑着让出一条道来,看这女疯子追她的“大春”。布朗赶紧重新跳上车厢,对乘务员说:“你们怎么不把她送回去? 她一个人在这里闹多可怜。”那乘务员却说:“你是说那个女花疯啊,听说还是造反造疯的,精神病院里出出进进多少次,现在连他们家里的人都懒得管她了,外面的人怎么管得住她?”

布朗和爱光只得另找一个小门悄悄往外溜。火车过道上,布朗站住了,吞吞吐吐地要说什么,爱光就先开了口,说:“你是不是想去照看那个赵争争?”

布朗连忙说:“她可以进监狱,进医院,可以接受批判,可不应该让一个女人在夜里发疯。”

“要去你去,我可不去,他们要是拿她换得放,我就送她进医院去。”

“哎哎哎,你这样不太好,不太好,再说我也没说一定送她去医院……”说话间,他们就这样磕磕绊绊地离开了火车站……

此刻,十岁的夜羽蹦蹦跳跳地跑在小径上,曹家远和盼儿,一边一只手拎着她,她耳尖,听到了爸爸他们的对话,接着自己的思绪说:“周总理我看到过的。盼姑婆,你说是不是?周总理是不是我们都看到过的噢?很好看的!”她赞叹了一句,虽不那么庄重,却是由衷的。

“你那么小,还记得?”杭寄草说,“我们夜羽真是好记性。那年她才几岁,刚刚从岛上回来,大哥在楼外楼摆了一桌。就那天周总理陪着尼克松到楼外楼吃饭,还吃了龙井虾仁呢。有许多人看到他们了,那时候周总理还没生病吧。”

“爸爸你看到周总理了吗?”窑窑问。他操着一副正在变声的嗓子,那声音听上去很奇怪,让夜羽一听就要笑。

方越一边挡开那些伸过来的茶枝,一边说:“周总理倒是没见着,但是我看到了基辛格,那天我到解放路百货商店买东西,看到他也在那里买东西,你们猜他在买什么?”

迎霜果断地说:“他在买茶叶!”

方越吃惊了,盯着她问:“你怎么知道?他真是在买茶叶,听装的特级龙井,我亲眼看到的。隔着老远,警察保护着呢,但总要有几个顾客嘛,也不晓得怎么回事我走进去了,运气……”

迎霜却是有些心神不宁,清明祭祀一结束她就急着要赶回去。此番来杭,她有特殊使命,李平水一直陪着。迎霜属于住在平水家的插队知青,他们相处得如一对兄妹。

在行进的队伍中,只有前面那三个男人一直没有说过一句话,杭汉、忘忧和被一边一个扶在当中的杭嘉和。岁月仿佛已经成功地改造了他们,使他们越来越趋同。此刻,他们在茶丛中小心翼翼地走着,悄悄地对一个眼神,又不时地朝前面看看,祖坟马上就要到了。

走在最后的是得荼、罗力和寄草,寄草是过来和罗力手挽手的,看上去他们像一对五四老青年。罗力挺起了胸膛,寄草有一双充满信心的眼神。在那个"老地方"终于寻找到历史的铁证之后,他们的斗志就再也不曾被焦虑击垮。

婉罗姆妈是真的没法来了,只好流着眼泪,由笑花陪着,在生有居客堂里烧香祭祖,一边还是忘不了和笑花斗嘴:"你这张脸我最不要看。办不到的事情你一定要办,何苦呢?""方越让我去的,窑窑也要我去的。"董笑花愤怒反抗。"你当杭家人扫墓随便哪个都好去的?要嘉和老太爷点头的。他不说话,方越说一万句也没用。"

董笑花只好默默无语,重新打主意。想都想不到吧,她竟然把杭方越拿下了,就在雪隐阁,从前杭家的洗手间里。都这把年纪了,还有如此壮举,董笑花当年的勇气又回来了。她一边拍婉罗的马屁,一边想着如何占领杭府这个制高点。

祖坟早已成了家族的符号,后逝的人们已经不再长眠于此。20世纪50年代时,杭家祖坟是已经迁过一次的,但不够完整,不少亡灵还在茶丛中葬栖,杭州西郊山中隆起的青冢正在岁月中渐渐隐去。但既然是祖坟,过往行人总还绕着点儿,茶蓬不经修剪,在它们四周长得又大又密,几乎盖住了它们。这一次是市里统一行动,要彻底起掉这一带的土葬之坟,统统夷为茶园。初夏,杭家祖坟就要全部被迁往南山。今年清明,将是全家最后一次到鸡笼山上坟了。正是这个大举动,把杭家人又集中到了杭州西郊。

杭家祖坟中的这些先人的骨骸,本来可以埋在里鸡笼山中的茶园,那就要简单多了。这也是一片重新聚集的墓地,连苏曼殊的坟也迁到了这里。那前面还有一块空地,是革命义士墓,也是前几年刚从西湖边迁来的,有陶成章的,徐锡麟的,陈伯平的,马宗汉的。这些人的名字,当年如雷贯耳,如今与茶相伴,也是无人问津了。杭嘉和却觉得这样很好,一个时代被隐藏在了茶园里,这是一种很好的归宿。但他还是决定把祖坟都迁到今日的南山陵园,叶子、嘉平、蕉风还有白夜的墓地都已经准备安排在那里了,他自己也将在那里安息,他不想让那些已经死去的人再与他们隔开。很奇怪,他不信神,但他重视死的仪式。他不相信真正会有另一个世界,但他在活着的时候想象那个世界,并在那个世界里为自己寻找归宿。

他的眼睛不好使,只用他的那根断指,缓慢地深情地一个个地指着那些茶蓬:这是他父亲杭天醉的,这是他母亲小茶的,这是他沈绿爱妈妈的,这是他妹妹嘉草的……他非常准确地一下子指出了黄蕉风埋骨的地方。那里种着一株迎霜,生得茂盛,正当壮年。

不知晚辈中哪一个冒失地问了一句:“都在这里了吗?”杭嘉和嘴唇哆嗦起来,面容苍白,他怔了一会儿,一个人就往旁边小溪对面的那片斜坡走去,他单薄的身子把那片茶蓬蹭得哗啦哗啦响。忘忧连忙上去,扶住嘉和。他们一起走到山坡茶园边,嘉和四处看了一看,认出了那棵大茶蓬,他在这棵大茶蓬旁站了一会儿。满嘴的苦味泛上,眼前的游丝金光闪闪地在他面前乱舞。他在四月的春风里站不住了,下意识地拔了一把鲜茶叶塞进嘴里嚼了起来。

成年的杭家男女们,只有寄草在前人隐隐约约的传闻中得知她那个同父异母的汉奸哥哥的下场,她却从来也没有问过大哥嘉和。每当他们上坟时从山上下来,路过山脚下的那片茶园时,大哥嘉和总会把脚步放慢一点,他从来也不把目光投向那片茶园,那是一种故意的拒绝。

现在,只有他杭嘉和一个人知道这个家族的秘密了。那个叫吴升的人也已经死了。吴升是在抗战胜利之后的第一个春天找到他的。他老眼昏花,带来了一只骨灰盒,他们俩一起把它埋在了这里山脚下的茶园边。吴升没有因为这样安排而责怪嘉和,他知道为什么这只骨灰盒不配进山上的祖坟。家族中的许多人都把这个人彻底忘记了,更年轻一些的,甚至从来没有听说过他——是汉奸,是仇人,也是亲骨肉。不配进杭家的祖坟,但到底也没有让他暴尸荒野。这是家族史上的死结,不能说,不能听,也不能看。一切的记忆带来的创伤剧痛,能到此为止吗?

家族中其他的成员,就在祖坟前坐下来等待。只有夜羽站着,远远地看着忘忧,她是昨天刚刚见到这位爷爷的,她又好奇又害怕。此刻,她紧张地悄声问窑窑:"你跟忘忧爷爷住一起是不是?"

窑窑点点头,这是他历险之后第一次回杭州,他的小反革命事件早已经不了了之了,但十六岁的少年还是十分小心,一直少言寡语,唯独和夜羽一路聊个不停。他告诉她什么是三枝九叶草,什么是华中五味子,什么是辛夷,什么是何首乌,南天竹的果子要到秋天才红,虎耳草可以治身上痒和耳朵疼。七叶一枝花长在高山顶上，你要是爬得上去，就能看到它，它可是名贵的草药啊。独花兰就更不好找了，只有西天目山和宁波有。“你去过西天目山吗？你见过那里的大树吗？一大蓬聚在一起的树，真是要多漂亮就有多漂亮，爷爷说那是一个野银杏的家族，已经五代同堂了。那上面还有几个人也抱不过来的大树，山越来越高，树越来越大，树就开始不再像树了，它们和巨人一样长到云天里，让人觉得人和天很近很近了。”

窑窑听得气都透不过来，论起来他该是夜羽的堂叔，但她还是不按辈分，叫他窑窑。“他那么小，我怎么叫他叔叔啊！”小姑娘撒着娇说。

此刻，她盯着不远处绿茶丛中那雪白的大人，继续问：“他那么雪雪白的，你夜里慌不慌他？”

窑窑摇摇头说：“忘忧叔叔是世界上最好最好的人，我每天夜里都跟他脚碰脚睡在一起的。”

杭窑不愿意告诉夜羽他第一次看到忘忧表叔时的情景，在越来越浓的暮色中他从山林中浮现出来，天风浩荡，飘其衣衫，望似天人。走至跟前，只见他浑身雪白，面露异相。在此之前，杭窑从来没有看到过这样浑身上下雪白的人。他的白睫毛很长，他的面颊是粉红色的。杭窑本能地抱住了爷爷，爷爷却把他正过来面对忘忧表叔，对他说：“他是表叔。”

从此，爷爷就把他交给了表叔，他完全可以说，表叔比他的父亲还要亲。

“全世界我爸爸最好，我盼姑婆第二好，我踏儿爷第三好，我自己第四好。”夜羽突然说，她说的话，把那些静静等待着的人们都说笑了。

“那你就一定会喜欢你忘忧爷爷了。”

“为什么?”

“我爸爸说,忘忧表叔和你爸爸脾气都一样的,都是随了嘉和爷爷的。”

“那我是随了谁的? 还有你呢,你是随了谁的?”夜羽不停地摇着窑窑的腿,窑窑一时说不出来,就愣在那里,说:“让我想一想,让我想一想。”

杭得荼把女儿拉了过来,说:“小姑娘话不要那么多。”

迎霜摸摸她的头,说:“她真能问,是个当记者的料。”

杭得荼像是为迎霜专门讲解:“尽管我们杭家每个人都很有个性,但基本上分成了两大类:一类是注重心灵的,细腻的,忧伤的,艺术的;另一类是坚强的,勇敢的,浪漫而盲目的,理想而狂热的。”

“像嘉和爷爷和嘉平爷爷,也像你和二哥。”迎霜补充说。她身上有了一种杭得荼过去不熟悉的东西。她的从前有些傻乎乎的神色如今一扫而光。她的朦朦胧胧的眼神变得有力明亮,今天,她的目光中还有着一种抑制不住的企盼和激动。

“爸爸快告诉我,我随了谁的嘛,我随了谁的嘛。”夜羽还在叫。

得荼却注意到了那个看上去落落寡合的小窑窑。窑窑在东天目山的安吉读完了小学。安吉是个产竹子的地方,旁有太湖,还有一条河流东苕溪,他和忘忧表叔住在天荒坪。在人们眼里,守林人林忘忧是个神秘散淡的边缘人物。守林人带着孩子去上学,每天要走五里山路。手里拿一根棍子,沿路打草惊蛇,露水湿了他们的草鞋,也湿了他们的裤腿。这里的山民都把窑窑当作表叔过继的儿子。在这个少年的身上,有着许多积累起来的同情。

这个少年看上去有一种很特殊的山林气,但和土气却是不一样的。此刻他手里抓着身下的一团泥,正在下意识地捏弄着,他生得清秀,下巴尖尖的,手指很机敏。

方越有些骄傲地说:“我去看过窑窑烧的东西,他迟早有一天会超过我的。”

原来读书之余,窑窑一直在帮着表叔到隔壁县长兴烧土窑,有时还去宜兴。表叔常常烧制一些简单的民间陶制品,它们大多只是些碗碟之类,与山里人以物易物,但许多时候他都是送人。

方越及时提醒儿子说:“你把你那段看不懂的古文拿给你得茶哥哥看看哪?”然后转过脸来对得茶解释道:“窑窑在学烧紫砂壶,昨天他拿了一段话来让我翻译,是《壶鉴》上的。我还真翻不好了,就让他抄了带给你,带来了吗?”他转身又问儿子。

窑窑按着口袋,看得茶,得茶拍拍他的脑袋,说:“我试试看。”

窑窑这才把那张纸从口袋里取了出来,小心地交给了大哥。

原来前年忘忧去邻县长兴出了一趟差,回来时给窑窑带了一把紫砂壶和一本关于紫砂壶的书,还说那是他特地在长兴街头给他买的。因为用这种壶泡茶容易聚香,隔夜不馊,外表越养越好看,天冷暖手,天热不烫手,还可放在温火上炖烧。

但窑窑看到的却远远不止这些。他捧着方壶爱不释手。很难说清楚这种第一感觉的产生,究竟源于何方。就像江河边的人对水的感情一样——山里人对那种凝固的土石物质的感觉,是非常特殊的。

那本同时带回的名叫《壶鉴》的书,是在一个熟人家里得的,而那熟人则是从前在一户大户人家时抄得来的,窑窑甚至连许多文字都认不得。品壶有六要:神韵、形态、色泽、意趣、文心和适用,他找了父亲,好歹解释下来了。其中有段文字,他读不通,也不知有多少白字儿跳过。问忘忧表叔,他也摇头,说他可以告诉他一株树的知识,但他说不出一把壶的道理,这该问爷爷。

那年九月,杭窑小学毕业之后就不再进入中学了,表叔把他带到了长兴乡间一户制壶的农家,他即知即行的制壶生涯从此开始。

长兴与陶都宜兴相邻,虽然一为浙,一为苏,但两县接壤毗邻,因为学习制陶手艺,他也就常去那里。都说宜兴之所以成为陶都,归根结底是和这里特有的紫砂泥土有关。这种特质的泥长兴也有。历史上长兴虽有“千户烟灶万户丁”之说,但主要还是以生产粗放的大缸为主。真正生产紫砂壶,时间并不长。杭窑很幸运,在长兴学到了手艺,又以那里为基点,往宜兴跑。

大人们教他一门手艺,初衷是想让他今后有一碗饭吃,可以去养活家中的老人和病人。殊不知同情与恩爱正是艺术的一双门环,少年拉着它们打开了大门,走了进去,双手沾满了紫砂泥。他的艺术生命开始了。

这段文字一般的人翻译起来还真是费劲:

> 若夫泥色之变,乍阴乍阳。忽葡萄而绀紫,倏橘柚而苍黄;摇嫩绿于新桐,晓滴琅玕之翠;积流黄于葵露,暗飘金粟之香。或黄白堆砂,结哀梨兮可啖;或青坚在骨,涂髹汁兮生光。彼瑰琦之窑变,非一色之可名。如铁如石,胡玉胡金。备五文于一器,具百美于三停。远而望之,黝若钟鼎陈明庭;迫

> 而察之，灿若琬琰浮精英。岂随珠之与赵璧，可比异而称珍者哉。

得茶凝思了一会儿，刚想问谁带笔了，迎霜就把笔和一张纸放到他手里。他几乎不假思索地就开始翻译起来：

> 说到那泥色的变化，有阴幽，有明丽。忽而有如葡萄般的绀紫，忽而有似橘柚一样的黄郁。有的像新桐抽出的嫩绿，有的如露水洗过的竹叶的苍翠；有的如带露向阳之葵的黄，飘浮着玉粟的暗香。有的如黄白色砂点朵，像美味的梨子使人垂涎欲滴；有的胎骨青且坚实，如黝黑的包浆发着光泽。那奇瑰怪谲的窑变，岂能以一个颜色来定名。仿佛是铁，似乎为石，像玉，又像金。齐全的谐美归于一身，完满的均衡布泽整体；远远地望去，沉凝如钟鼎列于明亮的厅堂；近近地察看，灿烂如奇玉浮幻着内在光华。岂止是随侯珠与赵王璧，可以比异而称之为珍宝啊。

杭得茶几乎可以说是一挥而就，把杭迎霜看呆了，说：“‘齐全的谐美归于一身，完满的均衡布泽整体’——大哥真亏你翻得出来。”

得茶摇摇手不让迎霜再赞美下去，说：“哪里哪里，这都是我早就翻译过的，这跟茶也有关系嘛，属于茶具一类的文献。是吴梅鼎的《阳羡茗壶赋》吧？”他问窑窑。

制壶少年结结巴巴地连连称是，他很激动，口不成句地告诉大哥他所知道的有限的茶壶知识。即使迎霜击节赞赏,窑窑还是不能真正领略,什么叫“齐全的谐美归于一身,完美的均衡布泽整体”。这些道理,都要在他制壶多年之后才开始明白。他只能就他有限的见闻倾吐他的艺术热情,他说他那本《壶鉴》中有许多实物的相片,有供春的,陈鸣远的,时大彬的,还有陈曼生壶。最后他终于激动地问:“大哥,我们家也有一把曼生壶吧?爸爸告诉我这是我们家的传家宝,我什么时候能够看到它呢?”

得茶看着坐在他面前的两个孩子,他们正一人把一只手搭在他的膝盖上。他就想,其实血缘也是可以通过后天来缔造的吧,现在有谁会说窑窑和夜羽不是我们杭家人呢?他们的举手投足,神情举止,甚至他们的容貌,都越来越和杭家人相像了。

这么想着的时候,他把那张写有古文译文的纸朝里折了一下,准备交给窑窑,突然他眼睛一亮,下意识地就把纸攥进了手心,然后看着迎霜,神情严肃地问:“这是从哪里来的?”

“都是从杭州出去的啊。”迎霜微微一愣,便坦然地说。显然,大哥已经看见了纸张背面的《总理遗言》。

得茶让窑窑带着夜羽到前面茶园中去玩,然后再一次严肃地问迎霜:“你不就是想让我看这份东西吗?再问你一次,这是从哪里来的?”

得茶的神色让迎霜有些吃惊,她告诉他,在绍兴就收到这份传单了。现在她终于按捺不住自己内心的激动,她问大哥,能判断出这封遗书的真伪吗?

得茶站了起来,离开了祖坟,往前面那片竹林走去。迎霜看不出来他到底是怎么想的,她跟在他后面,一句话也不说。这几年她很少和大哥见面,很难想象从流放中回来的大哥会有什么变化。

得荼却用与刚才没有多大区别的口吻说,如果她真的想听听他的真实想法的话,他可以说,这份遗书,他已经看到过了,据他分析,八九不离十是他人伪造的。迎霜对此回答表示异议,显然她太希望这是一份真实的遗言。她强调说,这封遗书的真实性是显而易见的,从遗书中对人的评价来看,这也是符合周总理风格的。

得荼站住了,望着满坡春茶,别转头问:"你认为周总理的风格是什么?"

迎霜被大哥问住了。但她已经不是那个纤细胆小神经质的小姑娘了,她反问道:"那你说周总理的风格是什么?"

得荼仿佛也被这姑娘问住了。他眯起眼睛,见满目春山,一会儿才指了指正在萌生新芽的茶丛:"我也说不好,不过用茶来比喻,大概也不会离得太远吧。"

"我同意。"李平水在一旁,突然插嘴说。

"历史上一些重大转折关头,舆论从来就是先行的,法国有启蒙运动,中国有五四运动。你不要以为时势仅仅造英雄,时势也造舆论。反过来,舆论再造时势,相互作用,重塑历史。"他们这么交谈的时候,已经走得很远,茶园浓烈的绿色层层渲染。"这是夜羽的出生地。"他突然话锋一转,说。

他的口气那么平静,以至于迎霜以为得荼已经来过这里许多次,或者他痛苦的心灵已经趋于缓和,变成了一种长久的隐痛。但她立刻发现并非如此,他说:"这是白夜走后我第一次来这里,没有你们的陪伴我没有勇气来。"

他低下头去,咬紧的牙根把腮帮也鼓出来了。他站了一会儿,突然快速地往回走，边走边说："那么多年过去了，我依然认为只有白夜是我的知音，只有她能听懂当我说到历史的殉难者时，指的什么。我们也已经有许多年没有提起杨真先生了，我只知道他在秦城监狱活着，顽强地——"他的声音再一次发起抖来，突然又转移了话锋："我知道你已经不是那个只会冲茶的小姑娘……"

他又沉默了，他在为永远失去的东西惋惜："但我还是要说，我们喝茶的杭家人天性就是适合于建设的，适合于弥补和化解的，而我们目前遭遇的则是一个破坏的年代。这破坏中甚至也包括了我们自己，我也是我自己的迫害者。"

迎霜不能完全听懂他的话，但她被他的话感动了，她好几次想打断他的思路，但都没有成功，远远地他们看到祖坟前的家人在向他们招手，得荼一边加快步伐，一边说："这一切是怎么发生的？为什么会发生？要到什么时候才能终止？我把希望寄托在你们身上。相对而言，你们年轻、自由，如果我说现在你们的使命是读书，认识，积累，还有，至关重要的一条，保存自己，做历史的见证者，做我们杭家茶人的传人，难道我有什么错误吗？"

大哥喷薄而出的话使迎霜热泪盈眶，她拉住了大哥的手，刚才她几乎没想过要把这事情告诉大哥，现在她突然发现此事非常重大。原来昨夜她带回了印发的一批遗书传单，连带着一只小型的油印机。

"你把它们藏在什么地方了？"

迎霜脸红了，回答说："这件事情就由我来处理了。"

"那怎么行？最起码也得我们两人一起来处理。"

李平水说："还有我。虽然迎霜没有告诉我，但我现在已经知道了。”

得荼再一次站住了，他们很快就要回到家人的队伍之中去，有很多话不能当着他们的面讲，他的酷似爷爷的大薄手掌压在了迎霜肩上，他说：“这不算个什么事情，我能把它处理好。至于你们，当然不能回家了，上完坟，你们就跟忘忧叔走。不要担心，一切都会过去的。要听我的话，跟着忘忧叔，他救过方越，救过窑窑，跟着他到山里去，你们会万无一失。好了，我们不能再讨论这件事情了，到此结束。”

迎霜还要争辩，得荼指着不远处那些已经老了的杭家男人，说：“小妹妹，你看看你爸爸头上的白发，你看看爷爷，你看看那些坟上的老茶和新茶……”

他们踏着急促的脚步，朝祖坟走去，夜羽一直在叫着他们，坟前已经插起了香烛，供放着清明团子。这个几乎中断了十年的民间习俗，终于从室内走向了户外。与别家不同的，只是杭家人那特殊的祭祀方式，一杯杯祭奠的香茶已经冲好了，杭家人在茶香的缭绕之中，跪了下来，连从未参加过这种仪式的窑窑和夜羽，也随着他们跪下来了。

长夜之后的又一个白日来临了。

它依旧是那种和暮色一般的白日——但那是春的暮色，然后还会有更黑的夜，会有无数的小白花来抵抗那黑，无数细密的光明在孝布一般的深黑中交织，夹着深深不安的老人的叹息；女人哭泣，青年扬眉剑出鞘，魑魅魍魉在密室蠕动幢幢鬼影。然后，山中有大音声起，天地为之钟鼓，神人为之波涛，九州莽莽苍苍，茶林如波如云……

老人杭嘉和行走在大街上,他拄着拐杖,似乎没有目标地漫步着。大街上人很多,连人行道也挤得水泄不通。天气乍暖还寒,阴沉沉的云缝偶尔射出一道金色的阳光,他看到许多人举着标语,喊着口号向市中心走去,他们脸上的表情,让他想起半个多世纪前他和嘉平参加的那场运动。甚至还有人散发传单,有一张,像美丽的蝴蝶飘到了他的身上,他眼力很不好,但还是读出了那些标题:……遗言……

他小心地叠了起来,放到内衣口袋里,他想回家去好好地拿放大镜看看。有人群向他的方向拥来,他站住了,不动,让人群从他身边漫过去。

尾　声

还是晚了一步，得茶带着夜羽走向羊坝头杭家老宅时，翁采茶带领的突击小组已经搜出了迎霜藏在假山地下室的传单与油印机，此时正在巷口的公共电话亭里给吴坤打电话，让他赶快过来。

吴坤大吃一惊："你管的是农业口，公安你插什么手？"

"还不是为了你！"采茶一边观察着外面的动静一边轻声说，"从杭家搜出了东西，明摆着给你机会！"

正在独自喝闷酒的吴坤恨不得就给采茶一耳光，翁采茶为什么那么恨杭家人，这可真是有点无缘无故的恨了。短短四五年间，采茶的地位就升到他上面，老造反派吴坤却时运不济，从林彪事件中抽身而出后，却一直没有能够东山再起。翁采茶分析原因，说他是栽在杭家人手上了。因为在让杭得茶平反归来的问题上，他表现得过于热情，结果杭得茶是回来了，他却失去了上峰的信任。

吴坤知道事情并不像采茶说的那样，政治斗争，已越来越演变为权力之争。他不屑为了一个委员去鸡斗鸭斗，且越来越看不起那些粗鲁的破脚骨。

他更加看不起采茶，但也越来越不能与采茶抗衡。采茶依旧读破句，念白字儿，顽强地扫盲，官越做越大，口气越来越自信，人越来越丑。就这样一个人，现在有权命令他："你来不来？"

“不来！”吴坤愤怒地一下子搁掉了电话，知道大事不好，心里一片乱麻，谁要是搅到总理遗言案中去，十有八九是要掉脑袋的了。女儿！这个字眼立刻就跳出来了。他紧张地掂量，要不要和他们杭家联系一下。正要出门，翁采茶已经出现在他面前，一把把他推进房间，厉声喝道：“吴坤，我不管你是不是老酒又烧糊涂了，你跟我马上走！你今天要是不跟我走，你就永世不得翻身！”

吴坤拍案怒起，一把推开翁采茶，大骂一声：“放屁，什么东西，敢跟我这么说话！”

奇怪的是采茶没有跟着发火，停顿了一下，才温和地说：“小吴，跟我走吧，这一次该是你打翻身仗了。想想，你多久没坐主席台了？”

这是多么低级趣味，多么赤裸裸，但又是多么准确、生动、形象，多么一语中的的提醒啊——是的，你已经有多久没有坐过主席台了？而那种呼啸的群众场面，那种一呼百应、地动山摇的着了魔似的感觉，是多么令人欲仙欲死呀！有多少普通的人，甚至愚蠢的人，都无法摆脱这样致命的诱惑——你看，我眼前的这个柴火丫头，这个曾经话不成句的蠢女人，她多么流利地道出了权力的真谛！

“可是你知道你在冒什么险吗？水可以载舟，也可以覆舟，我们真的就这样一条道走到黑了吗？你从来就没有想过，有一天，我们会被押上历史的审判台吗？”

“你说什么？我们被押上历史的审判台？”翁采茶茫然地摇头，“没想过，从来没想过！再说想也没用，反正也退不回去了。你要是现在不跟我去，你完蛋，我也得完蛋。你想想，这些年来，要不是我顶着，你还能坐在这个位子上吗？你真的肯跟杭得荼换个个儿，你去海岛做那个纤夫吗？”

吴坤呆住了,他那么聪明一个人,却发现聪明不过愚蠢的采茶。翁采茶看出了他的心理变化,加重了语气:“这不都是你告诉我的吗?皇帝丞相什么的谁说非就是天生的?”她记不住“王侯将相宁有种乎”这句名言,却记住了精神内核,这就足够用了。

采茶上前,把脸贴在他的胸口上,说:“别害怕,有我跟你在一起呢。你看,我不是听了你的话,连孩子都不要了吗?我不是早就跟你说过,不能同年同月同日生,但愿同年同月同日死吗!我们无牵无挂,我会陪着你一条道走到底的!”

他按住胸口,心在痛,他知道那是良心在痛,是他又要“从恶”时的“良心”的警告,但这样的警告从来没有真正起过作用,因此他痛恨他残存的良心。他拼命捶打胸口,想把那种痛打回去——他摇摇晃晃地套着风衣,想:他本来是要走进那富丽堂皇的宫殿的,为什么结果却走进了一间破草房?

杭夜羽小朋友上坟归来,刚到巷口,董笑花就向她招手,对她耳语,说:“快叫你爸爸跑!”话音未落,得荼已经来到她们身边。看着她的神色,顿时明白一切,吐了口长气。刚才他让寄草姑婆和盼姑姑把爷爷接走别回家,就是怕万一家里发生了什么不测,会让他再受打击。他托董笑花管着夜羽,对女儿说:“爸爸要出门去了,可能要去很长时间,不要紧,家里还有很多人呢,他们一会儿就会回来的。”说话间婉罗也趺趺撞撞下楼来,边挥手边说:“得荼你放心只管走噢,家里有我呢,还有笑花,她管家一把好手,快走快走,你们几个小东西不回来,婉罗姆妈不会死的,喏喏喏,金牙齿还给你们留着呢……”

正这么说着的时候，一个披着大衣的男人走了过来，手里还拿着一本厚厚的书。夜羽想：这个人怎么跑到我们家里来呢？她依稀记得小时候见过他。而那个人和爸爸说话的时候，也几乎一直盯着她，这使她很不自在。然后她听到他说："没想到吧？"

她又听爸爸说："倒是想到了，这种时候你哪里闲得下来，却是没想到你亲自来了。'捕快'之举，你也有兴趣？"

那人笑了，夜羽记住了他的话："我刚才去过你的花木深房，和过去一样，你的茶具图还在墙上。我还注意到了一幅茶砖壁挂，右下角有她的签名……还有，你看，这部《资本论》，我记得那是杨真留下送给你的，你看这上面写着 FENGYURUHUIJIMINGBUYI，我上次没看出来，还以为是我不认识的英语单词，刚才我突然明白了，拼音字母嘛，风雨如晦，鸡鸣不已。"他看着夜羽，蹲了下来，把书交给她，朝她抽搐着脸说："这书没问题，你留着吧。"

得荼闪过了一个画面，大风雪天，在医院里，隔着窗帘，寄草姑婆朝杨真先生对天指了指，他们会意的神情一直记在得荼心上。许多次他想问姑婆，那是什么意思，最后都重新咽进肚子里。有些困惑，也许是永远不能问的。

夜羽看看爸爸，见爸爸没反对，就把那部《资本论》接手下来，抱在怀里，好重啊。

"传单虽然是从你家抄出来的，但不等于是你干的，如果你和此事无关，可以上诉。"

"上诉什么？"

"我当然不相信你会是政治谣言的传播者。"吴坤暗示他。

"当今天下，谁还和此事无关？"

吴坤愣住了。夜羽紧紧抱着爸爸的腿,恐惧地看着吴坤。得茶轻轻地摸着女儿的鬈发,他说话的口气几乎就如叹息:“你啊,走得实在太远了……”

他那谴责中的痛心,只有吴坤一个人听得出来,他的眼眶一热:“你知道什么是死路一条吗?走得太远的不是我,是你!”他明白,如果他不这样气势汹汹地狂吠,他对自己就失去控制力了。

“就像你永远出乎我的意料,我也永远出乎你的意料啊!”得茶微微驼着的脊梁挺了一挺,人突然就高大了一截。他淡淡一笑,是的,即便如此之淡的笑容,他也已经很久没有过了。

此刻,从山间扫墓归来的晚辈们几乎都离开了嘉和。只有寄草、盼儿陪着嘉和先回家去。嘉和心里明白,但一言不发,他知道,又有什么事情要发生了。

进入城区,便见一队队的人往延安路北头的红太阳展览馆跑去,一条长龙似的大幅标语,像挡箭牌一样地横在路上,汽车也不得不小心翼翼地绕过他们,有时车头挨在“怀念”上,有时又挨在“杰出的共……”上,标语太长,手握标语的人们一字儿排开,还弯了好几个弯,排成了三大行。同样挤在人群中的迎霜眼尖,突然指着第二排叫道:“你们看那是不是布朗表叔?”

小布朗肯定也已经看到家人了,他得意地拍拍自己的胸膛,又跷跷大拇指,仿佛这件天大的事情已经包在他身上了。他的头上和许多人一样扎了一块白布,上面写了一些什么他没有在意。他一上街就进入了人的洪流,他使劲地招手,意思是让家人全进来。

这时,一辆囚车呼啸着从杭嘉和身边驶过,老人的心一紧,囚车气势汹汹地朝前冲，但前面的人越来越多，杭家人几乎都拥了上去，只有盼儿紧紧地挽着父亲的手，靠在一株大树上。杭汉他们回头朝他看看，嘉和挥了挥手，意思是让他们自己活动去，他不要紧，他能把自己照顾好。

囚车被游行队伍挡住了，车上那个戴眼镜的男人，贪婪地把眼睛贴在囚窗上，他好几次看到了那个把手捂在胸前的老人，被两个中年妇女扶着慢慢地走着，不时没入人海，但又及时浮出来，有时还抬起头，以他特有的那种神情，面向天空，嗅着空气。看到老人那期待的神情，戴着手铐的男人，脸上就露出不知是欣慰还是痛苦的神情。

现在，囚车终于从人群中冲了过去，那幅巨大巨长的标语被冲开了，人群挤在囚车后面，愤怒地呼喊着，挥着拳头，就像是密密麻麻铺天盖地漫山遍野的新茶。杭家人从各个方向走来，云集在此，又都被这巨大的洪流冲散了，裹挟进去了，他们互相招呼着，搀扶着，横拽着标语的队伍又往前进发……

现在他们到了展览馆广场，这里人山人海，一般人根本挤不进去。人海中一个戴帽子的年轻人爬上了高耸在广场上的水泥灯杆，大声地呼号着：

欲悲闻鬼叫，我哭豺狼笑，
洒泪祭雄杰，扬眉剑出鞘。
骨沃中原土，魂入九垓舞；
英灵在人间，长擂震妖鼓。

他甩掉了帽子，露出了眉心的红痣，仿佛就如一个信号，他突然就像雪花一般地向人群撒开了传单，这都是连夜从北京天安门广场抄来的诗，几乎与此同时，人群中仿佛开遍了白色花朵，东一头西一头的，传单到处散发开来，那个来自云南的女知青谢爱光一边撒着传单，一边朝灯杆下急跑招手，她神情紧张但勇敢，而那个眉间有红痣的年轻人刚从灯杆上滑下，就被布朗一把接住，顺手给他套上一件风衣，头被遮住了，近处的人们自动让出一条通道，转眼间这三人就没入人海，无影无踪。

囚车里的杭得茶看见了那个红痣青年，他瞬间的呐喊声已声声入耳："欲悲闻鬼叫，我哭豺狼笑，洒泪祭雄杰，扬眉剑出鞘……真好，好诗，应该读给爷爷听……"

然后他就看到了爷爷，囚车几乎就在他眼前驶过，他眼睛不好，不知有没有看到囚车里的他。得茶却看到了，那位七十六岁的老人杭嘉和抬起头来，一缕阳光漫射在他的脸上……

杭嘉和享受着洒在他脸上的阳光。这正是那种茶叶最喜欢的、来自阳崖阴林的温和的光。他嗅到了四月的空气中特有的茶香，他一边被人群推动着，不由自主地往前走着，一边仿佛看见了这个时候的茶山——

……天空蔚蓝，眼前浓翠；一道道绿色瀑布，从崖间山坡跌落下来，南峰北峰的青翠绿毯，仿佛刚刚用水洗过；新芽如雀舌，齐刷刷地伸向天空；自由的鸟儿在天空飞翔，欢快的涧水下水草在绿袖长舞；粉蝶在茶园间翩翩起飞，蜜蜂发出了春天特有的懒洋洋的嗡叫；新生的藤萝绕着古老的大树悄悄攀缘，姑娘们在山间歌唱：

溪水青青溪水长，
溪水两岸好风光，
哥哥呀，上畈下畈插秧忙，
妹妹呀，东山西山采茶忙……

他想，今天可真是采茶的好日子啊……

1998年11月28日完稿
2023年1月20日修订
2023年2月11日再修

总尾声

三季发芽，一季开花，结籽休眠，再到来年。如此生生不息，绵延无尽，屈指算来，杭州郊外群山中的茶坡，又绿过了二十余载。真正是吾生须臾，而长江无穷啊……

金秋十月又来到了，20世纪行将告别，千禧之年招手即到。江南杭州，良辰秋景，不亚于春时。茶叶世族羊坝头杭家传人杭得茶，与女儿夜羽、女婿杭窑，小心地推着一把轮椅，陪着他们杭家的世纪老人杭嘉和，走上了秋意盎然、秋茶芬芳的龙井山路。

自从祖坟迁走之后，嘉和就再也没有去过鸡笼山了，算起来快有三十年了吧。他从来也没有想过，自己竟然能活得这么久，几乎一眨眼就已经活到了一个世纪。他的头脑依旧清楚，遥远的往事想起来特别亲近，眼睛却几乎完全失明了。

秋高气爽，晨岚已散，一片巨大的茶园，如藏在无人知晓处的神秘的绿色湖泊，宁静得连一片叶子也不摇动。秋风屏气静心，迎候这杭家四口的到来。茶园中突兀地立着一株金色银杏，亭亭玉立，煦阳下如孤独美人。溪畔芦花，晨晖中透明如纸。柏油路从灌木丛中绕出，仿佛一头平坦通向红尘，一头蜿蜒伸往世外。远远望去，茶园上空升起了一些五颜六色的彩球，挂着长长的飘带，上面的大字在风中转折，一会儿飘出“和平、发展，二十一世纪”，一会儿又飘出“热烈庆祝和平馆揭幕”等不同的字样。

从家里出来后,杭嘉和始终没有说过一句话。他低垂着目光,两臂护在膝前,大手中握着那把祖传宝物,它静悄悄地躺在他的怀里。壶在土中深埋了几十年,一点也没有变化,壶是属土的,大地保护了它。

壶艺家杭窑借国际茶文化节,在中国茶叶博物馆办了一个个人壶艺展。今天他们这一行人,是作为杭家人的代表,专程替茶博馆送这把壶去的。“内清明,外直方,吾与尔偕藏”,他们决定让这个家传之物参加杭窑的壶艺展,算是祖先对晚辈的福荫。展览结束之后,他们会把此壶捐献给中国茶叶博物馆,将它永远珍藏在杭家先人曾经长眠过的地方。

中国茶叶博物馆于1987年在吴觉农先生九十寿辰庆祝会上,由中国茶界著名人士联名签字倡议筹建,遍察中国茶区,最终决定,馆址设在杭州。

选择具体方位的时候,文化学者、教授杭得茶,也被市政府提名为顾问之一。但他教学工作很忙,有好多次选址活动他都没有机会参加。直到最后一次,继承了父亲事业的茶学专家杭迎霜给他打来电话,他才知道,茶博馆最终有可能选在他们杭家从前的祖坟所在地。

“你不觉得这很奇妙吗?”迎霜说。

得茶知道迎霜是在用这种口气掩饰她那多少有些激动的心情。1977年,杭家一下子归来了三个人——已经被打入死牢的杭得茶、在劳改农场中留场的罗力和逃亡在外的杭得放。杭得茶作为学者,在大学受到了礼遇。罗力彻底平反了,寄草亲自把他接回城中,他们收回了房产,在小院子里安度晚年。杭得放到国外求学,现在还在美国。倒是杭迎霜考入农业大学茶学系,毕业后才与李平水结婚。研究生毕业之后,不管愿不愿意,她作为一名专家进入了政界。

迎霜此刻的这个消息多少让得茶吃惊,同样为了掩饰自己潜在的心理活动,他也用轻松的口气说:“从民俗学角度看,风水术不过是人对自然界山水地貌的评估罢了,所以我们杭家老祖宗看中的地方恰恰和人民政府看中的地方不谋而合,这是一点也不奇怪的。”

迎霜问大哥,他对这一选址持什么态度。得茶说,他当然会投赞成的一票,并且相信这一票能够代表爷爷。作为世纪老人,爷爷已经成为杭家人的牢固纽带,他的认可依然是举足轻重的。

反过来得茶问迎霜怎么看,迎霜笑了,说:“你又不是不知道,我是黄昏里的猫头鹰,我现在研究和建议的是兼并、破产,市场竞争和国际接轨,如果有一天让我亲自出马,我要让我的企业只剩三分之一的人员。所以我是个万人嫌,你是个万人爱。比如我看到的茶就和你看到的茶完全不一样。你看到的是那幢漂亮的供人品茶说闲话的博物馆,我看到的是80年代中期开始步履维艰的茶叶贸易。我在破,你在立;我在批判,你在赞美;我在摧毁,你在建设——”

“——所以我们不过是一枚硬币的两面。”得茶堵住了迎霜猫头鹰式的歌唱。20世纪50年代中后期茶叶贸易进入低谷,他们常常就茶事争论:一个说不要再总是唱赞歌翻老皇历了,中国虽然是茶的故乡，但1886年对外出口13.4万吨茶叶，直到将近一百年后的1984年，出口量才超过这个数字，印度早就走到我们前面去了。从茶叶市场的状况来看，品牌混乱，出口疲软，企业倒闭，价格不一，茶山荒芜，假冒伪劣产品不断，进行治理乃当务之急，歌功颂德，怀念先人，不妨往后靠一靠再说吧。

得荼听了这话，耐耐心气，细细解说："歌功颂德也是解放生产力的一种手段，要实事求是，不要搞教条主义。从历史上看，多年来的大力呼吁和埋头苦干，被实践证明是可行的。20世纪初华茶不也一度陷入严重危机吗？所以才有吴觉农先生的呼吁：'中国茶业如睡狮一般，一朝醒来，绝不至于长落人后，愿大家努力罢。'正面的鼓劲和反面的批评一样，都是重要的。现在出口贸易不好，我们多做宣传，打开国内市场，也是一条茶业自救的道路。不管怎么说，我们和一百多个国家有着茶叶贸易往来，我们的茶叶产量，始终排在世界前三位嘛。"

迎霜听了放声大笑，说："大哥你到底还是不是个历史学家呀，怪不得这些年你专著出得那么少。"得荼听了也放声大笑，说："小妹你不是一向最佩服浙东学派的经世致用吗？黄宗羲算是世界级大史家了吧，他还提出农商皆本呢。史家若能和吴觉农先生说的那样即知即行，恐怕中国的事情就要好办得多了。"

1990年10月，茶博馆试开馆之时，首届国际茶文化研讨会也在杭州开幕了。那段时间，杭家人几乎都被这件事情拖进去了。除了那块特制的茶砖壁挂，得荼几乎把他花木深房里多年积累的资料全都拿出来了。馆里收集资料的年轻人依然不满足，他们小心翼翼地找到了年届九十的杭嘉和老爷爷，年轻的姑娘甜言蜜语地对老爷爷说："老爷爷，老爷爷，您是茶界的老寿星，您再回忆回忆，1900年的时候，茶馆是怎么样的？"嘉和想了想说："1900年，我好像还在妈妈的肚子里。"年轻人就笑了，悄悄地把笔帽盖住了笔尖，看上去这位老爷爷木木的，神情总有那么几分恍惚，眼睛也不好使，给他看一张相片，他用了放大镜，还要凑到鼻尖上，问他一个问题，他要沉思半天，才会说"是"或者"不是"。年轻人是性急的，或许还是急功近利的，他们不相信还能从这个几乎全盲的九旬老人身上打听出什么茶事来。不过他们倒是咔嚓咔嚓地拍了不少相片，但这些相片最后一张也没有用出去。他们排来排去，杭嘉和老爷爷既不是当代茶圣，也不是茶界泰斗，忘忧茶庄既不是汪裕泰，也不是翁隆盛，杭嘉和老爷爷就这样心安理得地被隐到茶史的背页上去了。

反倒是多年没有回杭的布朗，由迎霜提议，借着为茶博馆建云南竹楼的名义，名正言顺地回了一趟老家。迎霜说这样一来他也算是为这件大事出过力了。竹楼就搭在馆内的斜坡之上，还没有搭好呢，就有不少游客来楼前拍照了。布朗对此深为得意，他喝了一点米酒，微醉醺醺，但绝不会从竹楼上掉下来，他骑在竹竿上，眼前是青山绿水，满坡茶树，还有红瓦白墙，修竹芭蕉，不禁兴起，就高声地唱起来了：

山那边的赶马茶哥啊，
你为什么还没有来到？
快把你的马儿赶来吧，

快来驮运姑娘的新茶！
驮去我心头的歌，
细品我心底的话，
茶哥哥啊——

他把那一声“茶哥哥”的拖音喊得回肠荡气，余音绕茶，白云山间尽是他的“茶哥哥”。人们听了都笑了，唯有小布朗骑在竹竿上哭了，他想起了远在美国的得放和爱光，想起了他们像绿叶沉入水底般的飘摇的身姿……

他的“茶哥哥”没有影响在茶博馆对面宾馆召开的茶文化研讨会，曾经传为政变和阴谋策源地的“五七一工程”，现在作为浙江宾馆，正在进行中日茶道冲泡表演。

中方的茶博士中，有杭家茶传人杭夜羽，她是以华家池的农业大学茶学系中一名年轻教师的身份出场的。盼姑婆把她那手冲泡茶的绝活都教给了夜羽。夜羽也把大量的业余时间花在琢磨茶艺上了。

而日本方面出场的茶道专家中，则有一位年届六旬头发卷曲的女士，从她今天的容颜中，依然能够看得出当年的端庄美丽。她的表演与众不同，华丽的和服配以现代钢琴协奏曲，茶具灿烂夺目，动作近乎舞蹈，与日本传统茶道中那种克制、枯寂的最高境界距离甚远。得茶注意到台下坐着的那些日本茶人中，有一些不禁以帕捂嘴，轻轻笑了。得茶想，也许这在日本国，乃是一种离经叛道之举吧。这是一种故意的、自觉的世俗，他记住了那个名字：小堀百合。表演结束之后他却没有再看到过她，后来，他渐渐地把她忘了。

1992年第二届国际茶文化研讨会在中国常德召开，1994年8月第三届在中国昆明召开，1996年第四届在当时的韩国汉城召开，1998年第五届又将回到中国杭州。

这年整个夏天杭得荼一直很忙，作为资深茶文化研究专家，他被会议有关方面聘为顾问，但他在人们眼里，终究不是一个完整纯粹的茶界中人，而在史学界，他的研究几乎就属于雕虫了。相比而言，杭汉父女作为茶叶专家在国内外茶界的影响更为人所知。所以，当一封寻人启事般的来信寄往国内时，作为收信人的中国国际茶文化研究会会长先生，首先还是派人把此信交给了专家兼官员杭迎霜女士。

信，正是那位名叫小堀百合的日本女子从京都寄来的，她是日本茶道百合流派创始人，从前是一名优秀的服装设计师，后来倾其家产从事茶道。十年之后，创立了自己的百合流派，并开始了和中国茶界的频繁接触。此次，她的茶道表演团亦在被邀请之列。会议将在1998年10月间举行，但小堀百合却突然来信，说自己想在会议之前先赶到杭州，并希望会长先生帮她寻访她那死在杭州的父亲的有关情况。

在创建中国茶叶博物馆中的国际和平馆时，小堀百合出过很多力。该馆一旦建成，全世界茶人将在产茶大国中国拥有自己最大的活动中心。在日益发展的茶文化活动中，这无疑是一件可以入史的大事。会长先生非常重视这件事情。正是在这封信里，他第一次知道，小堀女士的父亲，是作为一个侵华日军军人死在杭州的，小堀百合，正是为了赎父亲的罪孽而选择了和平之饮的茶道，并从此走上了中日友好之路。

出于某种直觉，德高望重的会长先生想到了有着日本血统的杭汉父女。曾经担任过政协主席的会长先生对茶学家杭汉比较熟悉，由此也认识了杭家的后起之秀杭迎霜。父女二人，父亲已经老了，他依旧偏重于茶树栽培学，而女儿的本业则在茶叶的综合开发利用。会长很快就把信转给了他们。

迎霜立刻把信送到大哥得茶处，也是凭着一种直觉，她觉得这位女士和杭家，将会有某种不可分割的关系。得茶拿到此信，粗粗一读，就完全明白是怎么回事了，转至爷爷处，还没读完，杭嘉和就不再让孙子读下去，翻箱倒柜地找出了一张照片，照片上那个樱花树下头发卷曲的少女，尽管和今天的六旬老媪相去甚远，但得茶还是一眼就把她认出来了。

那天夜里，他和爷爷谈了很久，爷爷告诉他，小堀投湖之前，的确是留下过一点东西的。他除了归还曼生壶之外，还在那壶里放了一块怀表，怀表上刻着“江海湖侠赵寄客”七个字，他亲眼看见过，是盼儿给他看的。

“你是说，这块表一直就在盼姑姑手里？”得茶小心翼翼地问。

“还有那把曼生壶。”爷爷闭着眼睛回答。

“可我们那么多年了，再没看见过那把壶啊？”得茶不免疑惑。

倒是正在美院工艺系进修的杭窑想起来提醒说：“我倒是记得爸爸说过，他帮着盼姑姑埋过一把壶，壶里还有一块表。”

方越作为中国瓷器专家，正在美国巡回展出中国古代瓷器精品，一时半会儿的哪里回得来，倒是杭窑又想起来了，爸爸好像还说过,那天埋壶,寄草姑婆也在的,可是眼下寄草和布朗不在,这一家子真是能走,布朗在云南不说,寄草和罗力又跑到东北老家去了。他们俩也已是古稀之年,一生颠沛流离,多少有他们那些经历的人,活不到一半就呜呼哀哉了,有几个能像这对夫妻那样越活越新鲜,仿佛下决心要把青春夺回来一样。平反以后,他们两个就开始了国内旅游,一年去一个地方,补发的钱全让他们花在路上了。好在嘉和有他们的电话号码,立刻就让得荼拨过去,巧得很,接电话的正是杭寄草。她听了他的话之后很不以为然,说:"你们真是咸吃萝卜淡操心。曼生壶是祖上传下来的,谁不知道它的贵重,那么些年,埋在土里谁也不提,为了什么?你们也不想想,盼儿和家远,不就为了图一个清静。现在来了一个日本女人,就算她是那个小堀的女儿,也犯不着我们再去为她效劳!她爹是个什么魔鬼,把我们杭家害成什么样了,血海深仇啊!你们不记得,我和大哥可记得呢!"说着说着,寄草激动起来了,声音里就有了哭腔:"你们看看爷爷那根断指,就不会再去动这种脑筋了!"

接过寄草姑婆这样的电话,连已经倾向于帮小堀百合的杭得荼也开始动摇了。至于窑窑,他和迎霜以及再小一点的夜羽一样,对此事一无所知。但专门从事紫砂壶制作的工艺师杭窑对这把曼生壶发生了强烈的兴趣,他可真是想一睹为快啊。

杭窑很早就知道自己和杭家没有血缘关系。美国是有他的奶奶,奶奶虽然死了,但留下了一笔遗产,还有那个美国飞行员埃特,他父亲这一次就是在老埃特的安排下去的美国,但忘忧表叔对这件事情完全无所谓,他本来可以随爸爸一起出去,老埃特甚至专门向他发出了邀请,但忘忧表叔谢绝了。窑窑想,忘忧表叔留在国内,不能说跟他的首次紫砂壶展没有关系。他现在一心希望自己的这次紫砂壶展能获得成功,不辜负老人们对他的一片苦心。他想,若他有那么一把曼生壶,哪怕借来几天摆一摆,也是壮他的行色,他是杭家人,他叫杭窑呀!

那天夜里,他把他的心事告诉了他的新婚妻子夜羽。第二天,他们直奔龙井山中,他们在那个已经完全破败了的佛门小院内徘徊了很久,他们看到了那两株经历了八百年沧桑的宋梅,他们还看到了那片破庙深处的山泉,山泉旁倒是长着一些茶蓬,可是有谁知道,那把曼生壶究竟埋在哪一株茶蓬底下呢?

夜羽摇着头对窑窑说:“不,我不能对盼姑婆要求这个,她把我一手拉扯大,我不能挖她心里的痛处。”

曹家远早就去了航空学校,杭盼却依旧常回龙井山中她从前的居处,每周她都到城里的教堂中去,她的生活,可以用一成不变来形容。

夜羽看着那半坡的狮峰茶,眯起了眼睛,说:“‘文革’结束时那个跟着他的女人死了,他没死成,活了下来,事情闹得满城风雨,家里人从来也没提起过。你还记得吗?连你也不提。”

“那时你才几岁,能记住什么?”窑窑知道夜羽说的“那个人”是谁,“再说他也没有养过你一天,这事和你没关系。盼姑婆因为能够养你,她是很幸福的。”

夜羽的眼眶里开始盈上了泪水:“你说得不对,我并没有什么都忘记。那时候我已经不小了,我还能记得那天夜里那人来找我和太爷爷的样子,他喝了很多酒,连站都站不住了。”

那年秋夜,人们正在大街上狂欢,吴坤想着最后一次来见他的女儿。在此之前许多次,他都是悄悄地跟在后面,没有让她和杭家人发现,这一次无须避讳了。

他是在大门口碰到杭嘉和的,夜羽正要领着他到清河坊十字街头去看游行队伍。他们在夜色中的骤然相逢,显然令嘉和吃惊。

他说:“求你们一件事情。等得荼回来,把这些资料交给他。我今天整理东西的时候发现的,那年我去海岛前专门为他搜集的,当时没留下,现在毁掉了也可惜。得荼以后一定用得上的。”他勉强地说着,声音很轻,仿佛气力已经用尽。

嘉和明显犹疑一下,推了推夜羽,让她过去拿。夜羽迟迟疑疑地走上前去,接过那个大信封,突然,她被吴坤一把抱住,只听他嗫嚅道:“女儿,女儿,我的女儿,是我的女儿,是我的女儿啊……”

他的嘴就亲在了夜羽的小脸上,吓得夜羽大声地太爷爷太爷爷地狂叫起来。嘉和血一下涌了上来,大声叫着扑上去,一把夺过了夜羽,一边叫着:“你干什么,你干什么!你们的路走到头了!你们的日子过到头了!”

吴坤仿佛并不在乎老人的怒喊,他立刻就清醒过来,放开了夜羽,站着不动。嘉和挟着夜羽退回大院,狠狠地关上了大门。不知道过了多久,门打开了,嘉和一个人走了出来,他轻轻地问:“你还在吗?”

“我在。”吴坤回答。

“我眼睛坏了,什么也看不见。你刚才说,得荼能回来?”

“我们的日子过到头了,你们的日子开始了。”他苦笑了一下,答非所问。感觉万分疲倦,所有的话都没有必要再说。

“你想走?”

“以后也不会再来了。”

嘉和沉默了,他在掂量这句话的真正意思。

“你手里拿着什么?”

“茶……”

“我还以为是酒呢。”吴坤苦笑了一下。

嘉和想起了许多年前那个星夜来访的年轻人,他仿佛听到了叶子为他专门去打酒时急促的小碎步子。

一阵锣鼓和口号声,再一次潮一般地涌过,然后重归秋夜的寂静,他们听到了几只秋虫在墙角的颤鸣。

“你有什么话要说吗?”老人终于问。

他想了想,抬起头来,说:“无可奉告。”

这是他说的最后一句话,然后,他就走入了秋夜,一会儿就消失在黑暗中。

黑暗中的杭家老人,手中捧着一杯茶。他们的对话,门背后的夜羽全听见了。

现在,曼生壶静静地躺在老人的怀里,壶中的那只怀表,盼儿亲自给小堀女士送去了,她们此刻该正在泛舟湖上吧。壶是忘忧亲自起出来的,杭家人并不知道他和盼儿之间进行了什么样的交流,只知道没费什么口舌,盼儿就领着忘忧来到埋曼生壶的地方。起出壶来之后,林忘忧又陪着盼儿一起去见小堀百合,他知道没有他的陪伴,这次会晤是不会成功的。

守林人林忘忧已过知天命之年,像一味高级剩茶那样,偶尔被人记得。他守在山中,等候山外人的召唤。

事了拂衣去,深藏身与名。他是最懂杭嘉和的人,当得茶打电话告诉他,爷爷希望他回一趟杭州,他什么也没有问。翌日清晨,他已经在嘉和的面前了。

忘忧带来了山中的气息,嘉和双眼模糊,他闻了闻空气,说:"忘忧呀,茶博馆的国际和平馆要揭幕了。今年十月,要来千把个国际茶人呢……"

茶博馆的一切大事情,他们杭家人都知道,杭得茶是茶博馆的特约研究员。

忘忧说:"大舅,你说吧,要我做什么?"

嘉和想了想,才说:"去找找盼儿夫妇吧……"

他知道,只有忘忧能够说动盼儿,只有忘忧才有资格去说。

轮椅行至茶博馆的入口处,杭嘉和让他们停住。他遥望着前方,看到了前方那片朦朦胧胧的又红又白又绿的云中仙境一般的地方,他指了指那个方向,问:"这就是茶叶博物馆吗?"

得茶和夜羽都点头称是,杭嘉和也点了点头,说:"……和我二十岁时看到的一模一样……"

夜羽惊讶地看看杭嘉和,小声问:"太爷爷,你八十年前就看到过茶博馆了?"

杭嘉和点点头,举起那只断了一个手指的手,指着前方,很慢很清晰地说:"那天赵家人把我从山上接下来,就在这里,我看到了它,红的,白的,绿的,和我现在看到的一模一样……"

夜羽紧张地看了看父亲杭得茶,父亲并没有她紧张,她松了一口气,又问:“那,别人也看到了吗?”

杭嘉和摇摇头,没有再回答重孙女的话,他只是指了指前方,把曼生壶又往怀里揣了揣。微风吹拂茶山,茶梢就灵动起来,茶的心里,鸟儿就开始歌唱了,茶园仿佛涌开了一条绿浪,推送着他们,缓缓地朝他们想去的地方驶去……

无声之中,独闻和焉……

1998年11月28日初稿
2023年1月27日二稿
杭州桐庐分水隐丛民宿
2023年2月12日
杭州中国茶谣馆